Né en 1958 à Pearl, Afrique du Sud, Deon Meyer est l'auteur unanimement reconnu de dix best-sellers traduits dans une trentaine de pays. Avant de se lancer dans le polar, il a été journaliste, rédacteur publicitaire et stratège en positionnement Internet. Il vit à Stellenbosch, près du Cap.

Deon Meyer

L'ANNÉE DU LION

Les Mémoires de Nicolas Storm sur l'enquête de l'assassinat de son père

ROMAN

*Traduit de l'afrikaans et de l'anglais
par Catherine Du Toit
et Marie-Caroline Aubert*

Éditions du Seuil

Exergue :
« Simple comme le crime » (1950, trad. Jean Bailhache),
in *Les Ennuis c'est mon problème* de Raymond Chandler © Omnibus,
un département de Place des éditeurs, 2009.

TEXTE INTÉGRAL

TITRE ORIGINAL
Koors
ÉDITEUR ORIGINAL
Human & Rousseau
© Deon Meyer, 2016

ISBN 978-2-7578-7189-8
(ISBN 978-2-02-136508-5, 1re publication)

© Éditions du Seuil, 2017, pour la traduction française

Le Code de la propriété intellectuelle interdit les copies ou reproductions destinées à une utilisation collective. Toute représentation ou reproduction intégrale ou partielle faite par quelque procédé que ce soit, sans le consentement de l'auteur ou de ses ayants cause, est illicite et constitue une contrefaçon sanctionnée par les articles L. 335-2 et suivants du Code de la propriété intellectuelle.

Le mystère original qui accompagne tout voyage est le suivant : comment le voyageur est-il arrivé au point de départ ?

Louise Bogan

Les souvenirs d'humiliation persistent pendant des dizaines d'années...

Oliver Burkeman, *Help !*

Toute autobiographie contient deux personnages, un Don Quichotte, l'Ego, et un Sancho Pança, le Soi.

W.H. Auden

Une autobiographie est parfois sincère mais elle ne dit jamais la vérité.

Robert A. Heinlein, *Friday*

Mais dans ces rues sordides doit avancer un homme qui n'est pas sordide lui-même, qui n'est ni véreux ni apeuré... Il doit être un homme de cette trempe. Il est le héros, il est tout. Il doit être un homme complet, à la fois banal et exceptionnel. Il doit être, pour employer une formule un peu usée, un homme d'honneur.

Raymond Chandler

1

Je veux te raconter comment on a assassiné mon père.
Je veux te raconter qui l'a tué et pourquoi. Car c'est l'histoire de ma vie. Et l'histoire de ta vie et de ton monde, tu verras. J'ai attendu longtemps avant de le faire parce que je crois qu'il faut de la sagesse, de la perspicacité. Et du recul. Je pense qu'il faut d'abord arriver à surmonter tout le mal, dominer ses sentiments.

J'ai quarante-sept ans aujourd'hui. L'âge qu'avait mon père quand il est mort pendant l'année du Lion. C'est peut-être suffisant, comme recul, mais il est possible que je n'aie jamais la sagesse ou la perspicacité requises. Pourtant j'ai peur d'oublier certains événements et des personnes importantes. C'est pourquoi je ne veux plus attendre.

Les voilà donc. Mes Mémoires, mon histoire de meurtre. Et mes révélations, pour que le monde sache enfin.

L'année du Chien

2

20 MARS

Nous nous souvenons le mieux des moments de peur, de perte et d'humiliation.

J'ai treize ans, le 20 mars de l'année du Chien.

La journée se passe comme la veille et l'avant-veille. Il y a le bourdonnement sourd du moteur à gasoil du grand Volvo FH12 et la vibration lointaine des seize roues sous la longue remorque couverte. À l'extérieur, un paysage sans surprise, oubliable. Je me rappelle le froid factice de l'air conditionné dans la cabine. L'intérieur du camion sent encore le neuf. J'ai un manuel scolaire ouvert sur les genoux, mais la tête ailleurs.

Mon père ralentit. Je lève les yeux. Je vois les lettres blanches sur le fond noir du panneau indicateur : BIENVENUE À KOFFIEFONTEIN !

– Koffiefontein, dis-je à haute voix, enchanté par le nom et par l'image que mon esprit enfantin évoque – une source chaude et aromatique de café frémissant, réconfortant.

Nous entrons dans le village au ralenti. Le presque crépuscule de la fin d'après-midi le rend fantomatique, comme tous les autres. Les trottoirs couverts de mauvaises herbes, les pelouses derrière les clôtures envahies par la végétation. Au loin, derrière les bâtiments plats de la rue principale, des éclairs jouent de long en large, impressionnants entre les formations nuageuses incroyables. La ligne d'horizon saigne d'un rouge profond et troublant.

Mon père les indique de son index.

– Cu-mu-lo-nim-bus, dit-il en détachant les syllabes. C'est ainsi qu'on appelle ces nuages-là. Le nom vient du latin. « Cumulus » veut dire « amas ». Et « nimbus » désigne un nuage de pluie. Ils nous donnent les orages.

Je me risque à prononcer le mot :

– Cu-mu-lo-nim-bus.

Il me fait un signe de la tête et il manœuvre habilement le gros camion pour s'arrêter dans une station-service. Il appuie sur l'interrupteur qu'il a installé lui-même pour allumer l'éclairage sur les côtés de la longue remorque. Les pompes à essence projettent des ombres élancées comme des silhouettes humaines. Il coupe le moteur. Nous descendons.

Nous sommes tellement habitués à ce que tout soit paisible. La chaleur de la journée remonte du bitume, le bourdonnement des insectes est épais à couper. Et un autre bruit, un tapis de sons plus profonds.

– C'est quoi ce bruit, papa ?

– Des grenouilles. La Rietrivier est juste à côté.

Nous longeons la remorque. Elle est blanche avec trois grosses lettres vertes qui semblent avoir été penchées par une soudaine rafale de vent : RFA. À l'arrière de la remorque, il y a l'explication – Road Freight Africa. Nous l'avons trouvée sur une aire de poids lourds à l'extérieur de Potchefstroom, avec le camion tracteur Volvo presque tout neuf, le réservoir plein. Et nous voilà, père et fils, côte à côte. Lui, les cheveux longs en bataille et blonds, moi, tout aussi mal peigné et brun. J'ai treize ans, dans ce no man's land entre enfant et ado, et je m'y sens tout à fait à l'aise.

Une chauve-souris passe au-dessus de ma tête.

– Comment est-ce qu'elle attrape ses proies ? demande mon père.
– En les repérant avec des ultrasons.
– Qu'est-ce que c'est comme animal, une chauve-souris ?
– Un mammifère, pas un oiseau.
Il m'ébouriffe les cheveux.
– C'est bien.
Je suis content.
Nous commençons le rituel familier qui se répète au moins une fois par jour, depuis des semaines maintenant : mon père dépose le petit générateur Honda et une pompe électrique à côté de la rangée de citernes de différentes couleurs. Puis il vient chercher la grosse clé à molette pour soulever le couvercle noir de la citerne de gasoil. Moi, je m'occupe du long tuyau d'arrosage. Il est raccordé à la pompe électrique et je dois mettre l'embout dans le réservoir du camion et attendre.
On doit faire le plein dans un monde sans électricité.
J'ai inséré l'embout et, comme je m'ennuie, je lis les inscriptions sur le mur blanc du bureau de la station-service. Électricité Myburgh. Pneus Myburgh. Je me dis qu'il faut poser la question à mon père car je sais que « burg » veut dire « fort » – il me l'a expliqué quand on a traversé des villages comme Trompsburg et Reddersburg –, mais cette orthographe est différente et ce n'est pas le nom de ce village.
Brusquement, le bourdonnement des insectes s'interrompt. Quelque chose détourne mon attention, derrière mon père dans la rue. Surpris par ce signe de vie inattendu et un peu alarmé par le caractère furtif du mouvement, j'appelle mon père. Il est accroupi, en train de manœuvrer la pompe. Il lève ses yeux sur moi, suit mon regard et voit les ombres dans l'obscurité.
– Monte ! crie-t-il.

Il se lève, la grosse clé à molette dans la main. Il court vers la cabine du camion.

Je suis debout, figé. La honte de mon impuissance allait me ronger de longs mois par la suite, mon inconcevable idiotie. Je ne bouge pas, mon regard suit les ombres. Elles prennent forme.

Des chiens. Souples, rapides.

– Nico !

Dans la voix de mon père, une terrible urgence. Il se tient immobile pour protéger son enfant de ces animaux résolus. Le désespoir dans sa voix est comme une décharge et balaye ma peur. Enflamme la première braise de remords. Je sanglote en courant le long de la remorque vers la cabine. À travers mes larmes, je vois le premier chien entrer dans la lumière, sauter à la gorge de mon père, la gueule grande ouverte, exposant ses longues dents acérées.

Je vois la grosse clé décrire un arc, l'ombre fugace de ce mouvement. J'entends le bruit sourd du contact avec la tête de la bête et un glapissement aigu. Devant la marche de la cabine, je saisis la rampe et la peur me pousse à l'intérieur. Un chien se rue sur moi et je claque la portière. Il saute, haut, presque au niveau de la fenêtre ouverte, les griffes grattant sur le métal, les yeux ambre, les crocs jaunes dans l'éclairage de la remorque. Je hurle. Le chien retombe. Mon père est toujours en bas. Cinq ou six chiens le surveillent, l'encerclent. D'autres entrent dans la lumière au galop, maigres, sans pitié.

Après, tout s'est passé très rapidement, comme si le temps s'était figé. Je me rappelle les moindres détails. Le désespoir sur le visage de mon père alors que les chiens le coupent de la sécurité du camion, à peine trois mètres plus loin. Le sifflement de la grosse clé. L'électricité dans l'air, l'odeur d'ozone, l'odeur des chiens. Ils reculent devant la précision mortelle de la clé à molette, souples et agiles, hors d'atteinte. Mais ils restent entre lui et la portière du camion, grognant, claquant des dents.

– Prends le pistolet, Nico. Tire !

Ce n'est pas un ordre mais une supplication anxieuse, comme si mon père voyait déjà la mort et les conséquences pour son fils : seul, en rade, condamné.

Son visage se crispe de douleur, un chien qui l'attaque par-derrière le mord à l'épaule. Cela me sort brusquement de ma peur paralysante. Mes mains trouvent le Beretta sur le large tableau de bord, mon pouce libère avec difficulté le cran de sûreté, comme mon père me l'a montré plusieurs fois. Un autre chien se jette sur son avant-bras, s'y tient accroché. Mes deux mains sur l'arme, deux doigts pour déclencher la détente à double action, le coup part dans l'air, non maîtrisé, le bruit assourdissant dans la cabine, un bourdonnement dans les oreilles, tous les sons amortis. La cordite me brûle les narines. Les chiens s'immobilisent un instant. Mon père brandit la clé à molette. Celui qui est pendu à son bras lâche prise, il s'approche de la portière. La meute s'active, saute. Je vise le flanc d'un chien et tire. Il tombe. Je tire, encore et encore. Des bêtes poussent des cris de douleur à peine audibles, les autres reculent, pour la première fois.

Mon père atteint la portière, l'ouvre, se jette dans la cabine, un chien attaché au mollet, il lui donne un coup de pied et la bête tombe. Il a du sang sur les bras, sur le dos, il me pousse sur la banquette, claque la portière.

Je vois son visage, le dégoût, l'intensité, la peur, l'horreur, la colère. Je le sens m'arracher le pistolet des mains. Il éjecte le chargeur et en insère un autre. Il se penche par la vitre. Il tire et tire et tire et tire. Mes oreilles bourdonnent à chaque détonation, les douilles pleuvent contre le pare-brise, le tableau de bord, le volant et tombent à terre à côté de moi, partout. Je vois la chemise déchirée de mon père, les blessures profondes sur son dos, rouge sombre comme les nuages. Le chargeur est vide, mais il appuie toujours sur la détente. La cabine est remplie de fumée.

Le 20 mars de l'année du Chien. Onze mois après la Fièvre.

*

Mon père est plié en deux, le pistolet sur les genoux. Immobile. Je ne peux pas voir s'il a les yeux fermés.

Les bruits de l'extérieur reviennent peu à peu en douces vagues qui nous inondent. Les grenouilles, les grillons du début de soirée. À l'ouest, dans le lointain, l'horizon sanglant se fond au noir, et mon père ne bouge toujours pas.

Quelqu'un sanglote doucement. Je ne me rends pas tout de suite compte que c'est moi. Je ne veux pas, pas maintenant. C'est déplacé. Ingrat, en quelque sorte. Mais je n'y peux rien. Les sanglots arrivent plus forts, plus précipités. Mon père se tourne vers moi, pose le pistolet, me prend dans ses bras. Tout mon corps tremble, mon cœur cogne et cogne. Je sens le sang et la sueur sur mon père, me colle à lui.

L'oreille contre son sein, j'entends le tambour rapide de son cœur.

– Ça va aller, dit-il.

Je n'entends pas ses paroles, je ne fais que sentir les vibrations. Ça va aller, aller, aller.

Il me serre plus fort. Peu à peu, je me calme.

– Tu es mon héros, Nico, dit-il. Tu as bien fait, tu entends ?

Finalement, j'arrive à sortir le mot qui est resté coincé si longtemps.

– Maman.

Et alors, je suis saisi de honte.

– Seigneur, dit mon père, et il me serre plus fort encore, et puis il éteint l'éclairage sur le côté de la remorque.

*

Mon père s'appelle Willem Storm.

Dans la lueur d'une lampe à gaz je nettoie ses blessures. Mes mains tremblent. Le désinfectant doit brûler comme une flamme dans les longues entailles rouges mais il ne dit rien. Ce n'est pas normal. Son silence me fait peur, renforce l'idée que je n'ai pas été à la hauteur.

Plus tard, il ouvre deux boîtes de spaghettis aux boulettes Enterprise. Nous mangeons en silence. Je fixe des yeux la boîte rouge et bleu et me demande ce qui ne va pas avec le porc. Car sur la boîte il y a une vignette jaune qui proclame en lettres rouges et épaisses : SANS PORC.

– Je ne pensais pas que ça arriverait aussi vite, dit mon père enfin.

– Quoi, papa ?

– Les chiens, dit-il, et il fait un vague geste de la main. Puis il se tait de nouveau.

3

21 MARS

Le matin, Père traîne les cadavres des chiens derrière la station-service et y met le feu.

Il ne parle pas. Rien ne va plus. La peur est comme une ombre qui me suit.

Nous prenons la route, sans café, sans déjeuner.

– Nous nous arrêterons pour manger dans un endroit spécial, dit Père.

Il essaie d'en faire une occasion particulière mais je le connais suffisamment pour savoir que sa bonne humeur est forcée. Les morsures doivent le faire horriblement souffrir.

– D'accord, papa, dis-je comme si je partageais son enthousiasme.

Il vide rapidement une bouteille d'un litre d'eau.

Une heure plus tard, nous nous arrêtons à l'endroit spécial. J'oublie la détresse qui m'accompagne depuis le matin. Je m'exclame comme un gamin, émerveillé car c'est vraiment très beau et bruyant – un pont, un barrage, un vrombissement. À gauche, le lac, parfaitement immobile, une vaste étendue d'eau scintillante. À droite, une rivière dans une gorge profonde, voilée derrière la brume de l'eau qui bouillonne sur les écluses.

Père se gare au milieu de l'énorme barrage en béton. Il baisse toutes les vitres. Le bruit de la chute d'eau fait vibrer le camion. Père doit élever la voix, il indique le miroir du lac :

– C'est le barrage de Vanderkloof.

Et puis il regarde vers la gorge :

– Et là, c'est le fleuve Orange.

– Waouh !

Hier est oublié, je suis complètement séduit.

– Je pense qu'ils ont laissé les écluses ouvertes après la Fièvre. Heureusement.

Je regarde bouche bée. Et puis je me rends compte que Père a prononcé les mots « la Fièvre » autrement. Pas comme d'habitude. Doucement et vite, et à contrecœur, comme s'il ne voulait pas que j'entende. Je me tourne vers lui mais il évite mon regard.

– Faisons du café, dit-il rapidement.

Nous avons un petit réchaud à gaz et une grande cafetière italienne sous la couchette, derrière le siège. Avec le *beskuit*[1], un sac de *biltong*[2] et des bonbons. Je grimpe à l'arrière et prépare le café.

Normalement, nous descendons pour manger quand nous sommes sur la route. Mais Père ne se lève pas. Il fait peut-être attention après les chiens.

Je lui tends du *beskuit*. Il ne prend qu'un morceau. J'en mange trois, tout à coup affamé.

La cafetière siffle. L'odeur du café remplit la cabine. Je verse d'abord celui de Père, qu'il boit noir et sans sucre. Je prends le mien avec deux sucres et du lait en poudre.

– Voilà, papa.

---

1. Gâteau sec traditionnel, généralement préparé avec du babeurre et des graines d'anis. Le nom est dérivé du « biscuit de guerre » français, mais la recette n'a rien à voir. *(Toutes les notes sont des traductrices.)*
2. Viande séchée de bœuf, d'autruche ou de gibier, que l'on emporte pour les longs voyages.

Il se tourne vers moi. J'attends qu'il dise « tant qu'on peut ». C'est ce qu'il dit tous les matins quand on boit notre café. Il lève légèrement la tasse, comme quand on trinque, et sourit du coin des lèvres. Car quelque part dans l'avenir il n'y aura plus de café et s'il y en a encore, il sera vieux et sans goût, et ce jour approche. C'est ce que mon père a expliqué la première fois qu'il a dit « tant qu'on peut ».

Ce matin, il ne dit rien.

Je vois d'abord sa main trembler. Et puis je vois la sueur sur son front, la rougeur de son visage. Et ses yeux, ternes, dans le vague. Brusquement, je comprends ses silences et tout le reste. La peur m'envahit et je fonds en larmes.

– Ce n'est pas la Fièvre, dit-il. Tu m'entends ?

La peur n'est plus une ombre. Elle est en moi.

– Nico, écoute-moi bien, dit mon père, sa voix tout aussi désespérée que la veille avec les chiens.

Je ravale mes sanglots.

Il pose son café sur le tableau de bord et me serre dans ses bras. Il est brûlant.

– Ce n'est pas la Fièvre. C'est les chiens. Ce n'est qu'une infection due à leurs morsures, c'est bactérien. Il me faut des antibiotiques, beaucoup d'eau et du repos. Tu entends ?

– Tu as de la fièvre, papa. Je le vois bien.

– Je te le promets, c'est une autre fièvre, parole d'honneur. Toi aussi, tu as déjà eu de la fièvre, à cause d'une angine ou d'un rhume, ou des dents qui sortaient quand tu étais petit, il y a beaucoup de fièvres, ce n'est pas celle qui... Les chiens n'ont pas été nourris par des gens. Ils ont mangé des ordures ou de la viande pourrie et puis ils m'ont mordu, et ces bactéries-là sont maintenant dans mon sang. C'est de là que vient cette fièvre. Je ne serai pas malade longtemps. Je te le promets, Nico, je te le promets. Nous avons les médicaments qu'il faut, je vais les prendre.

*

Nous montons toujours plus haut dans les collines, jusqu'à Vanderkloof. C'est un petit village insolite, désordonné et épars au bord du lac, qui s'effiloche dans les hauteurs, aussi silencieux qu'une tombe. Père cherche quelque chose. Il le trouve. Une maison simple, avec de la peinture écaillée sur les boiseries, un portail de sécurité devant la porte d'entrée et des grilles antieffraction aux fenêtres. Devant la maison, il y a de la place pour garer le camion.

Père s'y arrête. Il descend avec un pistolet et un fusil de chasse. Je dois rester dans la cabine. Il part voir ce qu'il y a dans la maison. J'attends, les yeux fixés sur la porte. J'ai peur qu'il ne revienne pas. Qu'est-ce que je ferai ?

Tout est différent aujourd'hui, après hier, après les chiens. Et maintenant, avec la fièvre de Père. Et puis il revient. Je vois qu'il chancelle. Il dit :

– Cet endroit fera l'affaire. Viens, apporte tes livres.

Je les glisse dans mon sac à dos et descends. Père avance lentement, il fait tout avec prudence, il ouvre la remorque et sort l'échelle. Le contenu de la remorque est l'histoire de notre vie des mois précédents. C'est une réserve que nous complétons sans cesse, un chargement soigneusement emballé et attaché, chaque chose a sa place. Tout près de la portière, il y a des boîtes de conserve, du riz, de la farine et des pâtes, du lait en poudre, du café et des centaines de bouteilles d'eau. Ensuite, pêle-mêle, des livres, sélectionnés aussi soigneusement que les aliments, pris là où on pouvait farfouiller sans danger. Des livres de bricolage, des manuels de survie dans la nature et *Le Guide ultime des armes à feu pour débutants* avec lequel nous avons tous les deux appris à tirer. Des livres de fiction, des manuels scolaires, des livres de recettes et des livres pour apprendre à abattre un bœuf ou à soigner les morsures de serpents et les piqûres d'insectes.

Il y a des fusils, des pistolets, des munitions, des couteaux de chasse et des couteaux de boucher et des couteaux de cuisine, l'équipement pour remplir le réservoir et des filtres pour purifier l'eau. Des médicaments, des pansements, des baumes, de l'écran solaire. Une petite tente, des fauteuils pliants, des matelas gonflables, des lits de camp, deux tables pliantes, deux parasols tout neufs dans leur emballage de grande surface. Trois générateurs à essence, dix jerricans de cinquante litres. Des articles de toilette : une vie ne suffira pas pour épuiser tous les tubes de dentifrice, et puis des shampooings, du savon, du déodorant, des brosses à dents. De la lessive et de l'eau de Javel. Des ordinateurs portables et des imprimantes. De la vaisselle, des couverts, de l'outillage, des outils électriques…

Mon père sort quelques cartons de provisions et il trouve les médicaments qu'il lui faut. Il redescend, range l'échelle et ferme soigneusement les portes arrière de la remorque. Nous portons les cartons dans la maison. Elle est vide et rangée comme si les habitants avaient fait le ménage avant de mourir. Toutes les maisons vides dans lesquelles nous entrons ont leur odeur spécifique. Il y en a qui sentent bon, d'autres mauvais. Celle-ci sent un peu le caoutchouc. Je ne sais pas pourquoi.

— C'est une cuisinière à gaz, dit Père.

Je fais oui de la tête.

— Et il y a de l'eau.

Il veut dire que les robinets fonctionnent encore.

Père retourne au camion et ferme la cabine à clé. Il revient, verrouille le portail de sécurité, puis la porte. Il me donne un pistolet.

— Nico, je vais de nouveau nettoyer toutes les morsures et puis j'avalerai les comprimés. J'ai besoin de dormir. Là-bas dans la chambre. Ne sors pas. Si tu entends ou vois quelque chose, tu me réveilles tout de suite. Prends de quoi manger, il y a des boîtes, prends celles que tu aimes. Et du *biltong* et du *beskuit*. Et de la soupe, que je mangerai avec toi ce soir. Viens me réveiller quand le soleil se couchera. Je sais que tu as peur, Nico, mais je vais être malade un ou deux jours, c'est tout.

Je saisis sa main. Il est brûlant. Je ne pleure pas. Je ne fais qu'un signe de tête.

– Comment nous protégeons-nous ? demande-t-il.
– Nous ne faisons confiance à personne.
– C'est ça. Viens voir, que tu saches où je me couche. Si je dors encore quand il fera noir : souviens-toi, pas de lumière.

Mon visage trahit quelque chose.
– Tout ira bien, dit-il.

*

Tout ne va pas bien.

Je sors mes livres dans le salon. C'est une pièce qui fait aussi salle à manger avec une cuisine américaine. Après une éternité, j'en ai assez. Je vais à la chambre. Père est sous une couverture. Il tremble de tous ses membres même s'il ne fait pas du tout froid. Il ne sait même pas que je suis là.

Je ne veux pas le voir mourir. J'avance lentement dans le couloir. J'entends des bruits sous le toit, et dehors. Je regarde par les fenêtres des autres pièces, mais tout est de nouveau tranquille.

Dans le salon, je perçois un mouvement à travers les rideaux en dentelle. Un animal descend la rue. J'ai peur car je pense que c'est un chien. Je regarde bien, m'approche de la fenêtre. Je vois que c'est un chien oreillard, petit, au poil argenté. Il s'arrête soudainement, se tourne vers la maison. Il lève le museau comme s'il pensait sentir quelque chose. Et puis il s'éloigne rapidement.

Les pieds ankylosés par la peur, je vais jusqu'à la chambre. Père respire encore.

*

La maison est simple, un long rectangle avec l'espace à vivre près de l'entrée, trois chambres et deux salles de bains au fond. J'explore toutes les autres pièces en détail, ouvre des placards, regarde sous les lits. Il n'y a pas de jouets dans les armoires, aucune étagère contre les murs. Dans une caisse en bois à côté d'un fauteuil dans le salon, il y a de vieux magazines. Des revues féminines et le *Huisgenoot*, le premier magazine d'actualité sociale. Je n'aime pas le lire car tous ceux qu'on y voit sont morts, les programmes télé et les films n'existent plus. Tout a changé.

Je ne regarde même pas dans le frigo parce que Père et moi savons qu'il y a des choses pourries dans tous les frigos. Il vaut mieux les laisser tranquilles.

Tout en haut dans un des placards de la cuisine, il y a deux paquets de chips. Barbecue. Je préfère le goût piment. Une grosse barre de chocolat Cadbury. Je l'ouvre. Je sais qu'elle sera grise et fade, mais j'espère quand même, parce que j'ai treize ans.

Le chocolat est infect.

J'achève un des paquets de chips. Pas beaucoup de goût mais croustillant et bourratif. J'avale aussi le deuxième.

Je vais voir mon père. Il ne tremble plus. Il s'est débarrassé de la couverture. Il transpire. Les morsures sont rouges et enflées. Je m'assieds contre le mur de la chambre et le regarde. Tout est terriblement silencieux. Seulement la respiration de Père. Inspiration, expiration. Trop rapides.

La fièvre le tient.

4

L'HOMME SOUS LE MANGUIER

On sait que la Fièvre est venue d'Afrique. On sait que deux virus ont fusionné : un virus humain et un virus de chauve-souris. À l'époque on a beaucoup écrit là-dessus, avant que tout le monde ne meure.

Un médecin a déclaré dans un magazine que personne ne savait exactement comment cela avait commencé, mais il a proposé un scénario. Quelque part en Afrique tropicale, un homme dort sous un manguier. Ses défenses immunitaires sont affaiblies car il est séropositif et n'est pas soigné. Il a déjà un coronavirus dans le sang. Ce n'est pas étonnant, le virus à couronne est assez répandu. À l'époque précédant la Fièvre, on en connaissait au moins quatre qui étaient responsables de symptômes grippaux chez l'homme.

Le coronavirus infecte aussi les animaux. Les mammifères et les oiseaux.

Dans le manguier se trouve une chauve-souris avec un autre type de coronavirus dans le sang. La chauve-souris est malade. Elle a la diarrhée et crotte sur le visage du dormeur, sur ses yeux ou son nez ou sa bouche. Maintenant, l'homme a les deux coronavirus dans le sang et ils se multiplient dans ses voies respiratoires. Et leur matériel génétique se mélange. Un nouveau coronavirus est né – un virus qui se transmet facilement et qui cause une maladie très grave.

L'homme du manguier vit dans une communauté pauvre où les gens habitent dans une grande promiscuité et beaucoup d'entre eux sont séropositifs. L'infection se répand rapidement et le virus continue sa mutation. Une des mutations est parfaite. Ce virus se propage par voie aérienne et la personne infectée a le temps de contaminer un grand nombre de victimes avant de mourir.

Un des parents de l'homme du manguier travaille dans un aéroport de la grande ville. Il a le virus parfait dans le sang. Il tousse près d'une passagère juste avant qu'elle ne prenne un vol pour l'Angleterre.

En Angleterre se tient une importante rencontre sportive internationale.

Tous les pays développés ont mis au point des protocoles en cas de maladies mortelles transmissibles. La plupart des pays en voie de développement ont même des stratégies détaillées pour parer à cette éventualité. Il y a des directives et des systèmes prévus en cas d'épidémie. En théorie, ils devraient fonctionner.

Mais la nature se moque des théories. La faillibilité humaine se moque des théories.

5

21 MARS

Je suis assis par terre à côté du lit où mon père se bat contre la fièvre, et vers la fin de l'après-midi, sans le vouloir, je m'endors aussi.

Quelque chose me réveille. J'entends une voiture. D'abord, je pense l'imaginer. Le bruit enfle. Je file, à pas feutrés, au salon.

C'est bien une voiture, le moteur proteste en montant la côte raide. Je cours vers la chambre.

– Papa.

Il n'entend pas.

– Papa, dis-je, plus fort, plus insistant. J'entends une voiture.

Mon père respire rapidement. Il a la bouche ouverte. Il ne bouge pas. Je veux crier, lui crier très fort de ne pas mourir, que j'ai peur, qu'il y a une voiture, qu'on ne fait confiance à personne d'autre que nous. Reviens-moi de la fièvre, je suis trop petit pour être seul, papa s'il te plaît, ne meurs pas. Mais j'ai encore honte d'avoir appelé ma mère la veille. Je ne fais que rester là à regarder mon père qui ne se réveille pas.

La voiture se rapproche.

Je cours au salon. Dehors, les ombres s'étirent, le soleil est bas. La voiture approche de plus en plus. Elle va plus lentement, je l'entends. Elle est dans le village.

Je veux courir à l'extérieur et leur dire de venir aider mon père, qu'il est malade.

On ne fait confiance à personne. C'est ce que mon père et moi avons décidé quand on a essayé de nous voler près de Bultfontein, il y a cinq semaines. Je ne dois pas sortir.

La voiture tourne au coin de la rue et la voilà, devant la maison. Une Jeep Wrangler noire, décapotable. Elle passe à toute vitesse. Je pense voir trois personnes. Et puis elle disparaît.

J'aurais dû les arrêter car mon père est très malade.

J'entends la Jeep revenir. Je la vois stopper devant le camion. Au volant, un homme aux cheveux très longs et noirs coupe le moteur. Il n'a pas de chemise. Seulement un pantalon. Il est maigre, les poils de son torse sont foncés et denses. Il descend et se dirige vers notre camion. Un fusil à la main.

Je vais les appeler. Je vais leur demander de m'aider. Moi et Père. J'avance vers la porte. Et puis je vois la femme dans la Jeep. Elle a des cheveux châtains tout emmêlés, la tête baissée. Ses mains sont attachées à la barre antitonneau. Elle hurle, comme si elle aussi avait très peur.

Je m'arrête.

Le deuxième homme, qui est resté assis dans la Jeep, a un débardeur et des biceps. Il gifle la femme. Elle pleure. Il crie à l'autre :

— Quand est-ce qu'on est passés par ici ?

— Y a une semaine, répond la crinière. Le camion n'y était pas.

Crinière monte à la cabine du Volvo et essaie d'ouvrir la portière mais elle est verrouillée. Il redescend. Pose la main sur le tuyau d'échappement.

— Froid, dit-il. T'es sûr ? On était bien bourrés, non ? Il est peut-être là depuis perpète.

Biceps rit.

– T'as raison.

Je m'assieds et les observe à travers les rideaux en dentelle. Si c'étaient de braves gens, ils n'attacheraient pas une femme comme ça. Je ne peux pas leur faire confiance.

Biceps descend de la Jeep. Il dit quelque chose qui m'échappe. Il regarde vers la maison, il me fixe. Je ne bouge pas, je sais bien qu'il ne peut pas me voir à travers le rideau, mais je m'imagine que si.

Crinière longe la remorque. Il essaie les portes arrière.

– Une petite vérification ne fera pas de mal, observe Biceps.

Il continue à fixer la fenêtre du salon. Peut-être bien qu'il me voit. Enfin il se détourne vers la femme attachée et lui secoue les bras. Il appelle Crinière :

– Je vais vérifier cette baraque, toi tu t'occupes des autres.

Il indique les maisons d'en face.

– OK.

Biceps avance jusqu'à l'entrée. Il porte un gros revolver gris argenté à la ceinture.

La femme dans la Jeep secoue tout à coup la barre violemment. Je vois maintenant son visage. Elle a du sang sur la joue et sur les cheveux. Biceps s'esclaffe.

– C'est ça ! Tu peux toujours essayer !

Il la regarde jusqu'à ce qu'elle arrête de s'agiter, poussant de petits gémissements comme quelqu'un de très triste. Il monte les escaliers de notre maison. Il secoue violemment le portail de sécurité. Le bruit me terrorise mais je reste figé.

Notre pistolet est sur une table basse au milieu du salon, entre les fauteuils devant la télé. Je le prends, le serre dans ma main, me rassois.

Biceps vient à la fenêtre du salon. Il presse le visage contre la vitre et s'abrite les yeux de la main. Je glisse du fauteuil et m'allonge, l'accoudoir du canapé entre nous. Il ne peut pas me voir, il ne peut pas me voir, il fait trop sombre à l'intérieur. Je reste par terre jusqu'à ce que je l'entende secouer le portail à nouveau. Je me relève. Je vois qu'il a pris son revolver et qu'il vise la serrure du portail.

Le coup de feu fait un grand fracas. Cette fois, un petit bruit m'échappe. La balle a traversé le bois de la porte. Elle s'est encastrée dans le mur du salon, à ma gauche.

Biceps secoue le portail. Il ne s'ouvre pas. Il prévient Crinière :

– T'inquiète pas, je tire sur les serrures.

Et il envoie une balle de plus.

Je serre le pistolet. Je me déplace, appuie le dos contre le fauteuil. Je lève le pistolet. S'il entre, je vais devoir tirer. Si j'y arrive.

Il secoue et agite le portail de sécurité qui grince en s'ouvrant. Il saisit la poignée de la porte et tourne. La porte est fermée à clé. Il lève le flingue pour tirer.

J'essaie de braquer mon pistolet vers la porte. Ma tête dit non, je ne peux pas le faire.

Je n'ai pas envie de tuer quelqu'un. Je baisse le pistolet.

Je ferme les yeux. Qu'il entre. Qu'il m'attache moi aussi à la Jeep avec la femme. Il se peut qu'il ne regarde pas plus loin dans la maison. Peut-être que mon père viendra me chercher s'il ne meurt pas de la Fièvre.

J'attends la balle, les yeux fermés.

Une main me couvre la bouche. J'ai peur, je hurle mais la main me serre trop fort. C'est Père. Il me prend le pistolet, me chuchote à l'oreille :

– Chuut.

– Quoi ?

C'est Biceps qui crie devant la porte. Il scrute la rue et baisse le revolver.

Crinière braille quelque chose qu'on ne comprend pas.

– Non, tout est fermé, répond Biceps.

Père lève le pistolet comme si l'arme était très lourde. Il le braque sur l'entrée. Je sens tout son corps qui tremble et brûle contre moi. Je me demande si Père tuerait un homme comme il a tué les chiens. Après Bultfontein, Père a dit : « Tuer quelqu'un... », puis il a secoué la tête comme pour dire qu'il ne pourrait pas le faire.

Biceps se retourne vers la rue.

– Oui, oui... Non, je n'ai pas...

Il ne termine pas la phrase, il écoute ce que dit Crinière.

– OK, ça va, dit Biceps, et il relève son flingue.

Il tire sur la serrure de la porte. Le bruit, le bois et le plâtre qui s'envolent. Père tient toujours le pistolet braqué sur la porte, et sa main sur ma bouche. Mais Biceps se retourne, descend les marches et se dirige vers la Jeep. Crinière le rejoint. Biceps donne une gifle à la femme. Ils montent dans la voiture, démarrent et disparaissent.

*

Pendant un long moment, on ne bouge pas. Père respire rapidement.

– Je suis désolé, Nico. Je t'ai entendu m'appeler mais je me croyais dans un rêve.

Il chuchote. Il m'a appris que les sons portent bien plus loin qu'on ne pense. Surtout maintenant, depuis la Fièvre, car il n'y a plus aucun bruit.

– Tu as très bien fait, dit-il. Tu peux être fier de toi.

Plus tard, on se lève. Il boit des litres d'eau du robinet et je réchauffe la soupe sur la cuisinière à gaz. Velouté de poulet de Baxters.

Nous mangeons. Père dit :

– On ne peut pas allumer ce soir – on ne sait pas s'ils sont près d'ici.

– Et pas de café demain matin.

L'odeur du café est un détecteur de personnes. Ça aussi, c'est Père qui me l'a appris.

– C'est vrai.

Il essaie de sourire mais il a l'air épuisé. Je finis mon bol de soupe.

– Je me sens mieux, dit Père.

Il ment. Il voit que je ne le crois pas.

– Demain, j'irai encore mieux, dit-il.

– OK. Ces hommes ont attaché une dame dans la Jeep.

– Je l'ai vue. On réglera ça demain.

Je passe toute la nuit à côté de lui. Il parle beaucoup dans son sommeil. Deux fois, il appelle ma mère : Amélia.

6

LE PASSÉ EST UN FLEUVE

C'est Père qui a dit que le passé est comme un fleuve. (C'était l'année du Cochon, si je me rappelle bien. J'avais dix-sept ans.)

Nous étions dans un groupe qui était resté discuter jusqu'à tard au Forum et quand nous sommes rentrés à la maison à pied, je lui ai demandé pourquoi tout le monde parlait toujours autant de la Fièvre – c'était fini depuis plus de cinq ans.

Alors, il a dit :

– Le passé est comme un fleuve, Nico. On ne se souvient pas de toute l'eau qui a coulé. C'est pourquoi, quand on y pense, on se rappelle d'abord les épaves, les détritus que les tempêtes et les inondations ont laissés sur les bords.

– Je ne comprends pas ce que tu veux dire, ai-je répondu, agacé.

Mes rapports avec mon père étaient tendus. Et j'étais un ado.

Tous les adultes m'agaçaient.

– Nous nous souvenons le mieux des traumatismes. La peur, la perte, l'humiliation... Tu verras, un jour.

Maintenant, je vois. Maintenant que j'essaie de rédiger ces Mémoires, maintenant que j'essaie de me rappeler pas seulement les moments difficiles mais aussi ce qui s'est passé dans les intervalles. J'ai cité Auden et Heinlein sur l'autobiographie car les pièges qu'ils indiquent sont vrais. Quand il s'agit des eaux troubles de la mémoire, on est seul avec ses propres souvenirs – parfois pas fiables, parfois déformés – et les histoires des autres. On est exposé aux désirs et aux peurs de l'Ego qui ne se rappelle que certains événements et pas d'autres.

Je l'avoue donc franchement : je raconte ici l'histoire de ce qui s'est passé après la Fièvre tel que je m'en souviens. Ma vérité. Subjective peut-être, un peu déformée. Mais je dois des faits et de la sincérité à tous ceux qui font partie de l'histoire, surtout ceux qui ne sont plus là pour dire leur vérité à eux.

La vérité est mon plus grand objectif. Ça, je le jure.

7

22 MARS

Je dors à côté de mon père. Il se réveille désorienté au petit matin, troublé, les yeux hagards et les cheveux en bataille. Il ne me reconnaît pas tout de suite. Il semble diminué, amaigri. Sans défense, il a l'air vulnérable et fragile et faillible. Mais je ne peux pas l'admettre, je ne veux pas encore l'admettre.

Je nous prépare du porridge. Père mange au lit. Reconnaissant. Il dit :

– Un jour nous aurons à nouveau du lait frais.

Il le répète souvent.

– Je devrais aller mieux demain, Nico.

– Et alors on reprendra la route, papa ?

Il secoue la tête, lentement.

– Non. On va s'installer ici.

– Ici même ?

– Non, pas forcément dans cette maison. Nous avons le choix. Je veux dire dans cet endroit, ce village.

– Et ces hommes ?

Je montre la rue où la Jeep s'était garée. Nous parlons encore à voix basse, comme s'ils étaient tout près.

– Ils sont… une complication.

– Une complication ?

– C'est un mot intéressant – du latin, *complicare*…

Père respire avec difficulté, comme pour rassembler ses forces.

– Ça veut dire plier ensemble. Tu sais, quand tu plies quelque chose, tu le rends plus complexe.

Il essaie de retrouver son ancien enthousiasme.

– C'est chouette, non, les langues ? Compliquer signifie donc rendre les choses plus…

– Pourquoi ne cherche-t-on pas plutôt un autre endroit ?

– Parce que je pense qu'aucun endroit n'est aussi idéal que Vanderkloof pour un nouveau commencement.

– Pourquoi ?

Père termine son porridge.

– Maslow… tous les besoins de base. Ici il y a structure et texture… souffle-t-il doucement car il est à bout de forces. C'est une longue histoire. Je t'expliquerai demain. C'est promis. D'accord ?

– OK.

Il me tend son bol vide et sort ses comprimés.

– Je vais me coucher. N'oublie pas de te brosser les dents.

*

L'après-midi, j'entends parler mon père. Je vais le voir dans sa chambre. Il s'est débarrassé de toutes les couvertures, il transpire, il délire, des mots fous, une voix apeurée. Puis il se réveille, se redresse soudain et se penche pour ne pas salir le lit. Il vomit sur le sol.

Je l'aide à nettoyer.

– Désolé, Nico, dit-il. Désolé, mon grand.

Ce soir-là, je réchauffe de la soupe mais Père ne fait que dormir.

La Jeep ne revient pas.

Il fait terriblement chaud dans la maison et on manque d'air.

8

23 MARS

Quand je me réveille le lendemain, mon père dort toujours.

Je grignote du *beskuit*, bois de l'eau, regarde par les fenêtres, j'écoute, ne peux pas rester tranquille, je tourne en rond, c'est plus que de l'ennui, plus fort que la peur imprécise d'hier. J'ai treize ans. Je n'arrive pas à tirer mes pensées au clair.

Je suis debout devant les fenêtres du salon. Mon cœur se met à battre, mes mains transpirent, la terre m'engloutit, l'air pèse sur moi, le jour, les murs. Je ne comprends pas bien ce qui se passe, je ne veux pas réveiller Père, il doit se rétablir.

Je vais me coucher dans une autre chambre. La pièce m'engloutit. Je ferme les yeux. Les chiens, l'épisode des chiens m'obsède, je revois tout. La honte d'avoir appelé ma mère. J'ai treize ans. Je me crois grand. Les chiens, la fièvre de Père, les deux hommes devant la maison, les coups tirés sur la porte, la femme attachée, je revis tout, les images, les odeurs, la peur. Mon père. Je le revois avant-hier quand il est descendu du camion avec son corps douloureux, il paraissait avoir peur, peur, pour la première fois, sa façon de regarder, son dégoût quand il a trimballé les carcasses raides et sinistres des chiens.

Mon cœur bat à me déchirer la poitrine, je n'ai plus de souffle, je suis écrasé.

J'ai envie de hurler. Une colère sourde gronde au fond de moi, contre le monde. Contre les chiens meurtriers si déterminés à nous tuer. Nous, qui avons coupé tant de clôtures de réserves naturelles et de fermes après la Fièvre, nous qui avons ouvert toutes les cages du zoo de Bloemfontein. Nous, les amis des animaux, pourquoi s'en prendre à nous ? La colère me brûle, une colère sans raison. Contre tout, contre la Fièvre qui a démoli toute mon existence. Je serre les poings, je veux crier après quelqu'un ou quelque chose à cause de l'injustice pendant que la pièce, le monde, l'univers rétrécit et pèse de plus en plus lourd, m'écrase encore et encore.

– Nico !

Tout d'un coup, Père est là. La pression se dissout.

Je le regarde. Il s'assoit à côté de moi.

– Tu as hurlé. Tu es en état de choc, je crois.

Tout mon corps est tendu, à cran.

– Je suis là, dit Père.

Mais aucun son ne veut sortir de ma bouche.

– La fièvre est tombée, ajoute-t-il.

9

24 MARS

Au petit matin il pleut, éclairs et tonnerre, un grondement sur le toit en tôle. L'air est humide, étouffant, comme une chose qui couve ou fermente. En moi aussi, la colère et la peur n'ont pas disparu, elles ne font que se terrer quelque part dans ma tête.

Père dit qu'on peut faire du café quand il pleut, l'odeur ne se sentira pas de loin. Mais il faut cependant fermer les fenêtres. Nous prenons le café dans la cuisine. Père m'explique la pyramide des besoins selon Abraham Maslow. Il ne me parle jamais comme à un enfant. Il ne filtre pratiquement jamais les informations, c'est à moi de lui dire si je ne comprends pas. (Des années plus tard, je me suis rendu compte qu'il avait omis le sexe en m'enseignant les besoins physiologiques selon Maslow. Je ne lui en veux pas.) Il explique que Vanderkloof est idéal sur le plan physiologique ; il y a toute l'eau dont on peut avoir besoin et un bon potentiel pour une agriculture variée. Car le climat est assez clément, l'irrigation facile et il y a de l'énergie hydroélectrique que nous pourrons utiliser si nous trouvons des personnes compétentes pour remettre le système en état et le détourner vers nous.

Il devance la question qui me brûle les lèvres. Il dit qu'il existe, bien entendu, d'autres endroits, d'autres barrages et rivières équivalents. Mais il connaît parfaitement cette région ; il y est venu quelques années auparavant. Il sait que Vanderkloof est unique par rapport au besoin de sécurité de Maslow. C'est un bastion, une citadelle, une forteresse naturelle, grâce aux collines avec leurs falaises et au barrage. Il n'y a qu'un chemin praticable le long de la pente raide. Un seul flanc à défendre, à moins que l'ennemi ne vienne avec toute une flotte de navires – tout de même plutôt improbable sur le fleuve Orange, et Père rit. Je remarque alors qu'il n'est pas complètement rétabli de sa fièvre. Son rire est un peu creux. Comme si une partie de lui n'était pas revenue.

– Mais les deux hommes de la Jeep ?
– Oui. Une complication… J'y réfléchis encore.
Mais j'éprouve un mauvais pressentiment.
– Je pense qu'il faut partir, Père.
Il ne m'entend pas.

*

– Ils ne vont pas se promener dans cette Jeep décapotée sous la pluie, dit Père. Allons chercher l'arsenal.

Nous parlons d'« arsenal » depuis qu'il m'a expliqué l'origine du mot – « entrepôt » en arabe, repris en vénitien, puis en anglais et finalement en afrikaans.

Nous rangeons les pistolets et les fusils de chasse sur le comptoir de la cuisine. J'essuie les gouttes de pluie sur l'acier gris foncé. Nous nettoyons et graissons les armes une par une.

– Ce soir, quand il fera noir, nous essaierons de voir s'il y a de la lumière quelque part, dit Père. Ça nous dira si ces hommes se sentent en sécurité et où ils se trouvent exactement.

Je me demande pourquoi je n'y avais pas pensé.

– Et puis nous irons explorer un peu.

Après un moment de réflexion, il ajoute :

– Il se peut qu'il n'y ait pas seulement ces deux hommes et la femme.

– Alors qu'est-ce qu'on fera ?

– Dans ce cas, il vaudra mieux qu'on s'en aille. Le risque…

– Et pourquoi on ne s'en va pas tout de suite ? Ce soir même ?

Il ne dit rien. Pendant si longtemps que je me demande s'il a entendu ma question.

– On va repartir de zéro ici. Fonder une communauté avec un sens moral, des principes, une considération mutuelle. Il faut que tout soit bien dès le début. On ne peut pas abandonner cette femme comme ça. S'ils ne sont que deux, nous devons au moins essayer. Même s'il n'y a que toi et moi.

C'est la première fois que Père parle de « fonder une communauté ». J'ai l'esprit ailleurs, je n'y fais pas vraiment attention. Bien plus tard seulement, je me rendrais compte qu'il avait déjà pensé à tout. Avant le jour des chiens, avant qu'on n'arrive ici.

À quatre heures, la pluie s'arrête.

– Dommage, dit Père. Ça aurait aidé.

*

À la tombée de la nuit, Père soigne tout seul ses blessures avec du baume, des compresses et des sparadraps. Il prend des antalgiques. Avec du cirage noir trouvé dans un des placards de la cuisine, il trace des rayures sur nos visages. On met des habits sombres. Nous chargeons chacun un Beretta et un fusil : le Tikka .222 avec lunette de visée pour moi et le .300 CZ pour lui.

– Le genre d'hommes qui traitent une femme comme ça… ils sont dangereux. Nous allons faire une reconnaissance, Nico. C'est tout.

– OK, dis-je.

Et j'espère que Père n'entend pas mon soulagement, car cette histoire ne me plaît pas. Il y a un truc qui ne va pas.

Dix heures. Il fait nuit noire. La lune ne s'est pas encore levée. Nous laissons les armes à l'intérieur et montons sur le toit de la véranda. On les voit tout de suite. Leur maison est sur la colline, à trois kilomètres environ. Ils ont sans doute un groupe électrogène puissant pour que les lampes brillent autant. Une grande maison, trois étages.

– Ils ne se doutent de rien, dit Père tout bas, bien qu'ils soient trop loin pour l'entendre.

Dans la cuisine, il me demande :

– Tu n'as pas entendu d'autres voitures pendant que j'étais malade ?

– Non, Père.

Il est perdu dans ses pensées quand il me passe le pistolet et le fusil. On se dirige vers la porte.

– Comment peuvent-ils être aussi insouciants ?

Je sais qu'il n'attend pas de réponse de moi.

*

Il a sa réponse sur le chemin.

Vanderkloof, en cette année du Chien, est un village sans plan précis, qui n'a pas changé depuis la Fièvre – une couverture en patchwork incomplète, étendue sur les collines. Il n'y a qu'un chemin qui mène aux quartiers dans les hauteurs et vers les gens de la Jeep dans leur Maison des Lumières. Nous marchons prudemment et à pas feutrés dans le noir. Je reste un peu derrière Père, à sa gauche. Nos baskets ne font pas de bruit sur le bitume, j'entends le souffle de Père. Nous nous trompons d'abord de chemin et sommes obligés de faire demi-tour. Nous trouvons la bonne rue goudronnée.

– Nico ! dit Père, doucement, insistant.

Ça me fait peur. Il tend le bras pour me retenir. Je ne vois rien.

— Ils ont tendu un fil de fer, souffle-t-il.

Il me l'indique du doigt. Je dois me rapprocher pour voir luire le fil dans la lumière de la maison là-haut, à plus d'un kilomètre encore. Tout juste au-dessus de ma tête.

— On dirait une ligne de pêche, dit Père.

— Comment tu l'as vu ?

— Je me suis demandé ce que je ferais si j'étais eux. Si j'avais tout allumé, comme une bougie pour attirer les papillons de nuit.

— Ah bon ? Mais comment ce fil empêcherait-il les intrusions ?

— Viens, dit Père, et il me fait signe de le suivre.

Il longe le fil de fer jusqu'à ce qu'il traverse la glissière de sécurité au bord de la route.

— Regarde, me chuchote-t-il.

Je vois que le fil est attaché à quelque chose.

— C'est une fusée éclairante. Quand on touche le fil, la fusée part et les avertit.

Il me laisse regarder.

— Ces gars... On doit être très prudents. Baisse-toi bien pour passer.

Nous avançons. Plus lentement. J'essaie aussi de faire attention maintenant. Je me demande ce que font les gens de la Jeep quand ils rentrent en voiture. Est-ce qu'ils soulèvent le fil pour passer ?

Père est aussi le premier à voir le suivant. À deux cents mètres à peine de la maison. Le fil de fer est tendu bas, plus bas que mes genoux. Il me fait signe d'arrêter, sans parler. Je vois quelques gouttes suspendues au fil. Voilà comment il l'a repéré. Je n'ai pas cherché en bas parce que je pensais que tous ces fils piégés étaient à la même hauteur.

Nous enjambons l'obstacle, faisons quelques pas. Père s'arrête, lève la main pour que je fasse de même. Il regarde la Maison des Lumières qui illumine la crête. Elle a l'air joyeux, accueillant. Mais il n'y a pas de mouvements ou de bruits humains, aucun signe de vie.

Père fait glisser le fusil de son épaule, le tient entre ses mains. Il n'avance pas, il ne fait qu'étudier la maison des hommes de la Jeep. Et puis à gauche, la rangée de maisons plus petites et sombres. Et à droite, un terrain vague.

Quelque chose le trouble.

Un chacal glapit, pas très loin, sur un flanc de la colline.

J'ai envie de faire demi-tour. Je veux retourner au Volvo, partir. La moiteur, le manque d'air, et le pressentiment d'hier qui remue en moi tel un monstre dans des eaux sombres.

Je prends mon fusil.

Père se penche un peu, comme pour se rendre plus petit. Il avance de nouveau, plus lentement encore. Il s'arrête plusieurs fois. Cent cinquante mètres de la Maison des Lumières. Un hibou hulule dans la brousse, plus fort que le bourdonnement des insectes.

On est seulement venus faire une reconnaissance, pourquoi est-ce qu'il avance toujours ?

À presque cent mètres de la maison, un lièvre jaillit tout d'un coup des broussailles à notre gauche. J'ai le souffle coupé de peur. Un petit cri m'échappe. Trop fort. Père s'immobilise, me regarde calmement. Je veux m'excuser mais il me presse l'épaule pour me dire qu'il comprend.

Il se tourne vers moi, la bouche contre mon oreille :

– Tu vois ce rocher ? demande-t-il, et il le montre du doigt.

Une pierre aussi grosse qu'un frigo a dégringolé d'en haut et bloque le trottoir.

Je fais oui de la tête.

– Attends-moi là-bas. Je vais avancer juste un peu encore.

J'hésite mais il me dit :

– Tu me verras tout le temps.

46

Je fais oui de la tête.

Il attend. Je marche vers le rocher. Je regarde bien où je mets les pieds quand je quitte la route goudronnée. Le rocher m'arrive à la poitrine. J'y pose mon fusil pour pouvoir me servir de la lunette de visée s'il le faut. Je m'appuie contre la pierre. Elle est froide.

Père fait un pas en avant. Et s'arrête. Encore un pas. Halte. La lumière de la maison s'étend jusqu'ici. Je distingue Père, son corps un peu tordu, ses cheveux longs et mal peignés.

Pas à pas il s'avance, s'arrête, écoute, regarde. Il s'avance de plus en plus, s'éloigne de moi. Pourquoi aussi lentement, aussi prudemment ? Il n'y a aucun mouvement, aucun bruit, rien sauf la maison juste devant nous. Peut-être que les hommes de la Jeep et la femme battue sont partis depuis longtemps, ils ont peut-être oublié d'éteindre, les fusées ne sont qu'une plaisanterie, une farce. Une éternité, le temps s'arrête, il est à dix pas devant moi, puis quinze, vingt, il rapetisse, ce n'est qu'une reconnaissance, papa, on en a assez vu, cette dame n'est plus là, rentrons, prenons le camion, vingt-cinq pas, Père est loin, près de la flaque de lumière, tout petit.

Je ne veux pas le voir comme ça, je ne veux pas être là, un truc me ronge de l'intérieur.

– Hé, dit une voix.

Père sursaute, fait un écart à gauche. Je vois un homme debout. C'est Biceps. Il tient un gros revolver à la main, le lève. J'entends la surprise dans sa voix.

Père a son fusil prêt. Il ne tire pas. Biceps braque le revolver. Père ne tire toujours pas.

Un coup de feu retentit. Père tombe.

10

Père tombe. Tout s'arrête.

Tout mon corps tressaille, l'écho de la détonation du lourd revolver bourdonne en moi et vibre dans le rocher, me sort de ma stupeur et à ce moment, je sais ce que j'ai ressenti hier, la panique, la rage. Ce n'était pas la colère contre les chiens et leur trahison, pas la honte d'avoir appelé ma mère. J'en voulais à mon père. Je lui en voulais d'avoir été aussi petit et peureux et perdu à la station-service, au milieu des chiens qui lui tournaient autour en grondant. Je lui en voulais d'avoir eu besoin de moi à ce moment-là alors que je n'étais pas encore prêt. Je lui en voulais parce qu'à mes yeux il n'était plus le même depuis le matin où il était sorti si prudemment de la cabine du Volvo, le .300 CZ sur l'épaule et le Beretta à la main. Il a fait des pas hésitants parmi les cadavres des chiens, le corps raide et douloureux après l'attaque et la mauvaise nuit qu'il avait passée. J'ai vu quelque chose de là-haut, de la cabine, mais je ne voulais pas le voir.

Père était plus petit. Diminué.

L'autre soir, quand il m'a mis une main sur la bouche, le pistolet tremblant dans l'autre, quand les hommes de la Jeep étaient dehors, je l'ai senti mais je n'ai pas voulu le reconnaître.

J'en voulais à Père d'être malade. Faible. Et en ce moment je suis furieux qu'il soit tombé dans le noir là-bas. Son fusil était prêt. Il a vu que Biceps allait tirer, mais Père ne peut pas tirer sur un homme. Il ne peut pas.

Avant-hier, quand il s'est réveillé aussi agité, je l'ai su, je l'ai vu et j'ai compris, mais je ne voulais pas savoir.

Tout ça attise ma colère, me pousse à vouloir me lever derrière le rocher et à m'approcher de Père étendu sur le goudron dans la flaque de lumière. J'ai envie de l'engueuler, même sans saisir exactement pourquoi, sans avoir les mots ou les arguments qu'il faut. Des années plus tard seulement, je comprendrai : cette nuit-là, le 24 mars de l'année du Chien, c'est le moment de la Deuxième Grosse Perte. La première était ma mère et ma vie d'avant. Les chiens et leurs microbes et les hommes de la Jeep et la fièvre de Père m'ont de nouveau volé. Ils m'ont volé l'image de Willem Storm le protecteur infaillible, le guide de vie omniscient. Ils m'ont volé mon père le héros.

Avant le soir à Koffiefontein, il était grand et fort et brillant. Infaillible.

Ce fut la dernière fois.

Je suis plaqué contre le rocher et je vois mon père par terre. Je vois ses cheveux dans la lumière de la maison, je vois pour la première fois mon père tel qu'il est : un homme mince de taille moyenne. Fragile. Effrayé. Vulnérable. Mortel.

Je tire sur Biceps. Je le vois à gauche de Père, dans le jardin de la maison voisine envahi par la végétation. Sa silhouette se détache contre la lumière, une ombre allongée avec un énorme revolver devant elle. Je braque mon fusil avec sa lunette centrée sur lui et tire, comme je m'y suis entraîné sur des boîtes en fer et des cailloux sur la route depuis cinq ou six semaines. Je le touche à la tête, baisse la lunette, regarde mon père. Un autre mouvement derrière Biceps, dans les ombres. C'est Crinière. Il s'approche du trottoir. Je me retourne, braque le fusil et lui tire dessus avec le Tikka .222, la balle l'atteint au-dessus de l'œil droit, le sang forme un nuage de gouttelettes sombres, et puis il tombe.

C'est la colère qui me fait tirer, une rage terrible.

Je descends la rue en courant pour rejoindre Père. Je manque de trébucher sur le fil. La fusée fend l'air en sifflant et explose dans le ciel, et ici-bas les ombres s'animent d'une étrange vie au ralenti – les arbres, les lampadaires, les maisons, les buissons, mon père au bord de la route. Et puis il bouge.

Père se lève en titubant. Il se tient le cou. Du sang filtre à travers ses doigts. Du sang qui paraît noir.

– Papa.

Ma voix est différente. Pour lui aussi, il y a une différence. Je le vois dans ses yeux.

*

J'avais treize ans quand j'ai tué deux hommes. Par colère envers le monde et envers mon père.

Ce soir-là j'ai compris que j'aurais désormais à protéger mon père. Ce sera mon rôle.

11

PÈRE

Pendant que j'écris, évoquant cette nuit-là, les souvenirs s'emparent de moi ; en vrac, au hasard, sans chronologie. Et je ne peux même pas employer ce mot sans entendre la voix de mon père :
– *Chronos* désigne le temps en grec ancien et *logos* se rapporte au verbe *lego,* « je lis ». On en a dérivé *logia,* l'étude d'une chose, c'est l'origine de notre mot « logique », par exemple…

Et il s'était mis à parler passionnément des Grecs et de leur civilisation pour finir avec son grand regret :
– Nous avions tant de possibilités et nous avons tant perdu.

C'est étrange d'ouvrir de nouveau ces vieilles portes, de laisser souffler les courants d'air de cette époque révolue. Le mal du pays et la nostalgie, la douleur et la joie. L'émerveillement. C'est *ma* vie. C'est ainsi que j'ai été fait et façonné. Et l'autre grand dilemme de ces aveux : donner à mon récit une structure compréhensible malgré les aléas de la mémoire, la navigation difficile dans les replis des sentiments.

Mon père. Ce « maudit esprit universel », comme Nero Dlamini l'appelait quand mon père n'était pas dans les parages. Mon père était sensible et doux, mais il était réellement brillant. Et sage. Ses qualifications de géographe et de juriste – dans cet ordre peu orthodoxe – indiquaient une intelligence plurielle mais n'en disaient pas tout. Dans la pratique, ses intérêts et sa compréhension étaient plus étendus. Il était un demi-historien, un demi-philosophe, un quasi-scientifique.

Il cherchait sans fin, lisait sans cesse, gourmand de toute connaissance, un grand curieux, fasciné par l'étude et amoureux de chaque aspect de ce monde. Il ne se servait jamais d'une lampe de poche mais d'un projecteur pour éclairer le sujet et tout autour. Sa perspective était toujours large et n'excluait jamais personne, surtout pas moi.

Il était animé par la compassion, cette rare capacité de voir à travers les yeux des autres.

– Pourquoi es-tu comme ça, Willem ? lui a demandé Nero un soir dans le salon de l'Orphelinat, chacun un cognac dans la main.

– Comme quoi ?

– Tu sembles encore émerveillé par le monde. Comme si tout était un peu magique, tout et tous. Tu vis dans un état d'émerveillement, presque comme un enfant – si tu vois ce que je veux dire.

Père a demandé en riant :

– Connais-tu l'origine du mot « magique » ?

– Tu ne vas pas esquiver une réponse.

– Sais-tu que le mot « machine » a la même origine que « magie » ?

– Pourquoi es-tu comme ça ?

– Parce que le monde et la vie sont magiques, Nero. D'une certaine manière. Parce qu'on peut décider ce qu'on veut mais l'univers s'en moque.

– Qu'est-ce qui t'a fait ce que tu es ?

Alors, Père a réfléchi et a répondu que c'était parce qu'il avait grandi dans un village, qu'il appartenait à la dernière génération d'enfants avant Internet. Oudtshoorn était assez grand pour avoir un bon lycée, assez petit et assez loin de la ville pour conserver les valeurs de la campagne. Père voulait devenir professeur, conquis par les bons pédagogues qui l'avaient éduqué. D'où son intérêt premier pour la géographie. Mais à l'université il partageait une chambre avec un étudiant en droit et il a commencé à lire ses livres, et il a découvert un monde qui le fascinait autant. Et dans sa troisième année, voilà qu'il tombe amoureux d'Amélia Foord et se rend compte qu'il doit devenir quelqu'un d'encore plus brillant.

12

24 MARS

– Mon Dieu, Nico, dit Père.

Il enlève la main de sa nuque et la regarde, étonné de voir du sang sur ses doigts. Ses genoux fléchissent. Il s'assoit.

– Ça ira mieux dans un moment, dit-il comme pour s'excuser.

J'examine sa blessure. Dans la lumière de la maison là-haut, je distingue la petite pointe blanche d'une vertèbre cervicale avant que le sang ne la recouvre. Mon père a eu une chance inouïe. La balle lui a écorché l'occiput, il n'a qu'une lacération de la peau fine et de la chair tendre en haut de la nuque. À quelques millimètres du tronc cérébral.

– Tu n'es que blessé, dis-je.

Il acquiesce.

Je vois Biceps derrière lui sur le trottoir, les yeux ouverts, l'arrière de la tête éclaté. Je ne tiens plus debout. Je m'éloigne de Père. Il me regarde, inquiet. Je vomis sur la route. Longtemps.

Père se lève et vient me serrer dans ses bras. Un geste de reconnaissance plus que de consolation. Voilà ce que je pense aujourd'hui.

*

Nous sentons l'alcool sur Biceps et Crinière en passant devant eux. C'est sans doute pour ça que Biceps a raté son coup.

La Maison des Lumières n'était qu'un appât. Ils habitaient un autre pavillon sur la gauche d'où ils sont sortis quand Père a touché un fil de détente à peine visible, déclenchant une lumière à l'intérieur.

La maison sent l'aigre. Il y a des cadavres de bouteilles, des boîtes vides et des papiers partout. Fringues sales, assiettes sales, verres sales.

Père appelle la femme. Personne ne répond. Nous l'entendons pleurer doucement. Père, devant moi, s'arrête sur le seuil d'une chambre et dit :

– Attends, Nico, la dame n'est pas habillée.

J'attends dans le couloir, je l'entends lui parler gentiment. Elle ne répond pas. Ils sortent. Père l'a couverte d'un drap. La tête de la femme est penchée et son corps tremble, et elle a des taches bleues et mauves sur le visage. Ses cheveux sont sales et gras et elle sent très mauvais.

Père l'aide à sortir dans la rue.

13

La première femme
24 mars

Père lui propose de manger, d'abord en afrikaans. Elle n'entend pas, ou ne comprend pas. Il essaie en anglais et puis en un français et un allemand approximatifs. Sans succès. Elle reste assise sur le canapé, enveloppée dans le drap sale, tremblante, et elle ne lève pas les yeux du tapis.

Nous mettons à chauffer de l'eau dans une grande marmite sur la gazinière et l'apportons dans la salle de bains pour remplir la baignoire. Père emmène la femme et ferme la porte derrière lui en sortant.

Une heure plus tard il y retourne. Il ressort, dit :
– Elle est toujours assise par terre. Elle n'a pas bougé.
Dans sa voix il n'y a que de la pitié.

Nous faisons à nouveau chauffer de l'eau. Père la lave pendant que j'attends dans la cuisine. Il l'aide à s'habiller avec des vêtements un peu trop grands trouvés dans une armoire de la chambre principale. Il la conduit dans une chambre plus petite et la met au lit. Elle ne dit pas un mot.

25 mars

C'est la première fois depuis des mois que nous ne sommes pas seuls tous les deux dans une maison ou une voiture ou un camion. Ça me fait tout drôle de la savoir couchée dans la chambre.

Père et moi déjeunons. La femme ne bouge pas.

Père ressemble à une momie, sa blessure à la tête est mal située et le bandage entoure son front. Sans compter les pansements qui couvrent les morsures des chiens sur ses bras, son épaule et son dos.

Je fais la vaisselle. Père va jeter un coup d'œil sur la femme.

– Elle dort, dit-il tout bas en sortant de la chambre.

On ne mentionne pas la veille. Père est différent. Il me parle de ses projets. Avant, il aurait enterré Biceps et Crinière tout seul pour m'épargner l'épreuve. Mais ce matin, il m'emmène pour que je l'aide. On met des heures, car le sol des collines de Vanderkloof est dur et très cailloutex. Je vomis de nouveau quand on traîne les corps vers les tombes.

Père ne fait que répéter :
– Ça ira, Nico, ça ira.

Nous rentrons à la maison, couverts de sueur, sales et nauséeux. Elle dort toujours. Père lui apporte à manger et la réveille. Je reste sur le seuil à regarder. Il doit la nourrir à la cuillère alors qu'elle fixe le mur de ses yeux vides, ouvrant et fermant la bouche avant d'avaler.

À la fin de l'après-midi, nous allons explorer la ville. Dans un supermarché, nous trouvons un gros cobra. Père dit qu'il est sans doute à la poursuite des souris et des rats qui se nourrissent de la farine et des céréales. Le serpent se glisse dans un coin du magasin et gonfle le cou.

– Bel animal, dit Père.

Nous nous dirigeons doucement vers l'entrée.

Père ne peut tuer un serpent.

Les rayons du supermarché sont presque vides. Biceps et Crinière ont dû prendre la plupart des conserves.

La porte de la pharmacie est fermée, le magasin de spiritueux est dévalisé, il ne reste que l'odeur fétide de vieille bière renversée, et des milliers d'éclats de verre de bouteilles cassées.

– Il s'est passé des choses ici, dit Père, mais je ne vois pas quoi au juste.

La poste est ouverte, à l'intérieur, des lettres et des colis non expédiés. Au poste de police, toutes les fenêtres sont brisées et des pigeons s'y sont installés.

Au coin, le magasin de pièces de rechange et la station-service sont indemnes. Nous trouvons un cadavre d'homme desséché dans le bureau. Il a encore son bonnet en tricot sur la tête. Père dit qu'il ne présente aucun danger pour la santé et qu'on pourra l'enterrer plus tard.

Dehors, il me fait signe de m'asseoir à côté de lui sur la bordure du trottoir. Je le vois chercher ses mots. Père ne cherche jamais ses mots. Il s'essuie les yeux et dit :

– Je suis désolé. Pour hier soir. Je…
– Ça va, papa.
– Je voulais t'éviter ça encore un peu.

Père me prend la main. Maintenant je sais que ce fut la dernière fois de sa vie qu'il m'a touché comme on touche son enfant. Il prend ma main entre les siennes, la presse contre sa joue et il reste comme ça. C'est plutôt inconfortable mais je ne bouge pas. Puis il laisse tomber ma main.

– Le monde, maintenant… Nous allons l'arranger, Nico, le raccommoder. Toi et moi.
– Oui, papa.

Nous nous levons. Nous rentrons.

– Je ne veux pas qu'on reste dans cette maison, dis-je, et je montre l'endroit où nous campons.

Parce que c'est là qu'il a été malade et faible.

Père ébouriffe mes cheveux longs et sauvages.

– On trouvera une autre maison. De toute façon, on s'en va dans un jour ou deux.

La femme est toujours couchée dans la chambre. Elle ne parle pas. Père lui apporte son dîner. Elle ne mange qu'un peu, mais sans aide.

Dans la nuit, elle hurle. Père réussit finalement à la calmer.

26 MARS

Père est encore dans sa chambre, je prépare le café du matin vers six heures et demie. Je pense que c'est l'odeur qui la réveille. Elle sort de sa chambre, passe dans la salle de bains et après un bref instant, elle vient dans la cuisine. Elle va s'asseoir dans le salon, toute droite, sur le bord de sa chaise. Elle ne me regarde pas.

– Du café, Tannie[1] ?

Elle fait oui de la tête.

Je cache ma surprise.

– Avec du sucre ?

Un autre acquiescement.

– Et du lait en poudre ?

Elle lève les yeux sur moi. Ils sont vert foncé. Les marques autour sont toujours aussi visibles. Ce n'est pas une belle femme. Elle a un long visage qui me fait penser à un cheval, je n'y peux rien. Elle fait un autre signe de tête et baisse les yeux.

– Un jour, nous aurons du lait frais – j'essaie de répéter le dicton de mon père mais elle ne réagit pas.

Je lui prépare son café et le pose devant elle. Elle me regarde de nouveau. Pour me remercier, je crois.

Père entre.

– Bonjour tout le monde, nous salue-t-il comme si de rien n'était.

---

1. Tannie : titre à la fois affectueux et respectueux donné à une femme plus âgée.

Il prend sa tasse, s'assoit en lui tournant le dos et dit :
– Aujourd'hui, on se coupe les cheveux, Nico Storm, tu ressembles à un loup-garou.

Elle se lève, saisit la grosse marmite, la remplit et la pose sur la cuisinière. Je veux me lever pour l'aider mais Père me retient, la main sur mon bras. Il dit :
– Ce matin, nous allons faire des brochures de recrutement. Tu peux aller chercher l'ordinateur et l'imprimante. J'ai presque finalisé le texte. On le mettra en anglais seulement. C'est plus simple. Mais je ne sais pas encore quel nom donner… « Colonie » ou « implantation » sont des mots tellement chargés de sens dans ce pays. Ex-pays… C'est peut-être sans importance maintenant. Mais tout de même, je veux attirer tous ceux qui sont de bonne volonté.

Père continue à parler pendant que la dame fait chauffer l'eau et emporte la marmite dans la salle de bains. Je veux de nouveau l'aider. Père me fait signe de rester assis. Je ne comprends pas vraiment pourquoi.

*

Je sors un tabouret sur la pelouse et m'assois dessus, sans chemise. Père tient un peigne et des ciseaux. Il se met à couper.

La dame sort de la maison et vient vers nous. Elle prend les ciseaux et le peigne des mains de Père. Il les lui cède et s'écarte. Elle commence à me couper les cheveux. On voit tout de suite qu'elle sait ce qu'elle fait. Père dit :
– Tu en feras peut-être un être humain à nouveau. Nico, appelle-moi quand vous aurez fini. Moi aussi j'ai besoin d'une bonne coupe. Je vais m'attaquer à cette brochure.

Elle me caresse la tête. La première femme depuis ma mère à me toucher. Je suis assis là et à ce moment ma mère me manque terriblement. Son contact me manque. J'aurais voulu que cette femme me serre très fort dans ses bras, rien qu'un instant. Comme le faisait ma mère avant la Fièvre. Ce souvenir n'a jamais disparu, mais il est aujourd'hui insupportable, comme un abîme au fond de moi.

La femme ne fait que couper mes cheveux.

14

Mère

Je me rappelle comment ma mère me serrait dans ses bras.

Elle s'appelait Amélia et son nom de jeune fille était Foord. Nous habitions à Stellenbosch, avant la Fièvre.

Elle me tenait contre elle quand je pleurais. Dans ses bras, je me sentais en parfaite sécurité. C'était une étreinte chaude et parfumée, et pendant des années j'ai cherché à savoir quel parfum elle portait, ce qui embaumait comme ça.

Père a eu toute sa vie une photo de nous trois. Il la gardait dans une boîte de chocolats avec deux autres photos qu'il conservait soigneusement. Quand nous partagions encore une chambre, il les sortait parfois le soir. Il pleurait maman, mais il en parlait rarement. Sur les photos, c'est une belle femme avec d'épais cheveux bruns très courts, au sourire large et confiant comme si elle était là, entre nous, exactement où elle voulait être. Aussi grande que Père. Dans une robe d'été qui met en valeur ses formes musclées et déliées.

Elle jouait au hockey dans une équipe régionale, a failli être sélectionnée pour l'équipe nationale mais elle a dû choisir entre le sport et sa carrière professionnelle. Je me rappelle la crosse de hockey que j'ai découverte en sale état dans une armoire, quand j'avais huit ou neuf ans, et ma mère me l'a prise des mains en disant que si je voulais jouer au hockey, elle m'en achèterait une, mais que cette crosse-là était à elle.

– Et ta femme ? on demandait à Père – une question habituelle à l'époque.

– Enlevée par la Fièvre.

Je savais qu'il la pleurait et j'essayais de respecter sa douleur, même quand elle me manquait énormément et que je lui posais des questions pour me rafraîchir la mémoire ou pour soulager mon chagrin. Parfois il fallait vraiment que je sache et alors Père me répondait. Dans un moment d'inattention, il disait parfois quelque chose sur elle. Je collectionnais toutes ces bribes comme les pièces d'un puzzle pour conserver mon image d'elle et y puiser des forces.

Elle était statisticienne et travaillait à l'université, au Centre d'études de la complexité.

Ma femme était brillante.

Père a expliqué qu'elle travaillait sur un projet qui devait soulager la misère, que ça lui tenait à cœur.

Je me rappelle qu'elle était plus silencieuse alors, plus sérieuse. Peut-être que je me trompe dans mes souvenirs. Elle n'était peut-être que plus souvent absente ; les longues heures au travail, les voyages, son attention ailleurs, sur un grand projet. Père était disponible, Père était là, toujours là, tellement que je ne l'appréciais plus. Avant la Fièvre, ma mère était rarement là, une pierre précieuse et exotique, et elle me manquait toujours un peu. La chaleur de son attention et son contact magique étaient devenus un plaisir intense quand je pouvais en profiter.

J'écoutais et enregistrais les mots chaque fois que Père me parlait d'elle.

Elle avait bon cœur, un très bon cœur, une forte personnalité.

Et la remarque qui m'interpellait le plus : *Tu tiens de ta mère*.

Ça, mon père l'a dit cet hiver horrible quand j'ai anéanti les types de la KTM sur leurs motos, dans l'année du Chacal.

15

27 MARS

Dans le Volvo, sur la N1 au nord de Trompsburg. Père et moi devant, la dame derrière nous sur la couchette, assise, bien droite, elle regarde par le pare-brise. L'autoroute nationale trace une ligne droite à travers les hautes plaines de l'État Libre. Mes cheveux sont courts et bien coiffés, comme ceux de Père. La dame a pansé sa blessure à la nuque ce matin et a nettoyé les morsures sur son dos mais elle n'a toujours pas dit un mot.

Je m'ennuie après toute l'excitation des jours précédents. Je propose :
– Écoutons de la musique.
– Laisse la dame choisir, dit Père.

Je sors la boîte à chaussures qui est sous mon siège. Nous l'avons trouvée dans une Mercedes SL 500 rouge près de Makwassie. Quelqu'un s'est servi de cette voiture de luxe jusqu'à la dernière goutte d'essence et l'a simplement abandonnée. Père a fait le tour de la voiture orpheline et a dit :
– Incroyable ! Et dans ce trou perdu en plus.

Il n'y avait que la boîte avec les CD à l'intérieur, une quarantaine. Il y a de tout. Même du Chopin, pour Père. Je n'aime pas Chopin.

Je donne la boîte à la dame. Elle la tient sur les genoux. Elle lève les yeux et voit que je l'observe. Elle l'ouvre, examine le contenu, regarde les titres au dos des CD. Elle en sort un et le manipule dans ses mains comme si c'était quelque chose de précieux et me le tend.

C'est un CD du chanteur afrikaans Kurt Darren. *Dans tes yeux*. Je ne le connais pas. Je veux le prendre mais elle indique la première chanson :

– Celle-là ? dis-je. « Heidi » ?

Elle opine comme quand je lui ai demandé si elle voulait du café. Presque imperceptiblement.

– OK.

Je glisse l'album dans le lecteur CD du camion. Je ne connais pas la chanson et ne sais pas à quoi m'attendre.

Ça commence. Un rythme rapide et une mélodie agréable. Je monte le volume. Père secoue la tête mais il sourit et tapote de ses doigts sur le volant, et il appuie sur l'accélérateur pour que le gros moteur diesel se joigne à la musique comme des contrebasses. La chanson remplit la cabine d'une certaine légèreté. Je regarde la dame. Elle a les yeux fermés.

Quand c'est terminé, elle ouvre les yeux et parle pour la première fois :

– Encore.

Avec une supplication dans le ton.

Je relance la chanson. Et monte le son encore un peu. Je connais presque le refrain et chante avec.

Père rit. Il me regarde et accélère un peu plus. À la fin, la dame répète :

– Encore.

Je relance. Père chante avec moi. Fort. Le Volvo ronfle. C'est la première fois depuis un an que je sens monter en moi une exubérance. Du bonheur. Le monde n'est pas aussi terrible que ça.

La chanson se termine. Je regarde la dame. Ses joues ruissellent de larmes, elle sanglote. Elle fait un geste pour que j'arrête le lecteur. J'appuie sur un bouton. Père se retourne pour la regarder.

Je m'apprête à dire quelque chose parce que je ne comprends pas pourquoi elle pleure, c'est elle qui m'a demandé de mettre cette chanson, après tout. Père me touche l'épaule pour que je me taise. Elle pleure longtemps, vingt minutes au moins. Et puis elle se calme peu à peu avant d'essuyer ses larmes du revers de la main.

Elle effleure mon épaule.

– Je m'appelle Mélinda Swanevelder, dit-elle.

À ce moment, avant que nous puissions réagir, un avion descend en piqué devant nous, traverse la route, de droite à gauche. Père freine à mort et s'écrie :

– Juste ciel !

Tout arrive toujours en même temps et quand on s'y attend le moins.

*

L'avion est petit, un de ceux avec les ailes au-dessus de la cabine et un moteur à hélice. Il fait un arc gracieux dans l'air et vole dans la même direction que nous, parallèle à la route.

– Waouh !

Je jubile – pour l'avion et parce que Tannie Mélinda Swanevelder nous a parlé. C'est le premier avion qu'on voit depuis je ne sais combien de temps. Nous en entendions encore il y a sept mois environ, des jets qui passaient haut dans le ciel, mais de moins en moins souvent, et aucun petit comme celui-ci.

L'avion est blanc avec une queue rouge. Il nous dépasse, fait demi-tour et revient de face juste au-dessus de la route. Très bas, à quelques centaines de mètres, il bascule d'un côté et puis de l'autre comme pour saluer. Je baisse la vitre, me penche et fais bonjour de la main. Père dit :

– Nico, ne te penche pas trop !

Et l'avion passe sur nos têtes et disparaît derrière la remorque.

Je remonte la vitre.

– Tu as vu, Tannie ?

Elle acquiesce. Elle a un petit sourire au coin des lèvres, peut-être à cause de mon excitation.

– Il n'y a qu'un gars là-dedans, dit Père. Il fait demi-tour... Voilà qu'il revient.

L'avion arrive de derrière, je ne l'aperçois que lorsque son ventre nous frôle. Maintenant il suit la route, plus lentement. Toujours plus bas.

– Il veut se poser, papa. Sur la route !

Père lève le pied de l'accélérateur.

– Elle est assez large et droite, dit-il.

L'avion descend et ses roues touchent le sol. Père commence à freiner, il garde sa distance par rapport à l'avion. Il tend la main pour prendre le pistolet dans la portière et parcourt l'horizon des yeux. Je sais qu'il essaie de voir si on peut se cacher dans le veld autour de nous.

L'avion s'arrête. Nous aussi. Le Volvo et l'avion sont à dix mètres l'un de l'autre. La portière s'ouvre et un homme saute par terre. Il est petit, la quarantaine. Plutôt moche ; une tête de chien carlin avec des yeux exorbités et le front tout plissé. Il a une bedaine bien ferme et un large sourire. Il porte des tongs, un short et une chemise kaki. Il nous salue de la main et s'approche en allumant une cigarette.

Ça se voit qu'il n'est pas dangereux. Père coupe le moteur.

– Salut, braves gens ! dit le pilote jovialement.

*

Père et moi descendons. Mélinda Swanevelder reste là-haut dans la cabine du camion.

– C'est quoi comme avion, Oom[1] ? je lui demande en regardant par un hublot.

Il y a plein de boîtes, des grosses et des petites. Des cigarettes.

– Ce ne sont que des cigarettes, Oom ? Qu'est-ce que tu fais de toutes ces cigarettes ?

Père rit. Il serre la main de l'homme et dit :

– Doucement, Nico. Je te prie d'excuser mon fils. Tu es la première personne qu'on rencontre depuis des semaines. Voilà Nico et je m'appelle Willem. Willem Storm.

L'homme dit qu'il s'appelle Hennie Laas. On l'appelle Hennie As, il vient de Heidelberg au Gauteng à bord de ce Cessna 172. Avant l'arrivée de la Fièvre, il avait laissé expirer sa licence de pilote mais vu qu'il n'y a plus de contrôle désormais, il va partout, survole tous les villages et les petites villes ; les grandes villes sont dangereuses, pense-t-il. On ne voit pas de là-haut si les gens sont agressifs. Mais dans les petits villages, les gens – s'il y en a – sortent en courant quand ils entendent le moteur. On voit tout de suite que c'est tranquille. Lui, Hennie As, il récupère partout des clopes et du tabac parce que ça tiendra lieu de monnaie d'échange jusqu'à ce qu'on se remette à cultiver du tabac au Zimbabwe et qu'on rétablisse le trafic commercial. C'est presque comme au Moyen Âge. Est-ce que Père fume ? Avons-nous des choses à troquer ? Il veut bien échanger quelques paquets de clopes contre un vrai steak. Ça fait trop longtemps qu'il n'a pas goûté un bon morceau de viande. Putains de boîtes de conserve…

Père dit que non, nous n'avons pas de viande. Nous faisons un voyage de recrutement, nous fondons une nouvelle communauté.

1. Oom : titre à la fois affectueux et respectueux donné à un homme plus âgé.

– Nico, va chercher une des brochures. Nous allons fonder un endroit, un refuge près du vieux barrage à Vanderkloof. Nous aurons besoin de braves gens. D'aviateurs aussi.

Père et Oom Hennie sont tous les deux en manque de conversation adulte. Ils sont là, au milieu de l'autoroute au nord de Trompsburg à côté d'un camion et d'un Cessna 172 et ils ne se lassent pas de parler.

J'apporte la brochure. Père l'offre à Oom Hennie comme s'il en était fier. Oom Hennie lit à haute voix le texte anglais avec un lourd accent afrikaans : « Un nouveau commencement pour de braves gens. »

– Oui, c'est en anglais, dit Père. Nous voulons que ce soit accessible à tout le monde.

– « Nous fondons un sanctuaire, une communauté bâtie sur la Justice, la Sagesse, la Modération et le Courage... »

– C'est du Platon, dit Père. De *La République*.

– Je vois, dit Oom Hennie sur un ton qui montre qu'il n'a aucune idée de quoi il retourne et il envoie son mégot d'une chiquenaude sur la route. Il continue : « ... dans un endroit très sûr avec largement assez d'eau et, bientôt, de quoi manger et de l'électricité... »

Il lève les yeux sur Père d'un air méfiant.

– De l'électricité ?

Père explique pour l'hydroélectricité.

– Il faut qu'on trouve quelqu'un qui soit capable d'installer des câbles jusqu'à la ville. Si jamais tu rencontres un ingénieur quelque part...

Oom Hennie fait oui de la tête et continue sa lecture : « Si vous voulez faire partie de cette nouvelle société ouverte, ordonnée, démocratique et libre, venez à Vanderkloof (sur la route R48 entre Colesberg et Kimberley). Les coordonnées GPS sont les suivantes : latitude 29.99952512 et longitude 24.72381949. »

Il dévisage Père.

– C'est risqué. Comment sais-tu que vous n'allez pas attirer une meute de scélérats ?

– C'est quoi un scélérat, papa ?
– Un coquin, dit Oom Hennie. Un vaurien, un voyou, ajoute-t-il en voyant que je ne comprends toujours pas. Une ordure.
– Il va falloir prendre des risques si on veut reconstruire, dit Père. Si la plupart sont de bonnes gens, ça ira.

Oom Hennie lit les dernières lignes de la brochure : « Envoyez-moi ces déshérités rejetés par la tempête. De ma lumière, j'éclaire la porte d'or ! »

– C'est d'Emma Lazarus, dit Père.
– C'est elle ? demande Oom Hennie en montrant Mélinda Swanevelder dans le Volvo.

Père dit que non, qu'Emma Lazarus était une poétesse américaine, qu'elle a écrit le poème gravé sur le socle de la statue de la Liberté. La dame dans la cabine s'appelle Mélinda Swanevelder et nous l'avons rencontrée à Vanderkloof.

Oom Hennie entend à peine. Il a les yeux fixés sur Mélinda.

– Belle femme, dit-il, et il lève la main pour la saluer. Très belle femme.

Elle lui répond d'un petit geste hésitant.

– Où vas-tu ? demande Père.
– Ben, j'ai l'impression que ce sera à Vanderkloof, et Oom Hennie reporte à contrecœur son regard vers Père.
– Tu n'aurais pas envie de faire un détour ? Nous avons encore une ou deux semaines de route devant nous.
– Je pourrais…
– Tu dis que les gens sortent quand tu passes au-dessus de leurs villages ?
– S'il y a encore quelqu'un, oui. La plupart des villages sont complètement abandonnés.
– Oui, j'imagine que la densité de population doit maintenant être inférieure à un habitant et demi par kilomètre carré… Tu crois que tu pourrais laisser tomber quelques-unes de nos brochures sur des communes habitées ?

16

La Fièvre

Voilà ce que j'ai pu reconstituer à partir des récits de Père, des jugements raisonnables de Nero Dlamini, de chacune des histoires de survivants que Père a enregistrées ou notées dans le cadre du Projet d'histoire d'Amanzi et de celles recueillies par Sofia Bergman.

La Fièvre a été une épidémie tsunami. Trop rapide, trop mortelle.

Malgré les protocoles, les systèmes et les vaccins, malgré l'activité paniquée de virologistes et d'épidémiologistes, de centres pour le contrôle et la prévention des maladies, les décisions de gouvernements et les interventions militaires – et parfois à cause de certaines de ces actions –, la Fièvre a décimé quatre-vingt-quinze pour cent de la population mondiale. En quelques mois seulement.

Plus ou moins cinq pour cent de la population de la Terre avaient la chance de posséder des gènes capables de résister au virus. Cependant, moins de cinq pour cent survivraient aux suites de la Fièvre. La catastrophe a décimé le personnel de la plupart des sites industriels, ce qui a produit d'autres désastres : explosions, incendies, pollution chimique, radiation nucléaire, hépatites et choléra. Sans compter le facteur humain, car selon les paroles de Domingo : « Là où le coronavirus s'est arrêté, Darwin a pris le relais. »

La cupidité et la peur, la criminalité et l'incompréhension, l'ignorance et la stupidité. Le chaos. Certains rescapés de moins de cinq ans étaient trop jeunes pour survivre tout seuls. D'autres étaient paralysés par le stress et le traumatisme de la catastrophe et de la vague de criminalité qui a suivi la Fièvre. Des milliers se sont suicidés. Surtout dans les grandes villes.

Là, entre le Cessna et le Volvo, Hennie As demande à mon père :

– Comment peux-tu savoir qu'il ne reste plus qu'un habitant et demi par kilomètre carré ?

Père explique. Dans le pays qui était l'Afrique du Sud, il y avait environ cinquante-trois millions d'habitants avant la Fièvre. Quatre-vingt-quinze pour cent ou cinquante millions sont morts du virus et de ses séquelles, et un million de plus pour d'autres causes ensuite.

Hennie As approuve. Ça paraît raisonnable.

– Il resterait deux millions. Ça fait beaucoup, mais si on les divise par la surface du pays, ça revient à moins d'un habitant et demi par kilomètre carré.

– D'ac, dit Hennie As.

– Pour te donner un sens des proportions... dit Père. L'Afrique du Sud a une surface d'un million deux kilomètres carrés. Avant la Fièvre, la densité de population était autour de quarante-cinq habitants par kilomètre carré. Ce n'est pas très élevé. À Monaco, par exemple, il y avait à l'époque quinze mille habitants par kilomètre carré. Au Bangladesh, plus de mille et en Allemagne deux cent trente-deux.

17

Hennie As
Récit recueilli par Willem Storm. Projet d'histoire d'Amanzi.

Je m'appelle Hennie Laas. Tout le monde m'appelle Hennie As.

Bon, alors, quand la Fièvre s'est déclarée, j'étais gérant de ferme pour les exploitations Nel près de Heidelberg.

J'étais divorcé, mon ex-femme s'était remariée avec un Badenhorst de Centurion. Nous avions deux enfants, deux filles, elle en a eu la garde. Ils sont tous morts de la Fièvre. Je suis allé vérifier dans la maison à Centurion. Il n'y avait personne. Je veux dire, par où on commence s'ils ne sont pas chez eux, où est-ce qu'on cherche ? Tu sais comment c'était, à l'époque... Mais je vais trop vite.

Bref, je viens de Heidelberg, j'y suis né. La famille de mon père était pauvre, mais il s'est enrichi en travaillant. Il fournissait à l'époque les étais nécessaires aux mines d'or. Des étais en bois d'eucalyptus. Il a toujours eu des Jaguar. Quand on a un père riche, on est plutôt flemmard, je pense parce qu'on croit qu'on va hériter de tout. Donc, je suis allé à la fac pour faire des études de commerce mais ça n'a pas duré. J'ai trop fait la fête. Alors, j'ai laissé tomber avant la fin de la première année et j'ai supplié mon père de me laisser obtenir une licence de pilote. J'étais dingue des avions. J'ai eu mon permis et j'ai été embauché par Lowveld Air, ils transportaient des touristes au parc Kruger ; je copilotais des Beechcraft King Air, des avions de prince, ceux-là, je te dis. Je portais un uniforme et les filles aimaient bien ça, et je me suis donné le surnom « Hennie As » et j'ai dit à tout le monde qu'on m'appelait comme ça. Un gros bobard, quoi. Une grosse tête aussi – même si le commandant de bord ne me laissait pas toucher au manche à balai. Et puis j'ai rencontré Doreen et la troisième fois qu'on est sortis ensemble, elle est tombée enceinte et on s'est mariés. Mais Lowveld Air a fait faillite. Je ne trouvais pas de boulot et mon père m'a dit de venir bosser pour lui. Après une année, il m'a viré. Flemmard. Trop fêtard. Je suis donc allé travailler chez Superoccase – des voitures d'occasion –, et chez KFC comme manager débutant, puis ma licence a expiré et notre deuxième fille est née. Là, je me saoule et ne rentre pas de la nuit, et Doreen me plaque. D'abord, juste une séparation et une mise en garde. Et finalement pour de bon. Je ne lui en veux pas ; j'étais nul à l'époque. Ensuite, j'ai bossé à droite, à gauche.

Il a fallu dix ans pour que je laisse tomber mes conneries. Que je me comporte comme un adulte, je suppose. Tous les ans, un nouveau job. Pendant dix-huit mois, j'étais à Durban. Représentant pour Castrol. Ça n'a pas marché non plus. Jannie Nel était un des gros agriculteurs autour de Heidelberg. Il donnait souvent une seconde chance à des gars. Je suis allé lui demander un boulot. Trois ans avant la Fièvre. Je conduisais le camion qui emportait ses moutons à l'abattoir. Et quand il a compris que j'avais laissé tomber mes conneries, il m'a nommé assistant gérant, puis gérant d'un des élevages de poules ; ça s'appelait un gérant de ferme.

Après, j'ai commencé à arranger les choses avec les gosses. Une fois par mois, j'allais à Pretoria pour les emmener au restau. C'était le début. Je savais que ça allait prendre du temps. Et je me suis remis à voler. Je voulais avoir assez d'heures pour renouveler ma licence.

Après ça, la Fièvre est venue. Comment raconter la Fièvre ? Impossible à décrire. C'était pareil pour tout le monde. On voit les actualités à la télé et on les entend à la radio, et on pense, non, ils vont l'arrêter avant que la chose n'arrive chez nous, mais on se le demande et on a un peu peur. Comme avec Ebola, une ou deux années avant la Fièvre. Mais tu te dis, nous vivons à l'époque de la science, ils trouveront sûrement une solution, et tu ne t'en fais pas trop. Jusqu'à ce que l'Angleterre et les États-Unis annulent les vols et déclarent un état d'urgence. Alors, on s'inquiète car ça n'a jamais été aussi grave avant. Et puis le virus est là et on pense, il va falloir qu'ils se grouillent, et pour la première fois, on a vraiment la trouille. Ensuite, il n'y a plus d'électricité et personne ne vient travailler, et j'appelle sans cesse mes enfants mais ils ne répondent plus. Et puis les réseaux des mobiles s'effondrent. Je me suis caché dans cet élevage de poules, ce n'est pas une blague. Je pensais que j'étais vivant parce que j'y étais resté ; je couchais là-bas et je n'allais nulle part. Et puis la radio s'est tue. Plus aucun son. Et j'ai guetté le chemin, mais il n'y avait rien. J'ai donc pris la route. Et j'ai senti Heidelberg. À quatre kilomètres de la ville, je sentais déjà tous ces morts. C'est alors que j'ai su.

Il y a un temps pendant lequel on se sent coupable d'avoir survécu et on se demande pourquoi, vu qu'on a mené une vie de con. Mais on s'y habitue. Bizarre, hein ?

Je suis rentré à la ferme et j'ai ouvert toutes les batteries de poules.

18

Pendant une semaine, on n'a vu personne.

Nous avons pris la route qui contourne Bloemfontein et traverse Winburg, Senekal et Bethlehem. Nous avons collé nos brochures sur des panneaux indicateurs et des portes d'église, on en a laissé devant des supermarchés et des pharmacies abandonnés. Dans chaque bibliothèque, scolaire et municipale, nous entrons avec des cartons vides et nous les sortons remplis de livres. La moitié de la longue remorque seize roues est déjà pleine de livres, l'autre moitié contient des boîtes de conserve, du café, des médicaments.

– Pour notre refuge, notre avenir, dit Père, m'encourageant à porter un lourd carton de plus.

Près de Bloemfontein, nous voyons des zèbres qui broutent au bord de l'autoroute et qui se sauvent à notre approche. Je dis à Père que ce sont les animaux que nous avons libérés. Peut-être qu'il y a des gens dans les villages, qu'ils se cachent quand nous les traversons. Nous passons par Clocolan et Ladybrand et Wepener, Aliwal-Noord et Adelaide. On ne voit pas âme qui vive. On met les brochures dans des magasins de spiritueux, contre les vitres de stations-service.

Père ne dort plus confortablement la nuit, car Mélinda Swanevelder et moi partageons la couchette et il doit baisser son siège comme il peut.

Elle parle peu. La plupart du temps, elle s'exprime avec ses yeux, ses mimiques. Elle reprend certaines de mes tâches. Elle prépare le café, veut faire la vaisselle, mais Père dit que je dois me rendre utile. Après cinq jours, c'est comme si elle était avec nous depuis toujours.

4 AVRIL

En début d'après-midi, après Fort Beaufort, nous voyons un grand taureau Aberdeen-Angus traverser la route devant nous. Sa peau noire est luisante de sueur, du sang coule sur ses côtes et sa croupe. Derrière lui, il y a une meute de chiens, comme celle qui s'était attaquée à Père.

Père ralentit, le taureau force les barbelés à droite de la route. Les fils le déchirent, le retiennent un instant. Les chiens attendent ce moment pour se jeter sur lui.

Mélinda Swanevelder en a le souffle coupé. Elle tourne la tête, ne veut pas voir ça.

Le taureau se secoue pour se débarrasser des chiens, il continue, disparaît dans les fourrés. Et puis on roule et on ne les voit plus.

– Une vingtaine, je crois, dit Père. On dirait des chiens sauvages. La même taille.

Il parle tout seul, ne cachant pas son inquiétude.

*

Nous sommes à quelques kilomètres de Grahamstown, un terrain de golf sur la gauche. Père roule à même pas quarante kilomètres à l'heure selon son habitude quand on s'approche d'un village. Il regarde à droite par sa vitre[1]. Mélinda dort. Je suis le seul à voir le minibus blanc arriver d'en face, un de ces minibus transformés

---

1. En Afrique du Sud, la conduite se fait à gauche, comme au Royaume-Uni.

en camping-cars. Il quitte presque tout de suite la route et s'arrête.

– Papa !

Je crie et montre du doigt, sûr d'avoir vu le premier signe de vie depuis Hennie As.

– Qu'est-ce qu'il y a ?

– Ce minibus-là. Il vient de s'arrêter.

Père freine et Mélinda Swanevelder se relève.

– Un camping-car. Tu es sûr ? dit Père, parce que je lui avais déjà donné de fausses alertes en voyant des choses que je voulais voir.

– Oui, je crois.

Père s'arrête au milieu de la chaussée. Je lui passe les jumelles sans qu'il ait à demander. Il regarde. Le camping-car est garé sur le gravier au bord de la route, à quatre cents mètres de nous, juste avant un long virage à gauche.

– Est-ce que tu vois quelque chose, papa ?

Je suis de moins en moins certain d'avoir vraiment vu le minibus rouler.

– Non, fiston…

Père me passe les jumelles. Je regarde. Aucun signe de vie.

Je suis gêné de m'être trompé.

– Approchons-nous un peu plus, dit Père. Nous lui avons peut-être fait peur…

Mais j'entends dans sa voix qu'il le dit par gentillesse. Il démarre, s'approche lentement.

Nous nous arrêtons à côté du camping-car. Sur la porte on lit *Location Ibhayi* et sur le côté, *Discoverer 6*. Sur la calandre, il y a le logo Fiat. Nous examinons le minibus du haut de notre cabine. Il n'y a personne au volant. L'intérieur est masqué par deux rideaux.

– Les traces sont fraîches, dit Père doucement, et il tâtonne pour trouver son pistolet dans la portière.

De la main gauche, il enclenche une vitesse de façon à pouvoir éventuellement démarrer rapidement.

– Regarde derrière les roues, ajoute-t-il.

Mélinda Swanevelder se couche sous la couverture. Je scrute. Derrière le camping-car, on distingue nettement les traces des pneus.

– Qu'est-ce que tu as vu, Nico ?

– Il roulait et puis, quand il nous a repérés, il s'est arrêté brusquement.

Le rideau derrière la grande vitre centrale du camping-car tremble légèrement, en bas, et au milieu.

– Tu as vu ça, papa ?

– Prends ton pistolet, dit Père.

Il embraie et avance lentement, lève son arme et la tient contre la vitre pour que les passagers la voient bien. Je sors la mienne de la boîte à gants. Je sais que ce sera à moi de tirer s'il le faut.

Le rideau bouge de nouveau. Pendant un instant, on voit un petit visage derrière la fenêtre.

– Un enfant, dit Père, et il s'arrête.

Il baisse sa vitre et appelle :

– Hé ho !

Mais on n'entend que notre gros moteur qui tourne au ralenti.

Le rideau bouge. Deux visages d'enfants, quatre ans peut-être, un noir, l'autre blanc, de grands yeux, effrayés et curieux.

– Bonjour ! Nous venons en paix, un homme, une femme, un enfant ici ! crie Père.

Silence de mort.

– Nous avons à manger et à boire.

La portière du conducteur s'ouvre. Une femme se met debout – elle devait être couchée – et sort. Elle tient un fusil de chasse à deux coups. Elle le braque sur Père.

– Que je voie l'enfant, dit-elle.

Je me tortille pour me mettre à côté de Père.

– Bonjour, Tannie. Nous ne sommes pas méchants.

C'est une femme *coloured*[1], grande et mince, avec des cheveux très courts. Elle a le menton fort et saillant, comme quelqu'un de résolu. Elle n'est pas convaincue.

– Et la femme ?

Père se retourne. Mélinda Swanevelder a toujours la tête couverte.

– Ce sera moins facile, ça.

Les rideaux derrière les vitres s'ouvrent un peu plus encore. On voit d'autres enfants. Quelques-uns sont plus âgés, six ou sept ans.

– Combien d'enfants as-tu là-derrière ?

– Je veux d'abord voir la femme.

Père prononce le nom de Mélinda. Elle sort lentement la tête de sous la couverture. Je me pousse pour qu'elle puisse montrer son visage à côté de Père.

– Ce sont de bonnes gens ? demande la femme.

Je pense : Tannie Mélinda, je t'en prie, dis quelque chose.

– De très bonnes gens, dit-elle très doucement, presque inaudible.

La femme garde encore quelques moments le fusil braqué sur Père et puis elle le baisse et dit :

– Je m'appelle Béryl Fortuin. Vous avez vraiment de quoi manger ?

Les enfants se mettent à descendre, un processus qui dure plus longtemps que l'on peut imaginer : noirs, *coloured* et blancs, jusqu'à ce qu'un grand groupe soit rassemblé sur la route.

---

1. En Afrique du Sud, *coloured* (« colorés ») désigne un groupe ethnique multiracial de souche khoïkhoï, malaise, indonésienne… ou issu de mélanges entre Européens et ces groupes et/ou des ethnies noires. La traductrice a choisi de garder *coloured* plutôt que de traduire par métis, un terme inexact car *coloured* n'implique pas nécessairement un métissage.

– Combien sont-ils ? demande Père.
– Il y en a seize, répond Béryl.

*

Nous sommes derrière la remorque du Volvo, les portes ouvertes, des boîtes de conserve et de jus de fruits, du *beskuit* et du *biltong* rangés sur une table de camping. Nous ajoutons nos cuillères à celles qui étaient dans le camping-car, mais il n'y en a pas assez. Les seize enfants doivent se relayer pour manger. Ils sont tous plus jeunes que moi. Onze filles, la plus âgée a six ans ; cinq garçons, de trois à quatre ans. Certains sont bruyants et actifs, d'autres se cramponnent, paniqués, aux jambes de Béryl. Un petit garçon s'approche timidement de Mélinda Swanevelder et la regarde, les yeux remplis d'espoir.

– Si tu le prends dans tes bras, deux autres voudront la même chose, dit Béryl Fortuin.

Je vois qu'elle a les bras musclés pour une femme.

Mélinda acquiesce et prend l'enfant dans ses bras. Il se blottit contre elle et la serre très fort. Elle ferme les yeux.

Béryl Fortuin dit qu'il est impossible de les discipliner, d'obtenir qu'ils restent tranquilles. Elle nous a vus venir dans le gros camion, elle s'est arrêtée et s'est couchée derrière le siège du conducteur. Et elle leur a dit de ne pas bouger. Mais il y en a deux qui ont regardé par la vitre. Qu'y faire ? Et ça, après qu'ils se sont fait dévaliser sur le pont de la Sondagsrivier. Cinq hommes, ou six, elle ne veut ni ne peut se rappeler au juste. Des hommes qui se sont servis de trois enfants, ces trois-là – elle les montre du doigt, deux noirs et un petit blondinet –, comme appât, les laissant en larmes au bord de la route.

Elle s'est arrêtée, puis les hommes sont sortis des broussailles et ont raflé la nourriture et l'eau qu'elle avait. La nourriture et l'eau des petits. Ils allaient s'en prendre à elle, mais elle a été sauvée par les enfants et les éléphants. Les enfants qui se sont mis à pleurer et à hurler quand les hommes lui ont empoigné les cheveux...

C'est à ce moment-là que Mélinda Swanevelder a commencé à pleurer. Pour la deuxième fois. Elle est là, plantée, avec le petit contre elle, ses bras noués autour de son cou, elle a les yeux fermés, mais quand Béryl raconte comment les hommes l'ont saisie par les cheveux, Mélinda cache son visage contre l'enfant, tombe à genoux et sanglote.

Le petit garçon et ses compagnons essaient de la consoler. Inquiets, certains fondent en larmes.

Béryl jette un regard interrogateur à Père alors qu'elle cherche à les calmer. Père dit simplement :

– Laisse-la pleurer. Elle a besoin de se vider de beaucoup de mal.

Il s'approche de Mélinda et lui tapote maladroitement l'épaule pour la réconforter.

*

Bien plus tard seulement, quand tout le monde s'est calmé, Béryl dit que oui, les enfants et les éléphants l'ont sauvée. Les petits ont poussé des cris perçants et les éléphants sont sortis à ce moment précis des broussailles de l'autre côté de la rivière et se sont dirigés vers eux en pataugeant bruyamment dans l'eau. Comme si les cris de panique des enfants les avaient appelés. Alors les hommes, cinq ou six, sont montés dans leurs pick-up et sont partis vers Port Elizabeth. Les éléphants avaient dû s'échapper du parc national d'Addo. Il y avait eu de grosses pluies et il se peut que les eaux aient emporté les clôtures. Les hommes lui ont laissé les trois enfants. C'est peut-être la mission que les dieux lui destinaient, de les protéger. Elle qui avait toujours déclaré qu'elle ne s'encombrerait jamais d'enfants.

– Où allez-vous comme ça ? demande mon père.

Elle hausse les épaules.

– Jusqu'au village suivant. Quelque part où on sera en sécurité, où je trouverai à les nourrir. Là où on pourra m'aider.

Elle se rapproche, parle doucement pour que les enfants n'entendent pas.

– Personne n'en veut. Tout le monde est trop occupé à survivre.

Et, plus bas encore, d'une voix lourde de culpabilité :

– C'est trop pour moi.

– Venez avec nous à Vanderkloof, dit Père.

19

Père et moi roulons en tête. Dans deux heures il fera nuit et nous cherchons un endroit où tout le monde puisse dormir en sécurité. Mélinda Swanevelder est montée dans le camping-car avec les enfants, elle s'installe devant, à côté de Béryl.

Sur la route de Jansenville, nous voyons le panneau publicitaire de la réserve privée de Koedoeskop. Nous prenons la sortie. Une harde de gnous disparaît dans un nuage de poussière. Plus loin, des gazelles lèvent la tête et gravissent une colline au petit trot, comme si elles n'avaient pas oublié que les touristes sont inoffensifs. Sur la terrasse du lodge, deux phacochères manifestent peu d'enthousiasme à quitter leur jardin négligé.

Père me dit d'apporter le Tikka. Il prend son .300 CZ. Nous sautons à terre et il file voir les femmes.

– Attendez un peu. Nous allons faire une petite reconnaissance.

Nous marchons côte à côte. Nous sommes des hommes qui font le travail des hommes : assurer la sécurité. J'aime bien ça. Je copie mon père, tiens le fusil devant moi, l'index sur la détente. J'évite de penser que ce sera à moi de tirer dans le cas d'une menace humaine.

C'est un vieux et beau bâtiment de ferme transformé en gîte. Nous ouvrons la porte. Dans l'entrée, des pigeons s'envolent brusquement et nous surprennent.

Ils s'échappent par un vasistas cassé. À l'intérieur, on voit les vestiges de ce qui a dû être une réserve de luxe.

– Sans doute pour les touristes étrangers, remarque Père.

Il y a des trophées de chasse de koudous, de buffles et de gnous accrochés aux murs, couverts de fientes de pigeons.

Tout est tranquille, sans danger.

Dehors, en sortant par la porte de derrière vers le *lapa*[1], nous trouvons un crâne humain et des côtes éparpillées dans l'arrière-cour. Quelqu'un a succombé à la Fièvre ici. Les animaux ont décharné la carcasse et ont dispersé les ossements. Nous les ramassons et les jetons dans les herbes folles.

*

Nous portons les cartons de provisions dans la cuisine. Père contemple le veld. Il pose son carton.

– Viens, Nico. Il y a beaucoup de bouches à nourrir ce soir. Si on essayait de descendre un petit springbok pour faire un barbecue ?

Ce sera une première pour nous deux.

Nous prenons les fusils et nous dirigeons sans parler dans la direction que les gazelles ont prise un peu plus tôt. Le soleil est bas, la lumière douce, du miel liquide. En fin d'été, le veld est beau, dense et vert avec un riche fond sonore de chants d'oiseaux et de bourdonnement d'insectes.

Père s'arrête. Il s'absorbe dans la contemplation de la rangée de collines, les nuages, les nuances et les textures.

– Bon Dieu, Nico, que c'est beau.

Il me semble que Père n'est plus le même. Comme si ces gens, Béryl et les enfants, lui avaient transmis un

---

1. Sorte de brise-vent en bambou ou en lattes de bois.

nouvel objectif et une certaine satisfaction. Je ne comprends pas pourquoi.

Il écoute, la tête penchée de côté, et dit :

– Je pense que c'était comme ça, l'Afrique, avant l'arrivée des Européens.

Il nous faut vingt minutes pour traquer les springboks. Père fait un geste que je ne comprends pas.

– Vas-y, tire, me dit-il doucement.

Il m'a fallu bien des années pour comprendre que c'était là aussi un moment lourd de sens. Car il avait pris son fusil mais je ne crois pas qu'il ait eu l'intention de s'en servir. Dorénavant, ce serait mon rôle. Plus tard, autour du feu, il a sorti une bouteille de vin rouge et en a versé pour lui et pour les deux femmes. Malgré tout ce qui s'est passé, il m'estime quand même trop jeune pour boire de l'alcool.

*

Le premier repas partagé de notre nouvelle petite collectivité n'a pas eu lieu à Vanderkloof.

Mélinda Swanevelder a préparé des galettes de pain cuites au barbecue. Elle a trouvé de la farine, du sucre et de l'huile de tournesol dans le garde-manger intact du lodge. On les mange toutes chaudes avec de la confiture d'abricots. Père et moi faisons griller les morceaux de viande grossièrement coupés. Les enfants jouent partout dans la maison et dehors à la lumière du feu et de la lampe à gaz, leurs voix perçantes et joyeuses, pleins de vivacité après tant de journées d'immobilité dans le camping-car.

Nous mangeons tous ensemble autour du feu dans le *lapa*, sous les étoiles. Après ces mois d'isolement, il est agréable d'entendre le babillage des enfants et la voix des femmes, de humer l'arôme de viande grillée, de déguster une cuisine qui n'est pas sortie toute prête d'une boîte ou d'un carton.

Quand les enfants sont endormis dans le grand salon du lodge, enveloppés dans des couvertures sur les canapés et les fauteuils, je m'installe dehors avec les adultes. Père remplit les verres et met des bûches sur le feu.

Béryl raconte son histoire. Elle était golfeuse professionnelle, résidente permanente du domaine du golf Pézula près de Knysna. Elle sourit ironiquement et dit que c'est une carrière qui ne l'avait nullement préparée à la vie post-apocalyptique – en dehors de sa forme physique exceptionnelle et d'un peu de connaissance de la nature humaine.

Père remarque que ce ne sont pas des capacités sans importance.

La mère de Béryl, âgée et infirme, a été une des premières victimes de la Fièvre. Béryl l'a enterrée à Humansdorp. Et puis elle est retournée travailler, pour s'occuper, pour faire son deuil, parce qu'il ne restait pas grand-chose d'autre à faire et que le pays était paralysé et sens dessus dessous. Elle a vu ses collègues et les clients de l'hôtel tomber malades mais elle n'a pas été atteinte. Elle a aidé comme elle pouvait, elle les a veillés, les a vus mourir, un par un. Jusqu'au dernier. Et puis elle a eu l'idée de rentrer à Humansdorp ; elle y avait grandi et c'était là-bas qu'elle voulait se réfugier, ou mourir, ou repartir de zéro. Tout était incertain, cassé et pourri.

Autour du feu ce soir-là, la voix de Béryl est lourde des traumatismes de son voyage ; chaque mot est empreint de souffrance.

Elle a pris un vieux Nissan 1400, n'osant pas s'approprier sans permission la voiture de luxe d'un mort. Le premier enfant se trouvait au bord de la N2 à Harkerville : six ans, affamé, déshydraté et complètement seul. Elle s'est arrêtée et a entendu des sanglots déchirants dans une cabane en bois tout près. Il y en avait deux autres, de la même famille peut-être car ils se ressemblaient. Ils sont trop petits pour expliquer leurs liens de parenté mais elle pense que la résistance au virus doit être génétique. Parce qu'une femme aussi avait survécu. C'était peut-être leur mère. Béryl l'a trouvée à deux cents mètres, dans la dense forêt indigène de Knysna. Elle s'était pendue à un arbre.

*

Béryl Fortuin
Récit recueilli par Willem Storm. Projet d'histoire d'Amanzi.

C'était une époque dangereuse. La Fièvre n'était pas finie. Il y avait des malades sur la route et dans les villages, tu sais. On ne pouvait pas encore dire qui allait passer l'arme à gauche. Peut-être aussi parce que dans le parc national de Tsitsikamma on vivait dans ces forêts loin des autres. Ce n'était qu'en sortant qu'on chopait le virus. Avec les enfants, j'ai dû me résigner à trouver une plus grosse voiture. Je n'aimais pas ça, accaparer les affaires des autres. Comment savoir si les propriétaires n'allaient pas chercher leur bagnole plus tard ? Mais bon. Juste après Plettenberg Bay, j'ai piqué un minibus.

Il s'est passé un tas de choses étranges, des choses que je n'oublierai jamais. Juste avant Stormsrivier, il y avait un gars plutôt mal en point au volant d'une BM. Il a foncé droit sur nous. Une tentative de suicide, je crois, mais pas du genre à y aller tout seul. Heureusement, il nous a ratés et a fini dans les bois, contre un arbre, et sa voiture a pris feu. Et j'ai dit aux petits de ne pas regarder, mais ils ont regardé quand même.

Je comprends que les gens soient devenus barjos – vraiment, je le comprends très bien. Mais entraîner avec soi un minibus plein de petits ? C'est stupide, dans n'importe quel contexte.

À la station-service au pont de la Stormsrivier, il y avait une femme dans une Fortuner. Elle s'est avancée vers moi mais elle tenait à peine debout, on voyait qu'elle était bien prise par la Fièvre. Et elle m'a dit de venir voir. J'y suis allée. Dans la Fortuner, il y avait Lizzie, quatre ans, qui dormait à poings fermés. La femme m'a dit qu'elle allait mourir mais que Lizzie n'avait rien. Je t'en prie, je lui ai répondu, j'en ai déjà trois sur les bras. Mais elle m'a suppliée d'emmener Lizzie. Et puis elle s'en est allée, comme ça, en pleurs et tombant sans arrêt, et elle s'est éloignée dans la forêt et m'a laissé la petite.

Du coup, me voilà avec quatre gosses. Moi qui ne voulais pas avoir d'enfants. Et je ne connais qu'un de leurs prénoms.

*

Dans le sillage de la Fièvre, Humansdorp n'était pas un endroit sain pour les petits – avec tous les cadavres pourrissants et la folie des survivants. Béryl n'avait pas pu enterrer les membres de sa famille. Avec les enfants, elle est restée des semaines dans une ferme au bord de la Gamtoos jusqu'à ce que le pire soit passé. Et puis ils sont allés à Humansdorp, mais tout ce qu'elle a pu trouver, c'était un gamin de plus. Ensuite, ça a été Jeffreys Bay et Port Elizabeth où la colonie s'est encore agrandie. On aurait dit une troupe de joueurs de flûte d'Hamelin car les voix enfantines faisaient sortir d'autres orphelins de leur cachette. À Motherwell, elle a rencontré deux hommes qui avaient la garde de cinq enfants xhosa. Ils ont fait semblant de vouloir s'associer avec elle, mais le lendemain ils s'étaient éclipsés et les enfants étaient toujours là.

Personne ne voulait s'encombrer d'enfants. Les gens ne pensaient qu'à survivre.

Elle a simplement repris la route.

5 AVRIL

Père laisse Béryl passer devant, car le camping-car est lent et peine à atteindre les quatre-vingts contre le vent. Nous les suivons à cent mètres. Père lui a donné un talkie-walkie Zartek pour qu'on puisse communiquer.

Au centre de Graaff-Reinet, Père s'exclame :
– Bon sang !

Il s'arrête au milieu de la rue et me montre une grande fresque murale aux couleurs vives qui s'étend sur trois vieux immeubles. Elle représente un troupeau de vaches nguni[1] dans le veld, très réaliste.

Père appelle Béryl :
– Vous voyez la fresque ?
– Les vaches ?
– Oui.
– Incroyable. Elle n'était pas là avant ?
– Non, ce sont des bâtiments historiques. L'hôtel Camdeboo et son restaurant. Les murs ont toujours été blanchis à la chaux.

J'aperçois d'autres fresques plus loin, à gauche et à droite de la rue principale. Et puis je vois l'église, au milieu de la rue avec son clocher élancé. L'église a été transformée en épaules de vache nguni et le clocher est en train de se métamorphoser en tête avec une seule corne. Il y a une longue échelle contre le mur et une toute petite silhouette en haut. Je la montre à Père.

*

Nous nous arrêtons devant l'église. L'homme est tout en haut de l'échelle contre le clocher, un grand pinceau

---

1. Race bovine très ancienne de la famille du zébu, élevée par les peuples bantous.

à la main. C'est un Noir, grand et mince. Il porte en tout et pour tout un short vert fluo et des sandales marron. Il nous fait un signe joyeux de la main qui tient le pinceau, avec un sourire qui révèle des dents blanches, la main gauche cramponnée à l'échelle.

– *You like ?* demande-t-il en montrant son œuvre.
– *Yes !* répond Père.

Béryl fait demi-tour et nous rejoint. Les seize enfants se précipitent hors de la voiture pour voir.

*

Plus tard, l'artiste nous dit qu'il ne veut pas nous accompagner à Vanderkloof. Il préfère rester là, avec son art. Il a encore beaucoup de fresques à peindre.

Père le met en garde contre les chiens.

20

DOMINGO

J'ai vu Domingo pour la première fois il y a plus de trois décennies. Mes souvenirs de lui sont sans doute fortement influencés par l'impression qu'il a produite sur l'enfant de treize ans que j'étais. La réalité était sûrement moins sensationnelle et moins exaltante, mais je préfère raconter les choses exactement comme je me les rappelle. Je suis sûr au moins de la date : le 7 avril de l'année du Chien.

Je me souviens des dates parce que je les ai notées. Mon journal remonte aux premières semaines de la Fièvre, quand je vivais avec Père dans les grottes du dôme de Vredefort. Ou peut-être que nous y étions réfugiés. Je ne sais pas exactement comment en parler. Père m'a offert ce carnet en moleskine jaune format poche et un stylo noir. Il m'a dit que tous les grands explorateurs tenaient un journal.

– Quelques phrases tous les jours, Nico, pour t'aider à t'en souvenir plus tard.

Le soir du 7 avril, je n'avais noté qu'un seul mot : *Domingo*. Je n'aurais pas besoin de plus pour me souvenir.

*

Quand nous arrivons avec Béryl, les enfants et le camping-car en fin d'après-midi le 5 avril, il n'y a personne à Vanderkloof. Aucune réaction aux centaines de brochures.

Père masque sa déception derrière une activité frénétique. Il nous installe dans l'auberge Pride Rock – plus pratique pour protéger, soigner, diriger tout le monde. Tôt le lendemain matin, il vide la piscine de son eau glauque pour limiter les risques pour les enfants. Je l'aide à brancher un groupe électrogène à essence pour que les seize petits puissent prendre un bain chaud. Certains ne se sont pas lavés depuis plusieurs semaines et cela va durer quelques heures pour les baigner et les habiller tous.

Nous installons des cartons de provisions dans la cuisine, rangeons les livres dans le salon, mettons de l'ordre dans les chambres, nettoyons.

Père et moi allons fouiller les maisons du village en quête de vêtements d'enfants et de provisions. Dans un garage, nous trouvons un quad et nous le faisons démarrer en le tractant avec le Volvo. Père m'explique pendant quinze minutes comment le conduire et consacre une heure à me montrer combien il est facile d'en perdre le contrôle et de se faire écraser par le quad. Il m'oblige à m'entraîner et à recommencer, dans la rue et hors piste.

Ce soir-là, Mélinda Swanevelder prépare des pâtes avec une sauce tomate en boîte et des boulettes. C'est meilleur que tout ce que Père a pu cuisiner jusqu'alors. Nous alignons les petites tables du restaurant et nous mangeons ensemble, comme une vraie communauté.

Le matin du 6 avril, Père vient s'asseoir à côté de moi dans le jardin. Il me parle sérieusement. Derrière nous, explique-t-il, en haut dans les collines, se trouve la réserve de Rolfontein. Elle est entourée pour les deux tiers d'eau et d'une falaise pour le tiers restant, quasi inaccessible sauf par la route qui traverse Vanderkloof. Il y a des oryx, des koudous, des springboks et des impalas. Ce sera notre élevage de gibier mais bientôt aussi de bétail. Les chiens sont en train de décimer les troupeaux de vaches et de moutons, alors les prochaines semaines, nous prendrons un fourgon pour ramener quelques moutons tant qu'il en reste encore. Des vaches aussi. Mais pour ça, on aura besoin d'aide. Il se peut que Hennie As revienne. Ou quelqu'un d'autre…

Mais dans l'immédiat, nous trouverons de la viande fraîche pour les femmes et les enfants dans la réserve.

– Prends le quad et vois si tu peux nous rapporter de la viande. Emporte un des talkie…

Je suis debout avant que Père ne termine sa phrase. Excité et impatient. J'ai treize ans et je pars à la chasse avec un quad.

Père me rappelle.

– Nico, je vois bien que tu brûles d'essayer le quad – mais fais attention. C'est un véhicule puissant avec son rapport force-poids. Tu vas être tenté d'utiliser cette force. Penses-y à deux fois. Si tu devais être là-haut dans la montagne écrasé sous l'engin, et que je ne te trouve pas… Reste sur les pistes, que je sache où te chercher s'il se passe quelque chose. Et n'oublie pas, il y a aussi des rhinocéros blancs parmi les derniers survivants. Surtout, pas de risques.

Il me ramène sur terre. Il ajoute qu'il y a d'autres personnes qui dépendent de nous maintenant. Qu'il doit me faire confiance.

– Mais je sais que tu y arriveras.

À l'époque, Père savait encore me gérer.

*

Le matin du 7 avril, je suis en train de fabriquer un solide cadre en bois sur lequel je vais étendre la peau du springbok comme Père me l'a expliqué. Selon lui ça fait partie des responsabilités du chasseur – exploiter l'animal entier. Dans ce nouveau monde, tout sera utile, les peaux aussi. Je n'aime pas cette partie de la chasse. Je travaille dans le jardin à côté de l'auberge ; les femmes ne veulent pas que les enfants voient la peau ensanglantée.

Il me semble que les sons portent plus loin le matin, avant dix heures. L'air est plus pur, plus calme.

J'entends le bruit. Haut et loin, mais intense, pénétrant. Je me lève, tourne la tête pour mieux entendre. C'est un bruit mécanique. La tonalité n'est pas constante. Elle monte et baisse, un crescendo délirant puis un ronflement animal, des gammes qui montent et descendent. Le bruit résonne à travers les plaines, à trente ou quarante kilomètres. Pendant un instant, le bourdonnement disparaît. Puis il revient.

C'est le bruit d'un moteur. Incongru, curieux, bizarre dans la matinée ensoleillée, tranquille, parfaitement calme – presque une année après la Fièvre – dans les collines abandonnées du Grand Karoo. Et comme c'est le seul son mécanique dans l'air, je n'arrive pas à le localiser.

Il retentit au sud. De ce côté du fleuve, vers Petrusville.

Il me faut quelques minutes pour me rendre compte que le son se rapproche. Je sens monter en moi de l'excitation. Quelqu'un a lu une des brochures. Quelqu'un vient vers nous.

Instinctivement, je descends Madeliefiestraat, comme elle s'appelait autrefois, vers Proteastraat. S'il vient à Vanderkloof, il sera obligé de la prendre pour monter.

J'entends des pas derrière moi. C'est Père. Il a passé la matinée à réparer un petit Tata Super Ace parce que le Volvo est trop grand pour la ville. Nous descendons la rue ensemble jusqu'au coin. Côte à côte, nous écoutons le son enfler progressivement.

– C'est une moto, dit Père.

J'écoute.

– Une seule, ajoute-t-il.

– Une très rapide alors.

Nous attendons là au coin de la rue sans parler davantage ; nous écoutons la moto se rapprocher. Nous l'entendons embrayer au rond-point du pied de la côte, juste avant l'entrée du village, à un kilomètre et demi. Le son disparaît un moment. Peut-être que le conducteur s'arrête pour lire un panneau ? Et puis les tours reprennent, de plus en plus haut dans la montée. Et une seule note qui chante dans les courbes du virage en épingle, qui baisse – une hésitation au premier embranchement et le voilà, nous le voyons, un monstre noir : moto noire, casque noir, sac à dos noir, combinaison en cuir noir, gants et bottes compris.

Il nous voit au dernier moment, freine et s'arrête devant nous de l'autre côté de la rue. Il y a des rayures vert fluo sur le noir de la moto. *Kawasaki* est inscrit en grandes lettres argentées sur le réservoir. Et *Ninja* sur le garde-boue. Sur la hanche droite du motard, un étui avec un gros pistolet.

La visière du casque est sombre, l'homme invisible. Ses mouvements sont lents, économes, calmes. Il tend la main pour couper le moteur qui n'émet plus qu'un cliquetis de métal qui refroidit. De son pied botté, il pousse la béquille centrale vers le bas et se met debout à côté de la moto. Je vois qu'il a un deuxième pistolet sur la hanche gauche.

Il retire ses gants. Les pose sur le réservoir et détache la bride du casque sous le menton. Des deux mains il l'enlève d'un geste fluide. D'une secousse, il libère ses longs cheveux noirs, pose le casque et s'avance vers nous avec la démarche d'un prédateur, indifférent et assuré. Il ôte ses lunettes noires, révèle des yeux hypnotiques, délavés – d'un gris changeant comme un caméléon, tantôt presque verts, tantôt vaguement bleus, contrastant fortement avec sa peau foncée. Il s'arrête devant Père et lui tend la main.

– Domingo, dit-il d'une voix grave. Déshérité, ajoute-t-il, et ses yeux se plissent en une esquisse de sourire.
– Willem Storm, dit Père. Et Nico.

Domingo me regarde droit dans les yeux et me serre la main. Je remarque un tatouage au dos de la sienne : deux sabres et un soleil levant. Sa paume est à la fois chaude et froide et je suis parcouru d'un frisson car son sourire, ses yeux, toute sa présence disent qu'il est létal. Je ne sais pourquoi je l'ai senti à ce moment précis. Une intuition enfantine, peut-être ? Ou le contraste apparent avec l'innocence pacifique de mon père. Mais je sens, viscéralement, que Domingo est de ces gens qu'il vaut mieux avoir de son côté.

Tout arrive toujours en même temps et quand on s'y attend le moins. À ce moment, on entend l'avion qui surgit de derrière la montagne. Nous regardons tous les trois. C'est le Cessna 172 de Hennie As. Il nous survole en basculant les ailes.

*

Nous descendons dans le Tata Super Ace qu'on a dû pousser pour le faire démarrer jusqu'au rond-point où le Cessna va atterrir sur une route goudronnée. Père au volant, Domingo sur le siège passager et moi au milieu.

Domingo sent la sueur et l'après-rasage. Père lui demande où il a entendu parler de nous. Il dit qu'il a vu la brochure dans le centre commercial de Bethlehem. Est-ce qu'il vient de là-bas ? Non, il y a fait étape entre Durban et Bloemfontein. Et puis il se tait à nouveau. Mais Père ne se laisse pas décourager et demande pourquoi.

Domingo l'observe, ses yeux invisibles derrière les lunettes noires, mais je sens qu'il met des choses en balance, qu'il sait qu'il y aura éventuellement un prix à payer s'il veut rester avec nous. Après un moment, il ajoute que l'état des routes était trop incertain après les pluies d'été, qu'il est parti chercher des routes plus sèches pour la Ninja. Parce qu'il adore la vitesse. Tant qu'il y a encore des routes et de l'essence, il veut pouvoir profiter de sa moto. C'est peut-être le dernier été où il pourra le faire. Sans circulation, sans contrôle de vitesse. Il fait son presque sourire et me regarde.

– Par où es-tu passé ? demande Père.

– J'ai tourné autour de Hazyview pendant deux mois. De belles routes. C'était top. Et puis c'est devenu trop dur. Des pluies diluviennes, des inondations. Des gars à Nelspruit qui tiraient sans sommation. J'ai pris la route pour le Mozambique. Maputo. La cata totale. J'étais assis sur ma bécane au milieu de l'Avenida Vinte e Quatro de Julho et j'ai vu un type tout nu traverser la rue et un autre à ses trousses avec une machette. Et il…

Domingo me regarde et hoche la tête.

– Bref, la cata. Et puis je suis allé à Durban. Il y a une cinquantaine de personnes qui vivent sur la plage. Ambiance *flower power*, tu vois.

– Et tu as croisé d'autres communautés ?

– Un mec à Harrismith a parlé d'un truc près de Fouriesburg dans les montagnes – que pour les Blancs. Je ne suis pas allé voir.

– Tu es passé par Bethlehem hier ?

– Non, il y a quatre jours. Je voulais d'abord aller voir au Cap si ce qu'on dit à propos de l'irradiation est vrai.

À l'époque, Père et moi avions entendu à la radio que la centrale nucléaire de Koeberg près de la ville du Cap avait explosé parce que plus personne n'était capable d'en assurer la maintenance.

– Comment ça va là-bas ? demande Père, la voix remplie de nostalgie.

– Mal. Après Rawsonville, juste avant le col Du Toitskloof, la route est encombrée de carcasses cramées de camions, de bus, de voitures. Des cadavres carbonisés partout. Vraiment atroce. Et il y a des panneaux écrits à la main qui disent : « Danger, radiations, si vous passez vous mourrez. » Les montagnes sont noires, ont l'air toxiques. Je ne peux qu'imaginer à quoi doit ressembler la ville du Cap.

Père se tait puis demande :

– Tu es originaire d'où ?

Avant que Domingo ne réponde, nous voyons Hennie As et le Cessna. Hennie est déjà descendu. Il se retourne et nous salue de la main.

Ses premières paroles sont :

– Il y a environ deux cent soixante personnes en route, Willem. Elles devraient arriver demain si leur carburant le permet. Comment va Mélinda Swanevelder ?

21

La journée de l'Arrivée

C'est ainsi qu'on l'a nommée : la journée de l'Arrivée. Le 8 avril. Un jour férié, cela fait trente-quatre ans déjà.

Père était contre l'idée. Nero Dlamini aussi. Ils disaient tous les deux que ce n'était que la date de l'arrivée la plus massive. La fêter rappellerait trop la journée de Jan Van Riebeeck, l'arrivée des premiers colons européens au Cap en 1652, dans l'ère d'avant la Fièvre, d'autant que par pure coïncidence, c'était le 6 avril, quasiment la date de la journée de l'Arrivée. Il était inutile de semer des graines qui risquent de faire germer plus tard la division et la discorde.

Mais le peuple voulait son jour férié et il l'a eu.

*

Ma peau de springbok est bien tendue sur son cadre, sous une couche de sel. J'ai les mains qui puent malgré mes efforts pour les nettoyer à la brosse avec du liquide vaisselle.

Je n'arrête pas de harceler Père, jusqu'à ce qu'il m'autorise à grimper sur la colline pour attendre l'Arrivée.

J'y vais avec le quad et trouve un endroit d'où je peux guetter le mur du barrage et le chemin que j'avais pris avec Père la première fois que nous sommes venus. Parce qu'ils arrivent du nord.

Hier soir, Hennie As a dit qu'ils venaient de Pretoria et de Centurion, de Johannesburg, de Sandton, de Lenasia et de Soweto, de Nigel et de Standerton, de Randfontein et de Rustenberg. Partout où il avait diffusé les brochures.

À Westonaria, une quinzaine d'hommes armés de fusils d'assaut ont dévalisé le groupe.

– Ils voulaient des bijoux. Et de l'argent, imaginez-vous, de l'argent par les temps qui courent ! remarque Hennie As. Heureusement, personne n'a été blessé, mais ils ont pris pratiquement tout ce qu'il y avait à boire et à manger dans les cars.

En route, le convoi avait ramassé des personnes à Potchefstroom et à Warrenton. C'était avant que Hennie ne soit au courant. Il n'a repéré la caravane – un car de tourisme de luxe, un Citibus, quelques taxis-brousse, des pick-up et des voitures – qu'après Wolmaransstad alors qu'il était en route pour nous rejoindre. Il leur a donc offert une protection aérienne en détectant d'éventuels dangers sur leur chemin. Mais il n'y a rien eu de grave.

Hier soir, il les a laissés à Kimberley pour venir nous avertir de leur arrivée.

Maintenant, Hennie As s'assoit à côté de Mélinda Swanevelder et il lui cause ; elle ne fait qu'écouter. Père nous confie, à moi et à Domingo :

– Il va falloir être très patient avec elle.

*

Père demande à Domingo d'où il vient et Domingo répond :

– D'ici et d'ailleurs.

Il interroge Père sur ses intentions pour la communauté comme s'il ne savait pas encore s'il voulait vraiment y rester. Je me tais en espérant que Père donne les réponses qu'il faut car moi, j'aimerais que Domingo reste.

Ce matin, après avoir déjeuné, Domingo déclare dans son afrikaans mélangé d'anglais :

– Je pensais... comme je suis seul, ça n'a pas de sens que je prenne toute une baraque pour moi. Est-ce que je pourrais m'installer ici dans l'orphelinat ? Il y a plein de chambres libres.

– Bien sûr, répond Père.

Et c'est ainsi que la vieille auberge de Pride Rock est rebaptisée l'Orphelinat.

– *Yes !*

Je jubile à voix basse en serrant un poing de victoire sous la table.

– Comment avance ta peau ? me demande Père.

J'attends l'Arrivée sur la colline. Devant moi s'étend le barrage vaste et profond de Vanderkloof avec son mur d'où l'eau ne déborde plus en flots rugissants, et je pense que c'est bien que Domingo reste. Parce qu'il faut qu'il soit dans notre camp.

*

Quand le convoi arrive, vers deux heures seulement, j'ai l'estomac dans les talons. Je ne veux pas quitter mon poste de peur de les rater mais je commence à m'impatienter. Et puis je les vois : le car qui sort du virage sur l'autre rive du fleuve et qui s'engage sur le mur du barrage. Derrière, un vieux bus et puis les voitures et les pick-up.

Je saisis la radio.

– Ils sont là, papa ! Ils sont sur le mur du barrage, je les vois.

– Merci, Nico.

J'entends le rire dans sa voix. Il sait combien je suis excité.

Ils s'arrêtent au milieu et attendent, probablement pour que tout le monde puisse prendre le temps d'admirer le lac et la gorge. Ensuite ils redémarrent. Je dégringole à toute allure la pente pour atteindre le quad, me frayant un chemin entre les rochers, les cailloux, les buissons épineux. Ma descente me semble durer une éternité.

Je rentre aussi vite que possible. Pour les accueillir, et pour manger.

*

Je revois ces événements avec du recul. L'importance et la signification de cette scène ne me frapperont que des années plus tard.

Ce jour-là, je me rendais déjà compte que c'était un moment historique, autant qu'un gosse de treize ans, affamé de compagnie, de camarades de son âge, pouvait le ressentir. Je ne réaliserais que plus tard le véritable poids du moment et des personnes impliquées.

Le car de luxe est déjà garé au milieu de la rue quand j'arrive. Deux hommes descendent et avancent vers Père et Hennie As, Domingo, Mélinda Swanevelder, Béryl et les seize enfants qui les attendent dans Proteastraat. Le premier homme est âgé, il a les cheveux blancs et porte une toge blanche avec une sorte de châle doré et un chapeau bizarre. Dans sa main droite il tient une houlette en bois argenté. De la gauche, il s'appuie sur le bras d'un homme plus jeune, très impressionnant, plus grand que tous les autres et large de poitrine.

Voilà ce que j'observe, ce que j'essaie de marquer dans ma mémoire pour pouvoir le raconter un jour, pour pouvoir dire que j'étais présent, que j'ai participé à cet événement.

Je cours prendre ma place entre Père et Domingo.

– Celui en robe c'est l'évêque, n'est-ce pas Oom Hennie ?

– C'est une soutane, dit Père d'une voix amusée.

– Oui, Nico, c'est l'évêque, répond Hennie solennellement.

Il nous avait parlé de cet ecclésiastique anglican qui était devenu le chef du groupe.

Le vieil évêque s'approche de Père à petits pas. Il tend les bras en signe de bénédiction, sourit et dit avec un accent vaguement écossais :

– Vous devez être l'auteur de la brochure.

– C'est moi, oui, répond Père et il lui serre la main.

– Alléluia ! s'écrie la large poitrine.

– Amen, réplique l'évêque. Je suis le père James Rankin et voilà mon frère, le pasteur Nkosi Sebego.

Père serre la main du pasteur mastodonte.

– Vous êtes tous les bienvenus.

– Gloire au Seigneur, dit Sebego.

Il se retourne et indique aux autres, d'un signe de la main, de descendre. Il a un sourire sympathique aux lèvres et une expression intense dans les yeux. Puis il voit Domingo, le fixe du regard.

Dans le tohu-bohu de l'arrivée, de passagers qui descendent des bus, des pick-up et des voitures, qui crient et qui bavardent en s'approchant, je me dis que ce n'est peut-être que moi qui vois le sourire du pasteur se transformer en une moue perplexe, méfiante et, finalement, exprimant un dégoût insondable.

Le visage de Domingo est de marbre, son regard impénétrable derrière les lunettes noires.

22

LES DEUX CENT CINQUANTE-SIX

Deux cent cinquante-six personnes arrivent ce jour-là.

Plus tard, les matheux de la communauté feront remarquer que 256 est un carré parfait – seize au carré. Les superstitieux l'élèveront au rang d'un nombre magique, de bon augure. Dans un siècle, on parlera probablement des descendants des deux cent cinquante-six, comme on évoque le *Mayflower* aux États-Unis. Peut-être avec le même respect.

Mais la première semaine, ce nombre n'était pas magique du tout car personne n'avait bien préparé leur arrivée.

Le nombre magique, à l'époque, était plutôt treize. Quand on a treize ans et qu'on est le fils de l'Auteur de la Brochure, qu'on est autorisé à être présent partout où les grandes personnes se réunissent mais qu'on est en même temps invisible si on ne fait aucun bruit et qu'on ne bronche pas.

La première réunion d'urgence a lieu en fin d'après-midi de la journée de l'Arrivée. Il s'agit d'hébergement.

Le problème est que les deux cent cinquante-six ne sont pas constitués de familles. Il n'y en a que trois qui sont de la même famille – la vieille Mme Nandi Mahlangu, sa fille Qedani et son petit-fils Jacob. Trois générations de résistance génétique à la Fièvre, le seul cas jusqu'alors enregistré. (Dans les mois et les années qui suivront, il y aura des frères et des sœurs, et plus tard quatre autres couples parent-enfant s'ajouteront à Père et moi.)

Quand l'excitation de l'arrivée se calme et que les deux cent cinquante-six commencent à penser à se loger, c'est la ruée vers les maisons les plus confortables ou les plus grandes ou les plus proches des copains, sans aucune organisation ni réflexion. Il y en a qui veulent partager et d'autres qui s'installent tout seuls dans des maisons familiales. On se dispute les deux villas de luxe avec vue sur le barrage. Et six adolescents qui se sont liés d'amitié dans le vieux Citibus décrètent qu'ils doivent absolument partager, sans supervision aucune, la maison la plus isolée en haut dans les collines.

Le Comité, comme on l'appellera plus tard, se forme de manière spontanée quand il faut régler ces différends. Les premiers membres sont Père, le pasteur Nkosi et le père James.

L'évêque et le pasteur rassemblent les deux cent cinquante-six personnes pour régler le chaos de l'hébergement. Père et l'évêque se tiennent debout sur le plateau du Tata Super Ace devant la station-service Midas pour leur parler et être en mesure de voir et écouter tout le monde. Père demande qu'on fasse les choses en bon ordre. Ravi Pillay s'avance parmi les autres. C'est un homme mince, grisonnant, entre cinquante et soixante ans. Il demande la parole. Père acquiesce et l'aide à monter sur le plateau du Tata.

Il lève la main pour qu'on l'écoute. Sa voix surprend par sa gravité et son autorité. C'est une voix qui force l'attention et la foule le sent. Il parle anglais avec l'accent typique des Indiens sud-africains. Il explique qu'il a géré pendant quinze ans un restaurant à Bedfordview. Au début, il avait offert un buffet le dimanche. Une formule à volonté à prix fixe.

– Ça a bien marché. Les clients sont venus et sont repartis contents. Ils ont parlé aux autres de la bonne cuisine et du service souriant. J'ai fait des bénéfices importants. Mais deux ans plus tard, j'ai arrêté le buffet. Beaucoup de clients étaient fâchés. « Ravi, nous te soutenons depuis le début. Ravi, ton restau est toujours complet, pourquoi nous retirer notre cher buffet ? » Je leur ai expliqué que je ne supportais plus le gâchis. Tous les dimanches, je voyais les gens remplir leurs assiettes à ras bord. Mais ils n'en mangeaient même pas la moitié. Des gens riches. Des Noirs, des Blancs, des Indiens, tous. Tous les dimanches, quel gaspillage, dans un pays où les pauvres crèvent de faim. On est comme ça, les êtres humains. Quand on a quelque chose pour rien, on prend toujours plus qu'il ne faut. Qu'on ne fasse pas pareil ici. C'est un nouveau départ. Prenons ce dont on a besoin, ce qui est nécessaire pour notre existence, pour notre avenir et pour le bon ordre ici, pareil pour ce qui est de l'hébergement et des maisons. Nous ne sommes que les premiers arrivants. Nous ne serons pas les derniers.

Après ce discours, Ravi Pillay est également intégré au Comité. Plus tard, il nous dira qu'il a été maire de Lenasia dans un passé lointain.

*

La deuxième crise concerne la nourriture.

Les deux cent cinquante-six n'ont pas apporté de victuailles. Certains disposent de provisions pour deux ou trois jours, mais la plupart ont présumé qu'ils seraient logés et nourris à Vanderkloof.

Le soir de la journée de l'Arrivée, Père, Pillay, le père James et le pasteur Nkosi se réunissent de nouveau en urgence dans la salle à manger de l'Orphelinat. Je suis à table et les écoute. Domingo est là aussi. Il nettoie un pistolet. De temps en temps, le pasteur Nkosi regarde

Domingo avec mépris – ou est-ce plutôt de la gêne ? J'ai du mal à cerner ce qu'il pense réellement.

Béryl Fortuin leur apporte du café pendant qu'ils considèrent les possibilités d'équipes et de postes – pour chercher des provisions et pour préparer à manger. Béryl pose le plateau brutalement, s'assoit et dit :

– « Un nouveau commencement pour de braves gens. » C'est bien ça ?

Elle a toute leur attention.

Elle est très remontée :

– C'est ce que dit la brochure de Willem, non ? C'est pour ça que ces gens ont fait tout le chemin. Pour autant que je sache, elle ne dit pas « un nouveau commencement pour de braves gens gouvernés par des hommes d'âge moyen ».

De ses yeux, Père fait un tour de la table et acquiesce. Le père James le devance :

– Vous avez tout à fait raison. Venez, nous avons besoin de vos lumières.

C'est ainsi que Béryl devient membre du Comité.

Pendant tout ce temps, Domingo reste assis en silence quelques tables plus loin, les mains toujours occupées, sans perdre un mot.

*

La troisième crise se présente trois jours plus tard. Une file de voitures attend à la station-service Midas. Elles doivent faire le plein pour les expéditions projetées : la recherche de denrées comestibles dans un rayon de deux cents kilomètres, capturer et transporter les moutons, les vaches, les porcs et les poules des fermes de la région.

Mais le carburant vient à manquer.

Le Comité doit reprendre les choses, redéployer les effectifs pour que deux groupes de quatre personnes partent à la recherche d'un camion-citerne. Un des groupes ne revient pas et nous ne saurons jamais ce qui lui est arrivé. L'autre est de retour dix jours plus tard avec un grand camion-citerne, presque neuf mais rempli d'essence.

La plupart de nos véhicules ont des moteurs diesel.

Le chemin du progrès est difficile à gravir…

*

Samedi de la première semaine, une meute de chiens féroces et affamés attaque une de nos expéditions parties à la recherche de moutons, à six kilomètres de Philippolis. Les hommes – deux adultes et deux adolescents – réussissent à coincer sept moutons dans un pré clôturé. N'ayant pas vu d'humains depuis si longtemps, les moutons sont farouches et nerveux. Les hommes veulent les mener jusqu'au fourgon. Ils se concentrent sur cette tâche et ne voient pas les chiens à temps. Aucun ne sait vraiment se servir des armes qu'ils portent. Ils épuisent vite leurs munitions dans leur effort pour regagner le fourgon sans vraiment toucher les chiens. Avant qu'ils n'arrivent à claquer les portières, les chiens mordent un des hommes au bras et un des garçons à la jambe. Paralysés de peur, ils regardent les chiens déchiqueter les moutons. Quoique effrayés, ils rentrent sains et saufs à Vanderkloof.

Ce soir-là, le Comité se penche sur cet événement.

– Il va falloir les entraîner au tir, dit le père James.

– Il faudra d'abord récupérer assez de munitions, réplique Père.

– Qui fera ça ? demande Béryl. Il ne reste plus grand monde, et on n'a pas de voitures ni d'essence.

– Ceux qui partent à la recherche de provisions chercheront aussi des munitions. Il y en a dans la plupart des fermes.

Les membres du Comité acquiescent en silence, car ils ne voient pas d'autres solutions.

— Trop de calibres.

La voix de Domingo vient remplir le silence. C'est la première fois qu'il parle lors d'une réunion du Comité.

Cinq têtes se retournent pour le fixer.

Il explique :

— Les armes qu'on trouve dans les fermes sont pour la plupart des fusils de chasse. Il y a un tas de calibres différents. Si on veut entraîner les gens au tir... Dans trois ou quatre mois, on devra aller les chercher très loin, les munitions.

Les membres du Comité le regardent, bouche bée.

— Mais il y a une solution. Il faut normaliser. De Aar avec son arsenal militaire est à une heure d'ici. Il doit y avoir des milliers de R4. Et des centaines de milliers de cartouches.

— Des R4 ? demande le pasteur Nkosi.

— Le fusil d'assaut de l'armée : 5,56 x 45 mm, 35 cartouches dans le chargeur. Si nous ne vidons pas cet arsenal, quelqu'un d'autre le fera. Et alors là, ça va péter.

— Est-ce que tu mèneras une expédition ? demande Père.

Domingo accepte d'un signe de tête.

*

Durant cette première semaine-là, je brûle de partir moi aussi en expédition. N'importe laquelle, mais surtout celle de Domingo. Moi qui ai déjà tué deux méchants, quelques chiens et du gibier, qui ai connu de grandes aventures avec mon père à l'époque d'avant Vanderkloof. La plupart des gens ne peuvent pas en dire autant, surtout ceux qui sont envoyés pour chercher du bétail et des provisions, du carburant et des munitions et qui ne savent même pas tirer. Mais Père fait le sourd quand je laisse entendre que j'aimerais les accompagner et il refuse net quand je demande ouvertement.

J'aurais dû savoir qu'il se tramait quelque chose.

Dimanche, le Comité se réunit mais Père me dit d'aider Mélinda Swanevelder dans la cuisine.

Le soir, le pasteur Nkosi fait au nom du Comité une annonce qui changera radicalement ma vie. On demande à toute la communauté de se réunir dans le parking derrière le supermarché, le terrain qui sera par la suite connu comme le Forum. Le pasteur est debout sur le plateau du Tata Super Ace. Il parle de sa voix sonore de la pénurie de vivres et demande à tout le monde de se rationner. Il rappelle qu'on travaille tous dur et qu'on commencera à abattre le bétail dès qu'il y aura suffisamment de réserves.

Il fait un rapport sur les diverses expéditions. Il n'y a pas vraiment eu de grands succès.

Et puis il arrive aux « enfants ».

On a calculé, dit-il, qu'il doit y avoir quarante-neuf enfants entre six et seize ans. Le Comité propose qu'ils se réunissent tous à partir de lundi à huit heures et demie au vieux club de boules pour reprendre l'école. Trois personnes sont aptes à provisoirement assumer les fonctions de professeur.

– Les enfants, il faut que vous sachiez que nous considérons votre éducation comme très importante. En temps normal, nous aurions voulu que vous ne fassiez rien d'autre qu'étudier. Mais nous ne vivons pas des temps normaux. C'est pourquoi les enfants à partir de dix ans iront à l'école une semaine sur deux, et pendant l'autre, ils aideront avec tout ce qu'il y a à faire.

23

James Rankin
Récit recueilli par Willem Storm, Projet d'histoire d'Amanzi.

J'ai consacré ma vie adulte à œuvrer pour l'Église. Pendant onze ans, j'ai fait partie du diocèse anglican de Johannesburg, mais rien ne vous prépare...

Il y a eu un moment, au plus fort de la Fièvre... je travaillais, j'aidais à l'hôpital de Milpark. En fait, je priais surtout, pour tout le monde, les moribonds, leurs parents qui étaient contaminés. C'était... Il y a eu un moment... J'étais au chevet d'un moribond dans une salle de six lits. J'ai entendu des cris. Un homme est entré avec une arme. Il l'a braquée sur moi. Il hurlait :

— C'est ton Dieu qui a fait ça ! Ton Dieu...

Et il avançait, l'arme braquée sur ma tête. Il était déjà malade, ça se voyait. Il était dans la première phase. La Fièvre avait commencé, il savait qu'il allait mourir et il voulait que ce soit la faute de quelqu'un. Il s'est serré contre moi, le canon pressé sur mon front. Et puis il m'a regardé et a compris que je n'étais pas malade. Alors, il a recommencé à crier :

— Pourquoi tu n'es pas malade ?

Encore et encore. Il était hors de lui et j'étais sûr qu'il allait tirer.

J'ai honte d'avouer que j'ai arrêté de prier. C'était à cause de la peur mais surtout parce que je me sentais terriblement coupable de ne pas être malade.

L'homme au fusil s'est simplement retourné et s'est tiré une balle dans la tête.

Je sens encore cette culpabilité, tous les jours. Mais je continue mes prières et je n'arrête pas de me dire que le Seigneur ne m'a pas épargné pour rien. Peut-être était-ce pour aider à guider ces gens vers Amanzi.

Amanzi

Le 3 juillet de l'année du Chien, tout le monde se rassemble au Forum. Nous sommes plus de trois cents. Les premières élections démocratiques des dirigeants provisoires se préparent. Père est debout sur le plateau du Tata. Il dit qu'il faut trouver un nouveau nom pour notre refuge. Vanderkloof n'est pas approprié. Dans le silence qui suit, la vieille mama Nandi Mahlangu crie :
– Amanzi !

Un bruissement traverse la foule qui s'essaie à prononcer le nom. Quelqu'un applaudit. Et puis un applaudissement général nous gagne. Quand le bruit s'est calmé, Père dit :
– Bienvenue à Amanzi !

Personne n'explique ce que le nom veut dire et je suis trop timide pour demander. Plus tard, je pose la question à Père alors que nous rentrons chez nous à pied – l'Orphelinat serait notre chez-nous pour quelques années, avec Béryl et les enfants, Mélinda Swanevelder et son soupirant Hennie As, Domingo et Nero Dlamini.
– Ça veut dire « eau » en zoulou et en xhosa, explique-t-il.

Je réfléchis, mais je ne comprends toujours pas le sens des ovations.

– Mais pourquoi les gens ont-ils tellement applaudi ?
– Parce que c'est parfait.

*

Récits recueillis par Willem Storm. Projet d'histoire d'Amanzi.

Nkosi Sebego

Je suis le fondateur et premier pasteur de l'Église du Tabernacle de Grâce en Christ à Mamelodi. L'église est restée ouverte, malgré tout. C'était très difficile car je savais que c'était la façon que Dieu avait choisie de nous avertir de changer notre vie. Dieu a envoyé la Fièvre parce que le monde entier faisait fausse route. Mais on ne peut pas expliquer cela à des gens qui souffrent et qui meurent.

Je pensais que je ne mourais pas parce que je craignais le Seigneur et que j'étais un homme juste. Mais alors je l'ai vu prendre ma femme et elle était meilleure chrétienne que moi. Et il prenait des bébés et des petits enfants et la Fièvre n'épargnait personne. Je n'ai pas compris et j'étais très en colère contre Dieu. J'ai levé la voix et je me suis répandu en invectives contre lui. Mais Dieu a compris, je crois, que c'était à cause des pertes et de la grande souffrance.

Bizarrement, Mamelodi était un endroit plus sûr pendant et après la Fièvre que la plupart des quartiers blancs. Je pense que la majorité des townships noirs étaient moins dangereux car les Noirs, les pauvres, nous avions l'habitude de nous entraider, nous savions ce qu'étaient la perte et la souffrance et nous connaissions la solidarité et le partage.

Trois mois après la Fièvre, nous étions vingt-neuf survivants à Mamelodi. Nous vivions ensemble dans l'église et nous nous occupions les uns des autres. Pendant cette période, je suis allé chercher de quoi manger au domaine de golf de Silver Lakes et à Faerie Glen où vivaient les riches, pour la plupart des Blancs. Il n'y avait pas de groupe, pas de travail solidaire. Des individus seulement, qui tiraient sur tout ce qui bougeait.

Domingo
Je suis né à Abbotsdale. C'est le township *coloured* de Malmesbury. J'y suis allé à l'école aussi. Ma mère travaillait à la minoterie Sasko en ville. Mais j'étais près de Swellendam quand la Fièvre s'est déclarée. J'avais une sorte d'occupation paramilitaire. Non, je ne vais pas entrer dans les détails. Ça n'a aucune importance.

Nkosi Sebego
Il y a une scène que je n'oublierai jamais. C'était au pire moment de la Fièvre. Cela me rappelait les films en noir et blanc sur les atrocités de la Seconde Guerre mondiale.

Je me suis levé un matin et j'ai entendu le bruit d'un moteur. N'oubliez pas, c'était quand la Fièvre... quand c'était vraiment terrible, et Mamelodi était bien plus tranquille que d'habitude et j'ai entendu ce gros moteur. J'ai suivi le bruit qui venait du terrain vague entre Khutsong et le lycée Pateng. À un kilomètre environ de l'hôpital de Mamelodi. C'était un bulldozer. Il poussait des cadavres humains dans un charnier.

C'est affreux de voir une chose pareille. Des êtres humains. Des gens qui avaient ri, aimé, vécu. Et ils n'étaient plus que des poupées de chiffon. Poussées dans un trou dans la terre. Comme des ordures.

24

Nero « Lucky » Dlamini
Récit recueilli par Willem Storm. Projet d'histoire d'Amanzi.

Bon, j'étais un dandy, un pape de la sape, sans discussion. J'étais le mieux fringué de tous les psychologues dans toute la région de Johannesburg. Je sais, je sais, ce n'est pas forcément un exploit difficile à réaliser, néanmoins...

Mon mode de vie était sans doute une réaction à la misère de ma jeunesse, ça, je dois le reconnaître.

Mon père n'a fait que quatre ans d'école. Il était ouvrier. Il travaillait chez un électricien à Braamfontein et il effectuait aussi des réparations pour son propre compte dans notre arrière-cour à Orlando East pour mettre du beurre dans les épinards. Ma mère travaillait à Baragwanath, à l'hôpital Chris Hani. Elle avait au moins eu son bac. Elle avait un boulot administratif dans le service des grands brûlés en pédiatrie. Elle est si souvent rentrée en pleurs, le soir, à cause de ce qu'elle avait vu à l'hôpital, les enfants du township, brûlés. Les blessures de la misère, disait-elle.

Mon père pensait que Néron avait été un grand empereur, un exemple classique des dangers que présente le fait d'avoir un peu de connaissance. Il a donc insisté pour que je sois baptisé de ce nom. Mais il avait de bonnes intentions, il n'a jamais quitté ma mère et je lui ai pardonné il y a longtemps déjà.

En tout cas, j'étais un gosse précoce. J'ai eu mon bac en 1999, j'ai décroché des bourses et décidé de faire des études de psychologie parce que je voulais comprendre le monde, c'est vrai, tous les gens autour de moi étaient tellement... en colère. Je suis allé à l'université de la Witwatersrand. En 2006, j'ai ouvert mon propre cabinet à Sandton. Je soignais tous ces hommes d'affaires noirs et nouveaux riches et après deux ans, je me suis demandé si c'était ça, si c'était vraiment ça mon idéal. Alors, j'ai pris un congé sabbatique pendant six mois. J'ai beaucoup réfléchi et j'ai changé de cap...

Bref, j'ai toujours été fasciné par notre besoin d'être dans une relation. Je veux dire, la façon dont ça nous dévore, ce terrible besoin d'être aimé, d'être avec quelqu'un. La maladie des dernières décennies d'av. la F. (d'avant la Fièvre) était la solitude, les carences affectives. Être avec quelqu'un, c'était au cœur de tout ; films, livres, télé, Facebook... J'ai eu tous ces patients, Willem, très riches, prospères. Et terriblement malheureux. Pour aller droit au fait, ils avaient simplement besoin d'amour.

Je me suis donc recyclé en thérapie de couple. Les histoires que je pourrais te raconter...

*

J'aime beaucoup Nero.

Mon père aussi aime bien Nero, depuis le premier jour. Parce que c'est un *raconteur*. Il m'explique l'origine de ce mot français. Mais aussi parce qu'il devient son *sparring-partner* intellectuel. Il sait écouter et souvent, il n'est pas du même avis.

Par la suite, il ferait de son mieux pour résister avec Père au harcèlement moral du pasteur Nkosi.

Dans la version *contée* de sa décision de venir à Amanzi, il explique qu'il n'avait pas eu le choix et qu'il s'agissait du bonheur de pratiquer le cyclisme :

Ce n'est pas que j'avais un esprit de compétition surdéveloppé. Je n'étais qu'un cycliste du dimanche. C'était mon programme de fitness, pour garder la ligne, pour rester beau dans mes belles fringues, t'ai-je dit que j'étais un super-dandy ? Je n'avais jamais aimé faire du jogging. Un passe-temps qui manque d'élégance, je crois, trop de transpiration et de secousses...
Enfin, mon rêve était de faire un des grands itinéraires cyclables européens. À l'époque d'av. la F. Ensuite, dans les premiers mois apr. la F., je n'ai pas pensé au cyclisme. Il ne s'agissait que de survivre. J'habitais Sandton. Le matin tôt, je sortais à la recherche de nourriture. C'était moins dangereux car les méchants se couchaient tard. Et c'était tellement inélégant de devoir fuir devant eux en courant... Je savais que je devais m'installer ailleurs mais les ressources se faisaient rares et les méchants devenaient plus nombreux, et où est-ce qu'on pouvait bien aller ? Et comment ? Je ne savais pas où me procurer de l'essence. Je n'ai pas un grand sens pratique, malgré l'exemple du paternel.
Et puis j'ai trouvé votre brochure dans la rue. Le courrier par avion de Hennie As. Je me suis dit, mais pourquoi ne pas prendre un vélo ? Bien sûr, il y avait un certain risque mais qui va s'attaquer à un Noir sur une bicyclette ? Il y avait cette boutique à Fourways, le Cycle Lab Megastore, où j'avais acheté mon Silverback Sola 4, mon vélo de tous les jours. Avant la Fièvre, j'y passais le samedi matin à baver devant le Cannondale, un rapport amour-haine, une si belle chose, mais payer quinze mille rands pour un vélo dans ce pays, c'est grossier.
J'ai donc ramassé ta brochure ; j'aimais ce que je lisais et je me suis dit, OK, j'irai. Je suis allé au Cycle

Lab à pied et voilà un truc fascinant : personne n'avait rien pris dans cette boutique après l'apocalypse. Que dalle. J'y suis entré en pensant que le Cannondale devait être parti avec les premiers pilleurs, mais non. Il y était avec tout le reste, des barres énergétiques, des gourdes, tout ce que tu veux. Alors, j'ai pris le Cannondale, un Garmin Edge 810 et tous les accessoires de cyclisme, les meilleurs et les plus chers, j'ai rempli mon sac à dos et je me suis mis en route. Je n'étais pas au courant pour les chiens, et je n'en ai même pas vu quatre pendant les trois semaines sur la route, six cent vingt-neuf kilomètres – selon le GPS Garmin, c'est la distance exacte entre la boutique et Vanderkloof, avant que la batterie me lâche. En arrivant ici, j'ai entendu parler des chiens. Et ça m'a foutu les jetons, je te jure. J'ai eu énormément de chance. Mais c'était génial : mon Cannondale et moi sur la N1, et personne d'autre. On entendait les voitures de loin et alors je me cachais au bord de la route. Ce n'était peut-être pas nécessaire. Les gens qui m'ont vu ont dû penser : il doit être cinglé ce Noir à vélo, il vaut mieux le laisser tranquille.

Nero est arrivé le 2 mai de l'année du Chien. Nous ne saurons que plus tard la vraie raison de sa venue.

Le 3 mai se déclare le premier des fronts froids de l'hiver – événement rare : sept centimètres de neige en automne, aux confins du Karoo. En un jour, les températures chutent en dessous de zéro. Des tuyaux éclatent et les enfants font des batailles de boules de neige dans les rues. Toute la communauté doit se remuer, passer du temps à faire les réparations d'urgence et s'occuper du chauffage.

Le 5 mai la KTM arrive. Sa première apparition.

25

LA KTM

Père dit qu'avant la Fièvre il neigeait peut-être une fois tous les cinq ans dans le Karoo. La plupart du temps, ce n'était pas de la vraie neige mais une mince couche de glace qu'on appelait du *kapok*. Le mot dérive du malais, *kapoq*. Dans les zones tropicales il y avait des arbres qui produisaient une sorte d'aigrette blanchâtre dont on rembourrait les matelas et les coussins.

Le 3 mai au matin, le veld était couvert d'une couche de neige de sept centimètres.

Après la neige sont venus le vent et la pluie glacée.

La communauté n'a pas assez de vêtements chauds pour ces températures extrêmes. Personne n'a prévu de stocker du bois de chauffage pour l'hiver.

Pendant plusieurs jours, les routes sont impraticables.

Avec Jacob Mahlangu, le petit-fils de la vieille Nandi, je garde le bétail, une tâche que nous effectuons toutes les deux semaines quand nous n'allons pas à l'école. Mais le 5 mai, personne ne va à l'école. Nous accompagnons Hennie As sur le vieux tracteur municipal. Il nous faut plus d'une heure pour atteindre la réserve dans les collines. Nous devons déblayer la neige dans le veld pour dégager des buissons et de l'herbage en divers endroits afin que les quelques vaches et moutons puissent se nourrir. Ensuite c'est le ramassage de bois. Parfois il faut scier ou couper les gros morceaux et tout porter à la remorque. En fin d'après-midi nous sommes trempés, gelés et affamés.

Normalement, j'aide Domingo à nettoyer les fusils le soir. Mais le soir du 5 mai, je suis trop fatigué. Père, Nero Dlamini et Ravi Pillay sont assis en cercle dans le grand salon de l'Orphelinat et évoquent l'hypothèse que la fumée présente dans l'atmosphère de la Terre soit responsable de ce temps inhabituel – la fumée des incendies partout dans le monde, d'usines évacuées à la hâte, par exemple, ou de centrales nucléaires surchauffées, de feux de forêt incontrôlés et même de villes entières dans des pays très peuplés détruites par le feu à cause de fuites de gaz. Pas un ne se souvient d'un froid aussi intense, d'autant de neige en Afrique australe si tôt dans l'année.

Domingo se tient à l'écart, comme d'habitude. Il nettoie cinq fusils R4, une partie de notre arsenal rapporté de l'entrepôt militaire de De Aar. Il prend tous les soirs cinq fusils et les range au matin dans notre dépôt. Domingo a stocké deux cents fusils et des munitions dans la chambre forte du vieux poste de police – les fusils qu'il essuie et graisse chaque jour. Et puis encore quelques milliers de fusils et des munitions qu'il a cachés dans un endroit que le Comité est seul à connaître. Et moi, car j'ai l'oreille fine : le hangar de la réserve naturelle, à sept kilomètres de la ville, dans la montagne. Derrière la grille et la clôture. Isolé.

Les mouvements de Domingo sont rythmés, ordonnés, expérimentés. Rassurants pour un enfant de treize ans à moitié endormi.

Jusqu'à ce qu'il s'arrête brusquement et fixe la porte des yeux :

– Il y a du monde.

Père pousse un soupir. Toute la journée, on est venu annoncer une nouvelle crise, des dégâts ou une urgence.

Domingo pose le fusil, se lève et marche vers l'entrée. On tambourine, fort et insistant.

Je suis tout éveillé maintenant. Père et Ravi se lèvent aussi. Domingo ouvre. Un courant glacé entre, et sur le seuil, une inconnue. Elle est grande et impressionnante, très belle. Ses cheveux grisonnent mais elle n'est pas âgée. Elle dit quelque chose que je n'entends pas. Domingo la regarde, elle et les personnes derrière elle.

– Laisse-les entrer, dit Père.

Domingo hésite. Et puis il cède la place. La femme entre. Derrière elle, encore quatre femmes et trois hommes, tous moins de cinquante ans, tous des inconnus. Père les invite à s'asseoir. La femme se présente. Elle a une voix harmonieuse. Elle s'appelle Mecky Zulu. Ils sont désolés de venir aussi tard mais leur minibus est tombé en panne avant Venterstad. Un barbu, la quarantaine, dit qu'ils ont vu notre brochure à Steynsburg. Il se présente : Hans Trunkenpolz. Ils ont mis deux jours pour faire le trajet, à cause de la neige et du contretemps mécanique.

Père leur souhaite la bienvenue, les invite à se rapprocher du feu, demande s'ils ont faim. Il va chercher du café et des biscuits dans la cuisine pendant que l'évêque s'entretient avec les arrivants.

Domingo les observe puis s'en va à la cuisine. Je le suis, curieux, car je vois qu'il est mal à l'aise.

– Ils mentent, dit Domingo derrière la porte fermée.
– À propos de quoi ? demande Père.
– La panne qu'ils auraient eue.
– Comment le sais-tu ?
– Ils ont les mains propres.
– Domingo, nous ne savons rien de cette panne, ça ne veut pas dire…
– Où sont les enfants, les vieux ? Ce n'est pas un groupe normal. Ils sont tous… en âge de combattre. Et alertes…
– Il y a cinq femmes…

Domingo fronce les sourcils.
– Il y a quelque chose qui cloche, Willem...
Père sourit.
– J'apprécie ta sollicitude, mais ils me semblent tout à fait ordinaires, de braves gens. Ils ont faim et ils sont épuisés.
Et il porte le plateau au salon.

*

Trunkenpolz et Mecky Zulu entretiennent la conversation. Ils sont tous venus de la côte Est : Margate, Durban, Umhlanga et Richards Bay. Ils se sont rencontrés un par un après le chaos. Et puis ils se sont mis à voyager ensemble, à la recherche d'un abri. Mecky est une princesse zouloue, dit Trunkenpolz, rempli d'admiration. Et lui-même est ingénieur.
– Excellent, dit Père. Nous avons besoin d'un ingénieur de toute urgence. Et vous autres ? Que faites-vous ?
Avant qu'ils puissent répondre, Domingo demande :
– Que s'est-il passé avec le minibus ?
– Comment ? réplique Trunkenpolz.
– La panne du minibus. C'était quoi ?
– Le carburateur... Nous pensons que l'essence dans les réservoirs des stations-service est en train de se dégrader. Nous avons été obligés de nettoyer le carburateur. Entièrement. Il nous a fallu quelques heures pour trouver le foutu problème...
Domingo acquiesce.
– Venez, dit Père. Vous pouvez passer la nuit ici dans l'Orphelinat.

*

Domingo vient frapper quand toutes les portes sont fermées. Père ouvre. Il entre, un fusil à la main.

– Je ne leur fais pas confiance.
– Il vaut mieux se coucher, dit Père d'une voix résolue.
– Personne ne sent l'essence. Comment veux-tu qu'on nettoie un carburateur sans puer l'essence ?
– S'il te plaît, Domingo. Parlons-en demain.

*

La KTM nous dévalise juste avant midi le 6 mai, mais je ne suis pas là. J'ai pris le quad avec Jacob Mahlangu pour veiller à ce que le bétail ait de quoi brouter et pour chasser d'éventuels prédateurs. Nous rentrons tard dans l'après-midi parce que la pente est encore enneigée et que les pistes sont boueuses et très glissantes.

Quand nous sommes de retour à Amanzi, nous apprenons les faits.

Au matin, Père et le pasteur Nkosi ont préparé un bon petit déjeuner pour Mecky Zulu, Trunkenpolz et les autres, suivi d'une visite guidée de la ville et de tous les endroits clés. Ils ont choisi leurs maisons, rempli les démarches administratives au vieux bureau de poste, reçu leurs rations dans l'ancien supermarché où nous entreposons la plus grande partie de nos provisions.

Domingo observait tout de sa position devant le poste de police, un R4 dans les mains.

Il est le seul habitant d'Amanzi à être armé. Trunkenpolz et Mecky se sont arrêtés devant lui. Trunkenpolz lui a demandé quelque chose à propos du fusil pour détourner son attention. Zulu a sorti un pistolet de son sac à main, l'a braqué sur la tête de Domingo en lui ordonnant de donner son fusil à Trunkenpolz.

Domingo n'a pas bougé.

Trunkenpolz a sorti un deuxième pistolet du sac avec lequel il a frappé Domingo au visage.

– Passe-moi ton arme, a-t-il dit, et il lui a arraché le R4 des mains.

Domingo saignait du nez et de l'arcade sourcilière. Il a regardé sans broncher le signe que Mecky Zulu a fait aux deux hommes près du minibus. L'un d'eux a sorti un talkie-walkie et parlé dans l'émetteur.

Dix minutes plus tard, un camion et huit motos se sont arrêtés dans la rue. Les motos étaient toutes orange vif et noir. Sur leur réservoir figuraient les lettres KTM. Les hommes étaient tous armés. Ils ont raflé la totalité des provisions dans le supermarché. Le poste de police a également été vidé des deux cents fusils R4 et des munitions. Un des hommes arrivés la veille au soir est monté dans notre camion-citerne plein de diesel et est parti.

Trunkenpolz a braqué le R4 sur Domingo et dit à Mecky :

– Faudrait buter celui-ci.

Ceux qui ont tout vu raconteraient plus tard qu'il n'y avait aucune peur dans les yeux de Domingo. Il est resté là, assis, les yeux pleins de haine et de colère fixés sur Trunkenpolz, les poings tellement serrés que les ongles lui entaillaient les paumes.

La femme l'a regardé de haut en bas.

– Non, ce n'est pas la peine, a-t-elle répondu avec mépris.

Et puis ils s'en sont allés, les motos rugissantes, en convoi victorieux.

*

Le Comité se réunit le soir dans la salle à manger de l'Orphelinat. Père dit :

– J'ai eu tort. J'aurais dû écouter Domingo.

– Nous sommes tous… nous sommes tous trop naïfs, répond le père Rankin.

– Il faut y remédier, ajoute Ravi Pillay. Et rapidement.

– Comment ? Nous n'avons pas le savoir-faire qu'il faut, réplique le pasteur Nkosi.

– Mais si, dit Père.

Il me regarde dans le coin où j'écoute la conversation.

– Va chercher Domingo, Nico.

J'y vais. Il n'est pas dans le salon. Je frappe à sa porte. Les plaies forment de minces traits rouges sur sa paupière et à côté de son nez.

– Mon père voudrait bien te voir dans la salle à manger.

Il a l'air de savoir pourquoi. Nous y allons ensemble. Béryl Fortuin demande :

– Qu'est-ce qu'il faut faire, Domingo ?

Il les regarde.

– C'est à moi que tu poses la question ?

– Oui. Comment faire pour que ça ne se reproduise jamais plus ?

– Viens t'asseoir avec nous, dit Père.

– Je reste là.

– Comment faire ?

– Il faut contrôler l'accès, répond Domingo. Il faut des gens armés pour monter la garde jour et nuit devant une grille d'entrée.

– Nous n'avons pas de grille, réplique le pasteur Nkosi.

– Nous avons les deux bus avec lesquels nous pouvons barrer la route, à mi-pente, pour que personne ne passe. Et une voiture entre les deux. Ça ne nous coûtera rien.

– Viens t'asseoir, Domingo. S'il te plaît, répète Père.

– Non, merci.

– C'est tout ? Ça suffit ? demande Béryl.

– Non. Il faut former une armée.

– Triste, remarque l'évêque. Mais vrai.

– Une petite armée, alors, dit Béryl. Il n'y a pas beaucoup de monde.

– On peut commencer petit. Petit est toujours mieux que rien. Petit aurait stoppé la putain de bande KTM.

Ainsi, les pillards ont d'abord été connus comme la bande KTM et plus tard comme la KTM tout court.

— Est-ce que tu pourrais organiser la formation et l'entraînement d'une telle force défensive ? demande Père.

Domingo refuse d'un hochement de tête.

— Pourquoi pas ?

— La défense est le symptôme d'une certaine attitude. Il nous faut une force d'attaque. Celle-là, je veux bien m'en occuper.

*

Ce soir-là, ça chauffe dans la salle à manger de l'Orphelinat.

Ils débattent de mesures d'urgence, de priorités, de politique à suivre et de la philosophie d'accueil de nouveaux arrivants.

Nero Dlamini, assis dans un coin avec un enfant endormi sur les genoux, décrispe l'ambiance :

— Dieu, qu'elle était belle, soupire-t-il.

— Qui ça ? demande le pasteur Nkosi, agacé.

— Cette princesse zouloue. Si je devais me faire dévaliser, autant que ce soit par une beauté pareille.

26

Le tireur de précision

Le 7 mai, on commence le travail pour sécuriser l'entrée d'Amanzi.

Avant de monter garder le bétail avec Jacob Mahlangu, nous allons voir de quoi il retourne. Je discerne Père, l'évêque et Béryl sur la pente. Ils observent Domingo et les hommes qui l'aident à monter les barricades. Père a l'air soucieux et inquiet.

Domingo et les autres positionnent les deux bus en travers de la route, à l'endroit où elle passe entre les premières collines. C'est bien pensé : un garde posté dans le premier bus aura une vue claire sur trois kilomètres de la descente. Et avec des hommes armés dans les collines autour, ce sera très difficile de prendre cette barricade. Domingo enlève les roues des bus pour que ce soit encore plus difficile de les déplacer. Il fait installer un vieux pick-up Nissan très lourd entre les deux pour former la barre transversale d'un H. Pour qu'un véhicule puisse passer, il faudrait déplacer le Nissan.

Deux sentinelles seront chargées de surveiller en permanence la barricade – une dans chaque bus –, munies de radios pour informer Domingo ou Père d'une arrivée éventuelle. Ensuite, Domingo et son équipe vont chercher des pierres et des rochers pour boucher les trous entre les bus et les collines qui bordent la route. Ils mettent trois semaines pour terminer ce travail.

*

La nuit, Domingo apporte encore deux cents fusils d'assaut R4 de la montagne, et assez de munitions. Il remplit l'entrepôt du poste de police. Et dans la semaine qui suit, tous les habitants d'Amanzi ont l'occasion d'apprendre à tirer et de montrer leur adresse, hommes et femmes, garçons et filles, pourvu qu'ils aient au moins dix ans.

Ceux qui sont partis en mission sont formés à leur retour.

*

Domingo aménage un stand de tir dans la vaste carrière de granit près du mur du barrage. Après une formation de base par groupes de dix sur les précautions à prendre avec des armes à feu, il nous laisse nous entraîner. Quand tout le monde est plus ou moins compétent, on est mis à l'épreuve. Chacun doit poser cinq pierres, de la taille d'une brique environ, à cinquante mètres et essayer de les atteindre avec cinq cartouches. Ainsi, il sépare le bon grain de l'ivraie.

J'aurai moi aussi ma chance – mais plus tard seulement. Je suis poussé par la peur d'être humilié parce que j'ai frimé un peu devant les autres garçons en disant que je savais tirer. De plus, je veux impressionner Domingo.

Je réduis en miettes mes cinq pierres.

Le lendemain, nous sommes douze finalistes-à-cinq-pierres en compétition. Cette fois, la distance est de cent mètres. Avec six autres, je passe au troisième tour ; cent cinquante mètres. Toujours six. À deux cents mètres, on distingue à peine les cibles. Nous ne sommes que trois à réussir. Les deux autres ont plus de vingt ans. J'ai du mal à cacher ma fierté. Je jette des coups d'œil furtifs à Père, mais il a l'air fâché. Je ne comprends pas pourquoi.

Domingo va chercher quelque chose dans sa Jeep – celle qui a appartenu aux habitants précédents de Vanderkloof. Il sort trois autres fusils, en donne un à chacun d'entre nous. Ils sont équipés de lunettes de visée.

– C'est le modèle DM du R4. DM signifie *dedicated marksman,* tireur d'élite, ce sont des fusils de précision. Les lunettes sont réglées. Maintenant vous allez tirer à trois cents mètres, nous dit-il.

Je suis le seul à marquer cinq sur cinq. Domingo me tape sur l'épaule. Je cours vers mon père.

– Papa, je vais être soldat.
– Tu es trop jeune encore, Nico.
– Mais papa…
– Non. Tu es trop jeune. Un point c'est tout.
– S'il te plaît, papa.
– On ne va pas se disputer.

Il se retourne et s'en va.

Qu'est-ce qu'il a ? Je n'y comprends rien. J'ai gagné la compétition de tir. C'est le meilleur moment de ma vie, je suis au zénith de la gloire. Et il me tourne le dos ? Pendant un instant je suis profondément déçu, avant d'être consumé par la rage. C'est terriblement injuste. Je veux hurler : Comment peux-tu dire une chose pareille ? Et les deux types que j'ai abattus ? Quand toi, tu ne pouvais pas ? Quand tu étais trop paniqué pour le faire ? J'étais trop jeune, là ? Et les chiens que j'ai dû descendre pour te sauver. Je n'étais pas trop jeune, non ? Et la gazelle quand on a chassé dans la réserve de Koedoeskop ? Pas trop jeune non plus.

Je respire à fond pour laisser éclater ma colère, pour tout crier, devant tout le monde, je m'en fous, il m'a trahi.

Une main sur mon bras, les doigts très fermes. Je regarde. C'est Domingo. Il fait non de la tête.

27

La tempête parfaite

En mai et en juin de cette année-là, la jeune communauté d'Amanzi chancelle.

La première neige et le froid, tellement intenses et complètement inattendus, révèlent des lacunes importantes dans les compétences et les connaissances, les approches et l'organisation. J'entends un des habitants dire à un autre que mon père n'est pas aussi futé que tout le monde le pense. Pourquoi choisir un endroit pour un nouveau commencement quand il n'y a même pas d'arbres pour avoir du bois de chauffage en hiver ?

Avec ce sale temps, nous mangeons plus, et ça nous empêche aussi de partir à la recherche de provisions. De nombreuses personnes doivent aider à réparer les rues, les toits et les tuyaux cassés, à ramoner les cheminées, très souvent sans avoir les outils ni la connaissance nécessaires. D'autres ramassent et coupent du bois, un dur labeur physique. Ceux qui partent en expédition ont du mal à aller très loin sur les routes glissantes, abîmées ou impraticables. Pendant trois semaines, il n'y a pas d'école. Les enfants doivent participer à toutes les tâches.

Les garçons de plus de quinze ans accompagnent les adultes à la recherche de denrées alimentaires, de moutons, de vaches, de porcs et de poules. Mais je ne suis pas sélectionné.

Et le nombre d'habitants ne cesse d'augmenter ; toutes les semaines, il y a de petits groupes de nouveaux arrivants affamés et exténués.

Si les températures basses avaient été le seul contretemps, je crois qu'on l'aurait facilement surmonté. L'attaque de la KTM a tout changé, fait chuter plus rapidement les dominos. La perte des armes et de la sécurité mine la confiance et l'optimisme d'Amanzi. Le manque de provisions et de carburant pousse la communauté jusqu'au bord de l'effondrement ; la faim et les privations attisent les flammes du mécontentement et de la révolte. Tout le monde sait qu'il faut rationner nos ressources. Tout le monde est d'accord pour se fier à Père et à Ravi Pillay pour faire le partage de façon équitable. Dans les premières semaines qui suivent l'attaque, tous acceptent ces conditions sans broncher. Et puis la faim se fait sentir et ils commencent à râler : Pourquoi ne pas abattre plus de bœufs ou de moutons, ou les poules que Hennie As élève dans les préfabriqués du terrain de camping ? Pourquoi ne pas chasser plus de gibier dans la réserve ?

– Parce que ce sont des ressources non renouvelables et que l'hiver sera long et dur, explique Père, toujours patient, et le Comité le soutient à cent pour cent. Il nous faut une gestion durable et de temps en temps cela impliquera des sacrifices.

La pression sur mon père est considérable. Souvent, je me réveille la nuit et le vois assis sur son lit, le regard dans le vague. Il perd du poids, doit percer un nouveau trou dans sa ceinture. C'est comme s'il prenait sur lui toute la responsabilité de la catastrophe grandissante. Le 26 juin, devant le supermarché, un groupe d'habitants vient encore se plaindre des rations. Père essaie à nouveau d'expliquer l'importance d'une planification à long terme.

– Mais de quel droit est-ce que tu prends ces décisions ? s'écrie une femme, hargneuse et anonyme, quelque part dans la queue.

D'autres voix murmurent leur accord, un crescendo de discorde.

C'est alors que Père déclare qu'une élection démocratique est la seule solution, et de toute urgence.

*

Lors d'une réunion de toute la communauté d'Amanzi au Forum, on décide que les élections auront lieu le 14 juillet. On votera pour un Comité de direction de six personnes. Le droit de vote est accordé à tous ceux qui auront au moins seize ans et il faut avoir dix-huit ans pour se porter candidat.

Beaucoup demandent à Domingo de poser sa candidature. À chaque fois, il dit :

– Non. Désolé.

Le soir, Père lui demande :

– Tu ne serais pas prêt à reconsidérer ta position, Domingo ? Nous avons besoin de toi.

– C'est tout réfléchi, répond-il.

*

Le 2 juillet, douze jours avant les élections. La nuit vient de tomber quand l'expédition revient, trois hommes d'âge moyen et deux garçons d'à peine seize ans dans une vieille bétaillère dix tonnes. Ils s'étaient absentés pendant deux semaines à la recherche de provisions dans le nord de l'ancien État Libre : Welkom, Virginia, Kroonstad. Leur récolte est médiocre, leur abattement grand.

Ils se présentent d'abord à l'Orphelinat. Père nous donne l'ordre de décharger le camion car les gens qui travaillent au supermarché sont déjà rentrés chez eux. J'y vais avec lui et Béryl ; Domingo, le pasteur Nkosi, Hennie As et Mélinda Swanevelder nous accompagnent. Le père Rankin est malade et reste au chaud.

Nous travaillons dans le noir, dans un froid glacial. Tout en sortant et portant les provisions, j'entends les hommes parler de l'expédition, de leurs épreuves, des routes détériorées, des bandits, de tous les supermarchés et les épiceries vidés par d'autres survivants.

Domingo porte une grosse caisse dans la réserve. Il dit :

– Eh bien oui, c'est parce qu'on est trop cons.

– Comment, Domingo ? demande Père vivement.

Domingo s'arrête et pose la caisse.

– Nous sommes idiots.

– Et ça veut dire quoi, au juste ?

Père avance. Je ne l'ai jamais vu comme ça. Un regard glacial. Je sais que c'est la tension des semaines passées, le poids de la responsabilité. Tout le monde se tait, les yeux rivés sur Père et sur Domingo.

– Ça veut dire qu'il aurait fallu laisser les fruits faciles à cueillir pour plus tard, les villes les plus proches pour l'hiver. Pour les temps difficiles. Nous aurions dû partir loin en expédition quand il faisait encore beau.

Père s'approche plus encore.

– Et pourquoi tu n'as rien dit ?

– Personne ne m'a rien demandé.

– Personne n'a demandé ? Donc il faut demander avant que tu ne partages ton infinie sagesse ? C'est ça, ton idée de la solidarité ? De la participation ?

– Parce que selon toi je ne participe pas ?

Il est plus surpris qu'hostile.

Père respire à fond, cherche à dominer sa colère et répond :

– Ce n'est pas ce que je veux dire, Domingo. Tu nous as écoutés tous les soirs à l'Orphelinat organiser les expéditions et tu n'as rien dit. Mais là tu t'autorises à critiquer. Tu nous reproches d'être ineptes, toi qui ne veux même pas te porter candidat.

Domingo ne répond pas. Le langage de son corps montre qu'il a conscience d'avoir tort. Je pense qu'il est sur le point de désamorcer la situation, d'une manière qui lui évitera de perdre la face.

Il n'a pas l'occasion de le faire. Le pasteur Nkosi Sebego intervient :

– C'est tout simplement lâche.

Il vient se mettre à côté de Père, costaud et large d'épaules. Il semble bien plus grand et plus fort que le mince Domingo.

Domingo le regarde, les yeux plissés.

– Tu me traites de lâche maintenant ?

– Je dis qu'un homme, un vrai, se mettrait dans la ligne de tir démocratique. Il faut du cran pour faire ça. Alors oui, je te trouve lâche.

Il se passe des choses sur le visage de Domingo ; des expressions glissent sur ses traits comme des fantômes. Elles me font toutes peur. Ses yeux clairs, presque incolores s'assombrissent sous l'effet de sa colère. Il baisse les mains jusqu'à la boucle de sa ceinture à laquelle sont attachés ses deux pistolets. Il détache la boucle, il va se battre à coups de poing.

Père essaie de calmer les choses. Il se dresse entre eux, sa voix revêt le ton d'une conversation entre amis. Il parle en anglais :

– Nous savons tous que Domingo est parmi les membres les plus courageux de la communauté. Il a sans doute une bonne raison de refuser d'être candidat.

Domingo garde les mains sur la boucle. Il fait comme s'il ne voyait pas Père. On le sent à cran. Le moment s'étire longuement, et encore. Les quelques témoins sont cloués sur place.

Domingo respire profondément, se détend, dit tout doucement, en anglais également :

– Dis-moi, cher pasteur, est-ce qu'un homme qui irait à l'encontre de ses convictions serait pour toi un vrai homme ?

Le pasteur qui pense avoir gagné la confrontation réplique sur un ton toujours agressif :
– Qu'est-ce que tu veux dire par là ?
– Je refuse de me porter candidat parce que je ne crois pas à la démocratie. Pas maintenant.
– À quoi crois-tu alors ?
– Même dans un monde parfait, la démocratie est une sale affaire. Ce monde est foutu. Ce qu'il faut, c'est un dictateur bienveillant.
– C'est une plaisanterie ? demande le pasteur, rempli d'un dégoût incommensurable.
– Les Romains seraient d'accord avec lui, Nkosi, dit Père, d'un ton soulagé et apaisant. En temps de crise, ils élisaient un dictateur. À l'époque, c'était un terme positif.
– Je serai romain alors, dit Domingo.
Nero Dlamini est le seul à rire en sourdine.
Le pasteur lâche prise. Mais lui aussi doit se retirer en préservant sa dignité.
– Tu fais peur aux gens, dit-il à Domingo.
– Je sais, réplique-t-il.
Il se retourne et s'en va.

*

Le 4 juillet, il neige de nouveau.
Pour Nero Dlamini, c'est la goutte d'eau qui fait déborder le vase d'Amanzi. Plus tard, Père appellerait ces événements, à partir de la première chute de neige et la KTM jusqu'aux dernières intempéries, *la tempête parfaite*.
Depuis deux mois, Hennie As gère le premier vrai projet agricole dans la communauté : un élevage de poules et la culture de légumes en serre – tout cela dans les préfabriqués du vieux terrain de camping, tout en haut, près de l'entrée de la réserve.

Les sept centimètres de neige abîment les bâtiments et les routes, mais les dégâts les plus importants sont causés par l'effondrement du toit de la serre sous le poids de la neige. Tous les plants sont détruits, les tomates, le maïs, les haricots, les betteraves, et cela deux semaines avant les premières récoltes. C'était l'assurance alimentaire du Comité.

Les nuits glacées entraînent la mort d'un nombre inquiétant de poules. Notre petite production d'œufs s'arrête entièrement. Dans la réserve, plusieurs moutons meurent de froid.

Les deux habitants les plus âgés, des candidats déclarés aux élections, la vieille mama Nandi Mahlangu et l'évêque James Rankin, tombent gravement malades. Nero Dlamini est le seul à avoir quelques notions médicales et il répète sans cesse qu'il n'y connaît vraiment pas grand-chose. En désespoir de cause, il donne des antibiotiques aux malades. Sans effet. Il se rend compte que les deux vieillards ne mangent presque plus, qu'ils sacrifient leurs rations aux petits. Nero leur interdit cette pratique. Il les met tous les deux sous perfusion. Il est trop tard pour le père Rankin. Il meurt le 10 juillet. Le 12, tous ceux qui ne sont pas partis en expédition assistent à son enterrement.

Mama Nandi survit et est élue au Comité. Avec Père, Ravi, Béryl, Nero et le pasteur Nkosi. Comme il n'y a pas de constitution, la communauté décide de donner à chacun l'occasion de siéger au Comité en membre suppléant : chaque habitant d'Amanzi âgé de plus de dix-huit ans intégrera, pendant quinze jours et par ordre alphabétique, le Comité, avec droit de vote.

Les membres du Comité élisent le président, avec un mandat d'un an.

Ce même soir du 14 juillet, dans la salle à manger de l'Orphelinat, le Comité élit mon père, Willem Storm, premier président d'Amanzi. Père essaie de se maîtriser mais il n'arrive pas à retenir ses larmes. Dans son discours, il dit qu'il s'agit sans doute d'un geste symbolique car d'autres s'acquitteraient mieux de la tâche que lui. Mais il est bien conscient de l'honneur qu'on lui fait et il jure allégeance, promettant de faire de son mieux pour tout le monde pendant cette période très difficile.

La vieille mama Nandi Mahlangu meurt le 27 juillet. Son enterrement est éclipsé quand le système d'approvisionnement en eau potable de tout Amanzi rend l'âme, le 30. Dans les quinze jours qui suivent, la communauté entière doit se démener pour le réparer.

Les expéditions qui reviennent ne rapportent que de mauvaises nouvelles, surtout sur l'audace désespérée et les agressions des meutes de chiens en quête de viande que l'on voit de plus en plus près de chez nous. Père explique que ça se comprend, le grand festin est terminé pour ces animaux et l'hiver est dur pour eux aussi. Domingo organise des patrouilles pour surveiller les routes près d'Amanzi. La deuxième semaine d'août, ils aperçoivent à plusieurs reprises une énorme meute de chiens, au loin. Quand les patrouilles s'approchent, les animaux se fondent dans le veld. Partout elles voient les traces du passage des chiens ; des cadavres déchiquetés de petites gazelles, de lièvres sauteurs, un vieux koudou mâle à l'agonie.

Mon père ne dort presque plus. Il est aussi maigre que les quelques moutons qu'il nous reste. Il s'inquiète profondément des plus de vingt personnes malades à cause de la malnutrition et des privations, et de ce que les provisions rationnées touchent à leur fin.

28

13 AOÛT

Jacob et moi tendons des pièges pour les pigeons roussards dans la réserve, des pièges simples faits de bâtons, de grillage et d'un long fil, avec des graines comme appât. Nous en capturons sept tout en gardant le bétail et les plumons sur place. Au cours des mois précédents, nous avons beaucoup appris et sommes devenus plutôt doués. Nous savons abattre les moutons, les bœufs, les springboks, les poules et les pigeons, et préparer la viande sans faire de gâchis et sans que ce travail nous perturbe.

La neige a été un événement exceptionnel. Les jours d'hiver aux confins du Karoo sont pour la plupart céruléens, un ciel dégagé, lumineux, mais délicat, comme une chose à laquelle on n'ose pas toucher.

Jacob a apporté du sel. Je me souviens de la faim torturante, de l'impatience pendant que les pigeons embrochés grillent sur les braises, moi qui dis : « Allez, c'est bon », et Jacob qui proteste : « Non, encore un peu, tu te rappelles la dernière fois ? »

La dernière fois, la viande était encore crue parce que nous avions été trop impatients. Ce n'est pas bon, le pigeon cru.

Nous nous empiffrons au soleil, comme des damans sur un rocher. Nous nous aidons mutuellement à nous débarbouiller pour éliminer toutes les traces de notre transgression.

Ce soir-là, il fait très froid dans le salon de l'Orphelinat parce qu'on éteint le feu quand les petits se couchent afin d'économiser le bois.

Domingo vient vers moi, un fusil dans chaque main.
– Viens avec moi. Il faut qu'on parle à ton père.

Je suis inquiet parce qu'il a l'air fâché. Je me dis qu'il doit être au courant des pigeons qu'on mange en secret. J'oublie que Domingo a toujours l'air fâché.

Il va s'asseoir à côté de Père, il pose les deux R4 sur la table basse. L'un des deux est un fusil de précision, un DM avec lunette. Il dit :

– C'est pour Nico et Jacob Mahlangu. Les sentinelles ont vu les chiens ce matin sur le flanc des collines de l'est, du côté du rond-point. Ils vont s'en prendre au bétail là-haut, Willem. L'équipe de nuit est armée et avertie. Les garçons aussi doivent pouvoir tirer s'il le faut. On ne peut pas se permettre de perdre davantage de moutons. J'aimerais que Nico et Jacob laissent tomber l'école jusqu'à ce qu'on ait réglé leur sort à ces chiens.

Père a la tête ailleurs à cause de toutes les catastrophes. Il regarde fixement Domingo. Leur relation est devenue plus cordiale. Père me cherche des yeux :
– C'est bon.
– Merci.

Domingo se lève, prend les fusils et me précède dans le salon. Il me fait asseoir à côté de lui et me passe le fusil DM et un sac en toile avec huit chargeurs.
– Tu t'entraînes avec celui-ci, vu ?
– Je vois.

J'essaie de contenir mon excitation.

– Tu commences à deux cents mètres et tu continues jusqu'à six cents. Utilise toutes les munitions, je t'en rapporterai demain.
– OK, Domingo. Merci.

– Tu n'as pas à me remercier. Faut faire le boulot. Ces chiens peuvent nous ruiner s'ils arrivent jusqu'au troupeau.

Il me passe un sac plus petit avec des chargeurs.

– C'est pour Jacob. Tu dois l'aider à s'entraîner pour qu'il se débrouille. Tu auras besoin de lui.

– OK.

Il se lève et s'en va.

14 AOÛT

Je commence par aider Jacob. Sa vue est excellente. Il peut discerner un springbok ou même un steenbok de loin dans les herbes brunâtres d'hiver. Mais comme tireur, il est juste moyen. Je pense que ça ne l'intéresse pas vraiment.

Ensuite, je vide tous mes chargeurs.

Le soir, Domingo en apporte huit autres à l'Orphelinat.

– Ça s'est passé comment ?

Je lui dis que j'ai du mal après quatre cents mètres. Il demande où partent les balles. J'explique qu'elles vont un peu partout mais surtout vers la gauche et pas assez loin. Il vérifie la lunette. Demain, il fera un tour dans les collines car on a de nouveau repéré les chiens.

15 AOÛT

Il arrive le matin à onze heures. À l'aide de jumelles, il suit la trajectoire de mes tirs. Puis il dit :

– Tu manques de cohérence, c'est tout. La première chose à retenir, c'est que le canon chauffe quand tu enchaînes les tirs, ce qui a tendance à te déstabiliser. Deuzio, le contrôle de la détente. Il faut que la pression soit la même à chaque fois. Tertio, ton appui d'épaule est instable. Essaie de placer la crosse un peu plus fermement dans le creux de l'épaule et pense à le faire de la même façon à chaque fois.

Je fais un nouvel essai.

– Beaucoup mieux, dit Domingo. Encore un truc. Ton tir n'est pas terminé au moment où tu relâches la détente. C'est comme un swing au golf. Il faut accompagner ton geste. Tu dois faire partie du fusil, tu dois visualiser l'impact de la balle. Et tu continues à regarder dans le viseur jusqu'à ce qu'elle atteigne la cible. Avant, ce n'est pas fini.

Je reprends, vide tout un chargeur.

– Parfait, dit Domingo.

Je rayonne de fierté.

– Maintenant, tous les deux, écoutez-moi bien. Si ces chiens arrivent jusqu'ici, vous visez d'abord les meneurs de la meute, ceux qui sont devant. Si vous les éliminez, les autres seront déboussolés. Continuez à tirer. Il faut tous les liquider. Vous m'entendez ?

Nous acquiesçons, Jacob Mahlangu et moi, et nos cœurs battent la chamade.

– Où as-tu appris tout ça, Domingo ?

Ses yeux derrière les lunettes noires, comme toujours pendant la journée. Il grimace un presque sourire.

– *You're talkin' with Davy, who's still in the Navy.*

– Tu as servi dans la marine ?

– Non, répond-il. Billy Joel.

– Qui ?

Il ne dit rien. Je n'y comprends rien du tout.

– Tu as été dans la marine avec Billy Joel ?

Mais il a déjà rebroussé chemin et je n'apprends rien de plus.

16 AOÛT

Vers neuf heures du matin, Jacob et moi sommes très haut dans les collines, près des moutons. C'est lui, avec ses yeux de lynx, qui voit les chiens en premier.

– Nico, dit-il tout bas, et il pointe son index.

Ils apparaissent sur la crête, furtivement, en diagonale, flairant le vent. La meute n'a jamais chassé aussi tôt dans la matinée ; ils doivent être affamés en ce rude hiver.

Je les observe à travers la lunette du fusil et Jacob prend les jumelles.

– On voit que ce sont des tueurs, dit-il.

Il y en a une trentaine qui avancent au trot, facilement, la meute serrée, une procession de la mort, petite et efficace.

– Tu tires, me souffle Jacob. Je te passerai les chargeurs.

– OK.

À deux cents mètres de nous, les chiens accélèrent parce que les moutons sont en vue. Le troupeau voit et sent les chiens, commence à tourner anxieusement. J'ouvre le feu.

Les premiers coups sont ratés. Je suis surexcité, je ne tiens pas suffisamment compte de leur mouvement.

Au début, les détonations immobilisent les chiens. Les oreilles dressées, les yeux qui cherchent notre planque sous le vent pendant que je continue à tirer. Je vise les meneurs. Domingo avait raison : cela déclenche la panique générale. Les chiens courent dans tous les sens et finissent par s'éloigner.

J'atteins le dernier à environ cinq cents mètres. Je suis très fier de ce tir ; une cible mouvante, à cette distance. Jacob se lève d'un bond. Il jubile, les poings levés au ciel. Il me donne une tape dans le dos.

– Incroyable ! Nous les avons eus, Nico, nous les avons tous eus, jusqu'au dernier !

Nous prenons le quad et rentrons à toute vitesse pour informer Père et Domingo, pour annoncer la première bonne nouvelle depuis très longtemps. Il y a foule devant la station-service, et de la joie dans l'air. La plupart des gens sont en train de décharger de grands sacs d'un des camions rentrés d'une expédition.

– La famine est finie, c'est de la farine de maïs[1], nous confie quelqu'un. Deux mille sacs trouvés dans un train abandonné près de Warrenton.

– Nous avons tué près de trente chiens, dit Jacob.

– Deux mille sacs. Et il en reste peut-être encore. Ils n'ont pas ouvert tous les wagons. C'est formidable, non ?

Je vais chercher Père pour l'informer de la mort des chiens. Je le trouve au supermarché. Je le hèle, tout excité :

– Papa !...

Père me fait taire d'un geste, la radio contre l'oreille. La voix de Domingo crépite sur les ondes :

– Si tu pouvais descendre à la barricade. Il y a une arrivée.

– Tout de suite, répond Père.

Il essaie toujours d'aller à la barricade quand il y a de nouveaux venus. Il prend le Cannondale Scalpel Black Inc. Nero Dlamini en a fait don comme « véhicule de fonction » réservé à l'usage exclusif du président – pour économiser le carburant et être visible partout. Père aime beaucoup cette idée. Il pense qu'il faut rester humble en tant que chef, un homme comme les autres.

Jacob et moi le suivons sur le quad.

C'est Birdie qui est arrivée à la barricade. Birdie et Lizette Schoeman.

---

1. En Afrique australe, la farine de maïs sert surtout à faire du *pap*, une sorte de polenta qui constitue une nourriture de base et qui se mange avec une sauce épaisse de légumes et/ou de la viande.

29

Cairistine Canary
Récit recueilli par Willem Storm. Projet d'histoire d'Amanzi.

C'est ce foutu Domingo qui s'est mis dans la tête de m'appeler Birdie. J'ai été baptisée Cairistine et autrefois, c'est comme ça qu'on m'appelait. Je ne sais pas pourquoi tout le monde trouve ça drôle, Canary. Avant la Fièvre, il y avait beaucoup de Canary. Je ne vais pas dire grand-chose sur la Fièvre. J'espère que ce n'est pas indispensable. Ça fait encore trop mal, même après ces années. Ma mère… non, je préfère… laissons tomber.

Je viens de Newtown, de Calvinia. Je préparais un mémoire de maîtrise en physique des hautes énergies à l'université du Cap quand la Fièvre s'est déclarée. J'ai compris très rapidement que c'était un truc monstrueux et j'ai quitté Le Cap avant la grosse cata. J'ai pris des taxis minibus pour retourner chez moi parce que je me faisais du souci pour ma mère. À Clanwilliam, ils ont ouvert les vannes du barrage quand nous sommes passés. Ils avaient peur qu'il ne reste plus personne pour le faire. C'était quelque chose à voir.

J'ai donc vécu toute la Fièvre à Calvinia. J'ai perdu toute ma famille et mes amis. Dans le village, il ne restait que deux survivants : moi, et un Blanc obèse qui s'appelait Nelus Claassen. C'était le propriétaire d'une épicerie, Claassen's Trading. Il était gros parce qu'il passait son temps à bouffer des chamallows derrière son comptoir. Son magasin était le dernier en sortant du village sur la R27, à côté de la station-service Total. C'était donc le dernier endroit où je suis allée chercher des vivres car il y avait tout de même d'autres supérettes dans le centre et nous n'étions que deux pendant les premières semaines avant l'arrivée des pillards nomades.

Je me suis trouvé un petit scooter, un MotoMia abandonné dans une des stations-service et je me déplaçais partout avec ça. Je me suis fabriqué une petite pompe manuelle qui rentrait dans mon sac à dos, pour l'essence, de la physique de base. Je voulais voir si c'était facile de pomper de l'essence à la station Total quand ce gros Nelus Claassen est sorti de son épicerie. Il m'a fichu une frousse pas possible.

Nous étions tous les deux tellement en manque de conversation, de la présence d'une autre âme humaine que nous nous sommes mis à causer et il m'a dit de venir, qu'il restait encore beaucoup à manger dans son magasin. Je l'ai remercié et ai pris quelques conserves de poisson au curry et puis il m'a sorti que ça ferait soixante-quinze rands. Sans blague. Je lui ai dit qu'elle était bien bonne celle-là et il a riposté que c'étaient ses marchandises à lui. J'ai demandé s'il voulait que j'aille chercher du cash dans la caisse de la station Total pour le payer — juste pour lui montrer à quel point il était absurde. Non, me dit-il, il a déjà vidé cette caisse ; j'allais devoir chercher ailleurs. Alors, je lui ai ri au nez et j'ai laissé son poisson sur le comptoir. Et au moment où je sortais, il a eu le culot de me faire des avances, je te jure. Il a dit que nous étions comme Adam et Ève et qu'on n'avait pas d'autre choix que de nous multiplier — mais dans des termes bien plus obscènes. J'étais sur le point de me fâcher et puis j'ai compris combien tout ça était hilarant et j'ai ri sur tout le chemin de retour à Newtown.

C'est la dernière fois que je l'ai vu. Je me demande s'il a survécu aux pillards.

*

Cairistine Birdie Canary et Lizette Schoeman arrivent dans une petite Hyundai métallisée.

Birdie, la fluette Birdie avec ses lunettes et son appareil dentaire. Je ne me rappelle pas très bien les premiers moments de notre rencontre parce que je suis ébloui par Lizette.

Le premier béguin, un « amour de veaux », comme on dit en afrikaans. Elle se tient à côté de Birdie, grande et gracile, elle a dix-neuf ans. Elle porte un jean qui moule la belle courbe de ses fesses et un pull épais couleur crème. Ses cheveux très longs, châtain clair, lui arrivent à la taille et brillent au soleil. Elle a une peau éclatante et parfaite, la bouche généreuse et les yeux étonnamment grands et beaux. Je la dévisage, sans voix, je suis aveugle et sourd au monde.

Elle perçoit probablement l'intensité de mon regard et sans doute aussi mon admiration. Son sourire révèle des dents impeccables, comme le soleil qui se lève. D'une voix remplie de joie et de musique, elle me dit :
– Salut, feuille de laitue.

Je rougis et détourne les yeux, et pendant des semaines je me demande si cette salutation en rime, ces premières paroles poétiques que Lizette m'adresse représentent une insulte ou renferment un sens plus profond. Jusqu'à ce que je comprenne qu'elle salue de la même manière d'autres personnes qu'elle aime. Ça me rassure.

Mais pendant ces moments d'amour naissant, il se passe aussi d'autres choses dont je ne me souviens pas du tout. On m'en a parlé plus tard et c'est devenu une partie de la légende.

Domingo, le fatal, l'imperturbable, vit son propre moment de vérité amoureuse qui lui fait trembler les genoux. Mais ce n'est pas la belle Lizette qui lui vole son cœur glacial, c'est la frêle Birdie.

Tout ce que Domingo arrive à dire en la voyant – parce qu'il veut dire quelque chose, établir une relation – est :

– Une Hyundai i10 ?

L'effet en est quelque peu méprisant, ce qui n'est pas du tout son intention.

– Oui, répond Birdie Canary. Elle est très économe en énergie.

Sa voix est tout à fait particulière : une demi-octave trop haute, même pour son petit gabarit, mais tout à fait assurée. Père dit que son accent est du pur Namakwaland, la région rurale et aride de ses origines, mais parfois elle utilise des mots compliqués et scientifiques et s'énerve quand on ne parvient pas à la suivre ou à la comprendre. Et elle termine presque toutes ses phrases sur une intonation qui monte, comme s'il y avait une question sous-jacente.

Sa réponse fait sécher Domingo qui réplique par :

– Heu...

– Dans la brochure on parle d'électricité, dit Birdie. Hydro, je présume.

– Heu... fait Domingo.

– C'est plutôt un projet, dit Père. Nous espérons faire fonctionner la centrale hydroélectrique.

– Vous espérez ? Ça ne marche pas encore ? C'est de la pub mensongère, ça.

– Heu... répond Domingo.

– Non, enchaîne Père, la brochure précise que c'est pour « bientôt »...

– Une notion plutôt relative alors ?

Maintenant Père aussi est gêné.

– C'est que nous n'avons pas encore le savoir-faire pour rétablir le réseau.

– Mais je suis là maintenant, dit Birdie.
– Tu serais capable de travailler sur l'électricité ?
– Physique élémentaire. Je me débrouillerai.
– Formidable, dit Père.
– Heu, approuve Domingo.
– Le pauvre, il est un peu demeuré, non ? demande Birdie en montrant Domingo du doigt.

Les gardes rient. Père aussi, et les autres autour de nous. Birdie rit à son tour et son appareil dentaire accroche la lumière. Et tout le monde regarde Domingo qui n'a jamais ri ouvertement depuis son arrivée chez nous.

Et Domingo aussi éclate de rire.

30

LA FÊTE DE BIRDIE

Le 24 septembre de l'année du Chien, Amanzi compte quatre cent un habitants... Nero Dlamini intrigue pour qu'ils soient tous présents ce jour-là. Personne n'est parti en expédition ou en patrouille. Tout le monde est informé qu'il faut être sur la rive du barrage à dix-huit heures quinze, près du vieil embarcadère qui a vue sur le grand mur en béton.

Il convainc Domingo de laisser venir aussi les gardes de la barricade.

– Je t'assure qu'on ne va pas nous attaquer à cette heure-là aujourd'hui. Et tant pis si ça arrive.

Domingo accepte tout en ronchonnant car, comme le reste de la communauté, il se doute de ce que Nero organise.

Ils commencent à arriver avant six heures du soir. Ils ne voient qu'une grande toile qui recouvre quelque chose – des formes massives à quelques mètres de l'eau, sagement alignées. Béryl Fortuin et Nero installent les gens en demi-lune devant ces formes mystérieuses.

À six heures et quart tout le monde est assis. L'ambiance est festive, on rit et on papote, on regarde le soleil se coucher, de plus en plus bas jusqu'à ce qu'il effleure le mur du barrage juste après six heures vingt.

Je me suis assis aussi près que possible de Lizette Schoeman. Plein d'espoir, je l'adjure intérieurement de me regarder parce que je suis grand, j'ai quatorze ans depuis le 22 août. À ma grande déception, je vois que Père me cherche entre les spectateurs et il vient s'asseoir à côté de moi. Que va penser Lizette ?

Nero se met au milieu, devant la toile, et lève les mains. Béryl va se placer derrière les formes et on ne la voit plus. Plus de trois cent quatre-vingt-dix personnes se taisent complètement. On entend encore quelques-uns des petits. Nero dit :

– Aujourd'hui, à l'époque d'avant la Fièvre, c'était la journée du Patrimoine. La « journée des grillades ». On la passait entre amis et avec la famille, une journée de solidarité qui ne servait pas à commémorer des politiciens, des personnages ou événements historiques, mais qui rendait hommage aux citoyens ordinaires. Et ce soir, nous allons le faire à nouveau : rendre hommage à des gens ordinaires. D'une manière unique. Le soleil va se coucher à exactement six heures vingt-huit. Souvenez-vous de ça, souvenez-vous d'avoir été là à ce moment.

Nero regarde sa montre, et il attend.

Le soleil disparaît derrière le mur du barrage. À l'ouest, l'horizon est une fusion majestueuse de couleurs. Nero lève le bras, les yeux toujours fixés sur sa montre, et le baisse d'un coup.

Béryl retire la toile.

Ensuite arrive la musique.

Les notes nous submergent ; d'abord les contrebasses, les roulements menaçants des timbales, les violons qui anticipent la beauté à venir, comme une lutte entre le bien et le mal, jusqu'à ce que le bien soit victorieux – tout cela grâce aux enceintes massives de la discothèque qui sont devant nous. Les personnes qui reconnaissent la musique retiennent leur souffle. Nous sommes sans voix, galvanisés, même les petits semblent se rendre compte que c'est un moment sacré, lourd de sens et ne font pas de bruit. La Symphonie n° 9 de Beethoven, le quatrième mouvement, le *fugato* choral, la plus belle musique que j'aie jamais entendue, comme un millier d'oiseaux de nuit qui planent au-dessus de nous et qui s'envolent plus haut, vers les étoiles qui commencent une par une à flamboyer.

Je suis assis à côté de mon père et je l'entends renifler. Je regarde et je vois qu'il pleure. Et je sens les larmes monter en moi, mais je les étouffe ; si Lizette me voyait...

Nous restons ainsi, avec la musique qui monte et descend, de plus en plus intense, l'orchestre, le chœur, c'est bouleversant et parfait.

Et quand la dernière note se meurt sur le barrage et les collines et la plaine lointaine, il y a un autre son, un son simple et grave et mécanique, puis les lumières d'Amanzi s'allument, derrière nous et devant nous, tout au long du mur du barrage et en bas à la sous-station.

C'est la première fois depuis deux ans, depuis la Fièvre, qu'il y a de nouveau de l'électricité.

– Ce soir nous rendons hommage à Cairistine Canary, dit Nero Dlamini. Notre porteuse de lumière.

– La fête de Birdie ! proclame Domingo joyeusement.

– La fête de Birdie ! jubile la petite foule d'habitants d'Amanzi.

Et c'est ainsi que fut baptisée cette journée.

Mon père n'avait pas tout à fait raison : nous nous rappelons les moments de bonheur intense aussi bien que la peur et l'humiliation.

31

DE CHOSES ET D'AUTRES I :
SUR WILLEM STORM

La nostalgie est la grande séductrice de l'auteur de Mémoires.

Je voulais en raconter plus sur la journée où on a allumé les lumières. C'est un moment qui a vivement impressionné l'adolescent de quatorze ans que j'étais. C'était pour nous tous à Amanzi un événement joyeux et salvateur d'une portée symbolique incalculable : la lumière a vaincu les ténèbres dans un sens littéral et figuré. Les privations de cet hiver-là ont été exténuantes. Les adultes ont vraiment souffert de la faim, il y a eu le froid qui pénétrait jusqu'à la moelle, le travail éreintant, les idées noires et, finalement, le désespoir. Et quand l'évêque et mama Nandi sont morts, il y a eu la peur d'une nouvelle épidémie, une nouvelle vague mortelle qui pouvait nous engloutir.

L'électricité a tout changé. Un interrupteur nous a transportés du Moyen Âge à l'ère de la technologie moderne. D'un coup, les commodités étaient de retour. De la lumière, toute la nuit. Chauffage, cuisinières, réfrigérateurs. Du gigot d'agneau au four ! L'impact sur le travail était également considérable : irrigation électrique, scies et perceuses électriques, robots ménagers et aspirateurs. Et une Playstation dans le salon de l'Orphelinat.

Mais avant tout, l'électricité a ouvert de nouvelles perspectives. Et nous a insufflé un autre élément dont nous avions surtout besoin : de l'espoir.

*

Cairistine Canary
Récit recueilli par Sofia Bergman. Poursuite du projet d'histoire d'Amanzi, à la mémoire de Willem Storm.
Laisse-moi te dire que ce jour où on a rétabli l'électricité aurait dû s'appeler la fête de Willem Storm. C'était lui, le visionnaire. Non pas à court terme, l'installation d'un interrupteur pour avoir une petite lumière au plafond. Non, une vision à long terme de progrès, l'idée de récupérer une partie du temps perdu et de la technologie. Parfois, je me dis que Willem Storm voyait Amanzi comme une lutte entre l'Homme et le Virus, ou au moins entre l'Homme et les dévastations du Virus. Et l'hydroélectricité était une victoire importante contre le Virus. Il était si déterminé. Ça, je ne l'oublierai jamais. Il n'était pas grand, Willem, mais sa résolution lui donnait une présence. Il était omniprésent sur son vélo de fonction – c'est moi qui l'ai baptisé Bike Force One. Il était le Président, notre Champion Intrépide, mais il ne répugnait pas à se salir les mains ; en débouchant des tuyaux d'évacuation, en arrachant des patates dans les potagers, ou en démêlant des câbles électriques pour moi à la sous-station. Et ce n'était pas une blague, ces câbles, ils nous en ont fait baver. Après quoi il rentrait le soir s'occuper de son fils. Ce soir-là, quand nous avons rétabli le courant, il était terriblement stressé. Je lui ai dit, Willem, relaxe-toi ; après tout, qu'est-ce qui peut bien se passer ? Si ça ne marche pas ce soir, ça marchera demain ou après-demain.

Il a répondu que non, qu'il fallait que ce soit ce soir-là ; qu'on ne pouvait pas décevoir les gens.

Voilà le genre d'homme qu'il était. Il ne voulait pas décevoir les gens.

Mais ce que j'aimais surtout chez lui, c'était sa générosité. Il était réellement content de voir quelqu'un d'autre recueillir une gloire qui, de droit, lui revenait.

*

La première année, mon père et moi avons partagé une chambre dans l'Orphelinat. Une grande chambre – tout juste assez grande pour un père et son fils de treize, quatorze ans. C'était simplement un prolongement de notre vie d'avant Amanzi, quand nous avions partagé la cabine du Volvo ou des chambres dans les maisons vides de villages abandonnés.

Père se couche après moi et se lève avant moi. Parfois je ne dors pas encore quand il se met au lit. Alors, je le regarde écrire des listes, sur son cahier, de tout ce qu'il y aurait à faire le lendemain ou la semaine, le mois ou l'année suivants. Et quelquefois quand je me lève je le vois endormi sur son cahier. Alors, je n'y pensais pas vraiment, je ne raisonnais pas assez pour arriver à la conclusion : « Père est épuisé. »

Il s'est passé trop de temps pour que je me souvienne de mes sentiments exacts envers mon père à l'époque. Mais je me rappelle une jalousie grandissante. C'était aussi irrationnel, aussi égoïste que n'importe quel sentiment adolescent, mais je crois tout de même que cela s'explique. Avant Mélinda, Béryl et les enfants, et Domingo, avant l'arrivée des deux cent cinquante-six, mon père m'avait appartenu, à moi seul, pendant presque deux années. Exclusivement et entièrement. Ce n'était pas que je l'exigeais mais c'était dû aux circonstances. Et tout d'un coup, je devais le partager avec tout le monde.

Ce n'était pas une jalousie consciente, il n'y a pas eu de moment de découverte, d'une véritable prise de conscience de son absence. C'était un ulcère suppurant qui ne devait être percé que plus tard. Malgré tout, j'étais encore très fier de lui à l'époque : mon père était le Président, le Fondateur, l'homme qui avait une connaissance générale sur tout et qui s'entendait avec tout le monde, qu'on consultait et qu'on respectait partout dans cette petite communauté. Il était l'Auteur de la Brochure, le Père d'Amanzi. Je reconnais qu'il m'agaçait par moments ; parce que c'était aussi lui qui râlait à cause de la manière dont je pressais le tube de dentifrice, ou parce que je laissais ma serviette par terre ou que je ne me lavais pas les pieds comme il fallait. Et, de temps en temps, il était certainement dans mon esprit celui qui n'avait pas osé tirer sur les hommes de la Jeep.

Quand je repense à cette époque et que j'essaie de réunir les morceaux et les fragments que je retrouve, je comprends mieux l'absence de mon père, le fait qu'il me négligeait. Birdie avait raison ; il voyait Amanzi comme la lutte entre l'Homme et le Virus. Et sur un certain plan, je pense qu'il se croyait personnellement responsable de l'aboutissement de cette lutte. C'est pour ça qu'il travaillait aussi dur, du matin au soir. C'était son obsession magnifique.

Birdie avait aussi raison de dire que Père rentrait « élever » son fils le soir. Même si j'avais l'impression que c'était trop peu, il prenait toujours le temps de s'asseoir avec moi, de dîner avec moi, d'essayer de communiquer avec moi. Il me posait des questions sur ma journée, mes expériences, mes sentiments. Quand j'avais treize ans et dans les derniers reflets des années Volvo, on a tout de même eu de bonnes discussions. Aujourd'hui, j'ai douloureusement honte des années suivantes pendant lesquelles j'ai gâché notre relation.

Si seulement j'avais su que notre temps ensemble serait aussi bref.

Récits recueillis par Sofia Bergman. Poursuite du projet d'histoire d'Amanzi, à la mémoire de Willem Storm.

Hennie As

À cette époque, j'étais responsable des serres avec les tomates, les laitues et les choux, et le poulailler, tout ça dans les préfabriqués du vieux camping de Vanderkloof. Plus tard, il a fallu déménager ; nous produisions beaucoup et l'espace n'était plus suffisant. Avec quatre autres, on s'occupait des légumes et de l'élevage. Un mardi sur deux, nous chargions les brouettes de fientes de volailles et nous les transportions aux serres pour les tomates. Tôt le matin. Bon, Willem le savait et il rappliquait sur son vélo dans son bleu de travail et nous aidait à ramasser les fientes. Il n'était pas très doué avec une pelle. On voyait tout de suite que ce n'était pas son truc. Mais il donnait un coup de main pour la deuxième des tâches les plus infectes d'Amanzi. Il n'en faisait jamais une histoire. À ma connaissance, personne ne savait qu'il était couvert de fientes de poules un mardi sur deux. Donc, ce n'était pas une affaire de politicien qui cherchait à se montrer solidaire des ouvriers. Je pense qu'il le faisait parce que… Quand les tomates étaient mûres, il venait et il en prenait une – toujours une seule qu'il cueillait comme ça sur la plante et il mordait dedans et on voyait que ça lui faisait très plaisir. Je pense qu'il venait nous aider avec les fientes parce que comme ça, il pouvait se dire qu'il avait contribué à cultiver cette tomate. Il nous a aidés à nous éloigner un peu plus de la famine, à nous rapprocher un peu plus de la civilisation.

Béryl Fortuin

Peu après qu'on a rétabli le courant, une des expéditions est revenue avec une boîte de dictaphones numériques, une vingtaine, tous équipés de piles rechargeables. En vidant le pick-up, ils voulaient les bazarder, mais Willem a dit non, il les prenait, ces enregistreurs.

Et puis il les a apportés à une réunion du Comité et il a dit qu'il voulait commencer à rassembler les histoires des gens. Il a appelé ça le Projet d'histoire d'Amanzi. Et il avait toujours un dictaphone avec lui. Et dès qu'il pouvait, il causait avec des gens et il leur demandait de raconter...

32

DE CHOSES ET D'AUTRES II :
SUR BARUCH SPINOZA

La fin de l'année du Chien

Dans moins de trois ans, mon père sera assassiné.

Le coupable a déjà figuré dans ces Mémoires. Et ceux que je considère comme des complices, quelle que soit leur part de culpabilité. Et tous ceux que j'ai soupçonnés, quelques-uns à ma grande honte.

J'ai promis au lecteur que j'écrirais ce récit avec franchise – autant de franchise que me permettraient la peine et la colère, même maintenant, après tant de décennies. Ce qui inclut également les circonstances atténuantes pour ceux que j'accuserais, et que je trouverais coupables.

Et les circonstances atténuantes pour moi-même et mes erreurs, mes erreurs impardonnables.

Pour cette raison, je suis à nouveau forcé d'interrompre la chronologie. Parce que dans mon impatience et mon enthousiasme d'arriver au premier grand bonheur d'Amanzi, de rappeler et de revivre le rétablissement du courant à la fête de Birdie, dans mon faible pour la nostalgie, j'ai fait l'impasse sur quelques événements mineurs, des choses en apparence anodines mais en réalité annonciatrices de notre avenir, de nos malheurs futurs, et des mobiles de meurtre.

Comme la conversation le soir de l'enterrement de mama Nandi Mahlangu.

C'était au plus noir de cet hiver meurtrier, avant la farine de maïs de Warrenton, avant l'arrivée de Birdie.

La réunion du Comité est terminée, les membres sont devant l'âtre qui refroidit dans le salon de l'Orphelinat. Nero Dlamini essaie d'égayer les autres. Il apporte quelques bougies, une bouteille de cognac sur un plateau. Il en verse pour tous les adultes et leur offre des verres. Comme tous les soirs, il lève la bouteille et demande :

— Domingo ?

Comme tous les soirs, Domingo fait non de la tête. Il ne boit pas. Je suis allongé sur un canapé et je regarde Domingo nettoyer les fusils. Quand je serai grand, je ne boirai pas non plus, voilà ce que je pense.

Père regarde dans le vide, sombre, tendu, épuisé et gelé. Et affamé, sans doute.

— Ça va, Willem ? demande Béryl.

Père pousse un soupir.

— C'est ma faute.

— Non, Willem. Elle était vieille et fragile, dit Ravi. Personne ne savait qu'elle ne mangeait pas ses rations.

— Non, je ne parle pas de Nandi. Je veux dire, cet endroit. Je l'ai choisi. J'ai fait venir tout le monde avec mes brochures. Et j'ai commis une erreur parce que j'étais content de moi et de mes raisonnements.

— Qu'est-ce que tu veux dire ?

Père regarde les cendres dans la cheminée, il répond d'une voix blanche.

— Après la Fièvre, quand Nico et moi... Quand nous nous sommes rendu compte que nous n'allions pas mourir, j'ai beaucoup réfléchi au meilleur endroit où emmener mon fils. Pour fonder une communauté. Pour... reconstruire la société. C'était intéressant comme exercice, je suppose. Ma première impulsion a été de choisir des endroits que je connaissais, qui avaient pour moi une connotation positive... Comme Cape St Francis, où je passais mes vacances quand j'étais enfant. Ou la belle petite ville de Knysna ; il y a du bois, de l'eau, une infrastructure, on peut s'y mettre à l'abri... Le défi scientifique et intellectuel était de mettre de côté des préférences personnelles... À l'époque, je n'aimais pas beaucoup Vanderkloof...

Père regarde ceux qui l'entourent.

– Vous savez, ces Blancs qui voulaient vivre entre eux, qui se trouvaient à une trentaine de kilomètres d'ici, en aval ?

– Oui, réplique le pasteur Nkosi. Orania. Le dernier avant-poste de l'apartheid. Je me demande s'il y a eu des survivants parmi eux.

– Eh bien, avant la Fièvre, quand j'avais le temps, je montais à Johannesburg en voiture pour des déplacements d'affaires, et chaque fois je prenais une route différente. Il y a quatre ans environ, je suis passé par Vanderkloof. En fait, j'ai passé une journée entière dans ce village... parce que c'était... différent, je suppose. Unique. Comme une station balnéaire mais sans mer. Un peu délaissé, un peu triste. Et assoupi, très assoupi. Les deux tiers des maisons étaient vides, attendaient les vacances. Avec cette vague promesse que le village se réveillerait et se transformerait lors des vacances d'été... Cela fascinait le géographe que j'étais. Je parlais à tous ceux qui croisaient mon chemin. Un des passants m'a dit à l'oreille que la plupart des habitants de Vanderkloof partageaient l'idéologie séparatiste des Blancs d'Orania. La seule différence était que les habitants de Vanderkloof ne voulaient pas de la tare sociale du racisme. Donc, ce village était une sorte d'Orania clandestin, où vivaient les séparatistes qui n'osaient pas se l'avouer. C'est pour ça que je n'aimais pas beaucoup cet endroit.

– Mais quel est le rapport avec ce que tu dis ? Que ce serait ta faute, tous les malheurs qui nous arrivent ? demande Béryl.

– Ces derniers mois, j'ai été si satisfait de mes arguments que je suis arrivé à surmonter mes propres préjugés, que j'ai pu tenir seulement compte des faits afin de considérer Vanderkloof comme endroit idéal pour un nouveau commencement. Une sorte d'autosatisfaction intellectuelle parce que j'étais convaincu d'avoir tout pris en considération : les possibilités de survie, la sécurité, l'eau, le potentiel agricole, tout ce qu'il fallait pour rétablir l'électricité. Je pensais que c'était un atout d'être loin des villes. Et c'est vrai, dans une certaine mesure. Mais j'étais si content de moi que je n'ai pas pensé plus loin. J'aurais dû comprendre qu'on allait payer le prix de cet éloignement, de la faible densité de population de cette région. On aurait dû comprendre ces risques. Comme Domingo…

Béryl jette un regard furieux à Domingo – qu'il ne voit pas.

– Personne ne peut penser à tout. Personne ne pouvait savoir pour la neige.

– Dieu a envoyé la neige, dit le pasteur Nkosi de sa voix sonore de prédicateur. Dieu nous a envoyé la faim et la souffrance. Il essaie de nous montrer que nous prenons à nouveau le mauvais chemin.

– Et comment il fait ça, concrètement ? demande Nero Dlamini.

– Tu n'as qu'à regarder toutes nos misères. Tous les malheurs qui nous arrivent. Où est Dieu quand nous avons nos rassemblements au Forum, Nero ? Ou pendant les réunions du Comité ? Nous ne prions pas ensemble, nous ne le louons pas ensemble. Il essaie de nous dire…

– Et c'est à cause de ça que mama Nandi est morte ? demande Domingo, ses mains immobiles, sa voix aussi tranchante qu'un rasoir. Et l'évêque ? Et que la KTM nous a dévalisés ? Et qu'il a neigé ? Parce que Dieu avait un message à transmettre ?

— Dis-nous, Domingo, reprend le pasteur Nkosi, ses yeux pleins d'ardeur évangélique, est-ce que tu crois en Dieu ?

— Oui, pasteur. Je crois en un dieu. Mon dieu est Darwin. Je crois à la survie du plus fort.

— Tu as donc le diable en toi, répond Nkosi avec tant de répugnance que sa voix me fait dresser les cheveux sur la tête.

— Tu veux m'exorciser, peut-être ?

— Un jour, il faudra sans doute le faire, avance le pasteur avec bien plus de provocation que ce qu'il exprime d'habitude envers Domingo.

— Personne n'exorcisera personne, dit Père.

Il ne peut cacher la fatigue dans sa voix.

Le pasteur Nkosi n'est pas prêt à en démordre :

— Et toi, Willem ? Tu crois en Dieu ?

Un silence. Comme si Père pesait d'abord la nécessité de répondre. Et puis :

— Tu sais ce qu'a répondu Einstein, un jour, quand un rabbin lui a posé la même question, Nkosi ?

— Non.

— Einstein a répondu : « Je crois au Dieu de Spinoza qui se révèle dans l'harmonie ordonnée de ce qui existe, et pas en un dieu qui se préoccupe du sort et des actions des êtres humains. »

— Et c'est ce que tu crois ?

— C'est ce que je croyais. Maintenant, en fait, je ne crois plus qu'en Spinoza.

— Je vois...

— Spinoza, dit Nero en sirotant son cognac. C'est lui qui a affirmé le premier qu'il fallait séparer la religion et la politique ?

— Oui, et sauf le respect que je lui dois, c'est pour ça que Nkosi ne l'appréciera pas, répond Père en faisant un effort délibéré pour détendre l'ambiance. Mieux, Domingo ne l'aimera pas non plus.

– Pourquoi ? demande Domingo, à qui l'idée d'avoir quelque chose en commun avec le pasteur ne plaît pas.

– Parce que Spinoza croyait que la démocratie était la forme de gouvernement qui convenait le mieux à la liberté individuelle.

– La liberté individuelle est surestimée, réplique Domingo, d'un ton vaguement taquin, comme celui de Père.

Le pasteur Nkosi reste tout à fait sérieux.

– Je continuerai à me battre pour Dieu dans cette communauté. Et dans ce Comité. Un jour, ce sera lui notre président, j'en donnerais ma tête à couper.

33

DE CHOSES ET D'AUTRES III : DE L'AMOUR

La nostalgie encourage le souvenir de petits riens. La nostalgie murmure : « Raconte-leur comment Lizette Schoeman t'a brisé le cœur quand tu avais presque seize ans. » C'est d'ailleurs une histoire dramatique : un dimanche après-midi, fin août de l'année du Chacal, je descends du réservoir. Je vois Lizette qui embrasse Charl Oosthuizen, un homme dans la trentaine qui est à Amanzi depuis deux mois à peine.

Je veux crier, pleurer, me jeter à ses pieds, le tuer, fuir pour toujours. Mais je continue mon chemin vers l'Orphelinat, mon cœur brisé, brisé, brisé. (Deux mois plus tard, il serait entièrement guéri.)

Ils se sont finalement mariés, ces deux-là. Charl est un brave type, il s'est lancé dans la culture des tournesols, est devenu notre seul apiculteur. Mais je n'ai pu l'apprécier qu'après avoir trouvé l'amour de ma vie.

Pendant deux ans, j'ai été intensément, vainement amoureux de Lizette. Vainement, car j'étais encore un enfant et pas elle, et parce que ce n'était pas réciproque.

Vainement aussi parce que cela m'a fait rater le plus grand boom sexuel de mon époque, qui fut le résultat culminant de plusieurs facteurs :

D'abord, un phénomène général que Nero Dlamini appelait « l'effet baby-boom », une pulsion humaine pour repeupler rapidement un pays après une guerre dévastatrice – ou une épidémie virale ravageuse.

Ensuite, le désir profond des gens d'être touchés, étreints, de se comprendre, d'aimer et d'être aimés dans un monde où les sources normales d'affection sont détruites – parents, famille, proches. Nero a appelé cela l'effet John Bowlby et a dit que l'impact était d'autant plus important parmi les jeunes parce qu'ils avaient été traumatisés.

Et en troisième lieu, le fait que les adolescents – qui sont aussi les amoureux les plus ardents du monde – constituaient un des plus grands groupes d'Amanzi. La jeunesse de ce groupe, son adaptabilité et sa force physique lui ont permis de survivre avec un peu plus de facilité aux dangers postapocalyptiques.

C'était en tout cas l'explication scientifique dlaminienne du phénomène des Folles Amours parmi les jeunes et les vieux, mais surtout parmi les jeunes. Et j'ai tout raté parce que j'étais sottement amoureux de Lizette Schoeman. Mais pas Jacob Mahlangu. Il a largement profité de l'offre excédentaire, sans jamais m'encourager à faire pareil. Des années plus tard, il m'a avoué :

– Je n'avais pas besoin de concurrence, Nico. Je ne suis pas bête. Si tu savais combien de filles en pinçaient pour toi... C'était à moi de les consoler.

Et il a ri de son rire profond qui faisait trembler tout son corps.

Jacob gardait le bétail avec moi et nous étions complices. Il était aussi mon interface, mon informateur sur tout ce qui se passait en dehors de l'Orphelinat.

Comme fils du président, j'avais l'avantage pendant ces premières années d'être bien informé sur ce qui se tramait au cœur de la communauté, les réunions et les décisions du Comité, les grandes questions, les courants sous-jacents, les projets, les conflits, les stratégies. Mais le grand inconvénient était que les habitants d'Amanzi ne me faisaient pas confiance quand il s'agissait de ragots et de plaintes. Ou de leurs critiques contre le président et le Comité et tous ses membres, quelles que soient leurs décisions.

Et c'est là que Jacob a rempli une fonction cardinale. À bien des égards, nous étions à l'opposé l'un de l'autre, mais ensemble, nous formions une coalition parfaite. Jacob était placide, patient, philosophe, bien dans sa peau. Je n'étais rien de tout ça. Mais nous cultivions tous les deux un vrai amour des livres et une soif insatiable de commérages.

Un matin, Jacob m'a pris à part à l'école et m'a confié à bout de souffle :

– Béryl et Nero sont gays.

À quatorze ans, je n'avais qu'une conception vague du terme.

– Gays ? Mais comment veux-tu qu'ils soient gays ensemble ?

– Non, imbécile, elle aime les femmes et lui, les hommes.

– Comment tu le sais ?

– C'est auntie[1] Denise qui l'a dit.

Denise était une femme de quarante ans – une des premières arrivantes –, une des grandes cancanières d'Amanzi.

– Elle dit que Béryl était une golfeuse professionnelle et que tout le monde sait que les golfeuses pros sont lesbiennes. Et on n'a qu'à voir ses muscles et son comportement hommasse.

Je pense à Béryl et vu sous cet angle, ça me paraît possible.

– Et Nero ?

1. Calqué sur l'usage de « tannie » en afrikaans, « auntie », diminutif de *aunt* (tante), est un titre à la fois respectueux et affectueux donné à une femme plus âgée.

– Est-ce que tu l'as jamais vu s'intéresser à une femme ?
– Non…
– Et sa façon de s'habiller. Et de parler…
– Ah.
– Alors, voilà.
Je l'ai cru.

*

Sipho Jola est né le 26 décembre de l'année du Chien, le premier-né dans la communauté d'Amanzi.
Son prénom veut dire « cadeau ».
Les Folles Amours produiront encore vingt-quatre bébés dans l'année qui suit – l'année du Corbeau.

L'année du Corbeau

34

LA BOÎTE DE VITESSES THIELERT : I

Récits recueillis par Willem Storm. Projet d'histoire d'Amanzi.
Cairistine « Birdie » Canary
Oui, la foutue causalité... Tu sais, ce qui s'est passé avec Hennie, son avion et le carburant, et Nico et Okkie... tout ce drame a commencé à cause de Monsanto et d'autres sociétés avec leur manipulation génétique des semences. Ils ne se sont pas demandé ce qui se passerait dans le cas d'une catastrophe mondiale. Ils ont modifié les semences pour qu'elles ne servent qu'une seule fois. On mangeait la récolte et c'était inutile de garder des graines pour les semer ensuite car elles étaient programmées pour l'échec. Donc, il fallait retourner acheter leurs semences à eux. Très beau modèle d'entreprise – sauf que ces entreprises ont été emportées par le vent et les semences sont restées.

J'ai donc dit au Comité que c'était un de nos premiers objectifs pour le planning à long terme : le développement d'une banque de graines. Heureusement, Matthew Mbalo était déjà arrivé. Avant la Fièvre, il travaillait sur une exploitation céréalière du Premier ministre du gouvernement provincial de l'État Libre, près de Reitz. C'était Matthew qui gérait l'exploitation car ce Premier ministre n'était jamais là. Et c'était un bon agriculteur.

Dès son arrivée chez nous, il a pris la direction de la culture des céréales à Amanzi.

Matthew Mbalo et moi parlions très souvent du problème des semences génétiquement modifiées. Un jour, il m'a confié qu'il y avait autrefois de nombreux agriculteurs dans l'est de l'État Libre qui cultivaient du blé de manière traditionnelle avec des graines non modifiées. Si on pouvait se procurer de ces semences...

Mais ce n'était pas évident d'aller chercher ces graines. La KTM contrôlait à l'époque la plupart des routes entre les montagnes du Lesotho et Bloemfontein. Si on voulait passer par là, il fallait un convoi armé et nous n'avions ni les hommes ni les véhicules. Le risque était trop grand et il y avait trop à préparer pour l'hiver suivant.

Alors, Hennie As a dit qu'il pouvait aller chercher quatre cents kilos de graines avec le Cessna si ça pouvait nous être utile.

Hennie As
Je venais de l'est de l'État Libre avec le Cessna, de la ville de Bethlehem, tout seul. À bord, j'avais plus de quatre cents kilos de graines de blé. Amanzi en avait grand besoin avant l'hiver car il fallait encore labourer le sol et semer. Pour être honnête, quatre cents kilos c'est vraiment trop pour le Cessna, compte tenu de mon poids, des quelques affaires dont j'avais besoin et du carburant en plus. J'avais une marge de sécurité en économisant le carburant, donc je ne me faisais pas trop de souci. Mais il y avait tout de même au moins quarante kilos d'excédent. Pas trop grave, mais je gardais l'œil sur les instruments de bord. Quelque part, on a conscience d'être surchargé et d'en faire voir de toutes les couleurs à la pauvre biquette ; il fallait bien faire gaffe qu'elle ne se mette pas à râler.

J'étais à dix mille pieds, une bonne altitude pour le 172. Je volais à cent vingt nœuds, disons deux cents kilomètres à l'heure. Vers dix heures du matin en janvier, l'été battait son plein. Il pouvait y avoir de l'orage dans la région à cette époque de l'année, je le savais bien. Et ce matin-là, il y avait déjà des nuages et des zones de turbulence. Mais je devais arriver à la maison avant une heure et les grands orages venaient toujours en fin d'après-midi.

De toute façon, il me restait encore près de soixante-quinze litres dans le réservoir ; c'était suffisant pour cinq cents kilomètres si je prenais les choses avec calme, et jusqu'à Amanzi, il ne restait plus que quatre cents bornes.

Et puis la biquette a commencé à bafouiller. Tout à trac. À dix mille pieds. J'ai d'abord cru que c'était le moteur qui calait, tellement il était fort ce premier bafouillage. Mais elle s'est remise, enfin à peu près. C'était comme si on était à sec, mais selon les jauges les deux réservoirs étaient encore à moitié pleins. Bon, elle a toussé, toussé, la puissance vacillait, j'ai commencé à perdre de l'altitude – et il y avait ce foutu excédent de poids.

J'ai essayé de trafiquer l'alternateur, sans succès et j'ai compris alors que les bougies devaient être calaminées. Bon, tu vois, quand t'as des bougies crasseuses, tout ce qu'il y a à faire c'est de diminuer l'alimentation en carburant et de pousser à fond pour essayer de brûler les dépôts. Ça marche, en général, mais pendant cinq minutes seulement et ensuite le bafouillage reprend et il faut recommencer.

C'est là que j'ai compris qu'il fallait se poser vite fait ; se poser pour nettoyer les bougies.

Bon, l'itinéraire Bethlehem-Amanzi à vol d'oiseau, ou de Cessna en l'occurrence, passe très exactement entre Bloemfontein et Botshabelo. Et quand le moteur a commencé à cafouiller, j'étais à trente, trente-cinq bornes à l'est-nord-est de Botshabelo et à environ soixante-dix à l'est de Bloemfontein. Il est vrai qu'on peut poser un 172 n'importe où pourvu que la route soit assez bonne et droite, mais si on ne connaît pas le pays... Le problème, ce sont les fils. Les câbles électriques et téléphoniques. On ne les voit pas et il y en a toujours le long de la route et même au-dessus, et si on les chope on est foutu. Quand on a assez de carburant et qu'on n'est pas trop chargé, on peut prendre son temps pour vérifier s'il y a des câbles qui gênent. Sinon, il vaut mieux chercher un vrai terrain d'aviation. Rapidos.

Et un autre truc, je ne voulais pas non plus me trouver seul à bricoler le moteur sur une route perdue dans une campagne qui grouillait peut-être de membres de la KTM. Si c'était possible, il fallait trouver une autre solution.

Avant de partir en avion, je regarde toujours sur les cartes que j'ai pu rassembler où se trouvent les différents terrains d'aviation. Et la meilleure solution, la seule enfin, qui me venait à l'esprit quand le moteur a commencé à bafouiller, c'était l'aérodrome de Thaba 'Nchu. Pas le plus grand du monde, une seule piste, mais elle était longue et revêtue comme il faut. Je me rappelais qu'il se trouvait au sud de Botshabelo, mais où exactement ? Et la pauvre vieille biquette n'arrêtait pas de tousser et je perdais de la vitesse et de l'altitude. Le rapport entre portance et traînée était foutu, trop nul pour la distance et je devais chercher le terrain de Thaba 'Nchu avec une carte sur les genoux. Et en plus de ça, il fallait m'orienter et brûler les bougies toutes les cinq minutes et chercher des points de repère et l'aérodrome. Je te jure, j'en avais des sueurs froides. Je me suis dit, si je m'écrase, Mélinda va penser que je l'ai plaquée et je ne pouvais pas lui faire ça, et puis Amanzi avait besoin de ces graines. Alors, je me suis mis à prier tout haut.

Finalement, j'ai aperçu la piste et c'était presque pire encore parce que ça allait être très juste, peut-être trop. Et avec ça, elle était orientée nord-ouest, sud-est ; il fallait donc effectuer un virage important en approche. Cet aérodrome de Thaba 'Nchu a été construit sous le vieux gouvernement d'apartheid, tu sais, pour le *homeland* de Bophuthatswana, pour le casino, et à l'époque, c'était un aéroport de luxe. Mais après l'apartheid, l'aérodrome s'est délabré. Et deux ans après la Fièvre, il ne restait même plus de manche à air. J'ai estimé qu'il y avait un léger vent du nord et je me suis tourné vers le bout sud-est de la piste, tout en pensant que je n'y arriverais jamais, mais à moins d'essayer...

Il y avait une colline, un petit mamelon à survoler et je suis passé de justesse. J'ai brûlé les bougies une dernière fois et j'ai poussé le moteur en effectuant le virage dans l'approche finale, j'étais à... Je ne veux pas raconter d'histoires, mais le sol était tout proche et la piste était encore loin, c'était une prairie avec des herbes hautes d'été, une gazelle pouvait s'y cacher. Et je me suis rendu compte que le vent me poussait et que l'approche était bien trop rapide. Et puis j'ai vu les vaches au loin, au bout nord-ouest de la piste.

Je l'ai donc posée, la vieille biquette, au moins cent vingt mètres avant la piste, dans la prairie. Si on se prenait une termitière ou un terrier d'oryctérope à cette vitesse, moi, le blé et le 172, on était fichus, mais elle a avancé vers la piste, l'a atteinte, on était dessus mais on roulait trop vite et le vent nous poussait et on était trop lourds pour ralentir et je voyais un troupeau de bovins qui s'approchait. Deux étaient carrément sur la piste et une dizaine dans le veld des deux côtés. Je te demande ce que ça peut bien foutre sur une piste, une vache. Il n'y a rien à brouter. C'était le destin. Je freine à mort, mais pas trop, sinon, l'avion va culbuter, et les vaches se rapprochent, je freine et je transpire, et les vaches se rapprochent.

C'est un de ces moments qu'on n'oubliera jamais. J'étais là, je me suis dit que j'avais réussi contre vents et marées à poser cet avion avec quatre cents kilos de blé et un moteur qui s'étouffait et c'était, sans me vanter, un exploit brillantissime, je m'étais donné à fond et j'avais réussi, et maintenant j'allais me prendre une vache, et je la voyais devant moi avec son expression de grosse nigaude et ses longs cils comme ceux d'une fille facile et c'est contre cette conne que j'allais m'écraser.

Eh bien, au tout dernier moment, elle a quitté la piste. Je crois que le bruit du moteur a dû la gêner. Elle s'est avancée juste assez loin pour que je puisse virer à gauche entre deux autres bêtes et je me suis arrêté, je suis resté comme ça avec tout mon corps qui tremblait, de haut en bas, je te jure, mais j'ai baissé la tête et j'ai dit, merci Seigneur, merci. J'étais sur le bout de la piste et j'ai vu que plus loin, le sol s'était éboulé. Si je ne m'étais pas arrêté là, l'avion aurait capoté. Cette vache a été ma providence.

Je ne savais pas que le Seigneur avait encore pas mal de pain sur la planche ce jour-là.

Cairistine « Birdie » Canary

L'essence est fabriquée pour brûler facilement. Et c'est une des raisons pour lesquelles elle est périssable. Parce que si on la stocke trop longtemps, les composants les plus inflammables commencent à s'évaporer. Et les hydrocarbures dans l'essence se mettent aussi à réagir avec l'oxygène et ça change la composition chimique. Le carburant en est contaminé et c'est à cause de ça que Hennie As a eu des grumeaux collants dans son circuit de carburant.

Hennie As

J'étais donc là, au bout de la piste d'atterrissage de Thaba 'Nchu et j'avais deux choses à faire. Je devais chercher à comprendre pourquoi les bougies s'étaient salies et il fallait les décrasser. Le premier problème a vite été réglé. Quand j'ai drainé le carburant des deux réservoirs, j'ai tout de suite vu que l'essence de l'aile gauche était contaminée, pleine de petits grumeaux collants. J'ai eu bien peur, mais heureusement, l'essence de l'aile droite était pure.

Les modèles 172 ont trois réglages pour le circuit de carburant. L'aile gauche, l'aile droite ou les deux en même temps. Normalement, on met le troisième. Mais avec la merde qu'il y avait dans le réservoir de gauche, je ne pouvais utiliser que l'autre. Le hic était, bien entendu, que je n'aurais plus que la moitié du carburant nécessaire. J'étais donc là à me demander si j'allais pouvoir rentrer chez moi. J'ai vidé tout le carburant de l'aile gauche pour alléger l'avion et je me suis dit que je pouvais y arriver en faisant bien attention. Avec un peu de chance. Et le vent en poupe. Et la Grâce Divine.

Et si j'avais l'impression que le carburant allait manquer, je me poserais aussi près que possible d'Amanzi et j'irais à pied chercher de l'aide.

Qu'est-ce que je pouvais bien faire d'autre ?

Et l'heure tournait et les nuages s'enflaient dans le ciel.

Mais d'abord, il fallait décalaminer ces saloperies de bougies, et ça, c'était toute une histoire. Parce que, tu vois, les bougies d'un Cessna ne sont pas comme celles d'une voiture qu'on peut facilement retirer, elles sont carrément vissées. J'avais une petite boîte à outils dans le zinc, et j'étais sûr d'avoir une clé à bougies et une clé de 14 mm, mais je savais très bien que je n'avais pas de clé de 16 et sans ça, je ne pouvais pas dévisser les bougies pour les décrasser.

Alors, j'ai regardé autour de moi. Il y avait la petite aérogare toute délabrée. Et puis quelques hangars, une rangée de cinq ou six. Je suis allé voir, les portes étaient entrouvertes et j'ai tout de suite su qu'il n'y aurait rien. Et j'avais raison : aucun avion dans ces hangars. Mais je n'ai pas perdu l'espoir et j'ai prié et continué à chercher, et dans l'avant-dernier il y avait un grand établi le long d'un des murs. Il était crade, plein de poussière et de déchets avec des chiffons et des bidons vides, des pièces de moteur et quelques clés et des pinces, des vis et des trucs, bien rouillés. J'ai commencé à gratter et à souffler la poussière et j'ai vu que certaines des pièces appartenaient au moteur d'un Cessna 172. Mon espoir est monté d'un cran et j'ai cherché comme un fou et suis tombé, sans blague, sur une clé de 16 mm. Quand je l'ai prise dans la main j'avais les larmes aux yeux, je te jure.

Je me suis donc mis à retirer et à nettoyer les bougies. Elles étaient horriblement crasseuses, mais bon. Le temps passe et ça dure toujours plus longtemps qu'on ne pense, et les nuages orageux s'amassaient à l'ouest. Un bon orage se préparait, on pouvait sentir l'électricité dans l'air et je savais que ça n'allait pas être une partie de plaisir.

J'ai fait vite, aussi vite que possible. J'ai remis les bougies en place, j'ai chassé les vaches de la piste et j'ai jeté des brins d'herbe dans l'air pour être sûr du vent. Il soufflait toujours du nord, donc je n'avais qu'à faire demi-tour et décoller. Les bougies étaient impecs, j'étais dans l'air et prenais de l'altitude et j'ai viré sur l'aile. Il suffisait alors de bien surveiller le carburant car il me restait deux cent trente kilomètres jusqu'à Petrusville. Avant la Fièvre, j'avais bien nettoyé et réparé toutes les pistes de Petrusville. J'y entreposais le Cessna, à une vingtaine de kilomètres d'Amanzi.

Je volais et tout allait bien. Et puis, avec encore cent bornes devant moi, le vent a tourné. Avec un vent contraire, le carburant était limite. Les nuages se tassaient et la turbulence empirait et le vent soufflait de plus en plus fort, mais le moteur tournait bien. Je faisais des calculs mentaux, plus haut ou plus bas, plus ou moins rapide, qu'est-ce qui serait le mieux ? Parce que ça ne tenait qu'à un fil, je te jure, j'avais les boyaux qui faisaient le grand huit.

La finesse du Cessna est d'environ quinze kilomètres pour une altitude de six mille pieds. Si tout va bien. Mais là tout n'allait pas bien. À ce moment-là, j'étais déjà plus léger avec le carburant vidé et consommé, mais j'avais le vent en face, de plus en plus fort.

J'ai estimé la finesse à douze, treize kilomètres pour six mille cinq cents pieds, mais l'aiguille de la jauge de carburant pointait désespérément vers le bas, bordel, je ne l'ai jamais vue aussi loin dans le rouge.

Tu sais comment c'est quand on se souvient parfaitement de certaines choses ? Pour moi, c'est carrément lié à l'odorat. Une odeur évoque toujours un souvenir très clair. Mais ce jour-là, il n'y avait pas d'odeur, je me rappelle un paysage, une scène, parce qu'elle était d'une beauté fulgurante et parce que je me suis dit qu'il fallait que je m'en souvienne car c'était la dernière chose que je verrais.

À vingt kilomètres de la piste de Petrusville, il n'y avait plus de carburant, rien du tout. *Nada.*

35

La boîte de vitesses Thielert : II

Hennie As
Quand le moteur a calé, c'était probablement l'adrénaline, mais c'était comme si je voyais plus clair : j'étais juste au-dessus de six mille cinq cents pieds.

Sous moi, le barrage d'Amanzi qui s'étend sur cinquante kilomètres du nord au sud et moi qui le survole de l'est à l'ouest, et l'eau est d'un bleu incroyable ce jour-là. Le soleil filtre à travers les nuages orageux, comme une lueur divine, je te jure, des rayons comme si le Seigneur voulait dire : Je suis encore là, Hennie, occupe-toi de ton zinc. Et les rayons du soleil miroitent sur l'eau du barrage. Et les nuages sont tels qu'on ne peut pas les décrire. Je suis là-haut, juste au-dessous d'eux, et ils sont tassés, alignés comme un régiment qui avance, des tours imposantes, gris profond à la base et blanches comme du coton vers le haut, et là-haut ça tournoie et tourbillonne et je sais que si je devais tomber dans ce tourbillon avec le Cessna, nous serions happés par le mouvement de convection... Et je vois les éclairs tomber à côté de moi, entre les nuages et la Terre, et je les vois frapper les collines les plus hautes au sud d'Amanzi, et je sais que Mélinda et les petits et toute ma tribu doivent les voir ou les entendre aussi, tellement je suis près de chez eux. Et je vois ce beau paysage, les collines en dessous et les plaines du Karoo qui s'étendent vers Petrusville et plus loin jusqu'aux confins de la Terre. À l'infini. Je nous vois, moi et le petit Cessna, contre les nuages et les eaux et la Terre et on n'est qu'une toute petite tache, piteuse, négligeable, et soudain, le soleil brille sur moi et la lumière est de l'or liquide et c'est tellement beau que j'en ai les larmes aux yeux.

Mais ce n'est pas le moment de pleurnicher parce que le moteur est mort, le réservoir est à sec et il faut tout de même essayer d'atterrir, même si je me dis que je n'ai aucune chance de réussir. Bon, peut-être pas aucune, mais s'il fallait parier, les chances seraient en faveur de l'accident, c'est clair. Selon le rapport portance-distance, c'est tout simplement trop loin.

Au-dessus du barrage, à cet endroit particulier, toutes les possibilités d'atterrissage sont loin. Parce qu'il y a l'eau, et autour il n'y a que les collines et aucune étendue assez plate pour se poser. Donc, je plane et décide d'essayer la piste d'atterrissage, vas-y Hennie, tu connais l'approche, c'est ce que tu connais le mieux. Tu n'as qu'à essayer.

Et je plane. C'est une drôle de sensation de planer comme ça après le bruit du moteur pendant si longtemps. Brusquement, tout est calme et silence, et j'entends le tonnerre. Et j'avance sous la pluie, ça crépite et éclabousse, et puis c'est fini, et c'est de nouveau entièrement calme. Je regarde toute cette beauté puis les instruments et je pense, enfin, le blé est là et si je dois m'écraser avant la piste, le Cessna ne prendra pas feu, vu qu'il n'y a plus de carburant. Ils trouveront au moins les débris et les graines.

Les vents de l'orage me secouent de droite à gauche, tout est sens dessus dessous, mais il faut rester calme, sans faire de la surcompensation, sans réaction excessive. Garder la tête froide, atterrir avec les graines, voilà ce qu'il faut faire, mais je suis à trois mille pieds d'altitude et je vois bien que je n'aurai pas la distance nécessaire, qu'il va me manquer quatre ou cinq kilomètres. C'était énorme, je veux dire, je risque d'amerrir, quoi ! Et puis je regarde et je vois : à l'est du terrain d'aviation, le barrage forme une drôle de petite baie, comme la pointe d'une flèche et je sais qu'il y a un petit chemin de terre qui descend vers la baie, et je me dis, si seulement j'atteignais la rive en face, je pourrais tenter le coup. Il est en mauvais état et plein de cailloux et de crevasses, mais je pourrai au moins éviter que les graines tombent à l'eau. Je vise donc tout en priant le ciel et tout en sachant qu'il est impossible d'y arriver. Tout me le confirme, la vitesse de descente, la distance, mes yeux et ma raison. Je n'ai pas la moindre chance de m'en sortir. Je vais tomber à l'eau. Et puis, d'un coup, il y a ce courant de convection qui me soulève comme la Main du Seigneur. Bon, je sais que ça arrive. Autrefois, quand j'étais pilote sur le haut plateau, un courant de convection pouvait te faire monter comme un ascenseur, trois cents, six cents pieds, ce n'était pas impossible. Mais ce jour-là, avec les graines et le moteur éteint, à sec, ce n'est pas le hasard, c'est la Main du Seigneur. Ce n'est pas le hasard si elle me soulève, mille six cents, deux mille pieds dans le ciel. C'est un miracle, rien de moins qu'un miracle.

*

Nous sommes tous rassemblés devant l'ancien poste de police autour des sacs de blé. Le pasteur Nkosi incite Hennie As à raconter son histoire aussi aux nouveaux arrivants. Il ne se fait pas prier. Quand il a terminé, on l'applaudit et lui donne des tapes sur l'épaule. Il n'a que faire de leur admiration. Mais à chaque fois, il guette l'approbation dans les yeux de Mélinda Swanevelder. Et il l'obtient.

Bientôt, il doit reprendre l'histoire dès le début pour un nouveau groupe. Et chaque fois la Main du Seigneur soulève Oom Hennie et son Cessna un peu plus haut dans le ciel.

*

Birdie Canary dit :
– C'est le dernier vol, Hennie. Le carburant sera désormais de plus en plus avarié.
– Et si je le filtrais ?
– Ça ne servira à rien.

Oom Hennie paraît accablé. Sans avion, il n'est plus un As.

– Nous avons vraiment besoin de l'avion, constate Père, soucieux.
– Tout à fait, réplique Ravi Pillay en anglais. C'est un de nos rares avantages stratégiques.

Il pense à la KTM et à toutes les autres menaces.

– Il va falloir s'en passer, conclut Birdie.
– Mais pensez aux semences, et aux moutons, continue Père.

Il parle des quatre cents moutons que Hennie a trouvés dans les coins les plus isolés du Karoo depuis un mois et des expéditions qu'il a menées pour aller les chercher.

– Tout le temps et le carburant que cela nous a économisés, ajoute-t-il.
– Sans compter les vies humaines, renchérit Béryl Fortuin.

Père considère Birdie.

– Il faut faire tout ce que nous pouvons pour que l'avion puisse continuer à voler.

Plus tard, il regrettera amèrement cet avis.

Birdie fait non de la tête :
– On ne peut pas faire voler un avion au gasoil.
– Ce n'est pas tout à fait vrai, observe Hennie As.

*

Birdie Canary s'implique partout. Elle donne des cours de sciences aux enfants les plus avancés, elle s'occupe de la formation des professeurs, depuis décembre elle siège au Comité à la demande générale. Birdie est le cerveau scientifique le plus pointu de tout Amanzi et ses connaissances ne comprennent pas uniquement la physique et la chimie, mais aussi grâce à ses études de premier cycle, la botanique, comme pour les semences génétiquement modifiées, et la zoologie.

Avec Père elle a établi une solide relation de travail – au grand dam de Domingo – car ils partagent la ferme résolution de faire survivre et prospérer cette communauté. Un jour, Père a remarqué que le plus grand mal de la Fièvre, après la perte tragique en vies humaines, était la disparition de tant de possibilités scientifiques et technologiques – sinon, le monde aurait déjà pu être un meilleur endroit. Et Birdie a répondu :

– Tout à fait ! C'est exactement ce que je ressens.

Quelques jours plus tard, Nero Dlamini observe d'un ton pince-sans-rire qu'on a l'impression qu'ils semblent essayer de récupérer à deux toutes ces possibilités scientifiques perdues.

Père et Birdie sont, entre autres, les architectes à long terme d'Amanzi. Père la soutient avec enthousiasme en janvier quand elle fait une présentation sur la situation du carburant. Elle explique pourquoi l'essence des stations-service et des camions-citernes deviendra de plus en plus impropre à la consommation dans les mois à venir. Elle dit qu'il va falloir produire du biocarburant. Elle expose les différences entre l'éthanol et le gasoil et explique pourquoi le premier ne correspond pas à nos conditions d'après-Fièvre à Amanzi. (En bref, on ne peut pas cultiver d'assez grandes quantités de sucre de manière rentable.)

Notre avenir, c'est le gasoil. Et c'est un heureux hasard car le matériel agricole fonctionne en général au gasoil.

Elle dit qu'il faut qu'on rassemble des graines de tournesol pour les semer l'été suivant. Et produire du gasoil à partir de l'huile de tournesol. Ce n'est pas trop compliqué. Et comme le gasoil se conserve mieux que l'essence, ce qui reste dans les citernes suffira pour au moins un an. Peut-être davantage.

C'est la raison pour laquelle Birdie informe Hennie As ce jour-là, devant le poste de police, qu'il va falloir se passer de l'avion.

Elle ne sait pas qu'il existe des avions à gasoil.

*

– Il y a plusieurs types d'avions à gasoil, explique Hennie As au Comité une semaine plus tard pendant une réunion officielle. Mais on n'en a importé que deux en Afrique du Sud : le Cessna 172TD, le même modèle que le nôtre mais avec un moteur diesel, et le Piper Archer DX. Je ne sais pas où se trouve le Piper qu'on a importé. Mais juste avant la Fièvre, je parlais avec un type au terrain d'aviation de Heidelberg. Il m'a dit qu'il avait très envie d'acheter un TD Cessna et il savait qu'il y en avait un à l'école d'aviation du Transvaal de l'Ouest à Klerksdorp et un autre au club d'aviation de Hoedspruit dans le *lowveld*. Eh bien, l'aérodrome de Klerksdorp n'est pas trop loin d'ici, à trois cent trente kilomètres…

– C'est une route dangereuse, Hennie, prévient Ravi Pillay.

– Je ne vais pas prendre la route, mais l'avion.

– Après ton aventure de la semaine passée ? demande Béryl.

– J'ai examiné nos réserves. Il nous reste encore assez d'essence pure. Celle qui est contaminée vient de la citerne de Petrusville. Mais il va falloir se grouiller.

Birdie dit que l'essence va se dégrader de plus en plus rapidement.

– C'est vrai, ajoute Birdie.
– Donc, tu veux d'abord aller jusqu'à Klerksdorp ? demande Béryl.
– Oui, et si cet avion convient, je le ramène. Sinon, je vais jusqu'à Hoedspruit.
– Et si les deux sont inutilisables ?
– Tant pis. Mais si on tient à avoir un avion, il faut aller voir.
– Et Hoedspruit est à combien ? demande le pasteur Nkosi.
– Environ huit cent quatre-vingts kilomètres.
– Tu peux voler aussi loin ?
– Sans problème. La limite du 172 est d'environ mille six cents kilomètres.
– Mais l'aller-retour fera plus de mille six cents, Hennie, proteste Birdie.
– Je sais. Mais si j'emporte cent cinquante litres d'essence, j'y arriverai facilement.
– Quels sont les risques ?
– Oh, comme d'habitude…

Hennie essaie de les minimiser.

– C'est-à-dire ? s'enquiert Ravi Pillay.
– La météo, une panne mécanique, se faire attaquer quand nous nous posons…
– Nous ? demande Béryl. Tu aurais besoin de combien de personnes ?
– Une seule. Vous savez que je suis nul en autodéfense et que je ne sais pas tirer. J'ai besoin de quelqu'un qui puisse me couvrir au sol. Il va falloir prendre une batterie pour le TD et l'installer, vérifier les filtres des réservoirs, faire les contrôles d'avant le décollage, démarrer le zinc. Ça va prendre un moment.
– Est-ce qu'il vaut mieux en envoyer deux ? demande Nkosi.

– Ce n'est tout de même pas si dangereux que ça, répond Hennie.
– Qu'est-ce que tu veux dire par là ?
– Cela ne vous dérange pas que je fasse deux, voire trois cents kilomètres presque tous les jours quand il fait assez beau avec une seule personne à la recherche de bétail ou de la KTM. Là, il ne s'agit que d'aller jusqu'à Klerksdorp. Un trajet de deux heures. Et même s'il faut pousser jusqu'à Hoedspruit, ce n'est que quelques heures de plus. Tous les autres risques sont les mêmes.
– Tu as raison, dit Père. Et nous envoyons tous les jours quatre ou six personnes sur les routes. Il ne faut pas s'affoler juste parce qu'il s'agit d'une expédition aérienne…
– C'est ça, confirme Hennie, avec espoir.
– Et s'ils peuvent revenir avec un avion diesel, ce sera une très belle récompense, ajoute Père.
Tout le Comité acquiesce de la tête.
– On vote ? Ceux qui sont contre ?
Aucune main ne se lève
– Génial ! s'exclame Hennie As. Merci. Merci beaucoup.
– C'est à nous de te remercier, Hennie. C'est une entreprise courageuse. À qui as-tu pensé pour t'accompagner ? demande Père.
Je suis assis dans un coin de la pièce, je vois Hennie As qui inspire un bon coup, me regarde et répond :
– Nico.

36

La boîte de vitesses Thielert : III

Parfois, je m'assoupissais pendant les réunions du Comité. Parfois, elles étaient tellement barbantes pour le gamin de quatorze ans que j'étais que je préférais sortir discrètement pour aider Domingo à nettoyer les fusils dans le salon. Ce soir-là, j'ai suivi chaque parole de la discussion parce qu'elle parlait à mon imagination, surtout après l'aventure de Hennie et de ses graines. Quand il a prononcé mon nom, j'étais sidéré.

Et puis j'ai imaginé l'aventure et la gloire qui l'accompagnerait :

– Chouette !

– Tais-toi, me dit Père. Tu plaisantes ! lance-t-il à Hennie.

– Je ne vois pas d'autre solution.

– Comment ça ?

– Il faut que je fasse le plein avant de partir. Et je dois emporter plus ou moins cent cinquante litres d'essence car si rien ne va, si les deux Cessna diesel sont inutilisables, il se peut qu'on soit obligés de rentrer de Hoedspruit avec le même avion.

– Oui, c'est logique, dit Birdie.

– Cent cinquante litres d'essence égalent environ cent vingt kilos. Et il faut prendre au moins cent cinquante litres de gasoil parce qu'on ne peut pas savoir si les avions auront du carburant ou s'il sera propre. Et ensuite, il faut rentrer.

– OK, fait Birdie.

– Encore cent vingt kilos. Et je dois emporter une autre batterie chargée parce que celle du TD sera sûrement à plat. Et moi, je pèse quatre-vingt-quatorze kilos. Il faut aussi compter les outils, quelques armes et des munitions, de quoi boire et manger et deux, trois trucs... Vous voyez, il ne reste de la place que pour quelqu'un de quarante-cinq, cinquante kilos. Au max. Et la seule personne dans cette catégorie de poids qui sache tirer est... Nico Storm.

Silence de mort. Père hoche la tête.

– Non, dit-il fermement.

*

J'ai quatorze ans, en janvier de l'année du Corbeau. Quatorze et demi, comme je le répète à Domingo.

Un ou deux ans plus tard, je n'aurais probablement pas mâché mes mots pour dire à mon père dans un accès de colère adolescente, peut-être devant tout le Comité, exactement ce que je pensais de cette injustice flagrante. J'aurais hurlé que j'étais assez bon, à treize ans, pour tuer deux hommes afin de sauver sa peau, assez bon pour chasser et dépouiller du gibier, pour tremper mes mains dans du sang. À quatorze ans, je suis assez grand pour qu'il me néglige, qu'il sacrifie tout son temps aux habitants d'Amanzi. Assez âgé pour passer une semaine sur deux dans la réserve avec un fusil et un autre adolescent, au cas où la KTM ou quelqu'un d'autre viendrait rafler notre bétail. Mais je ne peux pas accompagner Oom Hennie As ?

À seize ans, dans un mouvement irrépressible de colère, j'aurais protesté qu'il y avait des gamins de quatorze, quinze ans dans notre communauté qui avaient accompagné des expéditions l'année précédente, après le rude hiver quand nous étions au désespoir. Mais ce sont les enfants d'autrui, ou des orphelins – leur vie ne compte pas ?

Et puis il y a le fait que Père ne m'a toujours rien dit à propos de cette meute de chiens que j'avais éliminée tout seul et avec une grande habileté pour sauver notre bétail. C'est une chose qui fermente en moi depuis des mois – pourquoi Père glisse-t-il sur cet événement, pourquoi évite-t-il le sujet ainsi que les compliments que je mérite ?

J'ai besoin d'approbation et j'ai faim de gloire, comme n'importe quel adolescent. Je veux faire partie de la légende d'Amanzi, la légende des Précurseurs, des Pionniers, des Fondateurs, des Héros. Je veux impressionner Lizette Schoeman. Le soir, couché dans mon lit avant de m'endormir, je rêve de Lizette, je la délivre de la KTM et elle me dit : « Nico, mon homme » et elle m'enlace, m'embrasse. Si je pouvais accompagner Hennie As, Lizette saurait que je suis assez grand et assez âgé et courageux pour elle. Je veux qu'on écrive sur moi, qu'on parle de moi, comme on parle du regard méprisant de Domingo quand la KTM voulait le descendre, ou de Birdie et l'hydroélectricité, de Hennie As et son blé. Je sais que ça fait partie de mon destin. Je le sais.

Et mon père m'en prive.

Le poids de la déception et la frustration ne déclenchent pas une explosion adolescente mais font couler les larmes d'un enfant de quatorze ans. Que je dois cacher. Je me lève et sors, traverse le salon de l'Orphelinat, je passe devant Domingo qui me suit des yeux quand je quitte la maison, disparais dans les rues, me fonds dans la nuit.

*

Père sait où je me trouve. Il monte la colline avec une lampe de poche et vient s'asseoir à côté de moi sur un rocher. Nous contemplons le village à droite, le mur du barrage devant, les réverbères comme des perles dans la nuit.

Je sens la tension qui l'habite, le flux de paroles et de sentiments qui s'amassent derrière son silence. J'attends qu'ils débordent.

Il pose la main sur mon dos, empoigne ma chemise comme s'il cherchait à me retenir. Je l'entends pousser un soupir. Père qui a toujours les paroles qu'il faut, qui sait même expliquer leur origine, n'a rien à me dire.

Plus tard, il déplace sa main, la met sur mon épaule. Nous restons ainsi, pendant un quart d'heure, une demi-heure peut-être, jusqu'à ce qu'il dise :
— Je comprends ta déception.
Je ne dis rien.
— Viens, il faut aller se coucher. Demain va être une longue journée.

*

Petit Joe Moroka est désigné pour accompagner Hennie As. Petit Joe, car il est brave et intrépide, ne pèse que soixante et un kilos et sait plus ou moins manier un fusil. Et Joe a vingt-deux ans. Quand Père a dit que j'étais trop jeune à quatorze ans, les autres lui ont demandé quel âge il fallait donc avoir. Et Père a dû défendre une position : à moins qu'il n'y ait une situation d'urgence, il fallait avoir dix-huit ans, au moins.

Domingo prend Petit Joe en main. Il lui donne un des fusils d'assaut R6 que nous avons. Le R6 est modelé sur le R4, mais il est plus petit, plus léger, plus court. Et il est meilleur pour ce qui les attend sur le terrain dans les hangars de Klerksdorp ou de Hoedspruit.

Je suis vert de jalousie. Je n'ai jamais tiré avec un R6.

Domingo n'est pas content de Joe en tant que tireur. Le Comité dit :

– Qu'il s'entraîne davantage.

Hennie As ajoute :

– Vous vous excitez trop sur cette histoire de défense. Je vais d'abord survoler ces endroits pour voir s'il y a des problèmes. En cas de danger, je ne me poserai pas. Je ne suis pas débile.

Domingo fait travailler Petit Joe. Il s'améliore un peu.

Petit Joe n'est jamais monté dans un avion.

Hennie As l'emmène dans le Cessna, très tôt un matin, début février, histoire de l'habituer. Petit Joe ruisselle de sueur, il a des nausées, vomit et supplie Hennie d'atterrir. De retour sur la Terre mère, il tremble comme un roseau, demande pardon et dit qu'il ne pourra vraiment pas faire ça. Il ferait n'importe quoi, vraiment n'importe quoi, mais il ne montera plus dans l'avion.

– C'est la peur des avions, l'aviophobie, dit Nero Dlamini. Je peux le soigner, mais il faudra du temps.

Mais nous n'avons pas le temps car le carburant se détériore chaque semaine un peu plus.

Je ne parle pas à mon père.

*

Birdie est arrivée à Amanzi avec un appareil dentaire, il y a six mois. Elle dit souvent :

– Je sais qu'il faut l'enlever, mais où est-ce qu'on va trouver un orthodontiste ?

Et Domingo répond :

– Je vais te l'enlever, Birdie.

– Toi ? Je ne vais tout de même pas confier mes dents à un ex-motard !

Il a un petit rictus patient. Il n'y a qu'elle qui lui parle sur ce ton, ce qui fait qu'il paraît moins menaçant. Tout le monde sait que Domingo en pince pour elle, qu'il essaie depuis des mois de lui demander de sortir avec lui :

– Est-ce que tu sortiras avec moi, Birdie ?

Et à chaque fois, elle répond :

– Pour quoi faire ? Je te vois tous les jours. Et sortir où ? On ne peut aller nulle part.

Alors, il acquiesce et s'en va.

Un soir, en février, elle observe Domingo qui est en train d'assembler un pistolet. Elle voit la précision de ses gestes, la force de ses mains, et dit :

– OK, demain tu m'enlèves cet appareil de mes dents.

Il lève les yeux.

– Pourquoi maintenant ?

– Parce qu'il aurait fallu le faire il y a longtemps, et je vois que tu sais te servir de tes mains. Mais je te jure, si tu me fais mal, je te coupe ton eau et ton électricité.

– Aïe.

– Voilà où je veux en venir.

– Je vais chercher les pinces.

– Non, Domingo. Demain, quand il fera jour.

– Demain, tu auras de nouveau la pétoche et le trouillomètre à zéro...

*

Le lendemain matin, elle vient le chercher et va s'asseoir, le visage tourné vers le soleil, dans le potager d'été, là où la piscine se trouvait avant. Père et Nero Dlamini, Béryl et Mélinda Swanevelder l'accompagnent, par curiosité et pour la soutenir moralement.

Je suis à l'école. Nero me racontera plus tard : Birdie, assise sur la chaise, petite et vulnérable. Le grand Domingo qui la domine. Si on ne savait pas ce qu'il faisait on aurait pu croire à un cruel supplice. Mais il travaille avec douceur et minutie. Lentement, avec une précaution infinie, sa voix apaisante. Il utilise des cisailles et des pinces et ses doigts puissants. Il lui dit :

– T'inquiète pas, t'inquiète pas. Je ne te ferai jamais de mal.

Il décroche les fils et les crochets en métal, les met dans une tasse vide. Ils y tombent avec un petit cliquetis jusqu'au dernier.

Il prend la tasse et lui montre les morceaux et dit :

– Et voilà. Maintenant tu me dois bien un dîner.

– Je ne te dois rien du tout. Mais si Hennie As et moi rentrons sains et saufs, tu peux m'inviter à dîner et à prendre le petit déj avec toi.

– Où est-ce que tu vas avec Hennie As ?

– On va chercher l'avion diesel.

– Il faudra d'abord me passer sur le corps.

– Alors, prépare-toi à rendre le dernier souffle, Domingo, car j'y vais. J'ai eu une révélation dans la nuit : si j'ai le cran pour te laisser fouiller ma bouche avec des pinces, j'en ai bien assez pour cette expédition. Et nous voilà. Je suis l'adulte de plus de dix-huit ans le plus petit et le plus léger d'Amanzi. Et maintenant, tu vas m'apprendre à tirer.

– Non, Birdie, dit mon père malgré lui. Tu es trop précieuse.

Elle se lève, touche sa mâchoire :

– Ah bon, Willem ? Certains animaux seraient plus égaux que d'autres ?

*

Le vendredi 12 février de l'année du Corbeau, Domingo passe me prendre à l'école à dix heures du matin.

– Il faut que tu viennes t'entraîner au R6.

– Pourquoi ?

– Tu vas accompagner Hennie As dans la Grande Expédition Diesel.

37

La boîte de vitesses Thielert : IV

Nous quittons l'école, Domingo et moi.
– Mais qu'est-ce qui est arrivé ? Mon père est au courant ? Quand est-ce qu'on part ? Est-ce qu'on va… ?
– Pas maintenant.

Froid et sec, ses yeux cachés derrière les lunettes noires.

Je ne comprends pas, je me tais. Nous montons dans sa Jeep. Il met la main sur la clé, ne la tourne pas.
– Mon père était un type brutal.

J'attends une explication. Il regarde au loin, et puis il fait démarrer la Jeep et nous partons vers la carrière. J'ai encore tant de questions. Terriblement excité et là, brusquement, un peu inquiet.

Nous ne parlons pas jusqu'à ce qu'il s'arrête à la carrière. Il ne descend pas.
– Ton père est un brave homme. Ça a dû être une décision très difficile pour lui. Tu es encore un enfant.
– Mais j'ai…
– Tais-toi. Tu es un enfant. J'imagine que tu as hâte d'être une personne importante. On est tous passés par là. Mais ton père sait, comme je le sais moi… être un enfant, cette innocence… Une fois qu'on l'a lâché, ce génie, impossible de le remettre dans la lampe. C'est ce

que ton père essaie de faire. Le garder dans la lampe aussi longtemps que possible...

Je veux lui dire qu'il est déjà trop tard, je veux lui raconter la nuit où j'ai tué les deux hommes.

— Domingo, j'ai déjà tué...

— Ta gueule. On s'en fout du nombre de chiens que tu as déjà butés. Tu es un enfant et ton père te protège. Mais maintenant le Comité et la communauté ont sorti leur atout et ton père avait une mauvaise main, rien à faire. Je le plains. Et toi tu ne vas pas retourner le couteau dans la plaie. En fait, tu vas être très, très humble, et si je te vois exulter, je te tabasse. *Capisce ?*

— Oui, Domingo.

Il ne m'a jamais parlé autant en une fois. Je me sens en même temps intimidé et flatté. Et excité. Parce qu'il va sûrement se passer des choses passionnantes.

— Et ce matin, ton père a parlé avec Hennie As pendant deux heures et celui-ci l'a assuré qu'il ne se poserait pas s'il y a le moindre danger. Donc, ton rôle est très clair : tu n'es que le gars qui passe le tournevis. Vu ?

— Oui, Domingo.

Il me fixe des yeux, longtemps. Sa voix se fait plus douce.

— Bon, tu prends le R4 DM avec toi dans le zinc. Et sur le siège arrière, il y a le R6. Pourquoi tu prends aussi le R6 ? Parce qu'à l'intérieur de hangars et de bâtiments, le R6 est l'arme qu'il te faut.

Je ne lui demande pas pourquoi on s'entraîne avec ces armes si je ne suis que le gars qui passe le tournevis. Je l'écoute attentivement, fais exactement ce qu'il dit.

*

À trois heures, Hennie As vient me chercher pour s'assurer que je ne souffre pas d'aviophobie et que je n'ai pas le mal de l'air.

Hennie me parle tout le temps, il m'explique à quoi sert chaque instrument, chaque manette. Je crois qu'il essaie de détourner mon attention. Il tient autant que moi à ce que je me tire bien de l'épreuve. Je n'entends rien. Je veux qu'il décolle pour pouvoir faire mes preuves.

Quand la Terre s'éloigne et que mon estomac se retourne, j'ai terriblement peur de vomir pendant un instant. Et puis je suis bouleversé par tant de beauté : le barrage devant nous, le paysage étendu.

– Waouh !

Hennie As sourit.

Il va chercher une zone de turbulence, la trouve. Mon estomac gigote. Il me guette.

– Pas mal, dit-il. C'est sûr que tu vas t'en sortir.

*

En fin d'après-midi, je vais chercher mon père sur le champ d'irrigation, à six kilomètres en aval, où il aide à la récolte de betteraves. Il me voit approcher. Il se lève, les mains posées sur ses reins parce que le travail est dur, et il s'essuie le front. Je sais qu'il essaie de cacher ses sentiments.

– Tu vas être fier de moi, papa.

J'ai longuement médité sur ce qu'il fallait dire, sur ce que Domingo a voulu dire par « humble ».

– Je sais, mais j'espère que ce ne sera pas nécessaire, et il avance pour me serrer dans ses bras, mais je ne veux pas car Lizette Schoeman se trouve juste deux rangées de betteraves plus loin.

Père devine que j'essaie d'esquiver son étreinte et pendant un instant il y a comme une tristesse dans ses yeux, puis il semble comprendre. Il m'ébouriffe les cheveux d'une main couverte de terre.

– Tu écouteras bien Domingo et Oom Hennie, n'est-ce pas ?

– Oui, papa.

Silence et embarras. Père se penche, arrache une betterave.

– On me dit que ça s'est bien passé, ton tour dans l'avion ?

Il porte un talkie à la ceinture.

– C'est trop cool, papa.

Il sourit. Arrache une betterave.

– Tu en as déjà parlé à Lizette ?

– De quoi ?

Toujours le sourire.

– Vas-y. Dis-lui que c'est toi qui accompagnes Hennie.

Ça me gêne que Père ait compris, qu'il me connaisse aussi bien.

– Je n'ai pas envie de lui dire.

Mais ce n'est pas vrai.

– Bon, dit Père, j'ai à faire.

J'hésite et rougis, retourne au quad, m'arrête, cherche Père des yeux. Il est absorbé par ses betteraves. Je m'approche de Lizette. À mi-chemin, mon courage m'abandonne.

*

Le matin, à la carrière.

– Les hommes sont des êtres fragiles dans un environnement hostile, dit Domingo. Une citation de mon philosophe préféré.

– Qui est-ce ?

– Nathan Trantraal[1].

– Mon père ne m'en a pas encore parlé.

– T'inquiète. Mais rappelle-toi ses paroles parce que c'est le fondement de la survie. Et on va y revenir, encore et encore. À l'exception d'un gilet pare-balles, il n'y a

1. Poète *coloured* de langue afrikaans.

pas grand-chose à faire pour compenser ta fragilité. Le sens du combat et la survie se trouvent dans ta capacité à rendre ton contexte moins hostile. Tu piges ?

– Oui.

– OK.

Domingo me donne un couteau. Environ trente centimètres et très tranchant. Manche noir, lame en acier noir.

– Les couteaux à cran d'arrêt sont bons pour les m'as-tu-vu et la fête foraine. Dans une vraie bagarre, il n'y a pas assez de temps pour frimer ou pour manipuler des ressorts. C'est pour ça que je te donne ce couteau de combat. Tu le portes à la ceinture.

– OK.

Il est sur le point de dire quelque chose, change d'avis, s'arrête.

– Tu es trop jeune pour les choses que je dois t'apprendre.

– OK.

– Pourquoi dis-tu OK ?

– Je ne sais pas.

Il retire ses lunettes. Ses yeux couleur acier sont très sérieux.

– Il s'agit d'un entraînement au combat. Tu dis OK quand je t'y autorise. Tu es trop jeune pour apprendre ces trucs, mais c'est un autre monde et il faut faire avec. Ça me rassure de voir que tu es prudent. Et que tu es courageux. Au fond de ton cœur, tu es un prédateur, un guerrier, mais tu ne le sais peut-être pas encore. Non, tu ne vas pas me dire OK. Tu écoutes. Voilà la première règle, la plus importante, pour tout guerrier débutant : *Le mec en face de moi veut me tuer*. Ça, il faut bien le comprendre. Dans le premier combat, la première bataille, il y a toujours un moment où on a peur devant ce qu'il faut faire. C'est un grand pas à franchir, celui de tuer un autre humain. Même quand le cœur y est. Même quand tu agis pour te défendre.

Un très grand pas. Donc, tu vas paniquer et tu vas hésiter. Et celui qui hésite est perdu d'avance. Quand tu hésites, tu ne rends pas ton environnement moins hostile, bien au contraire. Souviens-toi : *Le mec en face de moi veut me tuer. Si j'hésite, je suis mort.* Pour me faire savoir que tu comprends, tu peux dire OK maintenant.

– OK.

– Bon. Tu as déjà un peu d'expérience avec les armes. Un fusil, c'est plus facile. Il y a de la distance entre toi et l'adversaire. Tu peux prendre peur et hésiter, mais tu peux tirer parce que ce n'est pas très intime, et cette distance te donne un peu de temps. Mais un combat au couteau est extrêmement intime. Et sale et désordonné, intense et chaotique. Tu as déjà vu des combats au couteau dans des films ?

– Oui.

– Bon, laisse-moi te dire que ces types qui font des films n'ont jamais participé à un vrai combat au couteau. À vrai dire, ils n'ont jamais participé à un vrai combat, point. Tu sais comment, dans les films, les mecs tournent en rond, couteau à la main. Et le héros dit un truc cool et le méchant lui répond pareil, puis il y a un mouvement confus et on entend le couteau qui fend l'air et le héros saute en arrière, il n'a que la chemise un peu tailladée pour mettre en évidence ses tablettes de chocolat, un peu de sang, ce genre de truc. C'est de la foutaise. Pour indiquer que tu me suis, tu peux dire OK maintenant.

– OK.

– L'autre veut me tuer. Si j'hésite, je suis mort. Dis-le.

– OK.

– Non, dis : L'autre veut me tuer. Si j'hésite, je suis mort.

– L'autre veut me tuer. Si j'hésite, je suis mort.

– Quand tu sors le couteau, tu ne veux pas danser, tu veux buter quelqu'un. Dis-le.
Je répète.
– Plus fort. Comme si c'était pour de vrai.

*

Le soir avant notre départ, Lizette Schoeman vient me voir.
– Je pense que tu es très courageux, Nico Storm.
Et elle m'embrasse.
C'est pourquoi je n'arrive pas à dormir cette nuit.
Père m'a écrit un mot :

Mon cher fils
Le mot « responsabilité » est intéressant. Nous pouvons longuement discuter de l'origine (du verbe latin respondere, *ce qui veut dire « répondre », donc, « répondre de ses actes »), mais je ne veux pas compliquer les choses.*
Au fond, « responsabilité » veut dire que nous devons répondre aux questions que nous posent ceux qui nous sont chers, nos proches ou notre communauté. (En fait, notre communauté, nos proches, ceux qui nous sont chers devraient être synonymes.)
Notre communauté et toi aussi m'avez posé des questions cette semaine et il est de ma responsabilité d'accepter que tu accompagnes Oom Hennie. Maintenant, c'est à moi de t'imposer une responsabilité en te disant : Reviens-nous sain et sauf.
Je t'aime très fort et suis très fier de toi.
Papa

Ce mot est là, à côté de moi, pendant que je rédige ces Mémoires.

*

L'histoire de Hennie As et des graines de blé a beaucoup impressionné la communauté. Comme si son aventure et l'arrivée des semences signifiaient que nous étions destinés à réussir. Cette symbolique ajoutée à la recherche de l'élu qui accompagnerait Hennie dans la Grande Expédition Diesel confère à notre mission une dimension épique. C'est pourquoi une foule se presse au terrain d'aviation de Petrusville, juste avant l'aube, le samedi 20 février de l'année du Corbeau. Ils sont venus dans toutes les voitures d'Amanzi qui fonctionnent encore.

Hennie As est très mal à l'aise. Il regarde la foule en fronçant les sourcils.

– Je ne sais vraiment pas pourquoi ils en font une telle histoire, dit-il à Père. On va simplement faire un petit tour en avion.

Quand nous décollons, ils font de grands gestes, nous acclament et applaudissent. Mine de rien, je vois qu'Oom Hennie apprécie ces attentions, tout comme moi. Mais de ses yeux, il cherche Mélinda Swanevelder. Et moi, Lizette Schoeman.

38

La boîte de vitesses Thielert : V

Le lever du soleil dans l'air, à l'altitude de dix mille pieds, est tellement beau que je laisse échapper une exclamation de surprise.
Hennie As sort des lunettes noires de sa poche de chemise et les met. Il prend une deuxième paire de l'autre poche et me la donne.
– La lumière peut être intense au-delà des nuages.
Je mets les lunettes. Elles sont trop larges pour mon visage, n'arrêtent pas de glisser sur mon nez, mais à ce moment-là, j'aurais bien voulu avoir un miroir pour voir à quoi je ressemblais. C'est encore plus magique que le lever du soleil.
Oom Hennie parle beaucoup. Il m'explique le fonctionnement d'un avion, me laisse tenir le manche à balai, raconte des histoires d'autres avions qu'il a pilotés, et de ceux qu'il aurait voulu piloter.
Il me montre Hoopstad, le seul village dont nous nous approchons, et la rivière Vaal. Le reste n'est qu'un paysage monotone et interminable tout en bas. Et deux heures à peine après le décollage, nous commençons la descente vers Klerksdorp. Il m'indique les terrils autour des mines d'or qui sont comme des plaies ouvertes sur la terre.
– C'est tout ce qu'ils ont retiré du sol. Ça restera comme ça pendant très longtemps encore.

Nous survolons l'aérodrome, très bas.

– S'il y a des gens, ils sortiront pour voir. C'est ce qu'ils font toujours.

On ne voit aucun signe de vie.

Il continue à tourner.

– J'ai promis à ton père de faire très attention.

Il y a deux avions dehors sur un carré d'asphalte. L'un est un bimoteur.

– Heureusement, notre TD n'y est pas. Quand ils restent dehors aussi longtemps… Le grand problème est l'eau de pluie dans les réservoirs de carburant…

Il y a plusieurs hangars métalliques. J'en dénombre au moins seize, certains grands et en longueur, d'autres petits et carrés.

– Notre TD peut se trouver dans n'importe lequel de ces hangars.

Hennie As tourne et atterrit. Et puis il fait rouler le Cessna le long du chemin étroit qui passe devant les hangars. Il cherche quelque chose.

– Le voilà, dit-il.

Sur le côté, je lis *Western Transvaal Flying School*.

Il manœuvre le Cessna pour pointer le nez vers la piste, et s'arrête, sans couper le moteur.

– Tu ne vois personne ?

J'ai le R6 dans les mains. J'aurais voulu qu'il y ait quelqu'un pour me voir avec ce fusil et les lunettes. Dans mon imagination, je ressemble à Domingo. Mais il n'y a personne. J'entends la voix de Domingo dans mes oreilles : « Les hommes sont des êtres fragiles dans un environnement hostile. La vigilance rend l'environnement moins hostile. Fais travailler tes yeux et ton bon sens. »

Je regarde. Je me demande, comme Domingo m'a appris à le faire, où je me serais caché pour tendre un piège.

Je ne vois rien.

– Non, Oom.

– OK. Descendons.

*

En écrivant ceci, je voudrais me souvenir exactement de ce que c'était que d'avoir quatorze ans et demi.

Je n'y arrive pas. Je suis aveuglé par la connaissance de qui je suis, de l'homme que je suis devenu.

Il me semble que j'avais déjà en moi les signes précurseurs de l'insatisfaction, l'inquiétude, le vague sentiment de ne pas être tout à fait comme Hennie As. Ni comme Nero ou le pasteur ou Jacob. Ni comme Père. Que j'étais différent, plutôt comme Domingo – ou que j'avais déjà le potentiel de devenir comme lui.

Il se peut que ce soit vrai. Que tout cela somnolait en moi.

Ou pas. Ces quelques jours furent peut-être un tournant, la croisée des chemins pour moi. J'avais probablement aussi en moi le potentiel pour devenir comme mon père. Peut-être les événements de la Grande Expédition Diesel ont-ils déterminé mon destin et ma nature.

Oom Hennie descend du 172 et allume tout de suite une cigarette. Il inhale la fumée avec un sourire de contentement. J'ai le R6, je fais ce que Domingo m'a dit de faire. Je regarde partout, tous les endroits, les signes auxquels il m'a dit de prêter attention. Mais je ne vois aucune menace. Il n'y a que nous deux.

Je me souviens : je voulais qu'il se passe quelque chose ; je me rappelle que j'ai été content et soulagé quand Hennie As a ouvert la porte du hangar et s'est exclamé, déçu :

– Mince alors !

Parce que je voulais que cette aventure dure plus longtemps, qu'il y ait un drame, des possibilités d'actions héroïques.

– Qu'est-ce qu'il y a ?
– Ils... On ne va pas décoller dans ce zinc aujourd'hui...

Il disparaît dans les ombres du hangar sans fenêtres. Je parcours encore une fois l'horizon, les autres bâtiments, et le suis. À l'intérieur, trois avions. Celui du milieu ressemble beaucoup au nôtre, mais son moteur est sorti et pend à une grosse chaîne attachée au plafond.

– C'est le TD, dit Oom Hennie. Il faut qu'on aille à Hoedspruit.

Je suis content. Excité et content comme un enfant de quatorze ans.

*

Nous survolons Johannesburg et Pretoria. À dix mille pieds, il n'y a pas grand-chose à voir.

Un moment d'excitation : quatre gros camions qui se suivent sur une route à quatre voies, un convoi.

– C'est la N4 qui relie l'ouest du pays à Maputo, au Mozambique. Je me demande où ils vont comme ça. Et ce qu'ils transportent.

Pendant un moment, je suis stupéfait ; pour la première fois, je me rends compte qu'il y a d'autres gens, d'autres communautés qui redémarrent, qui avancent avec peine, qui reconstruisent et vivent d'espoir.

À onze heures du matin, Hennie pointe le doigt vers le nord. Des taches, un millier de petites taches dans le ciel. Nous nous approchons. Ce sont des oiseaux. Nous survolons le vol qui plane et dessine des cercles et plonge. Oom Hennie me passe les jumelles.

– Ce sont des corbeaux, lui dis-je.

– C'est bizarre… D'habitude, ils ne se comportent pas comme ça.

Mon père aurait su. Ou il aurait eu une théorie.

Nous commençons la descente pour Hoedspruit.

*

Hennie As trouve le Cessna 172TD dans un hangar pour un seul avion après avoir cassé le cadenas avec une pince. Il se retourne vers moi qui suis resté à côté du vieux Cessna à essence et m'appelle :

– Viens voir, Nico, ce zinc est tout neuf.

Il a son pistolet à la ceinture. Domingo m'a confié : « Hennie n'est pas un mauvais tireur. »

J'hésite à aller voir, à relâcher ma vigilance parce que c'est un terrain inconnu. Je ruisselle de sueur, il fait très chaud, étouffant. La piste d'atterrissage est dans le village. Il y a des maisons et une construction qui ressemble à un centre commercial à côté du terrain d'aviation. À l'approche, nous sommes passés au-dessus d'une station-service. Quelqu'un pourrait être planqué n'importe où. Et j'ai un pressentiment, une appréhension, quelque chose qui me dit que c'est un environnement très « hostile ».

Hennie As revient au trot, cigarette entre les doigts, pour couper le moteur du vieux Cessna.

– Viens voir, Nico.

Mais dans le silence qui tombe, j'entends un sourd tapis de sons, des insectes, comme ce lointain après-midi à Koffiefontein avant l'attaque des chiens, menaçant, troublant. Hennie As ouvre grandes les portes coulissantes du hangar, j'aperçois le Cessna. J'enlève le cran de sûreté du R6 et veux dire : « Je crois qu'il y a quelque chose. » J'en ai l'intuition, mais je ne vois rien. Nous avons survolé quatre fois le village. Il a pointé le doigt vers l'est :

– Là-bas, il y a la base aérienne, à dix kilomètres seulement.

Nous avons tous les deux cherché des signes de vie avant d'entamer la descente. Le Cessna 172TD était dans le septième hangar qu'il a ouvert.

Je retire mes lunettes noires, m'éponge le front, les remets et scrute à nouveau les buissons d'un côté, les maisons de l'autre.

Quelqu'un nous observe. Je le sens. Je cherche des yeux, me retourne.
– Qu'est-ce que tu as, Nico ?
– Rien, Oom.
Et j'entre dans le hangar. Et voilà le Cessna, tout blanc avec des rayures grises et noires sur les côtés, très chic.
– Il a à peine volé, ce petit.
Il a déjà ouvert les portières, monte dedans, regarde, fouille, remarque :
– Oui, il va falloir mettre la nouvelle batterie.

*

Nous suivons un petit sentier dans de longues herbes vertes. Avant, ça a dû être une pelouse. Je l'aide à porter des choses – les outils, la batterie, les bidons de diesel. Je pose le R4 à l'intérieur contre le mur. Entre-temps, j'ai fait le tour du hangar avec le R6, cherché des yeux, je ne peux pas me défaire de l'impression qu'on nous espionne.

Oom Hennie se place devant l'avion à côté de l'hélice qu'il tire, pousse et fait bouger :
– Non, c'est bon. Le moteur n'est pas grippé. C'est comme sur des roulettes !

Avec une pompe manuelle, il transfère le diesel dans les réservoirs d'aile.

– Je pense qu'on doit retourner à Klerksdorp pour chercher ce moteur...
– D'accord.
– Pour la boîte de vitesses Thielert.
– Oom ?
– Laisse-moi t'expliquer, Nico. Quand ils ont commencé à bâtir ces bimoteurs, ils se sont rendu compte que si l'hélice tournait trop vite, leur vitesse de pointe dépassait celle du son et du coup l'hélice fonctionnait moins bien.

– Pourquoi ?
– Si je me rappelle bien, c'est que la traînée était alors trop importante. Quelque chose dans ce genre. Enfin, la vitesse idéale est d'environ deux mille sept cents tours par minute. Mais une rotation basse demande une forte puissance. Les avions de l'époque avaient donc de gros moteurs. Quand ils ont fabriqué les premiers Cessna dans les années 1950, l'essence n'était pas chère et ce n'était pas un problème d'avoir deux moteurs. Alors, ils ont confectionné un moteur de cinq litres vingt-quatre qui était capable de produire une puissance de cent soixante chevaux. Mais plus tard, quand le prix de l'essence est monté, ils ont dû reconsidérer la question. Chose intéressante, quand on fait tourner un moteur diesel à cinq mille tours, il produit la même puissance que ce gros moteur mais en consommant beaucoup moins de carburant. Le grand problème : Comment faire en sorte qu'un moteur qui fonctionne à cinq mille tours par minute fasse tourner une hélice à deux mille sept cents tours seulement ? Nico ?
– Je ne sais pas, Oom.
– On invente une boîte de vitesses qui fait descendre les tours. Et c'est ce qu'a fait une entreprise allemande. Thielert. Ils ont fabriqué une boîte de vitesses pour un moteur diesel. Il y en a une dans cet avion.
– OK... Mais pourquoi faut-il retourner à Klerksdorp ?
– Rapproche un peu ce bidon...

Je m'exécute. Hennie As y place le tuyau et se remet à pomper.

– Le problème avec la boîte de vitesses Thielert était qu'il fallait la faire contrôler toutes les cent cinquante heures. En Allemagne. Thielert ne demandait rien pour la vérification, mais ça te coûtait néanmoins les frais d'envoi et le temps nécessaire pour le transport aller et retour. Et puis Thielert a fait faillite et d'un coup il fallait compter huit mille dollars pour faire faire la vérification ailleurs.

C'est pourquoi il n'y avait plus que les gens très riches qui pouvaient se permettre de faire voler leur 172TD. J'imagine que c'est pour ça que celui-ci a si peu servi. Nous retournons à Klerksdorp chercher la boîte de vitesses de l'autre TD. Comme ça, on en aura deux. Ainsi, nous en aurons une dans l'avion pendant que je démonterai l'autre pour la vérification. Afin que le Cessna soit toujours prêt.

– Je vois.

– Ça ne nous prendra même pas une demi-heure de plus. Mais regarde un peu le ciel...

Il fait un geste. Je regarde par la porte ouverte, vers le ciel, mais c'est un mouvement en bas qui attire mon attention.

J'ai le souffle coupé par la peur. Une ombre a bougé sur les longues herbes devant nous. Je serre le R6, le doigt sur la détente.

– Qu'est-ce qu'il y a ? demande Hennie As tout bas.

Je veux le faire taire.

Quelqu'un se lève d'un bond dans l'herbe, fonce droit sur nous.

39

LA BOÎTE DE VITESSES THIELERT : VI

C'est un enfant, un petit garçon, aux cheveux longs couleur de sable, son petit corps tout brun et tout nu. Il est sale, son visage, ses pieds et ses mains sont crasseux. Et il se précipite sur moi.

Je pense au piège dont Béryl Fortuin nous a parlé. Les hommes qui s'étaient servis d'enfants comme appât pour qu'elle s'arrête. J'entends les conseils de Domingo : « Transforme-toi en cible réduite. » Je m'agenouille, le R6 contre l'épaule et je balaie l'horizon derrière l'enfant avec le canon.

– Attention !

Le petit entre en courant, sans faire attention au fusil. Peur et espoir se mêlent sur son visage, il se jette contre moi, noue ses bras autour de mon cou, me serre très fort.

Il n'y a personne derrière lui.

– Bonjour.

– Bonjour ! répond-il.

Et il rit de soulagement et de joie. Je suis surpris par la blancheur de ses petites dents, et il répète :

– Bonjour, bonjour !

Il sent la fumée de charbon, les bananes et la merde.

*

Je lui demande comment il s'appelle.
- Okkie.
- Et ton nom de famille ?
- Chais pas, répond-il en haussant les épaules.
Il dit bonjour à Oom Hennie, mais s'accroche à moi. Je lui demande son âge.
Il montre cinq doigts, en replie un. Quatre. Peut-être. Il n'a pas l'air très sûr.
- Viens. Ouma, et il me tire par la main.
- Attends, attends…
- Viens.
- Est-ce qu'il y a d'autres gens ?
- Viens. Ouma.
Hennie As est devant le hangar et scrute l'horizon avec moi. Il hoche la tête.
- Je ne vois personne.
Je suis hésitant, inquiet.
Okkie me tend les bras pour que je le prenne. Je le regarde. Il est trop petit pour exécuter les ordres de quelqu'un d'autre, bien trop petit.
Je dois déplacer le R6 pour le prendre dans mes bras.
- Elle est où, Ouma ?
- Là-bas, dit-il, et il pointe avec son petit doigt dégoûtant.
Nous devons nous diriger vers l'ouest, vers la haute clôture. Il y a des maisons de l'autre côté. Je le porte sur le bras gauche, le R6 dans la main droite. Je m'arrête, écoute, promène mon regard alentour.
- Viens, dit-il, impatient.
Rien que le bourdonnement d'insectes. J'avance.
- Je continue ici, me fait savoir Hennie As.
Nous passons par un trou dans la clôture et traversons la rue. À gauche, il y a la station-service, à droite, les maisons. Il indique la maison au coin.
À cinq pas de la porte, je sens déjà la mort.
- Ouma, dit-il. Ouma dort.

Sous la véranda, on voit des traces d'activité – un demi-baril qui sert de barbecue avec des poêles et des marmites et une bouilloire, des ustensiles. Des boîtes de conserve vides, une bouteille d'eau, des peaux de banane.

Je pousse la porte. L'odeur est nauséabonde. Des moucherons et des mouches à viande vrombissent. Une vieille dame aux cheveux gris est allongée dans le salon. Elle avait préparé à manger. Il y a des assiettes, un verre et une tasse sur la table basse devant le canapé sur lequel elle s'est effondrée.

– Ouma fait dodo, répète-t-il.

*

À côté de la station-service Total, il y a une supérette. Okkie la connaît, il montre du doigt un des rayons.

– Bonbons, dit-il. Y en a plus.

Il semble résigné.

Il ne reste plus d'eau en bouteille et très peu de denrées, mais il y a beaucoup de savon et du shampooing, des tubes de dentifrice et des gants de toilette. J'en prends et nous retournons au hangar. Tout à l'heure j'ai vu de l'eau de pluie dans un bidon en plastique.

– Où est Ouma ? demande Oom Hennie quand il nous voit.

– Ouma dort pour toujours, dit Okkie, répétant mes paroles de consolation.

Je lui ai patiemment expliqué sous la véranda de sa grand-mère. Il a fait oui de la tête, mais je n'étais pas sûr qu'il comprenait. Maintenant, il en parle avec une sorte de sagesse séculaire.

– Viens, lui dis-je. On va te laver.

– Oui. Bien se frotter les fesses.

Je souris, me demande si c'est sa grand-mère décédée qui lui a appris ça.

– Oui, Okkie. Bien se frotter les fesses.

Je le lave. Quand nous avons terminé, l'eau est marron foncé.

*

Hennie As démarre le nouveau Cessna TD et le moteur diesel marche bien. Okkie a une peur bleue à cause du bruit.
– Ce n'est que l'avion.
Je dois hurler pour me faire entendre.
Les yeux agrandis par la terreur, il vient se pelotonner contre moi et se met à pleurer. Il a ses bras autour de mon cou et ses cheveux sentent le shampooing.
– Ce n'est qu'un avion, n'aie pas peur. On va voler très haut dans le ciel.
Il écarte sa frimousse de mon cou et regarde l'avion d'un air dubitatif.
– Avion, répète-t-il.
– C'est ça. Nous allons à Amanzi.
Hennie éteint le moteur. Il nous montre les nuages dehors.
– Ce ciel… il vaut mieux ne pas chercher les ennuis. Je crois que nous devrions passer la nuit ici, Nico. Ainsi, nous partirons tôt demain matin et nous aurons largement le temps de faire un saut à Klerksdorp pour prendre ce moteur.
– C'est bon, Oom Hennie. Père savait qu'il y avait des chances qu'on passe une nuit quelque part. On en a parlé. Nous avons de la place pour Okkie, n'est-ce pas ?
Oom Hennie rit.
– Oui, il pèse moins que cette batterie qu'on a apportée.

*

J'explique à Okkie que je vais chercher des matelas et qu'il faut qu'il reste avec Oom Hennie.
Il me suit.

– Tu as une nouvelle petite ombre, remarque Hennie As.

Nous mangeons avant qu'il fasse noir. Nous poussons les grandes portes du hangar pour éloigner les insectes de nos bougies. Il y a deux petites fenêtres au fond où les papillons de nuit se rassemblent par milliers.

Quand il fait nuit, on entend un bruit profond et inquiétant.

– Le voilà, dit Okkie. Notre grand.

– C'est un lion, affirme Oom Hennie. Le parc Kruger n'est pas loin.

– Lion, dit Okkie. Notre grand lion.

*

Je dors mal. La nuit est caniculaire et lourde et Okkie insiste pour se blottir contre moi. Quand je m'écarte, il se recolle.

J'ai dû m'endormir parce que je me réveille en sursaut, entends des bruits dehors et me rends compte qu'Okkie n'est plus là. Je saisis le R6, aperçois à travers les fenêtres du fond une chose qui bouge au ralenti, quelque chose d'énorme.

Okkie est à la fenêtre. Il regarde dehors. Je le rejoins rapidement, passe mon bras autour de ses épaules. Il me jette un coup d'œil complice, pose un doigt sur sa bouche et dit tout bas :

– Chut. Les petits éléphants.

Les formes inquiétantes acquièrent un nom.

J'entends le grondement d'un ventre massif, étonnamment profond et sonore, juste à côté de la cloison en métal peu épais. Et puis l'éléphant lâche un vent, comique, un roulement infini.

– Pardon, dit Okkie, une main timide devant sa bouche, et il pouffe.

J'essaie de maîtriser mon rire, si fort que j'en pleure.

À côté de nous, Oom Hennie dort du sommeil du juste.
– Il a pété, souffle Okkie.
Comme si c'était une honte colossale.

*

Nous décollons, au-dessus du terrain de golf. Okkie est sur mes genoux.
– Regarde, Nico, dit-il. Regarde !
Il indique le troupeau d'éléphants qui broutent, paisibles.
– Ils doivent avoir piétiné les clôtures depuis longtemps, remarque Hennie. En fait, je me demande si le lion qu'on a entendu hier soir était tout près, et s'il était en liberté.
Okkie imite le pet nocturne de l'éléphant avec une précision surprenante. Nous éclatons de rire tous les deux.
Le nouvel avion est dans un excellent état, à l'extérieur comme à l'intérieur, moins bruyant que notre ancien Cessna, plus beau, plus confortable.
– Super ! Il vole comme un rêve ! s'exclame Hennie.
Maintenant, je ne voudrais plus qu'il nous arrive une aventure dramatique. Je veux rentrer chez nous, pour présenter Okkie à Amanzi. Et l'inverse.

*

– Faut se grouiller. Je n'aime pas ce temps, dit Oom Hennie As, et il vole très bas au-dessus des bâtiments de l'aérodrome de Klerksdorp. Tu vois quelque chose ?
Il est difficile de bien voir avec Okkie sur les genoux.
– Non, Oom Hennie, il n'y a personne.
Il atterrit et roule jusqu'au hangar de l'école d'aviation du Transvaal de l'Ouest, fait demi-tour et coupe le moteur. Nous descendons, il va tout de suite voir le moteur que nous voulons emporter. Il crie :

– C'est bon. Personne n'est passé par ici.

J'entre avec Okkie, le R6 contre l'épaule. Le couteau à la ceinture. Oom Hennie a glissé son pistolet dans la sienne. Les mains sur les hanches, il fixe la poulie et la chaîne à laquelle le moteur est attaché.

– Je vais le faire descendre sur cette bâche. Il sera trop lourd à porter. On va le tirer peu à peu jusqu'à l'avion. Et puis il faudra voir ce qu'on fait pour le monter.

Okkie sursaute de peur au bruit que fait la chaîne quand Hennie descend le moteur et il vient se blottir dans mes bras. Je ris, le pose par terre et dis :

– Attends un peu.

Hennie détache la chaîne. Il prend deux coins de la bâche et moi, les autres.

– À trois, dit-il. Un, deux, trois.

Nous tirons de toutes nos forces, et avançons d'un mètre à peine. Le R6 me tombe de l'épaule. Je lâche la bâche, ramasse le fusil et le pose sur l'aile de l'avion pour qu'Okkie ne puisse l'atteindre.

Oom Hennie dit :

– Oui, bonne idée, et il sort le pistolet de sa ceinture et le pose à côté du fusil.

Nous nous y remettons.

– Un, deux, trois.

On tire le moteur. Il est archi-lourd. Hennie As est beaucoup plus fort que moi.

– Un, deux, trois.

Et on le bouge. J'ai mal aux doigts et aux mains.

– Un, deux, trois.

Finalement, on est devant la porte. Une petite pause. On le tire dehors, vers l'avion. Et enfin, juste à côté. Une pause de cinq minutes.

Okkie est dans le hangar. Il joue avec quelque chose qu'il a ramassé.

Nous soulevons le moteur pour le placer dans le Cessna. En face de moi, Oom Hennie a le cou et les yeux qui enflent, son visage est rendu rouge par l'effort, il grogne, il y a un moment où je suis prêt à abandonner, et puis on y est et Hennie le pousse un peu plus :

– Bravo, Nico ! Tope là !

Et il veut me taper dans la main, mais c'est raté. Nous rions tous les deux.

– Viens, Okkie, on y va, dis-je, et Hennie et moi retournons au hangar et entrons.

Okkie est assis derrière la porte. Il a un petit pot devant lui avec des vis et des boulons luisants.

Hennie regarde autour de lui.

– Et avec ça ? Qu'est-ce qu'on emporte ?

Je me penche pour prendre Okkie dans mes bras. J'entends des pas, me relève. Dehors. Quelqu'un. Mes réactions sont trop lentes. Je suis surpris, terrorisé. Je lâche Okkie, me retourne vivement vers le fusil. Un homme sur le seuil, pistolet à la main, un autre derrière lui. Le premier fixe Oom Hennie des yeux, et puis moi. Il lève le pistolet et tire sur Hennie As. Dans les yeux des deux hommes il y a une expression à la fois sauvage et résolue, déterminée et furieuse. Et ils ricanent, comme si notre peur et notre frayeur les remplissaient de joie.

40

La boîte de vitesses Thielert : VII

Nous nous rappelons le mieux les moments de peur, de perte et d'humiliation. Nous nous rappelons le détail des mouvements, des expressions, des sentiments, des odeurs, des sons, des couleurs. La couleur du sang, le goût, la texture.

La balle frappe l'avion, elle a raté Oom Hennie. L'homme était trop pressé, il n'a rien fait de ce que Domingo m'avait appris. Je le regarde et je sais, à ce moment-là, que nous avons encore une chance.

Le R6 est devant moi, je leur tourne le dos pour saisir l'arme automatique. Mes mains trouvent d'elles-mêmes les gestes, les entraînements à répétition dans la carrière me reviennent, je pivote, braque, tire.

L'adrénaline bat dans mes veines, je me retourne trop vite. J'atteins celui au pistolet, mais seulement à la hanche, les autres tirs ne sont pas maîtrisés, partent dans le plafond.

Je vois le deuxième homme se pencher, il aperçoit Okkie derrière la porte et le poignarde avec une sorte d'épée, longue et mince, ou une dague peut-être, une arme faite maison en tout cas, avec des chiffons sales enroulés autour du manche. Okkie, assis à côté de la porte, son petit visage effrayé, interdit. Cet homme voit un enfant, l'être vivant le plus proche de lui, et il le poignarde.

Pourquoi s'en prendre à l'enfant ? Quatre ans. Pourquoi vouloir tuer l'enfant ?

Quelque chose se brise en moi. Comme un espoir encore vivant. Et la colère me prend. Et une fureur meurtrière.

L'homme au pistolet chancelle sous le choc de la balle, il hurle, braque de nouveau le pistolet sur moi, frénétique.

La rage et l'horreur du petit corps poignardé me paralysent. Pistolet appuie sur la détente. Un choc métallique, son arme s'est enrayée. Il s'en rend compte, réagit, fonce sur moi. Ses yeux sont différents maintenant. Toujours sauvages, mais effrayés en même temps.

L'autre veut me tuer. Si j'hésite, je suis mort.

Je me ressaisis, braque le R6. Il empoigne le canon du fusil, le tire violemment vers le haut, je presse la détente, le coup part, l'atteint en plein visage et déchire un morceau de sa pommette, de l'os et de la chair, il crie, s'agrippe à mon arme de ses deux mains, terriblement fort, il m'arrache le fusil.

L'autre veut me tuer. Si j'hésite, je suis mort.

D'un geste souple, je dégaine mon couteau et le plante dans l'homme, avec force, je ne veux pas lui laisser le temps de se servir de mon arme.

Il y a six angles d'attaque pour les armes blanches. Celui-ci : Tout droit à l'horizontale, parallèle au sol. Tu vises les zones vitales et accessibles. Juste là...

Il se penche en avant. Je recule d'un pas, saisis le fusil. Il s'y cramponne. Un deuxième coup de couteau, droit dans le cœur. Il s'effondre sur moi. Je me libère péniblement du poids de son corps, me relève, regarde autour de moi.

Okkie est devant la porte, du sang sur son petit corps.

L'autre, celui qui a le poignard, est à côté de Oom Hennie qui retient la main armée pour empêcher qu'elle plonge la lame dans sa poitrine. Ils font des bruits animaux. Je regarde l'homme à mes pieds. Il est couché sur mon fusil, sans bouger. Je laisse le couteau, tente de prendre mon fusil mais n'y arrive pas. Je ne pense pas au pistolet de Oom Hennie sur l'aile de l'avion tellement la fureur m'aveugle. J'empoigne le couteau et fonce sur Poignard qui s'acharne sur Oom Hennie.

Dans le cou, tu as les carotides. Des deux côtés du cou. Ce sont de bonnes cibles. Normalement, elles ne sont pas couvertes par les gilets de protection...

Mon couteau est aussi tranchant qu'un rasoir. J'entaille la gorge de Poignard, d'un côté puis de l'autre. Le sang jaillit sur moi, chaud, liquide et poisseux. Oom Hennie réussit à s'extraire de sous le corps, essoufflé, il se lève et va chercher son pistolet en titubant.

Je suis à côté d'Okkie. Il a les yeux fermés. J'entends la voix de Domingo. *Je vais t'apprendre à faire des pansements de combat*. Je file au Cessna chercher mon sac à dos.

Des tirs dans le hangar.

Je reviens en courant. Hennie As a son arme à la main. Il vient de loger une balle dans la tête du premier assaillant. Penché en avant, il a des haut-le-cœur. Je m'agenouille à côté d'Okkie, mes doigts tremblent, le sang les rend glissants, celui des hommes, d'Okkie... Je prends les compresses, éponge le sang sur son ventre. La plaie est profonde et sanguinolente. J'attrape la poudre désinfectante, déchire le paquet avec les dents et en recouvre la blessure. Je presse le pansement contre la plaie, lève les yeux vers Oom Hennie As.

– Viens m'aider.

Il ne m'entend pas.

– Oom Hennie !

Il me regarde soudain. Et il vient.

– Presse le pansement contre la plaie.

– Mon Dieu, dit-il, et il fait ce que je demande.

Je plonge la main dans la trousse et trouve le tube de superglue.

Ils ont inventé cette colle pour panser les blessures de combat. On presse les bords de la plaie l'un contre l'autre.

*

Deux heures de vol pour Amanzi. J'ai Okkie sur les genoux. Sa bouche est ouverte, il respire avec difficulté, parfois j'ai l'impression de ne plus entendre son souffle, je le tiens, le serre très fort contre moi, j'essaie de le tenir au chaud.

J'ai envie de pleurer pendant ces deux heures.

Pourquoi poignarder l'enfant ?

Je ne pleure pas.

J'ai envie de tuer quelqu'un d'autre, pourquoi se sont-ils attaqués à nous ? Qu'est-ce qu'ils voulaient ? Pourquoi poignarder l'enfant ?

Je regarde Oom Hennie, une seule fois. Il est très pâle. Du sang séché de Poignard sur son visage, sur sa chemise et son pantalon, sur ses bras nus. Il intercepte mon regard :

– Je fais de mon mieux, mais cet engin ne peut pas aller plus vite.

Sa voix est si lasse.

Je vois de l'eau. Le barrage d'Amanzi.

Okkie a le souffle court et léger, sifflant.

Il ne peut pas mourir.

Nous descendons.

Oom Hennie survole le village. Je vois les gens qui sortent et nous font des signes joyeux de la main.

Il tourne vers le terrain d'aviation de Petrusville. Avant d'atterrir, il vérifie la manche à air et prépare son approche en venant du sud.

Oom Hennie a garé son pick-up près du hangar. Il s'arrête juste à côté.

– Il faut l'emmener chez Nero.

*

En route vers Amanzi, Domingo nous rejoint sur sa moto. Il fait demi-tour, roule à côté de nous. Il est invisible derrière son casque, mais je vois qu'il tourne la tête pour regarder. Je sais qu'il voit le sang séché, l'enfant dans mes bras. Il accélère.

*

Domingo nous attend devant la porte de l'Orphelinat. Il appelle Nero, Béryl, Mélinda Swanevelder. L'enfant dans les bras, je cours vers la maison. Domingo veut le prendre.

— Non.

Je fonds en larmes. Je ne sais pas pourquoi je me mets à pleurer à cet instant précis. Plus tard, quand il me fera suivre une thérapie post-traumatique à la demande de Père, Nero expliquera que mes pleurs sont dus au fait que j'ai été capable de transmettre à Béryl la responsabilité de garder Okkie en vie.

La responsabilité.

Nero dira que c'était une erreur de m'envoyer, qu'on aurait dû écouter mon père.

Oom Hennie suit. Il explique à Nero et à Béryl que l'enfant a été poignardé dans le ventre et qu'on a stoppé le saignement.

Je couche Okkie sur un lit dans l'infirmerie de l'Orphelinat. Je dis :

— Nero, tu ne peux pas le laisser mourir.

Je me rappelle l'expression sur son visage, le désespoir.

41

Okkie Storm
Récit recueilli par Sofia Bergman. Poursuite du projet d'histoire d'Amanzi, à la mémoire de Willem Storm.

Je ne me rappelle rien d'avant Amanzi. Rien du tout. Je ne me souviens pas de ma grand-mère, de Hoedspruit, de Klerksdorp, de l'avion ou de l'homme qui m'a poignardé. Regarde... voilà la cicatrice. Je ne connais pas mon vrai nom. Ockert, peut-être? Je ne sais que ce que mon grand frère m'a raconté. Mon grand frère Nico. Ce n'est pas vraiment mon frère, je sais que Storm n'est pas mon vrai nom de famille, mais ça... enfin, ça ne fait rien. Ce qui compte, c'est que Nico et Oom Hennie m'ont sauvé la vie deux fois ; la première à Hoedspruit quand ils m'ont emmené et la seconde à Klerksdorp quand Nico a refermé la plaie avec de la superglue. Nero dit que c'est ce qui m'a sauvé. Quand je suis arrivé ici il m'a seulement mis sous perfusion pour me réhydrater et m'a donné des antibiotiques. Il n'y avait rien d'autre à faire.

Nico m'a toujours appelé son frère de sang. Voilà ce qu'il est. Mon grand frère de sang.

*

Okkie est en vie.

Ma raison me dit que cela devrait me rendre heureux. Nero dit que c'est normal d'avoir l'impression d'être loin de tout. Il dit que ça fait partie de mon état : de me sentir effrayé, triste et anxieux. Et parfois rien. Et la colère. C'est ce qui domine tout en moi. La colère envers tout le monde.

Nero est doué. Il me parle bien. Il m'explique cent fois que ce n'est pas de ma faute.

Père, mon cher père, vient s'asseoir sur mon lit le soir de notre retour. Il me serre dans ses bras et il pleure.

– Ce soir, c'est moi qui voudrais que maman soit là.

Et plus tard, quand il a séché ses larmes :

– Merci, Nico, de t'être acquitté de ta responsabilité.

Père est tendre envers moi. Et patient, pendant des semaines et des mois. Nero et lui pensent que c'est juste la thérapie qui m'a guéri. Mais ce n'est pas vrai. C'est Domingo aussi. Domingo et sa philosophie.

*

Il y a des corbeaux morts partout le long des routes. Plusieurs expéditions revenues du Nord signalent ce fait.

Birdie dit que cela n'a rien à voir avec la route, qu'une telle déduction serait une erreur scientifique ; c'est seulement qu'on prend les routes et que c'est donc là qu'on voit les corbeaux. Elle nous fait un petit exposé sur l'observation scientifique. Selon elle, les corbeaux morts seraient un réajustement écologique.

Mon père est d'accord. Il dit que la population des corbeaux a augmenté pendant des décennies parce qu'ils se sont très bien adaptés aux humains et à leurs villes et villages, se nourrissant, entre autres, de toutes les petites bêtes tuées sur la route.

Oui, dit Birdie, et après la Fièvre, la charogne n'a pas manqué pendant une bonne période. Maintenant, c'est fini. Les humains, les villes, les villages, la charogne.

Ce n'est qu'un réajustement écologique.

*

Presque fin mars. Jacob et moi nous retrouvons tôt le matin au quad, on a du travail. Nous avons notre repas empaqueté et nos fusils, prêts pour la journée dans la réserve. Soudain, l'enfant est là.

– Okkie veut venir. Okkie veut venir.

Je le prends dans mes bras. Il me serre très fort.

– Un autre jour, Okkie. Je serai là ce soir.

Il s'accroche.

Domingo nous rejoint.

– Jacob, tu es libre aujourd'hui. J'y vais avec Nico.

– Chouette ! s'écrie Jacob, qui est de plus en plus un rat de bibliothèque.

Il va pouvoir continuer sa lecture.

Nous avons discuté une fois, Domingo et moi, après Okkie. Il m'a demandé de lui raconter exactement ce qui s'était passé. Il m'a écouté, a hoché la tête pour indiquer qu'il comprenait. Quand je suis arrivé à la fin de mon récit, il avait les yeux perdus dans le vide. Puis il s'est relevé et s'est éloigné.

Le soir à l'Orphelinat, les adultes venaient vers moi et m'effleuraient le bras, l'épaule, et Père m'ébouriffait les cheveux, tout cela pour « établir un contact physique » avec moi, l'expression que Nero utilisait. Mais pas Domingo. Il ne changeait rien à ses habitudes.

Jacob prend Okkie avec lui pendant que Domingo et moi montons à la réserve. Nous vérifions l'état des clôtures tout le long des limites. Il m'emmène à un point de vue qui domine une gorge au sud du village, de l'autre côté de la montagne. C'est un de mes endroits préférés. J'y vais souvent avec Jacob.

Nous sommes au bout de la falaise. Domingo pointe l'index.

– Voilà où nous sommes le plus vulnérables. Ça, c'est le point faible de notre système de défense. Le seul endroit par lequel on peut nous atteindre à moto ou en 4 × 4. Pas facile, mais possible si on veut. S'ils viennent, ils arriveront par là.

— Qui ça ?
— La KTM.
— Tu penses qu'ils vont venir ?
— Ils viendront.
— Qu'est-ce qui te rend aussi sûr ?

Un long silence.

— Assieds-toi, Nico.

Nous nous asseyons l'un à côté de l'autre. Nous scrutons le paysage. C'est la fin de l'été ; le veld est vert et luxuriant. Au-dessous de nous, la gorge étroite, sculptée par un petit torrent qui n'a de l'eau que quand il pleut, et qui descend tout en bas, jusqu'au barrage, à trois kilomètres.

— Ils viendront pour la même raison que cet homme a poignardé Okkie. Voilà ce dont je voulais te parler.

Je fixe le barrage des yeux ; aujourd'hui, l'eau est d'un brun verdâtre, militaire.

— Je vois que tu souffres depuis que vous êtes rentrés. Et c'est bien que Nero te fasse suivre une thérapie, car il y a beaucoup de choses valables dans ce genre de traitement. Rien de ce qui s'est passé n'est de ta faute. Ça fait partie de ma philosophie et je veux la partager avec toi. Tu vois ? Ce n'est pas la philosophie de ton père, ni celle du pasteur. Pas non plus celle de Birdie ou de Nero. Elle n'est qu'à moi. Tu ne trouveras pas beaucoup de monde qui la partage car elle est dure et elle dérange. Je n'essaie pas de te convertir. Je t'explique seulement. Tu peux t'en servir, ou pas. C'est comme tu veux. Il se peut que ça soit utile pour tout ce que tu ressens.

— Je peux dire OK maintenant ?

Il sourit derrière ses lunettes.

— On ne s'entraîne pas au combat. Tu peux dire ce que tu veux.

— OK.
— Nous sommes comme les chiens.
— Les chiens ?
— C'est ça. L'essentiel de ma philosophie.
— Ah. Non, ce n'est pas vrai.
— Je sais que c'est dur. Mais c'est vrai.
— Pourquoi dis-tu ça ?

Il marque une pause. Je pense qu'il cherche des mots, des concepts.

— Autrefois, avant la Fièvre, on lisait de temps en temps dans le journal qu'un chien s'était attaqué à un enfant. Grand scandale, tollé général, poursuites judiciaires, toujours contre le propriétaire du chien. Mais on oubliait trop facilement que les chiens avaient les loups pour ancêtres avant qu'on les apprivoise. Des loups sauvages, des prédateurs, des tueurs qui chassaient en meutes. Des animaux sociaux, donc. Et puis on les a apprivoisés, on leur a collé une mince couche de civilisation. Un seul degré les éloignait de l'état sauvage. Et que s'est-il passé quand la Fièvre a dissous cette civilisation ? Ils sont redevenus sauvages. Ils s'entre-tuent, ils tuent tout ce qu'ils voient, s'attaquent à leurs anciens maîtres. Ils redeviennent loups. Va parler aux gens d'ici. Tu entendras leur réaction outragée : Comment les chiens peuvent-ils faire ça ? Comment ces chiens peuvent-ils s'attaquer comme ça aux humains et au bétail ? Après tout, nous avons été bons envers eux, nous les avons domestiqués et civilisés. C'est un véritable scandale, disent-ils. Et personne ne comprend. Parce qu'ils ne veulent pas, ils ne peuvent pas se permettre de comprendre. Tout comme personne ne peut admettre que des gens commettent des actes perfides. Parce que tout le monde croit que l'être humain est venu couronner la Création, qu'il est l'animal qui pense et pleure et rit, une créature si noble qu'elle ne peut devenir un assassin. Celui qui le devient, il doit avoir pété un câble. Il est cinglé, sonné, déjanté, tu vois ?

– Oui.
– Eh bien, je n'en suis pas sûr. Voilà ma philosophie : Nous sommes des animaux, Nico. Des animaux sociaux. Des animaux sociaux domestiqués. Avec une mince couche de civilisation. Des créatures dociles quand tout va bien, quand les conditions sociales demeurent normales et paisibles. Mais si on perturbe ces conditions, la couche s'efface. Alors, on devient sauvages ; on devient des prédateurs, des tueurs et on chasse en meutes. On devient pareils aux chiens. D'où mon mantra : *L'autre veut me tuer. Si j'hésite, je suis mort*. Parce que c'est la loi de la jungle. Et c'est comme ça chez les animaux. Ce type qui a poignardé Okkie, ces types qui ont capturé et emprisonné Mélinda Swanevelder, la KTM qui est venue nous dévaliser, ce sont des animaux, comme toi et comme moi. Ils ne sont pas devenus fous, c'est juste la couche de vernis qui est partie.

Je pense aux hommes dans le hangar de Klerksdorp, à leurs yeux, leur expression. Et je pense aux braves gens que je connais.

– Mais pourquoi ? Il n'y a pas que des méchants ? Mon père…

– Ça, c'est une erreur classique. Raisonnement très humain. Si nous sommes bons, nous ne pouvons pas être méchants, l'un exclut l'autre. Comme avec les chiens. Avant la Fièvre, quand on disait à quelqu'un que son chien était irrécupérable, il te regardait comme si tu étais un tueur en série. Comment ne pas adorer les chiens ? Alors, on te répondait que le chien était un animal noble. Les chiens sont fidèles, affectueux et mignons. Et le courage des chiens policiers, et le meilleur ami de l'homme, et tout ce que les chiens font de bien ? Je ne dis pas que les chiens et les gens ne sont pas capables de bonnes actions. N'oublie pas, nous sommes des animaux sociaux. Ça veut dire que nous sommes obligés d'avoir un comportement social, de faire de temps en temps de bonnes actions. Mais ça veut dire qu'il faut aussi être un animal, de temps en temps.

J'essaie de digérer ses paroles.

– Tu n'as pas besoin d'adhérer à ma philosophie. Je ne veux pas faire de toi un adepte. Je peux avoir tort. Va rechercher d'autres opinions. Que le pasteur te parle de Dieu. Ou ton père de ce type, Spinoza. Va lui parler, parle avec Nero. L'un d'eux aura peut-être raison. Peut-être que personne n'a raison, alors tu adopteras la philosophie qui te conviendra le mieux. C'est bien ce que font la plupart des gens. Mais rends-toi service et pose-toi une question : Quelle philosophie explique tout sur la condition humaine ? Sans laisser de détails inexpliqués, des questions difficiles ou sans réponse. Une philosophie qui tient debout.

– OK.

Nous restons longtemps ainsi, assis l'un à côté de l'autre. Jusqu'à ce qu'une pie-grièche écorcheur vienne se poser dans le mimosa odorant devant nous et se mette à chanter.

– Qu'est-ce qu'on fera quand la KTM viendra ?

– Il ne faut pas attendre qu'ils viennent. Voilà ce qu'il faut faire. Mais le Comité… Ils ne comprennent pas grand-chose aux animaux.

42

Qu'est-ce qui te manque le plus ?

Récits recueillis par Willem Storm. Projet d'histoire d'Amanzi.

Lizette Schoeman
Les romans de Romain Puértolas. Le chocolat. Le rouge à lèvres. Mon iPhone. Voilà ce qui me manque.

Cairistine Canary
Je suis comme toi, Willem. Ce qui me manque, c'est le potentiel...

Bon, laisse-moi expliquer... Avant la Fièvre, le monde était complexe. Nous avions des problèmes importants, dans notre pays, dans le monde. Et le réchauffement climatique était probablement le plus important d'entre eux à cause de l'impact que ça allait avoir sur tous les autres problèmes – la misère, les inégalités, l'extrémisme...

On s'y est pris sur le tard, mais on s'approchait d'une solution au réchauffement planétaire. Il y avait le potentiel pour arranger tout ça.

Bon, tu peux dire qu'il y avait juste un potentiel, qu'on avait de gros ennuis en perspective. Mais il faut voir un peu notre bilan. Ce que l'humanité a réussi. Les maladies qu'on a éradiquées. La théorie de la relativité, des quantas. Nous avons tracé la carte du génome humain.

Nous portions en nous la possibilité de résoudre des problèmes.

Donc, ce qui me manque le plus, c'est ce potentiel. La Fièvre nous en a privés. Quoi qu'on en pense, ça a retardé le développement humain d'au moins un siècle.

Des choses moins nobles ? OK... C'est l'Internet qui me manque le plus. Pas Facebook ou Instagram, ces trucs-là, mais l'accès libre à l'information. Ça me manque grave. Bon, le *Huisgenoot* pour les actualités people. Et puis... ça, ce n'est vraiment pas indispensable à tous, mais c'est vrai, les tampons hygiéniques.

Pasteur Nkosi Sebego
Isidingo sur la chaîne SABC1. J'adorais ce feuilleton.

Et le samedi matin au centre commercial de Menlyn à Pretoria. Ma femme et moi faisions nos courses à l'hypermarché et après, nous flânions. Qu'il était grand ce centre ! On aimait surtout les magasins de meubles. Il y avait un fauteuil de relaxation que je convoitais. Je n'aurais jamais pu en justifier la dépense – mais tous les samedis matin j'allais tout de même lorgner ce fauteuil. Ensuite, nous déjeunions dans un restaurant italien d'où nous pouvions observer les gens...

Ravi Pillay
Les journaux. Surtout les suppléments sur les voitures. Et les voitures neuves. Les nouveaux modèles, je veux dire. J'adorais toutes les nouvelles inventions. Et le poisson tikka. Pour moi, c'est le plus grand exploit de la civilisation humaine.

Mélinda Swanevelder
RSG.
(RSG, *Radio sans frontières*, était une station de radio de langue afrikaans avant la Fièvre. – WS.)

Hennie (As) Laas
Pour être honnête, il n'y a rien qui me manque vraiment. Je sais que la Fièvre a été terrible et tragique, mais je suis plutôt content maintenant. Peut-être le rugby, le samedi après-midi à la télé. C'est tout ce qui me vient à l'esprit.

Béryl Fortuin
Les huîtres. Crues, avec du jus de citron et du Tabasco. Mmmm, ça me met l'eau à la bouche. Une partie de golf sur un terrain bien dessiné et bien entretenu qui présente un challenge. Et des magazines… de mode, de beauté…

Nero Dlamini
Faire du shopping dans les boutiques de luxe ? Bon, OK, sérieusement : la ville. J'adorais la ville. Le vendredi soir à Sandton… Quelle ambiance, quelle énergie ! La bière artisanale… le fromage d'importation. Du bon fromage, de façon générale… Sans vouloir offenser Maureen et Andy, ils font du bon travail… Et les premières années, je souffrais vraiment de l'absence de croissants chauds. Puis notre boulangerie a commencé à les faire. C'est là que j'ai su que ça irait.

Domingo
Sans blague ?
Visionner *Friends* pour la énième fois. Et un bon *bunny chow*[1]. Et le foot allemand de la Bundesliga. J'étais fan de Dortmund. Parce que j'aime bien ceux que l'on donne perdants et j'aimais leur style. Il n'y a pas de justice dans l'univers : quand la Fièvre s'est déclarée, Dortmund était en deuxième position, ils auraient pu gagner le championnat. Leur entraîneur était Thomas Tuchel, un génie cet homme…

---

1. Un demi-pain de mie, creusé et farci de curry. Recette de la communauté indienne de Durban.

43

Les réunions du Comité ont lieu dans la salle à manger de l'Orphelinat. C'est ainsi depuis le début et personne n'a eu l'idée d'y changer quelque chose.

C'est une grande pièce avec des tables carrées qui peuvent être assemblées de multiples façons. Jusqu'en novembre de l'année du Corbeau, j'assiste à toutes les réunions, officieusement, invisible et muet. Comme je suis le fils de Père et que ça a toujours été ainsi, ça passe inaperçu.

À la réunion du 19 novembre, j'occupe cette position privilégiée pour la dernière fois. C'est ma faute si j'allais en être chassé et mis au ban par Père.

Le premier point à l'ordre du jour est Domingo. Il entre et on l'invite à s'asseoir. Il refuse, poliment.

J'aime bien qu'il soit comme ça. Je ne sais pas pourquoi. Je suis dans un coin, assez loin pour ne pas faire partie de l'assemblée, assez proche pour tout entendre. Je me prélasse dans un canapé comme n'importe quel ado de quinze ans qui veut rester invisible, qui cherche avant tout à paraître indifférent.

– Domingo, dit mon Père, merci d'être venu.

Domingo ne dit rien.

– Tu voulais nous parler de la sécurité d'Amanzi ?

– C'est ça, oui. Je…

– Vu que tu nous saoules depuis des semaines déjà avec tes histoires à faire peur, l'interrompt sèchement Birdie.

– Birdie... (La voix de Père qui cherche à l'apaiser.)
– Ce ne sont pas des histoires, réplique Domingo, calme et mesuré.
– Le problème n'est pas là, ajoute le pasteur Nkosi, qui est toujours très content de trouver des alliés dans son combat constant contre Domingo. Tu as essayé de nous influencer individuellement bien qu'on t'ait invité à venir faire une présentation formelle devant le Comité.
– Il ne s'agissait que de sonder l'opinion. Très vieille pratique démocratique.
– Messieurs, mesdames... (Père, de nouveau.)
– On dirait l'ancien régime de l'apartheid, continue le pasteur. La Menace noire, la Menace rouge, la Menace de la KTM...
– Et tu ne crois pas à la démocratie. (Nero, ironique.)
– S'il vous plaît. Ça suffit. (Père rappelle le Comité à l'ordre.) Que Domingo s'explique.
Les membres du Comité se taisent à contrecœur.
– Continue, Domingo, dit Père.
Il commence, parle sans notes :
– Que ça vous plaise ou non, que je vous fasse penser à l'ancien régime... peu importe. La KTM va revenir...
– Pourquoi dis-tu ça ? demande Béryl.
– Laisse-le s'expliquer.
– Non, ça va. C'est une bonne question. Voilà les faits. Un : Ce sont des pillards, des requins. Ils ont commis un vol à main armée au cœur d'Amanzi, ils continuent à s'attaquer à nos expéditions. Ça vous suffit comme preuves ? Deux : Ils ne cultivent rien, n'élèvent rien, ne construisent rien, ne font pas de provisions. Ils sont l'équivalent moderne des chasseurs-cueilleurs, mais ils chassent et cueillent ce qui appartient aux autres. Trois : Nous cultivons, nous élevons, nous faisons des provisions pour l'hiver. Nous avons beaucoup de choses qu'ils nous envient. Birdie, qui est ce type au rasoir dont tu parles

toujours ? Celui qui dit que l'explication la plus simple est la bonne ?

– Occam, mais ça n'a rien à voir avec…

– Peu importe, c'est très simple. Nous avons ce que la KTM recherche. Et ils vont venir le prendre, à moins que nous ne soyons prêts.

– Je n'en suis pas si sûr, dit le pasteur. Il y a eu moins d'attaques contre les expéditions. Il n'y en a pas eu une seule depuis plus d'un mois. Tout le monde sait que l'état des routes s'aggrave, surtout pour les motos. L'essence est de plus en plus polluée, donc ils ne peuvent plus se servir de leurs bécanes. Et maintenant nous avons une barricade pour les arrêter.

Domingo fixe le pasteur d'un de ses regards glacés.

– Leurs attaques sont moins fréquentes parce que c'est l'été. Les fruits faciles à cueillir. Peut-être qu'ils se concentrent sur d'autres communautés plus vulnérables. Les routes sont moins bonnes, oui, mais ils ont des motos de cross, ils peuvent aller partout. Et puis, qui sait s'ils garderont encore longtemps les motos ? Il reste encore beaucoup de voitures diesel…

– Qu'est-ce que tu veux, Domingo ?

– Cinquante personnes supplémentaires pour notre armée. Cinquante à temps plein, sélectionnées et formées. Pas de fossiles. Je veux des jeunes qui sont bons pour le service. Et des radios pour tout le monde. Je veux aussi qu'on ferme la route qui longe le mur du barrage, parce que je m'inquiète de la sécurité de nos centrales électriques. Ce sont des biens stratégiques, et donc un point faible. Il y a trop de circulation. Et je cherche un deuxième arsenal secret pour la majorité de nos armes et un endroit où stocker les graines. Et un troupeau de réserve pour le bétail sur l'île de Cœur. On ne sait jamais ce qui peut arriver.

L'île de Cœur est l'îlot le plus important dans le barrage. Béryl l'a baptisé ainsi après l'avoir vu sur la grande photo aérienne dans les vieux bureaux administratifs du village. L'île couvre une superficie d'environ quatre cents hectares.

– Mais vous avez déjà dix-huit personnes, objecte Birdie.

– Dix-huit ? Au total, nos forces de sécurité, c'est moi, avec dix-sept vieillards. Sans vouloir les offenser, ce sont de braves gens, mais ce ne sont pas des effectifs mobilisables : douze hommes à la barricade – parce qu'ils n'ont pas la forme pour travailler au village ou dans les champs. De braves gens, tu parles... de la chair à canon, oui ! Trois petites vieilles aux radios. Et deux sexagénaires plus ou moins valides qui sont de patrouille sur les frontières, mais seulement de jour. Et la semaine dernière, après l'orage, j'ai dû faire venir quatre personnes pour aider à sortir le pick-up de la patrouille de la boue. Voilà notre armée. Notre première ligne de défense. La dernière fois, vous avez dit qu'il n'y avait pas assez de monde. Mais avec la population que l'on a aujourd'hui, vous pourrez sûrement vous passer d'une cinquantaine de personnes ? Non fossilisées ?

– Impossible, dit Ravi Pillay. C'est trop.

– Tout à fait, renchérit le pasteur Nkosi. Beaucoup trop.

– Pourquoi cinquante de plus ? demande Père.

– Vingt-cinq pour la défense. Et vingt-cinq pour une force d'attaque. Vingt-cinq, c'est l'unité la plus petite que je puisse envisager quand on s'attaque à la KTM...

Un chœur de protestations s'élève. Quelle idée de s'attaquer à la KTM ! De la pure provocation et ça ne causera que des problèmes par la suite. Pourquoi faudrait-il que les gens risquent leur vie ? La KTM nous vole peut-être, mais ils n'ont encore tué personne. C'est une attitude belliciste, complètement irresponsable.

Domingo lève les mains comme pour se protéger de coups. Mon père rappelle tout le monde à l'ordre et quand le brouhaha s'est calmé, il demande :

– Avais-tu quelque chose à ajouter, Domingo ? Avant qu'on en débatte ?

– La KTM va venir, se contente-t-il de dire.

– Pourquoi cette obsession, Domingo ? demande Nero Dlamini, très sceptique. Pourquoi ?

C'était probablement une question de pure forme. Mais je ne m'en rendrai compte que plus tard. Domingo ne répond pas et le silence se prolonge. C'est là que je n'arrive plus à me maîtriser.

– Parce que ce sont des animaux.

Domingo a un petit sourire.

– Dehors, me dit Père.

Ce fut la dernière réunion de Comité de mon enfance.

*

Après la réunion, Domingo est informé qu'il peut recruter quatre personnes de plus pour son équipe de sécurité. Ils peuvent avoir moins de cinquante ans. Le Comité l'autorise à fermer la route le long du mur du barrage, du côté de Lückhoff – une route d'accès de moins à défendre. On peut garder un petit troupeau de bétail sur l'île de Cœur et il peut chercher un endroit pour organiser la banque de graines.

Mais le deuxième arsenal secret est refusé tout net. Le pasteur Nkosi résume ainsi les sentiments du Comité :

– Nous admettons certains risques mais nous ne sommes pas totalement paranoïaques.

Dès que j'apprends les décisions du Comité, je vais voir Domingo.

– Je veux être un de tes soldats.

– Quels soldats ? Le Comité m'a accordé quatre gardes de sécurité.

– Prends-moi.

– Trop tôt, dit-il. Finis d'abord l'école.

– Mais…

Il pose un doigt sur sa bouche, regarde à gauche et à droite comme s'il s'apprêtait à partager un secret avec moi.

– J'aurai besoin de quelques gars en qui je peux avoir confiance. Pour une mission spéciale.

Je réponds, parlant aussi bas que lui :

– Tu sais que tu peux me faire confiance.

Il acquiesce.

– Et Jacob Mahlangu, on peut lui faire confiance ?

– Oui. Mais pourquoi…

– L'explication viendra mais le travail sera difficile.

– OK.

– Et si toi ou Jacob cassez le morceau… je serai obligé de vous buter.

– OK.

*

Après toute l'excitation et la gloire de la Grande Expédition Diesel, la « mission spéciale » est une grosse déception. Il s'agit d'une désobéissance directe aux directives du Comité : le transfert d'une grande partie de notre arsenal dans un entrepôt secret. Et tout ce que je fais avec Jacob, c'est fermer les yeux sur les activités quand nous sommes de garde dans la réserve. Et aider à charger et décharger les lourdes caisses de la remorque.

Pendant plusieurs semaines, Domingo et cinq de ses hommes déplacent des centaines de caisses de fusils et de munitions du vieil entrepôt dans la réserve. La première étape est de les faire passer par la dernière gorge – celle qu'il avait décrite comme notre point faible lors de notre discussion sur sa philosophie – jusqu'aux rives du barrage. Il n'y a que des bergers sur cet itinéraire, mais si on les choisit bien, ils ne diront rien.

On n'a pas tout de suite su ce que l'arsenal était devenu. Mais certains soirs, Domingo quittait l'Orphelinat tard dans la nuit et il ne rentrait pas. Le lendemain matin, le bas de son pantalon était souvent mouillé. Je savais alors qu'ils étaient allés sur le barrage avec les bateaux et que ça avait quelque chose à voir avec la « mission spéciale ». Je brûle de curiosité et je projette de sortir la nuit en catimini pour aller voir de quoi il retourne, mais c'est impossible quand on partage une chambre avec son père.

Jusqu'à ce que j'entende Domingo un soir dire à Birdie Canary :

— La confiance est une voie à double sens, tu sais.

Le lendemain au petit déjeuner, je vais le trouver.

— Tu me fais confiance, Domingo ?

— Bien sûr que oui.

— Et la confiance est une voie à double sens ?

Il plisse les yeux. Il sait que je le manipule parce qu'il maîtrise lui-même si bien cet art.

— Alors ?

— Tu me fais confiance pour le transfert de l'arsenal mais je ne peux pas connaître la destination ?

Il continue à manger. J'attends.

Finalement, il dit :

— Sicily.

— OK.

— Même pas Jacob.

Et il passe le couteau avec lequel il vient de beurrer sa tartine lentement sur sa gorge. J'acquiesce en baissant le menton. Je sais ce qu'il veut dire.

Sicily est une île plus petite dans le barrage, à l'ouest de l'île de Cœur. Elle fait plus ou moins deux cents hectares. Père lui a donné ce nom parce que sa forme rappelle la vraie Sicile.

44

Je fête mes quinze ans l'année du Corbeau. Les corbeaux se meurent à cause d'un réajustement écologique. Et la population d'Amanzi dépasse mille deux cents habitants. Vingt-quatre bébés voient le jour.

Jacob Mahlangu dit qu'on devrait leur coller une étiquette : *Made in Amanzi*.

Dans l'année du Corbeau, il nous arrive un menuisier et un jeune géologue. Et un homme qui a grandi dans une ferme laitière et connaît le travail. Un apprenti plombier, un soudeur, deux enseignantes, un second de cuisine et un boulanger amateur. Aussi un ingénieur en électronique, Abraham Frost, qui améliorera considérablement notre système de communications. Et l'ancien brigadier de la police, Sizwe Xaba, mieux connu sous le nom de Brigadier X.

Dans l'année du Corbeau, nous acquérons un Cessna 172TD et Okkie.

Dans l'année du Corbeau, Domingo demande cinquante hommes de plus et désire Birdie, et moi, je désire Lizette. Ni lui ni moi ne réussissons à satisfaire nos désirs. Les Folles Amours continuent, sans moi, sans Domingo.

Nous irriguons tout au long du fleuve avec des pompes diesel et électriques. Nous travaillons le sol, plantons et récoltons : maïs, betteraves, courges et citrouilles. Le rendement des graines de blé apportées par Oom Hennie As est excellent.

Nous lançons une petite fabrique de conserves pour ne pas manquer de denrées pendant l'hiver.

Et une laiterie.

Notre cheptel augmente car les expéditions et le programme d'élevage produisent plus de viande que nous n'en consommons.

On ne pense plus aux chiens.

Dans l'année du Corbeau, des expéditions sont lancées pour chercher de l'engrais chimique. Hennie As reconstruit son élevage de volailles sur le vieux terrain de camping. Il y en a qui l'appellent Hennie Poule. Il en rit.

Notre économie est communiste – tout le monde partage le produit des expéditions et des récoltes. En octobre, deux personnes viennent demander au Comité d'autoriser leur projet d'une boulangerie capitaliste avec profit dans le vieil atelier artisanal. Ils veulent faire du pain et plus tard aussi des tourtes et des pâtisseries.

Le Comité pense que c'est une bonne idée, mais le problème du capitalisme est qu'Amanzi n'a pas de monnaie. Le troc n'est pas une option car on n'a rien à troquer.

Mon père propose alors d'adopter le sel comme moyen d'échange. C'est une denrée rare avec une belle histoire de valeur marchande. Père dit que le mot « salaire » est dérivé de « sel », que c'était la somme donnée aux soldats romains pour acheter du sel. À l'époque, le sel jouissait d'une valeur comparable à celle de l'or. Dire de quelqu'un qu'il est le sel de la terre signifie qu'il est précieux.

Birdie propose qu'on mesure le sel en prenant pour référence les petits récipients en plastique de cent vingt-cinq millilitres de la marque Cérébos dans lesquels on le vendait partout avant la Fièvre. C'est la raison pour laquelle la devise d'Amanzi s'appelle aujourd'hui encore le Cérébos.

Dans l'année du Corbeau, nous nous rendons compte que nous allons finir par manquer de sucre, même s'il nous reste encore beaucoup de provisions.

Cet hiver-là, il ne neige qu'une seule fois, légèrement. Mais nous avons de l'électricité. Personne n'a froid la nuit.

En novembre, il pleut neuf jours d'affilée. De fortes précipitations. Le fleuve et l'eau dans le barrage montent de plus en plus haut, l'eau se déverse sur le mur du barrage en flots rugissants, un torrent effroyable, houleux et tourbillonnant qu'on entend à dix kilomètres. Nous avons tous peur. Personne ne sait très bien comment faire fonctionner les vannes.

Birdie nous dit de ne pas nous inquiéter, elle trouvera une solution.

Le pasteur Nkosi promet de prier avec son assemblée grandissante de fidèles pour que le barrage résiste.

Quand les eaux se calment et que le mur tient toujours bon, le pasteur et Birdie revendiquent chacun une part du succès.

Les pistes sans revêtement et les routes régionales subissent de gros dégâts à cause de la pluie. Tout le monde pense que c'est une bonne chose, que ça éloignera la KTM. Domingo hoche la tête. La KTM a des motos de cross. Rien ne les éloignera.

– Tu es paranoïaque, disent Birdie, Béryl et Père, avec plus ou moins de bienveillance.

Domingo répond que les gens de la KTM sont des animaux. Et qu'ils vont arriver.

Il regarde dans ma direction et il sourit.

L'année du Chacal

45

L'année du Chacal voit l'arrivée des colporteurs. De la mort aussi. De la guerre. Et d'autres fléaux encore.
Et de Sofia Bergman.

Sofia Bergman
Poursuite du projet d'histoire d'Amanzi, à la mémoire de Willem Storm.
Pendant l'année du Chacal, j'avais déjà le pressentiment que la fin était proche, tôt, vers janvier probablement. Ma fin, et celle de Oom Meklein et de Tannie Vytjie. Ses quintes de toux s'aggravaient et Tannie Vytjie était terriblement émaciée, j'étais sûre qu'elle était au bout du rouleau. Pendant ces premières semaines de l'année, elle a disparu pendant une dizaine de jours. Oom Meklein me rassurait :
– Non, mon petit, ne t'en fais pas. Elle est comme ça. Elle reviendra.
Mais je me suis réconciliée avec l'idée qu'elle... N'oublie pas, j'avais quinze ans et de l'imagination. Je me disais qu'elle aimait tant Oom Meklein qu'elle ne supportait plus de le voir souffrir. Ou qu'elle voulait mourir dans le veld, s'unir avec la nature, retourner en poussière, tu sais. Maintenant que je m'en souviens, je me sens tellement bête d'avoir pu penser une telle chose...
Au bout de dix jours, elle est revenue avec les plantes qu'elle était partie chercher. Elle en a préparé des infusions

pour la toux de Oom Meklein. Elle a simplement dit que ces plantes étaient très rares à cette époque de l'année, comme si c'était tout à fait normal de partir comme ça.

Les infusions lui ont fait du bien, pendant quelque temps au moins.

46

Sofia Bergman
Je suis née à Middelburg dans la province du Cap. J'étais la benjamine de quatre enfants, mes parents avaient une ferme entre Middelburg et Nieu-Bethesda. J'avais deux frères et une sœur. Mon frère aîné était Dawid Bergman, qui avait remporté la médaille d'argent du quinze cents mètres aux Jeux du Commonwealth. Nous sommes tous les deux nés avec des cheveux blond platine. Nous allions à l'école à Bloemfontein et nous étions très forts en athlétisme. Mes frères étaient au prestigieux lycée de garçons de Grey et ma sœur au lycée de filles Oranje. Moi, j'étais encore à l'école primaire quand la Fièvre s'est déclarée. Nous étions tous à l'internat.

Mon père n'était pas un fermier typique du Karoo. Il disait toujours que ses enfants hériteraient en parts égales. Il se moquait de la tradition selon laquelle les fils étaient les seuls à hériter des fermes.

Nous étions tous élevés de la même manière. Mes frères devaient apprendre à cuisiner et ils aidaient autant que nous à la maison. Et ma sœur et moi apprenions à travailler avec les moutons, les attraper pour les traiter contre les parasites, par exemple. Depuis notre enfance, nous conduisions les tracteurs et les pick-up, nous montions à cheval et nous savions manier les armes. Père nous a entraînées. Je m'asseyais le dos appuyé contre la voiture, et la crosse aussi car Père disait que j'étais encore trop petite pour le choc du recul. C'est ainsi que j'ai appris à tirer, d'abord en visée ouverte et plus tard à l'aide d'un œilleton.

Ma sœur était une sprinteuse, et moi, j'ai été sélectionnée en équipe régionale de l'État Libre en cross et en javelot quand j'avais douze ans et de nouveau à treize ans. C'était l'année de la Fièvre.

Ma sœur a été la première de notre famille à tomber malade. Elle est morte en deux jours. Mes parents sont venus tous nous chercher à Bloemfontein, ma sœur dans son cercueil. Ils voulaient l'enterrer à la ferme et nous éloigner des écoles et de la ville pour nous protéger contre le virus. Puis ils ont tous été infectés...

Oom Meklein et Tannie Vytjie étaient ouvriers à la ferme. Ils n'ont pas attrapé la Fièvre.

2 JANVIER

La chambre que Père et moi partageons dans l'Orphelinat est grande. Il dort dans le lit double, moi dans le petit et nous avons chacun une armoire.

Le 2 janvier au petit déjeuner, Père me dit :
– Il est temps que tu aies une chambre à toi.
– C'est vrai ?
– Après le mariage de Hennie As et de Mélinda ce samedi, sa chambre à lui va se libérer. Et tu vas avoir seize ans...
– Waouh ! Merci, papa !

15 JANVIER

Parfois, je discute avec Nero Dlamini dans son « bureau » à l'Orphelinat quand il me reçoit en thérapie post-traumatique. Mais le plus souvent, il propose qu'on fasse une promenade. Nous descendons souvent jusqu'au barrage pour poursuivre notre conversation au bord de l'eau, assis sur des troncs d'arbre.

Le 15 janvier, il me dit que ce sera notre dernière consultation.

– Donc je suis guéri ?

J'essaie de ne pas montrer ma légère déception. La thérapie était comme la reconnaissance d'une blessure de guerre, la possibilité pour le héros qui a suivi la Grande Expédition Diesel d'être encore admiré.

– Non, tu es toujours complètement dingue, mais être normal est vraiment barbant, Nico.

Il sait s'y prendre avec les ados.

– D'accord.

– Dans un monde idéal, je t'aurais demandé de continuer ta thérapie. Mais il y a de plus en plus de personnes qui arrivent ici complètement désemparées. C'est une question de priorités. Et il semblerait qu'une psyché de quinze ans est plutôt robuste, particulièrement quand la vie quotidienne est une grande aventure et qu'on a un petit frère comme Okkie Storm.

Il est vrai qu'Okkie a joué un rôle important dans mon rétablissement. Parce qu'il est devenu mon ombre. Il vénère le sol que je foule. Tous les jours à partir d'une heure, Okkie veut savoir quand je serai là. C'est Béryl qui me le dit. Il ne comprend pas du tout que je doive travailler une semaine sur deux jusqu'en fin d'après-midi. Il m'attend devant l'entrée de l'Orphelinat, parfois à partir de quatre heures. Et quand il m'entend approcher sur le quad hoquetant à cause de l'essence pourrie, il se lève d'un bond et court vers moi.

Je le fais monter sur le quad. Il rayonne de bonheur :

– Plus vite, Nico !

Okkie est rempli de joie de vivre et son rire est contagieux. Il est toujours le plus sale de tous les petits du jardin d'enfants, même quand ils jouent dans les eaux peu profondes du barrage.

Tous les soirs, il entre en courant dans le salon de l'Orphelinat avec un livre dans les mains et une voix qui porte dans la grande pièce :

– Nico, Nico, une histoire !

Alors, je dois lire, que je le veuille ou non. Okkie et ses camarades viennent s'installer à côté de moi, devant ou sur moi, et je dois lire. Domingo nous regarde de son coin, et il sourit. Un vrai sourire.

Okkie veut savoir pourquoi il ne peut pas dormir avec moi dans ma nouvelle chambre.

– Il y a beaucoup de place...

– Un jour, je lui réponds, quand tu seras grand.

Okkie nous a adoptés, Père et moi. Annexés est peut-être un terme plus juste. Un jour, quand il s'est présenté à de nouveaux arrivants, il a simplement dit qu'il s'appelait Okkie Storm.

*

Une journée d'été pendant une semaine d'école durant l'année du Chacal : à six heures, Père vient frapper à ma porte. Je me lève, m'habille, me lave le visage et me brosse les dents. Je me rends à la cuisine pour faire cuire le porridge. C'est ma tâche matinale : faire cuire du porridge pour tous les petits orphelins. Ce n'est pas compliqué, je sais exactement combien il faut d'eau, de flocons d'avoine et de sel. Je sais combien de temps il faut attendre. Je regarde ma montre Rolex pour le vérifier. Nous avons tous de superbes montres de luxe. C'était logique pour les colporteurs et les réfugiés de piller le stock des bijouteries, de prendre tout ce qui brille, pour eux-mêmes ou dans l'espoir d'échanger ces objets. L'ancienne notion de valeur était toujours vivante. J'ai encore cette Rolex.

Tous les matins, je dois aussi servir le porridge, d'abord les enfants et moi en dernier. Ensuite je lave et range la marmite.

Je mange avec Domingo, parce que j'y tiens, et Okkie parce qu'il insiste. Le matin et à midi, je peux manger où et avec qui je veux. Mais je dois dîner avec mon père et avec Okkie parce que nous sommes « une famille ».

L'école commence à huit heures. Nous avons des cours de géographie, de mathématiques, de biologie, de science et d'histoire. Et des apprentissages pratiques. Je fais de l'élevage ovin et du tir. Je ne m'intéresse pas tellement à l'élevage mais ces leçons, au moins, se passent à l'extérieur, dans le veld. Je n'aime pas être enfermé.

Les classes normales se déroulent entre huit heures et une heure et demie. Les classes d'apprentissage ont lieu de deux heures à quatre heures. Ma journée préférée est le vendredi parce que ceux qui sont sélectionnés vont au stand de tir avec Domingo.

Seul Domingo est meilleur tireur que moi.

Entre quatre heures et six heures, les enfants de moins de dix-sept ans ont aussi des tâches communautaires à effectuer.

Mon rôle est d'assister Béryl et Mélinda Swanevelder avec les enfants. Jacob m'aide. En été on va souvent au lac avec eux, pour se baigner, pour faire naviguer des petits voiliers ou pour jouer à la guerre – au *kleilat*, il s'agit de se bagarrer avec des boules d'argile lancées à l'aide de bâtons souples. Parfois on les emmène chercher des œufs dans les poulaillers d'Oom Hennie ou bien on joue avec eux sur les pelouses du vieux terrain de bowling – à cache-cache ou à la chandelle. Okkie monte sur mes épaules. Il ne laisse aucun autre enfant en faire autant.

Vers six heures, un groupe d'ados se retrouve souvent devant la boulangerie. Plus de trente jeunes entre quinze et dix-huit ans. Jacob est mon seul vrai ami. Pour les autres, je suis le « fils du président », celui qui vit à l'Orphelinat malgré son âge. Mais je me joins quand même au groupe dans l'espoir de voir Lizette Schoeman. Lizette travaille dans les champs. Elle rentre d'habitude entre cinq et six heures et elle passe un moment à bavarder devant la boulangerie avec ses copines. Parfois.

À sept heures pile, je dois être à table avec les mains propres, pour dîner avec Père et Okkie et le reste de l'Orphelinat.

Après le repas, je dessers les tables. Ensuite je fais mes devoirs dans le salon ou dans la salle à manger pour pouvoir entendre les nouvelles du jour. J'ai toujours été très curieux. Et c'est là qu'Okkie vient en général me chercher pour que je lui lise son histoire.

27 JANVIER

Deux fois par semaine, à l'aube, le mardi et le vendredi, Hennie As fait une ronde en avion pour patrouiller. Le 27 janvier, il aperçoit une procession près de Lückhoff sur la vieille route R48, à trente kilomètres d'Amanzi. De là-haut, c'est une longue file de réfugiés de guerre épuisés qui serpente. La plupart sont à pied, mais les plus vieux et les plus jeunes sont dans des voitures, de vieux pick-up sans moteur et de petits fourgons tirés par des chevaux et des ânes. Cinq cent quatre-vingt-une personnes, la plupart venues de Namibie et quelques-unes qui se sont jointes au groupe aux environs d'Upington.

Quarante-deux chevaux, trente-six ânes.

Je suis avec presque tous les ados à la barricade quand ils arrivent. Les réfugiés et les animaux ont l'air exténués, affamés et assoiffés. Les gens remettent leurs armes à Domingo et à ses gardes comme s'ils étaient soulagés de le faire. Quasiment tout Amanzi est au Forum pour les accueillir, leur donner à manger et à boire, mais surtout pour entendre leurs histoires.

La plupart des Namibiens viennent de Windhoek. Pendant dix-huit mois, ils ont essayé de se refaire une nouvelle vie. Ils avaient de belles réserves d'aliments séchés, un potager, un troupeau de chèvres. Et puis les attaques ont commencé, la première en septembre dernier : un groupe d'environ cinquante hommes est venu du Nord dans des pick-up. Ils ont tué trois personnes et raflé une bonne partie des provisions.

Vers la mi-octobre, il y a eu la grosse attaque. Peut-être deux cents personnes, peut-être plus, personne ne sait, c'était la nuit, ça s'est passé très vite, une vraie pagaille. Les pillards étaient en voiture et à pied. Ils ont tué cent soixante-deux habitants, ont volé tout le troupeau et d'autres provisions.

Alors ils ont fait leurs bagages et se sont mis en route, vers le Sud. Il était impossible de défendre la ville, trop étendue, et ils étaient trop peu nombreux. Après le fleuve Orange, ils ont entendu parler de la Ville de Lumière qu'on pouvait voir à des centaines de kilomètres, le seul endroit en Afrique avec de l'électricité. L'ancien Vanderkloof. Amanzi.

Nous.

Cent deux d'entre eux sont morts pendant le long périple à travers le désert, de faim, de fatigue, de maladies ou de vieillesse, ou à la suite d'attaques de lions ou de serpents. Et d'animaux humains.

47

L'ARRIVÉE DE LA KTM : I

Sofia Bergman
Récit consigné par Sofia Bergman. Poursuite du projet d'histoire d'Amanzi, à la mémoire de Willem Storm.

Oom Meklein, Tannie Vytjie et moi avons soigné mes parents, mes frères et les autres ouvriers quand ils sont tombés malades et jusqu'à leur mort. Aujourd'hui, je suis heureuse d'avoir pu faire ça. Il y a tant de personnes ici à Amanzi qui étaient loin des gens qui leur étaient chers quand la Fièvre les a emportés. C'était terriblement douloureux de perdre ma famille, mais je suis restée avec eux jusqu'à la fin. Et j'ai pu les enterrer.

Bien sûr que je savais ce qui se passait. L'épidémie était annoncée à la radio et à la télévision et sur Internet. Ça éclipsait tout, rien d'autre n'existait. Je savais donc exactement ce qui se passait.

Plus tard, Nero Dlamini et moi avons parlé de l'influence de ce genre de traumatisme sur la psyché. Je pense que nous avons une capacité primitive à affronter les moments les plus pénibles. À continuer. À survivre.

Mon père a été le dernier à mourir, il s'est accroché à la vie. Je crois qu'il s'est battu aussi longtemps que possible parce qu'il se sentait responsable, il voulait nous protéger. Après sa mort seulement, je me suis rendu compte que je n'étais pas malade, que je n'allais peut-être pas mourir. Et Oom Meklein et Tannie Vytjie non plus. Ma survie était très difficile à accepter. J'étais tellement sûre que j'allais enterrer ma famille, qu'Oom Meklein allait m'enterrer à mon tour et que nous allions tous nous retrouver. Nero Dlamini a parlé de la culpabilité du survivant. Pour être honnête, c'est ce qui m'a fait le plus mal. Je me sentais horriblement coupable d'avoir survécu. Je ne le méritais pas. J'avais treize ans. Je n'étais encore rien.

Meklein et Vytjie... C'est un des grands mystères de l'univers qu'ils aient survécu ensemble. Une impossibilité statistique. Ils étaient mariés. Il était aux trois quarts bushman et elle était *coloured*, avec du sang griqua, disait-elle toujours. Meklein était le bras droit de mon père et Vytjie était un esprit libre. Elle était la guérisseuse de toute la population *coloured* de la région. Et aussi de nous, les enfants. Elle connaissait les vertus médicinales de toutes les plantes du veld.

Meklein se roulait des cigarettes avec du tabac Boxer et du papier journal. C'est ça qui l'a tué.

Je pense que les Bushmen doivent avoir une résistance génétique contre le virus quand je pense à tous ceux qu'on a rencontrés ces dernières années, ceux qui ont survécu.

*

L'arrivée simultanée des cinq cent quatre-vingt-un Namibiens n'est pas sans conséquence.

Le Comité doit bien réfléchir au programme d'alimentation car il va falloir nourrir plus de personnes pendant l'hiver.

Un autre problème est le manque de logements. Les Namibiens prennent les dernières maisons, même les plus petites de l'ancien *township*, les maisons du centre qui tombent en ruine, les quelques boutiques vides et les dernières chambres inoccupées.

Comme je suis toujours exclu des réunions, je ne peux malheureusement pas assister au grand débat sur la future expansion d'Amanzi. Mais le Comité organise une séance d'information au Forum et j'en tire des conclusions. Il y a deux écoles de pensée :

La première semble privilégier le développement de Petrusville. À quinze kilomètres d'Amanzi, il ne sera pas difficile de connecter ce village au réseau électrique et ce n'est qu'à huit kilomètres des champs d'irrigation au bord du fleuve. Mais le problème est que ce village est situé dans un paysage plat et ouvert, sans défenses naturelles.

La deuxième proposition est de commencer sans tarder à planifier et à travailler sur l'expansion d'Amanzi même – la construction d'une briqueterie, l'aménagement urbain et routier, une rénovation de l'infrastructure. Mais nous n'avons ni la connaissance ni les compétences pour faire tout cela rapidement et il va falloir des mois avant qu'on puisse construire de nouvelles maisons.

La décision finale – selon Domingo, il s'agit d'une « décision typique de comité » – est d'explorer les deux possibilités. Les expéditions vont ajouter le ciment à leur liste. Le jeune géologue qui est arrivé l'année précédente nous assure qu'il n'est vraiment pas difficile de fabriquer notre propre ciment. Ou du moins un ersatz rudimentaire mais utilisable. Il faudrait simplement trouver de la chaux.

La troisième conséquence de l'arrivée des Namibiens est que Domingo reçoit cinquante hommes pour son armée. Le Comité est effrayé par les histoires d'attaques sauvages que racontent les nouveaux arrivants, et comme la population s'est agrandie il y a des gens disponibles.

Mais ils ont tous plus de quarante ans, le plus âgé en a soixante et un, et aucun n'a d'expérience militaire.

– Une armée de papys. Bonne pour la défense, peut-être. La KTM tremble de peur, j'en suis sûr, râle Domingo lors de notre entraînement au tir quand il sait que personne d'autre ne l'entend.

Je suis jaloux de chacun des nouveaux soldats.

La quatrième conséquence, la meilleure, est que nous gagnons en compétences précieuses : une infirmière, quatre éleveurs, un garde-chasse, un mécanicien et un diéséliste à peu près qualifié.

Et la dernière conséquence de l'arrivée des Namibiens est que Jacob Mahlangu et moi ne montons plus dans la réserve avec le quad. Nous recevons chacun un cheval pour notre travail de berger, des chevaux qu'il faut apprendre à monter et à soigner. Nous aidons aussi à la construction des écuries, juste en face de l'intersection en T de Heidestraat.

17 FÉVRIER

Domingo et ses soldats assurent une permanence à trois barrages routiers : au sud de Petrusville, à quinze kilomètres à l'ouest d'Amanzi sur la vieille route R369 et sur la rive d'en face, au pont Havenga sur le fleuve Orange, à un kilomètre en aval du village.

Le 17 février, les quatre gardes de jour du pont Havenga entendent le vrombissement profond d'un camion diesel et l'air guilleret d'un klaxon. Et puis ils voient un grand camion ERF avec une longue remorque blanche en bas de la pente. Manifestement, ce n'est pas un des véhicules d'expédition d'Amanzi. Le camion s'arrête à cent mètres du barrage – une distance prudente.

Un homme et une femme descendent et saluent les gardes de la main. L'homme avance, la femme reste devant le camion. Il se présente comme Thabo, dit que la femme s'appelle Magriet. Ils sont colporteurs. Ils ont entendu dire que nous avions une communauté performante et florissante, avec de l'électricité. Ils vendent des médicaments pour humains et pour animaux. Ils ont du riz, des pâtes et des appareils électriques – des robots ménagers, des machines à coudre, des machines à laver et des sèche-linge, des réfrigérateurs et des cuisinières –, tous flambant neufs et impeccables.

Les sentinelles appellent Domingo à la radio. Il arrive au pont et rencontre le couple. Ils sont joyeux et inoffensifs. Il regarde leur gros camion blanc. Sur le côté, ils ont peint une grande croix rouge et, d'une main pas très professionnelle, les mots : *Pharmacie. Tout en Troc. Nous venons en Paix.* Suivis du symbole de la paix en vert.

Domingo inspecte le camion. Trois fois. Il ne trouve que des cartons et des caisses, tous remplis de médicaments, de riz, de pâtes, d'appareils électriques, bien rangés et étiquetés.

– Vous vendez cela contre quoi ?
– Contre ce que vous avez. Nous faisons du troc. En ce moment, nous avons vraiment besoin de diesel. Les légumes et les fruits sont précieux aussi, tous les aliments frais en fait. La viande aussi. Nous avons un congélateur dans le camion.

Domingo les interroge pendant cinq minutes avant d'être satisfait. Il donne le signal et la barrière s'ouvre. Thabo et Magriet traversent le pont, montent la pente et s'arrêtent devant le vieux poste de police.

Ce sont les premiers colporteurs qu'on voit depuis la Fièvre. Père dit que c'est la meilleure indication possible d'un monde qui se normalise.

*

Le soir à l'Orphelinat, je bois les paroles des colporteurs quand ils nous racontent leurs histoires. Ils disent qu'ils sont tous les deux des esprits vagabonds dont les destins se sont croisés.

Thabo Somyo a presque cinquante ans. Il a passé sa vie à barouder, dit-il. Il a travaillé un peu partout en Afrique du Sud, avant la Fièvre, il était employé au service des expéditions sur le port d'East-London. Pendant la Fièvre et le chaos qui l'a suivie, il s'y est caché parce qu'il savait qu'il y avait des milliers de tonnes de céréales d'importation dans les silos du port, et des conteneurs de denrées importées de partout, du riz et des pâtes d'Asie et des tomates en conserve d'Italie. Finalement, il y avait une soixantaine de personnes qui vivaient autour du port. Mais Thabo avait envie d'aller voir ailleurs.

Magriet van der Sandt, Afrikaner d'une vingtaine d'années, était pharmacienne à Queenstown. À l'époque où le monde était encore intact, c'était une grande routarde. Après la Fièvre, elle s'est vite ennuyée des limitations d'une existence centrée sur la survie. Et elle rêvait de légumes et de fruits frais. Finalement, elle a rempli un petit fourgon de médicaments et elle a pris la route. Partout où elle croisait des gens, elle troquait ses médicaments et ses conseils médicaux contre le carburant, la nourriture et la sécurité.

À East-London, elle a rencontré Thabo Somyo. Il lui a demandé pourquoi elle se contentait d'un si petit fourgon. Elle a répondu que c'était tout ce qu'elle savait conduire. Il lui a parlé des sept conteneurs pleins de médicaments sur le port. Il les lui montrerait et lui trouverait un gros camion, mais en échange il voulait l'accompagner et il voulait cinquante pour cent des bénéfices de leur partenariat.

Les médicaments dans les conteneurs n'étaient pas seulement destinés à l'usage humain. Presque la moitié était pour des traitements ovins, bovins, porcins. Ils en ont pris aussi et sont partis. C'était il y a quatre mois. D'abord dans la région : Port Alfred, Cradock, Mthatha et Port Saint Johns. Puis plus loin, vers l'est : Durban, Manzini, Pietermaritzburg, Richards Bay. Ensuite, dans le Nord : Nelspruit, Pretoria, Johannesburg, Polokwane, Gaborone, Vryburg, Kimberley, et finalement, Amanzi.

Oui, on les a attaqués, à coups de fusil et de pierres. Si c'est possible, ils ne font pas halte quand l'endroit ne semble pas sûr. On les a souvent arrêtés aussi, des gens armés, des gens agressifs ou effrayés, la plupart du temps parce qu'ils avaient peur. Mais presque tous avaient besoin de médicaments ou de conseils médicaux. Ou il y avait des personnes malades ou blessées. Ou ils étaient simplement curieux de ce qui se passait ailleurs. Et alors ils faisaient des échanges et à chaque fois on leur a permis de continuer leur chemin.

Ils disent que le monde est en train de changer, que la situation se stabilise peu à peu. Ailleurs aussi les gens se regroupent pour unir leurs forces. Autour de Pinetown au Kwazulu-Natal, il y a une grande communauté qui survit grâce à l'élevage de bétail et à la culture de bananes et d'ananas. Et ils font de l'éthanol à partir d'alcool de canne à sucre. Avant la Fièvre, il y avait une production d'éthanol qu'ils ont réussi à relancer. Au début, leur production était restreinte et la qualité aléatoire mais cela s'améliore. Ils ont d'abord produit assez de carburant pour faire fonctionner des groupes électrogènes mais maintenant ils ont plusieurs véhicules qui roulent à l'éthanol.

À Nelspruit, il y a une communauté paisible, en pleine expansion, qui troque des mangues, des avocats et des noix de macadamia contre des médicaments.

Au nord de Pretoria, une communauté est en train de se constituer autour d'un élevage de vaches et à Johannesburg, deux groupes se sont formés, les *Easties* des environs de Kempton Park et les *Westies* de Soweto et de Randburg. Ceux-là ne cultivent rien. Ce sont des groupes qui pillent systématiquement toutes les maisons dans la ville à la recherche de tout ce qui peut servir ou se manger. La tension entre les deux groupes augmente à mesure que le butin se fait rare.

– Il va y avoir la guerre, dit Thabo Somyo. Nous nous sommes sauvés.

La réputation d'Amanzi s'étend, disent-ils, aussi loin que Johannesburg. Toutes les communautés parlent de « cet endroit au barrage qui a déjà de l'électricité ». C'est pourquoi Thabo et Magriet ont commencé à échanger leurs médicaments contre des appareils électriques tout neufs.
– Donc, vous n'êtes pas passés par Bloemfontein ? demande Domingo.
– Non, nous avons entendu dire qu'il y avait des motards qui contrôlaient cette région et qu'ils étaient dangereux.

29 MARS

Thabo et Magriet reviennent. Cette fois du Sud. Ils ont apporté un chargement de riz. Ils le troquent contre nos conserves d'oignons et nos bocaux de fruits et de sauce tomate. Ils disent que c'est très apprécié partout où ils vont.

Ils sont passés par la gorge du Langkloof, par Oudtshoorn et Beaufort-West pour éviter les motards, ces gens que nous appelons la KTM.

Leur voyage s'est déroulé sans incident, disent-ils.

48

L'ARRIVÉE DE LA KTM : II

Sofia Bergman

J'ai envie de dire quelque chose qui pourrait paraître bizarre... Mais si je ne le dis pas, mon histoire sera incomplète : les trois années que j'ai passées à la ferme avec Meklein et Vytjie avaient quelque chose de divin, de biblique, de sacré.

La ferme est très isolée, elle est calée dans une vallée au fond d'une région montagneuse au nord de Nieu-Bethesda. La géographie y renforce l'idée de... solitude n'est pas le mot juste car je ne me sentais jamais seule. Eux non plus parce qu'ils étaient ensemble et aussi qu'ils m'avaient, moi, comme responsabilité, comme objectif, je ne sais comment le dire. Nero affirme que le fait d'avoir une raison de vivre et de survivre a un impact sur la longévité des personnes âgées. J'étais peut-être une raison de vivre pour eux.

Mais je m'égare. Les montagnes qui entourent la ferme renforcent le sentiment d'isolement si bien qu'on pense plus facilement qu'elle contient le monde entier, tout ce qui existe, même quand on sait que ce n'est pas vrai. Je ne sais pas si je suis claire.

Pendant ces trois années, on n'a vu personne. Personne. Au début, pendant les premiers mois qui ont suivi la mort de ceux qui nous entouraient, il y avait encore la télévision par satellite et le soir nous pouvions voir le monde s'écrouler peu à peu. Les émissions se sont brusquement arrêtées. Un soir, nous avons allumé le poste, et il n'y avait rien. La radio a encore continué pendant quelques semaines. Et puis il n'y a plus eu que nous et les tombes des nôtres et notre vie tellement simple. La même que dans les temps anciens. C'est n'importe quoi, je sais, c'est moi qui romance les choses. Dans les temps anciens, on n'avait pas d'éoliennes ni de panneaux solaires. N'empêche, nous menions une vie sans complications et routinière, gouvernée par le soleil, la lune, les saisons.

Nous avions des vaches, des moutons, des cochons et des poules. Et des fruits en conserve, des haricots au curry et de la salade de betterave en bocaux dans le garde-manger de maman. En été, on plantait de nouveau et ensuite on récoltait. En hiver, Vytjie trouvait dans le veld des plantes comestibles, des plantes dont je ne connaissais même pas l'existence. Nous avions donc toujours assez à manger. J'avais le temps d'écouter les histoires de Meklein et de Vytjie et ils m'apprenaient des choses. Meklein surtout.

Vytjie ne comprenait pas pourquoi je ne m'intéressais pas tellement à sa connaissance des plantes et des médicaments. C'est parce que je voulais plutôt apprendre à chasser avec Meklein. Bien sûr, il y avait des fusils de chasse à la maison, cinq, mais seulement deux cent cinquante cartouches, et dès le départ nous nous sommes dit que nous allions les garder. Je ne sais pas pourquoi. Mais il y avait une arbalète. Mon frère aîné l'avait achetée d'occasion. Il voulait... mais en fait ça ne l'a intéressé que pendant trois, quatre mois... Enfin, l'arbalète était là avec exactement onze flèches. J'ai commencé à tirer avec. Je ne me rappelle plus pourquoi. Ennui ou curiosité, peut-être. Nous n'avions pas du tout à nous préoccuper de la chasse ou de notre sécurité.

J'ai abîmé les flèches et Meklein m'a assuré qu'il pouvait en fabriquer pour moi. Il les a bien réussies et m'a appris à les façonner. Les ancêtres chassaient comme ça, à l'arc. Et il a commencé à m'apprendre ce qu'il savait : à traquer, à suivre les pistes, à survivre dans le veld. Et le soir, près du feu, il me racontait comment les chasseurs de sa tribu pouvaient courir pendant des heures après une antilope blessée, que c'était ça, la vraie chasse, les animaux avaient toujours une chance.

Ainsi, j'ai commencé à chasser, par curiosité et parce que je m'ennuyais. Je l'ai déjà dit, j'avais fait du cross et j'adorais courir pendant des heures et sur des kilomètres.

2 JUIN

Je suis à l'école ce jour-là. C'est l'hiver. Un matin glacial mais avec un ciel bleu, pas un seul nuage.

Amanzi est paisible et productif, chacun vaque à ses tâches quotidiennes.

Entre neuf et dix heures, Thabo et Magriet arrivent au barrage routier au sud de Petrusville dans leur camion *Pharmacie. Tout en Troc. Nous venons en Paix*.

Domingo se trouve au vieux poste de police, à l'époque c'était encore son quartier général. Les gardes du barrage lui demandent par radio s'ils peuvent laisser entrer les colporteurs.

– Ils sont seuls ?
– Oui.
– Vous avez fouillé la remorque ?
– Oui.
– Qu'ils entrent.

Il sait que Thabo et Magriet vont devoir s'arrêter aussi à la barricade des bus. Selon le protocole, tout véhicule y est fouillé une deuxième fois. Il informe le Comité que les colporteurs sont de retour et qu'ils arriveront à

Amanzi dans une demi-heure. Ensuite il traverse la rue pour prévenir ceux de l'entrepôt que Thabo et Magriet seront bientôt là. L'entrepôt est tout neuf. L'équipe de construction l'a agrandi en annexant l'ancien restaurant et le magasin de vins et spiritueux. Notre conserverie est juste à côté et le tout a été renforcé et sécurisé avec une seule entrée.

Domingo rentre au poste de police.

Seize minutes plus tard, il entend des coups de feu.

La barricade des bus est à un kilomètre et demi du poste de police, derrière une colline. Mais Amanzi est tranquille et le bruit d'une fusillade est une rareté. Domingo sait que ses soldats ne s'entraînent pas au tir ce matin. Il sait que c'est autre chose, des emmerdements, il sait que Thabo et Magriet sont impliqués, il se doute déjà de ce qui se passe parce que c'est ainsi que sa tête fonctionne.

Domingo empoigne sa radio et son R4 et il fonce vers son pick-up. Il essaye de contacter la barricade des bus. Mais il n'entend que des coups de feu au loin.

À la radio, il appelle sa petite garnison de vingt soldats. Ils ne sont pas en faction aujourd'hui mais ils s'entraînent entre le barrage et le champ d'épandage. Il leur donne l'ordre de venir au poste de police, monte dans le pick-up et le met en marche.

Père arrive en courant, lui demande ce qui se passe.

– Que tout le monde reste à l'intérieur. Et maintiens le contact radio.

Domingo se précipite à la barricade. Il essaie encore d'appeler les gardes. Ils ne répondent pas.

Juste après Heidestraat, la grande rue fait une courbe vers la gauche avant de descendre la pente. Domingo voit le camion ERF – tracteur et remorque – arriver. Il est à cinq cents mètres. Les coups de feu, le silence à la radio, le camion qui fonce vers le village : des ennuis en perspective. Domingo freine à mort dans un crissement de pneus et s'arrête en travers de la route pour empêcher le camion de passer. Il saute du pick-up et file vers la gauche, gravit la pente d'une colline et se jette par terre derrière un rocher. Par l'œilleton du R4, il voit le camion s'approcher, plus que deux cents mètres. Ni Thabo ni Magriet ne sont au volant. Il y a deux hommes inconnus dans la cabine. Domingo hésite un instant et tire, quatre coups de sommation.

Le camion ne s'arrête pas.

Il tire à nouveau, sur le conducteur. La première balle le blesse et le camion fait une embardée, ce qui fait rater son deuxième tir. Le camion manque de quitter la route, mais se redresse et accélère, le conducteur se plaque contre le tableau de bord et le copilote riposte par le feu.

Domingo continue à viser, à tirer, le camion fonce sur son pick-up, le percute à grande vitesse, un fracas de tôle, du verre cassé, le pick-up est projeté hors de la route, le camion passe.

Tout en tirant, Domingo saisit la radio et se met à courir. Il crie à Père de donner l'alerte avec le système de klaxons de voiture qu'il a bricolé en cas d'urgence. Il donne l'ordre à ses hommes d'activer le plan de défense à partir du poste de police. Et il part en courant vers le village, à un kilomètre ; il court à perdre haleine.

*

Je suis à l'école. J'entends les fusillades, mais je pense que ce sont les soldats de Domingo qui s'entraînent à la carrière. Je les envie, ils en ont, de la chance.

Et puis j'entends les tirs de Domingo, tout près, à quatre cents mètres à peine de l'école. Je bondis de ma chaise. La prof me dit de me rasseoir.

Je reste debout parce que je sais qu'il y a quelque chose qui ne va pas. Et je connais Domingo. Jamais il ne laissera quelqu'un tirer aussi près du village, des maisons et de l'Orphelinat.

La prof répète son ordre de cette voix qu'ont tous les professeurs quand ils annoncent ce qui arrivera si on n'obéit pas.

Je me rassois à contrecœur.

Le bruit sourd de métal.

Des enfants retiennent leur souffle. Je me lève de nouveau et dis :

– Madame…

Elle aussi écoute maintenant, le visage inquiet. Un silence de mort dans la salle de classe.

Les alarmes se déclenchent, les klaxons que Domingo a fait attacher au grand poteau de la station-service Midas. Chacun sait ce qu'il faut faire quand les alarmes sonnent.

– On y va ! dis-je à Jacob en filant de la salle de classe.

Je dois aller chercher mon R4DM et le R6. Jacob et moi devons prendre les chevaux et monter dans la réserve pour défendre la gorge. Voilà notre devoir en situation d'urgence, approuvé par le Comité, notre part dans le plan de défense de Domingo. Il a été décidé de nous envoyer dans la réserve parce qu'il ne s'y passera probablement rien.

Je traverse le petit terrain en courant. Mes fusils sont dans ma chambre à l'Orphelinat, à cent mètres de l'école.

J'entends le gros moteur diesel mais je ne sais pas qu'il s'agit du camion ERF parce que je ne le vois pas. Je cours sur la pelouse de l'Orphelinat. Les enfants sont là, avec Béryl et Mélinda. Okkie m'aperçoit :

– Nico, je suis là !

Je l'ignore, me précipite dans ma chambre, saisis les fusils, le sac à dos contenant les chargeurs et la radio, je sors, entends la voix d'Okkie derrière moi, les cris perçants des petits. Je fonce vers les écuries, près de l'intersection de Heidestraat ; Domingo m'appelle, il est au coin, fusil à la main.

– Viens ici.

J'y cours.

– Va couvrir la route de la barricade des bus.

– Mais la réserve ?

– La route. Tout de suite. Si tu vois un motard, tu le supprimes. Passe-moi le R6.

Sa voix est calme, comme si tout était sous contrôle. Je lui donne le fusil plus court.

– Tu as combien de chargeurs ?

– Trois pour le R6, trois pour le DM.

– Passe-moi les chargeurs du R6.

Je les sors, mais trop vite, j'en laisse tomber un. Domingo le ramasse, pose une main sur mon épaule.

– Calme-toi, couvre la route.

Il se retourne et court vers le centre du village, porte la radio à sa bouche et dit quelque chose.

Je descends Heidestraat à toutes jambes, tourne à gauche dans la direction de la barricade. Je sais exactement à quel endroit je vais prendre position. Je vois le pick-up de Domingo. La partie arrière est fracassée, de l'autre côté de la route. Je veux me positionner en face, sur la pente qui domine le large virage de la route d'accès.

La voix grêle d'Okkie s'élève derrière moi.

– Attends-moi, Nico. Tu vas trop vite.

J'entends aussi le bruit d'une moto. Je scrute l'endroit où la route descend de la colline, à un kilomètre environ. Je vois le premier motard KTM. Et le deuxième, le troisième, le quatrième.

49

L'arrivée de la KTM : III

Dans la plaine en bas, quatre routes se rejoignent sur un grand rond-point – la route du barrage, celle qui vient du pont Havenga et celle qui va à Petrusville ; la quatrième monte jusqu'à Amanzi. Elle passe par la barricade des bus et traverse le col entre les deux collines, à quatre cents mètres du rond-point.

Juste après la barricade, la route vire à droite et forme un large U sur la plaine avant la deuxième pente qui mène dans le village.

De ma position, j'ai une vue sur le U à huit cents mètres. Je repère les motos sur la première branche du U, j'entends le vrombissement frénétique des moteurs. C'est trop loin, même pour une cible immobile. J'ajuste mon viseur sur le premier homme, j'attends qu'il s'engage dans le premier virage du U, ensuite son trajet le placera dans un angle d'environ quinze degrés par rapport à ma position. Le meilleur moment pour tirer sera quand ils ralentiront avant le deuxième virage du U. À deux cents mètres seulement. L'ennui est que je compte maintenant douze motards. Si j'en rate un dans le virage et dois changer d'angle de visée pour tirer plus rapidement, je vais probablement en louper quelques-uns.

Il va donc falloir que je commence à tirer à cinq cents mètres, au milieu de la première branche du U. Rapidement. Avec précision.

Okkie est allongé à côté de moi. Quand il est arrivé, j'ai crié :

– Tu te couches là à côté de moi, tu fermes les yeux et tu ne bouges pas ! Tu m'entends ?

Ma voix était tendue à cause de la peur, la peur pour lui. Okkie s'est mis à pleurer à cause des sirènes et de ma réaction, je ne lui avais jamais parlé sur ce ton. Il est collé contre moi, les bras sur les yeux. Il gémit tout doucement.

Les motos sont dans la deuxième branche du U. Je vise le premier, suis son mouvement, calcule mon coup. Le soleil est derrière moi, il n'y a pas de vent. Conditions parfaites.

Je tire.

Il tombe et roule par terre, la moto glisse sur la route, des étincelles jaillissent.

Le suivant. Je vise la poitrine, au-dessous du casque. Je tire.

Il tombe.

Encore un, et encore un autre et à chaque fois que le coup part, Okkie tressaille à côté de moi.

Le monde se rétrécit dans l'œilleton.

La moto du sixième prend feu et explose. Derrière la fumée et les flammes, je ne vois plus le groupe, un motard en sort, se rapproche du deuxième virage du U.

Je tire. Il tombe. De nouveau, tir, chute.

Une balle siffle à côté de moi, heurte un rocher. Quelqu'un me tire dessus. Et sur Okkie.

Je veux chercher le tireur sans regarder dans le viseur, mais je n'ose pas, ils arrivent trop vite, je dois garder le rythme, veiller à ce qu'aucun motard ne passe.

Le suivant est dans le virage au-dessous de moi, à cent cinquante mètres. Je tire. Il tombe.

Neuf sur douze.

J'atteins le suivant dans le virage, et après lui, un autre à quatre-vingt-dix mètres de moi ; il dérape, toujours cramponné à sa moto, il glisse sur la route, passe à côté du pick-up de Domingo et percute des rochers sur la droite. Je ne vois plus de motos sur la route. Est-ce que j'aurais mal compté ? J'en ai vu douze et en ai supprimé onze. Et puis une autre balle s'écrase juste à côté de moi et je me rends compte qu'un des motards a dû s'arrêter, se cacher et que maintenant il me tire dessus.

Le silence soudain fait qu'Okkie se lève d'un bond.
– Okkie !
– Chercher papa...
Et il file.

*

Ce qui se passe dans le village le 2 juin de l'année du Chacal fera un jour partie de la légende de Domingo. Cela attisera les rumeurs sur son passé et ses capacités, et s'intégrera au mythe d'Amanzi.

Le croisement à la station-service Midas est trompeur parce que les trois routes s'y rejoignent comme les branches d'une étoile.

Le premier tir de Domingo a sérieusement amoché la clavicule gauche du conducteur du camion ERF et l'a obligé à tenir le volant avec la main droite uniquement. Arrivé au croisement, il ne peut plus maîtriser le véhicule. Au dernier moment, il essaie de tourner à gauche, vers le barrage. Il perd le contrôle du camion qui vient percuter le réverbère et l'olivier devant le poste de police. Mais ces obstacles sont trop légers pour arrêter la masse énorme qui s'encastre dans l'angle du poste de police et enfonce le mur.

Les vingt soldats d'Amanzi, rappelés de leur entraînement, sont dans le poste en train de s'armer selon les ordres donnés par Domingo à la radio. Le nez du camion traverse le mur et percute sept hommes qui s'affairaient dans le petit arsenal. Les treize autres soldats qui attendaient leurs armes dans la pièce à côté se jettent à terre alors que le bâtiment se remplit de poussière et de bruit.

À ce moment, Domingo m'a déjà donné l'ordre de m'occuper des motards, il a pris mon R6 et fonce à la poursuite du camion. Il entend l'impact contre le mur du poste de police, à quatre cents mètres.

Quand il sort du virage et qu'il voit le camion ERF, il est à deux cents mètres. Alors les portes arrière de la longue remorque s'ouvrent, révélant des hommes de la KTM avec des fusils. Nos fusils, les R4 qu'ils nous ont raflés il y a presque deux ans.

Domingo a mon R6 sur l'épaule et son R4 dans les mains. Le chargeur du R4 est presque vide, il ne reste plus que six cartouches. Il ne court plus, il descend la rue au pas. Il ne cherche même pas à se cacher. Plus tard, ceux qui l'ont vu de leurs fenêtres diront qu'il avait l'air tellement concentré, tellement résolu qu'on avait l'impression qu'il n'était pas conscient du danger.

Les hommes de la KTM sautent à terre.

Domingo lève le R4, vise et tire. Trois coups bien calculés.

Trois membres de la KTM tombent. Mais il y en avait dix dans la remorque et les sept qui restent ripostent.

*

Je sais que le tireur embusqué va voir Okkie courir. Je sais que tout mouvement qu'on perçoit dans le viseur attire l'attention, qu'on braque et tire instinctivement.

J'appelle Okkie, me lève d'un bond. Il repart en courant vers l'Orphelinat. Il est à quatre pas devant moi, j'ai le R4 dans la main gauche, je tends la main droite pour attraper Okkie, et puis quelque chose me pince brusquement la jambe gauche. À ce moment précis, je ne sens aucune douleur mais je sais que je suis blessé parce que j'attendais le coup et je suis soulagé d'être celui qui a été touché, et pas Okkie.

J'empoigne Okkie par son T-shirt en tombant. Je m'étale, mon épaule heurte Okkie et lui coupe le souffle, je l'entends haleter. Quand je me retourne, je sens du sang couler sur ma jambe. Pour la première fois, je suis conscient d'une douleur lancinante, mais seulement là où la balle est sortie et je me demande pourquoi – une pensée étrange dans de telles circonstances. Je sais qu'il faut débusquer le tireur dans sa planque, l'abattre.

Okkie est tout pantelant.

J'aperçois l'éclair rapide du fusil du tireur. Il est couché derrière sa moto renversée au milieu de la route. Lui est à peine visible derrière la fumée qui monte de la moto en feu.

La balle suivante frappe le sol juste devant moi, projette de la poussière, du sable, des cailloux sur mon visage, mes yeux.

Okkie essaie toujours de retrouver son souffle.

J'essuie mon viseur, désespéré, il va falloir tirer très vite, il sait exactement où je me trouve et ne me ratera pas la prochaine fois.

J'ajuste le réticule sur lui et tire, l'atteins.

Okkie a repris son souffle. Il sanglote en hoquetant.

Sous ma jambe une flaque rouge se forme. Je vais mourir ici, vidé de mon sang.

– Okkie, il faut aller chercher quelqu'un. N'importe qui de l'Orphelinat. Tu comprends ?

*

Le R4 est vide. Domingo le jette par terre et dégage le R6 de son épaule. Devant lui, des balles criblent la route goudronnée.

Brusquement, il file à gauche et disparaît derrière la station-service Midas.

Les hommes de la KTM sautent tous à terre. Trois d'entre eux se cachent sous la remorque derrière les grandes roues. Quatre s'engouffrent dans le poste de police en traversant le mur effondré.

Ils remarquent le mouvement des treize soldats d'Amanzi qui essaient d'atteindre le magasin de munitions au milieu de la poussière, des morceaux de plâtre et de briques et des corps de leurs camarades blessés ou tués par la collision. Les hommes de la KTM tirent au hasard. Ils massacrent les soldats d'Amanzi – seulement quatre sur les vingt survivront.

*

Domingo
Récit recueilli par Willem Storm. Projet d'histoire d'Amanzi.

On a beaucoup exagéré les événements de ce jour-là en racontant toutes sortes de bêtises. J'ai été nul, moi et mon commando avons été au-dessous de tout. Nous avons essuyé des pertes énormes. Pourtant nous avions tous les avantages : notre position en hauteur, les postes de contrôle, les barricades... Et nous avons échoué lamentablement.

*

Il était comme une ombre, a-t-on dit. Il a traversé la station-service tel un fantôme pendant que les trois cinglés de la KTM tiraient sur lui de leur planque sous le camion.

Domingo s'abrite derrière des fenêtres, des portes et même des pompes à essence et il les élimine un par un, d'un seul coup, avec le R6. Il n'a pas l'air pressé, il est appliqué et résolu.

Il file jusqu'au camion, s'aplatit sous la remorque et ramasse deux des fusils, arrache les chargeurs et les met dans ses poches, puis disparaît dans le trou noir du poste de police.

Les gens dans l'entrepôt, de l'autre côté de la route, entendent les coups de feu. Les types de la KTM tirent furieusement, dans tous les sens. Mais on peut compter chaque tir de Domingo. N'oubliez pas, diront-ils plus tard, il était tout seul, Domingo, et eux, ils étaient quatre, et le poste de police n'est pas grand. Mais ça n'a pas pris longtemps, trois minutes peut-être, avant que Domingo ne surgisse et avance vers le camion, sans une égratignure.

Dans la cabine, il y a encore deux membres de la KTM, le conducteur et son passager, blessés dans l'accident. Ce sont eux qui ont tué Thabo et Magriet ; ils sont contusionnés et en sang, mais toujours vivants. Domingo ouvre la portière côté conducteur. Des éclats de verre tombent par terre. Le type, sa clavicule en morceaux, tend son pistolet avec silencieux à Domingo :

– On se rend, on se rend.

Et Domingo prend l'arme et leur tire une balle entre les yeux.

L'un après l'autre.

L'ARRIVÉE DE LA KTM : IV

Domingo

Que j'essaie de mettre les choses au clair :

Les gens de la KTM n'étaient pas entraînés. C'était une bande de brutes, des amateurs avec des fusils d'assaut. Et pourtant ils ont réussi à tuer mes gardes à deux barricades, à percer ces barricades, à passer sous mes yeux et à pénétrer dans le village. Ils ont réussi à tuer vingt-six des nôtres.

Mais leur plan a foiré. Leur plan, c'était la stratégie du cheval de Troie : ils détournent le camion de Thabo et Magriet, deux gars avec des pistolets équipés de silencieux se cachent dans la cabine et dix autres dans la remorque, plus douze qui les suivent à moto.

À la barricade des bus, mes gardes voient Thabo et Magriet, ne se doutent de rien, ensuite les deux avec leurs pistolets forcent les gardes à dire par radio que tout va bien.

Au barrage routier de Petrusville, le plan a marché. Ils ont tué mes gardes et les motos sont passées. Ensuite, les motards se sont cachés en attendant que le camion de Thabo et Magriet arrive à la barricade des bus.

À la barricade, le plan a capoté, on le sait car un de mes gardes a survécu pour nous raconter l'histoire. Il dit que Thabo a essayé de saisir un des pistolets et puis tout le monde s'est mis à tirer et les gars dans la remorque sont sortis et c'est ainsi qu'ils ont pu franchir la barricade. Mais leur plan a foiré parce qu'ils ont perdu l'effet de surprise. C'est là où ils ont merdé. Ils auraient dû cesser le feu, ils auraient dû se barrer et revenir se battre un autre jour. Mais il leur manquait un chef. Donc, ils ont dégommé tout le monde, les gardes, Thabo et Magriet, et ils ont foncé pour atteindre le village, mais il y avait trop d'espace entre le camion et les motos, voilà pourquoi ils se sont plantés.

Mais même s'ils étaient des rustres avec un plan foireux ils ont quand même réussi à tuer vingt-six de mes hommes. C'est inacceptable. C'est une défaite. Une honte.

Et c'est pourquoi je n'aime pas qu'on me dise que j'ai été un héros ce jour-là. J'ai été minable. Le vrai héros est Nico Storm. Un tireur comme lui, ça ne s'invente pas. On ne verra plus jamais ça.

Mais personne n'en a rien dit.

Ça, c'est vraiment nul !

*

J'ai retiré ma chemise pour en faire une sorte de garrot. Je commence à avoir la tête qui tourne.

Je n'entends plus de coups de feu au village et me demande ce qui s'est passé.

Je vois Nero arriver en courant. Et derrière lui, le petit Okkie en pleurs.

*

Je suis à l'infirmerie. Domingo se tient debout à mon chevet.

– Pourquoi tu les as tués ? Les deux derniers ?
– Tu connais mon mantra.
– L'autre veut me tuer. Si j'hésite, je suis mort ?

— Exact.
— Mais ils se sont rendus.
— Avec des armes cachées sous leurs vêtements ?
— Ah.
— Nico, ce sont des animaux. S'ils ne t'ont pas aujourd'hui, ils t'auront demain. N'oublie jamais ça.
J'acquiesce.
— Et que ferions-nous de prisonniers ?

51

Sofia Bergman
Récit consigné par Sofia Bergman. Poursuite du projet d'histoire d'Amanzi, à la mémoire de Willem Storm.

Parfois je me demande ce qui serait arrivé si Oom Meklein n'était pas mort au mois de mai de l'année du Chacal, si lui et Vytjie avaient vécu encore quatre ou six ou dix ans, est-ce que j'aurais vu Amanzi...

Je ne sais pas quel âge ils avaient, Vytjie et lui ; soixante-dix ans bien sonnés, sans doute.

Nous avons passé tant de soirées dehors devant le feu. C'était un des grands plaisirs de Meklein, la nuit sous les étoiles.

Je sais que c'est peut-être une vision romantique, mais je crois qu'il savait que la fin approchait. Le dernier soir de sa vie, nous étions devant le feu. Les nuits étaient déjà froides et nous nous tenions tout près des flammes. Il toussait beaucoup, plus que d'habitude. Et puis il a dit qu'il pensait que la Fièvre était venue parce que les hommes avaient blessé la Terre. Chaque phrase ponctuée par des quintes de toux, il nous en a parlé :

– Vytjie, quand est-ce que tu as vu un *gompu*[1] pour la dernière fois ? Tu te rappelles les aigles noirs quand nous étions plus jeunes ? Il y en avait tellement. Et les petits chiens oreillards, on en voyait tant autrefois. Les

---
1. Outarde kori.

oreillards sont des mangeurs de termites, de scorpions, mais les gens pensaient qu'ils attrapaient les moutons. Les moutons n'ont jamais été leur proie. On ne les voit plus. Tant de choses qu'on ne voit plus. Les gens ont fait beaucoup de tort à la Terre. Je me demande, n'est-ce pas la Terre qui aurait envoyé la Fièvre ?

Plus tard dans la soirée, il s'est soudainement arrêté de tousser, comme si son vieux corps en avait simplement assez. Et cette nuit-là, Oom Meklein est mort dans son sommeil. Nous l'avons enterré, Vytjie et moi, et après nous nous sommes partagé les tâches. Mais à peine quatre semaines plus tard, Vytjie est morte elle aussi. Elle était toute silencieuse à côté du feu, il faisait très froid, je m'en souviens. Elle s'est endormie et n'a jamais rouvert les yeux.

Alors, je lui ai creusé une tombe, à côté de Meklein, sur le coteau où ils aimaient s'asseoir l'un contre l'autre au soleil, les matins froids d'hiver, pour boire leur tisane.

Pendant des mois après la mort de Vytjie, je n'ai même pas pensé à quitter la ferme. Je voulais rester et je suis restée. Tout l'hiver. C'était un hiver normal dans le Karoo. Cette année-là, il n'y a pas eu de neige, juste ce que mon père appelait un « parfait froid de désert ». J'ai taillé les arbres fruitiers en juillet et j'ai fait du *biltong* avec la viande de deux springboks. Je suis restée tout août et septembre. Et quand il a fait plus chaud, c'était le moment de planter. J'ai commencé à préparer le sol, j'ai mis du fumier et du compost dans le potager. Et puis un matin, les graines étaient devant moi sur la table, j'ai imaginé la récolte et je me suis rendu compte que je ne pourrais pas la partager avec quelqu'un. Et à ce moment-là, j'ai été saisie par la solitude. Bizarre, hein, rien que l'idée d'avoir tous ces légumes pour moi seule. Je n'entendrais plus Meklein claquer ses lèvres de plaisir au repas, je n'aurais plus à me demander comment Vytjie arrivait à manger les épis de maïs avec les rares dents qui lui restaient.

C'est alors que j'ai réalisé qu'il fallait chercher d'autres personnes. Ça a fait comme une digue qui cède ; d'un coup, on est inondé de compréhension : c'était, en fait, dangereux de vivre ainsi toute seule à la ferme. On pouvait glisser et tomber, dans le veld ou dans la baignoire, et il n'y avait personne. Mais il était tout aussi dangereux d'aller quelque part. Où aller ? Et comment ? Nous ne nous étions jamais servis des voitures ; les batteries devaient être à plat, l'essence sans doute éventée, je n'ai même pas envisagé de les faire démarrer. Il fallait partir à pied. Pour aller où ?

À Bloemfontein.

C'est l'endroit que je connaissais, enfant. C'était la référence, là où on allait quand nous avions besoin de quelque chose qu'on n'avait pas à la ferme. Il y avait des services, des marchandises et des gens.

Je sais qu'il est difficile de comprendre cela, mais je m'imaginais toujours le monde extérieur comme il était avant la Fièvre. J'avais passé trois années à la ferme, sans voir personne à part Meklein et Vytjie. Pendant cinq mois, j'avais vécu complètement seule. Je n'avais que seize ans. Et j'étais dans une sorte de brouillard.

Je me suis dit que j'allais préparer un sac à dos, prendre un fusil et partir. Je connaissais le chemin le plus court pour rejoindre la N1. En empruntant les pistes des fermes, le village de Hanover dans le Cap Nord était à cent kilomètres, ou pas beaucoup plus loin, en tout cas. Il y aurait des voitures sur la N1 et à Hanover, je pourrais demander à quelqu'un de m'emmener à Bloemfontein. Je pourrais loger à l'internat de l'école primaire Oranje.

Plan pourri, je sais. J'étais tellement naïve. Je ne savais rien de rien.

Je me suis dit que si j'emportais assez d'eau et de vivres pour une semaine, ça ferait l'affaire, et que ce n'était pas grave que mes pieds flottent dans les chaussures de randonnée de ma mère.

Ma meilleure décision, au dernier moment, a été de prendre l'arbalète.

52

Le coup d'État : I

Il faut quatre jours à Domingo et à ses aides pour creuser toutes les tombes dans la terre dure et pierreuse des collines d'Amanzi. J'en entends juste parler, puisque je suis cloué dans mon lit à l'infirmerie ; quand Nero et l'infirmière jugent mon état satisfaisant, je peux regagner ma chambre.

La plaie est moche, mais Nero dit qu'elle est propre et que les tissus ne sont pas trop endommagés. Elle devrait guérir rapidement. Je garde ce pronostic pour moi.

Le cinquième jour après l'attaque de la KTM, toute la communauté se rassemble dans les collines pour les obsèques menées par le pasteur Nkosi. Je ne peux pas y aller parce que l'infirmière dit que ma blessure n'est pas encore bien cicatrisée.

Quatre jours plus tard, la communauté se réunit au Forum. Jacob Mahlangu me pousse depuis l'Orphelinat dans un vieux fauteuil roulant dont la roue droite est bousillée, ma jambe est soigneusement pansée mais elle me fait mal. Cependant, je ne veux pas rater les communiqués importants, ni l'admiration attendue de la population. Après tout, j'ai tué douze membres de la KTM sur leurs motos. Je ne veux pas non plus rater la compassion que Lizette Schoeman manifestera sans doute à l'égard de ma blessure.

Nous sommes obligés de quitter l'Orphelinat en douce pour qu'Okkie ne nous voie pas.

Je ne suis pas déçu quant à l'admiration : les uns crient des félicitations ou viennent me serrer la main et demander des nouvelles ; d'autres me tapent sur l'épaule. Quelques enfants de sept ou huit ans accompagnent le fauteuil roulant à travers la foule, ils me touchent avec vénération, les yeux brillant d'adoration. Ça me plaît beaucoup.

Je ne vois Lizette nulle part.

Le Comité est réuni devant le vieux Tata. Jacob, moi et notre entourage d'admirateurs nous installons un peu plus loin. Père monte sur le plateau du Tata qui sert encore de podium du Forum. Il a un micro et sa voix porte bien. Presque toute la population d'Amanzi est là pour écouter.

Père dit que nous avons perdu trop de vies la semaine passée. Aujourd'hui, nous devons commencer à faire ce qu'il faut pour être sûrs que cela ne se reproduira plus.

Tout le monde applaudit. Gravement, encore sous l'effet de nos pertes. Père explique que le Comité a décidé la veille d'utiliser toute la production de briques et tout le ciment produit par notre jeune géologue grâce à la chaux rapportée par les expéditions pour la fortification d'Amanzi.

Les applaudissements redoublent.

Père annonce que la barricade des bus va être transformée en rempart fixe. Les vieux bus sans roues seront remplacés par des murs en brique et des grilles en métal. On construira des tours de guet. Le nombre de sentinelles sera doublé. Et l'armée d'Amanzi sera renforcée dès que possible pour défendre les nouvelles fortifications.

– Et la KTM ? crie une voix en anglais, dans la foule.

Père dit que les structures des barrages routiers de Petrusville et du pont Havenga seront améliorées dès que la fortification de la nouvelle entrée principale sera terminée.

– Pourquoi ne pas lancer une contre-attaque ? crie une autre voix. Attaquons la KTM !

D'autres voix s'élèvent à son appui :

– Faisons ce que dit Domingo !

Quand je les entends, je sais que ses idées ont fait leur chemin : Domingo a dit devant le Comité que la seule manière d'écarter la menace de la KTM était de les attaquer, de les exterminer. Je me demande qui est responsable de cette fuite.

Père réplique :

– La sécurité de cette communauté est notre plus grande priorité. Nous examinons toutes les ripostes et stratégies possibles. Le Comité… moi, nous partageons votre colère, votre désir de vengeance, de nous attaquer à eux…

– C'est la guerre ! hurle une voix.

D'autres voix s'élèvent pour soutenir cette proposition.

– À l'attaque !

– Oui, dit Père, c'est la guerre. Et dans une guerre, la priorité est de nous assurer que notre communauté est protégée *contre* une attaque. Nous demandons seulement un peu de patience…

Père s'interrompt parce que le pasteur Nkosi l'a rejoint sur le plateau du Tata et lui souffle quelque chose à l'oreille.

– Le pasteur Nkosi veut prendre la parole.

Père s'écarte du micro et l'imposant pasteur lève la main, lentement.

– Il est dit dans la Bible : œil pour œil.

Le pasteur parle fort de sa voix de prédicateur, sonore et impérieuse.

Un chœur de soutien s'élève de la foule.

– Il est dit dans la Bible : dent pour dent.

Les mots résonnent dans les collines et sur l'étendue du barrage.

Le chœur de soutien bouillonne.

Je regarde mon père. Il se tient à côté de Nkosi qui le dépasse d'une tête. Père est bien plus mince. J'observe l'expression de son visage – il est perdu, il ne saisit pas ce que le pasteur est en train de faire.

– Il y a un temps pour la guerre et un temps pour la paix. Et le temps pour la guerre est venu.

La voix du pasteur tonne, plus fort et plus haut. La réaction de la foule montre qu'elle le suit.

– Dans Joël, chapitre 3, verset 9, nous lisons : « Proclamez ceci parmi les nations, préparez la guerre, réveillez les hommes forts ; qu'ils approchent, qu'ils montent, tous les hommes de guerre ! »

Je lis l'inquiétude sur le visage de mon père, la main qu'il lève pour l'arrêter, pour attirer son attention.

Les gens d'Amanzi acclament Nkosi.

– Jérémie 20, verset 11 : « Mais l'Éternel est avec moi comme un héros puissant ; c'est pourquoi mes persécuteurs chancellent et n'auront pas le dessus ; ils seront remplis de confusion pour n'avoir pas réussi : ce sera une honte éternelle qui ne s'oubliera pas. »

Le peuple exulte.

– Mais si nous voulons le Seigneur à nos côtés comme un héros puissant, mes frères et mes sœurs, il faut accepter que Dieu dirige cette communauté. Il faut l'élire, lui, comme notre président. Parce que je vous dis ceci aujourd'hui, Dieu nous a envoyé la KTM pour nous avertir. Comme il a envoyé la Fièvre. Il a envoyé la KTM et il a envoyé la Fièvre parce que nous ne l'avons pas sacré roi. Combien de fléaux voudriez-vous qu'il nous envoie avant que nous ne l'écoutions, mes frères et mes sœurs ? Quand allons-nous l'écouter ?

Père prend le pasteur par le bras et je vois qu'il est fâché. Il crie quelque chose, mais sa voix se perd dans la réaction bruyante de la foule. Nkosi secoue la tête avec emportement. Manifestement, il n'est pas d'accord avec Père.

Père passe devant le pasteur pour atteindre le micro. Nkosi, bien plus costaud, le bouscule :

– Voulez-vous écouter notre président, maintenant ? Voulez-vous écouter cet homme qui ne croit pas en Dieu ?

Le bruit est assourdissant, personne ne sait s'ils répondent « oui » ou « non ».

– Non, Willem. Ils ne veulent pas t'écouter. Ils veulent écouter Dieu. Ils exigent la loi du talion. Ils veulent élire Dieu comme président d'Amanzi. Alors, organisons des élections.

La foule beugle.

– Oui ! Faisons une élection. Je démissionne du Comité avec effet immédiat. Ici, devant vous, je fonde le Parti des Cœurs vaillants. Et je propose Dieu comme président. Êtes-vous avec moi ? Êtes-vous prêts pour une guerre sacrée ?

La clameur est considérable.

– Eh bien on organisera des élections. Cette semaine. Ce vendredi. Invitons Dieu dans notre camp !

Des voix, des mains, des bras, un tourbillon de réactions. Et puis le pasteur fait un pas en arrière et adresse un sourire à Père. Il s'écarte et saute du plateau du Tata.

Je me demande où Domingo peut bien être. Je ne l'ai pas vu.

*

Un silence de plomb règne dans le salon de l'Orphelinat. Ils sont tous terrassés : Père, Birdie, Ravi, Nero, Béryl.

Je suis assis près de Père, ma jambe allongée devant moi sur une chaise. Le soir, elle me fait très mal. Je garde mes cachets pour la nuit.

Finalement, Nero se lève, va chercher la bouteille de brandy et des verres. Il sert un verre à tout le monde et dit :

– Le pasteur est un opportuniste comme tout politicien ou prédicateur. Et c'était une excellente opportunité. Si nous avions fait attention, nous l'aurions vu venir.

Béryl dit que le pasteur est un hypocrite. Ravi ajoute que c'est un traître. Birdie claque de la langue pour exprimer son désaccord :

– Ce n'est pas de l'opportunisme. C'est une honte. C'est abuser de la peur et de la douleur de ces gens. (Elle secoue la tête.) Einstein a dit : « Deux choses sont infinies : l'univers et la bêtise humaine ; mais je ne suis pas sûr pour l'univers. » Maintenant je comprends ce qu'il voulait dire.

– Je suis musulman, dit Ravi. Le seul à Amanzi. Je serais plutôt embêté si Nkosi arrivait à ses fins.

Père est assis, blanc comme un linge et désespéré, comme en état de choc. Il les laisse décharger leur bile. Et puis il dit, d'une voix chargée d'un lourd fardeau émotionnel :

– Deux mille ans. L'âge de notre espèce. Le temps qu'il nous a fallu pour produire un Baruch Spinoza...

Il constate que seul Nero sait de quoi il parle.

– Spinoza était le premier homme à vouloir séparer l'Église et l'État, poursuit-il, le premier à dire que le fondement de toute politique devrait être la liberté individuelle et que la démocratie était le système de gouvernement le plus adapté à la liberté individuelle. Ensuite, il nous a fallu encore trois cents ans pour que ces principes prennent racine dans ce pays. Et maintenant... On ne peut tout de même pas régresser, non ?...

C'est comme s'il les implorait.

Nero veut répondre mais Père est perdu dans son inquiétude et sa passion.

– Savez-vous pourquoi j'ai rédigé la Brochure à l'époque ? Pourquoi j'ai voulu venir tenter un nouveau commencement ici ? Je dois avouer que je ne suis pas un si grand altruiste. Je suis venu ici pour Nico, pour qu'il puisse voir... Non, pour qu'il puisse *participer* à ce voyage de deux mille ans, pour que les interruptions de notre progression ne soient pas aussi... Je... N'êtes-vous pas vous aussi émerveillés parfois devant tout ce dont nous sommes capables ? Notre voyage, celui d'Homo sapiens, l'énorme distance que nous avons parcourue, de notre état de proie des savanes jusqu'aux robots sur Mars, la fission nucléaire et la cartographie du génome humain. Et aussi la démocratie, la raison et la rationalité. Les sciences triomphant des superstitions, les faits des fantasmes... La Fièvre, c'est horrible, je sais, les milliards de personnes mortes à cause de la Fièvre. C'est affreux, mais je me demande si le plus grand désastre n'est pas l'interruption de ce que l'homme était en train de construire. Avant la Fièvre, on avait des problèmes de grande envergure, des problèmes politiques, sociaux, écologiques, mais nous travaillions à trouver des solutions, comme nous l'avions toujours fait. Rien que pendant les vingt dernières années, la technologie a permis un énorme développement, des percées et des découvertes, tout cela pour résoudre les problèmes, pour créer un monde meilleur. Pour moi, la perte la plus catastrophique est que nous n'ayons pas eu la possibilité de poursuivre ces développements, de nous servir de notre intelligence pour régler nos problèmes. On aurait réussi. Je le sais. Je... je le dois à Nico. Et à Okkie. Nous devons à tous nos enfants, à toute l'humanité, à deux cent mille années de lutte et d'efforts, de ne pas régresser maintenant. Or c'est ce que Nkosi veut faire. Nous... nous devons parler aux gens, leur expliquer, les informer. Avant vendredi...

Et Père est tellement passionné, tellement désespéré qu'il se lève de son fauteuil, comme s'il voulait lancer tout de suite une campagne.

– Ah, Willem, soupire Birdie. Ils ne veulent pas d'explications. Ils ont peur. Ils veulent que quelqu'un fasse disparaître leur peur. Toute la stratégie de Nkosi se fonde sur la peur.

– Nous allons perdre, conclut Nero Dlamini.

– Sauf si vous croyez aux miracles, répond Béryl.

Et elle rit doucement. Ça détend un peu l'atmosphère.

53

Sofia Bergman
J'ai quitté la ferme en octobre. Vers le début du mois. Je ne sais pas la date exacte car les calendriers avaient disparu de ma vie depuis bien longtemps. J'ai attendu le printemps, des nuits moins froides.

Sac à dos, chaussures de randonnée, fusil et arbalète.

Ma mère était une randonneuse. Le grand sac à dos et les chaussures étaient à elle. Ils n'avaient probablement pas servi pendant les quinze ans qui ont précédé sa mort, mais elle les gardait tout de même dans une armoire de leur chambre. Je portais les habits de ma mère et de ma sœur parce que les miens étaient devenus trop petits. Dans le sac, j'ai mis des vêtements et des chaussettes. Et un sac de couchage, des vivres et de l'eau, des allumettes, une lampe torche, une pince multifonctions Leatherman. J'ai pris le fusil et les munitions, l'arbalète et les flèches. Et un téléphone portable. Sans blague. Je pensais vraiment qu'il marcherait à Bloemfontein.

J'ai ouvert le poulailler et la porcherie, les portes de l'étable et les barrières des champs.

J'ai visité les tombes une dernière fois et puis je suis partie, un matin d'octobre de l'année du Chacal.

C'était un périple étrange. J'ai pris des chemins que je n'avais pas parcourus depuis trois ans et qui depuis n'avaient vu personne ni aucune voiture. Tout semblait différent. Les arbres et les buissons avaient poussé, les ravines étaient plus profondes. Par endroits, les chemins étaient érodés, les fermes, abandonnées.

Il n'y avait que les chants des oiseaux et des insectes, seulement l'odeur de la nature.

La première nuit, j'ai rêvé d'un hélicoptère.

J'ai d'abord pris le chemin de Nieu-Bethesda pour rejoindre Doornberg. Les chaussures de ma mère étaient trop grandes ; mes orteils cognaient devant et ça frottait autour des chevilles. Ça faisait de plus en plus mal.

À Nieu-Bethesda, il n'y avait personne. Seulement des oiseaux, des oréotragues et des *oogpisters*[1], ces carabes bombardiers qui projettent un liquide corrosif quand ils se sentent menacés. Le village abandonné donnait le frisson. Il y avait deux voitures au milieu de la rue. Les allées de cognassiers, les oliviers et les champs qui étaient toujours tellement bien entretenus semblaient à l'abandon. Ça m'a mise mal à l'aise et j'ai vite traversé le village, tout en sachant que ma réaction était bête. Environ deux heures plus tard, je suis arrivée à une fourche et j'ai pris à droite sur la route de Doornberg. C'était la route préférée de mon père ; une piste de terre qui longe la rivière et serpente jusqu'à la R398. Il y avait au moins dix fermes sur le chemin mais je ne me suis pas arrêtée. Je ne voulais même pas imaginer que tout le monde était mort. Mes pieds me faisaient mal et je ne pensais plus qu'à ça.

J'ai déjeuné au bord de la petite rivière. Elle était à sec. Je me suis assise à côté d'un point d'eau et j'ai vu des empreintes de babouins, d'oréotragues et de koudous. J'ai retiré mes chaussures et les ai rembourrées avec des chaussettes pour que mes pieds flottent moins. Ça a aidé.

J'ai repris la route. Je me sentais un peu bizarre. Presque fiévreuse. Pas malade, mais bizarre. Éloignée, dans une autre dimension et pas tout à fait dans cette

---

1. *Oogpister* (afrikaans) : « pisse à l'œil ».

réalité abandonnée. Le sac à dos commençait à peser. Les sangles frottaient contre mes seins et mes bras.

Tard dans l'après-midi, je me suis sentie fatiguée. J'ai essayé de calculer la distance parcourue. Presque soixante kilomètres. C'était beaucoup, mais je savais que je n'allais pas arriver jusqu'à la R398. Il allait falloir que je m'arrête pour la nuit. Le soleil était derrière moi et j'ai vu une retenue d'eau à gauche du chemin et c'était joli dans la douce lumière du crépuscule. La ferme s'appelait Welgelegen. Mon père connaissait les propriétaires. La maison devait être à un kilomètre. J'ai continué, épuisée et me sentant très seule, alors que le soleil se couchait et disparaissait derrière les montagnes dans mon dos.

Je suis arrivée à la ferme, à cinq cents mètres du chemin, juste avant qu'il fasse noir. Des chauves-souris volaient dans la semi-obscurité. Je n'ai pas eu le courage d'entrer dans la maison. J'ai ouvert la grange. Il avait dû y avoir de la luzerne séchée par terre. Dans ce qu'il en restait bruissaient des petites bêtes ou des serpents. J'ai décidé de dormir sous la véranda.

C'est alors que j'ai entendu le bruit, un vrombissement bizarre, et j'ai instinctivement scruté le ciel. J'ai vu un tracé lumineux, des flammes très bas à l'est, sur l'horizon. Comme la chute d'une météorite, mais plus proche, comme si c'était juste à côté.

La traînée fulgurante a disparu derrière la montagne, suivie d'un silence étrange.

J'ai regardé le ciel, émerveillée ; quelque temps après, je me suis rendu compte que tout s'était remis à vivre après le silence, tous les bruits que je connaissais de cette heure entre chien et loup. J'ai fixé l'horizon, mais il n'y avait rien, juste une trace de fumée imaginaire où la pierre embrasée était tombée.

Je devais me préparer pour la nuit.

J'ai exploré la grande véranda de la maison. À la lueur de ma lampe torche, j'ai trouvé un vieux baril rouillé et du bois. J'ai fait du feu pour éloigner la solitude et les fantômes. Entre le muret de la véranda et le toit, je pouvais voir le ciel étoilé. C'était époustouflant, le scintillement de millions d'étoiles. En mangeant, je me suis demandé ce que j'avais bien pu voir et entendre. Et puis j'ai pensé à tous les satellites dans l'espace. Et à la grande station spatiale. Il y a tant de choses qui peuvent tomber sur la Terre. J'ai dû voir quelque chose dans ce genre.

Ma première nuit sans matelas, le sol de la véranda très dur et si froid ; j'étais inquiète et mal à l'aise. J'ai mal dormi.

Juste après quatre heures, j'ai été réveillée en sursaut par un bruit. C'était un hélicoptère, aucun doute. J'ai bondi, cherchant à l'est d'où venait le bruit, le wop-wop-wop caractéristique.

Je n'ai rien vu, juste les étoiles.

Le bruit a disparu derrière les collines.

Je n'ai pas pu me rendormir. Est-ce que j'avais rêvé ? Je me suis demandé si j'étais bien là, si j'existais encore. Fabriquons-nous notre propre réalité ? Voyons-nous seulement la même réalité que les autres ? Ce monde, existe-t-il vraiment ? Y a-t-il encore d'autres êtres humains sur la planète ? Et si j'étais la seule qui restait ?

54

LE COUP D'ÉTAT : II

Mon père. Mon père aimé. Ce père idéaliste, lamentable, fort, génial, agaçant.
Il vient s'asseoir avec moi alors que je suis en convalescence dans ma chambre. Il dit :
— Je suis si heureux que la blessure ne soit pas plus grave.
J'aimerais qu'il me demande de lui raconter exactement comment ça s'est passé. Il ne demande jamais rien, ne m'encourage pas pour que je lui raconte tout. Il pose une main sur mon épaule et dit :
— Tu es bien le fils de ta mère.
Dans sa voix, du moins dans mon souvenir de ce moment, il y a comme une touche d'exaspération, peut-être aussi de l'admiration, et un peu de respect.
Il ne m'a jamais dit qu'il était fier que j'aie aidé à empêcher la deuxième invasion de la KTM. Il n'a fait que regarder quand d'autres personnes me félicitaient. Il avait alors un sourire amical, appliqué, le genre qu'on affiche quand on sait que c'est l'expression qui convient aux attentes. Mais son cœur n'y était pas. Il n'a jamais dit qu'il était fier de moi.
J'étais déçu parce que j'aurais voulu qu'il me le dise, mais je ne lui en voulais pas vraiment. Mon ego était

suffisamment flatté par les louanges, l'appréciation et l'enthousiasme de la communauté.

J'ai observé mon père pendant le coup d'État du pasteur Nkosi au Forum, et j'étais terriblement gêné qu'il se laisse si facilement dominer, écarter et rejeter par le prédicateur et par la foule. En même temps, j'ai senti à ce moment en moi un immense amour pour lui, et le désir de le protéger. J'aurais voulu le protéger contre la douleur et l'humiliation. J'avais envie de remettre le pasteur à sa place sans ménagement. C'est pourquoi je me suis demandé où Domingo pouvait bien être au moment où Nkosi mettait la foule dans sa poche. J'étais blessé, impuissant, mais Domingo aurait pu m'aider.

Ce soir-là, dans le salon de l'Orphelinat, quand mon père a parlé du périple de deux cent mille ans de l'espèce humaine, je ne pensais plus à la déception que j'avais ressentie quand il avait négligé de louer mes exploits de tireur. Je savais seulement que j'étais fier de lui, que je l'aimais. Et qu'il fallait le protéger.

Et je me suis de nouveau demandé où Domingo se trouvait, car il n'était pas là. Le bruit courait qu'il ne dormait plus, qu'il se déplaçait de barricade en barricade pour nous défendre.

*

Ce soir-là à l'Orphelinat, ils fondent un parti politique.

Le processus pour choisir un nom au parti est tellement lent et fastidieux que je m'endors de temps en temps. Je me souviens de quelques-unes des possibilités évoquées : Le parti pour la Liberté et les Démocrates, entre autres. Père provoque des rires quand il dit qu'il faut se garder de devenir « démocratiste ». D'autres variations sur le même thème sont Les Démocrates d'Amanzi ou le parti pour la Liberté d'Amanzi.

Finalement, ils se décident pour Amanzi Libre. Les membres fondateurs sont Père, Birdie, Nero, Béryl et Ravi. Père propose Birdie comme présidente et elle propose Père. Ils votent et Père est élu à l'unanimité.

Il leur reste six jours avant l'élection de vendredi. Un peu plus de mille habitants d'Amanzi ont le droit de vote. Selon la stratégie qu'ils ont choisie, Père va parler personnellement à chaque électeur. Il est, après tout, le fondateur d'Amanzi, celui qui a tout commencé, qui les a menés à travers la faim et la neige, celui qui inspire un grand respect à tous. Ils sont d'accord que Père ne devrait s'attaquer ni au pasteur Nkosi ni à la religion. Et son message doit être simple et compréhensible, pragmatique et unique. (« Ne leur fais pas un cours sur Baruch Spinoza », dit Nero Dlamini d'un ton taquin, mais non sans sérieux, parce qu'il connaît mon père.)

Leur slogan est : *Oui pour les représailles ! Mais préparons-nous d'abord.* Il est faiblard et manque d'inspiration, mais ils ne trouvent rien de meilleur. Domingo parlera plus tard d'une « créativité de gratte-papier ». Pendant la campagne électorale, Père rappellera aux habitants le fait que le garde-manger communal est bien approvisionné pour l'hiver, que l'électricité fonctionne, que les premiers tournesols sont en train de sécher pour la production de gasoil.

Ils n'ont pas arrêté de se démener pendant ces six jours-là.

Père parle à chaque habitant, même à ceux qui sont trop jeunes encore pour voter. Il explique, il implore, il rassure, il supplie. Tout le monde le reçoit poliment, gentiment. Ils sont nombreux à le remercier de tout ce qu'il a fait pour la communauté.

Et en majorité ils disent qu'ils sont navrés, mais qu'ils vont voter pour le pasteur.

– Le parti de ton père va perdre, me dit Jacob le mardi après-midi après l'école. (Il est mon informateur principal.) Le pasteur leur répète toujours la même chose : « Il y a eu vingt-six morts, allez vérifier les tombes, tout cela s'est passé pendant que Willem Storm était aux commandes. »

Le mercredi soir, mon père me dit qu'il perd espoir. Il le dit sur un ton résigné, philosophe. Comme quelqu'un qui sait qu'il s'est donné à fond. Et qu'il est resté fidèle à son credo.

Tôt le jeudi matin, je suis allongé pendant que l'infirmière nettoie ma plaie et refait le pansement. J'aperçois Domingo qui passe à vive allure dans le couloir. C'est la première fois depuis l'enterrement qu'il met les pieds à l'Orphelinat. Je le hèle mais il ne répond pas.

Dès que l'infirmière a terminé, je me rends à la salle à manger, clopinant avec mes béquilles. La porte est fermée. J'entends des voix. Je distingue celle de Père, et puis celles de Birdie et de Domingo.

– Non, non, ce n'est pas ça une démocratie !

Ce sont les seules paroles que j'arrive à comprendre. Père semble s'échauffer.

Peu après, ils sortent. Personne n'est content.

Je me traîne jusqu'à ma chambre.

Plus tard, Jacob vient me demander si j'ai entendu que Domingo allait prononcer un discours devant la population d'Amanzi en fin d'après-midi. Le pasteur Nkosi s'est opposé à ce qu'il parle. Domingo lui a répondu :

– Essaie donc un peu de m'arrêter.

*

Jacob me conduit de nouveau au Forum dans le fauteuil roulant.

– Un vent maudit, dit-il, car il souffle violemment, froid et menaçant.

Les gens arrivent. Il est clair que personne ne se réjouit de cette élection, de cette division. Il y a une certaine réserve, un manque de bonne volonté. Mais tout le monde vient écouter Domingo car c'est lui qui assure leur sécurité.

À cinq heures, Domingo monte sur le Tata. Il a l'air épuisé. Il porte un R4 à l'épaule. Il allume le micro, le tapote pour être sûr qu'il fonctionne.

Le pasteur et ses nombreux disciples se tiennent à l'écart, les mains dans les poches, l'expression renfrognée. Père et une poignée de sympathisants sont à droite du Tata. Il a le nez baissé, comme si tout était déjà perdu.

– Je vais être bref, dit Domingo, d'un ton mesuré et d'une voix claire. Si Nkosi gagne cette élection, je quitterai Amanzi. Vous ferez la guerre à la KTM sans moi. Merci.

Il éteint le micro, saute lestement du Tata et s'éloigne.

Le lendemain, Père citera Voltaire en parlant de Domingo :

– Les habiles tyrans ne sont jamais punis.

55

Sofia Bergman
Au petit matin, sous cette véranda, je fais des rêves violents et bouleversants, le genre de rêve qui te lâche peu à peu, comme à regret, même après le réveil.
Mes pieds me font mal. Je ne sais pas comment je vais pouvoir marcher. Mais il va falloir y aller, je n'ai des vivres que pour cinq jours, je ne peux donc pas perdre une seule journée.
Je n'ai pas emporté de pansements. Il y avait des sparadraps dans la salle de bains, j'aurais dû en prendre. Les rêves et la réalité, le fait de savoir que tout peut si facilement virer au drame, que m'attendent peut-être des catastrophes ou des contretemps que je n'ai pas pu imaginer me donnent le tournis.
Je mange un peu et bois de l'eau. Dans le jardin envahi par la végétation, je ramasse une pierre et brise une vitre pour pénétrer dans la maison. Il y a toujours des pansements dans une maison à la campagne, il faut juste les trouver. Ça me met mal à l'aise d'entrer comme ça chez quelqu'un, une maraudeuse, une intruse qui viole leur intimité. Dans la chambre principale, il y a un cadavre desséché étendu sur le lit. C'est une femme, morte depuis longtemps, on ne sent plus aucune odeur. Elle a les mains croisées sur la poitrine. Je sors rapidement, m'assois sous la véranda, les jambes en coton. Je bois un peu plus d'eau et j'imagine l'histoire de la

femme. Elle est tombée malade, toute seule. Son mari était en ville ou dans le veld quand la Fièvre l'a terrassée. Ou elle n'avait pas de mari. C'était une veuve dont les enfants étaient au Canada ou en Nouvelle-Zélande. Elle est donc tombée malade toute seule et s'est couchée. Elle savait qu'elle allait mourir car elle avait entendu parler de la Fièvre à la radio. Mais elle voulait mourir convenablement, d'une belle mort. Elle s'est maquillée, s'est brossé les cheveux et a mis une jolie robe et puis elle s'est couchée sur le lit, fait avec des beaux draps frais. Et c'est ainsi qu'elle est morte.

Je pleure sous la véranda de la ferme Welgelegen. C'est la première fois que je pleure. Je sanglote comme quelqu'un dont le cœur est brisé, pendant plus d'une heure. Et puis quelque chose se passe en moi. Je sais qu'il faut que j'en finisse avec les larmes, que je prenne une décision, là, tout de suite : soit je me fais jolie et je me couche à côté de cette femme et j'attends la mort, soit je vis.

Alors, j'ai décidé que je voulais vivre.

Tout cela semble insignifiant quand j'en parle comme ça, mais pour moi, c'était énorme, comme si je me réveillais d'un rêve de trois ans sous la véranda de Welgelegen.

Je me suis levée et j'ai cherché dans la salle de bains et dans la cuisine et j'ai finalement trouvé les pansements dans un placard du couloir, avec du baume antiseptique et des comprimés d'aspirine. J'ai bien soigné mes pieds. L'idée m'est venue que je n'avais peut-être pas besoin de marcher et je suis partie explorer les autres bâtiments. Bizarrement, le bruissement, les toiles d'araignées et l'isolement ne me faisaient plus peur.

J'ai trouvé un vélo dans la grange, un vieux, sans vitesses. Les pneus étaient dégonflés. Il y avait une pompe manuelle. J'ai gonflé les pneus, pris la pompe et mon sac à dos et suis partie sur la piste de terre, vers dix heures du matin.

Il fallait regonfler les pneus toutes les heures. Quand les côtes étaient trop raides, je poussais le vélo et ensuite je me régalais dans les descentes, mes cheveux flottaient dans le vent. J'ai tourné à gauche dans la R398. La route n'était pas goudronnée et elle était très détériorée. Un koudou au milieu de la chaussée m'a observée tranquillement avant de s'éloigner paresseusement au trot. J'étais peut-être le premier être humain qu'il voyait depuis trois ans.

Au carrefour suivant, j'ai pris à droite, la route pour Hanover. C'est l'itinéraire que mon père aimait bien emprunter parce qu'il lui permettait de voir l'état du pâturage d'autres fermes, et aussi leurs réservoirs et leurs moutons. J'ai pris ce chemin en mémoire de mon père. Nous avons fait presque cinquante kilomètres, ce vieux vélo et moi, avant que la roue arrière soit trop abîmée pour que je puisse gonfler le pneu.

J'ai cueilli une fleur dans le veld et l'ai posée sur la sonnette. Puis j'ai laissé le vélo contre une clôture, et j'ai repris la route jusqu'à ce que mes pieds me fassent trop mal.

Ce soir-là, j'ai dormi dans le veld, sous les étoiles, sans feu.

Rien n'est tombé du ciel, je n'ai pas vu d'hélicoptère dans mes rêves.

56

LE COUP D'ÉTAT : III

Mon père et Amanzi Libre gagnent les élections avec deux tiers des voix, mais personne n'est fou de joie.

Père consulte la direction du parti avant d'offrir au pasteur Nkosi un siège au Comité. Il demande à réfléchir. Mais cela dure peu. Le dimanche soir après les élections, il vient à l'Orphelinat. Béryl le fait entrer et l'invite à s'asseoir dans le salon. Je suis en train de lire son histoire du soir à Okkie. Domingo est assis près de nous et écoute aussi. Le pasteur porte son habit du dimanche – un costume noir et un long manteau. Il repère Domingo ; à ce moment précis, je lève les yeux et vois le dégoût dans ses yeux. Je me dis qu'il va cracher sur Domingo en passant. Mais il continue son chemin vers Birdie, Père et Nero. Les hommes se lèvent, lui serrent la main.

– Tu sais que j'aurais gagné les élections, Willem, sans tes stratégies détournées et antidémocratiques.

– Tu aurais gagné, oui. Mais Domingo a agi seul.

– Ce n'est pas vrai. J'ai appris qu'il était venu te voir avant son petit discours.

– Je l'ai imploré de ne rien faire.

– Je ne te crois pas.

Domingo ne se lève pas. De son fauteuil, il réplique :

– Il dit vrai. Viens me dire à moi que je mens, pasteur. Viens me le dire en face.

Son ton est placide, comme s'il trouvait tout cela vaguement amusant.

Nkosi l'ignore.

Je sais que Domingo comprend combien le pasteur tient à sa dignité. C'est pourquoi ses paroles sont empreintes de moquerie et de rire :

– C'est toi qui as introduit le terrorisme psychologique, pasteur. J'ai simplement fait couler une petite variation sur le thème.

– Je veux deux sièges au Comité, dit Nkosi.

– C'est une demande raisonnable, répond Birdie.

– Et je veux construire une église.

– Nous n'avons pas suffisamment de ressources, Nkosi. Tu sais qu'il faut d'abord ériger les fortifications.

– Les remparts éclipsent les portes du paradis.

Domingo se moque ouvertement du pasteur maintenant. Nkosi continue à l'ignorer.

– L'église sera la priorité suivante ?

– Nous ne pouvons pas nous y engager pour le moment, répond Père.

Le pasteur hésite. Père se rend compte qu'il a besoin de remporter une petite victoire.

– Nkosi, tu es un membre estimé de notre communauté et depuis le départ, tu as joué un rôle vital et très apprécié dans ce Comité. J'ai beaucoup de respect pour ta foi et pour celle des fidèles de ton Église. Je suis sûr que nous pouvons te garantir deux sièges au Comité et nous pouvons promettre d'étudier la possibilité de construire une église dès que les fortifications seront terminées. J'aimerais aussi proposer que toi et moi prenions la direction d'un sous-comité pour rédiger une constitution pour Amanzi maintenant que nous avons un système démocratique. Il est dans notre intérêt à tous les deux d'assurer la liberté religieuse.

Père tend la main pour serrer celle du pasteur.

Nkosi laisse monter la tension, il veut probablement montrer qu'on ne le raisonne pas aussi facilement que ça. Et puis il serre la main tendue :

— J'accepte, en principe. Mais j'aimerais d'abord demander conseil à Dieu. Je te donnerai une réponse définitive demain.

Le pasteur Nkosi Sebego se prépare à sortir quand Domingo se lève.

— Bon. Comme nous avons rassemblé ici le nouveau Conseil intergalactique...

— Domingo, s'il te plaît, dit Birdie. Ne fais pas ça.

— Il y a des choses que vous devez savoir, Birdie. La KTM a la radio. Et ils roulent à l'éthanol.

Pendant un moment, le Comité ne réagit pas.

— Comment le sais-tu ? demande Birdie.

— Je suis allé voir les bécanes sur la route où Nico les avait descendues. Je voulais comprendre pourquoi, eux, ils n'avaient pas de problème avec l'essence pourrie. J'ai fait un tour sur quatre machines différentes, de long en large, plusieurs fois, pas un seul raté moteur. Alors j'ai reniflé le pot d'échappement et il avait une drôle d'odeur d'éther sucré. Et l'essence aussi. J'ai demandé l'avis de nos mécaniciens. D'après eux, il y a bien eu des modifications. Ils pensent que c'est un mélange avec cinquante ou soixante pour cent d'éthanol.

Là, le pasteur revient sur ses pas. C'est une information qui donne à tout le monde du grain à moudre.

— Trunkenpolz a dit qu'il était ingénieur, se rappelle Père.

— Il n'y a pas que ça, remarque Birdie. Ça veut dire qu'ils ont de la technologie. Du savoir-faire. Une infrastructure. Et pour cela, il leur faut une base. Une base qui signifie une sorte de communauté...

— Pas sûr, réplique Domingo. D'accord, tout ça indique une certaine sophistication et nous devons faire très attention aux implications. Mais ces ordures n'ont pas de communauté ni de base importante. Leur économie se fonde sur la chasse, la cueillette et le pillage, et surtout les braquages. Quand c'est ça, ton mode de vie, tu ne peux pas te permettre d'avoir une base. Tu te fais des ennemis, et tôt ou tard, ces ennemis vont venir te chercher. Donc, il faut faire comme nous à Amanzi, investir lourdement dans la défense, les ressources humaines et autres. Et ça coûterait cher aux chasseurs-cueilleurs. Ils ne vont pas faire ça.

Birdie acquiesce.

– OK. Mais ça veut dire que ce ne sont pas eux qui fabriquent l'éthanol parce que pour ça, il faut une base.

– Exact. Et comment ils feraient pour distiller de l'éthanol, d'ailleurs ? Ils ne cultivent rien. Donc, voilà ma théorie : Thabo et Magriet nous ont parlé de ces gars à Pinetown qui fabriquent de l'éthanol à base de canne à sucre. Je pense qu'ils doivent fournir la KTM en éthanol. La KTM chasse, cueille et pille et échange une partie de son butin contre l'éthanol de Pinetown.

Père est d'accord :

– Alors, tu veux dire qu'ils vont continuer à venir, parce qu'ils doivent alimenter leur économie ?

– Oui. À moins que nous ne les arrêtions. Mais ce ne sera pas facile. Quand ton ennemi emploie des tactiques de guérilla, tu es embarqué dans une guerre non conventionnelle. Ils sont équipés, aussi. Toutes les motos ont des postes CB. Ils peuvent communiquer entre eux et avec un contrôleur à des centaines de kilomètres, s'il y a une antenne de base quelque part. Ils présentent une menace de plus en plus significative.

Tout le monde rumine en silence ces informations.

– Aussi, continue Domingo, c'est pourquoi je me suis dit – pendant que nous sommes tous ensemble à discuter du bel avenir d'Amanzi – que je voulais moi aussi mettre mes requêtes sur la table.

– Tes requêtes ?

Nkosi paraît s'indigner.

— Pasteur, ils viennent d'écouter tes requêtes à toi. Alors, pourquoi pas les miennes ?
— Dis-nous tout, Domingo, soupire Père.
Nkosi croise les bras sur sa large poitrine. Il a l'air très mécontent.
— Merci. Je serai bref. Une fois que les grilles et les fortifications seront construites, ce sera à moi de tenir vos promesses électorales. Ce sera à moi d'orchestrer la guerre contre la KTM. À moins que vous n'ayez pensé à quelqu'un d'autre ?
Il marque une pause pour attendre leurs réactions.
— Continue, dit Père.
— OK, bon. Voilà ce dont nous aurons besoin : trois équipes de huit pour chaque grille. C'est-à-dire, vingt-quatre par grille, par trois, ça fait soixante-douze personnes. Plus trois fois huit personnes pour faire les patrouilles en Jeep sur le sentier qui monte dans les collines, jusqu'à la réserve...
— Nous n'avons jamais eu de gardes dans la réserve, dit Père.
— Exact. Mais la KTM n'est pas bête. Ils ont tenté la stratégie du cheval de Troie pour percer nos barricades et ils ont échoué. Et ensuite ? Ils vont chercher notre point faible. Il y en a deux, en fait, le barrage et la piste qui monte dans la petite gorge. Le barrage est improbable, à moins de former une cinquantaine de gars à nager sur trois kilomètres avec leurs armes et munitions... Je n'y crois pas. Et ça ne leur laisse qu'une option.
— Je vois, dit Père.
— Bon. Où en étais-je ? En tout, quatre-vingt-seize personnes pour la garde. Ce n'est que la force de défense. Après, je voudrais deux commandos de douze pour les Opérations spéciales, notre force d'attaque. Cent vingt personnes au total. Ce n'est pas ouvert à des négociations ou des discussions, ce sont les chiffres définitifs. Et ma dernière exigence : ce n'est pas vous qui allez m'affecter

des gens. Je choisirai qui je voudrai parmi ceux qui se porteront volontaires. Je ne suis pas prêt à négocier pour ça non plus. C'est à prendre ou à laisser.

– Et si nous laissons ? demande Nero.

– Je prends mes cliques et mes claques, et deux chevaux avec, et je me fais vagabond. J'ai envie de revoir l'océan…

*

J'aimerais oublier le lendemain matin, ce lundi matin.

Aujourd'hui encore les souvenirs vivent en moi comme une bête, une créature qui me déchire le cœur de ses crocs. J'aimerais pouvoir revenir en arrière, entrer à nouveau dans la salle à manger et m'asseoir à côté de mon père. Et puis je m'y prendrais autrement ; je lui dirais que je l'aime, que je l'admire, que j'aurais de la chance si je n'étais que la moitié de l'homme qu'il est.

Mais ce n'est pas possible. Le mal est fait. Et la douleur ne peut s'effacer.

Voilà ma tentative d'une justification, mon explication, les circonstances atténuantes : j'avais presque seize ans. C'est l'âge idiot.

J'étais fâché contre mon père, cette colère qui est née quand il était bouillant de fièvre après l'attaque des chiens dans la maison où nous nous étions cachés à Vanderkloof, cette maison qui me met toujours mal à l'aise quand je passe devant. La colère qui vient de la journée à Koffiefontein quand il se tenait à côté du camion, tellement petit et faible, dérouté. La colère attisée par le fait que j'ai dû tuer les hommes de la Jeep, qu'il n'a jamais reconnu mes exploits, ni quand j'ai éliminé le danger de la meute de chiens, ni quand j'ai stoppé la KTM sur la route. Ni quand j'ai réussi à sauver Okkie, ni quand j'ai aidé à rapatrier l'avion qui marchait au diesel. La colère d'avoir été négligé, qu'il ait consacré tout son temps et tout son dévouement à Amanzi, le temps et l'attachement qui avant étaient pour moi.

J'avais honte de mon père, honte qu'il se soit fait écarter si facilement par Nkosi au Forum, qu'il ait cédé si vite aux exigences de Nkosi et de Domingo. D'une certaine manière, je comparais Père à Domingo et il me semblait bien plus faible. Père acceptait des compromis, il était prêt à s'adapter. Pour lui, les gens étaient des êtres formidables capables de gestes nobles. J'avais presque seize ans et à mes yeux, mon père était faible.

C'est tout ce que je peux offrir comme excuse.

Voilà ce qui s'est passé ce lundi matin :

Je vais devoir retourner à l'école, la blessure est suffisamment cicatrisée pour que je puisse reprendre ma place dans la salle de classe. Mais je suis encore dispensé de mes tâches à l'Orphelinat. Je m'habille tôt et entre dans la salle à manger sur mes béquilles. Okkie et Père sont assis à table.

Je décide d'informer Père de ma décision.

Je m'assois avec eux. Père me salue. Je suis tellement déterminé à dire ce que j'ai à dire que je ne vois pas combien ses responsabilités lui pèsent, que ses yeux sont rouges de trop peu de sommeil. Okkie est aussi pétillant et plein d'allant que d'habitude. Il veut bavarder. Lui aussi voudrait des béquilles, est-ce que je dois absolument reprendre l'école, il a beaucoup aimé que je sois coincé à l'Orphelinat à cause de ma blessure.

Je le fais taire. J'annonce :

– Père, je vais laisser tomber l'école en août. Pour le commando des Opérations spéciales.

C'est comme si Père doit revenir d'ailleurs pour comprendre ce que je dis. Il me regarde.

– Non, Nico.

– Tu n'as pas le choix. J'aurai seize ans en août.

C'est l'âge minimum que le Comité a décidé d'imposer la veille à la suite des requêtes de Domingo.

– Non, Nico.

Bien plus tard, quand je repasserais cette conversation dans mon esprit, je me rendrais compte que le refus de Père n'était pas une interdiction. C'était une supplique, un effort pour parer un coup inévitable. Je me rendrais compte aussi qu'il n'avait pas introduit la limite d'âge parce qu'il savait que je serais le premier volontaire. C'était un principe général, pour le bénéfice de tous. Mais la veille au soir, j'ai passé des heures dans mon lit à anticiper tous les contre-arguments de Père, j'ai préparé ce que j'allais dire et maintenant les paroles sortent toutes seules, avec l'égoïsme et l'insensibilité d'un adolescent, la colère et la honte que j'éprouve envers mon père.

– C'est ce que je vais faire et tu ne pourras pas m'en empêcher.

J'aurais dû m'arrêter là. J'aurais dû me lever et m'en aller. Mais ce n'est pas ce que je fais. Comme un crétin, j'ajoute :

– Je ne suis pas comme toi. Je ne veux jamais être comme toi.

Il me regarde, perplexe. Je m'attends à ce qu'il se mette en colère, me crie dessus, m'interdise de rejoindre les Opérations spéciales. Je me suis préparé à tout ça.

Mais il ne fait rien. Son visage se crispe de douleur, comme si je lui avais porté un coup. Et voilà Père à table dans la salle à manger, son visage ruisselant de larmes. Okkie le regarde et lève les yeux sur moi ; il se met à pleurer, lui aussi, il se lève et va se blottir contre mon père. Nouant les bras autour de son cou, il dit :

– Pleure pas, papa, pleure pas. Je veux être comme toi.

Je m'éloigne sur mes béquilles.

Sur le chemin de l'école, je me sens coupable. Peut-être, songe l'adolescent de presque seize ans, peut-être qu'il ne fallait pas dire ça. Et puis, à ma plus grande honte, je me console en pensant : « Nous sommes des animaux. Ce n'est pas bien important. »

Sofia Bergman

J'ai envie de raconter encore un peu ma dernière journée de marche car il s'est passé une chose intéressante qui a donné un résultat surprenant.

Alors, me voilà sur le chemin agricole. Avant la Fièvre, dans cette région, nous appelions « chemin agricole » toute route qui n'était ni régionale ni provinciale. Les fermiers eux-mêmes entretenaient ces chemins de terre qui menaient à leurs champs ou à des maisons isolées. La plupart du temps, ils n'étaient pas assez larges pour laisser passer deux véhicules en même temps, et tous les deux ou trois kilomètres, il y avait des barrières de ferme.

Souvent, l'herbe entre le chemin et la clôture était plus dense et plus verte que de l'autre côté, dans les champs, et il y avait des *duikers*[1] ou des steenboks qui y broutaient et quand on arrivait en voiture, ils se sauvaient, tout le long du chemin. Les lièvres sauteurs faisaient pareil. Ainsi, la nuit, beaucoup se faisaient renverser.

Je prends le chemin agricole parce que c'est plus court pour aller à Hanover. Et c'est plus joli. Le chemin suit vaguement le cours d'une petite rivière. Mes pieds me font toujours mal, mais les pansements, le rembourrage dans les chaussures et l'aspirine aident beaucoup. Je ne me retourne pas souvent. En fait, je ne suis pas sûre

---

1. Petites antilopes d'Afrique australe à pelage gris.

de m'être retournée du tout pendant ces trois jours de marche et de vélo. À quoi bon se retourner quand on se sait seule au monde ?

Il est environ onze heures du matin, une belle journée dans le Karoo, pas encore trop chaude. Et quelque chose me dit de me retourner.

Derrière moi, je vois un *rooijakkals*. Un chacal à chabraque. Mon père détestait les chacals parce qu'ils tuaient ses moutons, mais surtout parce qu'ils avaient l'habitude de tuer les moutons sans les manger ensuite. Du gaspillage, disait-il, et dans le Karoo on ne peut pas se permettre de gaspiller. Mais mon père nourrissait aussi un drôle de respect envers les chacals à chabraque. Il disait toujours que c'était la faute de l'homme si ces chacals étaient devenus aussi rusés. Parce que les hommes, les fermiers, ont tué tous les chacals bêtes et seuls les plus malins ont survécu. Ils se sont mis à se reproduire et ainsi les fermiers ont réussi leur propre manipulation génétique et ont produit un super-chacal. C'est pourquoi il est devenu quasiment impossible d'exterminer les chacals du Karoo.

Donc, je me retourne et derrière moi, je vois un chacal. À moins de cent mètres. Un beau et grand spécimen. Son cou et son dos sont tout noirs et le reste de son pelage est d'un roux lumineux, comme je me suis toujours imaginé les cheveux d'Esaü dans la Bible. Et puis cette belle queue épaisse. Si tu as déjà vu un chacal trotter, tu comprendras pourquoi on parle d'un « trot de chacal », un pas aisé, parfois un peu oblique. Il me suit. Tout le long du chemin.

Je n'ai pas l'impression qu'il soit mû par autre chose que la curiosité. Vraiment. Ainsi nous continuons, moi avec mes pieds douloureux et lui avec son trot de chacal pendant plus d'une heure, tout le long du chemin de terre. Comme si nous étions des compagnons de voyage.

Quand je me retourne de nouveau, il n'est plus là, et je me sens un peu abandonnée. Mais heureuse aussi qu'on ait pu partager ce moment ensemble. Qu'a-t-il pensé pendant cette heure, le chacal ? Je me le demande encore aujourd'hui.

Et voilà le résultat surprenant de cette rencontre : quand j'ai commencé avec Nico à nommer les années, je me suis souvenue de ce compagnon de route. L'année du Chacal porte le nom de ce chacal – même si Amanzi a eu des ennuis avec les chacals dans la réserve pendant cette année-là.

Nico et moi avons commencé à identifier ainsi les années, en leur donnant des noms d'animaux. Nous nous racontions des histoires sur ce qui nous était arrivé après la Fièvre. Et quand nous ne nous rappelions plus l'année exacte, on disait, « c'était l'année des Corbeaux ». C'est sans doute aussi qu'on était d'une autre génération. Ce n'était pas simplement la continuation de l'ère ancienne. Nous étions les enfants d'après la Fièvre.

Oh, et aussi, dans la réserve de la bibliothèque de l'école de Philippolis, on a découvert une vieille collection de l'*Encyclopaedia Britannica* qui expliquait que les Chinois donnaient des noms d'animaux aux années, d'après leur zodiaque. Tous les douze ans, ils recommençaient le cycle. Il y avait l'année du Rat, du Buffle, du Tigre, du Lapin, du Dragon, du Serpent, du Cheval, du Mouton, du Singe, du Coq, du Chien et du Cochon.

Cela nous a encouragés à continuer notre propre zodiaque.

Le nôtre, celui de Nico et moi, ne se répète pas selon un cycle. Il nous aide à nous souvenir de notre vie. Et aujourd'hui, tout le monde à Amanzi s'en sert. Cela nous est propre.

58

Sofia Bergman
Avant la Fièvre, la N1 était l'artère principale. « Démentielle. »

Quand nous allions à Bloemfontein et que mon père était pressé, il prenait la N9 et passait par Middelburg pour rejoindre la N1 à Colesberg. Il disait toujours qu'on évitait la N1 tant qu'on pouvait parce que cette route était « démentielle ». C'est ainsi que je me rappelle la N1 d'avant la Fièvre, une route très large et très animée sur laquelle tout le monde fonçait entre Johannesburg et Le Cap, en voiture, en camion, en car et en fourgon. Impossible de se trouver sur la N1 sans voir un autre véhicule. Elle était tellement active, jour et nuit.

J'arrive à Hanover sur la N1 à l'heure du crépuscule le jour du chacal à chabraque et il y règne un silence de mort. Je sais que je n'y ai pas vraiment pensé, mais en fait, il va me falloir un certain temps pour admettre que les choses d'autrefois ne sont plus telles que dans mon souvenir.

Rien.

Je me rends d'abord à la station-service Caltex sur la N1, au sud du village. Il y avait là une dame qui faisait des hamburgers délicieux. Maintenant, il n'y a plus rien, mais je vois que quelqu'un est passé. On a fait un feu, il n'y a pas très longtemps, là sur le ciment à côté des pompes à essence et je me dis que c'est tout de même bien dangereux. Je ne me rends même pas compte qu'elles sont vides depuis longtemps.

Il n'y a rien à manger. Le petit restaurant est complètement dégarni. Dans un coin, il reste juste quelques bouteilles vides de soda.

Alors, je vais au village, à la station des routiers Exel, et c'est pareil, il n'y a rien, que des tas d'ordures.

Le soleil se couche et j'aperçois un panneau, Hanover Lodge Hotel. L'hôtel est au coin, en face d'une supérette. Il n'y a pas d'ordures, tout est bien rangé mais poussiéreux. Je choisis une chambre. Il commence à faire noir dehors, j'ai envie d'enlever les chaussures de randonnée, de reposer mes pieds. Le lit double est joliment fait, tout en blanc. Je m'assois et pose le sac à dos, je sors ma lampe torche et l'allume. C'est un grand soulagement de pouvoir me déchausser et le lit est tellement douillet.

Je fais un truc vraiment bête. J'allume le téléphone mobile de mon père.

Il affiche : *Signal absent.*

On ne pense pas. On continue. Dans la salle de bains, je trouve une savonnette mauve, du shampooing et du gel douche. J'ouvre le robinet du lavabo. De l'eau en sort et je le ferme rapidement en pensant que je vais pouvoir enfin me doucher puisqu'il y a encore de l'eau et qu'il a fait très chaud.

Je ferme la porte, me déshabille et entre sous la douche. Je ne m'éternise pas car l'eau est glacée. Je me lave les cheveux et le corps ; je sens bon, et je me rends compte que mes vêtements et mes chaussettes empestent.

Je m'assois sur le lit et soudain, je tilte : Il n'y a personne sur la N1, personne à Hanover. Je n'ai pas assez de vivres pour aller jusqu'à Bloemfontein à pied. S'il n'y a rien à manger dans la supérette ou dans les maisons du village, il va falloir trouver une autre solution.

Il y a forcément des gens qui ont survécu, je le sais. Peut-être à Colesberg ? Peut-être au vaste barrage de

Gariep après Colesberg – l'eau attire toujours les gens, elle assure la survie, la vie.

Je ne sais pas...

Ce que je ne sais pas, c'est que c'est la dernière soirée de ma vie où je serai aussi seule.

59

La première guerre contre la KTM : I

Depuis la deuxième invasion de la KTM, nous vivons dans une communauté divisée. Il y a deux camps, Amanzi Libre et le Parti des Cœurs vaillants, et personne n'est content car notre précieuse harmonie n'existe plus.

« Le paradis perdu », selon Nero Dlamini.

Et Père et moi aussi, nous nous sommes perdus.

Père ne cesse d'essayer de rétablir le contact, mais je me comporte comme un abruti. Un abruti de seize ans. Au moins, nous sommes encore unis dans notre désir de construire les nouvelles entrées fortifiées d'Amanzi. Tous ceux qui en sont capables aident à fabriquer du ciment, des briques, à transporter du sable et du gravier, à creuser les fondations et à poser les briques. L'entrée principale se dresse magnifiquement à la place de la vieille barricade des bus. Tous disent que même un char ne passerait pas.

Tôt en juillet – après consultation avec Domingo – le Comité nomme l'ancien brigadier de police, Sizwe Xaba, chef de la force de défense d'Amanzi pour que Domingo puisse se concentrer sur la formation des COpS, du nom très rapidement donné aux Commandos des Opérations spéciales ainsi qu'aux membres qui les composent. Il n'y a que Birdie qui les appelle les Spés, pour agacer Domingo.

Ils ont une relation houleuse ; des engueulades bruyantes que tout l'Orphelinat entend, le plus souvent à propos de « l'attitude » de Domingo. Il n'est pas rare de les voir peu après une telle scène assis sur un rocher à discuter comme si de rien n'était. Leur relation est unique. Il lui demande de sortir avec lui. Elle répond « non » d'une manière qui lui fait penser qu'elle pourrait dire « oui » le lendemain.

Environ soixante-dix personnes se présentent pour intégrer les COpS. Domingo les fait d'abord courir sur la côte qui rejoint la réserve et dans la descente de l'autre côté, puis le long des berges du barrage au retour. Ça fait plus de trente kilomètres avec des pentes raides sur un terrain accidenté.

La moitié abandonne à mi-chemin. Ils ne sont que vingt-six à terminer le circuit.

Ensuite, c'est l'épreuve de tir. Un des candidats les plus prometteurs, un grand Namibien costaud, rate toutes les cibles.

– Qu'est-ce que tu as ? demande Domingo, énervé.
– J'ai perdu mes lunettes, il y a un an.
– Donc, tu ne vois même pas la cible ?
– Non.
Il est renvoyé.

Vingt et un sont qualifiés. Trois de moins que ce que Domingo souhaitait avoir. Je suis très excité à l'idée de pouvoir obtenir une des places. J'ai hâte d'avoir seize ans. J'entraîne ma jambe blessée, il me reste moins de deux mois. Je sais que je suis le meilleur tireur de tous à part Domingo.

*

En face de l'entrée principale, entre le grand rond-point et la rivière, il y a une colline sur laquelle l'ancien ministère de l'Eau et de l'Environnement avait ses bureaux et ses hangars. Ce complexe devient le quartier général et la caserne des COpS.

Le 22 août à six heures du matin, je me présente avec mon R4 DM et mon R6 à l'entrée de ce vieux bâtiment grand et moche.

Le portier est irrité.

– Qu'est-ce que tu veux, Nico ?
– J'ai seize ans aujourd'hui.

Il acquiesce, comprend.

– Attends là.

J'attends une heure, jusqu'à ce que les deux commandos sortent en courant, en uniforme avec des sacs à dos et des fusils. Domingo est devant. Il me voit, leur ordonne de s'arrêter.

– On me dit que tu as seize ans aujourd'hui ?

Il le sait. Je lui ai dit hier soir que je viendrais le voir ce matin. Pourquoi me le demander ?

– Oui.
– Oui, et puis quoi ?
– Oui, Domingo.

Les COpS éclatent de rire. Domingo pas.

– Tu m'appelles « mon capitaine ».
– Oui, mon capitaine.

Je ne comprends pas pourquoi il me parle sur ce ton. Nous nous voyons tous les soirs à l'Orphelinat. Là-bas, nous sommes amis.

Domingo appelle un des COpS.

– Amène-le au dépôt. Qu'il y laisse ses fusils.
– Oui, mon capitaine, répond-il. Viens.

Il file et je le suis. Au premier étage, il y a les dépôts de l'intendance. Le COpS ouvre la porte.

– Trouve-toi un pantalon, une chemise, des chaussettes et des rangers. Ne mets pas le désordre. Laisse tes fusils sur la table.

Tout est très bien rangé sur des étagères. Ce sont les uniformes et les rangers que Domingo a rapatriés des grands entrepôts militaires de De Aar. Je cherche ma taille.

– Fais vite !

J'ai envie de lui dire qu'il n'est qu'un simple aspirant. Je suis le fils du président et Domingo est mon ami. Je la boucle, trouve des vêtements qui conviennent.

– Non, habille-toi ici et laisse tes affaires sur la table. Si tu n'es pas qualifié, il faudra revenir les chercher ce soir.

– Je serai qualifié.

Il rit doucement. Il a trois ans de plus que moi, mais il n'est pas beaucoup plus grand. Et je sais que je peux courir plus loin que lui, que je tire mieux. S'il a réussi, lui...

À ce moment, je ne sais encore rien des Opérations spéciales et de leur entraînement. Ils vivent à l'écart du reste d'Amanzi et quand ils viennent au village le weekend, ils ne parlent ni de Domingo ni de ce qu'ils font tous les jours. Nous, les civils, ne les voyons que de temps en temps courir quelque part en formation groupée, ou bien on les entend s'entraîner au tir, de jour et de nuit.

Cela ne fait rien. Je suis confiant. Je suis le héros de la Grande Expédition Diesel et de la deuxième invasion de la KTM.

J'enfile l'uniforme et plie mes vêtements. L'uniforme sent la naphtaline, le tissu amidonné de camouflage brun et vert me colle à la peau. Nous sortons et il ferme la porte derrière moi. Nous courons rejoindre les autres. Les deux commandos sont à l'exercice devant le bâtiment. Nous nous arrêtons devant Domingo.

– Ça, c'est à toi.

Domingo indique un sac à dos et un R4 posés contre le mur.

– Oui, mon capitaine.

Je prends le sac et le fusil. C'est un R4 ordinaire, éraflé, cabossé et abîmé ; le sac pèse une tonne.

Domingo sort un chronomètre de sa poche. Il se tourne vers les deux commandos et crie :
– Il est sept heures.
– Oui, mon capitaine, clament-ils à l'unisson.
– Lückhoff est à quelle distance ?
– Trente kilomètres, mon capitaine.
– Il a combien de temps ?
– Sept heures, mon capitaine.
Domingo me regarde.
– T'as entendu ?
– Oui, mon capitaine.
– Tu vas à Lückhoff et tu reviens. Jusqu'ici. Soixante kilomètres. En sept heures.
– Oui, mon capitaine.
– Sept heures.
– Oui, mon capitaine.
– T'as pas le droit de prendre la route. Si on te repère sur le chemin ou même dans les parages, tu es disqualifié. Compris ?
– Oui, mon capitaine.
– Si tu te disqualifies, tu pourras revenir à dix-sept ans.
– Oui, mon capitaine.
– Au coin de Fowler et de Barnard à Lückhoff, il y a une pierre. Sous la pierre, il y a un mot. Tu le lis, tu le remets en place et tu nous diras ce qu'il y a dessus.
– Oui, mon capitaine.

Je m'époumone comme les autres COpS mais je suis blessé à vif. « Tu nous diras », a dit Domingo, *« nous »*. Il est avec eux, contre moi.

– Qu'est-ce que tu attends ?

Je ne bouge pas, je ne suis pas sûr de pouvoir commencer. Les COpS rient.

Je prends mon sac à dos, empoigne le fusil.

– Tu peux emprunter le pont, dit Domingo, et il désigne le pont à voie unique sous le mur du barrage.
– Oui, mon capitaine.

– Les pierres dans ton sac à dos sont marquées.
– Oui, mon capitaine.
Je me mets à courir.
– Sept heures.
Il lance le chronomètre.

*

Le 22 août, l'année du Chacal. L'hiver tire à sa fin, c'est tout ce qui joue en ma faveur. Dans la chaleur de l'été, ça aurait été impossible. Parce qu'il n'y a que soixante kilomètres entre Amanzi et Lückhoff si on mesure la distance sur une carte, mais si on tient compte du terrain, ça fait plutôt soixante-dix. Soixante-dix kilomètres difficiles quand on ne peut pas prendre les chemins. C'est un paysage accidenté avec des collines, des cours d'eau, ça monte et ça descend, des pierres et des rochers, de la brousse épineuse, des ravines et du sable par endroits. Ce n'est pas une route directe et je n'ai pas de boussole. Avec un sac à dos écrasant, un fusil et des chaussures militaires archi-lourdes.

Pendant les quinze premiers kilomètres, je suis aiguillonné par la colère contre Domingo. Pourquoi me traiter ainsi ? Il m'a montré le barrage, la petite gorge, notre point faible, et c'est à moi qu'il a parlé de sa philosophie des animaux socialisés. C'est à moi qu'il a appris les premières tactiques militaires quand j'ai dû partir en expédition avec Hennie As. C'est à moi qu'il a dit qu'on était habités par la même prudence et le même courage, que j'étais un prédateur, un guerrier. Avec moi qu'il a partagé son mantra : « L'autre veut me tuer. Si j'hésite, je suis mort. » Et maintenant il me traite comme ça ? Et la plus grande injustice : je dois courir soixante kilomètres. J'ai entendu dire que tous les autres n'en ont fait que trente. Et moi, je dois faire soixante ?

Il va voir de quel bois je me chauffe !

Sur quinze kilomètres, je cours de la manière dont je me suis entraîné, un pied devant l'autre, les yeux fixés à dix pas devant moi. Ne pas regarder plus loin, d'abord achever ces dix pas. Le fusil est sur mes épaules, contre ma nuque, et je regarde bien où je mets les pieds. J'atteins presque neuf kilomètres par heure. Je vais y arriver.

Le sac à dos s'alourdit. Le fusil aussi.

J'ai déjà fait trente kilomètres il y a deux semaines, pour m'entraîner. Mais j'avais de l'eau sur moi. Et c'était sur une piste.

Vingt-cinq kilomètres plus loin, je comprends que Domingo a été drôlement malin. La R48, la route goudronnée qui mène à Lückhoff, passe tout près d'une grande colline. S'il y a du monde sur cette route, on me verra à moins que je ne monte sur la colline ou la contourne. La gravir sera dur, la contourner ajoutera cinq ou six kilomètres au parcours.

Une alternative difficile.

Je décide de passer sur la colline.

L'effort supplémentaire mine mes forces. Si je laissais quelques pierres du sac à dos ici pour les retrouver au retour ? Non. Si jamais quelqu'un à Lückhoff allait vérifier que j'avais encore toutes les pierres ?

De l'autre côté, je vois le village au-dessous de moi, mes genoux flanchent dans la pente. Et puis ma jambe commence à me faire mal, celle qui a été blessée. Une douleur vague, sourde. J'étais pourtant sûr qu'elle était guérie.

Je m'inquiète. Est-ce que la douleur va s'aggraver ? Je ralentis. Ça va, j'ai assez de temps.

J'entre dans le village. Je constate que j'ai mis trois heures, trente et une minutes. Il va falloir accélérer au retour. Je ne sais pas si j'en serai capable.

À côté de la pierre au coin de Fowler et de Barnard, il y a une gourde remplie d'eau. L'eau est tiède avec un

arrière-goût cuivré. Je soulève la pierre. Griffonnés sur un bout de papier, je lis les vers suivants :
Courons vers l'horizon, il est tard, courons vite...
L'irrésistible Nuit établit son empire.

60

La première guerre contre la KTM : II

Sofia Bergman
Un village abandonné au crépuscule est un endroit bien plus isolé qu'une ferme habitée par une seule personne.

Je me lève tôt, me lave, m'habille et vais chercher de quoi manger à la supérette. Il n'y a rien. Absolument rien sur les étagères. Il est clair qu'on l'a systématiquement vidée.

Je descends la rue du marché. Une famille de suricates traverse la rue, paniquée. J'entre dans les maisons et dans les gîtes d'étape, je cherche dans les cuisines et les garde-manger. Rien à se mettre sous la dent. Tout a été pillé. Je regagne ma chambre d'hôtel.

Je prends toutes mes affaires et descends au restaurant. Les tables sont dressées avec des nappes blanches, de petites salières et poivrières et des couverts qui ne brillent plus. Tout est recouvert d'une couche de poussière du Karoo. Les sets de table et les nappes ont été rongés par des bestioles et des insectes.

Je mange mon *biltong* et bois de l'eau et m'imagine un festin dans un château. Je fais l'inventaire de mes provisions. J'en ai pour deux jours. Je ne me rappelle pas la distance entre Hanover et Bloemfontein, trois heures de voiture ? Quatre heures ? Disons, quatre cents kilomètres.

Ce n'est pas tellement loin. Et il y a d'autres patelins sur la route. Colesberg est plus grand. Il y aura peut-être quelqu'un, des vivres, et c'est à deux jours d'ici. Trois, s'il faut chasser pour manger. Je peux chasser, je peux survivre.

Je me lève, déterminée à relever le défi qui m'attend. J'entends un bruit de moteur au loin. Plusieurs moteurs. Je cours vers la N1.

*

Je n'y suis pas arrivé. Même pas de justesse. J'ai mis près de huit heures à couvrir les soixante, plutôt soixante-dix kilomètres.

Je ne peux même pas parler de « courir ». Les quinze derniers kilomètres, je titube, tombe, trébuche et ralentis mon pas à un petit trot.

Ce sont les rangers, le sac à dos et ma jambe qui me font échouer. Les chaussures frottent à l'arrière des chevilles jusqu'à ce que la douleur devienne insupportable ; je m'arrête au bout de presque cinquante kilomètres et les retire, les ampoules qui se sont formées crèvent, la peau reste attachée aux chaussettes, la chair est à vif et saigne, ça me brûle comme du feu. Je remets les chaussettes et les rangers. Je n'aurais jamais dû m'arrêter, maintenant je souffre atrocement. Le sac à dos aussi frotte et m'écrase sous son poids. Et la plaie de ma jambe me cause des élancements de plus en plus forts. Je boite bas.

Quand ma montre me fait comprendre que sept heures se sont écoulées, la douleur de l'humiliation s'ajoute à ma souffrance. J'ai dit à Père que je ne voulais pas être comme lui, et me voilà sa copie conforme. Tous mes exploits héroïques seront oubliés. On se souviendra de moi comme d'un petit tire-au-flanc de rien du tout qui a cru pouvoir devenir un COpS parce que son père était président et qu'il fréquentait Domingo le soir à l'Orphelinat.

Et la douleur de la trahison. Domingo m'a trahi.

Je continue pour sauver le fond d'honneur qui me reste. Pour au moins montrer aux commandos abrutis de ce matin qui m'ont regardé d'un air si supérieur que j'ai pu terminer les soixante kilomètres ; c'est le double de ce qu'ils ont fait, eux. Et je ne parlerai plus jamais à Domingo. Il n'existe plus pour moi. Il m'a poignardé dans le dos de toutes les manières concevables.

Les deux derniers kilomètres sont les plus durs, l'entrée du pont à voie unique, le pont Havenga, et la montée de la côte jusqu'au QG des COpS. La fatigue éclipse désormais la douleur.

D'un pas douloureusement claudiquant, je termine les derniers deux cents mètres. Je ne peux rien y faire.

Ils m'attendent, debout, en formation. Les deux commandos, au garde-à-vous. Domingo se tient devant eux, chronomètre à la main. Je m'arrête devant lui et il appuie sur le bouton.

Il dit, à haute voix pour que tout le monde entende :
– Sept heures, cinquante-sept minutes.

Je reste là, la tête baissée.

Ils se mettent à applaudir. Lentement, au départ, je crois qu'ils se moquent de moi. Et puis, de plus en plus vite, et fort. Je lève les yeux sur Domingo. Son visage ne révèle rien derrière ses lunettes noires.

Les applaudissements se calment. Domingo dit :
– C'est le sixième chrono jusqu'ici.

Je n'y comprends rien.

Domingo fixe les deux commandos :
– C'était assez bien ?
– Oui, mon capitaine, la réponse en chœur.

Domingo approuve d'un hochement de tête et me tend la main :
– Bienvenue chez les COpS.

*

Le 23 août je m'installe dans la caserne des commandos des Opérations spéciales. Je deviens membre du commando Bravo. Ma vie change de fond en comble. Mon nouveau chez-moi est chez les COpS. On a donné ma chambre à l'Orphelinat à un des enfants devenu trop grand pour le dortoir des petits.

Les COpS sont ma nouvelle tribu, le commando Bravo est ma nouvelle famille. Le week-end, quand je suis en permission, je vais rendre visite à Père et Okkie mais ce n'est plus pareil, même si Okkie est ravi de me voir et que j'essaie de passer le plus de temps possible avec lui le samedi et le dimanche. Les liens entre Okkie et mon père deviennent plus étroits, comme si Okkie prenait ma place au côté de Père et Père la mienne par rapport au petit garçon. Comme si Père se résignait à m'avoir perdu. Son comportement envers moi est correct, parfois même chaleureux, mais ce n'est plus comme autrefois.

Je n'ai que seize ans mais je suis assez mûr et perspicace pour comprendre que c'est ainsi que Père essaie de gérer la douleur dont je suis responsable. Je me sens coupable, mais j'évite de ressasser les événements passés ; je justifie et relativise mes sentiments. Et puis Domingo nous fait travailler dur. Des journées longues et intenses, et parfois des nuits aussi. Au fur et à mesure que l'entraînement avance, je suis de plus en plus convaincu qu'il doit avoir un passé militaire. Ce n'est pas seulement ce qu'il nous apprend – les exercices, la discipline, les tactiques, les armes, le combat, la lecture des cartes, la survie dans le veld, les actions et les réactions –, mais aussi la façon dont il s'y prend, ses méthodes, son vocabulaire, son expertise, sa confiance tranquille, tout ce qui contribue à créer l'impression qu'il sait exactement ce qu'il fait.

Le 24 mars de l'année du Chien, j'ai tué deux hommes dans Boomstraat, à Vanderkloof. J'avais treize ans. C'était le premier jour annonçant la fin de mon enfance.

Le 22 août de l'année du Chacal est le dernier jour de mon enfance. À partir du lendemain, je suis un soldat. Nous sommes en état de guerre et de nombreuses batailles nous attendent. Et c'est vraiment bien, car dans mon for intérieur, je suis un prédateur, un guerrier, et c'est ce que je resterai toute ma vie.

*

19 NOVEMBRE

Je suis le membre le plus jeune du commando Bravo des COpS. Nous circulons dans la remorque du camion Volvo – le tracteur avec lequel Père et moi sommes venus à Vanderkloof la première fois. La remorque a été modifiée, elle est plus courte, et on y a aménagé des ouvertures de tir camouflées et des judas cachés. On a aussi soudé des plaques en métal dessus pour mieux nous protéger. Il y a des porte-fusils et des étagères pour les munitions, et des prises d'air pour que nous n'étouffions pas. Il y a aussi des armoires pour l'eau et les vivres et pour nos affaires personnelles parce qu'il est possible qu'on ait à y passer de longues heures. Et il y a une cuisinière électrique et un petit frigo.

Nous avons copié le camion de Thabo et de Magriet. C'est une sorte de leurre et sur le côté on a marqué : *Nous venons en Paix. Marchands d'alimentation.*

Les commandos Bravo les plus âgés sont dans la cabine : Cele et Brits. Cele est au volant. Ils ont laissé pousser leur barbe ; ils ressemblent à des bohémiens, des colporteurs.

Le commando Bravo.

Domingo a brisé mon effronterie, mon arrogance et mon individualisme. Il m'a réduit, comme tous ses soldats, à être un membre ordinaire d'un commando. C'est tout ce qui existe pour nous, tout ce qui est important. Notre commando. C'est notre monde. Cele et Brits, Jele, Taljaard, Esaü, Ximba, Aram, Masinga, Jakes, Wessels et moi. Je suis Storm tout court, parce que les COpS n'ont pas de prénom.

Nous sommes partis à la chasse de la KTM sur la N1. Nous savons qu'ils y sont ; qu'ils ont des postes de guet et des radios. Nous savons qu'il fait partie de leur stratégie d'observer d'abord. Deux ou trois motos. Domingo les appelle les Éclaireurs. Quand les Éclaireurs ont identifié une proie facile, ils le font savoir par radio. Alors, ils envoient les autres, les Bergers, six motards qui poursuivent un véhicule, comme des bergers ou des rabatteurs, et le coincent.

Nous le savons car c'est ce qu'ils font avec nos expéditions. Selon ceux qui ont survécu pour raconter l'histoire.

Aujourd'hui, nous menons la guerre à la KTM, aujourd'hui, c'est notre première expédition punitive.

*

Sofia Bergman
J'arrive juste à temps sur la N1 pour les voir arriver.

Quand on est au milieu de la route et qu'on regarde vers le sud-ouest, on voit que la N1 vire à gauche. Je peux donc entendre des moteurs mais je ne les vois pas avant qu'ils soient tout près.

Je suis à bout de souffle après ce sprint ; le bruit approche, de plus en plus fort, mon cœur chante, il y a du monde, il y a de la vie sur la N1, tout ira bien. Je suis en plein milieu de la route avec mon fusil, mon arbalète et mon sac à dos. Je respire l'odeur du goudron qui chauffe dans la chaleur matinale de l'été, et l'arôme unique de la poussière du Karoo, et puis je vois une moto sortir du virage et je m'écarte. Elle est couchée très bas dans le virage, et elle arrive à grande vitesse, suivie d'une deuxième, d'une troisième et d'autres encore ; je suis debout en bordure de la route nationale et je leur fais un signe joyeux de la main – une, deux, trois, quatre, cinq, six, sept, huit, neuf, dix, onze, douze, chacune soulève un courant d'air qui fait voltiger mes cheveux et je dois lever la main pour écarter la frange de mon visage. Je me tiens là comme une enfant devant un défilé, la main en l'air, et je me dis, s'ils ne se retournent pas, c'est qu'il y a beaucoup de gens dans ce nouveau monde et qu'ils ne trouvent pas bizarre de voir une fille sur la N1 dans ce village abandonné d'Hanover.

Et puis ils se retournent.

*

Le commando Bravo comporte onze membres. Plus Domingo.

Nous devrions être douze mais trop peu de candidats ont réussi les épreuves de sélection. De nouveaux arrivants, des jeunes qui venaient d'avoir seize ans, d'autres qui avaient échoué et voulaient essayer à nouveau s'étaient présentés. En vain.

Nous sommes un commando d'élite.

Deux dans la cabine. Neuf dans la remorque. Plus Domingo. Nous portons nos uniformes de combat ; des casques, des écouteurs pour pouvoir communiquer entre nous et avec les deux à l'avant.

Le commando Alpha est resté à la base à Amanzi. Domingo a tiré à pile ou face avec une pièce de cinq rands pour décider de celui qui allait mener la première opération. Bravo a gagné. Maintenant, nous nous croyons les meilleurs.

– Contact, dit Brits de son siège de copilote. Derrière nous.

Nous avons tous le cœur qui palpite.

Nous prenons position, chacun devant un judas percé dans la tôle. Le mien est à bâbord. Domingo nous a appris à utiliser « bâbord » et « tribord » quand on parle d'un véhicule. Quand Père m'a entendu parler de « bâbord », il a dit :

– Oui, c'est à gauche. Sais-tu comment je l'ai appris ?

Il s'adresse à Okkie et pas à moi.

– Non, papa, comment le sais-tu ?

C'est moi qui pose la question.

Père continue à s'adresser à Okkie. Il explique :

– Ça vient de *« bak »* qui voulait dire « dos » en néerlandais du XVe siècle. Le gouvernail était fixé sur le bord droit du bateau et le timonier tournait donc le dos au quai quand ils étaient au port. Le quai était donc à bâbord. Chouette, hein ?

– C'est chouette, oui ! jubile Okkie.

Je ne fais plus partie du commando Alpha de mon père.

Mon judas, à bâbord de notre « char » d'assaut, est celui dont personne ne veut. Comme la conduite est à gauche, on n'y voit rien, à part le veld. Les meilleures ouvertures sont celles qui donnent sur la droite, l'avant ou l'arrière. Mais je suis le cadet du commando. Les autres m'appellent parfois « Le prodige imberbe » quand je les bats au champ de tir. Et on m'affecte au judas dont personne ne veut.

– Deux bécanes, dit Domingo.

Il regarde à l'arrière. Il peut regarder par le judas qu'il veut car c'est lui le capitaine.

– Ce sont les Éclaireurs.

Maintenant, il faut voir si les Éclaireurs de la KTM trouvent que notre camion a quelque chose de spécial. Ou quelque chose qui éveille des soupçons.

Domingo se place rapidement devant une ouverture à tribord.

– Ils arrivent…

Et puis devant celle qui donne sur la route devant nous.

– Ils s'intéressent plutôt à nos marchands, dit-il.
Et s'adressant à Cele et Brits dans la cabine :
– Saluez-les. Sympas, les gars.
J'entends les moteurs des motos au-dessus du vrombissement de notre camion. Il roule avec le premier diesel fabriqué à Amanzi, à base d'huile de tournesol. Jusqu'ici, ça a marché à merveille. Je suis debout et écoute pendant que les secondes se transforment en minutes. Domingo les observe toujours, les motards de la KTM continuent à rouler à côté de nous. Comment se fait-il qu'ils tardent autant ? Se doutent-ils de quelque chose ?
– Ça y est, ils s'en vont.
La tension dans la remorque baisse d'un coup. Nous entendons Brits dans la cabine soupirer de soulagement.
– Qui vivra verra, dit-il.
– Jusqu'ici ça va, répond le capitaine Domingo.

61

La première guerre contre la KTM : III

Sofia Bergman

Ils se retournent, tous les douze, s'arrêtent devant moi et emballent les moteurs dans un fracas terrible. Je ris, je suis tellement heureuse de les voir, d'entendre le bruit. Puis ils coupent les moteurs, retirent leurs casques qui sont tous noirs. Ils ont tous des fusils attachés sur le dos. Il n'y a que des hommes. Tous ont des barbes et des cheveux longs.

– Poupée ! s'écrie celui du milieu.

Ses cheveux grisonnent et il a ce que mon père appelait un pif de buveur de whisky. Ses petits yeux marron pétillent comme ceux d'un gosse espiègle. Il semble être le plus âgé et à ce moment-là, je l'aime bien.

– Mais d'où tu sors, poupée ?
– De la ferme.
– Putain, ce n'est pas vrai.

Et ils rient tous. Ils rient de moi, aux larmes.

*

Nous poursuivons notre chemin sur la N1 entre Drie Susters et Richmond. Il est neuf heures du matin. Nous avalons nos rations (du *beskuit* de notre boulangerie, du *biltong* de notre boucherie) avec du thé sans sucre (mais avec le lait de notre laiterie). Nous attendons de voir si les Éclaireurs de la KTM ont mordu à l'appât. Le Volvo ronfle tranquillement à quatre-vingts kilomètres à l'heure.

Toute notre stratégie vise à nous laisser attirer dans un guet-apens. Nous nous sommes entraînés à tirer de l'intérieur de la remorque, à sauter à terre, à entrer dans des bâtiments et à les nettoyer systématiquement, une pièce après l'autre.

Nous avons appris à nous couvrir mutuellement dans le veld, tout en avançant, sur terrain plat ou vallonné, en montant ou en descendant.

Mes fusils sont à côté de moi, un R4 ordinaire et mon R4 DM. Je suis le tireur d'élite, le tireur de précision, le commando qui doit couvrir tous les autres. Ils ont une confiance absolue en moi, ils croient en moi. Nous nous faisons tous confiance ; nous sommes frères et sœurs. Esaü et Masinga sont les deux femmes du commando Bravo. Esaü détient le record pour le plus grand nombre de sit-ups en une minute, soixante et un. C'est une machine. Elle a dix-neuf ans.

Nous avons rassemblé les rapports de toutes les expéditions et de tous les arrivants qui se sont fait arrêter ou attaquer par la KTM. Et de tous ceux qui ont été attirés dans des guets-apens par la KTM. Nous savons qu'elle est maligne. Ses combattants ne choisissent pas toujours le même emplacement. Parfois, les embuscades sont tendues dans un village ou une ville, comme Hanover ou Colesberg sur la N1, Middelburg sur la N9 ou Smithfield sur la N6. Parfois, surtout sur les routes régionales, ils privilégient des endroits où il faut ralentir, comme avant un virage, en haut d'un col ou un passage où le revêtement est détérioré. Parfois, le choix du lieu semble aléatoire.

Nous pensons que la KTM consiste en huit ou dix différentes cellules puisque la bande est active sur un espace immense. Nous nous doutons que les membres sont concentrés autour de Bloemfontein mais les différentes cellules sont responsables de quelques routes en particulier.

Nous avons pour objectif d'en capturer quelques-uns afin d'en tirer plus d'informations. Mais pour ça, il faut passer par un guet-apens.

Notre devise du jour : « Pas un seul ne s'échappera ! » Domingo nous a fait hurler ces paroles à l'exercice. Si l'un d'entre eux s'échappe, il avertira les autres que nous sommes en guerre. Nous voulons préserver aussi longtemps que possible l'effet de surprise.

Après Richmond, Cele nous fait savoir de la cabine :
– Les voilà qui arrivent. D'en face.

Tous ceux qui peuvent regarder vers l'avant se mettent devant un judas. Les autres entendent les motos nous dépasser.

– J'en compte dix, nous informe Brits.
– Moi pareil, dit Domingo.

J'entends de la satisfaction dans sa voix, comme s'il s'en réjouissait d'avance.

Je ne peux pas dire que je m'en fais une fête. J'ai peur, mais je le cache bien.

*

Sofia Bergman

L'homme au pif d'ivrogne appuie fortement avec un pied botté sur la béquille centrale de sa moto, descend et avance vers moi. Je tends la main pour le saluer.

– Je m'appelle Sofia Bergman, Oom.

Ils éclatent de rire. « Oom », répètent plusieurs d'entre eux et ils rient de plus belle. Il ne me serre pas la main. Il me regarde de haut en bas. Il est grand, bien plus grand que moi, son gros bide cache à moitié sa large ceinture de cuir noir.

– Sofia, dit-il, tu es une poupée ravissante.

Il lève la main et me caresse le sein gauche. Je m'énerve. Il est vraiment trop grossier, et je lui tape sur la main. Il me donne un coup de poing au visage. Je tombe.

Je dois avouer que je n'ai pas peur à ce moment. Cependant, je suis absolument stupéfiée. Il a peut-être les yeux espiègles, mais je suis très en colère car c'est un vrai porc. Et j'ai mal à la joue.

Les autres poussent des cris moqueurs, des cris d'amusement. Pif d'ivrogne empoigne mon fusil.

– Je ne veux pas que tu me tires dessus, poupée.

J'en perds l'équilibre parce que le fusil est attaché à une sangle que je porte sur l'épaule.

– Je pense que Numéro Un va vouloir garder celle-ci pour lui, remarque un des autres.

– Numéro Un n'est pas là, répond Pif d'ivrogne.

Il me soulève par les cheveux. Ça fait très mal. Je suis furieuse. Je me redresse et envoie un coup de poing dans son groin affreux parce que c'est vraiment un connard de première.

Les autres motards reprennent leurs commentaires. Pif d'ivrogne me balance un coup de poing contre la tempe si fort que je tombe, étourdie.

– La radio ! crie un des motards. Ils nous appellent à la radio.

Les rires et les moqueries se calment. Je suis allongée, j'ai la tête qui tourne, un bourdonnement dans les oreilles. Je pense entendre une voix à la radio : « Il y a un camion qui approche. Horaire prévu d'arrivée à Hanover, trente minutes. »

Je lève la tête et vois Pif d'ivrogne qui s'éloigne. Il prend la radio et parle :

– C'est trop près. Nous les attendrons à Colesberg.

– *Roger*, dit la voix.

Il revient vers moi, j'essaie de lui échapper à quatre pattes, mais il me saisit par le sac à dos et me traîne jusqu'aux autres motos.

– Attachez-lui les mains avec des serre-câbles et allons-y !

*

Quand les Bergers de la KTM prennent position derrière nous, Domingo donne l'ordre :
— Aux postes de combat !
Cela veut dire que nous devons attacher nos ceintures pour éviter d'être blessés si le camion doit freiner brusquement.

Domingo décrit ce qu'il voit derrière nous. Les motos nous suivent en formation, trois fronts, restant à deux cents mètres du Volvo, à la même vitesse que la nôtre, environ quatre-vingts kilomètres à l'heure. Chacun des dix motards a un fusil sur l'épaule.

— Tenez-vous prêts, nous arrivons à Hanover, dit Cele dans la cabine.
— Préparez-vous, dit Domingo.
Mon cœur bat à grands coups.
Le Volvo ralentit.
Personne ne parle.
Finalement :
— Rien, dit Brits. Ce ne sera pas Hanover.

*

Sofia Bergman

Ils m'attachent les mains dans le dos. Pif d'ivrogne monte sur sa moto, un des autres m'y traîne et me fait monter. Ils nous attachent l'un à l'autre avec un bout de corde. J'ai toujours mon sac à dos. L'arbalète y est attachée mais je ne sais pas où se trouve mon fusil.

Pif d'ivrogne me dit :
— Essaie un peu, poupée. À cent soixante, la route te transformera vite en steak haché.

Il est tout contre moi, il pue de la bouche, et il sent la sueur aigre et l'alcool. Il met son casque et démarre en trombe, tellement vite que je manque tomber.

Il roule très vite et mes cheveux me fouettent le visage. Je me dis qu'ils vont être tout emmêlés. Au moins, je ne sens plus qu'il pue.

*

– Dix kilomètres jusqu'à Colesberg, d'après ce panneau, dit Cele.

Un silence de mort dans la remorque. Nous attendons depuis plus de quarante minutes. Nous sommes inconfortablement installés, tendus, prêts à agir, et toujours rien, à part les Bergers qui nous suivent toujours.

– Ne vous déconcentrez pas, dit Domingo.

Dans mes pensées, je passe en revue ce qu'il faut faire en cas de contact :

Un. Ouvrir la fenêtre de tir à côté de moi, celle qui donne à bâbord.

Deux. Bien regarder. Si je vois un Ali Baba – le terme qu'utilise Domingo pour l'Ennemi – et que je peux l'atteindre, je tire. Un coup à la fois, mesuré, précis.

Trois. Quand j'ai entièrement nettoyé mon secteur à gauche, je dois crier : « Bâbord avant dégagé. »

Quatre. Quand Domingo crie : « Déployez ! », c'est que la première phase de l'attaque a réussi. Alors, je dois détacher l'échelle. Elle est fixée au plafond et je dois tirer une corde qui libère une goupille. Ensuite je dois baisser l'échelle, et monter avec mon R4 DM pour ouvrir la trappe et m'assurer que je peux sortir la tête sans danger.

Cinq. Couvrir les commandos Bravo qui sortent sur le terrain.

Nous avons répété ce scénario *ad nauseam*. Je suis aussi prêt que je peux l'être.

Les minutes traînent.

Domingo annonce :

– Les Bergers se replient. Nous y voilà ! Cele, tu maintiens la vitesse et puis tu accélères un peu comme si tu étais content qu'ils se désintéressent de nous.

Un moment de silence.

– Les voilà, dit Cele d'une voix aiguë, une mise en garde dans le ton.

Et il freine à mort. Mon dos heurte le siège derrière moi, mon casque le métal de la paroi.

62

La première guerre contre la KTM : IV

Sofia Bergman

Assise à l'arrière de cette moto sur la N1, je me rends enfin compte que je suis dans un sale pétrin.

J'ai vraiment du mal à expliquer comment j'ai pu être aussi naïve. J'ai grandi dans un milieu très protégé, avec mes parents, mes frères... Et ensuite, les trois années à la ferme, entre Meklein et Vytjie, ce couple affectueux, ça m'a sans doute conduite à penser que tout le monde était pareil. Bienveillant, doux et inoffensif. À Hanover les choses se sont passées si vite, c'était tellement inattendu que je ne me suis pas rendu compte. Et les coups sur la tête ne m'y ont pas aidée. Et puis, pendant une demi-heure à l'arrière de cette moto, j'ai eu le temps de réfléchir et j'ai compris que je m'étais mise dans de beaux draps et que ces types étaient des ordures. Il fallait que je trouve un moyen de leur échapper. Ils allaient forcément s'arrêter quelque part. J'avais le Leatherman dans la poche latérale de mon sac à dos. Le Leatherman a plusieurs fonctions, des lames, des tournevis, une lime et tout, et les pinces peuvent facilement couper des liens en métal. Je pouvais aussi menacer ce con débile avec une lame de couteau. Encore fallait-il que je l'attrape.

Je me tortille et je gigote pour voir si c'est possible. Mais Pif d'ivrogne me donne un coup de coude et je me calme.

Je ne porte pas de casque et on roule très vite. Le vent souffle si fort que je ne vois à peu près rien car j'ai les cheveux dans les yeux, mais je sais que nous sommes encore sur la N1. La ville suivante est Colesberg et je me dis que s'ils vont jusqu'à Bloemfontein, il y aura des gens qui m'aideront.

À Colesberg, nous avons brusquement ralenti, à la grande intersection construite juste avant la Fièvre, là où la N9 rejoint la N1. Père y faisait toujours le plein et je me suis demandé si les motards n'allaient pas faire pareil, et s'il y aurait quelqu'un sur l'aire de repos – incroyable tout de même que j'aie pu être bête à ce point !

Ils passent sous l'autopont de la N9 et s'arrêtent au deuxième autopont qui passe sur la N1.

Pif d'ivrogne défait la corde qui nous attache ensemble, il m'arrache de la moto et me tire derrière lui, il court, les autres aussi. Je vois que la route sous le pont est bloquée par deux vieux camions accidentés. Certains motards grimpent sur le talus pour s'asseoir sur le pont, d'autres se cachent derrière la carrosserie rouillée des camions ; ils ont tous leur fusil dans la main et Pif d'ivrogne tient aussi sa radio. Il me force à monter le talus avec lui en courant.

Il parle à la radio. Une voix lui dit :

– Non, vous avez au moins trente minutes. Ce camion n'a pas l'air pressé.

Pif d'ivrogne informe les autres :

– Nous avons une demi-heure !

Sur l'autopont, il y a une vieille Toyota Prado dont les pneus sont crevés. Pif me pousse sur le siège arrière :

– Tu restes là et tu te tiens tranquille ou je t'en flanque une autre.

Il va voir un des autres motards, prend mon fusil et l'examine. Et puis il reprend le sien. Il y a de gros barils d'essence au bord du pont, groupés par deux, et sur certains des barils il y a des portières de voitures ou des pans de tôle avec des pierres posées dessus pour les maintenir en place. Pif d'ivrogne s'installe entre deux barils, sous la tôle, et appuie son fusil sur le garde-fou du pont. Je finis par comprendre qu'il s'agit d'une embuscade. Et si on voit tout ce qu'il y a autour, c'est que ce n'est pas la première fois. Ils sont organisés.

Enfin je suis seule dans la Toyota et je commence, prudemment, à m'étirer et à tendre les bras en arrière pour me libérer du sac à dos ou au moins pour récupérer le Leatherman.

J'ai les mains attachées dans le dos, ce n'est donc pas facile.

Mais j'ai une demi-heure.

*

Les rapports de nos expéditions attirées dans des embuscades par la KTM ne concordent pas toujours.

Parfois, les motards de la KTM ne tirent pas. Ils ne font que menacer et prennent tout ce qui est comestible ou utilisable. Parfois, ils embarquent des femmes, ou des jeunes de moins de vingt ans. Nous n'avons jamais su ce que sont devenues ces personnes.

Parfois, ils envoient des tirs de sommation. Ou ils tuent un des hommes qui semble peut-être plus dangereux que les autres.

Nous ne savons pas à quoi nous attendre. Nous portons tous des gilets pare-balles.

Domingo nous a appris qu'on avait beau se préparer à un contact, qu'on pouvait s'entraîner longtemps, assidûment, quand le moment arrivait, c'était le chaos total et ça partait en vrille.

Le Volvo freine dans un crissement de pneus. Il s'arrête. Nous reprenons notre équilibre. Domingo se tient à l'arrière de la remorque. Il observe les Bergers :

– Ne tirez pas, ne tirez pas...

Je regarde par mon judas. Je ne vois rien. Et puis Domingo donne l'ordre d'ouvrir le feu, et c'est la pagaille totale.

Plus tard, tout le monde aura son histoire de combat à raconter et chacun l'embellira car personne ne se souviendra exactement de ce qui s'est passé. Un accrochage pareil s'accompagne d'une surdose d'adrénaline. C'est un stress intense. Et ça se passe bien plus rapidement qu'on ne pense, un instant de pur chaos. Domingo attend que les Bergers arrivent et referment le cercle autour de nous. Et puis nous ouvrons le feu, des coups retentissent dans l'espace étroit de la remorque, avec l'odeur étouffante de la cordite, et la fumée ; j'attends, je ne vois rien au-dehors et brusquement une silhouette traverse mon champ de vision, je braque et je tire, et je la rate complètement. Moi, le meilleur tireur des COpS. Je tire et tire, trop rapidement. Domingo nous a bien dit de tirer de façon disciplinée, coup après coup, mais nous oublions tous cet ordre, sauf lui. Nous vidons tous notre premier chargeur en quelques secondes et devons le remplacer. Domingo crie :

– Au coup par coup, putain !

Mais personne ne l'entend.

J'atteins un des hommes, à quinze mètres. Je vois le sang gicler, l'horreur et l'étonnement sur son visage, ses jambes continuent à s'activer, mais il est mort la seconde d'après. Je ne ressens rien. Je suis comme un animal. L'autre veut me tuer. Si j'hésite, je suis mort. Sa mort à lui ne me concerne pas. J'oublie de signaler que mon secteur est dégagé. J'ai les oreilles qui sifflent et mon sang bout, ils crient tous dans leur radio. Cele dit :

– Je suis blessé...

Domingo me secoue, tire mon bras d'un coup sec :

– Ton secteur est dégagé ?

Je sursaute, bafouille.

– Storm ! Tu as dégagé ton secteur ?

– Oui, mon capitaine.

– Déployez ! Déployez ! Déployez ! crie Domingo.

Je suis tétanisé.

Domingo me secoue à nouveau.

– Magne-toi le cul et prends ta position là-haut !

Je meurs de honte. Et en plus, j'oublie de prendre le DM. Domingo me le passe.

Les portières arrière sont ouvertes et le soleil entre à flots, le commando Bravo saute à terre.

Je grimpe à l'échelle et ouvre la trappe. Je vois un KTM sur l'autopont devant le Volvo, à soixante mètres et il tire sur mes camarades, je sens les balles frapper la route devant le camion. Je le cherche dans le viseur, une cible facile, et lui loge une balle entre les yeux. Le reste du commando est à l'extérieur, ils courent et se couvrent mutuellement pour englober tous les secteurs.

Je cherche des cibles sur trois cent soixante degrés. Je ne vois que des membres de la KTM affalés par terre.

Et puis il y a une fille aux cheveux longs et blonds.

D'abord, un mouvement que je perçois du coin de l'œil ; quelqu'un qui court, à trois cents mètres. Je fixe la silhouette dans le viseur, et je la vois.

Je n'ai jamais vu quelqu'un courir comme ça, avec autant de grâce et de rythme. Elle porte un short et des chaussures de randonnée ; ses jambes sont incroyablement longues et fines, et bronzées. Ses longs cheveux blonds flottent derrière elle. Et elle a une clé à molette à la main.

Je comprends qu'elle poursuit quelqu'un, tout son corps montre qu'elle est en chasse, et quand elle l'attrapera, il va se prendre une sacrée raclée. Je déplace le viseur et vois un gros type de la KTM qui fuit devant elle. Il tient une arbalète et a environ dix pas d'avance sur elle. Et elle se rapproche.

Notre devise dit : « Pas un seul ne s'échappera ! »

La fille et l'ordure de la KTM sont déjà dans la ville, dans une rue de Colesberg, entre les maisons.

Il ne faut pas qu'il s'échappe.

Je tire.

Sofia Bergman
Évidemment, ça m'a mise en rogne quand Nico a tiré sur Pif d'ivrogne parce que je voulais lui donner une bonne correction avec cette clé à molette, à ce gros porc.

Je suis donc dans la Toyota Prado pendant cette demi-heure d'attente, j'essaie de me dégager par tous les moyens et finalement j'attrape le Leatherman et je libère mes mains, tout doucement. Pif d'ivrogne se lève et vient voir, mais je ne bouge pas, alors il pose la main sur ma jambe et la glisse sous mon short. J'ai dû serrer les dents pour ne pas faire quelque chose – n'oublie pas, mes mains étaient détachées. Mais j'ai su qu'il fallait attendre le bon moment. Après un moment, il est reparti prendre sa position entre les barils. Ça jacasse sur les radios, et puis j'entends le moteur d'un gros camion et il freine. Pif d'ivrogne dit dans sa radio :

– OK, Kelly. Tu vas nous sortir ces gens de leur bahut.

Et puis, tout d'un coup, une fusillade éclate et tout le monde ouvre le feu. Plusieurs balles touchent la Toyota. Je plonge entre les sièges et me demande ce qui se passe.

Peu après, je sens qu'on me secoue ; je me retourne et vois Pif d'ivrogne. Il essaie d'empoigner l'arbalète qui est attachée à mon sac. Le sac est toujours sur mon dos. Il est sans doute à court de munitions et maintenant il veut mon arc. Je vois qu'il tremble de peur, je le vois sur sa tronche. Soudain, il réussit à décrocher l'arbalète et il se carapate. Les balles tombent encore et ce gros porc se tire avec mon arbalète.

Alors, je me dis que j'y tiens, moi, à cette arbalète ; elle a appartenu à mon frère, après tout. Les coups continuent à retentir et à frapper la tôle de la Toyota ; l'espace d'un instant je pèse le pour et le contre, entre la colère et la peur ; mais pendant ce temps, Pif d'ivrogne gagne du terrain. Je cherche une... non, pas une arme, plutôt quelque chose à quoi la colère peut s'accrocher. Je vois un truc qui dépasse de sous le siège et l'empoigne. C'est une clé à molette et ça me donne le courage de sortir de la voiture, Dieu seul sait pourquoi. Donc, je saute et je repère Pif d'ivrogne qui a déjà couvert une certaine distance.

Je vois qu'il n'est pas très rapide, mais le sac à dos m'encombre. Je m'en débarrasse et cours, la clé à la main. Il m'entend venir, mes grosses chaussures sur le gravier, le bitume, il se retourne et il crie quelque chose – je ne saisis pas ce qu'il dit au juste, mais c'est le cri de quelqu'un qui sait qu'il est dans la panade, et je n'ai jamais rien entendu de si beau.

Je le rattrape et me prépare à lui assener un joli coup avec la clé avant de reprendre mon arbalète, et puis la balle l'atteint. C'est un bruit écœurant, celui d'une balle qui pénètre la chair, surtout quand on est tout près. Il tombe comme un sac de patates.

Je suis vraiment fâchée parce que je voulais le tabasser. Il m'a tripotée ce sale porc, avec ses gros doigts sur mon sein et ma jambe, et je n'ai pas eu l'occasion de le punir.

*

Je vois la fille aux longues jambes dans mon viseur. Elle se tourne vers moi, le visage crispé de colère. Elle se penche à côté de Gros Bide et lui prend l'arbalète. J'en déduis qu'elle appartient à la KTM. C'est une conclusion à moitié logique. Je ne peux pas la laisser s'échapper. Elle est à plus de trois cents mètres, entre les maisons, il y a de fortes chances qu'elle disparaisse de ma ligne de tir.

Je l'ai dans ma visée, j'ajuste mon tir, le doigt sur la détente.

63

La première guerre contre la KTM : V

Mais je ne peux pas tirer. Pas sur une fille.
Je ne sais pas pourquoi.
J'enlève mon doigt de la détente, regarde dans le viseur et la vois disparaître derrière le mur en béton d'une maison.
Pas un seul ne s'échappera.
Tout est calme, plus personne ne tire. Domingo est sous l'autopont entre les carcasses rouillées de voitures disposées de façon stratégique. Il lève un poing et j'entends sa voix sur la radio :
– Cessez le feu !
Je réponds :
– Il y a une fille qui s'est échappée, mon capitaine.
– Où ça ?
– Dans la ville. Vers l'est.
– Une fille ?
– Oui, mon capitaine.
– Qu'est-ce que tu attends, bordel ? Ramène-la, Storm !
Je redescends dans la remorque, fonce jusqu'aux portières et saute à terre. Elle a une longue avance sur moi et j'ai vu comment elle court. Je ne pourrai pas la rattraper.
Je fais le tour du Volvo. Aram et Wessels sont en train de sortir Cele de la cabine. Il saigne beaucoup du bras.

Je sprinte, monte le talus pour gagner l'autopont et vois les motos qui y sont parquées. Balançant mon fusil sur l'épaule, j'enfourche la moto la plus proche et démarre à la poursuite de la fille.

*

Sofia Bergman
Bon, il faut me comprendre. J'entends une moto arriver, et cette fois, je ne suis plus une idiote de la campagne sur la N1 ; je sais comment ils fonctionnent, ces types. Je m'arrête, dégage une flèche du carquois, arme l'arbalète et me cache derrière un pan de mur. J'attends, le son du moteur s'approche, de plus en plus près, je tiens l'arc bien comme il faut, sors au dernier moment et atteins le motard en pleine poitrine.

*

Soudain, elle apparaît devant moi et me tire une flèche dans la poitrine. Le gilet pare-balles me sauve la vie car la flèche se fiche juste à l'endroit du cœur. Mais le coup est tellement fort que je tombe en arrière, mon casque claque contre le bitume. J'ai le souffle coupé et l'impression que mon cœur va lâcher, la moto continue son chemin toute seule et passe à côté de la fille. Elle arrive vers moi et j'ai mon fusil dans le dos. J'ai du mal à respirer et la voilà qui arme à nouveau son arbalète. Cette fille va me tuer. Tout essoufflé, j'essaie de bouger et finis par rouler, je suis lent, tout mon corps me fait mal mais je sais que ma vie dépend maintenant de la rapidité de mes réactions. J'arrive à me lever, fonce vers elle et la plaque au sol. Je m'assois sur elle et tiens ses mains.

Et puis je la regarde et je vois qu'elle n'a pas peur. Elle est simplement furieuse. C'est une colère magnifique, une source d'énergie pure.

Je constate aussi que c'est la plus belle fille que j'aie jamais vue de ma vie. Ravissante.

À cet instant précis, je tombe amoureux de Sofia. Je sais qu'elle sera un jour ma femme.

*

Sofia Bergman
Je lui crie :
– Lâche-moi, espèce d'abruti, lâche-moi !

Mais il ne bouge pas. Il reste là sur moi à pousser des grognements parce qu'il n'a toujours pas récupéré son souffle, et avec ce sourire débile.

Je ne suis pas du tout tombée amoureuse à ce moment-là. Vraiment, pas du tout. Si j'avais pu me libérer, je l'aurais tué.

64

La première guerre contre la KTM : VI

Je retourne vers le commando Bravo et le champ de bataille avec la belle fille blonde. Elle porte son arbalète et je vois à ses épaules crispées qu'elle ne me fait toujours pas confiance, qu'elle ne m'apprécie pas du tout. J'ai pourtant essayé de lui expliquer qu'on était dans le même camp, elle et moi.

La flèche est toujours accrochée au gilet pare-balles, la pointe prise dans le tissu. J'essaie de la retirer, mais c'est impossible.

Mes camarades voient la flèche, et la fille avec son arbalète, et éclatent de rire. Un rire chute d'adrénaline, de soulagement et de survie.

Domingo nous ordonne de la fermer. Il est furieux. Il dit que nous avons été minables, que le seul objectif atteint a été de ne pas laisser s'échapper un des membres de la KTM. Et que même ça, ce n'était que le fruit du hasard. Où sont les membres de la KTM que nous aurions pu interroger ? Et que dire de la discipline, la maîtrise, la présence d'esprit qu'il a essayé de nous inculquer par l'entraînement répétitif ?

Nous baissons la tête. La fille nous regarde, bouche bée.

Domingo dit que l'opération a été un échec lamentable. C'est honteux, insiste-t-il, de triompher ainsi d'une bande d'amateurs dans une escarmouche aussi chaotique quand on a tous les avantages d'une attaque-surprise. Il dit qu'il nous ramène à la base pour reprendre notre formation de zéro parce que nous sommes des minables. Il prendra les gars du commando Alpha en espérant qu'ils seront meilleurs que nous, bande de freluquets débiles. Il faut faire soigner Cele et il faut mettre cette gamine à l'abri du danger ; il désigne la fille blonde, ma promise.

– Ou, dit Domingo, en fixant d'un regard réprobateur la flèche qui pend de mon gilet, pour mettre Storm à l'abri de cette gamine.

– Je ne suis pas une gamine. Je m'appelle Sofia Bergman.

Domingo la fixe. Nous pensons tous que ça va l'énerver. Qu'il va exploser. Mais il hoche juste la tête et dit à Esaü et à Masinga de rester avec Cele et de prendre soin de lui. Les autres doivent enterrer les membres de la KTM dans le sol dur de Colesberg, dans le petit parc derrière l'hôtel Mérinos. Ensuite, il faut cacher les motos derrière la colline à l'est de la ville à côté du réservoir.

Lui, il va s'entretenir avec Sofia Bergman, à l'ombre.

J'aurais voulu m'asseoir avec elle. Je ne pense plus qu'à cette fille.

Lizette Schoeman n'existe plus.

65

QU'EST-CE QUE TU REGRETTES LE MOINS ?

Récits recueillis par Willem Storm. Projet d'histoire d'Amanzi.

Domingo

Il n'y avait rien à aimer avant la Fièvre. Rien. C'était un monde fou et méchant. Tout le monde haïssait tout le monde. Blancs et Noirs, propriétaires et démunis, libéraux et conservateurs, chrétiens et musulmans, Nord et Sud, je pense qu'on cherchait activement des prétextes pour haïr ; tu es plus grand que moi, donc je te hais pour ça aussi.

Donc, ça ne me fait rien que ce monde n'existe plus.

Oui, bien sûr il y avait aussi des choses que je détestais. Facebook, plus que tout, si tu veux vraiment savoir. Facebook. Quelle horreur. Pour moi, c'était la quintessence de tout ce qui n'allait pas dans la société. Tu as tous ces amis, mais ce ne sont pas de vrais amis ; ce sont des gens pour qui tu postes des photos de ton déjeuner et ton souper et ton joli petit chat. Comme si ça pouvait les intéresser. Ils allaient voir ça seulement parce qu'ils avaient eux aussi besoin d'un public. Les amis sur Facebook, ce n'était que ça, un public. Et ça me rendait malade de voir à quel point ils en avaient tous besoin. La société était devenue tellement impersonnelle, tellement je-m'en-foutiste qu'il fallait se faire valider par quelque chose comme Facebook, devant un public qui s'en foutait royalement... Enfin, c'était triste. Tragique.

Je ne dis pas que je me réjouis de la Fièvre. Mais je ne suis pas rempli de nostalgie de l'époque d'avant la Fièvre. Vraiment pas.

Cairistine Canary

Non, je ne sais pas... Disons, les clodos aux feux rouges le matin. Pour moi, c'était la chose la plus moche. Et puis je suppose qu'on peut élargir et parler de l'inégalité en général. Ça ne me manque pas, cette inégalité profonde – et la culpabilité. Mais c'est une question très philosophique et je ne pense pas qu'il faut essayer de comparer le monde avant et le monde après. Je ne crois pas qu'il faut se demander ce qui nous manque le plus ou le moins. On finit par penser que l'un était meilleur ou moins bon que l'autre. Les comparaisons sont trompeuses et elles peuvent t'amener à des trucs sinistres. Chaque monde est ce qu'il est. Et ça dépend de ce que nous en faisons, non ?

J'imagine que je n'ajoute pas grand-chose à ton projet d'histoire...

Lizette Schoeman

Je pense que la société était beaucoup plus... séparée, comme dans des silos, si tu vois ce que je veux dire ? La façon dont nous sommes aujourd'hui à Amanzi, il y a un sens très fort de la communauté. Nous dépendons les uns des autres. Tu comprends ? C'est probablement aussi que nous nous connaissons tous, car notre monde est devenu plus petit, mais ça me plaît. Avant la Fièvre, on voyait tous les jours des centaines et des milliers de personnes qu'on ne connaissait pas, qu'on ne saluait pas. On passait devant eux, à pied ou en voiture, on ne les regardait même pas, il n'y avait aucun lien entre nous. Rien du tout. On aurait pu être sur des planètes différentes.

Voilà ce qui n'allait pas dans le vieux monde, ce que je ne regrette pas.

Pasteur Nkosi Sebego

Je ne regrette pas ce monde-là. C'était un monde sans Dieu. Et c'est pourquoi je travaille dur pour que nous n'ayons pas à vivre à nouveau dans un monde sans Dieu.

Avant la Fièvre, notre président, son gouvernement, la presse, les commerces étaient tous impies. Mais pas uniquement dans notre pays. Dans tous les pays, partout dans le monde. Tout le monde ne désirait qu'une chose : l'argent. Être riche. Même s'il fallait le prendre ou le voler, même s'il fallait démolir d'autres personnes pour en avoir. Nous étions pris dans cet engrenage infernal. Nous étions prisonniers d'un système corrompu. C'est pourquoi Dieu a envoyé la Fièvre. Pour briser nos chaînes.

Abraham Frost

Quelques mois avant la Fièvre, j'ai lu un article sur les bananes. Ils ont dit que les bananes, telles que nous les connaissions, risquaient de disparaître. Et c'était la deuxième fois.

Apparemment, il y avait autrefois une variété de bananes qu'on appelait Gros Michel ; une banane délicieuse, onctueuse et sucrée. Pratiquement quatre-vingt-dix-neuf pour cent des bananes cultivées dans le monde étaient de cette variété. Et puis, dans les années 1960, une sorte de champignon a décimé tous les bananiers Gros Michel. Il a fallu trouver une autre variété résistante au champignon. Alors, on a commencé à cultiver de la Cavendish qui n'est pas aussi bonne.

Ensuite, la Cavendish est devenue la variété qui représentait quatre-vingt-dix-neuf pour cent de la production de bananes dans le monde. Deux ans avant la Fièvre, un champignon a commencé à détruire les bananiers Cavendish.

Ce que j'essaie de dire, c'est que nous, les humains, avons créé une terre qui n'était plus naturelle. Nous avons causé une perte d'équilibre. Et puis il nous est arrivé la même chose qu'aux bananiers.

Voilà ce que je ne regrette pas du vieux monde. On a l'impression que l'équilibre a été rétabli.

Ravi Pillay

Je ne regrette pas les embouteillages. Il fallait le voir pour le croire. Tout ce temps perdu, coincé dans un bouchon. Du temps qu'on aurait pu passer avec les gens qu'on aime. Ou simplement en faisant quelque chose. Nous vivions dans ce monde de haute technologie où on pouvait envoyer de petits robots sur Mars, mais personne ne pouvait résoudre les embouteillages. On ne pouvait pas corriger la mauvaise conduite non plus. Voilà une autre chose que je ne regrette vraiment pas. Ces crétins qui squattaient les voies rapides et quand on les avertissait d'un appel de phares – ce qui était tout à fait correct – ils te faisaient un bras d'honneur. Ça, vraiment... J'étais sûr que j'allais mourir un jour d'une crise de rage au volant.

Hennie As

Ben, tu sais... C'est comme ma réponse à ta question précédente : le vieux monde d'avant la Fièvre n'était pas forcément bon pour moi. Tu me demandes ce que je regrette, Willem, et j'ai envie de répondre : Rien. Je ne regrette rien du tout. Je sais que c'est ma faute d'avoir été malheureux dans ce monde-là ; j'avais façonné mon propre destin. Donc, je n'accuse personne. Simplement, je suis heureux maintenant. Et tu sais pourquoi ? Parce que là, j'ai l'impression de servir à quelque chose. J'ai une valeur. C'est bizarre, hein ?

Béryl Fortuin
La vie avant la Fièvre, c'était comme une vie dans une grosse ville, et maintenant, c'est comme si nous vivions dans un village, à la campagne. Littéralement, je suppose. Mais ce que je veux dire... il y a des avantages et des inconvénients des deux côtés. Le train de vie frénétique de l'époque ne me manque pas. La compétition acharnée. Je ne regrette pas la dispersion des gens qu'on aime. Je veux dire, on grandissait avec certaines personnes, sa famille, sa communauté. Et puis, quand on avait terminé l'école, il fallait partir faire sa vie. Il fallait préparer des diplômes supérieurs ou travailler. Humansdorp était trop petit pour caser tous les jeunes. Alors, tous ceux qu'on aimait, qu'on connaissait partaient à droite, à gauche. Et puis il fallait recommencer à zéro pour rassembler une tribu, des gens à aimer, mais ce n'était jamais pareil.

Ça, c'est une chose que je ne regrette pas. J'aime bien être à Amanzi. On ne va pas partir d'ici bientôt.

Oh, et puis tous les mythes détox. Je ne peux pas te dire à quel point je me réjouis à l'idée de ne plus jamais voir un magazine féminin ou un truc sur Internet sur la détox ; détox ceci, détox cela. Un pur mensonge. De la fraude légale. Voilà ce que c'était.

Nero Dlamini
Question pertinente. OK, je vais... Un instant. Il y avait ce thème récurrent dans la thérapie que je trouvais intéressant... Non, attends, il faut remonter un peu en arrière parce que je voudrais vraiment que tu comprennes :

Le monde d'avant la Fièvre était vraiment compliqué. Pour citer le grand M. Scott Peck, « la vie était difficile ». Tu n'imagines pas les niveaux de stress auxquels devaient faire face les gens ordinaires. Rien que pour traverser une journée, pour éviter tous les écueils sociaux et professionnels, sans parler des relations. Et puis on se souciait de tout ce qui se passait dans le pays, la politique, la misère, l'économie. Et de ce qui se passait dans le monde entier. Le terrorisme et la récession, et l'océan plein d'ordures qui se vidait de ses poissons et le réchauffement climatique...

Donc, pour revenir à ce thème récurrent : un nombre inquiétant de mes patients avaient ce désir, ce fantasme, cette envie irrésistible d'un nouveau commencement. De quitter tout simplement leur vieille vie, leur vieux monde, leur ancienne planète, et de recommencer. Libérés de leurs soucis.

Et voilà ce qui est intéressant : le monde d'Amanzi n'est pas sans stress. Oublions pendant un instant le traumatisme de la Fièvre en soi et considérons cet environnement, ici où nous sommes. Ce n'est pas sans stress, nous avons dû faire face à pas mal de choses. Mais je vois une différence énorme dans les niveaux de stress, le type de stress. C'est comme si les gens supportaient mieux le simple défi de se nourrir, de se chauffer, d'éviter des chiens tueurs.

Donc, voilà ma réponse : il me semble que personne ne regrette ces vieilles complications, ces craintes pour le monde et la planète, ces menaces trop grandes pour qu'on puisse les régler.

66

L'année du Chacal, je fête mes seize ans. Lizette Schoeman me brise le cœur et Sofia Bergman le rafistole provisoirement.

L'année du Chacal est la fin de mon enfance et nous nous attaquons pour la première fois à la KTM.

Okkie a cinq ans. Ou six. Nous ne saurons jamais son âge exact.

En décembre de l'année du Chacal, je commence à déjeuner tous les dimanches avec Père et Okkie. Ainsi, je peux passer devant le logement de Sofia Bergman. Pendant tout ce mois, je ne la vois pas du tout. Je m'informe discrètement auprès des autres et ils disent qu'elle est souvent dans sa chambre le dimanche, avec un livre. Il paraît qu'elle n'est pas très sociable.

Les déjeuners avec Père et Okkie sont délicats. Père et moi n'avons rien à nous dire. Quand je veux lui parler de l'escarmouche du commando Bravo avec la KTM, il fait non de la tête :

– Pas devant Okkie.

Mais je sais que c'est lui qui ne veut pas savoir.

L'année du Chacal, nous produisons pour la première fois du gasoil à partir d'huile de tournesol, du fromage et un peu de sucre extrait de betteraves sucrières. Notre économie s'oriente un peu plus vers le capitalisme quand plusieurs Namibiens aménagent leurs propres exploitations un peu plus loin au bord du fleuve Orange et se mettent à vendre des légumes au marché – haricots, petits pois, brocolis, laitues. Certains entrent même en concurrence avec le poulailler de Hennie As en élevant des canards et des dindes qu'ils vendent assez cher au marché fermier qui est créé au Forum.

Il y a dix-sept mariages, trente-neuf naissances et la population augmente de plus de mille personnes qui arrivent d'un peu partout du sous-continent. Le village est plein à craquer, nous construisons des fortifications et des maisons.

Notre première victoire sur la KTM était de peu d'importance mais elle a fait des miracles sur le moral d'Amanzi. La communauté qui se rassemble le jour de Noël au Forum, fidèles et non-croyants, pour écouter le beau sermon du pasteur Nkosi est bien plus unie. Bien qu'il dise, à la grande frustration de Domingo, que ce ne sont que les prières des croyants et la main sacrée de Dieu qui nous ont fait gagner cette première bataille sans déplorer une seule victime parmi les nôtres.

Mais c'est alors, devant un rassemblement plus restreint et limité à ses disciples, tenu au bord du barrage le 31 décembre, que Nkosi révèle pour la première fois sa vision biblique, une communauté qui ne serait pas gouvernée par l'homme mais par la Main divine. Une communauté purifiée qui ne sera ouverte qu'aux chrétiens qui feront pénitence pour les péchés qui ont déchaîné la Fièvre et la KTM.

– Prions, mes frères et mes sœurs, que la guerre contre le diable prenne bientôt fin. Pour que je puisse vous guider vers la Terre promise.

Ainsi se termine l'année du Chacal.

L'année du Cochon

LA PREMIÈRE GUERRE CONTRE LA KTM : VII
1ᵉʳ FÉVRIER

La bataille du commando Alpha est d'une moindre envergure, plus courte et bien moins intense et dangereuse malgré les efforts de nos camarades pour la rendre plus dramatique en la racontant par la suite. Mais ils arrivent – ou plutôt, Domingo arrive – à faire une chose que nous n'avons pas réussie :

Le 1ᵉʳ février ils se font prendre dans une embuscade avec le Volvo, à l'endroit où la N10 traverse les montagnes en zigzag, près de la gare de Ludlow, et juste avant l'intersection de la N9 entre Noupoort et Middelburg.

Il n'y a pas d'Éclaireurs KTM ni de Bergers, juste la barricade dans la passe. Domingo les calme.

Quand le conducteur confirme la présence de la KTM de son poste dans la cabine, Domingo répond tout de suite de sa voix de commandant :

– Du calme, du calme, restez à vos postes de combat. Ils ne savent pas que nous sommes dans la remorque, nous avons toujours l'avantage de la surprise.

Alpha fait les mêmes erreurs que nous. Ils s'emballent et provoquent le chaos. Ils affrontent les membres de la KTM et manquent d'en laisser un s'échapper. Un jeune motard paniqué mesure la gravité de la situation.

Il réussit à s'enfuir sur sa moto, vers l'est, dans la direction de la N9.

Nos camarades d'Alpha racontent : Domingo le voit. Il saute sur une des motos et fonce à la poursuite du jeune. Tout ce que les gars d'Alpha peuvent faire, c'est écouter dans le silence qui s'ensuit le vrombissement frénétique des deux motos qui résonne des hauteurs et finit par disparaître.

Ils attendent. Ils examinent les corps des ennemis pour vérifier qu'ils sont tous morts et puis ils commencent à creuser les tombes et à cacher les motos. Vingt minutes, une demi-heure. Ils s'inquiètent, pensent à envoyer des camarades qui savent conduire une moto. Alors, ils entendent un moteur. Domingo apparaît au virage sur la bécane KTM. Il s'arrête et dit au conducteur du Volvo qu'il y a un prisonnier à environ trente-cinq kilomètres sur la N10, de l'autre côté de Middelburg.

– Va le chercher. Il est en vie et il parlera.

Ils trouvent le prisonnier attaché à un panneau signalétique. La moto a basculé avec un trou dans le radiateur. Le membre survivant de la KTM s'appelle Léon Calitz et il a vingt-deux ans. Il est grand et maigre avec une pomme d'Adam saillante, les oreilles décollées et les dents du bonheur. Il parle beaucoup. En fait, il parle sans cesse. Avec les yeux pleins d'émerveillement et de peur, il dit que c'est Domingo qui a troué son radiateur, les deux motos côte à côte, à deux cents kilomètres à l'heure.

– Je n'ai jamais vu un mec rouler comme ça, dit-il.

Quand Domingo l'entend, il secoue la tête. Et ajoute qu'il n'allait pas si vite.

Cela contribue à la légende.

2 FÉVRIER

Les gars du commando Alpha viennent frimer dans tout Amanzi avec leur prisonnier et leur triomphe. Pendant une journée, ils sont les héros de notre communauté.

Le 2 février, Domingo et le Comité interrogent Léon Calitz.

Calitz ne demande qu'à raconter toute son histoire, à échanger sa vie de brigand contre l'abri sûr d'Amanzi. Il donne l'impression d'être soulagé et reconnaissant d'avoir été délivré des mains des motards. Dans une confession qui jaillit comme un soupir de délivrance, il explique le fonctionnement de la KTM. Et ce n'est pas du tout ce que nous avions imaginé.

On transmettra ces faits plus tard aux commandos des Opérations spéciales : la KTM n'existe pas.

Il ne s'agit que d'un réseau peu structuré de pillards. Calitz parle de « clans », un mot qu'il prononce avec un respect mêlé de crainte.

– Foutaises, dit Domingo, ce ne sont que de foutus gangs.

La plupart de ces gangs roulent à moto. Il y en a d'autres qui utilisent des pick-up, dans l'est du pays, par exemple. Il y a même des gangs à cheval, ou qui se servent de plusieurs types de véhicules.

Les gangs pillent, volent et ramassent, consomment eux-mêmes la plus grande partie des produits comestibles et livrent le reste à un acheteur central nommé – sans doute ironiquement – le Club des ventes.

Léon Calitz faisait partie d'un clan de motards qui s'appelle « Les Maraudeurs » – le gang que le commando Alpha a pratiquement décimé la veille près de la gare de Ludlow sur la N10. Calitz vient de Vereeniging. Il y a entendu parler des clans de motards. Il est parti les chercher sur sa Honda CRF450, il voulait faire partie de quelque chose de puissant et d'excitant. Les Maraudeurs étaient les premiers qu'il a croisés. Ils étaient sur la route entre Kroonstad et Cradock après une « Conférence de ventes ». Les Maraudeurs l'ont interrogé, l'ont malmené et menacé pendant au moins une heure et l'ont surveillé pendant deux semaines avant de l'initier dans une cérémonie impliquant des volumes incroyables d'alcool. Ils lui ont promis une plus grosse moto, un fusil d'assaut, de la fraternité, assez à manger, « un sacré bon temps » et une vie d'aventures.

Il y a d'autres gangs, par exemple La Tribu, Les Vikings, Les Cavaliers de la liberté, L'Escadron de la mort… Certains gangs sont conséquents, jusqu'à trente membres, d'autres beaucoup plus petits, mais jamais moins de dix personnes. Les Maraudeurs comptent normalement entre dix et seize membres. Certains désertaient, d'autres se blessaient en tombant ou se faisaient tuer lors d'un raid de pillage. Parfois, certains étaient attirés par de plus gros gangs ou des gangs fusionnaient.

Chaque gang a une hiérarchie et des grades différents. Le chef des Maraudeurs est capitaine. Le commandant en second s'appelle le routard, pour « capitaine de route ». Le cibi est responsable de la communication radio et puis, il y a les routiers, ceux qui viennent chercher le butin du gang avec un camion.

Ils passent leur vie à saccager leur zone de tout ce qui a de la valeur, surtout les armes, les munitions, les denrées, l'or et les diamants, les groupes électrogènes, les panneaux solaires et certaines pièces détachées. La zone des Maraudeurs s'étend entre Aberdeen dans l'Ouest jusqu'à King William's Town dans l'Est. C'est pourquoi ils sont un petit clan. Leur zone a peu de ressources de grande valeur et ils ne sont pas assez nombreux pour disputer leur territoire à un autre gang.

Ils stockent leur butin dans une base provisoire, un lieu sûr et isolé, jusqu'à la Conférence de ventes suivante.

– Le Club des ventes tient les conférences mais ce ne sont que les noms dont nous nous servons pour la radio. Le Club des ventes n'est qu'un couple, un homme et une femme et leurs... gardes du corps. Ce sont des grossistes ; ils achètent nos marchandises et les revendent à d'autres.

Calitz ajoute avec un respect excessif :

– La femme est une princesse zouloue.

Les membres du Comité se regardent.

– Attends, dit Domingo, tu l'as déjà vue ?

– Oui. À Maselspoort. À la conférence précédente.

– Tu peux la décrire ?

– C'est Mecky Zulu, dit Père, après avoir entendu Calitz.

– Non, ils l'appellent la Présidente. Mais son nom est Dudu Meyiwa.

– Et l'homme avec elle ?

– Clarkson. C'est un ingénieur très futé.

Domingo et le Comité savent qu'il s'agit des deux qui se sont présentés comme Trunkenpolz et Mecky Zulu. Léon Calitz dit qu'il n'a encore jamais entendu ces noms. Leurs identités pour la radio sont « Numéro Un » et « la Présidente ». Ils changent souvent de planque et les conférences ne se tiennent jamais au même endroit. Ils sont très malins parce que tout le monde essaie de les éliminer. Ce sont des intermédiaires ; ils ont tous les contacts. En fait, ce sont eux qui contrôlent tout.

Numéro Un et la Présidente informent les gangs des produits qui sont le plus demandés. Depuis dix-neuf mois, leur nature et leur valeur ont beaucoup changé. Avant, les boîtes de conserve et les aliments séchés étaient très rentables, mais en ce moment, on recherche les munitions, l'alcool, les pièces détachées, les pneus de moto et de camion. Il y a aussi une demande importante pour les panneaux solaires et les batteries. Un bon lot vaut facilement six cents litres.

– Des litres de quoi ? dit Père.

– D'éthanol, répond Léon Calitz. Le Club des ventes a quatre types de paiement : en connaissance et savoir-faire pour adapter les voitures à l'éthanol ; en éthanol ; en pièces détachées et en munitions.

– Comment est-ce que ça fonctionne au juste ?

– Le Club des ventes nous informe d'une Conférence de ventes, on charge les camions et on part échanger notre stock...

– Comment le Club des ventes vous contacte-t-il ?

– Par radio.

– Laquelle ?

– Celle que Numéro Un nous a donnée.

– Les CB qui sont installées sur les motos ?

– Non, celles-là, on ne s'en sert que pour communiquer entre nous, ou avec notre cibi. Numéro Un nous appelle sur une grande radio, de cette taille...

Et Léon Calitz montre avec les mains, environ soixante centimètres carrés.

– Une seconde, dit Domingo. À quelle distance de vous se trouve Numéro Un quand il vous appelle sur cette grande radio ?

– Je ne sais pas. On ne sait jamais où ils sont au juste. Mais ces radios peuvent capter sur des centaines de kilomètres.

– Oui, répond Domingo. Ce n'est pas impossible avec un transcepteur. Mais alors il faut une grande antenne.

– Nous en avons une.

– Où ça ?

– Notre camp de base. Le cibi y reste toujours. Avec la grande radio et la station radio et notre stock.

– Où se trouve ce camp de base ?

– Près de Tarkastad.

Père veut dire quelque chose, mais Domingo se dresse, il a l'air inquiet, il lève la main pour qu'on se taise.
– Le cibi y est encore ?
– Je suppose que oui.
– Et chaque gang de motards a un cibi et un camp de base ?
– Oui.
– Est-ce que chaque gang a sa propre fréquence ?
– Je n'en sais rien. Notre cibi parle toujours de la bande des quarante mètres : « Il n'y a rien sur les quarante mètres. »
– As-tu entendu parler, ces dernières semaines, de gangs qui ne répondaient plus ?
– Oui, les Fous du volant.
– Les Fous du volant ?
– Oui. Leur zone c'était la N1 entre Beaufort-West et Colesberg. C'était un grand clan, ils étaient toujours plus de vingt. Et puis ils ont disparu. Notre capitaine a dit qu'à son avis ils en avaient marre parce que tout était pillé. Il n'y avait plus rien à tirer de cette zone.
– Comment vous avez su qu'ils avaient disparu ?
– Numéro Un nous a demandé par radio si on savait quelque chose parce que le cibi des Fous disait qu'il n'arrivait pas à joindre son capitaine, aucun des membres, en fait. Numéro Un a promis deux mille litres pour des infos sur les Fous. Notre capitaine a répondu qu'on ne savait rien.
– Et puis ?
– Et puis Numéro Un a dit que c'était une offre ouverte, qu'il fallait qu'on garde l'œil et l'oreille aux aguets. Il pensait qu'un autre gang les avait peut-être éliminés. Mais mon capitaine a dit que c'était du n'importe quoi, qu'ils en avaient tout aussi ras le bol que nous.

68

LA PREMIÈRE GUERRE CONTRE LA KTM : VIII

Domingo emmène Léon Calitz au QG des COpS pour qu'on puisse entendre la suite de l'interrogatoire. Nous sommes assis dehors en demi-cercle sur le terrain de manœuvres, Domingo et Calitz sur des chaises devant nous.

– Parle-nous de la station radio.

C'est la première fois que je vois Calitz de si près. Il paraît tellement ordinaire, un bon gars, comme n'importe lequel d'entre nous. J'ai entendu dire qu'il faisait des études pour devenir tourneur-fraiseur quand la Fièvre s'est déclarée. C'est donc ça mon ennemi ? Ça aurait pu être moi.

– Euh, il n'y a vraiment pas grand-chose, dit Calitz.

Sa grosse pomme d'Adam fait résonner une voix de baryton et son attitude est celle de quelqu'un qui a le trac avant un spectacle.

– Raconte-nous.

– C'est une petite ferme misérable, c'est tout.

Il voit que Domingo s'attend à plus.

– C'est près de Tarkastad, ajoute-t-il, comme à contrecœur.

– Où exactement ?

– À vingt, trente bornes.

– Je veux des détails.

– Il y a une ferme. Nous y étions installés. L'antenne est sur la butte juste à côté de la maison. Quand on grimpe en haut, on peut voir très loin. On peut voir le village et tous les chemins qui y mènent.

– Lesquels ?

– Les quatre routes goudronnées qui vont à Cradock, Queenstown, Adelaide et celle qui monte dans la montagne.

– À quelle distance peut-on voir sur ces routes ?

– Sur celle qui va à Cradock – à Hofmeyr, plutôt – on a une vue de presque cinquante bornes. Peut-être plus, je ne sais pas, on n'a jamais mesuré. Mais c'est la raison pour laquelle le capitaine a choisi cette butte. Pour la distance à laquelle on peut voir et pour la hauteur, pour que l'antenne soit assez haute.

– Que va-t-il se passer si votre cibi là-haut sur sa montagne n'a pas de nouvelles de vous pendant un ou deux jours ?

– Rien. Ça arrive souvent. Il ne fera rien.

– Et s'il ne voyait arriver que quatre ou cinq motos ? Les vôtres, avec vos habits, vos couleurs ?

– Il se demanderait où sont les autres.

– Mais il ne ferait rien ?

– Non. Qu'est-ce qu'il pourrait bien faire ?

– Et si quelques-unes des motos arrivaient avec des passagers, et que le cibi les voyait venir ?

– Pas de problème, les motos tombent en panne parfois, alors il faut qu'on monte à l'arrière.

– Il n'aurait pas la frousse ?

– Je...

C'est comme si Calitz stressait de plus en plus. Il hausse les épaules. Il ne sait vraiment pas.

– Léon, que ferait-il ?

– Il essaierait peut-être de nous appeler sur la CB. Mais souvent, quand on roule vite, on ne l'entend même pas.

— Est-ce qu'il appellera d'autres gangs ou Numéro Un sur la grosse radio pour leur dire qu'il y a un problème avant qu'on n'arrive ?
— Non. Ça ne marche pas comme ça.
— Sûr ?
— Oui.
— Pourquoi ?
— On n'a jamais... On ne parle pas avec les autres clans et on n'appelle pas Numéro Un quand il y a un pépin. Il n'est pas notre chef. Quand il prend contact avec les clans, c'est pour leur parler de produits, de conférences de ventes et de trucs comme ça.
— OK. Tu viendras avec nous. On y va demain.
— Non.
Léon Calitz hoche la tête.
— Ce n'est pas comme si tu avais le choix, dit Domingo.
— Je ne veux pas.
Et il croise les bras avec un air décidé. Ce n'est pas seulement de la résolution. Il y a quelque chose d'autre.
— Pourquoi ?
— Je ne veux plus jamais les revoir. J'en ai fini avec eux.
— Mais ce n'est que le cibi ?
— Je ne veux plus le revoir.
Domingo se lève et se plante devant Calitz.
— Si tu nous mens...
— Non, c'est la vérité, je le jure.
— Le cibi à la base, il y a quelqu'un d'autre avec lui ?
— Non, je le jure, il n'y a que lui. Mais...
— Mais quoi, Léon ?
— Si vous... Si lui... Si jamais quelque chose tourne mal et qu'il décide d'informer Numéro Un...
— Alors, tout d'un coup il te fout les jetons, Numéro Un ?
— Tu ne les connais pas. Ils ont des gardes du corps, ce sont de vrais malades. Des tueurs. Eux... Certains clans... Enfin, il y a eu des clans qui voulaient les élimi-

ner, Numéro Un et la Présidente, des clans qui voulaient prendre leur place de grossistes. Les gardes du corps ont pendu ces mecs dans des arbres avec la langue qui sortait d'une boutonnière faite dans leur gorge.

– Mais comment Numéro Un saura-t-il pour toi ? Pour nous ?

Léon Calitz hoche la tête. Il ne veut plus parler.

– Qu'est-ce qui peut mal tourner, Léon ?

Domingo se méfie maintenant, et il hausse le ton.

– Qu'est-ce que tu nous caches ?

– Je... Rien, je le jure. Je vous ai tout dit.

Sa voix est de plus en plus aiguë.

– Alors, qu'est-ce qui peut mal tourner ? Réponds.

– Je ne sais pas. N'importe quoi. Il n'y a pas de garanties dans la vie.

– Des conneries, dit Domingo. Tu viens avec nous demain. S'il n'y a pas que le cibi quand on y arrive, je te fais sauter les deux genoux. Compris ?

Calitz regarde Domingo comme s'il mettait en balance une menace contre une autre. Il baisse la tête, la secoue légèrement comme s'il était la victime d'une énorme injustice. Mais il répond :

– Je comprends.

3 FÉVRIER

À quatre heures du matin, les membres du commando Bravo se tiennent au garde-à-vous, en tenue de combat à côté du Volvo.

– Je m'attends à une meilleure performance de votre part aujourd'hui, dit Domingo.

– Oui, mon capitaine.

– Nous avons bien travaillé.

– Oui, mon capitaine.

– Nous avons beaucoup appris.

– Oui, mon capitaine.
– Nous allons rester zen.
– Oui, mon capitaine.
– Nous allons agir en soldats pros.
– Oui, mon capitaine.

Du coin de l'œil, j'observe Léon Calitz. Il se tient à l'écart et semble troublé, ses yeux écarquillés. D'émerveillement ou de peur ?

– Allons-y, dit le capitaine Domingo.

*

Nous allons jusqu'à l'endroit où a eu lieu l'escarmouche avec le commando Alpha. Domingo, Calitz et quatre COpS montent sur les motos cachées dans une ravine asséchée. Ce sont les seuls qui savent bien conduire une moto. Les autres resteront dans la remorque du Volvo jusqu'à Hofmeyr.

Le village est tout petit. Selon Léon Calitz, il est complètement abandonné. Domingo ne le croit pas et il nous demande de le fouiller, les beaux vieux bâtiments administratifs, le petit parc avec son monument et la cloche pour appeler les esclaves, la drôle d'église avec ses quatre vilaines colonnes. Le village a été saccagé, les Maraudeurs ont pris tout ce qui devait avoir de la valeur.

Nous ne trouvons personne. Calitz affiche une expression offensée et son attitude proclame : Je vous l'avais bien dit.

Les autres membres du commando Bravo vont attendre à Hofmeyr avec le Volvo.

Les six motards continuent, trois d'entre eux ont des passagers. J'en suis, grâce à mes qualités de tireur. Domingo est devant, suivi par Calitz. À sa droite, il y a Jakes, qui conduit, avec moi à l'arrière. Si Calitz dévie de la route, je suis libre de lui tirer une balle dans la tête, m'a dit Domingo. Les trois autres motos forment l'arrière-garde.

69

La Première Guerre contre la KTM : IX

Nous continuons jusqu'à Tarkastad. Au centre du village, il y a un rond-point. Léon Calitz s'arrête :
— Je ne vais pas plus loin, explique-t-il quand Domingo, exaspéré, lui demande ce qu'il y a.
— Tu continues.
— Non. Je vous expliquerai comment y aller.
Domingo se méfie.
— Est-ce qu'il peut nous voir, Léon ? Si c'est un signal pour ton cibi, je te refroidis, vite fait, bien fait.
— Non, non, je le jure, mais je suis un traître, je ne pourrai pas le regarder dans les yeux. Je reste ici.
Domingo peste contre lui.
— Tu peux gueuler, dit Calitz. Je reste ici.
Domingo descend de sa moto, sort son pistolet, attrape la main de Calitz et explose son auriculaire. Calitz pousse un cri strident.
— Tu viens avec nous.
— Non ! dit Calitz.
Domingo fait péter l'annulaire. Calitz hurle, fou de peur, mais il crie :
— OK, OK, OK !
Il met du sang partout sur le guidon de sa moto.
— Tu y vas en premier, dit Domingo en faisant un geste avec son pistolet. Et tu ne discutes pas.

Calitz nous mène dans la montagne par une piste goudronnée mais étroite, truffée de nids-de-poule et qui se transforme en piste de terre. On arrive à une fourche. Calitz reste sur la gauche. Il ralentit de plus en plus, regarde plus souvent vers moi, assis derrière Jakes, qui suis prêt à lui tirer une balle dans la tête.

Nous continuons jusqu'à la cour de la ferme, Bergfontein.

L'homme a dû nous entendre venir. Il sort en courant de la maison et appelle :

– Capitaine ! Il y a des gars qui sont venus, mon capitaine, il y a eu un hélico !

Son visage est crispé d'excitation. C'est un homme très grand. Il ne porte qu'un jean, son torse nu est maigre à faire peur, il a la tête rasée et une barbe dense et noire qui lui descend jusqu'à la poitrine.

Nous nous arrêtons. L'homme court jusqu'à la moto de Domingo, il continue à délirer sur l'hélico. Domingo retire son casque et braque son fusil sur le grand homme famélique.

Finalement, celui-ci comprend que ce n'est pas son capitaine et il se tait. Il est déconcerté ; il pue l'alcool.

Léon Calitz descend de sa moto. Il tremble comme une feuille.

– C'est le cibi, dit-il à Domingo.

Et puis il enlève son casque et s'adresse au type :

– Loots, ils sont tous morts. Il n'y a plus que moi.

Le cibi ne semble pas très bien saisir ce que dit Léon. Ses yeux vont de Calitz à Domingo, aux autres, et reviennent vers Calitz.

– Léon, il y a eu des gars...
– Qui ça ? demande Calitz, la voix tendue.
– Des gars dans un hélico.
– C'est qui ces gens ? demande Domingo.
– Je ne sais pas. T'es qui toi ? réplique le cibi.
– Tu étais bourré ? poursuit Domingo.

– C'est la guerre, Loots. Ils nous ont tiré dessus. Ils ont tué tout le monde, il n'y a plus que moi, dit Calitz en accentuant les mots, comme s'il essayait à tout prix de transmettre un message à Loots.

Mais Loots est trop bouleversé, trop déboussolé pour le comprendre.

– C'est vous, les gars de l'hélico ? demande-t-il.

Domingo le saisit par les épaules et demande :

– Ce sont qui, ces gars avec l'hélico ?

Loots n'a pas peur de Domingo. Il est comme en état de choc.

– Ils sont venus hier, dans la nuit. Au milieu de la nuit. À une heure, j'ai entendu l'hélico. Je me suis levé et je l'ai vu se poser, là-bas. Quatre gars ont sauté à terre avec des lunettes de tir nocturnes et des viseurs laser. Ils m'ont vu et ils ont tiré, regardez, la porte est pleine de trous. Alors, j'étais là, les mains en l'air et tout, et ils sont venus me plaquer contre le sol, et puis… je pensais qu'ils allaient me buter. Ils ont hurlé des choses, m'ont posé des questions sur des gens que je ne connais pas et je n'ai fait que dire : « Je ne sais pas, je le jure, je ne sais pas. » J'étais sûr qu'ils allaient me buter, Léon. Alors, ils ont cherché la radio et puis ils ont laissé tomber et ils sont repartis dans l'hélico. Léon, je pense que ce sont les hommes de Numéro Un.

Soudain, une lueur d'intelligence dans ses yeux. Il fixe Domingo.

– C'est Numéro Un qui vous a envoyés.

– Non, dit Domingo.

– Ils n'ont rien pris, Loots ? demande Léon Calitz, avec une certaine inflexion, un sens caché dans la voix.

– Non, dit Loots. Tout le monde est encore là.

Domingo le plaque au sol, le pistolet contre la tempe.

– C'est qui, « tout le monde » ?

– Les filles.

Loots semble perplexe.

Léon Calitz pousse un grognement de désespoir.
- Quelles filles ?
- Dans la remise.
- Emmenez Calitz. Soyez prudents, nous dit Domingo.

Il saisit le cibi par la barbe et le tire dans la direction qu'il a indiquée – des bâtiments à côté de la maison principale.

Calitz se débat. Jakes et moi sommes obligés de le prendre chacun par un bras. Nous le traînons, jusqu'à ce que Jakes s'énerve et l'attrape par sa main sanglante :

- Tu viens avec nous, maintenant.

Dans un des bâtiments, il y a une remise fermée avec un cadenas.

- C'est là, dit Loots.

Calitz pousse de nouveau un grognement désespéré.

- Ouvre, dit Domingo.

Loots sort la clé de sa poche d'une main tremblante. Domingo entre. Les autres attendent dehors.

Domingo ressort. Il est hors de lui, je ne l'ai jamais vu ainsi, ses yeux lancent des éclairs. Il s'approche de Loots, braque son pistolet sur le front du cibi et appuie sur la détente. Loots s'effondre.

Calitz pousse un cri, aigu et terrifié :
- C'est pour Numéro Un, pour Numéro Un.

Alors Domingo lui tire, à lui aussi, une balle dans la tête.

Nous sommes paralysés.

Domingo fait les cent pas, nerveux.

Il se tourne vers nous.

- Brits, va chercher le Volvo.

Puis, s'adressant aux autres :

- Sortez-les de là. Trouvez-leur à boire et à manger et voyez s'il y a des fringues pour elles. Et aussi de l'eau et du savon.

*

Il y a sept femmes dans la remise.

Ou plutôt, trois jeunes filles et quatre femmes.

Les jeunes sont les seules à être plus ou moins vêtues. Les autres sont nues. Il n'y a pas de tinette. On les a gardées pendant des semaines dans la remise, on les a battues, on leur a donné le minimum à manger, et une fois par semaine, elles ont eu en tout et pour tout un seau d'eau pour se laver.

Nous les aidons à sortir. Elles sont debout sous le soleil aveuglant, les yeux plissés. Recroquevillées, hébétées. Au-delà de l'horreur, elles semblent attendre quelque chose, peut-être des ordres, ou un coup. Elles regardent les corps de Loots et de Calitz qu'on est en train de traîner sur le côté.

Domingo ne supporte pas de voir les femmes. Il s'éloigne vers la butte. Jakes arrive de la maison. Il porte des couvertures et des hardes et commence à recouvrir les femmes.

Elles ne bougent pas.

*

Il y a trois jeunes filles entre onze et quinze ans et quatre femmes entre dix-neuf et quarante ans.

Nous les emmenons dans la maison, leur donnons à manger et à boire et leur montrons la salle de bains.

La femme la plus âgée est la première à pleurer. Les autres s'effondrent ensuite.

Elle nous dit qu'on les a détenues dans ces conditions parce que les Maraudeurs ne pouvaient pas laisser plus d'un des leurs à leur base. En les enfermant dans la remise, un gardien suffisait.

Le capitaine des Maraudeurs leur a dit qu'il ne restait plus qu'une semaine avant la Conférence de ventes. Elles n'avaient qu'à la boucler.

Dans la grange, nous trouvons deux camions Nissan UD40. L'un est rempli de panneaux solaires et de batteries, l'autre contient des barils de diesel et d'éthanol, et des chaînes pour les pieds. Nous découvrons des tas de cadavres de bouteilles et plus de deux cents bouteilles de brandy, pas encore entamées.

Je retrouve Domingo au sommet de la butte derrière la maison, près de l'antenne que nous devons démonter pour l'emporter. Il contemple l'horizon.

– Mon capitaine...

Il ne réagit pas tout de suite, ses yeux perdus dans le lointain.

Je m'approche de lui.

– Bon, maintenant tu le sais, Nico. J'ai parfois du mal à contrôler ma colère.

70

Les commandos Bravo se mettent à creuser des tombes pour Calitz et le cibi. Domingo nous arrête.
– Non. On les laisse comme ça, dit-il, sans cacher son mépris.

Je me demande comment il arrive à cultiver une haine si pure.

L'antenne démontée, nous l'emportons, ainsi que l'équipement radio qui est dans la maison, puis nous emmenons les captives.

Nous rentrons à Amanzi.

Dans la remorque, j'observe Domingo. Il est assis, droit, tendu. Il ne nous regarde pas, il ne regarde pas les sept femmes.

Après Petrusville, je jette un coup d'œil par mon judas à bâbord. Je vois nos terrains d'irrigation, les champs qui s'étendent au bord du fleuve, les tournesols et le maïs, les légumes. Je vois les habitants d'Amanzi qui travaillent dans les champs, ces braves et bonnes gens. Je vois les pompes électriques, les tracteurs, les pick-up, un camion, la technologie que nous avons ressuscitée.

Comment peut-il y avoir des mondes tellement disparates ? Comment expliquer le barbarisme des hommes qui ont poignardé Okkie et celui des Maraudeurs ? Et à côté, il existe cette oasis que mon père a su créer.

Appartenons-nous à la même espèce ?

*

Nous dressons l'antenne sur la colline la plus haute d'Amanzi. Notre ingénieur la branche sur une fréquence à ondes courtes. Domingo parle d'une radio amateur. Ils l'allument, mais on n'entend qu'un bruissement, même en essayant toutes les fréquences.

– Il faut y arriver, les gars. Je cherche Numéro Un. Il est à moi.

– Un peu de patience, dit Birdie. On va trouver.

Birdie, Hennie As, Domingo et l'ingénieur décident de se concentrer sur la bande des quarante mètres. D'après Léon Calitz, c'était la fréquence utilisée par les Maraudeurs.

*

La communauté accueille chaleureusement les sept femmes.

Elles sont bichonnées, soignées, chéries et écoutées ; ce dévouement semble vouloir dire que nous sommes différents, que tout le monde n'est pas comme les Maraudeurs.

Leur arrivée et leur histoire provoquent un changement fondamental dans le comportement des Amanzites.

C'est mon père qui le remarque, qui l'exprime, qui le situe dans son contexte. Il me fait part de ses observations pendant plusieurs déjeuners du dimanche, que nous partageons avec Okkie. Je pense qu'il essaie de renouer en douceur le contact. Et je l'écoute très attentivement, je l'encourage car je veux reconstruire notre lien, ne serait-ce que pour soulager mon sentiment de culpabilité.

Quelquefois, Père aime bien essayer de développer une petite idée, l'ébauche d'un point de vue. Comme quelqu'un qui sait qu'il y a un fil d'or dans un écheveau inextricable et qui prend tout son temps pour chercher délicatement jusqu'à ce qu'il le trouve.

Petit à petit, il comprend que la présence des sept femmes a une influence sur nous. Malgré nos divisions internes, cette présence nous unit, fait de nous une entité, une notion : « les Amanzites ». Père se doute que l'explication de Léon Calitz, selon laquelle les gangs de motards sont un groupement peu structuré de pillards sauvages et inorganisés, nous a privés – du moins pendant quelques jours – d'un ennemi commun, d'une personnification simple du mal. Et les gens se sentent plus facilement solidaires quand ils sont menacés par une entité indivisible.

Il suffit d'ajouter les histoires des sept femmes à la brève expérience qu'a eue Sofia Bergman avec la KTM pour obtenir un aperçu d'un mal nouveau : une entité ennemie qui a sombré dans les profondeurs barbares du trafic humain. Le pasteur Nkosi allait dans ce sens avec ses sermons sur le diable. Domingo aussi. Sa haine virulente contre Trunkenpolz et Mecky Zulu/Clarkson et Meyiwa/Numéro Un et la Présidente est contagieuse et il a un grand impact sur l'opinion publique. Ainsi, dit Père, nous sommes unis, en tant que contrepoids au mal. Nous constituons le poids qui doit rétablir l'équilibre de l'univers. Nous découvrons notre identité dans notre différence, nous sommes le lieu de la lumière mais nous ne pouvons l'être que si « eux » représentent les ténèbres.

Nous et eux. Les deux protagonistes sont ainsi clairement définis.

Père me parle de l'historien Yuval Noah Harari qui pense que tous les animaux ne peuvent changer de comportement de façon significative qu'en subissant des modifications génétiques. Tous les animaux, sauf l'homme.

Père dit que l'homme n'a été pendant des milliers d'années qu'une des nombreuses espèces sur la Terre. La population d'humains variait selon les sécheresses, les inondations, la famine et l'abondance, mais les chiffres se sont toujours équilibrés en fonction de la nature.

Et puis, il y a environ douze mille ans, tout a changé de manière radicale. La quantité d'humains s'est développée de manière exponentielle. Et ce n'était pas dû à une modification génétique ou à un changement climatique. C'était imputable à notre capacité de raconter des histoires.

Père dit que nous sommes les seuls organismes qui peuvent changer fondamentalement leur comportement parce que nous sommes capables de créer des fictions. Des fictions tellement grandes et décisives qu'elles rassemblent les humains en groupes de plus en plus importants, pour faire des choses de plus en plus impressionnantes. Yuval Noah Harari parle de réalités imaginaires, de constructions sociales et de mythes. Ces histoires, ces constructions sociales sont composées de concepts comme le nationalisme qui unit des personnes de langues, de cultures ou d'idéologies politiques différentes. Le communisme. Le capitalisme. La démocratie… Des réalités imaginaires, car elles n'existent que dans l'esprit des gens, elles n'ont pas de fondement scientifique.

La Révolution française est un parfait exemple d'un mythe qui a changé le comportement humain du jour au lendemain. En 1789, un grand nombre de Français ont rejeté le mythe selon lequel les rois avaient un droit divin de régner sur leur pays et l'ont remplacé par le mythe de la suprématie des citoyens.

Cela, dit Père, cette capacité humaine à établir une construction sociale, à créer une réalité imaginaire ou un mythe et puis y croire, a directement conduit au fait que nous avons pu fonctionner ensemble en groupes de milliers et plus tard de millions. En tant que peuples, nations, alliés. Père rit et dit qu'il a toujours trouvé fascinantes les équipes sportives. À Stellenbosch, il avait des collègues qui soutenaient toujours l'équipe des Bulls malgré le fait qu'ils vivaient au Cap, simplement parce qu'ils avaient grandi à Pretoria. Ou l'équipe de foot d'Arsenal, même s'ils n'avaient aucun lien avec l'Angleterre. La fidélité sportive, dit Père, est la construction sociale et la fiction la plus inexplicable.

Mais ces constructions nous ont permis de travailler ensemble et la capacité à collaborer a fait de nous l'espèce la plus puissante sur la Terre.

– C'est formidable, n'est-ce pas ? dit Père qui s'émerveille toujours de ce monde passionnant que nous habitons.

– Oui, dis-je.

À seize ans et demi, j'ai perfectionné l'art de cacher mon enthousiasme.

Père dit qu'il réfléchit encore au mécanisme exact, mais les sept femmes ont transformé Amanzi en construction sociale. Un mythe. Avant elles, il n'y avait que deux camps – Amanzi Libre et le Parti des Cœurs vaillants – avec le désir commun et partagé de survivre. C'était la raison principale de notre collaboration.

Maintenant, il y a une conscience grandissante de notre mythe, nous, les Amanzites. Une conscience de qui nous sommes et de ce que nous représentons.

– Je pense... il me semble que ce truc a sa propre dynamique, Nico. Et c'est comme si cette dynamique affaiblissait la rhétorique sur l'enfer du pasteur Nkosi. Et son influence aussi.

Je me suis demandé par la suite si c'était vraiment ainsi ou si ce n'était que le souhait de Père. Puis j'en ai vu des signes. Et la dynamique nous a propulsés jusqu'à l'hiver.

Cette dynamique soutient l'entraînement intensif des COpS, elle incite plus de candidats à tenter d'être sélectionnés, et en juin, nous sommes au complet, deux commandos de douze membres.

Elle nous pousse à faire plus de missions, plus loin, plus longues. Nous allons jusqu'à Harrismith dans l'Est, Willowmore et Beaufort-West dans le Sud, Williston, Brandvlei, Kimberley et Upington sur des routes qui s'effondrent et des pistes de terre de plus en plus impraticables. Alpha et Bravo alternent, toutes les deux semaines, des jours interminables de frustration et d'ennui avec de l'eau tiède et des repas fades dans la remorque, les mêmes plaisanteries insipides, les mêmes personnalités et remarques énervantes, jusqu'à ce qu'on ait envie d'étrangler ses camarades ou de hurler. Et puis on apprend à dormir assis et à se perdre dans ses pensées afin de casser la routine abrutissante.

Deux fois seulement il y a une explosion d'adrénaline quand de nouveaux gangs nous attirent dans des traquenards. On les surprend et les élimine avec plus d'habileté et de confiance, et une plus grande indifférence à l'égard du sang et des bruits de la guerre et de la mort.

Les deux gangs sont petits et minables. Ils n'ont pas de radios et n'ont jamais entendu parler de Numéro Un et de la Présidente. Comme si le Club des ventes se méfiait depuis la disparition des Fous du volant et des Maraudeurs. On n'entend rien sur la CB et il n'y a rien sur les routes non plus.

*

L'arrivée des sept femmes, le choc que provoquent leur apparence et le traitement inhumain infligé par les Maraudeurs font que nous négligeons complètement l'histoire délirante que le cibi nous a racontée sur l'hélico qu'il avait vu.

Peut-être que nous avons simplement oublié d'en parler.

Je ne sais pas ce que Domingo en a pensé pendant les semaines qui ont suivi cet épisode. Il se peut qu'il ait pensé – comme la majorité des membres de Bravo – qu'en parlant de cet hélicoptère le cibi voulait détourner notre attention des femmes. Même si ce raisonnement n'était vraiment pas logique. Ou il a peut-être cru que l'histoire avait quelque chose à voir avec le cannabis qu'on a trouvé dans la ferme.

Il a pu aussi se dire qu'il n'y avait pas d'explication raisonnable à la présence d'un hélicoptère et de soldats avec des fusils de pointe là-bas, chez ces minables, et il n'y a plus pensé.

Personne n'en parle avec les sept femmes, ne leur demande si elles ont entendu un hélicoptère cette nuit-là. Au début, probablement pour leur épargner le traumatisme du souvenir. Et ensuite... Je ne sais pas. Un simple oubli ?

Je n'ai pas d'autres réponses.

*

Sofia Bergman
Je n'ai jamais entendu l'histoire des femmes et du gang et de l'hélicoptère. Pas à l'époque, en tout cas.

Est-ce que j'aurais dit quelque chose de mon rêve de l'hélicoptère si on m'avait parlé de celui de Tarkastad ?

Je ne sais pas. J'ai vraiment cru que ce n'était qu'un rêve. Il s'est écoulé plusieurs mois entre les incidents et des centaines de kilomètres séparaient les deux endroits.

Et puis, je n'ai pas du tout aimé ma première année à Amanzi. Je n'appréciais personne. J'ai souvent envisagé de m'enfuir.

71

3 JUILLET

Nous partons à dix heures du soir, Alpha et Bravo, en deux camions. Domingo est avec le commando Alpha dans le camion ERF, Brits est notre commandant dans le Volvo. Nous roulons de nuit, en contact radio et nous maintenons entre nous une distance de cinq kilomètres. Pour éviter la N1, nous passons par Koffiefontein et Petrusburg. Nous allons à Bloemfontein, nous jeter dans la gueule du loup.

Nous nous sommes entraînés encore et encore aux manœuvres nocturnes et aux opérations militaires en zone urbaine, dans les rues désertes de Lückhoff avec ses maisons qui tombent en ruine. Nous allons passer à l'offensive pour la première fois, sans recourir à la stratégie du cheval de Troie. Nous allons traverser les lotissements à pied. C'est une opération de reconnaissance, juste pour voir.

Nous savons qu'il y a de la vie à Bloemfontein. Nous l'avons appris par les migrants qui sont passés par la ville ou dans les environs en route vers Amanzi. Nous ne savons rien de la façon dont les gens y vivent parce que les récits des réfugiés divergent. Certains parlent de quelques habitants qui ressemblent à des clochards, d'autres d'un groupe organisé qui s'est installé près du centre dans un bâtiment fortifié et qui tire sur tout ce qui bouge dans le voisinage.

Jusqu'ici, nous avons évité Bloemfontein car Domingo pensait que le risque était trop grand. Il disposait de trop peu de renseignements sur la ville, il n'était pas satisfait de notre entraînement et personne ne savait si on pouvait vraiment tirer quelque bénéfice d'une telle mission.

Jusqu'ici.

Maintenant, Domingo est convaincu que le silence radio du Club des ventes et l'absence de bandes de pillards sur les routes font partie d'une stratégie délibérée, sont le signe précurseur d'une attaque. Il ne montre pas ses sentiments, mais la plupart d'entre nous sont d'avis qu'il continue, derrière ses lunettes noires, à haïr férocement Numéro Un et la Présidente. Clarkson/Trunkenpolz qui a voulu le tuer de sang-froid ; Mecky/Meyiwa avec son « Non, ce n'est pas la peine » méprisant, comme si sa vie et sa mort lui étaient égales.

Nous pensons connaître Domingo. Nous croyons comprendre ses réactions. Nous en déduisons que c'est une des raisons principales pour lesquelles nous sommes en route vers Bloemfontein dans cette nuit glaciale du 3 juillet.

*

Nous nous arrêtons après minuit dans une rue pas loin de la N8, en dehors de la ville, près de l'ancien hypermarché Makro. Nous laissons quatre gardes avec les camions. Nous formons deux patrouilles qui avancent d'ouest en est, dans deux rues différentes, à environ cinq cents mètres l'une de l'autre.

Mon dernier passage dans cette ville remonte à quatre ans, quelques mois seulement après la Fièvre. Tout était encore intact.

La différence est frappante, surtout maintenant, en hiver. Les jardins et les trottoirs sont envahis par la végétation, les rues se sont fissurées sous l'action des racines d'arbres et des herbes folles, et les égouts bouchés ont provoqué des inondations.

Les tempêtes ont tordu des réverbères et abattu des arbres qui sont encore dans la rue, retenant des feuilles mortes, de la poussière et du sable. Notre itinéraire nous mène devant le terrain de rugby du lycée Jim-Fouché, transformé en pâturage pour des moutons et des vaches. Plus loin dans la rue, le sol d'un terrain de hockey – les poteaux de but y sont encore – a été retourné pour en faire un potager d'été, maintenant en jachère.

Il y a eu des gens ici. Ils sont peut-être encore quelque part, mais il n'y a aucune trace visible d'eux, tout est sombre et silencieux.

Nous avançons furtivement dans les rues sépulcrales.

Alpha sent l'odeur d'un feu de bois. Nous la suivons lentement jusqu'au terrain de cricket de Mangaung, et nous voyons deux hommes qui se chauffent les mains devant un feu à côté du poteau géant d'un projecteur. Ils sont armés de fusils R4. Sur ce terrain où on jouait autrefois des matches internationaux, un troupeau de vaches laitières tachetées broute tranquillement.

Ils bavardent d'une voix forte dans l'obscurité. Nous les terrassons facilement. Sur l'un des deux, nous trouvons un émetteur-récepteur.

Notre maîtrise, nos armes, nos vêtements militaires leur flanquent une peur bleue. Ils tremblent quand Domingo braque son pistolet contre la tempe d'un des deux. Ils répondent à nos questions et nous racontent presque tout.

Ce sont des gardes. La tour du projecteur est leur poste de guet, ils peuvent voir à des kilomètres. Mais il fait très froid là-haut et la nuit est toujours calme ; il ne se passe jamais rien. C'est pourquoi ils ont fait ce feu, juste pour les heures les plus sombres de la nuit. Ils montent la garde. Il y a deux autres endroits avec des gardes en permanence, sur Naval Hill. Tout cela pour protéger la communauté du Centre commercial. Le vieux centre commercial Mimosa est maintenant une forteresse ; il y a des voitures blindées et des chars devant les entrées, des sacs de sable. Ils ont des fusils d'assaut et des gardes ; c'est là que tout le monde dort. La communauté compte un peu plus de mille personnes. Pendant le jour, ils sortent et s'occupent du bétail ; des moutons, des vaches, des chèvres et des cochons. En été, ils cultivent des légumes et des céréales dans les terrains de sport et ce qui fut des parcs. Ils ont rebranché l'eau des barrages de Welbedacht et de Rustfontein et les pompes sont actionnées manuellement, cela leur permet d'arroser les potagers et les champs. Le seul endroit où il y a de l'électricité est le Centre commercial, grâce à des centaines de panneaux solaires sur le toit.

D'où viennent les panneaux solaires ?

Ils ont trouvé les premiers ici, dans la ville. Ensuite, ils en ont acheté au Club des ventes.

C'est où, le Club des ventes ?

Personne ne sait. Le Club des ventes les appelle sur la radio qui est au Centre commercial. Seul le maire a accès à la radio. Le maire est leur grand chef ; il a lancé le Centre et il les gouverne d'une main de fer.

Comment est-ce qu'ils paient le Club des ventes ?

En vivres.

Et quoi encore ?

Parfois ils capturent des gens qui passent par Bloemfontein. Il n'y a plus de place au Centre commercial ; c'est complet. Et le Club des ventes les paie cher.

Des femmes seulement ?

Non, des hommes aussi.

Comment se fait l'échange des humains et des vivres contre les panneaux solaires et les batteries ?

Ce sont des camions qui viennent, parfois un seul, parfois jusqu'à cinq.

Il y a qui dans les camions ?

Des hommes avec des fusils.

Ont-ils entendu parler de Numéro Un et de la Présidente ?

Oui, ce sont les gens du Club des ventes.

Où sont-ils ?

Personne ne le sait.

Domingo les interroge aussi sur la défense et l'armement du Centre, et ils semblent de plus en plus mal à l'aise. Tous ceux qui travaillent à l'extérieur du Centre sont armés pendant la journée. Toutes les armes proviennent d'anciennes bases militaires, l'école des blindés, le régiment de blindés 1SA, le 44e régiment de parachutistes et le 1er bataillon d'infanterie.

Est-ce que les chars d'assaut et les voitures blindées sont en état de marche ?

L'un fait oui de la tête, et l'autre non.

Ne me racontez pas de conneries.

Non, les véhicules militaires devant le Centre commercial sont hors service. Il n'y a plus de diesel depuis longtemps. Ils sont simplement parqués là pour leur effet dissuasif. Quelques canons peuvent encore tirer. Toutes les mitrailleuses sont en assez bon état.

Domingo réfléchit à ce qu'il voudrait savoir de plus. Un des membres de Bravo demande s'ils ont des écoles, des médecins, des pasteurs.

Les deux types ont l'air perplexes. Non. Tout le monde travaille. Ils doivent tous aider à remplir les garde-mangers. Le maire est strict. Si on veut habiter au Centre, il faut travailler.

Qui êtes-vous ? demandent-ils. D'où venez-vous ?

– Je pense qu'il faut les descendre, dit Domingo.

Mais nous le connaissons. Nous savons que c'est une stratégie et non pas un ordre.

Les deux hommes nous supplient. Ils jurent qu'ils ne risquent pas de révéler notre présence ; ils ne pourront jamais admettre qu'ils ont été surpris et interrogés. Si on repart tranquillement, personne ne saura qu'on était là, ils ne diront rien à personne.

Domingo les regarde avec attention. Il ordonne à quatre Bravo de rester avec eux en précisant qu'il ne faut rien dévoiler de notre identité. Il emmène les autres commandos au Centre commercial que nous observons avec des lunettes de tir nocturne et des jumelles, à une distance raisonnable. Nous pouvons voir les chars d'assaut et les voitures blindées. Il y a des gens qui bougent derrière les sacs de sable, des gens éveillés et aux aguets.

Nous retournons au terrain de cricket rechercher nos camarades. Et puis Alpha et Bravo se séparent pour regagner les camions.

*

L'attaque notoire, la fameuse bataille au cours de laquelle quatre membres d'Alpha et trois de Bravo sont blessés, a lieu à Bloemfontein, juste de l'autre côté de la N1, dans le terrain vague entre Langenhovenpark et l'hypermarché Makro.

Des années plus tard, nous apprendrons que c'était une zone dangereuse, même les habitants du Centre commercial ne s'y aventuraient pas de nuit ou sans armes.

Nous allons rejoindre les camions. Le soleil se lèvera dans une heure. La nuit a été longue. La tension nous a épuisés, mais le pire est derrière nous, nous avons quitté la zone urbaine et ne sommes plus aussi concentrés, aussi vigilants qu'avant. Bravo ouvre la marche, en formation en V. Alpha nous suit à cent mètres.

Nuit noire.

Tout d'abord, nous entendons des bruits épouvantables, profonds et inhumains, violents. Sanguinaires. Et puis nous distinguons entre les deux commandos des ombres noires et basses et incroyablement rapides. Une horde d'agresseurs. Et avant qu'on puisse réagir, avant que Domingo puisse donner des ordres, ils nous foncent dessus et nous renversent. Des monstres de trois cents kilos ou plus, et qui mordent, leurs canines déchirent chairs et os. Nous ne pouvons tirer, de peur de nous blesser les uns les autres.

Domingo crie des ordres et allume sa lampe torche. Il était devant la formation Bravo et doit se retourner pour faire face au danger. Dans le faisceau de sa lampe, nous voyons les cochons. Ce ne sont pas des sangliers, des phacochères ou des potamochères. Juste des cochons de ferme. Des Landrace américains, des Cinta senese et des espèces hybrides d'origines inconnues, massifs et féroces. Plus tard, ceux d'entre nous qui s'y connaissent essaieront d'identifier les diverses races parmi les carcasses qu'on décide d'emporter, ceux qu'on a réussi à tuer avant de faire fuir les autres avec le bruit des R4 ; il est possible qu'ils aient des porcelets à protéger quelque part.

Des cochons de ferme. Des animaux domestiqués devenus sauvages, peut-être les descendants de cochons venus des fermes environnantes.

Sept d'entre nous sont blessés. Il y en a un dont l'artère fémorale saigne tant que nous craignons qu'il meure avant qu'on n'arrive à stopper l'hémorragie.

L'année du Cochon.

72

Sofia Bergman
Non, je n'aimais pas du tout Nico. Pas du tout.

Et je me suis sentie plus seule à Amanzi pendant cette première année que quand j'étais toute seule à la ferme. Je sais ce que penseront les gens, que c'est impossible – mais il faut me comprendre. Tu arrives, tu es la coqueluche du moment, ton histoire fait la une pendant un certain temps. Et c'était mon cas. Je suis celle que la bande de motards a capturée, j'ai poursuivi Pif d'ivrogne avec une clé à molette, c'est moi qui ai planté une flèche dans la poitrine de Nico Storm avec mon arbalète. Tout le monde me trouvait très cool. Ils voulaient tous me parler et que je sois amie avec eux. Jusqu'à l'arrivée des suivants qui avaient eux aussi une autre histoire épique à raconter. Tout le monde avait une histoire épique à l'époque. Et les nouveaux devenaient à leur tour les amis les plus recherchés.

Le problème est qu'on ne peut pas être l'ami de tout le monde, surtout quand on vient d'arriver. Je l'ai souvent vu à Amanzi, et on finit par n'être l'ami de personne. C'est une situation très bizarre, une communauté comme Amanzi où tout le monde venait d'ailleurs, mais…

Un autre truc… À ma connaissance, il n'y a pas eu beaucoup de personnes qui sont arrivées toutes seules à Amanzi. Une poignée seulement. Nero Dlamini aussi, bien sûr, mais au moins quatre-vingt-dix-neuf pour cent sont venus en groupes. Petits, parfois, mais des groupes malgré tout. Une fois passé leur quart d'heure de célébrité, ils avaient toujours leur groupe, jusqu'à ce qu'ils s'intègrent normalement dans un groupe plus important. Mais c'était différent pour moi.

J'étais bouleversée. Imagine-toi, j'ai vécu isolée de tout pendant si longtemps à la ferme, toute seule pendant des mois, et brusquement, il se passe tant de choses, et je suis parmi des gens et tout le monde m'entoure – c'était bouleversant.

Et j'avais seize ans, n'oublie pas, s'il te plaît, j'avais seize ans et j'étais inadaptée à ce monde.

D'abord, on m'a dit d'aller vivre à l'Orphelinat. Et puis, après le Nouvel An, on m'a envoyée à l'Asile. Juste en dessous de l'Orphelinat dans Madeliefiestraat, il y a une rangée de maisons mitoyennes, je ne sais pas comment ce complexe s'appelait autrefois. C'est là où ils logeaient la plupart des ados – les ados orphelins. Les maisonnettes avaient toutes des toits verts et c'est pour ça qu'ils l'avaient nommé l'Asile. Avant la Fièvre, paraît-il, il y avait à Pretoria un hôpital psychiatrique très connu qu'on appelait *Groendakkies* à cause de la couleur de ses toitures. En tout cas, c'était... Aujourd'hui, je sais que c'était le meilleur système possible. Nero Dlamini en était responsable. Il formait les adultes et les guidait, les adultes qui tenaient lieu de parents adoptifs et de mentors. En tout cas, je m'y suis installée avec les autres. Nous étions entre douze et dix-sept, les filles d'un côté, les garçons de l'autre. Et on m'a expliqué que je devais aller à l'école une semaine sur deux pour étudier les maths, la biologie, les sciences, la géographie et l'histoire et aussi me former à un « apprentissage ». Ils m'ont encouragée à prendre la couture ou la conservation des aliments, comme apprentissage.

Peut-être que ça aurait été bien d'aller un peu à l'école. Mais ça faisait déjà quatre ans que je n'y avais pas mis les pieds et ils m'ont fait passer un test, puis ils ont dit que je devais suivre la classe des quatorze ans. J'ai refusé d'aller à l'école. Nero est venu me parler et je lui ai dit que j'avais quitté la ferme toute seule avec des godasses trop grandes et que je m'en étais tout de même sortie. Maintenant, j'avais des chaussures qui m'allaient bien et je préférerais retourner à la ferme à pied plutôt que de me mettre dans une salle de classe avec des gosses, et je n'avais aucune envie de suivre des apprentissages idiots.

Alors, il a négocié avec moi. Il devait rire de moi dans sa barbe, j'étais tellement bête, mais la couture ou l'alimentaire ? Pitié !

Il m'a demandé quel apprentissage m'intéressait. J'ai demandé ce qu'il y avait et il m'a récité toute la liste. Et puis j'ai dit, l'agriculture et le tir. Il a dit que c'était d'accord et m'a demandé si j'accepterais de suivre la classe des quatorze ans pendant six mois, juste pour faire de la révision. Il surveillerait personnellement mes progrès et ensuite nous aviserions.

J'ai dit oui. Mais je n'étais pas contente.

La seule chose qui m'a aidée à ne pas péter les plombs, c'était de pouvoir courir. Tous les jours après l'école, je chaussais mes baskets et je partais courir. Des kilomètres et des kilomètres.

*

Je ne comprenais pas pourquoi Sofia Bergman était tellement en colère. Contre tout le monde, mais surtout contre moi.

Si on voulait aller à Amanzi pendant le week-end, on y allait à pied. Domingo nous a interdit de prendre les chevaux ou les voitures. Ce n'était pas loin, environ trois kilomètres de la caserne des COpS à l'Orphelinat, mais ça montait et souvent il faisait très froid ou très chaud. Parfois il pleuvait. Mais tous les dimanches, j'y suis allé pour déjeuner avec Père et Okkie et essayer de parler avec Sofia Bergman.

Mais elle faisait semblant de ne pas me voir. Manifestement, elle n'avait pas compris qu'elle devait devenir ma femme.

*

Sofia Bergman
Bien sûr que je l'ignorais. C'était un vrai petit frimeur.

Il venait se planter devant l'Asile et les autres filles se pâmaient : « Ohhhh, regardez, c'est Nico Storm ! » et elles battaient des cils et attrapaient leur brosse à cheveux et leur rouge à lèvres et lui, il se tenait là avec son uniforme et sa pose. Un vrai Don Juan qui se prenait pour Jupiter. Il était vraiment arrogant, il peut dire ce qu'il veut, mais il avait cette façon de marcher, les autres filles pensaient que c'était la chose la plus séduisante qu'elles aient jamais vue. Moi, je le trouvais bêcheur et frimeur.

Il s'arrêtait sur le trottoir devant l'Asile et demandait si j'étais là. On m'appelait et je sortais et il disait : « Salut, Sofia » d'une manière bizarre qui était sans doute censée me faire défaillir sous l'effet du désir, mais qui ne faisait que m'irriter.

*

Je leur demande si Sofia Bergman est là. J'ai fantasmé sur elle toute la semaine ; je la sauvais héroïquement des griffes d'un gang de motards. Ou quelque chose dans ce genre. Toute une semaine remplie du désir de la voir.

Elle sort sur la terrasse de l'Asile avec ses longs cheveux blonds, son corps svelte d'athlète et sa peau si parfaite. Je suis ébloui par sa beauté. Mon cœur bat tellement fort qu'il m'étouffe et paralyse ma langue et mon cerveau et tout ce que j'arrive à dire, c'est : « Salut, Sofia. »

*

Sofia Bergman
Alors, je répondais : « Salut toi-même », et je lui tournais le dos et rentrais dans ma chambre. Toutes mes camarades venaient me voir et me disaient, Mais c'est Nico Storm, le meilleur tireur de tous. Il a sauvé Okkie et aidé à rapatrier l'avion, et il a déjà tué plein de bandits de la KTM. C'est Nico Storm.

Alors, je répondais que c'était un fanfaron. Et que bientôt, je tirerais mieux que lui. Parce que j'étais bonne. Très bonne.

Je ne savais même pas ce que fanfaron voulait dire au juste, mais j'aimais bien prononcer le mot.

« Salut toi-même. » À seize ans. Rien que d'y penser aujourd'hui, j'ai envie de rentrer sous terre.

J'en voulais à tout le monde quand j'avais seize ans.

73

Le premier meurtre

On découvre le corps de Matthew Mbalo à côté du parking abandonné près de la grille de la réserve. Le 2 août. Il avait soixante et un ans ; un homme simple et paisible. Avant la Fièvre, il faisait le ménage dans les bureaux municipaux d'un village de l'État Libre. C'était un de nos bergers de nuit, une tâche qu'il avait sollicitée et qu'il exécutait avec joie. Son cheval, bridé et sellé, est à quelques pas de là.

Tout le monde aimait Matthew. Enfin, tous ceux qui étaient conscients de son existence.

On lui a fracassé le crâne, deux coups avec un objet contondant.

Notre premier meurtre.

*

Les COpS s'exercent à Lückhoff. C'est notre terrain d'entraînement. Il y a des maisons trouées comme une passoire, nos courses sur les pentes ont formé des sentiers qui passent juste à côté des bornes blanchies à la chaux qui indiquent le nom du village.

Nous sommes en train de monter la pente au pas de course avec nos sacs à dos, nos fusils et nos casques. Nous voyons Brigadier X arriver en bas de la colline dans son pick-up. Sur la portière, une étoile, l'emblème de la police, a été peinte à la main. Il traverse Lückhoff et s'arrête à côté du champ d'épandage desséché.

Cela fait maintenant sept mois que Brigadier X est le chef de la police. Le Comité l'a nommé à ce poste en janvier. J'ai appris qu'à son entretien d'embauche, il avait dit :

– Quatre-vingt-cinq pour cent des crimes sont liés à la violence domestique, aux drogues ou à l'alcool et concernent majoritairement des communautés défavorisées. Amanzi est une communauté de nombreuses familles et défavorisée. Forcément, il va y avoir de la criminalité.

Il assure le maintien de l'ordre en même temps que ses responsabilités de chef de la défense, et avec son équipe étoffée il a fait baisser radicalement le nombre de délits depuis janvier.

L'incivilité n'est pas un phénomène nouveau à Amanzi. Cela a déjà commencé pendant l'année du Chien.

Au départ, il n'y a eu que des vols, des gens qui piquaient des bricoles, des denrées surtout. Ils avaient faim, ou avaient l'habitude de prendre ce dont ils avaient besoin, ne s'étant pas rendu compte que dans la communauté, la propriété individuelle avait été rétablie après sa suppression naturelle et nécessaire à la suite de la Fièvre. Nero Dlamini disait que le stress post-traumatique avait un impact négatif sur la capacité de prendre des décisions, ce qui contribue aussi à accroître le taux de la criminalité.

On a d'abord ignoré ces petites infractions. Les gens s'affrontaient et se faisaient leurs reproches directement. Ensuite, ils en référaient au Comité, qui devait être à la fois jury et juge. Mais à partir de l'année du Chacal, ce système informel ne pouvait plus durer ; la population et les incidents avaient trop augmenté. C'est pourquoi on a nommé Brigadier X chef de la police. Une jeune étudiante en droit de vingt-quatre ans, qui n'avait même pas terminé son stage d'apprentissage, a été nommée première magistrate d'Amanzi. Pour l'instant, le Comité sert aussi de cour d'appel, si nécessaire.

L'incident le plus sérieux que la police d'Amanzi et la cour ont dû régler lors des six derniers mois était une accusation de coups et blessures à la suite d'une bagarre entre deux fermiers laitiers en état d'ébriété, provoquée par un taureau qui avait défoncé une clôture.

*

Domingo ordonne à Alpha et Bravo de s'arrêter à cent mètres de Brigadier X et de son pick-up. Il continue seul vers le chef de la police pendant que nous regardons. Il doit y avoir un problème car c'est la première fois que Brigadier X vient jusqu'ici.

Nous les observons. Xaba a l'air de s'excuser ; Domingo, d'abord neutre, puis indéchiffrable, finit par se montrer agressif, il s'exprime avec les mains et les bras ; Xaba semble vouloir se défendre et calmer le jeu.

Ils parlent pendant dix minutes encore. Ensuite Brigadier X monte dans son pick-up et part. Domingo revient vers nous, de marbre comme d'habitude. Il s'arrête devant nous et nous fait mettre au garde-à-vous. Il prend son temps, ses yeux cachés par ses lunettes noires.

– Il y a eu un meurtre la nuit dernière. Le vieil Oom Matthew Mbalo. On l'a trouvé à la grille de la réserve. Est-ce que quelqu'un parmi vous sait quelque chose ?

– Mon capitaine, puis-je poser une question ?

– Permission accordée.

– Comment est-il mort ?

– Pourquoi veux-tu le savoir, Jele ? Tu te crois flic maintenant ?

– Non, mon capitaine.

Domingo laisse le silence se prolonger.

– Traumatisme crânien.

Nous restons là, perplexes. Plus tard, à la caserne, nous poserons les mêmes questions que les autres Amanzites : Qui ? Qui a pu vouloir assassiner Oom Matthew Mbalo, sans doute un des plus innocents de tous nos habitants ? Et pourquoi ? Il ne possédait rien, il n'a jamais offensé personne.

Pourquoi comme ça ? Tant de violence et de rage et une arme qui donne à penser que c'était simplement un objet qui traînait par là. Comme si c'était un acte impulsif et gratuit.

Et pourquoi justement là ?

Il devient rapidement clair que personne ne croit que le meurtrier puisse être d'Amanzi. L'argument général est que tout le monde se connaît et que forcément il n'y a pas de meurtrier parmi nous. Des querelleurs, oui. Des chapardeurs et de temps en temps des distillateurs clandestins qui se saoulent et occasionnent des dégâts ou troublent la tranquillité publique, oui. Mais pas des meurtriers. C'est impensable.

Le coupable est à coup sûr quelqu'un de l'extérieur qui est entré illégalement. Il n'est pas impossible pour une ou deux personnes de traverser les collines à pied dans le noir. Ou de traverser le lac sur un radeau. L'hypothèse la plus populaire est qu'Oom Matthew aurait surpris des braconniers à l'extérieur de la clôture de l'ancienne réserve. Mais la clôture est intacte. C'est l'endroit où nous gardons la plus grande partie de notre bétail. La grille principale serait la plus pratique pour sortir la carcasse d'un bœuf ou quelques moutons.

La réussite et la prospérité d'Amanzi sont connues partout. Quelqu'un a dû guetter et préparer son coup pendant longtemps. Quelqu'un de l'extérieur. Pas de chez nous.

Certains habitants parmi les plus sceptiques avancent une autre hypothèse : Mbalo n'était peut-être pas si innocent que ça. Il n'est pire eau que l'eau qui dort, disent-ils.

Et Matthew était peut-être impliqué dans quelque chose de louche. Avec quelqu'un de l'extérieur.

L'enquête sur sa mort ne fournit aucune réponse. Rien.

Le seul indice supplémentaire est que Matthew Mbalo a confié aux autres bergers vers une heure cette nuit-là qu'il ne se sentait pas très bien. Alors, ils lui ont dit d'aller se coucher, ils se débrouilleraient. Il est parti à cheval. Et c'est la dernière fois qu'on l'a vu vivant.

Entre-temps, le pasteur exploite la situation à fond. Nkosi, très sensible au fait qu'il a perdu de son influence depuis l'arrivée des sept femmes – ce qui a ranimé le sens de la solidarité entre nous –, se sert du meurtre pour clamer du haut de sa chaire que le diable court (toujours) en liberté à Amanzi.

Il y a une chose dont personne ne parle : Après la découverte du corps, Brigadier X a passé la scène de crime au peigne fin. Il n'a pas trouvé l'arme, bien qu'il ait fouillé le terrain sur deux cents mètres avec ses hommes. Il s'est assuré qu'il n'y a pas eu de témoin. Et puis il est monté dans son pick-up et il est allé jusqu'à Lückhoff pour voir Domingo.

Pourquoi ?

Et qu'a-t-il dit pour contrarier Domingo à ce point ?

Six mois plus tard, en février de l'année du Lion, nous avons cru connaître les réponses à ces questions. Nous avions tous tort.

La vérité entière ne sortirait qu'après le meurtre de mon père.

74

Vingt jours après le meurtre de Matthew Mbalo, je fête mes dix-sept ans. Le jeudi matin de mon anniversaire, Domingo vient me réveiller à la caserne, avant six heures, il fait encore nuit.

– Bon anniversaire. Le président veut te voir. Tu y vas à pied.

Depuis que je suis un COpS, ma relation avec Domingo est celle entre un commandant et un soldat. Il m'a fallu des mois pour m'y habituer. Maintenant, je préfère que ce soit ainsi.

– Merci, mon capitaine.

– Il faut que tu y sois à sept heures et demie, Storm. Magne-toi.

– Oui, mon capitaine.

– Tu as ta journée. Mais sois de retour avant six heures ce soir.

– Oui, mon capitaine.

– Tu ne déjeunes pas ce matin.

– Oui, mon capitaine.

Domingo sort, mes camarades COpS chantent « Bon anniversaire » de leurs lits, sur le rythme lent, lugubre et exagéré de pleureuses professionnelles. C'est comme ça que nous fêtons tous les anniversaires chez les COpS.

Je suis toujours le membre le plus jeune des COpS, mais personne ne s'en souvient. Je suis le meilleur tireur de l'unité. Sur les trente kilomètres entre notre base et

Lückhoff, j'ai maintenant le deuxième chrono. Aram, le Namibien, me bat encore mais j'améliore mon temps chaque semaine d'une minute ou deux. Donc son record ne va pas durer.

Je me lève, me lave et m'habille. Mes camarades se moquent de moi : « Oh, que c'est mignon. Le petit Storm va se consoler chez son papa. Y a personne d'autre qui l'aime. Dis salut à Sofia. Et puis au revoir à Sofia. »

Ce genre de soutien. Ils trouvent ça très drôle. Je ris avec eux. Que faire d'autre quand on est en famille ?

Je marche. Trois kilomètres jusqu'au village.

Je me présente à l'entrée principale, là où était la barrière des bus. Maintenant, c'est une structure solide en briques et ciment. Les gardes sont aux aguets, disciplinés et armés. Ils me saluent par mon nom. Ils ne savent pas que c'est mon anniversaire. Ils ouvrent la première grille et puis la seconde, en faisant des remarques sur Sofia. Tout le monde est au courant de mon béguin pour Sofia. Tout le monde, sauf elle.

Je marche rapidement, en suivant les contours du large U de la route qui monte la colline, les mains dans les poches pour les réchauffer du froid de l'hiver finissant. Deux tracteurs tirant des remorques arrivent du village. Les deux remorques sont bondées de personnes, emmitouflées dans des habits chauds et des couvertures. Ils partent travailler dans les champs et les vergers. C'est presque la fin de la taille des pêchers, des poiriers et des pruniers et aussi des vignes produisant du raisin de table que nous avons fait venir il y a deux ans avec une expédition de Kanoneiland[1]. Les gens me saluent amicalement, sourient et font des signes joyeux de la main. Tout le monde sait qui je suis. Je souris aussi et les salue parce que ça fait plaisir de constater cette joie de vivre.

---

1. La plus grande île habitée du fleuve Orange.

Je passe devant l'endroit où je m'étais planqué avec Okkie pendant la dernière invasion de la KTM. Ma jambe est complètement guérie maintenant. Il ne reste qu'une vilaine cicatrice. Puis je longe les écuries où des enfants travaillent pendant leur semaine de service. Ce système continue à fonctionner ; certains sont en train de sortir les chevaux. Les bêtes s'ébrouent et leur souffle forme de petits volcans de vapeur dans l'air glacé du matin. Les enfants me saluent et je réponds.

Je pense à Bloemfontein, aux mille personnes qui couchent là-bas dans un vieux centre commercial. Je les visualise, tous par terre, peut-être sur de vieux matelas défoncés. Les relents de tant de corps, les toilettes partagées, les lavabos, les douches ; la nuit à écouter les hommes ronfler et les enfants pleurer. Je revois les blindés hors service devant l'entrée, le régime d'un tyran. Et devant moi, la tranquillité et l'espace d'Amanzi, la sécurité, la joie de vivre, et je suis fier de ce qu'on a accompli. Fier de tout ce que ce village et cette communauté représentent.

Je sais pourquoi Domingo est venu me réveiller pour m'envoyer à Amanzi. Père et Okkie veulent fêter mon anniversaire avec moi. Père a cherché à savoir, en prenant des gants, si j'accepterais l'idée. Il ne peut se résoudre à la moindre dissimulation, même dans un but socialement acceptable.

Je tourne dans Madeliefie. L'Orphelinat est au bout de la rue. Mon cœur bat plus fort. Sofia Bergman habite ici, dans l'Asile, l'avant-dernière maisonnette sur la droite.

J'ai une lettre dans ma poche. J'ai mis plusieurs semaines à la rédiger, une version après l'autre. En secret, le soir à la caserne. Ce n'était pas facile car tout le monde cherche à savoir ce que fait l'autre, surtout si c'est quelque chose d'inhabituel.

Il est très, très difficile d'écrire une lettre à sa future épouse. Même le début, le tout premier mot.

« Ma chérie » ?
Non, non, c'est trop... possessif.
« Ma chère » ?
C'est trop... amical, trop « soyons amis ». Ou pire, « nous-aurions-pu-être-frère-et-sœur ».
« Salut » n'est même pas une possibilité. « Bonjour » est encore pire.
Difficile. Quand on a dix-sept ans.
Tous les dimanches, je veux lui donner la lettre. Ou la glisser sous sa porte. Et puis je n'ai pas le courage. Si jamais elle la lisait devant tout le monde ? Sur le ton qu'elle prend pour dire des trucs comme « Salut toi-même ».
Je m'arrête devant sa maison. La lettre brûle dans ma poche.
Je l'ai déjà recommencée trente-quatre fois.

Sofia
Je ne sais pas ce que j'ai fait pour te fâcher. Quoi que ce soit, je te demande pardon. J'aimerais bien te parler. J'aimerais que tu m'accompagnes une fois à cheval à l'autre bout de la réserve. Il y a un endroit avec une vue sur une gorge et sur le barrage. C'est un de mes endroits préférés. J'aimerais tant te montrer toute cette beauté.
S'il te plaît, tu me feras signe quand tu ne seras plus fâchée ?
Sincèrement.
Nico Storm

Dans une version précédente, il y avait un post-scriptum : *PS. Je vais t'épouser quoi qu'il arrive.* J'ai pensé que c'était mieux de le supprimer.
Je sors la lettre, regarde la porte.
Non.
Je remets la lettre dans ma poche et continue vers l'Orphelinat.

*

Okkie a six ans. Il est aussi peu capable de garder un secret que mon père. Il est assis avec Père et moi à table et il ne peut s'empêcher de loucher vers la cuisine. De temps en temps, il met ses petites mains devant sa bouche, comme quelqu'un qui se retient pour ne pas dire quelque chose. Je sais ce qui s'est passé. Okkie a dû voir le gâteau et les bougies dans la cuisine. Et on lui a dit que c'était pour son frère, Nico. C'est une surprise, il ne faut pas en parler, sinon, tu n'en auras pas. Maintenant, il ne peut plus attendre qu'on l'apporte et le secret du gâteau est comme un diablotin prêt à jaillir de sa boîte.

La porte derrière moi s'ouvre.

– Regarde, Nico, regarde vite !

Le diablotin saute et s'esclaffe. Okkie tend le doigt.

Je me retourne et regarde.

– Waouh !

Je fais semblant d'être sans voix d'étonnement et de joie.

Okkie est en extase.

– C'est ton gâteau, Nico ! dit-il d'une voix aiguë et surexcitée. Je n'ai pas trahi le secret, c'est ton gâteau et tes bougies, tu as dix-sept ans, c'est très vieux. Et je n'ai rien dit, papa, hein ? Je ne suis pas une pipelette.

Nous nous souvenons le mieux des moments de peur, de perte et d'humiliation. Mais parfois aussi des moments d'un bonheur pur et profond. Comme quand tu regardes ton père et vois que les rides se sont creusées un peu plus sur son visage, et que les cheveux gris de ses tempes commencent à avoir des reflets argentés. Tu sais que cette responsabilité d'une communauté, le meurtre récent et le rejet de son fils y ont contribué. Mais maintenant, tu vois le bonheur dans ses yeux, son regard qui se promène de son fils adoptif à son fils de sang. Il est heureux. Fier. De nous, j'espère. Peut-être de tout ce qu'il a réussi à construire ici, tout ce que j'ai vu ce matin. Et Père rit parce que sa surprise a marché et qu'il nous a tous les deux à ses côtés, parce qu'il a réservé cette journée pour ses deux fils, une pleine journée de détente.

Et je dois avouer que ce moment est aussi gênant pour moi. J'ai de nouveau honte de ce que je lui ai dit, il y a plus d'un an. J'ai honte parce qu'il profite de mon anniversaire pour essayer de reconstruire les ponts que j'ai brûlés, qu'il me tend une main de réconciliation et de pardon.

Mais j'éprouve avant tout du bonheur, parce que cette occasion va me permettre de réparer les choses.

Je cache mes sentiments en riant avec Okkie, je l'attrape, ce petit frère « de sang » et je le chatouille. Ainsi, j'arrive à dissimuler mes larmes quand le gâteau est posé sur la table et que tous les autres, Okkie le plus fort, chantent pour moi et me font souffler les dix-sept bougies.

Quand ils ont fini, Père me serre la main et dit :
– Bon anniversaire, Nico. Je te souhaite une excellente année et que tu continues à compter dans la vie des autres.

*

Père a bien préparé la journée. Il va nous emmener à la pêche. Il a les vers de terre et le *pap* au curry pour l'appât, le gâteau d'anniversaire et du soda au gingembre, un panier avec du pain frais et du beurre salé bien jaune, de la confiture d'abricots et du cheddar, du *biltong* et du *droëwors*[1]. Tout cela préparé par les gens d'Amanzi.

Il a aussi prévu un petit canot. Nous ramons jusqu'au milieu du barrage. Nous attachons les appâts et lançons les lignes. Nous bavardons, rions des bêtises d'Okkie. Pas une seule touche. Nous mangeons, buvons. C'est comme autrefois, lui et moi. Et Okkie pour briser la glace. C'est génial.

1. Fine saucisse séchée à base de bœuf ou d'agneau.

*

Sofia Bergman

Ce matin-là, j'ai pour la première fois une impression différente de Nico Storm.

Je suis sur le point de partir à l'école, je sors de la maison et vois Nico, son père et son petit frère descendre la rue de l'Orphelinat. Je ne veux vraiment pas qu'il me voie, donc je recule, me cache dans l'entrée et attends qu'il passe.

Je les observe. Comprends-moi bien : Nico ne sait pas que je le regarde. Donc je suis sûre que ce qu'il fait vient du cœur. C'est ce qui est important. Je vois comment il discute avec son frère, Okkie. Je connais l'histoire d'Okkie. Tout le monde la connaît. Mais l'histoire ne dit pas l'affection qui les lie.

Et je suis là à les épier et je vois tout l'amour contenu dans le regard que Nico pose sur Okkie. Il lui dit quelque chose, si gentiment. Et il rit avec son frère et son père. Puis il se penche, prend Okkie dans ses bras et le serre contre lui avant de le laisser grimper sur ses épaules. Et le visage du petit dit combien il adore son frère.

Et Oom Willem...

Il y avait quelque chose dans ce tableau. Quelque chose qui disait que c'étaient des gens... exceptionnels. Et que Nico n'était pas un frimeur. Même s'il marchait et parlait comme un frimeur quand il était avec ses copains, à ce moment-là, j'ai pensé que c'était une vraie personne, quelqu'un de bien.

Alors, je me dis, bon, la prochaine fois qu'il me parlera, je tâcherai de me souvenir de ça. Et je lui laisserai une chance.

75

Nous sommes dans le canot, les lignes dans l'eau, les poissons ne sont pas du tout intéressés.

Le vent se lève, doucement. En août, dans cette région du Karoo, il souffle toujours du sud-ouest. Il pousse le canot de plus en plus vers la rive opposée, nous éloignant d'Amanzi.

Cela ne nous inquiète pas. Nous pourrons toujours rentrer à la rame. Et même si le vent se met à souffler plus fort comme il a coutume de faire en cette saison, nous pourrons accoster sur cette rive, faire le tour jusqu'au barrage et regagner Amanzi à pied.

Père me parle du réseau commercial qu'ils envisagent d'organiser maintenant que les routes sont sûres. Nous avons suffisamment de réserves d'aliments ainsi que de biodiesel. En octobre, ils voudraient envoyer les premières missions de reconnaissance à Johannesburg, pour voir si nous pourrions troquer nos marchandises contre celles d'autres communautés. Il me demande mon opinion comme s'il y attachait de l'importance.

Okkie regarde fixement le bouchon de sa canne à pêche, il s'imagine toutes les deux minutes qu'il a une touche. Alors il attrape la canne frénétiquement et s'écrie :
– Je l'ai, je l'ai !

Mais l'hameçon est nu et nous sommes obligés de remonter la ligne et de vérifier l'appât avant de la relancer.

Depuis quand n'ai-je pas passé une journée aussi agréable ?

Pendant ces quelques heures sur l'eau, je comprends certaines choses. Pas forcément avec une lucidité limpide et instantanée, mais je m'approche tout de même de certaines vérités. La première est que Père attend seulement que je lui tende la main. Il ne m'en veut pas, il n'est pas fâché. Si je suis prêt à donner une chance à notre relation, il pourra oublier le mal que je lui ai fait. Aujourd'hui, je sais ce qu'un père ressent envers ses enfants. Mais pour un adolescent de dix-sept ans (tout juste), c'était un grand pas vers la compréhension et la sagesse.

La deuxième vérité est que mon père est un homme courageux. Doux, mais courageux. Je le sais en regardant Amanzi de ce point de vue. Les murs du premier lot de quatre-vingts maisons neuves commencent à être érigés sur la rive Sud à l'est du village. Construites avec nos briques et notre ciment. Les premières des plus de six cents qui sont envisagées. On a construit les chemins et installé les arrivées d'eau et d'électricité, prévu le système d'égouts. Je repense à tout ce que j'ai vu et éprouvé ce matin en allant à l'Orphelinat. Mon père a réalisé tout ça. Malgré les chiens et les hommes de la Jeep, malgré son incapacité à tirer sur les gens et les serpents, à s'élever contre le pasteur ou Domingo. Malgré les hivers, les oppositions et les divisions. Il a payé un prix pour ça : les rides sur son visage, ses cheveux qui grisonnent, son fils qui l'insulte et le peine. Mais c'était sa vision et il l'a menée à bien. En quatre ans. C'est un homme courageux, à sa façon.

À cet instant, je ressens au fond de moi de l'attendrissement et un amour très pur envers mon père. Je décide de faire tout ce que je pourrai pour rétablir nos relations.

Et je pense que si j'étais aussi courageux que mon père, je glisserais cet après-midi ma lettre sous la porte de Sofia Bergman.

Nous dérivons de plus en plus près de la rive opposée.

Soudain, Père se tait. Il a repéré quelque chose. Je suis son regard. À cinq mètres, il y a l'embouchure d'un ruisseau à sec. La végétation y est très dense avec des branches qui surplombent l'eau et sous elles, des ombres profondes. La combinaison fortuite du soleil, de l'eau et de la position de notre canot sur le lac provoque un reflet insolite, un flash dans l'ombre. Il va et vient avec le mouvement du vent dans la végétation.

– Qu'est-ce que ça peut bien être ? demande Père.

– Allons voir, dis-je en attrapant les rames.

Je pense d'abord que nous nous sommes trompés, parce que l'objet disparaît dans les ombres entre les buissons et l'eau. Je dois ramer jusqu'aux branches basses. Père doit les soulever et les repousser pour qu'on puisse le voir.

– Un petit bateau, dit Okkie.

C'est un canot pneumatique noir. La proue est percée de trous mais seule la poupe est sous l'eau. Une grosse branche morte a retenu l'embarcation, l'empêchant de piquer du nez.

– Ça n'a pas l'air d'être un des nôtres, dit Père.

Père et moi repoussons les branches pour nous approcher davantage. Les trous dans la proue sont tous de la même taille, on a dû utiliser le même couteau pour les faire. Je repère un objet long et sombre dans le fond. Je me penche par-dessus bord pour mieux voir. C'est un piquet en fer – de ceux dont on se sert pour maintenir les clôtures métalliques. Il est rouillé, une des pointes est plongée dans l'eau. Le reste est sec. Près de la pointe, il est plus sombre et la texture est différente.

Nous savons à quoi ressemble le sang séché. Parce que nous chassons et nous découpons la viande, et moi, parce que j'ai déjà tué des gens.

– Nico… dit Père, inquiet.

Nous avons la même pensée.

J'essaie de voir le piquet de plus près.

– N'y touche pas, dit Père.

Je suis sûr que c'est du sang.

– Qu'est-ce que c'est, Nico ? demande Okkie, un peu inquiet, mais surtout très curieux.

Je regarde Père et acquiesce.

– Je crois qu'il faut aller chercher Brigadier X.

*

Pendant quelque temps ce jour-là, je suis de nouveau l'ombre invisible de mon père, le président.

Je nous ramène à la rame. Nous évitons les questions d'Okkie qui veut savoir pourquoi nous avons arrêté de pêcher, et ce qu'il y avait dans le dinghy, et ce que nous devons absolument dire au brigadier.

Père appelle Brigadier X par radio. Il vient nous chercher avec son pick-up et nous déposons Okkie à l'école, pour sa plus grande consternation. Père, Xaba et moi faisons le tour du lac jusqu'au canot gonflable. Nous le tirons de sous les buissons. C'est difficile, ça nous prend plus de vingt minutes. Xaba dit :

– Ce n'est pas un des nôtres, je les connais tous.

Il se sert d'un mouchoir pour attraper, avec précaution, le piquet taché de sang et l'emporte au pick-up. C'est bien du sang noirci qui colle à la barre de fer, avec des cheveux, des éclats d'os et des lambeaux de cervelle. Il dit :

– Si seulement nous avions un labo d'analyses forensiques.

– Ce bateau a été abandonné par quelqu'un venu de l'extérieur, dit Père.

– Oui, on dirait bien.

– J'aimerais qu'on n'en parle à personne pour l'instant.

Brigadier X acquiesce. Il est d'accord.

– Mais il faut informer Domingo.

Nous nous rendons à la base des COpS. Alpha et Bravo s'entraînent aux manœuvres avec les camions. Ils sautent à terre des remorques du Volvo et de l'ERF. Domingo les surveille, les poings sur les hanches.

Xaba s'arrête près de lui, nous sortons et j'avance vers mon capitaine. Père lui explique pour le piquet et le canot gonflable.

Domingo écoute attentivement. Puis il me regarde.
– Alors, Storm. C'est fini l'anniversaire ?
– Oui, mon capitaine.

Je brûle de savoir ce que Père, Brigadier X et Domingo vont se dire, mais à dix-sept ans, je ne suis plus complètement idiot. La seule chose qui marche avec Domingo, c'est de n'opposer aucune résistance.

Il désigne mes camarades autour du Volvo :
– Vas-y.
– Oui, mon capitaine, dis-je, et je file les rejoindre à contrecœur.

En cet instant, la lettre pour Sofia m'est sortie de la tête.

*

Deux jours plus tard seulement, le 24 août, Domingo nous convoque sur le terrain de manœuvres devant la caserne. Nous nous mettons au garde-à-vous pour l'écouter.

– Ce que j'ai à vous dire est très confidentiel. Si j'apprends que cette information est parvenue aux oreilles d'un civil, ma seule et unique mission sera de trouver le merdeux qui a mouchardé, et je lui arracherai la langue de mes deux mains et le ferai pelleter du crottin de cheval pour le restant de ses jours. Compris ?
– Oui, mon capitaine.

Il nous jette un regard soupçonneux, comme s'il ne nous croyait pas.

– Ne vous faites pas d'illusions. Si vous parlez de cette affaire, vous ne serez plus membres des COpS. Je vous le garantis. Je suis bien clair ?

– Oui, mon capitaine.

Il fait les cent pas, tendu comme un ressort comprimé.

– Notre ennemi a réussi à lancer un canot pneumatique semi-rigide sur la retenue d'eau de notre barrage. Notre ennemi a réussi à la traverser et à assassiner un citoyen d'Amanzi, un homme doux et bon. Pourquoi notre ennemi ferait-il ça ? Pourquoi se donner le mal considérable de venir lancer un dinghy sur notre lac ? Pourquoi prendre le risque d'être découvert et capturé ? Ou tué ? Pourquoi ?

Nous nous gardons bien de risquer une réponse.

– Je vais vous dire pourquoi. Il s'agit d'une mission de reconnaissance. Et pourquoi une telle mission ? Parce qu'ils se préparent à nous attaquer. Une invasion, oui. Pourquoi nous envahir ? Parce qu'ils veulent embarquer nos femmes et nous prendre notre nourriture et notre mode de vie. Pourquoi est-ce que je vous raconte tout ça ? Parce que nous n'allons pas les laisser faire. Compris ?

– Oui, mon capitaine.

– Et je vous dis ça aussi parce que vous avez le droit de savoir pourquoi vous n'allez ni dormir, ni vous reposer, ni avoir de week-ends jusqu'à ce qu'on ait trouvé et neutralisé cet ennemi. Compris ?

– Oui, mon capitaine.

– Repos.

Nous nous exécutons.

Domingo continue en baissant la voix.

– Nous allons doubler les effectifs des COpS. J'aurai besoin de chefs pour m'aider. Est-ce que vous êtes un chef ? Alors, prouvez-le. Pendant les huit semaines à venir, montrez-moi ce dont vous êtes capables.

76

Sofia et le test de sélection du COpS : I

Domingo n'a pas exagéré. Nous ne dormons pas beaucoup, nous nous reposons encore moins et la permission de week-end est de l'histoire ancienne. Pendant tout septembre et la moitié d'octobre.

Impossible de faire parvenir la lettre à Sofia.

La cicatrisation de ma relation avec mon père est comme un fruit mûr plein de promesses mais hors de portée car je n'arrive plus à le voir.

Nero Dlamini
C'était une époque difficile.
Domingo est venu et a convaincu le Comité que le youyou... enfin, le canot pneumatique, je crois qu'ils l'ont appelé ainsi... donc, que ce bateau et le meurtre de Matthew Mbalo étaient liés à une invasion imminente. Il a expliqué pourquoi il trouvait si inquiétante l'absence des gangs de motards sur les routes. Selon lui, le silence radio était de mauvais augure – tu sais, le fait que Numéro Un et la Présidente et le Club des ventes avaient tout bonnement disparu. Il soutenait qu'ils n'étaient pas idiots, qu'ils savaient forcément qu'il était arrivé quelque chose aux gangs que nous avons détruits. Amanzi devait être leur principal suspect et maintenant ils étaient en train de comploter leur vengeance. Il a dit

que cela devait faire partie de leur plan de nous inciter à baisser notre vigilance et que c'était pour ça qu'ils avaient disparu dans la nature. Il croyait vraiment qu'ils allaient revenir à la charge de façon spectaculaire. En force. Voilà ce qu'il a dit.

Et il avait raison, il avait entièrement raison.

Mais quand il s'est mis à parler d'espions... je dois l'admettre, je n'ai pas partagé son point de vue. Je... soyons honnêtes, je n'étais pas fan de Domingo. Je le respectais, qu'on soit clair là-dessus, mais je ne l'aimais pas beaucoup. Idéologiquement, philosophiquement, nous n'étions vraiment pas du même bord. Et il était hautain, antisocial, une de ces personnes qui croient toujours avoir raison. Pour lui, le monde était bon ou mauvais, blanc ou noir. Moi, je suis plutôt pour toutes les nuances de gris. Et il... je crois qu'il aimait la violence. Et moi, je suis carrément contre.

Bref, une époque difficile... Enfin, le Comité s'est rendu aux raisons de Domingo. Une fois de plus. On lui a donné l'autorisation de doubler les effectifs des Opérations spéciales. Passer à quatre commandos.

Et puis il a lancé ce truc sur l'espionnage. Il avait un raisonnement tordu. Il a dit qu'il fallait trouver une explication à cette expansion militaire, qu'il fallait éviter que le peuple d'Amanzi sache qu'on s'attendait à une attaque importante.

Pourquoi ? avons-nous demandé.

Eh bien, c'était évident, pour ne pas créer une ambiance de peur et de panique. Mais le vrai problème, selon lui, c'était qu'il y avait sans doute un ou plusieurs espions à Amanzi.

Je lui ai répondu assez sèchement. Voyons Domingo, reviens sur terre, tu es branché théorie du complot, maintenant ?

Il a rétorqué :

– Pense un peu au moment et à l'endroit où le meurtre a eu lieu. Et aux circonstances. Ils savaient exactement quand il fallait traverser le barrage car nos patrouilles ne les ont pas repérés. Ils savaient où traverser. Et ils savaient qu'il n'y aurait personne à l'entrée de la réserve à cette heure de la nuit. Oom Matthew s'y est trouvé complètement par hasard. Comment l'ont-ils su, Nero ? Comment pouvaient-ils être au courant ?

Bien sûr, je n'avais pas de réponse.

Il a conclu :

– C'est qu'ils ont quelqu'un à l'intérieur.

Comment affronter une telle possibilité ? Comment l'aborder ? Comment la gérer ? En se méfiant de tout le monde ? En modifiant la politique d'immigration, *« Envoyez-les-moi, les déshérités que la tempête apporte »* ? Pour te dire, il y a eu des centaines de nouveaux migrants depuis la dernière bataille contre les Maraudeurs. Si c'était vrai, s'ils avaient bien une taupe parmi nous, ça pouvait être n'importe qui.

Alors, on a délibéré et discuté pendant des heures.

Finalement, on a mis la question aux voix. Et la décision a été prise : Nous allions mentir. Nous allions raconter au peuple d'Amanzi qu'on doublait les effectifs des COpS à cause des nouvelles routes de commerce qu'on développait. Nous avions besoin de plus de soldats pour assurer la sécurité de ces routes.

Bien sûr, quand on raconte des mensonges au peuple, la vérité fait surface tôt ou tard. Et il y a des conséquences. Et des politiciens comme le pasteur Nkosi Sebego vont exploiter ce mensonge. Ainsi que les conséquences. Il était très malin, notre cher pasteur. Il a voté contre le mensonge. Et il s'est assuré que son vote avait bien été inscrit dans le compte-rendu. Nous soupçonnions qu'il devait avoir une raison pour cela. Mais que pouvions-nous faire d'autre ?

Sofia Bergman

J'étais têtue et obstinée et plus tard je le regretterais amèrement. Mais je me sentais tellement frustrée et malheureuse. Et je n'étais qu'une adolescente. C'est une piètre excuse, je sais, mais bon...

Je voulais à tout prix quitter l'école et je voulais quitter l'Asile, et si ça avait été possible de quitter le village je l'aurais fait avec joie. À l'origine de ce désir de fuir, il y avait toutes les raisons liées à la vie d'Amanzi, à l'après-Fièvre et à la puberté. Et aussi, par-dessus tout, le fait que je m'ennuyais. Pendant les six premiers mois, je n'ai pas obtenu de bons résultats à l'école. Le travail était facile, alors je ne m'y impliquais pas vraiment, rien ne me stimulait. Bien sûr, j'avais une attitude complètement négative. Bref, ils m'ont fait passer le reste de l'année avec des enfants de quatorze ans. Et tu sais comment c'est à l'école, on fréquente surtout les enfants de sa classe. Et normalement, ils ont le même âge que toi. Mais les jeunes de mon âge étaient plus avancés que moi et ils m'évitaient parce que j'étais cette imbécile qui allait à l'école avec les petits. Je n'avais ma place nulle part et personne ne voulait de moi... Frustrée, malheureuse, mécontente et seule.

Et puis j'ai appris qu'ils allaient augmenter les effectifs des COpS et je suis allée dire à la directrice que j'allais tenter de me faire sélectionner. Elle a dit non. Je lui ai rappelé que la toute nouvelle Constitution d'Amanzi avait fixé l'âge de recrutement des COpS à dix-sept ans, que j'aurais dix-sept ans le 16 octobre et que c'était un choix personnel de passer les tests. Alors elle m'a dit gentiment : Sofia, termine d'abord l'école. Mais j'étais têtue. Et j'avais peur qu'il ne reste plus de place au COpS parce qu'il y avait une forte demande. Elle a envoyé Nero Dlamini me parler. Il a vraiment tout essayé...

À ce moment-là, j'ignorais qu'il y avait tant de ressemblances entre mon parcours et celui de Nico. Si j'avais su...

Je me demande si ça aurait changé quelque chose.

16 OCTOBRE

Domingo est un vrai salaud. Domingo est malin comme un singe.

Il nous encourage à nous disputer les positions de chef. Il donne à chacun l'occasion de mener le commando dans d'intenses sessions d'entraînement, mais il ne te dit jamais si ça va ou non. Il fait croire à chacun qu'il a une chance.

Et puis Sofia rapplique un beau matin en disant qu'elle a appris qu'il reste encore trois places et qu'elle veut passer les tests.

Domingo m'appelle. Parce qu'il sait très bien quels sont mes sentiments envers Sofia. Tout le monde est au courant.

Il envoie les autres soldats courir. Il n'y a que nous deux avec lui. Il a son petit sourire narquois et je sais ce que ça veut dire. Des ennuis en perspective. Domingo change à son gré les règles de sélection pour les COpS. Il aime bien les adapter aux individus, aux saisons ou aux circonstances. Il aime nous surprendre, imaginer de nouveaux défis inhumains.

Je regarde Sofia. Elle est incroyablement belle. Ses longs cheveux sont tressés en deux nattes blond platine.

– Bonne chance, lui dis-je.

Et je suis content de la voir hocher la tête avec reconnaissance.

Domingo dit :

– Storm, tu accompagnes Bergman au dépôt de l'intendance et tu lui trouves un équipement.

– Oui, mon capitaine.

– Tu lui donnes un fusil et un sac à dos d'essai.

– Oui, mon capitaine.

— Et puis vous faites tous les deux la course jusqu'à Lückhoff, là où il y a la pierre.
— Oui, mon capitaine.
Qu'est-ce qu'il manigance maintenant ?
— Et puis vous rentrez.
— Oui, mon capitaine.
Mais il y a sûrement un os. Dans la limite de temps qu'il va fixer ? Un nouvel itinéraire, peut-être ? Est-ce qu'elle va devoir me porter sur son dos ?
— Vous avez huit heures.
— Oui, mon capitaine.
Huit heures ? Pourquoi autant ? Tout le monde sait comment elle court, Sofia Bergman. Comme le vent, sur des kilomètres et des kilomètres.
— Mais elle doit te battre, Storm. Vous comprenez ?
— Oui, mon capitaine, dis-je.
Elle ne dit rien, mais acquiesce en silence, déterminée. C'est trop facile, je pense. Où est le piège de Domingo ?
— Si elle arrive avant toi, on la prend.
— Oui, mon capitaine.
Finalement, ce sera peut-être une belle journée. Huit heures avec Sofia, elle et moi, une petite course à pied dans les montagnes…
— Le problème, Storm, c'est que tu es un de mes meilleurs chefs. Tu es sur ma liste de présélection. Je te voudrais comme sergent du commando Bravo.
— Oui, mon capitaine. Merci, mon capitaine.
— Le poste est à toi, mais à condition que tu l'emportes sur Bergman. Il faut être de retour avant elle.
Malin comme un singe.

*

Sofia Bergman

Il faut peut-être que j'essaie d'expliquer un truc : les COpS étaient les rock stars de l'époque. Parmi les filles ados. Nous connaissions les noms de tous les membres des commandos. Nous savions qui était le plus fort, le plus rapide, le plus résistant, le plus beau, le plus sexy... Me voici donc là, à côté de Nico Storm et je le regarde, il était déjà plus grand que son père, au moins d'une tête, plus grand que Domingo aussi, et il avait des épaules baraquées. Il était vraiment en pleine forme, il rayonnait de santé. Et je sais qu'il a le deuxième chrono sur trente et sur soixante kilomètres et qu'il est même meilleur tireur que Domingo.

Il faut que je le batte.

Mais il ne va pas se laisser battre, même s'il m'aime bien, parce que s'il veut être sergent il ne peut pas me laisser gagner.

Alors, rien ne comptait plus. Ça ne comptait plus que je l'aie vu dans la rue avec son père et son petit frère et qu'il ait été gentil avec le petit. Il était mon adversaire, mon concurrent, l'obstacle que je devais franchir. Je me suis donc dit, OK, tu n'as qu'à le battre.

Sofia et le test de sélection du COpS : II

Sofia Bergman
C'est une chose de courir vingt à trente kilomètres tous les jours avec des chaussures de course confortables et plus légères que l'air. Mais c'en est une autre de courir avec des rangers militaires, un uniforme qui pèse une tonne, un casque, un sac à dos rempli de pierres et un fusil.

Et c'est encore plus étrange de le faire en compagnie de quelqu'un.

Nico court juste derrière moi. Il me parle : Non, reste sur le sentier, attention au sable, méfie-toi des épineux. Ou alors il me dit de ralentir, de conserver mon énergie. Je ne réponds pas, je ne fais que courir. Et je pense, pourquoi me dit-il ces choses ? Il ne va pas me laisser le battre. Pense-t-il vraiment m'impressionner, que je vais l'apprécier davantage ?

Et ainsi, nous courons.

*

Je reste quelques pas derrière elle parce que je me réjouis de pouvoir l'observer. Elle est belle et elle court bien. Elle possède un rythme et une grâce que je n'ai encore jamais vus chez une autre personne. Elle court avec une aisance totale, comme si elle n'était pas soumise à la même loi de pesanteur ou à la même force de résistance que d'autres mortels.

Au départ, elle court trop vite. C'est l'adrénaline. Je lui dis de ralentir. Je connais le trajet comme ma poche et la mets en garde contre les trous, les passages plus difficiles, les zones problématiques. Je veux qu'elle reste dans la course aussi longtemps que possible. Pour me donner le temps de réfléchir, de décider ce qu'il y a à faire. Il y a plusieurs choses en jeu.

Il y a mes sentiments pour Sofia.

Il y a Domingo qui a toujours des stratégies. Il est constamment en train de nous tester. Il faut que j'essaie de voir ce qu'il veut tester ce coup-ci : veut-il savoir combien je tiens à être sergent ? La réponse est : beaucoup. Mais ça, il le sait. Il l'a constaté les semaines passées, où je me suis démené comme un possédé.

Peut-être qu'il cherche à savoir si je peux me sacrifier pour une camarade, par désir de quelqu'un d'autre. Si je suis capable de supprimer mes propres intérêts, d'être désintéressé. C'est peut-être ce qu'un chef doit pouvoir faire ?

Ou est-ce qu'il veut savoir, au contraire, si je suis impitoyable, si je suis en mesure de placer le leadership et les intérêts du COpS au-dessus de tout, y compris des intérêts de mon cœur ?

Quand nous arrivons à Lückhoff, je suis plus ou moins convaincu de ce dernier argument. Domingo n'a pas de sentiments. Domingo croit que nous sommes des animaux.

Domingo veut voir si je peux être un animal.

Bien sûr que oui.

Ce serait génial si Sofia Bergman pouvait être un COpS. Ce serait encore mieux si je pouvais être un sergent du COpS et qu'elle était un de mes soldats. Alors, je pourrais la voir tous les jours, être près d'elle, lui montrer que je suis un chef équilibré et sage, un soldat brillant.

Mais si elle n'est pas sélectionnée, si elle doit retourner à l'Asile, cela voudra dire que je ne pourrai plus jamais lui rendre visite. Il faut juste que je sois malin, moi aussi. Il faut la laisser croire que je lui donne une chance équitable de me battre.

C'est pourquoi je continue à lui donner des conseils.

*

Sofia Bergman
À Lückhoff, Nico me montre la pierre. Il la soulève pour moi. Il y a un morceau de papier avec le vers suivant :
Courons vers l'horizon, il est tard, courons vite...
Il y a aussi une gourde pleine d'eau qu'il me passe. Je bois.

Nico vérifie sa montre et me dit :
– Super, ton chrono est excellent. Mais il faut que tu règles ton allure. Tu risques de t'épuiser. Il vaut mieux arriver avec un peu de retard. Domingo m'a donné sept heures et bien que je me sois planté, j'ai réussi la sélection. Il ne faut pas toujours le prendre au pied de la lettre.

Il me dira plus tard qu'il avait vraiment les meilleures intentions, mais à ce moment-là ce n'est pas ce que j'entends. Je me dis, mais quel petit frimeur impertinent. Il pense vraiment que je suis incapable de le battre. Il n'a eu que sept heures et Domingo m'en a donné huit. Et pour couronner le tout, il pense que je ne peux pas y arriver en huit heures ?

Furieuse, je lui dis :
– Va te faire foutre, Nico Storm ! Tu ne me battras pas.
Et je me retourne et reprends la course.

Tu aurais dû voir sa tête.

*

Depuis presque une année, je fantasme sur cette fille ravissante, je rêve de conversations tendres avec elle sur la beauté du monde. Et la voilà devant cette pierre et elle jure comme un charretier et je vois qu'elle est livide et très, très déterminée. Je n'en reviens pas. Je n'arrive pas à croire que des mots pareils puissent sortir de cette bouche parfaite et je ne vois pas comment elle peut imaginer pouvoir me battre.

On est arrivés à Lückhoff dans un très bon temps – aussi bon que mon meilleur chrono, mais le retour est une autre histoire. Et elle ne le sait pas.

Je la regarde s'élancer vers la montagne et je ris, sous cape, bien entendu. Et je cours derrière elle.

*

Sofia Bergman
Ma colère s'apaise seulement après sept ou huit kilomètres sur le chemin du retour, et je trouve mon rythme. Puis il se passe quelque chose.

Mon frère aîné, Dawid, a remporté la médaille d'argent des quinze cents mètres aux Jeux du Commonwealth. C'est lui qui m'a parlé la première fois de l'euphorie de la course. De temps en temps, m'a-t-il raconté, quand il s'entraînait, il éprouvait cet état euphorique, il planait. Il se sentait léger, comme une plume, comme s'il pouvait courir sans se lasser, comme s'il pouvait continuer sans jamais s'arrêter. Il courait plus vite que jamais. Je m'étais toujours demandé quelle impression ça faisait car je n'avais jamais éprouvé une telle euphorie quand j'étais à l'école primaire.

Mais le 16 octobre de l'année du Cochon était mon anniversaire. Et personne ne m'avait encore offert de cadeau.

Et puis mon frère Dawid, décédé depuis longtemps, m'en a offert un.

*

Pour rentrer de Lückhoff, on commence par gravir une pente. C'est une grande butte à sommet plat. On court sur presque neuf kilomètres avant de descendre dans une petite gorge.

Un kilomètre avant la descente, Sofia accélère son allure.

– Doucement, je lui conseille, il reste encore plus de vingt bornes.

Elle m'ignore. Elle court. Sans aucun effort.

Je pense encore que je ne peux pas perdre. Moi aussi, j'accélère.

La descente. Je suis à cinq pas derrière elle. Je la plains un peu. Je dirai à Domingo qu'elle a marqué un des meilleurs chronos sur les trente kilomètres de l'aller. Elle a beaucoup de potentiel.

Nous arrivons en bas. Le sentier creusé par l'entraînement des COpS suit les monts jusqu'au barrage d'Amanzi. Il serpente en cherchant le trajet le plus praticable dans le relief impitoyable de ravines qui charrient l'eau des collines à la saison des pluies et de monts rocheux. C'est éreintant, le terrain n'est jamais plat, aucune possibilité de souffler, on est continuellement mis à l'épreuve.

Elle maintient son allure.

Il reste encore seize kilomètres. Elle continue, invincible, avec la même grâce aérienne.

Encore quinze, quatorze. À treize kilomètres, son pied accroche quelque chose, elle trébuche et manque tomber. Mais elle se remet d'aplomb et poursuit sa course.

À dix kilomètres, je suis encore dans le déni. Je n'ai encore jamais vu un civil courir ainsi. Pas possible qu'elle tienne.

À sept kilomètres, je commence à douter. Si elle arrive à maintenir ce rythme, pourrai-je la suivre ?

Ça va de soi.

À six kilomètres, c'est l'illumination : je dois décider à quel moment je vais accélérer. Il ne faut pas trop attendre.

À cinq kilomètres, je sais que c'est le moment. J'attends qu'on arrive à un endroit où le terrain est assez plat pour que je puisse la doubler et je presse l'allure, la rattrape et cours pendant un moment à son côté. Je jette un coup d'œil. Elle est concentrée, regarde devant elle, dans son propre monde, inconsciente de ma présence. Elle est incroyable.

J'accélère encore, allonge ma foulée. Il faut augmenter l'avance, progressivement. Je ne voudrais pas terminer la course en sprint contre elle devant tous mes camarades. Il faut briser sa détermination. Maintenant.

*

Sofia Bergman
Le fait de trébucher interrompt l'euphorie. Brutalement.

Je maintiens l'allure, mais je sens mes jambes et mes poumons, je les sens. Et je l'entends courir derrière moi, et je me dis qu'il va gagner.

Je ne pourrai pas maintenir ce rythme. Le sac à dos et le fusil cassent mon rythme.

Je ne veux pas retourner à l'école.

Et je commence à penser à ce que Nico a dit de Domingo qui l'a de toute façon recruté aux COpS, qu'il ne faut pas le prendre au pied de la lettre.

Domingo lui a dit :

— Si elle arrive avant toi, on la prend.

C'est tout. C'est la seule règle.

Il faut que j'arrive avant Nico Storm.

J'ai une idée. Je me dis que ce n'est pas vraiment réglo — mais quelle importance ? C'est un frimeur arrogant et impertinent. À la guerre comme à la guerre. Et c'est la guerre.

Et puis je pense que ce n'est peut-être pas nécessaire. Voyons d'abord s'il arrive à me doubler. Et à ce moment, il le fait.

*

Encore quatre kilomètres. Ses pas derrière moi se font lourds. Plus lents. Je suis de tout cœur avec elle. Tant de détermination extraordinaire, tant de grâce exquise, tout ce merveilleux rythme, mais à moins que Domingo ne soit d'une humeur indulgente, elle ne sera pas COpS aujourd'hui.

J'allonge mon avance, je veux porter le coup de grâce pour que le résultat ne fasse aucun doute. Je veux me retourner, mais je dois aussi considérer notre avenir amoureux.

Je l'entends hurler, un cri perçant et terrifié.

78

Sofia et le test de sélection du COpS : III

Je m'arrête, je me retourne.

Notre première rencontre autour de l'arbalète me hante depuis un an. Si seulement ce moment-là avait pu être différent. Plus romantique. Plus digne. Pour moi surtout. Dans mon lit à la caserne, la nuit, j'ai si souvent rejoué la scène, mais j'étais le héros et son sauveur. Et voilà que le rêve se réalise : Sofia Bergman est en détresse et je peux la sauver.

Je rebrousse chemin en courant, ne la vois pas. Elle a dû tomber, près des grands rochers sous les acacias.

– Sofia !

Je suis vraiment inquiet, et reviens sur nos traces. Elle ne répond pas. Elle a vraiment pu perdre connaissance. La fatigue. Ça arrive.

Je passe sous l'acacia, arrive au rocher. Et puis la crosse du fusil me frappe entre les yeux.

*

Sofia Bergman

Je le frappe avec la crosse de mon fusil. À la guerre comme à la guerre. Il tombe comme une masse et ne bouge plus et je cours. Je ne sais pas si je l'ai frappé assez fort, si je l'ai mis K-O pour une minute ou une heure. Je verrai ça une fois que j'aurai réussi le test de sélection.

Un peu plus loin, je commence à m'inquiéter : Et si je l'avais frappé trop fort et que sa tête ait heurté une pierre en tombant ?

Et s'il était mort ?

Non, il n'est pas mort. Il a perdu connaissance, voilà tout.

Et s'il était mort ?

Il reste trois kilomètres à parcourir, je vois le barrage, je vois la base des COpS sur la colline de l'autre côté du fleuve, et je me dis que je l'ai peut-être tué.

Il faut que je vérifie. Je cours de plus en plus lentement. Je m'arrête, me retourne.

Et puis je le vois arriver. À toute allure. À cinq cents mètres. Ou quatre cents. Alors, je pivote et décampe à toute vitesse. L'adrénaline me fouette le sang car j'ai peur maintenant de ce qu'il va faire. On ne peut pas frapper impunément quelqu'un au visage avec une crosse de fusil. Il doit être furieux. Et la colère va le faire courir comme il n'a jamais couru de sa vie.

Et s'il m'attrape, il est fort possible qu'il me frappe à son tour.

La peur donne des ailes.

*

Je ne peux pas écrire tout ce que je pense à ce moment-là car mes enfants liront un jour ces Mémoires.

Je suis furieux contre Sofia Bergman. Furieux à cause de son manque d'esprit sportif, furieux parce qu'elle a abusé de ma bienveillance, furieux contre moi à cause de ma naïveté, mais furieux surtout parce que je sais : c'est exactement le genre de truc que Domingo adore. Il va afficher son petit sourire narquois et méchant et lui dire : « Bienvenue chez les COpS. » Et puis il me regardera d'un air méprisant et dira : « Navré, Storm. Tu n'es pas mon sergent. Une prochaine fois. »

Ça ne va pas se passer comme ça.

La colère donne des ailes. Mais le coup sur la tête, le sang dans les yeux et le choc ont sérieusement ébranlé mes forces. Je la rattrape, mais je ne sais pas si j'irai assez vite.

Et qu'est-ce qu'elle va faire une fois que je l'aurai rattrapée ? M'assener un nouveau coup avec sa crosse ?

Il faut passer par la grille sur le pont Havenga. Elle a une avance d'environ trois cents mètres. Je l'entends crier aux gardes :

– Ouvrez ! Ouvrez !

Je vois les gardes sortir en courant, ils rient, ouvrent rapidement les grilles. Elle passe.

– C'est Nico, c'est Nico. Il saigne !

Je passe devant eux. Ma dignité vole en éclats.

Le pont derrière nous. Elle a encore deux cents mètres d'avance sur moi mais j'entends ses chaussures sur le bitume et je sais qu'elle entend aussi les miennes. Elle va se retourner. C'est bête de se retourner. On y perd son rythme et sa vitesse. Et alors je vais gagner encore plus de terrain.

Nous arrivons à la rive Sud, après le pont. Il ne reste plus qu'un kilomètre jusqu'à la base.

Les gardes du pont ont dû appeler sur la radio. Tout le COpS va savoir qu'on arrive. Et que je suis à la traîne. Je saigne et je suis crevé, l'allure est impitoyable. Mais je cours avec ma colère comme carburant.

Encore un kilomètre. Elle est à cent cinquante mètres devant moi.

Elle se retourne.

*

Sofia Bergman
Je l'entends arriver. J'entends ses foulées rapides et je sais que je suis au bout du rouleau. Je suis crevée.

J'ai les poumons en feu. Il est juste derrière moi. Je veux me rendre, j'ai peur qu'il me frappe ou qu'il me pousse.

Je me retourne.

Il est encore à cent mètres, je me suis trompée. Ça reste possible. Je cours, je me donne à fond, je gravis la pente, cette pente horriblement raide qui monte à la base des COpS.

Je me retourne encore une fois.

Il a réduit de moitié la distance qui nous sépare.

La grille. Je suis encore en tête, ses pieds foulent le sol derrière moi. Je vois Domingo, debout. Il faut que j'arrive devant lui avant Nico. Les soldats regardent, applaudissent et nous encouragent.

Et puis Nico me plaque au sol et nous tombons tous les deux, lui sur moi. Je perds mon souffle. Il me cloue au sol avec tout son poids, ses mains sur mes avant-bras, je ne peux pas bouger. J'ai du mal à respirer. Mon souffle siffle bizarrement, comme lui quand je lui ai tiré dessus avec l'arbalète. Maintenant, les rôles sont inversés. Je regarde son front. Un bleu énorme s'est formé, bordé de taches mauves. Sa peau est écorchée, la blessure longue et vilaine. Du sang coule dans ses yeux, le long de son visage, dans son cou.

– Essaie un peu de me frapper encore une fois, espèce d'abrutie, dit-il.

Il répète ce que je lui ai dit la première fois qu'on s'est rencontrés. Ça a dû le marquer.

*

Je lui dis :
– Essaie un peu de me frapper encore une fois, espèce d'abrutie !

À ce moment, il me semble que l'univers se remet d'aplomb.

79

Sofia et le test de sélection du COpS : IV

Sofia Bergman
Il y a une partie de cette histoire que personne ne connaît. Personne sauf Nico. Et je la lui ai racontée bien plus tard.

Sur le moment, ça n'a aucun sens.

Je suis étendue sur le dos sur le terrain des manœuvres, le souffle coupé, je halète et je suffoque, j'ai peur de Nico, il m'en veut tellement. Il est assis sur moi et il tient mes bras. Je lève les yeux vers lui, vois le visage blessé et puis je vois l'avion.

Ce n'est pas l'avion de Hennie As. C'est un jet, un jet énorme, mais perdu dans le ciel, un tout petit point car il vole très haut, un clin d'œil lumineux dans le ciel bleu profond.

Je ne peux rien dire parce que j'ai du mal à respirer. Je ne peux même pas pointer du doigt car il me tient les bras.

L'avion se dirige vers le nord, vers l'Europe. Et puis il disparaît et l'ombre de Domingo tombe sur moi.

*

Domingo dit :
– Debout, Storm !
Je me dégage, me lève.

Il me regarde. Je ne sais pas si la blessure est grave. Je sais seulement que ça saigne beaucoup parce que j'ai dû essuyer avec mes mains le sang qui coulait dans mes yeux.

Domingo la fixe :

– Bergman, tu es reçue. Joins-toi au commando Delta.

Il attend qu'elle se lève et soit hors de portée de voix. Il me dévisage. Je vois mon reflet dans les verres de ses lunettes noires. J'ai l'air pitoyable.

Domingo soupire :

– Je suis content de voir que toi aussi tu as un problème avec la gestion de la colère. Tu n'es pas encore près d'être sergent, Storm. Je t'affecte au commando Charlie jusqu'à ce que tu apprennes à te maîtriser.

J'attends qu'il donne l'ordre de rompre. Il s'apprête à ajouter autre chose mais se retient.

– Rompez.

80

L'année du Cochon, j'apprends l'humilité.

Je ne suis qu'un soldat dans le COpS Charlie, le commando le plus faible des Opérations spéciales. Et l'histoire de Sofia Bergman détruit ma réputation. Elle devient du jour au lendemain une star à Amanzi, une légende, une héroïne, grâce à sa stratégie de « je-lui-en-fous-une-dans-la-gueule-avec-la-crosse-du-fusil » pour être sélectionnée au COpS.

Quand Domingo est mis au courant de son passé, du Bushman qui lui a appris à traquer, il lui fait partager ses connaissances en tant qu'instructeur officieux.

Quant à moi, je deviens la risée absolue du jour au lendemain.

C'est profondément douloureux pour moi, à plus d'un égard. Ma réputation dans l'unité est foutue. Après tout, j'étais le tireur d'élite, le deuxième chrono, un candidat à la promotion qui avait l'étoffe d'un officier. Il y avait mes propres légendes – l'Expédition Diesel et Okkie et les douze hommes de la KTM que j'ai tués –, à jamais souillées désormais. Il y a la joie malsaine qu'éprouvent les gens face au malheur d'autrui, surtout si l'autre a un certain prestige : le fils arrogant du Président, du Fondateur, de l'Auteur de la Brochure. Où que j'aille, j'entends des commérages, des ricanements, je vois les yeux qui me suivent avec un mélange de fascination et de pitié.

Mais la blessure la plus profonde est le mal fait à ma relation avec Sofia. Ou plutôt le mal fait au potentiel d'une relation éventuelle.

Rien qu'à la voir, mon cœur se brise à nouveau. Et maintenant, je la vois tous les jours.

*

L'année du Cochon, je comprends l'amour de mon père.

C'est un mardi de fin octobre, un peu plus d'une semaine après ma chute. Nous travaillons dur au COpS, depuis tôt le matin. Personne ne se donne plus de mal que moi car je suis absolument déterminé à faire de Charlie le meilleur commando en y consacrant tous mes efforts. En tant que soldat ordinaire et modeste. Juste pour leur montrer. Je m'épuise parce que j'essaie d'aider tout le monde, j'essaie de tirer et de pousser en même temps. Le soir, je suis crevé.

Je sors de la douche. Dans le dortoir de Charlie au premier étage, je m'habille pour le dîner. Par la fenêtre sans rideaux, j'entrevois des silhouettes familières. Ce sont bien Père et Okkie qui s'éloignent à pied, le long du terrain de manœuvres, vers la grille.

Que sont-ils venus faire par ici ?

Je ne les ai pas vus depuis l'incident avec Sofia parce que nous n'avons plus de permission de week-end.

Mon père et Okkie, la main dans la main, dans la lumière douce du soleil couchant. Père fait des gestes avec sa main libre. Il est en train d'expliquer quelque chose. Le sens d'un mot ? L'histoire géomorphologique de la rivière là-bas ? Que les chauves-souris qui volettent autour d'eux sont des mammifères ?

Mon cœur fond et je suis submergé par l'émotion ; je sursaute quand on frappe à la porte. Je me détourne de la fenêtre et entends :

– Un colis pour toi à l'entrée.

Père et Okkie l'ont apporté.

Je m'habille rapidement et descends le chercher. Un gros carton. Je le porte au dortoir, le pose sur mon lit et l'ouvre.

La cafetière italienne dont Père et moi nous servions dans le Volvo. Et le réchaud à gaz. Et une tasse. Et quatre paquets de café moulu sous vide.

Le monde me sourit car je suis seul dans le dortoir, ce qui n'est pas souvent le cas. J'en suis fort reconnaissant parce que je pleure. Sans bruit et sans bouger. Mais je pleure, des larmes que rien ne peut arrêter et qui coulent sur mon visage. Pour la façon dont Père me soutient. Il a dû entendre les bruits qui courent, a compris comment cela pouvait affecter un jeune homme de dix-sept ans. Et il ne pouvait pas me contacter. Il ne pouvait pas venir demander que Nico rentre chez lui dimanche. Ça m'aurait humilié encore plus.

Alors, il a pris son bien le plus précieux et me l'a apporté. Je ne savais même pas qu'il gardait du café. C'était son secret à lui.

Je pleure sur l'amour de mon père, malgré tout ce que je lui ai fait. Je pleure à cause des souvenirs que réveille la cafetière italienne, les mois et les mois pendant lesquels nous avons été seuls sur la route avec notre rituel matinal du café.

Et je pleure un peu sur moi. Ce qui n'est pas forcément une mauvaise chose. Ça aide à cicatriser.

Je range la cafetière et le café pour plus tard.

*

L'été de l'année du Cochon est très chaud et très sec.

Il ne pleut ni en octobre ni en novembre. En décembre, la canicule est telle que le pâturage du veld roussit et que trente pour cent de nos poules crèvent. Nous n'avons pas pu semer d'herbage supplémentaire pour le bétail mais il y a suffisamment de fourrage pour nourrir le troupeau.

L'année du Cochon, Birdie accepte enfin de sortir avec Domingo.

Si l'on croit les on-dit, elle aurait confié à Nero Dlamini qu'il avait simplement eu raison de sa résistance.

Il est venu la chercher en Jeep la veille de Noël et en fin d'après-midi, ils traversent le pont Havenga et franchissent la grille pour ne revenir que le lendemain matin. Personne ne sait où ils sont allés, mais les patrouilles de Brigadier X signalent des traces de pneus de la Jeep sur le chemin qui mène à la vieille réserve privée d'Otterskloof, de l'autre côté du barrage sur la rive Nord. Quelqu'un semble avoir balayé la véranda de l'ancien gîte et la meilleure, la plus grande chambre reluisait de propreté.

Je ne veux pas l'entendre. Je n'accepte pas que Domingo soit heureux en amour. Surtout pas lui.

*

L'année du Cochon est la dernière où mon père est président du Comité. Amanzi adopte une Constitution et en janvier de l'année du Lion, nous voterons et mon père deviendra le premier président, non pas président d'un comité, mais président tout court, président d'Amanzi.

La Constitution demande des mois de travail et de modifications avant que tout le monde soit content. En voici le préambule :

Nous, le peuple d'Amanzi, par nos représentants librement élus, adoptons cette Constitution comme loi suprême de notre communauté, en vue de créer et d'établir une société démocratique et ouverte dans laquelle le gouvernement reposera sur la volonté du peuple et chaque citoyen jouira d'une protection égale devant la loi. Notre Constitution a pour but d'améliorer la qualité de vie

de tous les citoyens, de libérer le potentiel de chaque personne ; et de bâtir une société unie et démocratique apte à prendre la place qui lui revient en tant qu'entité souveraine dans le monde d'après la Fièvre.
Que Dieu protège notre peuple.

Avec la nouvelle Constitution, il y a de nouveaux titres. Père est le président. Le Comité est transformé en Cabinet. Il est plus conséquent et chaque membre est ministre avec un portefeuille. Brigadier X est élu ministre de la Sécurité, ce qui veut dire qu'il est à la fois chef de la défense et de la police, mais tout le monde l'appelle encore Brigadier X. Cela lui est égal. Domingo refuse sèchement d'assumer un rang ou un titre plus important. Il dit que « capitaine » suffit, il ne fait pas partie du Cabinet, ne participe pas aux élections et reste le commandant des Opérations spéciales. Il est toujours l'homme le plus puissant d'Amanzi, malgré son titre modeste. C'est peut-être la raison pour laquelle ce titre lui suffit.

L'année du Cochon, nous produisons assez de diesel pour tous nos besoins agricoles et militaires. On introduit pour la première fois un système fiscal. La construction du moulin de Gansiestraat, en face du Forum, est achevée. Désormais nous allons pouvoir moudre notre blé – notre blé pour faire notre pain quotidien. Le vieux supermarché est devenu trop petit pour servir de garde-manger communal. On restructure tous les bâtiments de Disastraat pour en faire un grand entrepôt de denrées alimentaires.

Birdie Canary aménage le réseau d'électricité de Petrusville. Soixante-dix maisons de ce village sont retapées, aménagées et les gens s'y installent. Birdie dit qu'il va falloir augmenter notre production d'électricité dans quatorze mois car les générateurs hydroélectriques de deux cent vingt mégawatts ne subviendront plus à nos besoins, compte tenu de l'expansion industrielle et agricole en perspective.

On discute beaucoup de la possibilité de réparer l'usine hydroélectrique du barrage de Gariep et de détourner l'électricité à notre profit. Mais Domingo dit qu'il faudrait alors protéger et défendre les centrales électriques et que cela demanderait trop d'hommes.

À la stupéfaction générale, le pasteur Nkosi Sebego soutient Domingo. Qu'est-ce que ça cache ?

Finalement, le Cabinet décide de commencer dès que possible à démonter les éoliennes à Noblesfontein près de Victoria West et à les installer dans les hauteurs de la réserve d'Amanzi.

L'année du Cochon, Amanzi compte plus de cinq mille habitants. Ils vivent au village, à la caserne des COpS, à Petrusville et sur des petites fermes au bord de la rivière jusqu'à Hopetown. Tout indique que Hopetown sera le prochain village à se développer.

On commence à parler de la République d'Amanzi un peu partout.

L'année du Lion

81

Annus horribilis

Ce sera la dernière année de la vie de mon père.
Si seulement je l'avais su.
En repensant plus tard aux quelques mois précédant sa mort, je me suis dit que janvier, surtout janvier, avait été un bon mois pour lui.
Malgré son nom héroïque, l'année du Lion est l'*annus horribilis,* une de ces années qui confirment que tout arrive toujours en même temps, et quand on s'y attend le moins. Pareil pour la trahison, la guerre, la destruction et le meurtre, et la douleur déchirante de la connaissance. De tout.

*

Janvier est chaud et sec.
L'élection a lieu le 5 janvier. Trois mille quatre cent neuf personnes de plus de dix-sept ans ont, d'après la nouvelle Constitution, le droit de vote. Trois mille quatre cent huit personnes se présentent pour voter. Tout le monde sait que Domingo est l'électeur absent. Il ne croit pas à la démocratie.
Amanzi Libre, le parti de Père, obtient cinquante-huit pour cent des voix et le Parti des Cœurs vaillants, le reste. Je suis au Forum quand le pasteur fait son discours, le

soir. C'est un perdant digne. Mais il conclut en disant à ses militants :

– Ne vous inquiétez pas. La nuit est plus sombre avant l'aube.

Personne ne se rend compte qu'il s'agit d'une promesse.

Et puis, c'est le tour de mon père.

Il parle avec son cœur. Il commence par remercier le pasteur Nkosi et son parti de la dignité avec laquelle ils reconnaissent le résultat de l'élection. Il cite même Platon : « Tels sont les avantages de la démocratie. C'est un gouvernement agréable, anarchique et bigarré, qui dispense une sorte d'égalité aussi bien à ce qui est inégal qu'à ce qui est égal. »

Il dit que l'égalité est depuis des centaines d'années un des fondements de la démocratie, que Maximilien Robespierre l'a intégrée dans sa devise « Liberté, égalité, fraternité ». Mais que la véritable égalité est rare et reste un concept flou. Partout dans le monde, mais surtout en Afrique du Sud. La Fièvre a été terriblement destructrice, mais elle a eu au moins l'avantage de nous mettre tous sur le même pied. À Amanzi, il n'y a pas de riches ou de pauvres, il n'y a que des êtres humains. Et c'est pour lui un honneur et un privilège de les servir en tant que chef démocratiquement élu.

Père dit qu'il voudrait, en toute humilité, ajouter quelque chose à la vision platonicienne de la démocratie. La démocratie offre à chacun l'égalité en droits, mais aussi la liberté de penser à ceux qui croient et à ceux qui ne croient pas, aux chrétiens et aux musulmans, aux hindouistes et aux bouddhistes, aux animistes et aux agnostiques.

Tout le monde sait qu'il s'adresse au pasteur.

– Je voudrais solliciter ce soir chaque membre de notre communauté : Embrassez cette liberté. Profitez de cette liberté. Servez-vous de cette liberté. Et travaillez avec nous pour la rendre plus forte et plus grande.

*

Depuis quatre mois, Hennie As vole avec son premier apprenti pilote, Peace Pedi. Peace, qui a vingt ans, porte un prénom trompeur car il n'est pas du tout paisible. Il est mince, un peu voûté, et quand il marche, son corps est penché en avant, comme s'il était propulsé par une sorte de mouvement perpétuel. Peace a une bouche grande et charnue qui semble toujours prête à sourire et il ne se tait jamais. Il parle, avec tout le monde, de tout, c'est une dynamo sociale.

Hennie et Peace sont devenus des amis inséparables, un duo rare uni par la passion de voler. Et peut-être aussi par le fait qu'ils aiment parler. Tout le monde se demande quand et comment ils organisent les tours de parole là-haut dans le petit Cessna.

Ils partent tous les matins en patrouille, si le temps le permet. Pendant quatre mois, ils n'ont rien vu, à part du bétail, du gibier, les habitants d'Amanzi et les migrants qui s'acheminaient vers nous.

Jusqu'au 27 janvier. Normalement, janvier est la saison des pluies et des orages, c'est pourquoi ils partent tôt, juste après l'aube. Mais le ciel reste calme. Chaque jour, Hennie prend un itinéraire différent pour éviter que ses déplacements soient prévisibles, au cas où la théorie de Domingo selon laquelle il y a un espion serait fondée. Ils changent fréquemment d'altitude.

Le 27 janvier, avant sept heures, ils suivent la R717, à l'est d'Amanzi. À environ soixante kilomètres de la base, juste avant le village abandonné de Philippolis, Peace aperçoit des motos : quatre apparemment, mais ils sont loin et il n'en est pas tout à fait sûr. Il les montre à Hennie As. Tous les deux se concentrent sur les petites taches qui entrent dans Philippolis. Elles sont visibles pendant vingt à trente secondes, puis elles disparaissent sous les grands arbres de la rue principale.

Hennie fait preuve de présence d'esprit. Il ne dévie pas de sa route, ne vole pas plus haut ni plus bas, ni plus lentement ni plus rapidement. Il ne veut pas que les motards se rendent compte qu'ils ont été repérés, mais il les signale aux opérateurs radio de Xaba à Amanzi. Brigadier X informe Domingo et onze minutes après que les yeux de lynx de Peace les ont remarqués, le capitaine des COpS part pour Philippolis dans le Volvo avec le commando Alpha.

Quarante minutes plus tard, Alpha ne trouve que l'empreinte des pneus avant et arrière d'une moto d'enduro dans une bande de sable poussée par le vent sur la rue principale goudronnée du village.

C'est la première preuve d'activité des gangs depuis presque un an.

Le lendemain, le Volvo et l'ERF, avec les commandos Alpha et Bravo, partent en patrouille à Philippolis, Jagersfontein, Bethulie, Springfontein, Trompsburg et Reddersburg.

Ils ne trouvent rien.

Le 30 janvier, Domingo demande à Hennie et à Peace de faire aussi des patrouilles de nuit. Il a des doutes.

82

Février : 1

À minuit vingt-trois dans la nuit du 2 février, Hennie et Peace aperçoivent des lumières entre Koffiefontein et Fauresmith. Des phares. On dirait six ou sept motos qui foncent à grande vitesse, mais d'après les calculs des pilotes, il n'y a pas de route là.

Ils volent en direction des lumières. Elles s'éteignent brusquement.

Très tôt le matin du 3 février, le commando Alpha part enquêter avec le Volvo. Effectivement, il n'y a pas de route, mais une ancienne voie de chemin de fer, près de la gare de Bellum.

Les traces des motos – il doit y en avoir dix – sont nettes.

Ils les suivent jusqu'à ce qu'elles disparaissent sur la route goudronnée, près de Koffiefontein. Domingo fait embarquer Bravo dans le Cessna avec Hennie et Peace. Toute la journée, ils passent le secteur au peigne fin entre Ritchie et Jagersfontein.

Ils ne trouvent rien.

Mais maintenant, c'est clair : il se trame quelque chose dans cet été torride.

*

Les quatre commandos des Opérations spéciales comprennent maintenant quatorze personnes par unité – deux sergents instructeurs et douze soldats. Les deux sergents chargés de la formation du commando Charlie sont Aram et Taljaard. Ils étaient de simples soldats avec moi dans le commando Bravo avant d'être promus. Je suis le seul soldat de Charlie qui ait de l'expérience. Tous les autres sont des bleus.

Quand nous apprenons la nouvelle des traces de moto et que nous assistons au départ d'Alpha et de Bravo, Aram, Taljaard et moi échangeons des regards. Nous mourons d'envie de partir avec nos anciens camarades. Mais nous sommes en plein entraînement avec les COpS de Charlie pour les préparer à des opérations. Et pour ma part, je purge une peine pour une infraction dont la nature ne m'apparaît toujours pas clairement.

*

Le 3 février, exactement un an et deux jours après notre dernière escarmouche avec les Maraudeurs, les opérateurs radio de Brigadier X entendent pour la première fois des voix sur la bande des quarante mètres de la radio CB.

– Clan Victor, clan Victor, ici Numéro Un. Parlez.

Les opérateurs ne savent pas depuis combien de temps Numéro Un communique sur cette fréquence. Ils entendent la voix à dix heures trois et font tout de suite venir Brigadier X, Père, Birdie et Domingo. La rengaine continue pendant quatorze minutes :

– Clan Victor, clan Victor, ici Numéro Un. Parlez.

– C'est lui, dit Domingo qui n'oubliera sans doute jamais cette voix. C'est Trunkenpolz.

Finalement, une réponse arrive :

– Numéro Un, ici clan Victor, je répète, ici clan Victor. QRI ?

– Fort et clair, clan Victor. QRM ?

– Négatif, Numéro Un, négatif. QRU ?
– *Roger*, clan Victor, *Roger*. J'ai une invitation. Charlie Victor à Maseru le 6 février, clan Victor, je répète, Charlie Victor à Maseru le 6 février. QRV.
– Compris, Numéro Un, bien reçu, Charlie Victor à Maseru le 6 février.
– Numéro Un, terminé.

Il leur faut quelques heures pour se mettre d'accord sur le sens de la conversation. Domingo, Birdie, l'ingénieur et le ministre Xaba travaillent ensemble sur la transcription :

Clan des Vikings, c'est Numéro Un. À vous.
Numéro Un, c'est le clan des Vikings, quelle est la tonalité de mon émission ?
La tonalité est bonne, Vikings. Êtes-vous brouillés ?
Domingo interprète ainsi l'utilisation du code Q ici : Êtes-vous touchés par des opérations ennemies ou sur écoute ?
Non, Numéro Un. Avez-vous quelque chose pour moi ?
Oui, j'ai une invitation : Il y a une rencontre du Club des ventes le 6 février à Maseru. Êtes-vous prêts ?
Oui.

Ensuite, ils confirment la date et le lieu et terminent l'échange.

Bien plus tard, Nero Dlamini racontera le grand débat qui a suivi cette conversation radio lors d'une réunion extraordinaire du nouveau Cabinet élargi qui, selon la Constitution, a remplacé l'ancien Comité. Ils appellent Domingo pour avoir son opinion. Père, en tant que président d'Amanzi, préside la réunion.

La question au centre de leurs discussions est la suivante : Est-ce qu'Amanzi devrait envoyer les Opérations spéciales à Maseru pour cette rencontre, afin de tenter de capturer ou de tuer Clarkson et Meyiwa/Numéro Un et la Présidente ?

Chose étonnante, c'est le pasteur Nkosi Sebego qui se montre le plus agressif :

– Ça fait un an maintenant. Ils se sentent en sécurité. Nous ne pouvons pas nous permettre de les laisser filer. Envoyons les soldats. Allons leur faire la guerre.

Ravi Pillay lui apporte son soutien.

– Je dois avouer que je suis d'accord. Il n'y a pas d'arguments permettant de soutenir le contraire. Je propose d'envoyer les Opérations spéciales.

Béryl et Birdie s'inquiètent de la coïncidence : en une semaine, il y a eu des signes d'activité des gangs dans un rayon de cent kilomètres de chez nous, et puis cette conversation radio. Soudain, après une année de silence. Et pas n'importe quel bavardage, mais un échange qui précisait très clairement, à travers tous les codes Q, la date et le lieu d'une Conférence de ventes.

– Ça paraît trop facile, dit Birdie. La coïncidence est troublante.

– S'il te plaît, répond le pasteur. Tu vois des conspirations partout. Je ne pense vraiment pas que ces terroristes, ces rejetons de Satan, soient si intelligents.

Et ils continuent à se chamailler jusqu'à ce que Père rappelle le Cabinet à l'ordre et demande son avis à Domingo, qui jusqu'ici a tout écouté avec un visage impassible.

– Je pense qu'ils ont pris peur quand ils ont tué Oom Mbalo en août. Ils ont probablement pensé, attendons six mois, que les choses se tassent, pour que ces imbéciles ne se doutent de rien. Maintenant, les choses se sont tassées. Je pense qu'ils vont nous attaquer. Nous avons rentré les récoltes, les conserves d'aliments sont pratiquement terminées et comme la saison a été très sèche, il y aura de la famine dans le pays. Je pense que cette conversation radio est un piège. Ils espèrent que nous enverrons nos troupes à Maseru. Ils veulent éloigner les COpS pour attaquer Amanzi.

– Oh, je t'en prie, dit Nkosi. Est-ce que je suis vraiment le seul ici à ne pas être lâche ? Donne-moi un commando COpS. Je le mènerai.

Domingo se lève avant que Père puisse réagir. Nero Dlamini s'attend à ce qu'il donne une claque au pasteur. Mais il dit seulement :
– Monsieur le Président, j'ai dit ce que je pensais. C'est à ce cabinet de prendre une décision.
Et il quitte la salle.
Ils votent et décident que les commandos des Opérations spéciales resteront à Amanzi pour l'instant. Si ce n'est pas un piège tendu par Numéro Un, il y aura d'autres messages radio et d'autres rencontres du Club des ventes.

*

Pendant quatre jours, il ne se passe rien. Le silence est inquiétant. La bande des quarante mètres reste silencieuse et les patrouilles ne signalent aucune activité suspecte.
Le 8 février, les portes de l'enfer volent en éclats.
À quatre heures quarante et une, Domingo réveille tous les commandos. La nuit est encore noire. Il nous rassemble sur le terrain de manœuvres. Juste après minuit, nous explique-t-il, notre communauté de Hopetown a été attaquée. Soixante-trois des soixante-six habitants ont été tués. Trois filles de moins de douze ans ont survécu. En entendant les premières fusillades, un des adultes leur a dit d'aller se cacher dans le vieux cimetière de l'autre côté de la grande route. Terrifiées, elles ont entendu les coups de feu, les explosions, les cris, le mugissement de moteurs et le crépitement du feu qui détruisait les maisons. Elles ont vu les flammes et ont pensé que c'était terminé. Alors, elles se sont rapprochées furtivement et ont vu les attaquants s'en aller. Des motos, ainsi qu'un pick-up. Sur le plateau, il y avait une grande mitrailleuse.
La plus âgée savait utiliser la radio. Elle a informé Amanzi quand elles ont été sûres qu'il ne restait pas un seul assaillant.

– Les filles ont dit que l'ennemi est venu du nord et est reparti dans cette direction. Hennie As est déjà en route. Peace Pedi et lui quadrillent le secteur. Alpha et Bravo, nous partons tout de suite. Charlie et Delta, vous êtes opérationnels dès ce matin. Durant mon absence, vos commandants prendront les ordres de Brigadier X. Il va suivre notre protocole de défense en cas d'urgence et je m'attends à ce que vous donniez le meilleur de vous-mêmes.

*

La grande attaque contre Amanzi commence au cœur de la nuit du 9 février.

Nos meilleures unités, Alpha et Bravo, sont près de Kimberley, avec notre meilleur stratège militaire, Domingo. Ils poursuivent des gangs qui ont disparu comme des fantômes dans les vastes plaines désertes. Hennie As et Peace Pedi leur offrent une protection aérienne.

Le grand protocole de défense en cas d'urgence d'Amanzi est déclenché. Cela implique le déploiement de toute la force de défense de Brigadier X, l'« armée des Grands-Pères ». Elle est épaulée par les réservistes, environ cent habitants qui ont reçu une formation de base en tir et en surveillance. Avec bonhomie et une pointe d'autodérision, ils se sont baptisés l'armée des Grands-Mères. On n'a jamais fait appel à eux parce qu'on n'a jamais eu de vraie urgence. Jusqu'à maintenant.

Dans la nuit du 9 février, plus de deux cents personnes s'apprêtent à défendre la communauté d'Amanzi.

Il y a vingt gardes lourdement armés à chacune des grilles du pont Havenga et de Petrusville. Une trentaine est affectée à l'entrée principale fortifiée. De l'autre côté du barrage sur la rive Nord, dix gardes patrouillent à cheval.

Et les autres, cinquante des meilleurs soldats (d'âge moyen) de Brigadier X plus cinquante réservistes, sont dans des tranchées et derrière des barricades au fond de la réserve, dans le Secteur 3, le point vulnérable de nos fortifications montagneuses naturelles – la petite gorge qui s'étend entre le barrage et les hauteurs de la réserve.

Il était dans les projets de protéger le Secteur 3 en érigeant un mur et une grille. Mais il aurait fallu un mur très long et une grille très solide. L'envergure d'un tel projet demande plus de ressources que ce dont Amanzi dispose pour l'instant car le terrain est vaste et accidenté. C'est pourquoi ces cent personnes sont réparties dans un réseau de tranchées et de barricades en pierres sèches. La ligne de combat du Secteur 3.

Les deux sergents de Charlie et moi avons déjà fait plus d'une année de formation militaire intensive. Nous avons survécu à une opération contre la KTM, nous avons pris la station radio des Maraudeurs. Les autres soldats, les nouveaux membres du commando Charlie, ont tout de même eu quatre mois d'entraînement impitoyable sous la direction de Domingo. Charlie a l'honneur et le privilège singuliers de monter la garde dans Disastraat, avec les plus faibles des réservistes, le restant de l'armée des Grands-Mères. Nous sommes la dernière ligne de défense pour protéger l'entrepôt d'aliments, la conserverie, le moulin, la boulangerie et le poste de police – le cœur d'Amanzi.

On nous a déployés deux par deux sur des positions stratégiques entre les bâtiments, en alternance avec les réservistes.

Il est difficile de ne pas voir ce déploiement comme un affront à Charlie. Mais nous savons que ce n'est pas l'intention. La version originale du protocole de défense plaçait Alpha à l'entrée principale et Bravo en Secteur 3. Mais ils sont partis avec Domingo, quelque part près de Kimberley.

Sofia Bergman est avec Delta.

Je pense à elle, à plat ventre sur le sol. Je pense à elle et je me demande s'il lui arrive de penser à moi.

Les instructions de Delta sont à peine plus excitantes. Ils sont là-haut dans la réserve. Ils servent de renforts aux défenseurs courageux de notre point vulnérable. Ils attendent à l'ancien bureau administratif de la réserve, à mi-chemin entre le Secteur 3 et la grille qui sépare notre village de la réserve.

*

L'attaque contre Amanzi est lancée exactement à l'endroit où Domingo l'avait prévu. Au fond, dans la gorge.

La force d'attaque est importante. Bien plus que nos préparatifs ne l'ont anticipée. Plus de deux cents véhicules. Environ trois cents hommes féroces. Ça commence deux heures avant l'aube.

83

Février : II

L'Ennemi. Je me souviens : c'est ainsi que nous parlions d'eux à l'époque, non sans frustration. Un ennemi sans nom est moins haï, moins à craindre. Où sont les jours de la KTM ?

L'association impie de trafiquants d'êtres humains, le méli-mélo de gangs de motards et de camionneurs, l'obscur Club des ventes et d'autres factions sanguinaires sont collectivement désignés dans le langage courant d'Amanzi par le terme banal d'Ennemi. Pour échapper à l'observation du Cessna et de nos patrouilles, ils se sont cachés dans les plis des montagnes et les crevasses des gorges près de l'extrémité la plus éloignée du barrage, à cinquante kilomètres de notre village. Ils ont dû manœuvrer avec d'infinies précautions, pendant plusieurs nuits, pour s'approcher sans qu'on les voie.

Ils ont esquivé nos meilleures tentatives de reconnaissance à cause de l'amateurisme de notre force de défense et de l'immensité du Karoo. Ils ont sans doute commencé à mobiliser un grand nombre de voitures et de soldats hier soir après le coucher du soleil pour arriver lentement et silencieusement à leur dernier point de rencontre d'où ils étaient encore invisibles pour nous. À environ quatre kilomètres du Secteur 3, notre gorge vulnérable.

C'est de là qu'ils partent à trois heures vingt-cinq, un peu plus de deux heures avant l'aube, une folle course contre la montre afin de pouvoir s'en prendre à la plus petite force de défense possible et tirer tous les bénéfices de leurs avantages stratégiques : l'effet surprise, leurs effectifs largement supérieurs, leurs pick-up blindés – dont quatre avec de la grosse artillerie, des canons 20 mm – et la protection de la nuit noire.

Mais ils ont aussi quatre problèmes. Le premier est ce que nous appelons le Secteur 3 : la gorge. Le petit chemin – deux bandes parallèles dans le veld séparées par de l'herbe – monte de la plaine jusque dans la réserve ; la montagne d'un côté, la gorge de l'autre avec des parois saillantes. Seules deux motos peuvent passer côte à côte. Les autres véhicules doivent se suivre en file indienne. Leur convoi d'attaque est donc une longue chenille étirée.

Le deuxième est la longueur du petit chemin : deux kilomètres sur lesquels ils sont entièrement exposés. Il n'y a aucun abri pour le long convoi de voitures.

Le troisième : s'ils parviennent à franchir la ligne et les tranchées de l'armée des Grands-Pères au Secteur 3, ils doivent traverser un champ de grosses pierres rondes de la taille d'un melon voire d'un ballon de foot. Il y en a des centaines de milliers. Passer par là est cauchemardesque. Les chevaux détestent ce champ. On peut éventuellement y arriver en roulant très vite avec un 4 × 4, mais les dégâts seront très importants pour les hommes et les véhicules, surtout si on n'ose pas allumer ses phares. Avec une moto, on pourrait passer à moins de vingt kilomètres à l'heure et avec d'infinies précautions. La seule solution est de rester en convoi sur le petit chemin, mais le commando Delta, avec Sofia Bergman, attend juste de l'autre côté.

Le quatrième : l'ancienne grille principale de la réserve. C'est le seul endroit par lequel un véhicule venant de la réserve peut pénétrer dans Amanzi. C'est une lourde grille d'acier. Une moto ne pourra pas la défoncer. Un pick-up, peut-être. Mais la végétation dense et les bâtiments à l'entrée en limitent l'accès à une seule voiture à la fois.

Mais s'ils arrivent jusque-là, alors Amanzi sera en grand danger.

*

Sofia Bergman
Il est pratiquement impossible de raconter ce que c'est que d'être en situation de combat. Je pense que c'est pour ça que beaucoup de gens n'arrivent pas à en parler. On a l'impression que tout est déformé. Le temps : ce qui semble être des heures n'est que des minutes. Et les heures peuvent filer comme des minutes. L'espace : ta perception de ce qui est proche et loin, en haut et en bas, à gauche et à droite, tout a l'air de ne faire qu'un et en même temps tout est éclaté en mille morceaux. Et tes sens aussi, ton jugement, ta mémoire, ce dont tu te souviens, tout est déformé. C'est la peur ultime qui en est responsable, la peur de mourir. Et aussi l'adrénaline et la pulsion de vie et la colère dévorante en toi, la rage contre l'Ennemi – le fait qu'ils cherchent à te tuer. Cette colère, on l'appelle la « brume rouge du combat ».

Personne ne peut vraiment être objectif en racontant une bataille. C'est un souvenir fragmenté et en partie imaginé.

*

À trois heures et demie, je dors à poings fermés. Le ton pressant des voix sur nos récepteurs m'éveille. Il y a de l'activité dans le Secteur 3, il y a des bruits de moteurs, beaucoup de moteurs, des voitures qui foncent, on dirait qu'ils arrivent du veld le long du barrage. L'armée des Grands-Pères dans les tranchées de la gorge veut savoir si l'entrée principale et les gardes de Petrusville l'entendent aussi.

Non, personne d'autre ne l'entend.

La voix du ministre Xaba grésille dans la radio, c'est celle d'un homme réveillé en sursaut mais il prend tout de suite le commandement. Il demande à chacun des postes de guet du Secteur 3 de confirmer séparément le bruit.

Ils le font, l'un après l'autre.

– Nous voyons des étincelles. Une lueur. Peut-être des tuyaux d'échappement.

– C'est un grand bruit, ajoute quelqu'un d'autre. Beaucoup de moteurs.

Leurs voix sont lourdes de tension, d'anxiété.

Brigadier X redemande aux autres postes :

– Y a-t-il de l'activité ?

Petrusville, l'entrée principale et la grille du pont Havenga répondent :

– Négatif. La nuit est calme.

– Ils arrivent par le Secteur 3, dit Brigadier X. Tenez-vous prêts à intervenir. Si vous voyez la cible, tirez.

Nous attendons.

Sur la radio :

– Ils approchent. Le bruit est plus fort. Nous pensons… Il y a des centaines…

Une voix, que la peur rend stridente :

– Envoyez plus de gens. Envoyez…

On entend des détonations.

Brigadier X garde son calme, c'est tout à son honneur. Il donne l'ordre aux opérateurs radio d'informer Domingo : Attaque massive à Amanzi. Ramène Alpha et Bravo. Dépêchez-vous !

Domingo et les autres sont partis depuis plus de deux heures. C'est trop loin pour nous aider. Ce sera vite terminé.

Le ministre Xaba prend sa radio, monte dans sa voiture de police et se dirige vers la grille de la réserve et la ligne de combat.

*

L'Ennemi est rusé. Ils envoient en premier quatre pick-up blindés. Chacun porte un canon de 20 mm monté sur le plateau arrière avec deux hommes qui chargent et tirent. Après les pick-up viennent les premières motos. Des dizaines.

L'armée des Grands-Pères n'est pas équipée pour arrêter ces véhicules blindés. Ils n'ont que des fusils R4.

Les pick-up passent. Les balles qui les frappent font jaillir des étincelles. La force de défense crie sur la radio pour alerter le commando Delta et Amanzi. J'écoute et bondis, je veux faire quelque chose, partir aider les Delta. Nous ne pourrons pas arrêter une force supérieure ici, il faut les stopper avant la grille.

La voix de Brigadier X est ferme :
— Continuez à tirer. Tenez vos positions.

La force de défense fait savoir au milieu du chaos qu'ils arrivent à stopper des motards. Je me souviens des cris délirants d'un d'entre eux :
— Je l'ai eu, je l'ai eu !

Mais presque toute l'avant-garde de cinquante voitures arrive à passer. Ils ne veulent pas s'attaquer à notre ligne de combat dans le Secteur 3. Ils veulent percer la défense pour foncer jusqu'au village. Ils roulent à toute allure, tirent sans viser, passent devant nos lignes, jusqu'au plateau sur la montagne où les commandos Delta attendent, aux aguets maintenant, et plus que prêts derrière leurs murets de pierres.

Puis l'Ennemi essuie son premier revers. L'armée des Grands-Pères a de la chance. Deux motards sont touchés pratiquement en même temps et tombent sur la piste. Deux motos qui les suivent de trop près les percutent et se renversent. Les deux suivantes s'arrêtent à temps, mais nos hommes les abattent. Un pick-up vient ensuite. Il fauche une moto couchée, fait une embardée pour éviter l'engin suivant et son pare-chocs heurte violemment les rochers à gauche du chemin. Soudain, la ravine est obstruée. Le convoi de motos et de pick-up est bloqué. Ils ne peuvent ni avancer ni reculer. Ils sont exposés à nos tirs, sans aucun abri.

Nos forces de défense hurlent, clament leur joie et continuent à tirer pour être sûres que personne ne se risquera à venir dégager le chemin.

Mais ils tirent avec trop d'enthousiasme parce que c'est l'armée des Grands-Pères. Leurs munitions ne vont pas durer longtemps.

*

La cinquantaine de voitures de l'avant-garde ennemie progresse sur le champ de pierres et s'approche du commando Delta.

Nous n'entendons que les voix des deux sergents Delta sur la radio. Ce sont d'anciens membres d'Alpha, de bons commandants, ils sont expérimentés et calmes.

– On les voit. Cinq cents mètres. Quatre cents. Trois cents…

Les sergents donnent l'ordre de tirer.

Et puis, c'est le quart d'heure de folie de l'Ennemi. Peut-être à cause des tirs inattendus et bien ciblés de Delta. Peut-être par bravade ou est-ce de l'inconscience ? Le champ de pierres est plutôt plat. Dans le noir, le chemin semble tout à fait praticable et on a même l'impression de pouvoir en sortir pour rouler de front avec les autres. Le convoi fonce à toute allure pour arriver au village avant qu'on puisse s'organiser. Un pick-up avec un canon à l'arrière, dont le conducteur est trop exalté, fait une embardée afin de se porter à hauteur du véhicule qui le précède, ou pour le doubler. La vitesse, les cahots causés par les pierres, la nuit et l'incompétence du conducteur conjugués font qu'il perd le contrôle du véhicule à deux cents mètres seulement de Delta. Le pick-up fait un tonneau, des étincelles dans le noir, et se renverse en travers du chemin. Celui qui le suit le percute dans un fracas retentissant. Le premier prend feu. Les flammes illuminent le veld et l'Ennemi. Le chemin est bloqué. Le convoi fou s'arrête complètement.

Des motards passent dans le veld en contournant le véhicule en flammes, lentement et en cahotant. Delta les élimine.

Les autres vont vite se planquer derrière les voitures. Quelques pick-up sortent du chemin et tentent de traverser le champ de pierres à une vitesse d'escargot, éclairés par les flammes. Les commandos Delta concentrent leurs tirs sur les cabines. Ils tirent sur les conducteurs, les passagers, les canonniers. Les pick-up s'arrêtent, ainsi que toutes les autres voitures. Les soldats ennemis sautent à terre, se cachent derrière des rochers et des buissons et se mettent à riposter.

Delta peut tirer à volonté car une des caches d'armes de Domingo se trouve juste derrière eux. Ils auront assez de munitions.

D'un coup, c'est la guerre de tranchées.

84

Février : III

À nos postes dans Disastraat, nous écoutons la radio. Impuissants. Nous entendons le Secteur 3, le ministre Xaba et les sergents de Delta. Nous visualisons ce qui se passe là-haut, et finalement aussi l'impasse sur les deux fronts : dans la gorge, nos hommes bloquent la plus grande partie des effectifs de l'Ennemi au goulet d'étranglement, mais ils vont bientôt être à court de munitions. Sur le champ de pierres, Delta en a une énorme provision, mais le commando est bloqué.

Nous avons provisoirement freiné l'invasion. Pourvu que le bouchon dans la gorge ne saute pas. Pourvu que l'armée des Grands-Pères et les réservistes aient assez de munitions pour continuer à arrêter l'Ennemi.

Les minutes s'écoulent, scandées par les appels à la radio et les coups de feu. Mais cela nous semble irréel. Derrière la montagne, très loin du village calme et paisible où nous sommes à nos postes. Bouillants d'impatience, car notre expérience et nos compétences sont inutiles ici.

Le Secteur 3 annonce la mauvaise nouvelle :

– Nous sommes pratiquement à bout de munitions.

Si seulement nous pouvions les aider. Si nous...

Je me souviens de mes jours de berger. Je pense au sentier que j'ai découvert autrefois avec Jacob Mahlangu, quand il a tellement neigé que le chemin habituel pour monter à la réserve était devenu impraticable à cause de la boue. Nous avons pris ce sentier plusieurs fois avec le vieux quad. Un sentier tracé par les animaux allant et revenant du point d'eau.

Peut-être que je... Il y a une manière de faire parvenir des munitions au Secteur 3. Je me lève. Je me rassois. Je n'ose pas désobéir aux ordres.

Jusqu'à ce que je ne tienne plus en place. Je bondis. Je cours voir Aram, le sergent Charlie le plus proche.

– Qu'est-ce que tu fais, Storm ?

Agacé car je quitte mon poste dans des circonstances critiques.

– Je sais comment on peut porter des munitions au Secteur 3.

– Comment ?

– J'ai été berger là-haut. Pendant plus de deux ans. Il y a un petit sentier qui part d'ici, de l'ancien *township*. Il est peut-être envahi par les herbes, il est raide et difficile, mais c'est un raccourci. Si nous prenions les chevaux...

Il me regarde, réfléchit.

– Dans le noir ?

J'acquiesce.

– Je l'ai souvent suivi, ce sentier.

Il hésite un instant, puis se lève d'un bond.

– Viens, dit-il.

Nous courons trouver Taljaard, l'autre sergent.

*

Taljaard appelle le ministre sur la radio et demande l'autorisation de réapprovisionner le Secteur 3 en munitions. Pas plus que ça, parce que nous nous doutons que l'Ennemi écoute nos communications. Taljaard ne dit pas qui va le faire ni comment. Brigadier X reste silencieux un long moment.

– Vous êtes sûrs de pouvoir y arriver ?

Taljaard me regarde. Je fais oui avec plus d'optimisme que je n'en ressens.
- Affirmatif.
- Allez-y.

Je mène la moitié des hommes de Charlie aux écuries pendant que les autres commencent à sortir des munitions du poste de police et à les empiler sur le trottoir.

Nous sellons trente chevaux – quatorze pour les cavaliers et seize pour le chargement – et nous nous précipitons au poste de police en écoutant la radio. La bataille continue. Le Secteur 3 ne tire plus qu'au coup par coup. Les cartouches commencent à manquer.

Nous hissons les caisses sur les chevaux. Je mène le groupe, nous avançons aussi vite que possible. Il y a presque cinq kilomètres, d'abord jusqu'à l'ancien *township*, maintenant habité par des Amanzites, puis par le sentier sinueux que les bêtes ont tracé au fil des années. C'est un terrain difficile, très pentu. Les chevaux sont lourdement chargés. Il fait noir. Notre progression est trop lente. Sur la radio, nous entendons les voix angoissées de notre force de défense. Elles annoncent que l'Ennemi a lancé une attaque à pied dès qu'ils ont constaté que le feu d'en face faiblissait. Elles hurlent :
- Les voilà, ils arrivent, aidez-nous !

Nous entendons les fusillades. Nous entendons les cris de désespoir et de peur des hommes pendant les derniers instants qui précèdent leur mort.

Nous abordons le dernier virage dans la montagne. Nous arrivons au grand galop dans une odeur de cordite et de caoutchouc qui brûle, d'essence aussi, avec les coups de feu qui crépitent autour de nous. Aram les appelle par radio : Le commando Charlie arrive à cheval par l'ouest, ne tirez pas ! Mais il ne reste plus personne pour tirer, sauf l'Ennemi.

Nous sautons à terre, cherchons à nous planquer derrière la crête. J'ai mon R4 DM, j'étudie le terrain dans le viseur – à droite, le chemin qui monte de la gorge. Il y a encore quatre motos qui le bloquent mais une dizaine d'hommes travaillent dur à le dégager parce que plus personne ne leur tire dessus. Derrière, aussi loin que j'arrive à voir dans le noir, et jusqu'en bas, la longue file des voitures de l'Ennemi et leurs combattants.

Je regarde à gauche. Je vois les lignes de combat et les tranchées du Secteur 3. Les soldats de l'Ennemi les parcourent, munis de lampes torches, de pistolets et de fusils et ils tirent sur les corps des soldats de l'armée des Grands-Pères pour être sûrs qu'ils sont bien morts.

Notre priorité est de continuer à bloquer l'accès des pick-up. Je commence par là. J'inspire, je vise, je tire. L'un après l'autre. Ils ne s'y attendent pas, ils nous croyaient complètement décimés. Je suis calme, je me contrôle. Je ne gaspille pas une seule munition. J'en descends sept. Les autres s'enfuient et se planquent derrière le pick-up le plus proche.

Ils ripostent par salves, d'abord au hasard, et puis de façon plus organisée, de gauche à droite. Un rideau de plomb massif et violent qui siffle dans l'air et frappe le sol et les rochers entre nous.

Aram, Taljaard et moi sommes des soldats aguerris. Domingo nous a formés. Nous forçons Charlie à rester calme. Aram nous déploie, la moitié de nos tirs visant à gauche et le reste à droite. Il me dit :

– Choisis tes cibles.

Je tire vers les lignes de combat et puis vers la gorge. Jusqu'à ce que les lignes soient dégagées et silencieuses. Puis le feu ennemi sur le chemin se calme.

Nous ne fêtons pas cette mini-victoire. À moins de deux cents mètres de nous, une centaine de nos hommes sont morts. Des gens que nous connaissions bien, des hommes gentils et courageux, nos soldats amateurs qui se sont sacrifiés cette nuit pour Amanzi.

Aram informe Brigadier X qu'on les a provisoirement stoppés. Mais ce n'est qu'une question de temps avant qu'ils délaissent les voitures et avancent à pied. Ils doivent être encore au moins cent cinquante.

De nouveau, Xaba garde le silence un long moment. Puis :

– Il faut tenir vos positions, Charlie. Delta est immobilisé pour l'instant. Mais la cavalerie arrive.

Ça veut dire Domingo. Avec Alpha et Bravo. Il leur faudra au moins une heure encore, d'après mes calculs. Qu'est-ce qu'ils changeront à l'affaire, vingt-neuf personnes contre cette horde ?

*

Sofia Bergman

Une des choses que je découvre pendant cette nuit du 9 février est que devenir un COpS était une grave erreur. Devenir soldat. Quand Killian...

Je ne veux vraiment pas en parler, je ne veux plus m'en souvenir. Le seul fait que tu sois là avec tes camarades, des camarades auxquels tu es très liée, ces liens très forts et particuliers des COpS, des liens de difficultés partagées et tant d'autres choses, tu les aimes, ces gens, et là, en face de toi, il y a d'autres humains qui veulent vous tuer, toi et tes compagnons. Qui tirent sur toi. Qui veulent prendre tout ce pour quoi on a travaillé si dur. Je...

Killian, ils ont... Il a été atteint par un obus de 20 mm, un obus de canon.

Juste à côté de moi.

Même avant ce moment, j'ai su que je n'étais pas soldat. Ce n'est pas que j'avais peur – tout le monde avait peur – mais parce que je savais que ce que j'ai vu et éprouvé cette nuit allait me... Que ça allait me changer. Pour toujours. D'une manière que je ne voulais pas.

Évidemment, il était déjà trop tard.

*

La première vague d'assaut arrive une demi-heure avant le lever du soleil. Ils viennent à pied, de l'est, sur notre flanc gauche. Nous les avons instinctivement attendus de ce côté car à droite nous avions l'avantage de la hauteur. Et ils ne pouvaient pas passer par le chemin ; j'abats tous ceux qui osent montrer leur nez.

Dans le noir, nous les voyons arriver au dernier moment. Mais Aram et Taljaard nous ont fait creuser des tranchées pour nous cacher, autant que possible. Et ils nous forcent à nous maîtriser, nous tirons au coup par coup, des tirs contrôlés. Malgré leurs effectifs – la première vague compte environ soixante hommes –, l'Ennemi n'a pu avancer que de soixante-dix mètres avant de se retirer.

Nous n'avons perdu qu'un seul des nôtres.

Et puis le calme revient.

Nous savons que Domingo arrive. Nous savons que le jour arrive.

Mais nous ne savons pas s'il arrivera à temps.

85

Février : IV

Ce ne sont ni Alpha et Bravo commandés par Domingo ni la lumière du jour qui ont déterminé l'issue de la bataille, mais la force aérienne d'Amanzi.

La deuxième vague d'infanterie qui nous attaque sur la crête près du Secteur 3 est plus importante et mieux disciplinée. Ils ont su se mettre à couvert et changer de tactique, nous empêchant de riposter, et leur progression a été plus rapide. Et ils se rapprochent considérablement.

Nous subissons de nouvelles pertes. Dans les dix premières minutes de l'escarmouche, ils abattent trois membres de Charlie. L'un d'eux est notre sergent Aram, alors qu'il courait dans nos rangs, intrépide, nous encourageant et nous exhortant au calme. Aram, le légendaire Namibien, dont les records aux marathons COpS de trente et soixante kilomètres n'ont jamais été battus.

Mais à l'est l'horizon s'éclaircit et nous les voyons mieux, et nous leur infligeons des pertes à notre tour. Et pourtant ils se rapprochent, chaque salve plus près de nous que la précédente.

J'ai soudain conscience que je vais mourir là, ce matin. Avec le sergent Aram. Je vais me battre jusqu'au bout de mes munitions, mais à moins d'un miracle, je vais mourir ici.

Et puis le Cessna arrive. Du nord, dans notre dos, il vient d'Amanzi. Juste avant le lever du soleil.

Plus tard, j'essaierai de compter combien de fois dans ma vie j'ai été surpris et heureux de voir le ventre de l'avion de Hennie As. Mais ce matin-là, c'est sûrement la plus belle. Hennie As et Peace Pedi volent si bas et si vite au-dessus de nous que je dois me baisser. Ils ont par la suite expliqué que c'était pour que l'Ennemi n'ait pas le temps de leur tirer dessus.

Ils nous survolent en vrombissant, puis on entend des explosions dans la vallée, l'une après l'autre. Notre Cessna est devenu un bombardier, les bombes étant des grenades que Domingo a trouvées dans l'arsenal de De Aar. Avec Hennie, ils ne nous ont jamais parlé de cette stratégie. Hennie et Peace se sont entraînés en secret. Même le Cabinet n'était pas au courant, parce que Domingo était convaincu qu'il y avait un espion parmi nous.

La précision de ce bombardement laisse beaucoup à désirer mais l'Ennemi est momentanément abasourdi, ce qui nous donne l'occasion de lever la tête et de refouler leurs soldats avec un tir nourri.

Le Cessna vire abruptement sur l'aile droite et disparaît derrière les montagnes d'Amanzi en direction de la ville.

Et puis il revient. En volant toujours aussi bas. Les grenades tombent avec plus de précision, Hennie et Peace ont maintenant repéré où les ennemis se planquent. Les assaillants tirent sur l'avion de façon erratique. Nous leur tirons dessus avec une précision mortelle. L'infanterie commence à se replier.

Le Cessna repart.

Mais il revient une troisième fois. Les grenades explosent. Des pierres, des éclats de métal et les cris des mourants.

Et alors la cavalerie déboule. Littéralement.

En dehors de la piste pour les 4 × 4 que l'Ennemi a utilisée, il n'existe pas de route carrossable pour accéder à l'arrière de la réserve. Domingo et les commandos Alpha et Bravo ont dû laisser le Volvo et l'EFR en ville et prendre les chevaux. Comme ils ne connaissent pas mon raccourci, ils ont dû suivre le chemin qui part de derrière l'entrée principale, contourne la plupart des montagnes et arrive sur la colline à l'ouest, près de la gorge d'où l'Ennemi a lancé son attaque. C'est de là-haut que Domingo et ses hommes commencent à tirer. Ils se trouvent juste derrière la vague de combattants qui est en train de nous attaquer, si bien qu'avec Alpha et Bravo nous formons un mouvement en tenaille.

C'est la retraite totale pour l'infanterie de l'Ennemi. Sa tentative de débordement par les flancs a échoué. Ils vont se mettre à l'abri derrière les véhicules.

Le Cessna fait un dernier vol de bombardement. Cette fois, plusieurs grenades tombent sur les véhicules, la longue file prise au piège sur la piste des 4 × 4.

De là vient leur dernier tir de barrage, très soutenu.

Pendant vingt minutes, la bataille fait rage, ils tirent avec tout ce qu'ils ont – un canon, des fusils d'assaut, des fusils de chasse, des pistolets. Ils tirent dans tous les sens, en continu, avec fureur, comme s'ils voulaient nous écraser par le seul volume. L'air est chargé de bruits, d'odeurs, de fumée et de plomb. Nous sommes à plat ventre, ne levant la tête qu'aux passages du Cessna, mais nous avons des morts. Sur les quarante-trois membres d'Alpha, Bravo et Charlie, nous perdons dix-neuf camarades, y compris trois sergents. Domingo est touché, d'abord en haut de la cage thoracique, puis juste sous le bras gauche. Et enfin à la hanche gauche, et la balle le fait pivoter et s'écraser au sol. Des gars d'Alpha veulent s'élancer pour lui porter secours, mais la pluie de projectiles est trop dense et mortelle. Et puis soudain, l'Ennemi est à court de munitions. Leurs tirs diminuent, et six ou sept minutes plus tard, ils cessent. Un silence de mort.

Jusqu'à ce que les moteurs vrombissent en bas, et que la grande retraite commence. Au début, cela se passe à peu près en ordre, les véhicules les plus éloignés faisant demi-tour et repartant à toute allure dans la plaine tandis que les autres doivent attendre patiemment leur tour. Mais plus nous atteignons de cibles, plus ils se replient à la hâte dans une grande confusion.

Le soleil se lève à l'horizon. Il éclaire une scène qui restera gravée à jamais dans ma mémoire. De grands panaches de fumée qui montent des véhicules en flammes, des traînées de poussière derrière les pick-up et les motos en déroute, des nuages de cordite en suspens dans la gorge, jusqu'à ce que la brise matinale les pousse doucement plus loin.

Et au nord, des nuages dans le ciel. Les premiers nuages de pluie de cet été sec et intolérablement chaud.

*

Ce n'est qu'en fin d'après-midi que les derniers ennemis se rendent sur le plateau de la réserve, les cinquante premiers véhicules arrivés là se trouvant bloqués par le champ de pierres et le commando Delta. Nous faisons vingt et un prisonniers. Nous les ramenons à Amanzi comme du bétail, le commando Delta et nous. Je vois Sofia Bergman. Elle a le même aspect que nous. Au bout du rouleau. L'épuisement nous paralyse, plus que tout ce que j'ai vécu avant. Mon esprit me dit que c'est le contrecoup de l'adrénaline, mais mon corps crie : Stop ! Nous sommes crasseux, nos yeux ne voient plus, nous sommes vainqueurs mais la victoire a un goût amer parce que tant d'hommes sont morts. Trop des leurs, et trop des nôtres.

Et Domingo. Nous ne savons pas comment il va, il a été évacué à cheval et nous ne pensons pas qu'il survivra.

Sans Domingo nous sommes perdus.

Nous repartons à pied vers la ville. Sofia m'a regardé une seule fois. Je ne sais pas comment interpréter ce regard. Puis le tonnerre gronde au-dessus de la montagne et de grosses gouttes de pluie saupoudrent le veld.

Sofia Bergman
J'étais follement heureuse que Nico Storm soit en vie. Rappelez-vous, c'était de ma faute s'il n'était plus avec Alpha ou Bravo. S'il était mort, j'aurais été responsable. Je sais, ce n'est pas un argument logique, mais cet après-midi-là, je pense qu'aucun de nous ne pouvait être logique. En tout cas, quand je l'ai vu, j'ai eu envie de courir vers lui et de l'enlacer, et de lui dire, je suis follement heureuse que tu sois en vie.

Si je n'avais pas été complètement épuisée, je l'aurais fait. Je le jure.

86

Mars : 1

Nero Dlamini
Donc, pendant la troisième réunion du Cabinet en mars, Nkosi a lâché la bombe. Une bombe absolue.

D'habitude, il parlait sans notes. Ce jour-là, il a lu un discours.

Réunion du Cabinet, 24 mars
Transcription recueillie par Willem Storm. Projet d'histoire d'Amanzi.
PASTEUR NKOSI SEBEGO, MINISTRE DES AFFAIRES INTÉRIEURES
Monsieur le Président, je te remercie de me donner l'occasion de faire cette annonce exceptionnelle.

Monsieur le Président, chers collègues, chers amis, je dois admettre que je me tiens devant vous aujourd'hui avec un cœur empli à la fois d'une grande joie et d'une grande tristesse.

Une grande joie parce que le Seigneur m'a accordé de participer et d'assister à la grande victoire sur notre ennemi, cette progéniture du diable. La joie parce que telle était la volonté de Dieu, c'était sa réponse à nos prières, c'était son signe, pour nous montrer, à mes frères croyants et à moi-même, que nous devions emprunter la route qui s'est ouverte à nous. Une grande joie parce que désormais notre monde est assez sûr pour que nous suivions cette route.

Une grande joie, mes amis, parce que aujourd'hui, nous les fidèles, nous les membres du Parti des Cœurs vaillants allons faire le premier pas dans la réalisation de notre avenir, notre vision, notre rêve d'une cité et d'une communauté exclusivement dirigées par Dieu. Une joie parce que j'ai été choisi pour conduire les miens vers cette Terre promise, pour faire en sorte que cette vision, cet appel deviennent réalité.

Mais n'oublions pas la grande tristesse. D'abord, la tristesse que nous inspirent ces hommes et femmes courageux qui ont donné leur vie pour notre victoire. La tristesse pour les êtres chers que nous avons perdus. La tristesse pour ceux qui ont été blessés et dont la vie ne sera plus jamais la même.

La tristesse pour ceux qui sont morts sans connaître l'amour et la grâce de Dieu.

Et enfin, la tristesse pour le grand adieu. Car aujourd'hui, monsieur le Président, chers collègues, chers amis, je dois vous annoncer que nous allons vous quitter, nous allons quitter Amanzi. Dès demain nous commencerons notre migration vers le lieu que vous connaissez sous le nom de Gariep, le grand barrage situé à cent kilomètres à l'est d'ici. Mais nous ne l'appellerons pas Gariep. À partir de demain, cet endroit s'appellera New Jerusalem.

Bien entendu, notre migration vers New Jerusalem ne se fera pas en un jour, ou une semaine, ou même un mois, mais notre voyage commencera pour de bon demain.

Oui, nous partons, mais nous resterons liés, mes amis. Nous serons physiquement liés par la même grande rivière. Nous serons liés, je l'espère, par nos labeurs et nos souffrances communs, par notre histoire commune, par notre désir commun de paix et de bonne volonté, et par notre espoir commun de faire de cette Terre un monde meilleur, chacun à notre façon.

Maintenant, comme vous le savez, mes disciples et moi-même avons combattu à vos côtés contre l'ennemi commun. Nous avons travaillé à vos côtés pendant toutes ces années pour édifier cette communauté. Notre sang, notre sueur et nos larmes ont coulé ensemble ; nous avons vécu et nous sommes morts ensemble. En dépit de nos différences, en dépit de nos désaccords. Nous sommes en partie propriétaires, et partenaires, de tout ce qui a été accompli ici. Dans cet esprit de coopération et de propriété partagée, je vous demande aujourd'hui de nous accorder ce qui nous revient. Rien de plus que notre dû. Nous ne demandons que notre part. Notre part dans les réserves de nourriture, les stocks de graines, les troupeaux, les armes et les munitions, le carburant, le matériel agricole et le savoir-faire. Nous demandons votre soutien pendant les mois et les années à venir, de même que vous avez reçu le nôtre au cours des années passées.

En échange, bien entendu, vous pourrez toujours compter sur notre loyauté, notre amitié et notre soutien, quoi que l'avenir nous réserve.

En conclusion, je veux t'exprimer ma plus sincère gratitude, monsieur le Président, pour ta conduite avisée des affaires et pour tes conseils. Merci d'avoir rêvé d'un monde meilleur et d'une belle communauté. Merci de l'avoir initiée et dirigée. Merci à vous aussi, amis et collègues du Cabinet, et à tous ceux qui resteront à Amanzi. Merci d'avoir partagé notre voyage jusqu'ici. Merci de votre amour et de votre générosité. Et surtout, merci de comprendre que nous souhaitons avoir le droit de nous gouverner nous-mêmes avec Dieu pour président.

Nero Dlamini

On était assis là, complètement stupéfaits. Je veux dire, quand on y repense, on aurait dû repérer tous les petits signes et indices, on aurait dû voir le coup arriver, je suppose. Mais en fait, j'avais toujours cru que ses allusions à la nuit qui est plus sombre que l'aube étaient, tu sais, religieuses.

Donc, un silence de mort. Ce qui était embarrassant vu qu'il avait prononcé son discours comme un sermon nous menaçant des flammes de l'enfer, tout ça très dramatique et magnanime, en terminant sur une note positive, et que du coup on sentait d'instinct qu'il aurait dû y avoir des applaudissements, ou un amen, mon frère ; ou Alléluia, que Dieu soit loué, ou quelque chose comme ça, mais on est juste restés assis sans bouger. Et il attendait impatiemment...

Et alors, enfin, ce cher vieux Brigadier X, notre ministre de la Sécurité, a demandé :

– Mais, pasteur, Gariep, comment vas-tu défendre Gariep ?

Et Nkosi a répondu :

– S'il te plaît, Sizwe, maintenant c'est New Jerusalem.

Comme s'il était complètement investi dans cette histoire de nouveau nom, et comme si cela seul pouvait suffire à protéger l'endroit. Mais je pense que c'était une tentative pour détourner la question.

Et tout à coup, tout le monde s'est mis à parler en même temps. Birdie a dit que c'était une excellente question, et moi, mais bien sûr, si tu veux conduire tes disciples là-bas, tu as certainement réfléchi au moyen de le défendre ; c'est ta responsabilité. Et Ravi, et Béryl, et Qedani, la fille de Nandi Mahlangu, et Frostie – Abraham Frost, notre ingénieur et ministre des Travaux publics –, chacun y est allé de son commentaire et s'en est pris à lui.

Nkosi, d'un air complètement désinvolte, s'est insurgé :

– La défendre contre quoi ? Nous avons gagné la guerre, non ?

Alors le président Willem Storm s'est levé.

Réunion du Cabinet, 24 mars
Président Willem Storm

Monsieur le pasteur Sebego, ministre des Affaires intérieures, merci pour tes aimables propos à mon égard. Et merci pour ta confiance.

Comme tu as pu le déduire de notre silence stupéfait, ta déclaration nous a tous pris par surprise. Je savais que nous avions des différends mais je n'ai jamais cru que tu les jugeais insurmontables au point de décider de quitter Amanzi.

Je ne suis pas sûr que cela y changera quelque chose, mais je tiens à essayer au moins de te convaincre de n'en rien faire. Je peux dresser la liste de tous les avantages évidents de la force que représentent notre unité et une seule république – du plan économique et militaire au plan technologique et social. Mais je suis certain que tu as conscience de tout cela, et que tu as pris en compte toutes les implications d'une sécession. Aussi tu me permettras de t'implorer, non pas avec la voix de la raison mais avec la voix du cœur.

Ce pays était, avant la Fièvre, un pays de séparation perpétuelle. Nous avons toujours été divisés, et face à face nous étions toujours en conflit. Parmi tant de choses, nous étions séparés par la tribu et le clan, par la couleur et la race, par la législation et la religion, par la langue et la culture, par nos réalités économiques divergentes, et par nos idéologies. Et plus nous discutions et nous nous battions au sujet de ces différences, plus nous nous focalisions sur elles, plus elles nous divisaient.

Aujourd'hui, je veux te demander d'aider cette communauté, cette république d'Amanzi, à changer cela. Bien sûr, nous ne sommes pas tous pareils. Bien sûr, il y a tant de choses qui peuvent nous diviser, si on leur en laisse l'occasion. Si nous ne nous focalisons que sur elles. Mais de grâce, regarde toutes les choses qui nous unissent. Nous croyons tous passionnément à la liberté et à la démocratie. Nous croyons tous à la dignité humaine, aux droits fondamentaux de l'homme. Nous voulons tous vivre dans la paix et la prospérité. Et nos enfants...

Cet homme que tu vois assis là, notre honorable ministre de la Santé, Nero Dlamini, est arrivé ici il y a quatre ans à vélo. Il nous a raconté son voyage, et pourquoi il est venu, avec tant de modestie, d'intelligence et d'humour. Mais j'ai toujours pensé qu'il y avait autre chose. Aussi, quelques mois après son arrivée, nous étions assis dans le salon de l'Orphelinat, je lui ai demandé : « Nero, quelle est la vraie raison qui t'a poussé à venir ici ? »

Alors il m'a parlé de John Bowlby, le psychologue britannique. Un homme si fascinant, qui faisait des recherches incroyables. Mais le fond de l'affaire, c'est que Bowlby avait travaillé avec des orphelins de guerre après la Seconde Guerre mondiale. Et il a vite compris que l'absence de bons pères, l'absence d'un tissu familial aimant avaient un impact immense et négatif sur les humains. Et finalement sur les sociétés, à mon avis. Nero m'a dit que selon lui, c'était le plus gros problème de l'Afrique du Sud avant la Fièvre. Les dommages causés au tissu familial dans les communautés défavorisées étaient si grands que la société ne pourrait jamais cicatriser. Et c'est pourquoi Nero a pris son vélo et a roulé de Johannesburg à Amanzi. Parce qu'il voulait être sûr que les enfants de cette communauté, les enfants d'après la Fièvre, ne connaîtraient pas le même destin.

Pasteur, monsieur le Ministre, voilà assurément quelque chose qui nous unit. Ce vœu, cette passion qui nous poussent à créer une famille aimante pour tous nos enfants.

Je t'en prie, monsieur le Ministre, réfléchis. Je t'en prie. Je te le demande aujourd'hui. Ne pars pas.

Nero Dlamini

Et tu sais quelle a été la réaction de Nkosi ?

Il n'a pas bougé, il a juste secoué la tête et il a dit : « Non. »

MARS : II

Nero Dlamini
Donc Willem Storm a convoqué le Cabinet en session d'urgence pour le lendemain. Nous avons pris nos places, et la porte s'est ouverte. Domingo est entré d'un pas traînant. Il boitait, sa hanche avait été méchamment touchée, nous avions fait de notre mieux pour la soigner, malgré nos connaissances et nos ressources limitées. Mais tout le monde était heureux et soulagé qu'il ait survécu, c'était vraiment notre sauveur. Tout le monde sauf le pasteur, bien sûr. Bref, Domingo est entré, sans canne, sans l'aide de personne, et nous nous sommes tous levés pour l'applaudir. Et il est allé s'asseoir à la table juste en face de Nkosi.

Notre président, très digne et très formel, a dit, messieurs et mesdames, je souhaite que nous accueillions notre chef militaire, le capitaine Domingo, à cette réunion. Nous l'avons sollicité bien souvent auparavant, pour son aide et son opinion d'expert, pour son soutien. Aujourd'hui, il a quitté son lit d'hôpital contre l'avis du médecin, et il a demandé à participer à cette séance extraordinaire. Je peux partir du principe que vous êtes tous d'accord ?

Bien sûr, nous avons tous répondu oui. Même Nkosi. Après tous ces applaudissements, il n'avait pas vraiment le choix. Et alors, Domingo a posé son regard si particulier sur le pasteur. Tu sais, ce regard de Domingo qui te flanque une trouille bleue.

Réunion du Cabinet, 25 mars

CAPITAINE DOMINGO : Nkosi, le 5 janvier sur le Forum, quand tu as reconnu ta défaite aux élections, tu as dit aux tiens : « Ne vous inquiétez pas. La nuit est plus sombre avant l'aube. » Tu t'en souviens ?

PASTEUR NKOSI SEBEGO, MINISTRE DES AFFAIRES INTÉRIEURES : Un peu de respect pour ce Cabinet et ce que je représente serait bienvenu, capitaine. Je te prie de m'appeler monsieur le Ministre.

DOMINGO : Te rappelles-tu ce que tu as dit le 5 janvier ?

NKOSI : Absolument.

DOMINGO : Te souviens-tu de la réunion d'urgence du 3 février, après l'interception de la conversation sur la CB ?

NKOSI : Je... De quoi s'agit-il, monsieur le Président ?

PRÉSIDENT STORM : Puis-je te demander la faveur de répondre aux questions de Domingo, monsieur le Ministre ?

NKOSI : Je ne me prêterai pas à une inquisition. Je refuse d'être la victime d'un tel procédé.

PRÉSIDENT STORM : Monsieur le Ministre, nous avons confié au capitaine Domingo la responsabilité d'assurer la sécurité de cette communauté. Une partie de cette action, une partie de sa tâche, est de poser des questions stratégiques et parfois délicates. Ceci ne concerne pas seulement la sécurité d'Amanzi, il s'agit également de l'avenir de New Jerusalem. Ce serait magnifique si nous pouvions dès le début être des voisins qui se font mutuellement confiance.

NKOSI : Monsieur le Président, tu es en train de me manipuler...

PRÉSIDENT STORM : Non, je t'en prie. Nous réclamons ta coopération. C'est tout.

NKOSI : Vas-y, capitaine. Fais ce que tu as à faire.

Domingo : Te souviens-tu de la réunion du 3 février au sujet de la conversation sur la CB ?

Nkosi : Oui.

Domingo : Te rappelles-tu que tu étais très favorable à l'envoi des Opérations spéciales à Maseru ?

Nkosi : Je pensais que nous devions y aller, oui. Ravi était aussi de cet avis...

Domingo : Et tu admets que le message radio était un piège ? Une diversion ? Une manière d'éloigner nos soldats d'Amanzi ?

Nkosi : Serais-tu en train de dire que... C'est une insulte !

Domingo : Assieds-toi, pasteur. Je n'ai rien dit. Pas encore.

Nkosi : Je n'ai plus rien à faire ici.

Domingo : Tu veux que je te donne des fusils et des munitions, hein ? Pour ta nouvelle ville.

Nkosi : Nous demandons ce qui nous revient. Notre part. Et ce cabinet ne peut pas nous le refuser.

Domingo : Si tu veux ta part, il faudra répondre à mes questions.

Nkosi : Tu n'as pas l'autorité de retenir ce qui nous revient de droit.

Domingo : Tu as raison. Je n'ai pas l'autorité. Mais j'ai bien mieux. Je sais des choses que personne ne sait. Vois-tu, il y a deux ans, l'ancien comité a refusé l'autorisation de transporter une grande partie de notre arsenal dans un endroit secret. Le problème, c'est que je ne fais confiance à personne. Alors je vais te faire un aveu, pasteur, je suis un vilain garçon. J'ai désobéi. J'ai déménagé malgré tout quatre-vingts pour cent de l'arsenal. À ce jour, aucun membre de ce cabinet ne sait où. Si tu veux des armes, il faudra d'abord obtenir ma coopération. Et si tu veux ma coopération, tu devras répondre à mes questions. Sauf si tu as quelque chose à cacher, pasteur...

Président Storm : Domingo, cela n'a jamais fait partie de notre... C'est du chantage.

Domingo : Seulement s'il a quelque chose à cacher.

Nkosi : Je n'ai absolument rien à cacher.

Domingo : Alors réponds à mes questions.

Nkosi : Tu me prends pour un imbécile ? Je vois bien où tu veux en venir.

Domingo : Et où je veux en venir ?

Nkosi : Je sais que tu soupçonnes la présence d'espions à Amanzi.

Domingo : Soupçonner ? Non, pasteur. Après le meurtre de Matthew Mbalo, j'ai eu des soupçons. Après qu'on a trouvé ce canot pneumatique sur la rive opposée, j'ai eu des soupçons. Mais aujourd'hui, je suis absolument certain qu'il y a des espions à Amanzi. Et je vais te dire pourquoi. Un, parce qu'on nous a attaqués quand la plupart des habitants faisaient la moisson le long de la rivière, sur les terrains irrigués, et qu'ils dormaient en dehors des murs. Deux, parce qu'ils ont précisément attaqué en passant par la gorge. Trois, à cause de leur manière d'attaquer par la gorge ; très nombreux, très armés, tout étant concentrés sur ce point faible ; parce que notre entrée principale est quasiment impénétrable. Quatre, ils n'ont attaqué qu'après le départ de mes commandos, que j'ai emmenés poursuivre les attaquants de Hopetown. Il est absolument impossible que quelqu'un de l'extérieur, qui ne connaît pas notre système de défense, puisse avoir autant de chance. Cinq, ce qui m'a convaincu, c'est quand nous avons commencé à interroger les prisonniers de guerre. Ils m'ont dit que l'objet de leur attaque n'était ni nos stocks de nourriture ni nos femmes. Quoique, ils l'ont admis, ils les auraient volontiers kidnappées si l'occasion s'était présentée. L'attaque, c'était pour les fusils et les munitions. Numéro Un savait que l'arsenal de De Aar avait été dévalisé, et il savait que c'était par nous. Ils ont dit que Numéro Un savait qu'on avait les armes et qu'on les avait cachées dans le hangar de la réserve naturelle. Ils ne voulaient pas entrer à Amanzi, pasteur, ils voulaient juste accéder à l'entrepôt. Parce que ce sont les denrées les plus précieuses ici, à l'heure actuelle : les fusils et les munitions.

La question se pose : Comment savaient-ils pour l'entrepôt de la réserve naturelle ? Seuls quelques membres de mon équipe de sécurité étaient au courant, ainsi que les membres de l'ancien comité. Voilà pourquoi je suis certain qu'il y a un espion parmi nous.

NKOSI : Et tu dis que je suis l'espion ? C'est ridicule.

DOMINGO : Vraiment ?

NKOSI : Oui !

DOMINGO : Et pourtant, c'est toi qui as le plus à gagner en fournissant cette information à l'ennemi.

NKOSI : Tu n'es qu'un mécréant et un menteur. Je n'ai rien à y gagner.

DOMINGO : Si nous avions perdu la bataille et qu'ils avaient dévalisé l'entrepôt, tu aurais eu un formidable moyen de pression pour imposer une nouvelle élection. Et de fortes chances de la gagner. Et si nous la gagnions, tu savais que tu pouvais emmener les tiens à Gariep en toute sécurité, parce que cela réduisait pour un bout de temps la menace d'une attaque ennemie, assez pour que tu puisses établir ta communauté. Tu étais la seule personne sur terre bénéficiant d'une position gagnant-gagnant.

NKOSI : Monsieur le Président, je refuse de rester ici et d'entendre un seul mot de plus de… ce philistin. J'emmène mes disciples à New Jerusalem. Avec ou sans notre dû, avec ou sans nos armes…

DOMINGO : Pourquoi est-ce que tu ne réfutes pas mes accusations, pasteur ?

PRÉSIDENT STORM : Je t'en prie, Nkosi. Je t'en prie, monsieur le Ministre…

DOMINGO : Pourquoi as-tu dit à tes disciples : « Ne vous inquiétez pas. La nuit est plus sombre avant l'aube. » Pourquoi ?

NKOSI : Je n'ai plus rien à faire ici.

DOMINGO : Je vais trouver des preuves, Nkosi. Et après ça, j'aurai ta peau...

Nero Dlamini

Il faut reconnaître que Nkosi n'est pas né de la dernière pluie. Le lendemain, il est venu nous trouver, le président et moi. En fait, il est venu voir Willem, et Willem m'a demandé de rester avec eux car il avait besoin d'un témoin, il... Enfin, il avait besoin de quelqu'un qui puisse confirmer ce qui serait dit, au cas où.

Donc, le pasteur a commencé :

— Tu me fais chanter, Willem.

Et Willem a répondu :

— Je n'excuse pas les propos de Domingo.

— Mais tu ne l'as pas empêché de continuer, dit Nkosi.

— Ses questions étaient légitimes.

— Est-ce que Domingo a la main sur toi, Willem ? Est-ce lui qui dirige Amanzi ?

C'était un point délicat, parce qu'il n'avait pas complètement tort. Aussi, Willem n'a pas répondu. Et le pasteur a continué :

— Tu te souviens, quand nous avons trouvé l'arme avec laquelle Matthew Mbalo avait été tué ? Et ce canot pneumatique ? Tu te souviens que tu as menti aux habitants d'Amanzi en leur disant pourquoi nous voulions augmenter les troupes de Domingo ?

— Nous avons tous menti, pasteur.

— Non, Willem, c'est toi qui as menti, a rétorqué le pasteur. Toi, personnellement. C'est toi qui leur as dit ça. Et si maintenant tu ne me donnes pas ta parole de me céder la moitié de tous les fusils et de toutes les munitions, j'irai leur raconter comment tu les as trompés, que tu savais qu'une attaque importante se préparait. Et pourtant, nous avons eu beaucoup de pertes humaines. Après ça, on verra combien voudront rester.

Nous sommes restés sans réagir.

Puis Nkosi a déclaré :

– Tu as jusqu'au 3 avril pour prendre ta décision.

88

Février : V

Au départ, nous étions cinquante-six aux COpS. Plus Domingo.

Après la dernière bataille, nous ne sommes plus que trente-quatre. Et Domingo est blessé.

Pendant trois longues semaines, on ne l'a pas vu, nous avons juste appris que son état était critique quand le sergent Taljaard est revenu de l'hôpital. Ils n'étaient pas sûrs qu'il s'en sorte. Birdie Canary est restée à son chevet pendant des heures, elle y passait la nuit. Taljaard nous a raconté qu'une nuit il était entré tout doucement dans la chambre d'hôpital et qu'il avait trouvé Birdie tenant la main de Domingo, et cette scène l'avait impressionné. On n'imaginerait jamais Domingo, l'incorruptible, l'indestructible et obstiné Domingo, laissant quelqu'un lui tenir la main. Plus tard, Taljaard nous a annoncé que Domingo survivrait. Et Domingo s'est remis. Mais il boiterait probablement toujours un peu.

Seulement Domingo n'avait pas besoin de marcher normalement, quoi qu'il arrive il restait toujours Domingo. Il continuerait à être notre chef, c'étaient son esprit, son caractère, sa personnalité qui nous menaient, nous entraînaient et nous inspiraient.

Mais nous n'avons été bons à rien pendant ces semaines. Même si Domingo nous a ordonné de nous réorganiser en deux commandos de dix-huit. Même si on a obéi, qu'on a suivi les routines, les exercices, on était bons à rien. Des moutons sans berger, épuisés, blessés et malades. Nous étions traumatisés par la perte de tant de camarades, et par-dessus tout par la perte des réservistes, les braves gens qui sont allés tenir le Secteur 3 avec tant de vaillance et d'innocence, avec ce courage joyeux. Cette scène est celle que j'ai le plus de mal à bannir de mon esprit. L'Ennemi avançant parmi eux et achevant les survivants d'un coup de pistolet dans la tête. Encore une confirmation de la théorie de Domingo selon laquelle nous sommes des animaux, des animaux cruels, sans cœur et sans âme.

Tout ça a usé mes forces, et bien que je voie Sofia Bergman aux COpS – elle est avec le nouveau commando Alpha, et moi avec Bravo –, c'est comme si rien n'était réel, un fantôme dans un rêve, un fantasme que j'ai eu jadis et qui s'efface lentement.

Je sais, grâce à aux entretiens thérapeutiques que j'ai eus avant avec Nero Dlamini, que je souffre de nouveau de stress post-traumatique. Mais je ne m'en sors pas, et Nero est trop occupé à aider d'autres gens – des civils – à gérer leur deuil.

Pendant ces premières semaines, c'est Père qui va tenter de m'aider à me reconstruire.

Ça commence le 9 février, le jour de la bataille et du massacre. Nous sortons de la réserve complètement épuisés, nos fusils pointés sur les prisonniers. Je vois Père de l'autre côté de la grande grille par laquelle on entre dans la ville. Il m'attend, il vient à ma rencontre, passe un bras autour de mes épaules et me dit :

– Je suis infiniment fier de toi.

Sa voix est lourde d'émotion, son bras me serre fort. Puis il me lâche, ne voulant pas m'embarrasser.

Le 10 février, on se repose à la base.

Le 11, ils viennent nous chercher avec un tracteur et une longue remorque, les trente-quatre qui restent, ainsi que Hennie As et Peace Pedi. Ils nous font défiler dans la ville. La population est de chaque côté de la route, plus de trois mille personnes qui crient, chantent, applaudissent, nous lancent une pluie de fleurs et de pétales. J'aperçois Père, Okkie sur ses épaules. Je leur fais un signe. Père s'approche de la remorque.

– Et moi, je peux venir aussi, Nico ? supplie Okkie.
– Tu peux.

Je l'attrape et Père pleure en me le passant.

Cette fois, je n'ai pas honte des larmes de Père, elles me rendent heureux et triste. J'ai envie de pleurer moi aussi, mais les larmes restent coincées quelque part.

Okkie défile à côté de moi sur la remorque. Il agite le bras comme s'il avait annihilé l'Ennemi à lui tout seul.

Ce soir-là, Père et moi dînons ensemble, juste nous deux. Il parle de tout et de rien, sachant que je ne veux pas évoquer le combat. Sa voix et son regard sont doux. Juste avant que j'aille me coucher, il dit :

– Je n'aurais jamais été capable de faire ce que tu as fait. Je suis beaucoup trop trouillard. Mais je sais d'où tu tiens ton courage.

Après ça, je vois Père et Okkie tous les week-ends, le samedi et le dimanche, jusqu'au mois de mars, quand Domingo sort de l'hôpital, quand le pasteur Nkosi annonce son projet qu'on surnommera son plan Moïse.

Chaque samedi et chaque dimanche, j'accompagne Père à pied et en voiture dans ses tournées, je ne parle pas beaucoup, je me contente de l'écouter. Et c'est bon de l'écouter, il dit des choses si intéressantes.

Je me souviens d'une conversation avec une précision particulière. Nous sommes hors des murs de la ville, dans les vignes près de la rivière. C'est l'époque des vendanges. Et tous les trois, Père, Okkie et moi, nous donnons un coup de main quand ça se présente. Père parle à tout le monde. À quatre heures de l'après-midi, la plupart des vendangeurs prennent une pause à l'ombre fraîche des saules, au bord de l'eau. Père les regarde et je vois bien qu'il apprécie ce moment, cette assemblée paisible si peu de temps après la bataille. Comme s'il savait que cette scène était l'objet de notre combat, que c'était ce que nous avons sauvé.

Il se tourne vers moi et me dit :
– Tu es au courant de mon projet d'écrire une sorte de mémoire de notre histoire ?

Je hoche la tête. Je suis au courant, et à ma grande honte, j'ai pensé pendant plusieurs mois que c'était bête, une perte de temps.

– Eh bien, en janvier, j'ai demandé à plusieurs personnes quelle était la chose de l'ancien monde qui ne leur manquait pas, et j'ai recueilli des réponses très intéressantes. Cela m'a conduit à me demander ce qui ne me manquait pas, à moi. Y avait-il quelque chose ? Parce que je… Tu sais combien j'aimais le monde d'avant la Fièvre. Et nous avons tant perdu, toi et moi… Le monde a tant perdu. Y avait-il vraiment une chose dont je ne regrettais pas la disparition ? Quelque chose qui serait mieux ici, après la Fièvre ? Alors je me suis rappelé le projet de recherche le plus long de l'Histoire, qui a duré soixante-quinze ans. Ça a commencé à Harvard, en Amérique. Ils ont suivi les vies de plusieurs hommes entre dix-huit ou dix-neuf ans et leur vieillesse, jusqu'à quatre-vingt-dix ans et quelques. L'une des grandes découvertes de cette étude, c'est que ce sont de bonnes, solides et saines relations humaines qui déterminent le bonheur de quelqu'un. Non seulement elles déterminent notre bonheur, mais elles ont également un effet sur notre longévité. Je me souviens d'avoir perçu la grande ironie de ce constat quand je l'ai lu à l'époque. Parce que nous étions alors dans un monde où on ne pouvait pas être plus isolés les uns des autres. Il était de plus en plus difficile d'avoir ces relations saines dans le mariage, l'amitié. Même les amitiés étaient faussées, de plus en plus virtuelles. Ce que je veux dire, c'est que c'est ça, la chose qui ne me manque pas. Parce que regarde-nous ici. Regarde les relations des gens entre eux…

— C'est vrai, Père, lui dis-je.

Car je le pense, tout comme lui.

Ensuite, nous allons voir les gens et nous leur parlons. Quand j'étais absent, pendant les mois de service militaire, j'ai oublié combien Père s'entendait bien avec les autres. Je m'assois et je l'observe, et je le vois passer partout, parler à chacun. Il console, il encourage, il conseille, mais avec une sincérité totale, il n'y a pas la moindre trace de calcul politique en lui.

À ce moment-là, je me rends compte que mon père est quelqu'un que j'aime. C'est un homme que j'admire et respecte de nouveau. Je comprends qu'il m'a pardonné mon stupide moment de faiblesse adolescente d'il y a dix-huit mois.

Je comprends que notre relation est de nouveau intacte.

Jusqu'au 29 mars. Jusqu'à ce que Domingo sorte de l'hôpital.

Mars : III

Le 29 mars, Taljaard ramène Domingo de l'hôpital.

Nous nous mettons en rang sur le terrain de manœuvres devant le QG des COpS. La Jeep noire s'arrête et Domingo en descend. C'est la première fois que nous le voyons depuis la bataille du Secteur 3. Nous savions qu'il boitait, mais pas à ce point.

Il se comporte à sa manière Domingo habituelle. Avec une fureur contenue. C'est comme s'il détestait sa hanche blessée, comme s'il niait la gêne que ça lui cause par la seule force de sa volonté.

Il marche jusqu'à nous sans canne, une oscillation et une légère pause, une oscillation et une légère pause, il porte ses lunettes noires.

Sa voix n'a pas changé, le ton, le volume, la menace latente. Il dit :

– Vous vous êtes bien battus. Je suis fier de vous.

– Nous sommes fiers de vous, mon capitaine, répond Taljaard.

Nous acclamons Domingo. Il lève la main, gravement, avec un rictus de désapprobation. Nous cessons.

– Assez, dit-il.

Et il continue vers le bâtiment, vers son bureau.

*

Taljaard vient me chercher.
– Le capitaine veut te voir.
Je cours jusqu'à son bureau et frappe à la porte.
– Entre.
J'entre et referme la porte derrière moi. Il est assis derrière son bureau. Je me mets au garde-à-vous.
– Non. Assieds-toi.
Les lunettes sont posées devant lui, ses yeux ont la couleur du métal d'une arme à feu.
Je ne manifeste pas mon étonnement. Le capitaine Domingo ne vous invite jamais à vous asseoir. Mais j'obéis.
– J'ai été dur avec toi, me dit-il.
Si je réponds « Oui, mon capitaine », cela risque de faire mauvaise impression. Avec Domingo, j'ai appris que la meilleure politique en cas de doute est de la boucler.
– Tu sais pourquoi j'ai été dur avec toi ?
– Non, mon capitaine.
– Parce que tu es un petit con arrogant.
– Oui, mon capitaine.
– Tu me sers du « oui-mon-capitaine » par réflexe. Tu as toujours été un petit con arrogant, Storm. Parce que tu tires correctement et que tu cours vite, que tu as eu du pot avec cette histoire d'avion au diesel et que ton père est président. Tu as toujours été insupportable. D'un autre côté, je dois dire que dans ces conditions n'importe qui serait devenu un petit con arrogant.
– Oui, mon capitaine.
– Tu n'es pas prêt pour une promotion.
– Non, mon capitaine.
– Pourquoi tu n'es pas prêt pour une promotion ?
– Parce que je suis un petit con arrogant, mon capitaine.
Il acquiesce avec satisfaction.
– Absolument.

Il a un petit sourire et se déplace légèrement sur son siège, peut-être pour soulager sa hanche.

— À la bataille du Secteur 3, j'ai été fier de toi.

Je ne réponds rien, je savoure ce moment précieux.

— Tu as fait preuve d'intelligence stratégique, tu as manifesté du respect pour la chaîne de commandement, tu as été courageux et discipliné.

Je continue à garder le silence.

— Tu ne vas pas laisser ces compliments te tourner la tête.

— Non, mon capitaine.

— Tu t'abstiendras pour toujours d'être un petit con arrogant.

— Oui, mon capitaine.

— Tu es maintenant prêt pour une promotion.

Il ouvre un tiroir. Il en sort une paire d'insignes, trois chevrons de sergent pour chaque épaule.

— Sergent Storm. Ça sonne pas mal.

Et il pose les insignes au milieu du bureau.

— Je veux te dire une chose, Nico. D'homme à homme.

Cela fait des années qu'il ne m'a pas appelé par mon prénom.

Domingo regarde par la fenêtre, vers le terrain de manœuvres.

— Il n'y a rien de tel que de saigner comme un porc égorgé d'une blessure à la hanche pour rappeler à un homme qu'il est mortel. Quand j'étais allongé là l'autre jour, je me suis dit, nom d'un chien, je ne vais pas avoir le temps de former mon successeur. Alors je me suis demandé qui pourrait être ce successeur, et voilà, une seule personne m'est venue à l'idée. Même si c'est un petit con arrogant.

Il me regarde.

— Si jamais tu répètes cette conversation, je te bute, compris ?

— Oui, mon capitaine.

– À partir de demain on va travailler dur car tu vas être le meilleur sergent, et tu vas rester humble.
– Oui, mon capitaine.
– À partir de demain on va travailler dur parce que tu es mon successeur désigné.
– Oui, mon capitaine.
– Tu as quelque chose à dire ?
– Juste merci, mon capitaine.

Mais je mens, je voudrais lui dire qu'il est Domingo, et que bien sûr il vivra toujours.

– À partir de demain on va travailler dur, donc prends ta fin de journée. Va fêter ta promotion avec ta famille.

*

Au mois de mars de l'année du Lion, il y avait trois moyens de locomotion pour les habitants d'Amanzi. Si vous vouliez parcourir quelques kilomètres, le mieux était un véhicule à moteur, à condition qu'il marche au diesel. C'est le seul carburant dont nous disposions pour les camions, les pick-up, les tracteurs, quelques voitures, l'unique Jeep et, bien entendu, l'avion. Parce que nous produisions nous-mêmes notre gasoil, et qu'on en avait en quantité relativement limitée, il était essentiellement réservé à l'agriculture et aux affaires militaires.

Si vous aviez besoin de vous déplacer pour des motifs plus personnels, la meilleure solution était de monter à cheval. Nous avions de plus en plus de bons chevaux, mais pas tout à fait assez de selles, si bien que la plupart des citoyens devaient apprendre à monter à cru. Si, par exemple, l'envie vous prenait d'aller voir quelqu'un à Petrusville, vous pouviez normalement vous procurer un cheval aux écuries, dans Madeliefiestraat.

Mais pas si vous étiez membre d'un des commandos d'Opérations spéciales d'Amanzi. Nous étions priés de marcher, de trotter ou de courir, selon les instructions de notre chef. À moins qu'il n'en décide autrement.

Par conséquent, entre dix et onze heures le matin du 29 mars, je cours de notre base jusqu'au centre-ville d'Amanzi pour annoncer ma promotion à Père. Et lui dire qu'on va pouvoir fêter ça ensemble. Je cours donc jusqu'à l'entrée principale de la ville, franchis ensuite le grand U, gravis la dernière pente, dépasse les écuries, et traverse la ville jusqu'à Disastraat.

Le bureau de Père est dans la vieille poste, où il remplit ses tâches administratives dans une pièce dont la porte reste ouverte.

Il n'y est pas. Je demande si quelqu'un l'a vu.

Non, il n'est pas encore arrivé.

Est-ce qu'il y a une réunion du Cabinet ?

Non, pas aujourd'hui. Le président est peut-être à l'école, dit quelqu'un. Ou peut-être qu'il donne un coup de main à l'Orphelinat.

Je remercie tout le monde et repars au petit trot vers l'Orphelinat.

Le bâtiment est calme, les enfants doivent être quelque part dehors. Je le traverse et ressors de l'autre côté, en direction du potager.

Et puis j'entends un son, une voix, un bruit réprimé, un mot ébauché, ou un cri. Derrière moi, à l'intérieur d'une pièce. Je me retourne.

Père est peut-être malade, encore au lit. J'y vais. Je ne frappe pas à la porte parce que c'est mon père et qu'hier encore je partageais une chambre avec lui – c'est ma perception des choses. J'ouvre la porte et je les vois, Béryl et lui, au lit.

Et ils me voient.

90

LES LIONS

Parfois, on a l'impression que tout arrive en même temps, quand on s'y attend le moins.

Le 29 mars, j'ai une promotion. Et en ouvrant une porte de l'Orphelinat, je vois un homme que je ne connais pas. Mais je reconnais les cicatrices laissées par les crocs des chiens sur son dos, cet homme est mon père.

Je retourne à la base. Je suis abasourdi. Frappé par la foudre. Furieux. Mon père m'a trahi. Père m'a caché ça, et depuis combien de temps ? Soudain, je pense à ces nuits, il y a longtemps, quand il rentrait tard dans notre chambre ; je pense aux moments où je tombais sur Béryl et lui absorbés dans leur conversation, j'ai toujours cru que ces conciliabules si intenses concernaient des questions vitales du Comité.

Et ça dure depuis des années.

Pourquoi ne m'en a-t-il jamais parlé ? Pourquoi ne m'a-t-il pas fait confiance ? Que m'a-t-il caché d'autre ?

Et ma mère, le souvenir de ma mère qu'il trahissait ?

Soudain, c'est comme si je ne le connaissais plus, mon cerveau ne peut pas assimiler, ni qualifier ni comprendre ça.

Je suis en colère et j'ai honte, une brûlure d'amour-propre, parce que c'est Béryl. Jacob a dit un jour que Béryl aimait les femmes. Toute la communauté en convenait ; après tout, c'était une ancienne golfeuse, au physique musclé. Les gens étaient toujours en train de faire des messes basses sur sa sexualité et celle de Nero Dlamini. Et c'est cette femme-là avec qui mon père a choisi de coucher. Une lesbienne.

Alors, vers onze heures du matin, je retourne à la base complètement perturbé, en donnant des coups de pied rageurs dans des cailloux.

*

À peu près à la même heure, une vingtaine des nôtres se trouvent au parc d'éoliennes de Noblesfontein, près de Victoria West, que dirige l'ingénieur désormais ministre des Travaux publics, Abraham Frost. Par la route, c'est à plus de trois cents kilomètres d'Amanzi, mais à peine plus de deux cents pour le Cessna de Hennie As et de Peace Pedi qui assurent la couverture aérienne et relaient les informations pour l'expédition vers les éoliennes. Ils sont partis avec un camion et quatre pick-up pour démanteler la première éolienne et chercher comment on pourrait transporter ces gigantesques structures. L'objectif, pour commencer, est d'en installer deux ou trois à Amanzi, dans les montagnes de l'autre côté du fleuve.

Les vingt hommes sont rassemblés au pied de la première éolienne, ils sont très motivés, discutent de la meilleure méthode et des meilleurs outils pour démonter et transporter cette géante. Chacun a apporté un R4. Aucune expédition ne quitte Amanzi sans les fusils. Certains ont une radio à leur ceinture mais leurs armes sont dans le camion et les pick-up, ou posées à côté d'eux car Hennie et Peace leur ont assuré que le coin est tranquille.

Ils sont totalement décontractés. Jusqu'à ce qu'un des hommes repère du mouvement sur la crête, à deux cents mètres de l'éolienne. Plus tard, il racontera qu'il y a regardé à deux fois parce qu'il n'en croyait pas ses yeux :

deux lions s'avançaient vers eux d'un pas nonchalant, leur barrant l'accès aux véhicules. Mais au deuxième coup d'œil ses craintes se sont confirmées et il a crié pour alerter les autres.

Il n'y a pas grand-chose à faire. Les vingt hommes s'engouffrent par la porte d'acier de l'autre côté de l'éolienne et grimpent à l'échelle qui mène au sommet de la turbine.

Les lions trottent jusqu'à la porte et regardent à l'intérieur. Ils hument l'air. La femelle éternue, et le bruit fait écho à l'intérieur de l'éolienne. Elle secoue la tête comme pour chasser une odeur fétide. Puis elle se détourne et va s'allonger dans l'ombre de la structure, à quelques mètres de là.

Pendant des années après ça, les hommes continueraient à se moquer les uns des autres : Qui avait eu la plus grande frousse, et qui avait lâché le pet qui avait fait éternuer la lionne ? Mais en cet instant, personne ne rit. Le ministre des Travaux publics, Abraham Frost, appelle Hennie As par radio pour l'informer de leur problème.

Peace Pedi plaisante :

– Tu souhaites qu'on largue une bombe, monsieur le Ministre ?

Et puis, dans la fameuse tradition du tout arrive en même temps quand on s'y attend le moins, Hennie As pointe le doigt vers l'horizon, à l'ouest. De minces colonnes de fumée s'élèvent dans le ciel bleu, derrière Victoria West. De l'activité humaine là où il ne devrait pas y en avoir.

*

Je rentre à la base, toujours en colère. Mes camarades déboulent au pas de course, en tenue de combat, ils se dépêchent vers le Volvo et le camion EFR.

– Dépêche-toi, sergent Storm ! me hurle Taljaard. Activité ennemie de l'autre côté de Vic West.

Je me précipite pour chercher mon équipement. D'autres membres d'Alpha et de Bravo me croisent en courant. Ils me félicitent en criant :

– Hé, chef !

La nouvelle s'est répandue.

Le jour de ma promotion je vais mener mes hommes au combat. Du coup, je me sens un peu mieux.

*

Domingo s'assoit devant, près du conducteur du Volvo. Il nous dit par radio que Hennie et son compère ont repéré un rassemblement important – apparemment plus de trois ou quatre cents personnes – de l'autre côté de Victoria West, à soixante kilomètres à peine du parc d'éoliennes de Noblesfontein. Ils sont certains que ces gens n'étaient pas là il y a deux jours quand ils ont fait une reconnaissance au-dessus du secteur.

Hennie et Peace signalent qu'ils hésitent à voler trop bas, des fois qu'on leur tirerait dessus. Mais à une altitude de sécurité, on ne peut pas se rendre compte si les gens sont lourdement armés.

À nous d'aller voir ce qu'il en est.

*

Il nous faut presque quatre heures pour y arriver à cause du mauvais état de la route. Il a peu plu cet été, mais quand les pluies sont tombées, ce furent trois gigantesques orages avec de la grêle, des pluies torrentielles et des inondations qui ont considérablement abîmé les routes déjà défoncées. Domingo décide qu'on doit s'arrêter sur la route goudronnée, la R63, et continuer à pied pour s'approcher du groupe suspect. Selon Peace, il y a deux kilomètres de veld à se taper, jusqu'à une ferme.

Je fais descendre mes gars du camion. Il y a une pancarte avec l'inscription Melton Wold. Ça devait être un gîte rural, avant. Avec le commando Alpha, on franchit la grille en courant. Il y a une quantité d'empreintes humaines sur la piste envahie par les herbes qui mène à la ferme, et quelques empreintes de sabots, de-ci, de-là. Pas un seul véhicule. On se déploie dans le veld, se couvrant mutuellement. Quelque part au-dessus de nous, à haute altitude, on entend le Cessna.

Ça fait drôle de retrouver l'action. Les souvenirs de la bataille du Secteur 3 sont frais dans ma mémoire. Les camarades tombés au combat ont été remplacés par d'autres gars qui courent à leur place. Je me demande combien d'entre eux seront morts ce soir, combien de ces hommes désormais sous mon commandement nous aurons à enterrer demain ou le jour suivant. Je serai peut-être du lot.

Et pourtant, je ne voudrais être nulle part ailleurs.

La voix de Domingo retentit dans nos oreilles, il attend dans le camion, contenant l'énervement qu'il doit éprouver. Il relaie les messages de Peace Pedi, nous dit que l'ennemi ne montre aucune activité.

Le lit d'un cours d'eau, presque à sec à part quelques flaques qui restent d'une averse récente, longe la route de la ferme. Nous courons sur les rives où la végétation a poussé, la route sur notre droite. Nous sentons la fumée de leurs feux, la viande qui grille sur les braises. Nous ne voyons pas de gardes, pas d'avant-postes. C'est bizarre. Serait-ce une embuscade ? Par radio, je demande à mon commando de rester aux aguets, il y a une enfilade de gros arbres devant nous. Taljaard ordonne à Alpha de s'arrêter, j'en fais autant pour Bravo. Il est l'officier responsable, il envoie deux éclaireurs en avant. Ils crapahutent entre les buissons d'épineux, puis le long de la file d'arbres. Ils nous signalent qu'on peut y aller. Nous courons dans les broussailles et brusquement nous sommes au milieu d'eux, des hommes, des femmes et des enfants rassemblés dans la cour de la vieille ferme. Nous leur faisons peur, des enfants se mettent à pleurer, des femmes à crier. J'ordonne à mon commando de s'arrêter, de mettre un genou à terre, armes prêtes à faire feu. Les hommes lèvent les mains en l'air, les femmes saisissent leurs enfants et les serrent contre elles, protégeant les plus petits de leur corps.

Ces gens sont sales, amaigris, affamés, leurs vêtements sont en lambeaux. La peur se lit dans leurs yeux et leur langage corporel dit qu'ils savent que c'est la fin.

Ce sont les Côtiers[1].

Sofia Bergman

Quelque chose a changé en moi, ce jour-là avec les Côtiers.

La nuit du 9 février de l'année du Lion, je m'étais rendu compte que je ne serais jamais un vrai soldat, que ça avait été une erreur de devenir un COpS, eh bien ça a été pareil avec les Côtiers. Ce n'était pas tout à fait une prise de conscience, mais une graine. Une graine a été plantée pendant que je les écoutais.

Je vais te dire ce qu'il y a de si intéressant dans la vie : on a beau tout planifier, la vie n'en fait qu'à sa tête. Avec toutes ses coïncidences, la vie t'ouvre des portes, et elle t'en ferme. Je veux dire, regarde-moi. J'étais tellement sûre de vouloir être soldat. Parce que mon père et mes frères m'avaient appris à tirer, et Meklein à pister, que je courais comme une gazelle et que j'en voulais au monde entier. La parfaite recette pour faire un soldat, non ?

Et puis il y a eu la bataille du Secteur 3, et après ça, les Côtiers.

1. *Weskussers* : venus de la côte Ouest.

Là, à Melton Wold, nous sommes passés entre ces pauvres gens, et j'ai aidé, je leur ai donné à boire, je les ai réconfortés, j'ai écouté leurs histoires.

Et ce sont leurs histoires qui m'ont émue. C'est ça qui m'est arrivé. J'étais touchée et captivée par leurs histoires. La vie. Les choses qui nous arrivent. Le destin, je suppose.

Je dois dire que c'était avant que je sois au courant du projet d'histoire d'Amanzi de Willem Storm.

Mais aujourd'hui je crois qu'un lien invisible nous unit, lui et moi. Et tu sais quel est mon vœu le plus cher ? Qu'il soit de nouveau en vie. Juste pour un jour. Et je passerais cette journée à essayer de savoir pourquoi il a voulu enregistrer toute cette histoire. Était-il lui aussi fasciné par les choses qui arrivent dans une vie ?

J'ai lu récemment cette phrase de Cicéron, l'homme d'État romain : « Ignorer ce qui s'est passé avant nous, c'est se condamner à une éternelle enfance. Qu'est-ce que la vie de l'homme si l'on ne rattache au présent la mémoire des temps qui ne sont plus ? »

Je voudrais tant pouvoir demander à Willem Storm s'il était vraiment d'accord avec Cicéron.

C'est ce jour-là, parmi les Côtiers, que j'ai décidé de poursuivre l'œuvre de Willem Storm. Mais le jour même, je l'ignorais encore.

*

Le ministre des Travaux publics et ses dix-neuf assistants sont restés bloqués pendant six heures sur l'échelle à l'intérieur de l'éolienne, pendant que la lionne se reposait dehors. Ils avaient faim et soif, ils transpiraient dans l'atmosphère confinée, ils avaient mal aux doigts à force de se cramponner aux barreaux, leurs corps étaient à l'étroit et endoloris. Mais ils étaient obligés d'attendre parce que les Opérations spéciales étaient d'abord allées à Melton Wold et que les lions ne bougeaient pas.

À cinq heures de l'après-midi, quand nous avons eu la certitude que les plus de six cents Côtiers – comme on les appellerait désormais – n'étaient pas armés et ne présentaient aucun danger, nous avons enfin pu partir secourir les otages de la lionne. Elle et son compagnon se sont levés avec nonchalance et se sont éloignés tranquillement vers le sud.

Plus tard, Père lancerait l'hypothèse qu'ils devaient venir du vieux parc national du Karoo. Mais ce n'était pas en bavardant avec moi. J'étais encore trop en colère pour lui parler.

C'est pour cela que cette année resterait dans nos mémoires comme l'année du Lion.

91

Les Côtiers : I

Récits recueillis par Willem Storm. Projet d'histoire d'Amanzi.
Joe Drake
Mon nom est Joseph Drake, je suis arrivé ici avec les réfugiés de la côte Ouest. Après la fusion, j'ai passé près de quatre années à Lambert's Bay. C'est moi qui le premier ai eu des soupçons sur l'origine de certaines denrées qu'on nous troquait. Voyez-vous, avant la fusion, j'étais directeur adjoint du magasin Spar de Table View. Et en janvier de l'année dernière, à Lambert's Bay, on a vu rappliquer ces colporteurs qui nous proposaient... Spar avait sa propre marque de jus de fruits, les « Nectars »... Maintenant, n'oubliez pas que ces cartons de jus de fruits nous arrivaient plus de trois ans après la fusion, et que de ce côté-ci de Cederberg, tous les supermarchés, cafés, échoppes et étals dans les fermes avaient été dévalisés à plusieurs reprises. Et voilà qu'on nous proposait du Nectar de chez Spar, avec des dates limites de consommation correspondant plus ou moins à celles des dernières marchandises livrées dans les supermarchés avant la fusion... Désolé, je sais que vous, vous appelez ça la Fièvre, mais j'ai tellement l'habitude de parler de la fusion, la fusion nucléaire, c'est resté gravé dans ma tête.

En fait, en considérant tous ces éléments, vous vous disiez qu'il n'y avait qu'un seul endroit d'où ce jus de fruits pouvait venir.

Et quand j'ai posé la question aux colporteurs, ils ont dit : « Ah, comme ça, vous voulez nous voler nos contacts, nous piquer nos sources... »

Ils sont restés très évasifs.

Sewes Snijders

Oui, je suis un des Côtiers. En fait, je viens d'Atlantis. Mon oncle m'avait trouvé un job sur les bateaux, et j'ai bossé en mer depuis l'âge de seize ans, à Lambert's Bay. Quand la Fièvre est arrivée en ville, j'avais vingt ans, et nous étions sur le bateau, un chalutier, enfin, c'est comme ça qu'on l'appelait, bref on a entendu à la radio que tout le monde était horriblement malade et que beaucoup de gens mouraient.

Vous devez comprendre, nous étions en mer et tous en bonne santé, nous n'étions pas à terre quand le virus a rappliqué. Le capitaine et deux membres de l'équipage ont entendu à la radio que leurs femmes et leurs enfants avaient attrapé la Fièvre, et nous savions que le virus était extrêmement contagieux. On pouvait voir que le capitaine était brisé, parce qu'il voulait aller retrouver les siens, mais sa responsabilité était aussi de protéger son équipage. On lui a dit, allez, rentre chez toi, va passer un moment avec ta famille, leur dire au revoir, mais il a répondu que non, il est le capitaine, il a une responsabilité, et elle est envers son équipage. Jusqu'au jour où ils lui ont dit par radio que c'était la fin, pour sa femme, alors là on a dit, maintenant c'est la mutinerie si on ne rentre pas au port.

Et on est rentrés, et j'ai vu la fin de la Fièvre. La pire partie. Et tout l'équipage a attrapé le virus, le capitaine est mort, tous les membres d'équipage sont morts, sauf moi, et dans toute la ville, il n'y a que quatre personnes qui ont survécu. Alors j'ai voulu aller à Atlantis pour voir mes parents, j'étais presque certain qu'ils étaient morts eux aussi, et on ne peut pas dire qu'on avait une bonne relation, mais dans des moments comme ça, on veut être avec les siens. Alors j'ai pris une voiture et j'ai roulé et je n'avais même pas atteint Clanwilliam quand je suis tombé sur les réfugiés, des gens qui fuyaient Le Cap, et ils ont dit c'est Koeberg, c'est le réacteur nucléaire. Il n'y avait plus personne pour s'en occuper et il était en fusion, tout brûlait là-bas et il paraît qu'on pouvait voir la fumée, une fumée toute noire qui ne s'arrêtait jamais. La fumée partait du côté de la mer un jour, et le lendemain elle était sur Le Cap, ça dépendait de comment soufflait le vent, et les habitants attrapaient des maladies radioactives, un truc comme ça, tout leur corps pelait, et les autorités avaient décrété que toute personne ayant survécu à la Fièvre devait partir, que la radioactivité allait cramer toute la ville du Cap.

Là, j'ai su que si la Fièvre ne tuait pas ma famille, les maladies radioactives le feraient, parce que Atlantis n'est qu'à un jet de pierre de Koeberg. Alors j'ai tourné les talons et les réfugiés m'ont demandé où j'allais. Je retourne à Lambert's Bay, je leur ai répondu. Et ils m'ont demandé, il y a quoi là-bas ? J'ai répondu, juste la mer, mais un être humain peut survivre. Et puis ils sont venus avec moi. Et après, d'autres personnes sont arrivées, les deux ou trois semaines suivantes. Et les derniers ont dit, Le Cap est une zone mortelle maintenant, tous les cols de montagne sont bloqués, et les ponts sur la rivière Berg aussi, et il y a de grandes pancartes qui disent : *Danger : radioactivité. Ne dépassez pas cette limite.*

Alors on a commencé à vivre à Lambert's Bay. Au début, on était à peu près trois cents.

C'était une vie dure, la première année. Certaines personnes ont emporté leurs vieux comportements dans leurs bagages, ne croyez pas que je me moque, mais les

Blancs pensaient que nous, les métis et les Noirs, nous devions travailler pour eux, prendre soin d'eux, parce qu'ils étaient des riches du Cap. Il y avait ce frère et cette sœur, des jumeaux de Constantia, vous n'allez pas me croire mais ils se sont installés dans la plus belle maison de Lambert's Bay et ils nous donnaient des ordres : Fais ceci, fais cela, dépêche-toi ! La plupart d'entre nous, on ne faisait pas attention à eux, mais il y en a que ça a mis en colère, et ils les ont coincés dans leur belle maison, ces riches Blancs, et ils voulaient les tuer. Alors M'ame Irene Papers, elle s'est mise en travers. C'était une des réfugiées, avant elle était directrice d'école à Moorreesburg, elle s'est levée, elle s'est plantée devant la porte d'entrée de la maison et elle a dit, ça suffit, il y a eu assez de morts comme ça. Il faut que ça s'arrête. Les riches Blancs doivent s'en aller, ils ne sont pas bienvenus dans notre communauté, ils doivent faire leurs bagages et être partis avant demain matin, mais il n'y aura pas de meurtres.

Le lendemain matin ils étaient partis. Je ne sais pas où, je ne sais pas ce qu'ils sont devenus.

C'est comme ça que M'ame Papers est devenue le chef de la communauté, et nous avons organisé notre vie à Lambert's Bay, on a réellement vécu de la mer, chaque année il y avait plus de poissons et de crustacés qu'avant, on voyait bien que la mer recommençait à vivre, lentement, et les oiseaux aussi, et on pouvait voir que la Fièvre avait été bonne pour le monde. Il y avait des fous du Cap et des cormorans sur l'île aux Oiseaux, à Lambert's Bay, chaque année on constatait qu'ils étaient plus nombreux et en meilleure condition parce qu'il y avait plus de poissons pour les nourrir, et moins de gens pour attraper les poissons.

Bref, nous aussi on était de plus en plus nombreux à Lambert's Bay, avec ceux qui arrivaient du Nord, et du côté de Clanwilliam, ils venaient pour le poisson et les crustacés, parce qu'il n'y avait pas grand-chose d'autre en fait, et ils nous ont trouvés et ils sont restés. On a rempli cette ville, et puis il y avait des personnes à Graafwater qui avaient des moutons et des vaches, et on a fait du troc, et puis il y en avait d'autres qui siphonnaient du diesel un peu partout et qui sont venues l'échanger contre du poisson et des crustacés. On avait besoin du diesel pour les chalutiers, bien sûr.

Ensuite, les trucs bizarres ont commencé.

D'abord, ça a été le bateau fantôme.

En juillet dernier, on est sortis avec le chalutier. Il n'y avait plus de bulletins météo, bien sûr, il fallait y aller à l'instinct et avec les souvenirs qu'on avait du temps en mer. Comme ça, je me rappelais qu'après un front froid, il y avait souvent plusieurs journées de beau temps. Donc on a eu ce méchant front froid, et après ça, en regardant la surface de l'Atlantique, on s'est dit qu'il faisait beau et on a sorti le chalut. Maintenant, c'était moi le capitaine. Un soleil radieux, et plein de snoek[1]. Jamais de ma vie je n'avais vu des snoek en quantité comme ça, la mer en était toute remuée devant nous. Mais j'étais le seul pêcheur, les autres étaient des débutants, et un snoek peut vous faire sacrément mal, alors j'avais beaucoup à faire entre les attraper et enseigner comment faire à mes gars. Je n'ai pas vu le brouillard et quand j'ai levé les yeux, la rive était toute proche. Ce fog de la côte Ouest, il vous rend aveugle. On avait constaté que le GPS ne marchait plus trop bien, il nous donnait de drôles d'indications ces derniers temps et on ne pouvait pas compter dessus. Et j'étais le capitaine, or le capitaine est responsable de son équipage, alors j'ai dit, ça suffit, on rentre, parce qu'on perd facilement le nord en haute mer quand ce brouillard est là.

On était à peine repartis qu'un des membres d'équipage me dit, capitaine, regardez. Et nous avons vu le

---

1. Brochet de mer.

bateau fantôme. Bon, je ne suis pas très calé en bateaux, mais quand on a passé beaucoup de temps en mer, on entend des choses, et on en sait quelques-unes. Et celui-là, c'était une frégate. Une frégate de la marine, un bateau militaire, pas avec des gros canons, des petits, et il y avait des tubes lance-missiles sur le pont. Elle était gris clair, mais nous l'avons juste vue sortir du brouillard, passer sous le soleil et retourner dans le brouillard. Je me demande si ça a duré quarante secondes. Mais je jure que c'était une frégate de la marine. Nous l'avons tous vue, et elle faisait route vers Le Cap.

Et puis, début août, il y a eu deux enfants qui ramassaient en douce des œufs de fous du Cap sur l'île. M'ame Irene Papers nous avait dit de laisser les oiseaux tranquilles, mais les enfants sont gourmands... Ils sont venus chercher les adultes en courant et en disant, venez voir, venez voir, il y a une baleine dans l'eau, et les premiers arrivés ont vu un sous-marin plonger, ils ont juste eu le temps d'apercevoir le kiosque et le périscope. C'étaient des gens fiables qui l'ont vu, ils n'avaient aucune raison de mentir. Alors on s'est dit, bon, il doit encore y avoir des militaires quelque part. Peut-être en Amérique, ou en Russie, peut-être que le virus n'a pas fait autant de victimes en Russie, avec ce froid, on a pensé qu'ils venaient sans doute d'ailleurs.

Yvonne Pekeur

Près de Graafwater, les collines sont comme ça, là où passe la route vers Clanwilliam. Il y a deux rangées de collines, nous vivions juste entre les deux, dans une ferme, six femmes et trois enfants, nous élevions du bétail, on avait un beau troupeau. En novembre dernier, nous avions plus de cent vingt vaches. Nous les élevions pour la viande, certaines personnes au village faisaient du lait, mais nous, seulement de la viande de bœuf. Bon, vous voyez, nous étions juste en dehors du village, en dehors de Graafwater, à une demi-heure à pied, à cheval ça prenait dix minutes.

En été, on bougeait pour les faire paître, jusqu'à la rivière Olifant, mais en hiver les pâturages étaient bons dans les collines et autour, alors on marchait avec le bétail, on n'était pas à plus de, disons, une ou deux heures de la maison. Et puis, c'était en juillet dernier, il n'avait pas beaucoup plu pendant l'année mais l'herbe était bonne, et je... C'était juste quelques semaines après l'histoire du sous-marin que les gens de Lambert's Bay nous avaient racontée. On était de ce côté-ci de la vieille route de terre qui va à Skurfkop, on avait dressé le camp pour la nuit, et deux des enfants et moi étions restés avec le bétail, on faisait ça à tour de rôle. Tout était paisible, les bêtes et les humains, on était couchés depuis un bon moment mais j'ai le sommeil léger. Il devait être une heure du matin, je me suis réveillée et j'ai entendu les hélicoptères. Non, pas un. Deux, ou plus. Qui ne connaît pas le bruit des hélicoptères ? Je les ai entendus, mais ils volaient plus loin, au-dessus de la route goudronnée. C'est la grande route, celle qui va de Lambert's Bay à Clanwilliam.

Je ne suis pas très forte pour les distances, l'orientation et ces choses-là, mais je pense que la route était à peu près à cinq kilomètres de nous. Alors le bruit n'était pas assourdissant, il était un peu comme noyé dans le lointain. Mais il était assez clair.

Alors, vous comprenez, je ne voulais pas réveiller les enfants, pour ne pas les effrayer, mais en même temps je n'avais pas envie d'être la seule à entendre ce bruit, j'espérais qu'il allait se rapprocher... bref, pour faire court, j'ai écouté ces hélicoptères pendant un bon quart d'heure. Ce n'est pas comme si j'étais en train de rêver ce genre de chose. Justement parce que c'était si bizarre, je me suis levée et j'ai marché dans l'obscurité, un peu à l'écart des enfants et du bétail, pour écouter attentivement. Et j'ai entendu, oui, c'était bien des hélicoptères.

Pendant à peu près un quart d'heure, et puis le bruit a diminué, comme s'ils s'éloignaient. Le lendemain, je suis montée sur un cheval et je suis allée voir. Et plus ou moins à l'endroit où je pensais que les hélicoptères étaient, je suis tombée sur le pick-up du marchand, à côté de la route goudronnée.

Laissez-moi vous dire quelque chose au sujet des marchands, des colporteurs et des chariots. Il y avait sept colporteurs. Trois qui voyageaient seuls, avec des ânes ou des chevaux et un chariot, et quatre autres qui travaillaient en équipe. Le vieux Jan Swartz et sa bande étaient cinq personnes qui voyageaient ensemble, ils avaient une bétaillère à moutons qu'ils avaient désossée, et huit jolis chevaux pour la tirer. C'était le plus grand négociant de rooibos, vous savez, ce qu'on appelle le thé rouge, mais ils vendaient aussi des meubles, de la belle camelote, on voyait tout de suite que c'était de l'ancien. Et le vieux Jan Swartz et sa bande, ils venaient échanger ça en ville contre quelques mottes de beurre. Le monde à l'envers, hein ?

Bon, les colporteurs que j'ai découverts ce matin-là, près de la route, après les hélicoptères, c'était le pick-up de Lionel Phillips. Il avait ce nain qui voyageait avec lui, et qui l'aidait, un drôle de petit bonhomme. Et Lionel était un grand costaud, un bel homme avec une moustache noire épaisse, il était de Vredendal, et le nain il était arrivé du Cap, à l'époque où tout le monde a fui le réacteur. Lionel et le nain se déplaçaient partout avec leur pick-up pour vendre leur marchandise. Ils avaient désossé un Ford Ranger pour l'alléger et attelé six chevaux à l'avant, il y avait des fois où les chevaux étaient plus gros et plus beaux et ils tiraient aussi une petite remorque Venter.

Donc je connaissais bien le pick-up de Lionel.

Je l'ai trouvé là, et les chevaux sans leur harnais, ils étaient en train de paître dans le veld. Tranquillement, pas de problème pour les bêtes. Mais Lionel et le nain

– je n'arrive jamais à me rappeler son nom –, ces deux-là manquaient. Aucun signe d'eux. Et le pick-up était vide, complètement vide. Et il y avait du sang sur la portière, celle du côté du conducteur. Et le petit chapeau que le nain portait toujours, avec une longue plume de paon, le chapeau était par terre.

Les hommes des hélicoptères avaient dû voler toutes leurs marchandises et les emmener, Lionel et lui.

Je n'aurais rien dit au sujet des hélicoptères si les gens de Lambert's Bay ne nous avaient pas parlé du sous-marin.

Je veux dire, c'est curieux, non ?

Et je me demande encore ce qui est arrivé à Lionel Phillips et au nain. C'était comme si on les avait enlevés.

Joe Drake
Voilà, c'est ça qui était bizarre, pour moi : ce Lionel Phillips, le marchand itinérant, c'est le premier qui a éveillé les soupçons... Je suppose que soupçons n'est pas le bon mot, mais j'étais à peu près sûr que la marchandise venait de la zone contaminée. Je veux dire, d'où ça pouvait venir sinon, des trucs qui existaient encore quatre ans après la Fièvre alors que toutes les villes et tous les villages avaient été pillés ?

Et puis, du jus de fruits... C'est le genre de chose qui part en premier. Ou alors, ça se gâte.

Au début de l'année dernière, ce Lionel Phillips a commencé à se pointer avec ces produits, comme si de rien n'était. Il voulait pas nous dire d'où ça venait.

Et puis c'est justement lui qui a disparu, après que la femme au bétail a entendu les hélicoptères.

Mon souci, c'était que le produit risquait d'être radioactif. J'ai essayé de mettre les gens en garde, mais c'était une telle nouveauté, du jus de fruits et des pêches au sirop, et même des sacs de sucre... Personne n'a voulu m'écouter.

92

LES CÔTIERS : II

Je regarde Sofia Bergman se mélanger aux réfugiés de la côte Ouest. Je la regarde s'arrêter près des enfants et des femmes, et la façon dont elle s'accroupit devant deux vieux à barbe grise, tout malingres, comme elle les touche avec respect, gentiment, et comment ils réagissent.

On dirait que le soleil leur réchauffe le visage quand ils voient cette jolie fille sous le casque militaire. Un début d'espoir. Et du soulagement, comme s'ils savaient que maintenant ils sont en sécurité.

Je ne l'observe pas très longtemps. Je ne veux pas me faire de mal, et je ne veux pas que quelqu'un se rende compte que mon cœur est encore brisé. En plus, je suis sergent maintenant. J'ai des tâches plus sérieuses à accomplir : je dois m'assurer que ces réfugiés sont bien ce qu'ils disent être. Je vérifie qu'il n'y a pas d'armes cachées, ou des soldats ennemis planqués. Je collecte des renseignements, j'interroge certains réfugiés sur leurs origines et leur histoire. Je suis un peu impatient, un peu sévère et suffisant, alors je ne capte que des bribes d'informations sur les attaques en mer, les privations pendant leur voyage jusqu'ici, leur faim et leur soif.

Mais même si je m'étais attardé un peu plus, ou s'ils avaient parlé plus librement, même si j'avais connu toute leur histoire, ça n'aurait rien changé. Ça n'aurait pas sauvé la moindre vie.

Ça a été ma consolation quand plus tard j'ai eu accès pour la première fois aux enregistrements de l'histoire par mon père. Surtout les derniers, qu'il a faits comme d'habitude avec intérêt, altruisme et envie de savoir.

Mais c'était trop tard.

*

Sewes Snijders
Je connaissais Tannie Yvonne Pekeur depuis près de trois ans, et je savais que ce n'était pas une femme à raconter des bobards. Si elle a dit qu'elle avait entendu des hélicoptères, c'est qu'elle a entendu des hélicoptères. Dans sa tête, en tout cas. Mais au fond de soi, on se demande s'il s'agissait de vrais hélicoptères. Et puis on se dit, OK, c'est sans doute ce que les gens ont pensé quand je leur ai parlé du bateau fantôme.

Bref, c'est peu de temps après qu'elle les a entendus que les Boesmanskloofers sont arrivés. Boesmanskloof se trouve au cœur du Cederberg, ça doit être à une centaine de kilomètres de Lambert's Bay. On traverse Clanwilliam, puis on monte jusqu'au col de Pakhuis et on redescend de l'autre côté, et cette partie-là s'appelle Boesmanskloof. Il y avait ce grand hôtel, dans le temps, dans un endroit vraiment loin de tout, et c'est là que ces gens vivaient. Les Boesmanskloofers. Des hippies. Non, attends, je veux plutôt dire qu'ils étaient différents…

Andrew Nell
Au début, nous n'étions que trois à Boesmanskloof, mais à la fin nous étions entre une vingtaine et une trentaine à vivre là, dans le vieux refuge. C'était un hôtel de luxe avec spa, tout au fond de la vallée, vraiment loin de tout. J'y suis resté plus de trois ans. C'était un

endroit très sûr, avec une seule route d'accès, et on avait enlevé les panneaux routiers. Si vous passiez devant en voiture, vous ne pouviez même pas deviner qu'il était là.

L'élément crucial, c'était la bonne eau de source, vraiment propre. Et avec le temps, on a eu un beau troupeau de moutons, à quoi s'ajoutaient le gibier et les poissons du barrage. On a essayé de faire pousser des légumes mais les babouins raflaient tout, alors on s'est contentés de cueillir des citrons dans les vergers sur la montagne. Et de ramasser du bois de chauffage dans les collines. Ce n'était pas une vie facile. Mais comme on se sentait en sécurité, on est restés. Les gens de passage parlaient des chiens, des chiens qui se déplaçaient en meutes et attaquaient les gens, et aussi de voleurs et de cinglés. C'est pour ça qu'on reste quelque part, parce qu'on se sent raisonnablement en sécurité et qu'on arrive à survivre.

On était au courant, pour les gens de Lambert's Bay, parce que ce colporteur était venu un jour dans la vallée et nous avait trouvés là. Il nous a dit qu'il y avait beaucoup de monde à Lambert's Bay et à Graafwater, pourquoi on n'irait pas là-bas ?

Nous avons répondu, non, merci. Nous avions nos habitudes, vous comprenez. Nous savions que d'autres personnes risquaient de ne pas les apprécier. Mais ça, on ne l'a pas dit au colporteur, on a juste répondu non, merci.

Mais alors le colporteur a dit que ces gens, là-bas, vivaient mieux que nous. Et encore une fois, on a dit non, merci, on est en sécurité ici.

Et puis il a demandé si nous travaillions avec ceux de Wupperthal.

Et nous avons répondu, on ne connaît personne de Wupperthal.

Ce qui n'était pas du tout vrai.

Quand il est reparti, nous lui avons demandé, s'il vous plaît, ne dites à personne que nous sommes ici. Alors il nous a regardés et il a dit, mais il n'y a rien ici, pourquoi est-ce que ça intéresserait quelqu'un ?

On ne tenait pas de calendrier, si bien qu'on ne connaissait pas vraiment la date. Les gens de Lambert's Bay disent que c'était en septembre de l'année dernière. Ça a l'air d'être ça. Une nuit de septembre, ils sont venus chez nous. Sans prévenir, ils ont enfoncé nos portes en pleine nuit, ils nous ont battus avec des fouets et des gourdins et ils ont dit en anglais : « Partez, partez, prenez vos affaires et allez-vous-en. On vous a prévenus, restez à l'écart de Wupperthal. On vous a prévenus. » Et ils ont ajouté : « Ne revenez jamais. » Et il y en a un qui nous a traités de voleurs. « Espèce de salauds de voleurs », ou quelque chose dans le genre. C'était horrible de se faire attaquer comme ça en pleine nuit, et on a juste pu rassembler quelques affaires, et ils continuaient à nous fouetter, et on est partis sur la route en courant. Ils ont dit : « Ne revenez jamais. Si on vous surprend à moins de cent kilomètres, on vous tuera. »

Certains des nôtres ont remarqué que les hommes qui nous fouettaient portaient tous les mêmes rangers. Ils n'étaient pas habillés pareil, mais ils avaient les mêmes rangers.

Je ne sais pas qui c'était. Je crois savoir pourquoi ils nous ont chassés. Je crois que c'était à cause de Wupperthal.

Alors on est partis à pied dans la nuit, et on a continué à marcher le lendemain, on a franchi le col et on est arrivés à Lambert's Bay.

Sewes Snijders

Les Boesmanskloofers... Ils étaient vraiment différents. Ils étaient polygames, ce type, Andrew Nell, qui a rappliqué ici, il avait cinq femmes. Cinq. La plus vieille dans la cinquantaine, la plus jeune dix-huit ans environ, trois étaient enceintes. Elles clamaient toutes qu'elles étaient légitimes, Andrew Nell les avait épousées et elles l'aimaient et il était bon avec elles. Ce type tout maigre, avec sa barbe grisonnante. Cinq femmes... ça demande des efforts, je n'ai même pas la force pour une seule. Et les autres hommes de Boesmanskloof, certains avaient deux ou trois femmes. Alors on les trouvait un peu bizarres, on ne savait pas si on devait les croire. Cette histoire de types venus les chasser de chez eux avec des fouets et des gourdins. Mais on a vu que ces gens de Boesmanskloof étaient capables de bien travailler et qu'ils pourraient être utiles à notre village. Alors on a décidé que s'ils voulaient être polygames, qu'il en soit ainsi. Je veux dire, le monde a tellement changé...

Et puis, en novembre de l'année dernière, le bateau est arrivé dans notre port. En plein jour.

Donc un jour de novembre, on est sortis avec les *bakkies* – ce sont des petits bateaux à rames – pour aller attraper des poissons et des crustacés. On est partis à la rame parce que ça faisait plusieurs mois que les colporteurs étaient passés et qu'on avait utilisé tout le diesel qu'ils nous avaient vendu.

Yvonne Pekeur

Oui, c'est bien ce que je voulais dire : il y avait eu sept colporteurs. Mais quand Lionel Phillips et le nain ont disparu, quand j'ai entendu les hélicoptères, on ne les a plus jamais revus.

Je ne sais pas ce qui leur est arrivé à tous. Aucune idée. Mais ce que je te dis, c'est que quand Lionel Phillips et le nain ont été enlevés par les hélicoptères, c'est la dernière fois qu'on a vu un colporteur. Ça doit avoir un rapport. Je pense.

Sewes Snijders
Bref, le bateau est arrivé et a jeté l'ancre dans la baie, juste à la sortie du port, et les gens nous ont appelés, moi et M'ame Papers, parce que j'étais le marin et qu'elle était... On peut dire qu'elle était la mairesse. Et ils ont pointé le bateau du doigt.

C'était un gros bateau, un thonier de vingt-cinq mètres avec un mât, il s'appelait l'*Atlantic Hunter*, je l'ai remarqué un peu plus tard quand on est sortis avec le *bakkie*, moi et deux membres d'équipage. M'ame Irene Papers nous avait envoyés voir ce que c'était que cet étrange bateau.

Alors on a ramé dans sa direction, et des gens sont venus sur le pont et nous ont dit : « N'approchez pas, n'approchez pas, nous sommes malades. » Comme ça, en anglais. Pas l'anglais d'Afrique du Sud, l'anglais britannique. On devait être à, je ne sais pas, huit ou dix mètres d'eux, alors on ne pouvait pas très bien voir, les rameurs et moi. Mais on a pu voir que les gens étaient couverts de furoncles, ils en avaient plein sur le visage, le cou et les bras, partout où la peau n'était pas cachée par des vêtements. Des vilains furoncles, ça ressemblait à des piqûres d'abeilles qui pourrissent, si vous voyez ce que je veux dire. Alors on s'est arrêtés, parce que personne n'avait envie d'attraper ces saletés, et j'ai demandé :

– Qu'est-ce que vous voulez ?

– On voudrait de l'eau, s'il vous plaît, ils ont répondu, on a besoin d'eau douce.

Donc on est rentrés à la rame pour aller leur chercher de l'eau. On a rempli des bouteilles, puis on les a mises dans un filet, et j'ai attaché une corde au filet, et ensuite j'ai attaché la corde à une bouée. On est ressortis avec le *bakkie*, et on a lancé la bouée et la corde à l'eau. On s'est éloignés à la rame, et ils se sont approchés, ils ont attrapé la bouée et ils ont tiré le filet avec les bouteilles. Si vous aviez vu comme ces gens ont bu l'eau, ils devaient avoir drôlement soif. Ils nous ont dit :

— Merci beaucoup. Nous devons vous prévenir, il y a une nouvelle fièvre. La fièvre des pustules. Nous l'avons tous. Elle tue beaucoup plus lentement. Nous vivions à Saldanha, et des gens sont arrivés du Cap, ils ont apporté cette fièvre et ils nous ont tous contaminés. Ils vont venir ici, ils remontent vers le Nord. Il faut que vous partiez au nord. Allez très loin. Allez jusqu'à Lüderitz, en Namibie, ou en Angola.

Ils avaient deux corps enveloppés dans du tissu, et ils ont dit :

— On est désolés, mais nous devons faire à deux des nôtres des funérailles en mer, ils sont morts de la fièvre des pustules, c'est une mort terrible.

Ils se sont alignés sur le pont et ils ont jeté les deux corps dans l'eau, puis ils les ont regardés sombrer.

Je leur ai crié :

— Pourquoi vous êtes venus faire ça ici ?

Et ils ont répondu :

— Nous avions trop soif ; nous n'avions plus de forces, vous comprendrez ça quand vous aurez la fièvre.

Ils nous ont encore remerciés pour l'eau, et ils nous ont dit de partir vite car la fièvre des pustules arrivait, puis ils se sont éloignés dans leur thonier, l'*Atlantic Hunter*, ils ont rejoint la haute mer.

Moi, ce que j'ai trouvé vraiment bizarre c'était leur moteur, un moteur à diesel qui tournait comme une horloge. Comme si leur diesel sortait tout chaud du four.

L'autre chose que j'ai trouvée bizarre, c'est l'anglais qu'ils parlaient. Ce n'était pas très marqué, mais à mes oreilles ça sonnait étranger.

Je n'ai pas pensé à leur demander d'où ils tenaient leur diesel. Peut-être qu'ils étaient comme vous autres, peut-être qu'ils cultivaient le colza ou le tournesol à Saldanha et qu'ils fabriquaient eux-mêmes leur diesel ? Va savoir.

Bref, on est rentrés à la rame pour dire à M'ame Irene Papers et aux autres que la fièvre des pustules rappliquait. Et avec toute la communauté, on a parlé de ça jusqu'au soir et tard dans la nuit, et on a décidé qu'on n'allait pas s'enfuir en Angola. On allait surveiller les routes et si des gens du Cap avec la fièvre des pustules venaient, on leur dirait de faire demi-tour. De repartir. Et s'ils refusaient, eh bien on leur tirerait dessus. Mais l'Angola ? Ça, non, on n'irait pas en Angola.

Les Côtiers : III

Joe Drake
C'est peut-être le moment de mentionner qu'on avait entendu parler de vous. Pas le nom de votre république, on ne savait pas qu'elle s'appelait Amanzi. Mais on avait entendu dire qu'il y avait une colonie au bord du fleuve Orange, près d'un barrage. Je croyais que c'était juste une légende, tu vois, une de ces histoires que les gens inventent. Mais après, quand j'ai entendu un autre marchand itinérant raconter la même chose, je me suis dit que c'était peut-être le barrage de Gariep, c'était ça mon idée.

Je ne me rappelle pas quel marchand nous a parlé de vous le premier. C'était il y a deux ans, il nous a dit qu'il y avait cette communauté au bord du fleuve, qu'ils avaient l'électricité et un système d'irrigation, et une boulangerie et tout ce qu'il faut. J'ai pensé qu'il racontait des bobards. Et puis, au début de l'année dernière, un autre marchand nous a assuré que tout ça était vrai, et même que vous fabriquiez votre diesel, que vous aviez des tracteurs et des camions et un tas de matériel, et que vous construisiez aussi des maisons. Mais que c'était très dangereux d'arriver jusqu'à vous parce que vous aviez des patrouilles à moto qui empêchaient les gens d'approcher.

Je crois que c'est pour cette raison que personne n'a eu l'idée de venir, avant la grande attaque.

Sewes Snijders
En décembre et janvier, on n'a rien vu. Nous avions placé des sentinelles sur les deux routes, et sur la voie ferrée au nord et au sud, mais il n'y a pas eu de gens avec la fièvre des pustules.

Alors on a commencé à se demander si ce n'était pas une bande de cinglés, sur ce bateau qui marchait au diesel frais.

Et puis, le 16 février, l'enfer s'est déchaîné.

Yvonne Pekeur
On a entendu l'explosion jusqu'à Graafwater. C'est à trente kilomètres. Après minuit, j'ai le sommeil léger, j'étais en haut de la montagne avec le bétail, et j'ai entendu ce boum, alors je me suis levée et j'ai regardé du côté de la mer. Et j'ai vu la lueur.

Sewes Snijders
La nuit où le missile a touché la conserverie de poissons, nous étions cinq cent quarante-six à Lambert's Bay. Certains ont vu le missile arriver de la mer. C'était comme une flèche. Et il a tapé en plein centre du bâtiment. Il devait y avoir soixante-dix personnes qui vivaient dans cette conserverie, elles dormaient là, on ne l'utilisait plus du tout comme usine, depuis la Fièvre c'était pour se loger, pour vivre. Tous ont été tués.

Puis les hélicoptères sont arrivés. On les a entendus venir, pas du côté de la mer mais de la direction de Muisbosskerm, ils ont volé bas au-dessus de nous, tourné au camp de caravanes et sont revenus. Je dirais qu'il y en avait une vingtaine.

Ils se sont posés sur le vieux terrain de sport de l'école et les soldats ont sauté à terre, des hordes de soldats, et ils ont commencé à nous frapper avec des fouets et des gourdins, tirant des coups de feu en l'air et criant en anglais : « Cette zone est contaminée, cette zone est contaminée, dans deux jours nous allons vous bombarder, il y a une épidémie de fièvre des pustules, partez, partez, vous avez deux jours. »

C'était terrifiant, il y avait la conserverie de poissons qui brûlait dans notre dos après cette putain d'explosion et maintenant, il y avait ces soldats sortis des hélicoptères et les femmes qui hurlaient et les enfants qui pleuraient.

M'ame Irene Papers était de ceux qui vivaient dans la conserverie de poissons. Donc nous avions perdu notre mairesse. Alors nous sommes partis. C'était il y a six semaines.

Yvonne Pekeur

Oui, le matin d'après, ils sont arrivés à pied, des flots de gens, et ils nous ont dit ce qui s'était passé. Alors nous, ceux de Graafwater, on a aussi fait nos paquets.

Et on a marché, on vous cherchait. Mais avec le vent qu'il y a eu l'année dernière, beaucoup d'enfants et d'anciens sont morts sur la route. Et l'une des femmes enceintes d'Andrew Nell. Vous savez, le polygame.

Andrew Nell

Oui, certains chez nous étaient polygames. Pas tous. Moi, si. La Constitution d'Amanzi dit que c'est possible. Ça vous pose un problème ?

Ça s'est juste passé comme ça. Il y avait plus de femmes que d'hommes, et ça s'est juste passé comme ça. Je crois qu'on n'a rien à dire de plus sur le sujet.

Vous feriez mieux de m'interroger sur Wupperthal. À mon avis, Wupperthal est crucial. Je pense que Wupperthal est la raison qui fait que tant de choses nous sont arrivées.

Oui, des choses. Laisse-moi te raconter, pour Wupperthal. Je crois que les hommes qui nous ont chassés de Boesmanskloof avec des fouets et des gourdins pensaient que nous avions quelque chose à voir avec Wupperthal.

Pas du tout. Vous pouvez me croire sur parole. On n'avait rien à voir avec ces gens-là. Mais on était au courant, pour eux.

Au bon vieux temps, Wupperthal était un très joli petit village avec une vieille mission. Si vous veniez de Clanwilliam, la route s'arrêtait là, au cœur du Cederberg. Pour la plupart des voitures, la route s'arrêtait là.

Mais en fait, elle ne s'arrêtait pas là. Il y a une piste accidentée pour les 4 x 4, qui passe au-dessus d'Eselsbank, et en haut de la montagne. Elle redescend de l'autre côté et continue jusqu'à Ceres, puis jusqu'au Cap. C'est une sorte de chemin secret, cette piste. Il y a plein d'autres routes qui mènent au Cap, des grandes routes, des routes goudronnées, des routes de terre. Alors très peu de gens étaient au courant de cette route derrière Wupperthal, au-dessus d'Eselsbank.

À Boesmanskloof, parfois c'était la famine et on n'avait pas le choix, on était forcés de trouver une solution. Il y a deux ans environ, je me suis dit qu'on pourrait peut-être dénicher quelque chose à Wupperthal, c'était un endroit tellement petit, il avait peut-être été oublié, il restait peut-être des boîtes de conserve. On est partis à trois avec les ânes. Ça faisait une vingtaine de kilomètres.

La route principale pour Wupperthal passe par un col, c'est une route de montagne qui monte en lacets jusqu'au moment où on voit le village en dessous, dans la vallée. On a crapahuté, et puis en fin d'après-midi on a senti les feux, alors on s'est arrêtés pour se cacher. Quand la nuit est tombée, on les a vus.

J'ai laissé mes deux compagnons avec les ânes et j'ai traversé le lit de la rivière en rampant, vers la petite mairie, et là il y avait un groupe de colporteurs. Il y en a un que j'avais déjà vu, mais les autres, ils devaient être cinq, je ne les connaissais pas. Ils avaient des vieux camions ou des pick-up, et ils avaient enlevé les moteurs et tout le reste, et ils les tiraient avec des ânes ou des chevaux. Et tous ces camions étaient garés là.

Je les ai entendus appeler quelqu'un. Puis j'ai aperçu quatre hommes qui s'éloignaient de l'autre côté du village, avec une file d'ânes bâtés, huit ou dix je pense, et ils avançaient dans la direction d'Eselsbank. Ils prenaient le chemin secret qui passe en haut de la montagne, ils allaient vers Le Cap.

Nous sommes retournés à Boesmanskloof parce que ces types, ces colporteurs... Je pense qu'ils faisaient de la contrebande. Ils allaient dans la zone radioactive et ils en rapportaient des marchandises, des choses qui pouvaient vous rendre malade. Ces gens-là étaient dangereux. C'est pour ça qu'on est rentrés chez nous.

Les hommes avec les rangers qui sont venus et nous ont battus et nous ont dit de partir, les hommes aux fouets, ils nous prenaient pour des contrebandiers de Wupperthal.

Pense un peu à ce qu'ils nous ont dit : « On vous a prévenus, restez à l'écart de Wupperthal. » Et : « Espèce de salauds de voleurs. » On n'avait jamais rien volé, alors pourquoi nous dire ça ? C'était à cause des contrebandiers de Wupperthal.

94

Père

Arrivé à cet endroit de mon histoire, je veux ralentir un peu. Je veux gagner du temps. Le courage me manque pour la dernière partie de ce voyage.

Je veux aussi marquer une pause pour pouvoir plonger une dernière fois dans ma mémoire, en profiter pour tracer le portrait le plus juste possible de mon père tel qu'il était de son vivant. Je veux décrire entièrement son caractère, le faire revivre pour les lecteurs, afin qu'ils ressentent la même souffrance atroce que moi quand je raconterai sa mort.

Une souffrance partagée est moins pénible, je pense.

Je veux peut-être que les lecteurs me comprennent, qu'ils aient plus d'empathie pour ma réaction à la mort de mon père, et pour mon comportement après. Je n'ai jamais pu surmonter cette faiblesse coupable, le besoin de sympathie.

La difficulté, c'est que je ne sais comment bien décrire le caractère de mon père. Je n'étais qu'un enfant à l'époque où je le connaissais.

Je sais, ça a l'air d'être une piètre excuse, une manière d'échapper à mon devoir de mémorialiste. Mais c'est en partie vrai. Je ne crois pas que les enfants aient envie d'analyser le caractère de leurs parents. Je ne pense pas que ça les intéresse. Petit, j'étais trop préoccupé par moi-même, et quand je regarde mes enfants aujourd'hui, ils sont pareils. L'égocentrisme d'un enfant laisse peu de place à l'étude des autres.

Je suis devenu un homme d'âge mûr, mais quand je regarde en arrière, c'est toujours avec des yeux d'enfant, et c'est vraiment difficile pour moi de me rappeler mon père avec objectivité. Par exemple, la fois où je l'ai surpris avec Béryl. Encore aujourd'hui, je dois faire un effort pour comprendre leur relation. Ça n'a rien à voir avec le fait qu'il était blanc et qu'elle était *coloured,* ou qu'ils cachaient leur liaison et que tout le monde était persuadé que Béryl était lesbienne. C'est juste que c'était mon père et que je ne pouvais envisager mon père dans cette situation-là.

Il y a aussi le problème de la perspective. Chaque jour, et de plus en plus, j'en prends conscience : nous sommes éternellement prisonniers de notre point de vue unique. Nous essayons de considérer les autres avec honnêteté, comme des égaux, nous croyons sincèrement être assez objectifs pour y arriver, mais au bout du compte c'est une illusion. Nous ne pouvons voir qu'avec nos propres yeux. Même à l'âge adulte, l'objectivité est un leurre.

Le dernier élément qui me rend la chose impossible, c'est que toute ma vie j'ai voulu être comme mon père. Encore aujourd'hui.

Et je n'y parviendrai jamais.

D'abord parce que dans mon esprit, mon père est une idée, un concept, une icône autant qu'un être humain. Les morts ont cet avantage, leur vie est terminée et récapitulée. Or moi, je suis un projet incomplet, qui continue, je suis une personnalité et un caractère qui se cherchent encore, en développement, s'efforçant toujours d'être ne serait-ce qu'une fraction de ce que Willem Storm était.

Même maintenant, alors que j'ai la quarantaine.

Et puis, soyons lucides : mon père éprouvait peut-être la même chose. Il vivait peut-être dans l'ombre de son père à lui. Ou dans le souvenir de sa femme et de leur relation, et de toute la douleur qui allait avec. À l'intérieur, il était certainement beaucoup plus complexe que je ne le savais ou le comprenais. Père a dû avoir ses moments de doute, lui aussi, il doit avoir évolué en permanence, été à la recherche de quelque chose. Père était à la fois plus et moins que l'homme que j'ai connu avec ma compréhension d'enfant et d'adolescent, mais dans quelle mesure, je ne le saurai jamais.

Que je tente d'établir un portrait de lui complet, équilibré et perspicace serait au mieux irrespectueux, et au pire un crime contre sa mémoire.

Et il m'arrive pourtant, dans des moments de faiblesse, de me demander : Avait-il une liaison avec Béryl parce qu'il l'aimait ? Ou était-elle un substitut parce qu'il avait un faible pour les femmes musclées, ce qu'était ma mère championne de hockey : athlétique, en forme, souple. Ou Béryl et lui se consolaient-ils mutuellement, établissant un rapport physique relevant de la thèse de Nero Dlamini sur nos besoins en tant qu'animaux sociaux ?

Je préfère penser que c'était par amour. Et je crois que c'est arrivé par hasard. Ces premières années à Amanzi, ils travaillaient si dur pour les enfants et la communauté, malgré les menaces et les échecs, qu'à mon avis il y a eu un soir où, épuisés, chacun a dû chercher auprès de l'autre un réconfort physique, et c'est devenu une habitude qui s'est transformée en amour.

Si je me souviens bien de leur manière d'être ensemble, une amitié véritable, de celles qui acceptent et pardonnent tout, le respect et l'admiration mutuels, tout cela fait sens. Alors ils ont ma bénédiction. Je suis content que ce soit arrivé. En ce moment où j'écris ces mots.

Mais à l'époque, quand j'avais dix-sept ans et que j'étais le sergent Nico Storm du commando Bravo des COpS, savoir que mon père et Béryl mangeaient le fruit défendu me tordait les entrailles, et j'ai raté les derniers mois de sa vie.

*

Le dimanche suivant l'arrivée des Côtiers, on m'appelle à la porte d'entrée de nos quartiers.
– Ton père est là.
J'y vais. Il m'attend avec Okkie. C'est la première fois que je le vois depuis le jour où je suis entré dans cette pièce à l'Orphelinat.

Je lui en veux d'avoir amené Okkie, je prends ça pour de la couardise, sa manière d'éviter une explication ou une discussion sur son comportement.

Il se tient là, l'air gêné, comme un enfant qui a fait une bêtise, des excuses non formulées sur tout le visage, prêt à afficher un sourire de soulagement si je laisse transparaître un pardon amusé, pour montrer que ce n'est pas si grave, que ma colère était juste pour la galerie, tempérée par la compassion, la compréhension et l'amour.

Je me souviens de cette scène avec une grande netteté, parce que nous nous rappelons le mieux les moments de peur, de perte et d'humiliation. Et dans ce cas précis, c'est l'humiliation. La mienne, car je n'ai pas été capable de lui montrer cette compassion, cette compréhension et cet amour.

Et je les revois maintenant devant moi : Père et Okkie, se tenant par la main, leurs silhouettes se détachant dans la lumière du dehors. Père a l'air plus petit, chaque fois que je le vois il paraît plus petit alors qu'Okkie et moi grandissons, et que ses responsabilités, les questions de politique et de société augmentent et deviennent de plus en plus lourdes à porter. Père scrute mon visage à la recherche de compréhension et d'empathie. Et je détourne les yeux avec dédain. Je regarde Okkie, lui dis bonjour et le prends dans mes bras, mais j'ignore mon père.

– Tu veux descendre à la rivière avec nous ? me demande Père, sur un ton qui est une offrande de paix.
Je mens sans le regarder :
– Je ne peux pas.
J'abuse au maximum de mon pouvoir.
Okkie me supplie :
– Allez, Nico, viens. On pourra jouer au *kleilat*.
– Une autre fois. J'ai du travail.
Père sait que je mens.
– Très bien dit-il, résigné. Une autre fois.

95

Avril : 1

Domingo m'a envoyé chercher. Il me dit :
– Ferme la porte. Assieds-toi.
Je me demande si c'est au sujet de mon père, s'il m'a vu le chasser de ma porte hier.
– Qu'est-ce que tu sais des Côtiers ? me demande-t-il.
– Je sais qu'ils ont eu des moments difficiles. Sur la route…
– Est-ce qu'ils t'ont parlé des hélicoptères ?
– Non.
– OK. Version courte : ils disent qu'ils vivaient à Lambert's Bay. Ils racontent que d'abord il y a eu ce bateau avec des gens couverts de pustules qui leur ont dit qu'ils devaient partir parce qu'une nouvelle fièvre se répandait. Et comme ils ne sont pas partis, des hélicoptères remplis de soldats sont venus et les ont forcés à s'en aller. Et une conserverie de poissons a explosé.
– Je ne savais pas.
– Tu te souviens des Maraudeurs ?
– Oui, mon capitaine.
– Tu te souviens de Léon Calitz et du cibi, là où ils avaient enfermé les femmes ?
– Oui, mon capitaine.
– Tu te souviens que le cibi a raconté toute une histoire sur un hélico ?

– Oui, mon capitaine.
– Il faut qu'on reprenne tout ça. Pour des raisons évidentes. Mon problème, c'est que je ne me rappelle pas bien, j'étais de mauvais poil ce jour-là. Comme tu le sais. Je n'ai pas écouté attentivement. Or toi et moi, on est les seuls survivants des COpS présents ce jour-là. Alors je voudrais savoir de quoi tu te souviens.

Je hoche la tête, activant ma mémoire. C'était il y a plus d'un an, mais ce jour-là fait partie de ceux qui m'ont marqué.

– Prends ton temps, dit Domingo.
– Il a parlé de l'hélico. Un seul hélico. Je me souviens de ça.
– Bon.
– Il a dit que des types armés de fusils ont sauté à terre, et que les fusils avaient des lasers.
– Bon. Des viseurs laser. Je m'en souviens aussi. Mais combien d'hommes ont sauté de l'hélico ?

Je fais de mon mieux, mais pas moyen de me rappeler.

– Je ne sais pas.
– Pas important. OK, quoi d'autre ?
– Il a montré des trous au-dessus de la porte et dit que les gars lui avaient tiré dessus alors qu'il se tenait sur le seuil.
– Bon. Ils lui ont tiré dessus avec des viseurs laser et ils l'ont tous manqué. C'est pour ça que j'ai pensé qu'il était défoncé. Je veux dire, si tu arrives en hélico, on peut supposer que tu sais ce que tu fais. Si tu arrives en hélico avec des viseurs laser, on peut supposer que tu es un cador. Et tu rates ta cible ? Et puis il y a ces gens de la côte Ouest qui prétendent avoir été attaqués avec des fouets et des gourdins. Que des mecs ont fait sauter une conserverie de poissons avec un missile, et qu'après ils ont jailli de leurs hélicoptères et les ont battus à coups de gourdin. Tout ça, pour moi, ça ressemble à un délire de défonce, mais le problème, c'est que les quatre cents

Côtiers ne pouvaient pas être tous défoncés en même temps. Alors, peut-être que ces soldats, avec leurs viseurs laser, ont fait exprès de rater leur cible. Mais pourquoi ?

On réfléchit tous les deux en silence. On ne trouve pas de réponse.

– Bon, reprend Domingo, de quoi d'autre tu peux te souvenir ? Et le cibi ?

– Il a dit qu'ils lui avaient posé des questions sur des gens qu'il ne connaissait pas.

– Des questions sur des gens qu'il ne connaissait pas ?

– Oui, c'est ce que je me rappelle.

– Mais il n'a pas dit quels gens.

– Non.

– Bon. Quoi d'autre ?

– Il a dit qu'ils avaient cherché la radio. Les mecs de l'hélico cherchaient la radio des Maraudeurs.

– Je me souviens de ça. Mais après, ils ont laissé la radio où elle était ?

– Oui.

– Tout ça est vraiment bizarre. Allez, viens, il faut qu'on parle à ces femmes.

*

Elle s'appelle Anna van der Walt. C'est la plus âgée des sept femmes que nous avons libérées de la remise où les Maraudeurs les retenaient prisonnières. Elle a quarante et quelques années, et un an après avoir été sauvée, elle est cuisinière pour la communauté, mais elle ne se remet pas de ce cauchemar : elle est encore très maigre, et fragile émotionnellement. Elle s'essuie vivement les mains sur un torchon et prévient ses collègues de la cuisine qu'elle va juste parler avec Domingo et moi, et elle nous emmène dans le jardin. On s'assoit sous un poivrier, sur des chaises en mailles métalliques dont la peinture est complètement écaillée.

Domingo a dit que ce serait à moi de parler. Je crois qu'il a peur de manquer de sensibilité et de diplomatie.

– Tannie, on voudrait parler de la nuit quand on vous a trouvées là-bas dans la montagne. On ne t'ennuierait pas si ce n'était pas si important. S'il te plaît, Tannie, tu es d'accord ?

Ses yeux la trahissent, elle est terrifiée. Mais elle dit :
– D'accord, Nico, parlons.

– Nous voulons juste savoir pour l'hélicoptère qui est venu cette nuit-là. C'est tout.

– Bien.

– Si tu peux nous dire ce que tu te rappelles, Tannie, s'il te plaît ?

Son corps maigre se tend lentement, comme si elle avait besoin de rassembler ses forces pour revisiter ce moment-là.

– Il n'y avait pas de lumière dans cette remise.

Elle part dans ses pensées, les minutes s'égrènent. Nous attendons, retenant notre souffle.

– Et il n'y avait pas de fenêtre. Dans la journée, la lumière, les rayons du soleil arrivaient par des trous dans le toit. Et sous la porte. Nous… Nous sommes restées si longtemps à l'intérieur, ils ne nous laissaient jamais sortir. Je ne savais jamais vraiment quand je dormais et quand j'étais éveillée. Quand j'ai entendu l'hélicoptère, j'ai cru que c'était un rêve. Mais alors j'ai levé les yeux vers le plafond et j'ai vu la lumière brillante qui traversait le toit, de longs et minces faisceaux de lumière qui bougeaient comme des petites lampes torches, qui bougeaient au-dessus de nous. Ce n'était pas le soleil, c'était autre chose. C'était joli. Et le vacarme de l'hélicoptère… Et des gens qui criaient, qui tiraient des coups de feu… Ça vous est déjà arrivé d'être enfermé quelque part ?

Et Domingo répond « oui » si doucement que je ne suis même pas sûr qu'il l'ait dit, et je n'ose pas le regarder, mais Anna van der Walt si, elle le regarde en face, avec intensité, et elle dit :

— Vous rêvez qu'on vient vous libérer. Vous rêvez que quelqu'un va venir vous chercher. À chaque instant, vous rêvez que vous allez échapper à cet enfer. Je… les petits trous dans le toit, et tout ce bruit de voix et de coups de feu, et voilà que quelqu'un a ouvert la porte, la porte de notre prison, de la remise, et j'ai vu des hommes debout, là, des soldats, je les ai vus à la lumière éclatante de l'hélicoptère, et j'ai pensé que j'étais en train de rêver que ces gens venaient nous sauver, ils venaient peut-être du ciel, j'ai tendu les mains vers eux. Et ils ont crié. Alors j'ai pensé qu'ils étaient pareils que les autres hommes. Et ils ont refermé la porte. Et je me suis dit, oui, pas de doute, c'est un rêve.

Elle détourne les yeux de Domingo et les lève vers le ciel bleu, et lentement la tension quitte son corps.

*

On repart dans la Jeep de Domingo.

— Quelle sorte d'hommes volent en hélicoptère, ont l'air d'être des soldats et referment une porte sur sept femmes prisonnières ? Quelle sorte d'hommes ?

Je n'ai pas de réponse à ça.

— Quelle sorte d'hommes lancent un missile sur une conserverie de poissons et attaquent ensuite des gens avec des fouets ?

Il fait une moue qui veut dire : quel monde mystérieux.

— Il va falloir se défendre contre les hélicoptères, reprend-il.

— Comment ?

— Je dois réfléchir. Il y avait seize missiles Starstreak à De Aar, mais je ne m'en suis jamais servi et seize, ce n'est pas suffisant pour expérimenter. Le bon côté, c'est que ces types en hélico ne veulent pas vraiment tuer.

Enfin, si tu considères les victimes de la conserverie de poissons comme des pertes collatérales. Alors la question reste : Quel est leur but ?

Nous roulons vers la base, pensifs. Domingo se gare. Avant que j'aie le temps de descendre, il dit :

– Tu sais, tous ceux qui m'ont aidé à transporter l'arsenal caché à Sicily sont morts pendant la bataille du Secteur 3.

– Non, je n'avais pas réalisé.

– Ces quatre garçons étaient des réservistes. Ça veut dire qu'il n'y a que toi et moi qui savons où sont ces armes et ces munitions.

– Oui.

– Tu vas… Il va y avoir une annonce, le 3 avril. Une annonce qui risque de mettre ta loyauté à l'épreuve. Et tu vas te demander si tu ne devrais pas dire à quelqu'un où se trouve l'arsenal…

– Je ne le dirai à personne.

Il me regarde longuement comme s'il me jaugeait. Puis il hoche la tête.

– Très bien, sergent, rompez !

Je descends de voiture et m'élance pour rejoindre mon commando qui est à l'entraînement. Domingo me rappelle.

– Sergent !

Je me retourne. Il me fait signe de revenir. Je pivote et vais me poster à côté de la Jeep.

– J'ai demandé à Birdie de m'épouser. Elle a accepté.

Voyant que je vais le féliciter, il ajoute gravement :

– Non, tu ne vas rien dire, tu vas juste écouter. Le mariage est dans trois semaines. Et tu ne pourras pas y assister. Parce que si je t'invite, il faut que j'invite tout le commando des Opérations spéciales et ça va faire trop de monde. La mariée est une pacifiste.

Et il sourit, son sourire de Domingo.

Je reste sans réagir, vu que je n'ai pas le droit de parler.

– Juste pour que tu saches. L'information ne doit pas circuler. Rompez !

*

Cette nuit-là, le message est arrivé : une annonce importante allait être faite le lendemain matin à neuf heures au Forum. Toute la population d'Amanzi devait être là.

96

Avril : II

Quand j'avais treize ans, mon père m'a expliqué ce que signifiait l'expression *déjà-vu :* une forte impression d'avoir déjà vu ou vécu quelque chose. Cela vient directement du français.

Le 3 avril de l'année du Lion, sur le forum d'Amanzi, cette leçon de vocabulaire me revient à l'esprit. Car l'impression de déjà-vu est écrasante.

Le pasteur Nkosi Sebego est debout sur le plateau du vieux Tata, un micro dans sa grosse pogne. Père se tient à côté de lui, il a l'air tout petit, comme d'habitude. Le pasteur a une attitude présidentielle, il exsude l'autorité, le pouvoir et l'assurance, mon père a l'air battu, vaincu. J'en veux à Père de nous infliger ça, à lui et à moi, et j'ai honte.

La quasi-totalité de la population d'Amanzi est rassemblée sur le Forum. Les gens sont serrés les uns contre les autres dans Gansiestraat, sur les trottoirs et dans les jardins devant les maisons qui bordent la rue. Certains sont repoussés plus loin vers l'est et l'ouest et tout le monde ne peut pas voir, mais grâce aux haut-parleurs, tout le monde peut entendre. Il y a près de six mille personnes, car les Côtiers sont là, ainsi que toute la communauté – les fermiers du bord du fleuve, les habitants de Petrusville, les gens qui réinvestissent Hopetown, les COpS et la plupart des gardes de Brigadier X.

Le pasteur Nkosi prend la parole. Il répète le discours qu'il a tenu devant le Cabinet, découvrirai-je par la suite. Il dit qu'il va conduire ses ouailles vers la Terre promise de New Jerusalem. C'est un orateur naturel et brillant, qui est à son meilleur quand il y a beaucoup de monde et que les affaires et les enjeux sont importants. Il ne lit pas son discours, il le joue, sa voix porte comme celle d'un tragédien sur les maisons et les bâtiments, résonnant dans les collines, se répercutant loin, sur les eaux du barrage.

À la fin de la première partie, tout le monde l'acclame, même ceux qui ne veulent pas le suivre, parce que son discours passionné enflamme le public.

Le pasteur annonce que l'exode commencera la semaine suivante.

– Et je veux aussi dire – son corps parle avec lui, les bras et les mains s'animent, dirigent – à ceux qui ne se joignent pas à nous qu'ils doivent réfléchir attentivement : voulez-vous faire partie d'une communauté de vérité, de justice et d'équité, ou préférez-vous rester avec des menteurs et des traîtres ? Oh, j'entends que cela vous coupe le souffle.

Mais comment Nkosi peut-il dire une chose pareille ? Comment ose-t-il ?

– Je me demande si vous seriez pareillement offusqués si vous saviez la vérité. Vous voulez connaître la vérité ?

Quelques centaines de voix s'écrient :

– Oui !

– Vous voulez connaître la vérité ?

– Oui !

Plus de voix encore, et plus fort.

Celle de Nkosi tonne au-dessus de la foule.

– Vous voulez connaître la vérité ?

Des milliers de voix répondent oui.

— Eh bien, je vais vous révéler la vérité, et cette vérité va vous libérer. Alors, laissez-moi vous demander, est-ce que mon Parti des Cœurs vaillants et moi avons travaillé coude à coude avec tous ceux d'Amanzi pour construire cet endroit ?

— Oui !

— Est-ce que notre sang et notre sueur ont coulé sur le sol d'Amanzi, comme ceux des autres ?

— Oui !

— Est-il juste que nous réclamions notre part de ce que nous avons construit ? Juste notre part, rien de plus, rien de moins, juste notre part. Est-ce juste ?

— Oui !

— Notre part proportionnelle. Si dix pour cent des habitants me suivent à New Jerusalem, nous ne voulons que dix pour cent. Est-ce juste ?

— Oui !

— Bien sûr que c'est juste ! Mais cet homme, dit-il en désignant mon père, cet homme et ses amis nous la refusent. Ils ont caché des armes et des munitions. Ils cachent des armes qui nous reviennent, des armes dont ils savent que nous aurons besoin pour défendre nos terres, nos croyances, notre mode de vie. Notre liberté ! Pourquoi donc, mes frères et sœurs ? Pourquoi les cachent-ils ? Pourquoi nous refusent-ils la liberté ? Pourquoi nous refusent-ils ce qui nous revient de droit ? Quel est leur programme ? Veulent-ils nous donner en pâture aux loups ? Veulent-ils nous voir souffrir ? Ou bien veulent-ils nous attaquer ? Nous dominer ? Nous gouverner ?

Un silence de mort, choqué.

— Je leur ai demandé de nous donner notre part et savez-vous ce qu'ils ont répondu ? Que j'étais un espion !

Des cris d'incrédulité. Mon impression de déjà-vu persiste, et mon respect pour le savoir-faire politique du pasteur augmente. Et je suis gêné pour mon père qui s'est fait avoir, qui a joué la mauvaise carte.

– Pouvez-vous croire une chose pareille ? Moi, un espion ? Mais ce n'est pas tout. Cet homme et ses amis vous ont menti. En août dernier, cet homme et ses amis savaient qu'on allait nous attaquer. Ils étaient au courant de la mort et de la destruction à venir. Et pourtant, ils ont laissé des centaines des nôtres mourir. Ils savaient, et ils ne nous ont pas protégés. Ils savaient et ils ont envoyé la moitié de nos commandos d'Opérations spéciales courir au diable sans raison, alors que l'ennemi était à nos portes. Et ils savaient ! Posez-vous la question : Voulez-vous rester avec ces hommes-là ? Voulez-vous rester dans une république construite sur le mensonge et la tromperie ? Ou voulez-vous faire partie de la Vérité ?

Le pasteur Nkosi Sebego étend largement les bras tel un homme prêt à se laisser crucifier pour son honnêteté, pour sa lutte contre les forces du mal. La foule l'acclame, ils crient leurs encouragements et leur colère et leur indignation.

Le pasteur recule d'un pas. Il indique, d'un geste flamboyant et théâtral, qu'il passe le micro à mon père. Père fait un pas en avant. La foule le conspue. Père attend quelques minutes, tête baissée, jusqu'au moment où Nkosi lève les mains pour demander aux gens de se calmer.

Père s'avance, prend le micro, me regarde dans les yeux et dit :

– Oui, je vous ai menti.

Un chœur de réprobation s'élève, mais il est moins bruyant et dure moins longtemps que Nkosi ne l'aurait voulu.

– Je vous ai menti pour préserver le bon ordre et la sécurité militaire.

La voix de Père est calme et mesurée.

– À l'époque, j'ai pensé que c'était la bonne chose à faire. Et je le crois encore aujourd'hui. Oui, nous soupçonnions qu'il allait y avoir une attaque. Nous ne savions ni quand, ni où, ni comment. C'est la vérité. Nous avons fait tout ce qui était en notre pouvoir pour vous protéger. Nous avons commis des erreurs, et nous avons perdu trop de monde. C'est vrai. Mais nous avons fait de notre mieux, et cela dans votre intérêt. Ceux qui décideront de rester à Amanzi vont avoir l'occasion d'élire un nouveau président car je donne ma démission à dater d'aujourd'hui. Notre honorable ministre de la Technologie, Cairistine Canary, exercera en tant que présidente intérimaire jusqu'aux élections. Avant de vous laisser, je veux qu'une chose soit bien claire : en notre qualité de chefs élus démocratiquement, nous n'avons ni caché ni refusé la moindre arme au pasteur Nkosi et aux siens. Nous ne l'avons jamais fait, et nous ne le ferons jamais. Je vous remercie.

*

La foule est une bête agitée, les conversations, les lamentations et les discussions la secouent comme des bourrasques, les gens sentent qu'ils sont des pions sur un échiquier plus grand qu'eux, et personne ne sait vraiment s'il y aura un vainqueur.

Je sens la fierté enfler en moi. Père a retourné contre le pasteur sa propre stratégie : cela va faire bientôt trois ans que Nkosi a utilisé le coup de la démission pour améliorer sa position parmi les décideurs. Père vient de faire la même chose.

Là, debout dans la foule, je soupçonne que mon père est beaucoup plus habile politiquement que je ne le croyais. Qu'il a pensé à long terme, pas en vue d'une victoire mineure et immédiate. Lui aussi est doué pour le théâtre. Est-ce qu'il s'est délibérément rapetissé quand il se tenait près du pasteur ? Voulait-il que Nkosi le domine physiquement et avec sa voix de prédicateur afin que Père passe pour la victime et Nkosi pour la brute ?

Est-ce que Père s'adressait à moi, à l'instant, quand il m'a regardé droit dans les yeux ? Me disait-il, oui, je t'ai menti au sujet de Béryl, mais c'était pour ton bien ?

Je sens le poids d'un regard sur moi. Je me retourne : c'est Domingo. Implicitement, il me demande : Tu comprends, maintenant, pour les armes ?

Je hoche la tête.

Birdie monte sur le plateau du Tata. Père ajuste le micro pour qu'il soit à sa hauteur. Birdie commence :

– Mes chers compatriotes, c'est avec une grande réticence que je reprends la présidence, et je garantis une élection le plus tôt possible à ceux qui choisiront de rester. C'est une promesse. Mais d'abord, pour assurer la répartition des ressources la plus équitable possible entre nous et New Jerusalem, nous avons besoin de savoir qui va partir. Que ceux qui projettent d'accompagner le pasteur Nkosi aillent signer la liste à l'ancienne poste. Vous pouvez le faire dès maintenant.

*

Domingo conduit sa Jeep et nous courons derrière lui en deux commandos distincts, Alpha et Bravo, pour retourner à la base. Nous passons devant la vieille poste où une longue file de gens attendent leur tour de signer la liste des partants. Je me demande comment Père réagit à ça. Après tout ce qu'il a fait pour eux.

Nous sommes comme les chiens, a dit Domingo. Et je pense qu'il a raison. Voyez comme les chiens se sont jetés les uns sur les autres après la Fièvre, quand il n'y a plus eu de nourriture et qu'il fallait survivre. Pas de loyauté entre espèces semblables.

Nous sommes des animaux, Nico. Des animaux sociaux. Des animaux sociaux domestiqués.

Je cours derrière la Jeep de l'homme dont c'est la philosophie et me demande à quoi il pense derrière son volant, derrière ses lunettes de soleil. Parce que j'ai tiré mes propres conclusions. Si Père affirme qu'aucun des chefs démocratiquement élus n'a refusé des armes à Nkosi et à son Parti des Cœurs vaillants, cela veut dire que Domingo l'a fait.

Pour la toute première fois, je me demande si mon père et Domingo ont conspiré. Je repense à chaque occasion où Domingo a provoqué ou forcé un point de vue, une décision. Est-il possible qu'ils aient tous les deux organisé les choses ainsi ? Depuis que je suis tombé sur Père avec Béryl, j'ai conscience de le connaître si peu.

Toutes ces pensées me traversent l'esprit sur le chemin de la base.

Domingo nous a demandé de nous rassembler sur le terrain de manœuvres. Il descend de la Jeep. Sa hanche n'est pas complètement guérie et il boite toujours légèrement. Il nous fait face, jambes écartées, et dit :

— Je vais à Lückhoff. Je ne serai de retour que demain matin. Comme ça, vous aurez le temps de faire vos bagages si vous avez envie de vous joindre au bon pasteur. Il va avoir besoin de vrais soldats pour son armée, et vous êtes ce qu'il y a de mieux. Je m'absente toute la nuit pour que vous n'ayez pas l'impression que je fais pression sur vous. Si vous le suivez, je ne vous en voudrai pas. Vous croyez ce que vous croyez, et je le respecte. Et si vous le faites, je vous dis merci pour vos services, merci pour votre loyauté, merci pour votre courage, au revoir et bonne chance.

Il nous regarde intensément, tourne les talons et repart vers la Jeep.

Il s'arrête.

— À ceux qui restent : le Cabinet nous a demandé d'assurer une escorte armée pour le Grand Trek jusqu'à Gariep. C'est ce que nous ferons. Du mieux que nous pourrons.

Avril : III

Cairistine « Birdie » Canary
Consigné par Sofia Bergman.
Non, je ne voulais pas être présidente. Je n'y ai jamais aspiré, je n'en ai jamais rêvé. Je veux dire, je servirai toujours. Mais présidente ? Ce n'est pas pour moi, c'est tout. Quand Willem est venu me voir et m'a dit : Birdie, certains naissent grands, certains deviennent grands, et à d'autres la grandeur s'impose. Je lui ai répondu : Mais, Willem, ça va avoir l'air de quoi, dans ces livres d'histoire que tu écris : la présidente Canary. Je te le demande. Nos descendants vont hurler de rire.

*

Il y a cent cinquante-six kilomètres de l'entrée principale d'Amanzi à New Jerusalem.

On les a parcourus dans les deux sens jusqu'à huit fois par jour. La route passe par Colesberg, et trop de fois nous avons vu l'endroit de notre premier accrochage avec la KTM, mais à la quarantième ou cinquantième, ça se résume à un survol dans l'été sec et brûlant, et on est las et plus du tout attentif à une éventuelle attaque parce qu'il n'y a rien ni personne sur cette route, à part bien entendu les deux mille trois cents personnes qui suivent le pasteur Nkosi au vieux barrage de Gariep. Quarante-six pour cent de la population d'Amanzi. Ils voyagent à pied, à dos d'âne ou à cheval, dans des chariots ou des camions, des pick-up et des voitures. En plus de quarante-six pour cent de nos tracteurs et de nos outils agricoles, quarante-six pour cent de notre matériel d'irrigation, de nos véhicules et de nos radios, quarante-six pour cent de notre diesel, de nos graines, de nos aliments en conserve, moulus et en bouteilles.

Quarante-six pour cent de tout, sauf des armes.

Ils ont reçu quatre-vingts pour cent des armes et des munitions stockées dans l'entrepôt de la réserve. Mais Domingo dit que ça représente moins de vingt pour cent de ce que nous possédons. Le reste est toujours en sécurité à Sicily, nous sommes les seuls à le savoir.

New Jerusalem a récupéré zéro pour cent des combattants des Opérations spéciales. Les COpS n'ont pas perdu un seul soldat. Cela a énormément irrité Nkosi. Du coup il est retourné à la table de négociation pour demander à Birdie et au Cabinet des « instructeurs » pour entraîner son armée.

– Mais pas Domingo. Je ne veux pas de ce mécréant à New Jerusalem.

Au bout de très peu de temps, seul le pasteur appelait la nouvelle colonie New Jerusalem. En jargon local, tout le monde disait « NJ ».

Domingo a cédé les sergents Taljaard et Masinga pendant trois mois pour entraîner les soldats de NJ.

Birdie Canary y a passé trois semaines pour aider à la rénovation, la dérivation et la mise en marche de la centrale hydroélectrique.

C'est intéressant, pendant cette première semaine, de repérer les différences géographiques et stratégiques entre les deux barrages et les deux villages. Gariep-New Jerusalem est plus grand. Le barrage est plus grand, il y a plus de maisons et d'infrastructures en ville. Il s'en dégage une impression d'espace, d'une communauté qui a de la place pour respirer. Cependant, à Gariep-New Jerusalem, un tiers seulement de la ville est situé sur la colline et susceptible d'être défendu. Les autres maisons et une ancienne résidence de vacances (plus luxueuse que celle d'Amanzi) sont exposées aux attaques.

Et, curieusement, il y a moins de terrains irrigables autour de NJ.

Je remarque tout cela et en éprouve davantage de respect pour le choix que mon père a fait au départ. J'ai de plus en plus envie de lui pardonner son péché avec Béryl, et de faire la paix avec lui. Plus tard, je me demanderais si je n'avais pas eu une sorte de prémonition, si le ciel ne me suggérait pas que nos jours ensemble étaient comptés.

98

Le dernier jour avec mon père

Le premier dimanche de mai, c'est le premier week-end où je ne suis pas en mission de protection à NJ.

À onze heures du matin, je monte à l'Orphelinat. Je m'arrête dans le salon, je ne suis jamais retourné dans la chambre de mon père. Béryl entre au même moment, comme si le destin en avait décidé ainsi. Elle se raidit, une ombre de culpabilité, de gêne et de honte traverse son visage.

– Béryl, tout va bien.
– Vraiment ?
– Oui.
– Oh, Dieu merci. Je vais chercher ton père.

Elle s'éloigne en hâte dans le couloir.

Okkie arrive en courant, Okkie a un radar spécial grâce auquel il sait avant tout le monde que je suis là. Il glousse de joie et s'élance vers moi en criant mon nom. Je le prends dans mes bras et il commence à gazouiller une histoire de chevaux, comme quoi il va apprendre à monter, Père a dit qu'il pourrait apprendre cet après-midi, parce que maintenant que tous ceux de NJ sont partis, il y a assez de temps et de chevaux, c'est ce que Père a dit, est-ce que tu vas monter à cheval avec moi, Nico ? Tu sais monter, on va y aller ensemble, mais prends ton fusil, Nico, où est passé ton fusil ? Est-ce que je pourrai le toucher, s'il te plaît Nico, juste une fois ?

Un flot de mots et de bonheur, ses bras noués autour de mon cou avec un amour et une confiance sans limites.

Père apparaît dans le couloir. Là encore, je le trouve plus petit que dans mon souvenir.

– Tu as encore grandi, dit-il pour remplir le silence. Vas-tu t'arrêter un jour ?

Mais il ne vient pas jusqu'à moi, son langage corporel montre qu'il hésite, ses yeux trahissent son incertitude.

– Tout va bien, Père.

Il s'approche, me serre dans ses bras, Okkie entre nous. Je le dépasse d'une tête. Je suis plus baraqué et plus fort, et soudain je me souviens de cette nuit devant la Maison des Lumières, quand j'étais un gamin, après avoir abattu les deux hommes à la Jeep, cette nuit où j'ai découvert que j'aurais à protéger mon père jusqu'à son dernier jour. Et ce sentiment, ce besoin de le protéger me submergent alors que je le serre contre moi.

*

C'est la dernière fois que j'étreins mon père.

Lorsque je risque d'être consumé par le remords de ne pas lui avoir accordé plus de temps et plus d'amour, plus d'attention et de respect, c'est à ce moment que je pense. Je me reprocherai toute ma vie de ne pas lui avoir dit ce jour-là : « Je t'aime, papa. »

Au moins, je l'ai serré longuement dans mes bras. J'ai connu un *lucidum intervallum*, après cette obstination, cette folie, cette colère parce qu'il avait une liaison avec Béryl.

Lucidum intervallum. C'est du latin. Un terme légal. Cela signifie – selon Willem Storm, mon père juriste et amoureux des mots – un instant de normalité psychologique, un bref moment où une personne à l'esprit perturbé retrouve sa santé mentale, si bien qu'elle peut passer un contrat et parler en son nom propre. Être responsable de ses actions.

Jusqu'à la fin de mes jours, je serai reconnaissant d'avoir eu ce *lucidum intervallum*.

*

Nous allons aux écuries. Okkie me tire par les deux mains, nous sommes désespérément trop lents pour lui.

Je lui demande comment ça va.

Père aimerait dire que tout va bien maintenant que je suis là, que Béryl et lui sont pardonnés. Je le lis sur son visage. Mais il ne le dit pas devant Okkie. Il dit qu'il est content de n'avoir aucune charge officielle pour une fois. Il envisage de ne pas se présenter à l'élection du 1er juin.

– Je veux juste cultiver pendant un moment. Voir si j'arrive à faire pousser des pommes de terre. Il y a de nouveaux terrains à exploiter, à irriguer, près du canal de l'autre côté de Lückhoff. Et maintenant que nos effectifs sont coupés en deux... Il y a moins de pression sur tout. Et sur chacun.

– Tu devrais peut-être prendre des vacances, papa.

Il rit. Il dit que ça pourrait être une excellente idée.

Nous arrivons aux écuries. Okkie veut l'attention complète de notre père. Je les regarde seller le cheval, Père lui expliquant des principes de base de l'équitation. Je me demande d'où il tient toutes ces connaissances. Mais je sais : il a demandé à quelqu'un, il est incapable de retenir sa curiosité. Je constate qu'il s'y prend à merveille avec Okkie, c'est tout lui. Il était comme ça avec moi quand j'étais petit. Une patience infinie. Jamais de condescendance.

Le cheval est prêt. Père met Okkie en selle et ajuste les étriers.

Soudain, Béryl surgit à côté de moi.

– Je suis désolée, Nico, que tu l'aies appris comme ça.
– Ça a été un choc.
– Je comprends bien. Nous voulions te le dire, mais chaque fois qu'on allait le faire, quelque chose arrivait. Une crise. Une guerre. Un pasteur…
Elle sourit.
Père regarde de notre côté. Il voit le sourire de Béryl, et le mien. Son corps se détend un peu plus.
– Ça fait combien de temps que…
– Tu te rappelles Thabo et Magriet ? Les premiers colporteurs ?
– *Pharmacie. Tout en Troc. Nous venons en Paix.*
– Exactement. C'est… Nous nous aimions déjà beaucoup depuis le début. Mais là, c'est devenu sérieux.
– Je comprends.
– Et maintenant, ça ne te gêne plus ?
– Presque plus.
– Presque, c'est bien, dit-elle. Presque, c'est bien.

*

Nous partons à cheval tous les quatre, au pas, à cause d'Okkie. Nous descendons la route de la carrière jusqu'au barrage, puis nous suivons la rive, Okkie et moi devant, Père et Béryl derrière nous.

Nous déjeunons ensemble et ça fait vraiment du bien.

Okkie et moi faisons la sieste sur le plus grand canapé du salon de l'Orphelinat, et à quatre heures, nous buvons du café et mangeons des *koeksisters*[1] en bavardant.

À cinq heures, je retourne à la base.

À six heures et demie, Père appelle Numéro Un/Trunkenpolz/Clarkson par radio. Mais ça, je ne le savais pas. Je ne l'apprendrais qu'après la mort de Père.

---

1. Petits beignets au sirop en forme d'épis.

Mais c'est plus ou moins comme ça que nous avons passé notre dernière journée ensemble.

Je l'ai revécue en pensée tant de fois, pendant presque trente ans.

Tant de fois.

99

Bonjour à Cincinnatus : I

Brigadier Sizwe Xaba
Ce dimanche matin-là, à onze heures trente environ, l'opérateur radio a capté l'émission sur la bande des quarante mètres. « Ici Numéro Un, j'appelle Willem Storm, ici Trunkenpolz, j'appelle Willem Storm. »

Toutes les quinze minutes, le même appel.

Mon opérateur radio m'a aussitôt appelé. Évidemment, ma responsabilité était de signaler un tel incident directement au président. Le problème, c'est que notre présidente par intérim, Cairistine Canary, était à New Jerusalem à ce moment-là pour les aider avec leur centrale hydroélectrique, et je n'étais pas en mesure de la joindre. J'ai alors pensé à informer notre ancien président, puisque c'était lui que ce Trunkenpolz demandait. J'ai commencé à chercher Willem. Je l'ai vu qui longeait la rive du barrage à cheval avec ses deux fils et notre ministre du Développement social Béryl Fortuin, en direction de l'embarcadère. Je savais que Willem avait traversé une épreuve, et qu'il n'avait pas vu son fils soldat depuis un moment, alors j'ai décidé de ne pas le déranger pour l'instant. Je me suis rendu au QG des COpS d'Amanzi et j'ai informé l'officier qui commandait l'unité, le capitaine Domingo, de l'appel radio. J'ai agi ainsi parce que, selon moi, Numéro Un/Trunkenpolz était avant tout une menace militaire.

Cairistine « Birdie » Canary

Non, je n'étais pas au courant, j'étais à New Jerusalem, et c'était le jour du fiasco du régulateur de voltage, alors j'avais plein de boulot, je ne pouvais pas rentrer. Et eux, Willem, Domingo et Brigadier X, ils ne pouvaient rien me dire par radio parce qu'on ne faisait pas confiance au pasteur, et les gens du pasteur écoutaient sur nos fréquences de communication officielle, ça on en était sûrs. On ne saura sans doute jamais s'ils nous écoutaient en douce aussi sur la CB.

Brigadier Sizwe Xaba

Le capitaine Domingo a tenu à se rendre immédiatement à la salle d'écoute quand je l'ai informé de l'appel de Trunkenpolz. Il était à peu près douze heures vingt, et on a dû attendre jusqu'à la demie que Trunkenpolz rappelle, sur la même fréquence. C'était, comme l'a souligné le capitaine Domingo sur le moment, sur cette même fréquence que nous avions intercepté la conversation au sujet de la rencontre du Club des ventes à Maseru un an plus tôt, ce que nous avions pris pour un piège à l'époque.

Le capitaine Domingo a déclaré qu'en l'absence de la présidente Canary nous devions décider, lui et moi, de la réponse militaire appropriée. Son argument était que les appels risquaient de cesser avant le retour de la présidente, ou avant qu'on puisse réunir le Cabinet. Il a également avancé que de toute manière, le Cabinet nous aurait demandé notre avis sur la question et l'aurait suivi. Il s'est montré persuasif. C'était un homme très persuasif, le capitaine Domingo.

Il a donc appelé Trunkenpolz sur la fréquence amateur, la bande des quarante mètres :

— Trunkenpolz, ici Domingo d'Amanzi. J'ai autorité pour répondre. Précisez la nature de vos affaires avec Willem Storm.

Trunkenpolz a ri, et il a dit :

– Je ne parle pas aux domestiques, je parle aux maîtres. Dites à Storm que j'ai une proposition pour lui. J'écouterai sur cette fréquence.

Le capitaine Domingo n'a rien répondu à ça. Il a juste quitté la salle d'écoute. Je l'ai suivi dehors et lui ai demandé ce qu'il proposait de faire.

Il a dit que nous devions passer le message à Willem Storm. Nous sommes allés à l'Orphelinat, où nous avons trouvé Willem Storm et ses fils en train de déjeuner avec notre ministre du Développement social, Béryl Fortuin. Le capitaine Domingo et moi avons décidé d'informer Willem Storm de l'appel radio un peu plus tard. Nous n'en avons parlé à personne. Je suis absolument certain que les membres de mon équipe qui étaient de service dans la salle d'écoute ce jour-là n'ont parlé de ces appels à personne. J'en suis absolument certain. Je le leur ai demandé, et je les crois. Ce sont des gens bien.

Le capitaine Domingo et moi sommes retournés à l'Orphelinat vers quatorze heures trente. Les fils de Willem Storm dormaient dans le salon. Willem Storm était assis dehors avec notre ministre du Développement social Béryl Fortuin, sous les arbres du côté Est du bâtiment. Nous leur avons fait part de cet échange radio.

Willem Storm nous a demandé notre avis. Le capitaine Domingo a déclaré que pour lui il fallait faire attendre Trunkenpolz.

Combien de temps ? a demandé Willem Storm.

Domingo a dit un jour ou deux.

Willem Storm a répondu qu'il allait y réfléchir.

Ensuite, j'ai donné des instructions à la salle d'écoute pour que nous soyons avertis de toute activité ultérieure, et je suis rentré chez moi.

À dix-huit heures quinze, le capitaine Domingo et Willem Storm sont arrivés. Ils m'ont annoncé que Storm avait pris une décision. Il allait appeler Trunkenpolz à dix-huit heures trente. Nous avons également décidé tous les trois que Storm ne mentirait pas sur son statut, mais qu'il ne lâcherait pas non plus d'information indiquant qu'il n'était plus le président d'Amanzi. Nous pensions tous que cela nous aiderait à savoir jusqu'à quel point Trunkenpolz était renseigné sur ce qui se passait dans notre communauté. Ensuite, nous sommes allés à la salle d'écoute et à l'heure dite Willem Storm a appelé Trunkenpolz sur la bande de quarante mètres.

La conversation fut brève. Trunkenpolz répondit au bout de quelques minutes et dit qu'il avait une proposition pour Storm. Une proposition qui était dans l'intérêt de tous.

Storm demanda de quoi il s'agissait. Trunkenpolz répondit qu'ils en parleraient quand ils se rencontreraient personnellement. Est-ce que Willem Storm accepterait un rendez-vous ?

Willem Storm répondit qu'il avait besoin d'y réfléchir.

Trunkenpolz dit : Ah, les caprices de la démocratie, toujours QRM !

Il utilisait le code Q des radios amateurs. QRM signifie « Êtes-vous brouillés ? », et ce qu'il voulait dire, c'est que dans une démocratie, il y a toujours quelqu'un pour critiquer ce que vous dites. Ce qui était, je suppose, une façon de faire de l'humour.

Cela ne nous a pas fait rire.

Cairistine « Birdie » Canary

Je n'ai pas pu rentrer à Amanzi le dimanche soir. Quand on a fini par régler le problème avec les régulateurs de voltage, il faisait déjà nuit.

Mon escorte de protection a dit que nous partirions le lendemain juste avant le lever du soleil.

Je suis donc arrivée à la maison à six heures et demie le lundi matin. Brigadier X, Willem et Domingo m'attendaient devant l'Orphelinat. C'est là que j'ai su qu'on avait d'autres problèmes que de fournir de l'électricité.

100

BONJOUR À CINCINNATUS : II

Domingo ne nous a pas réveillés.
Ce lundi matin-là, le premier de mai de l'année du Lion, Domingo ne nous a pas réveillés. Chaque jour de la semaine il vient nous sortir du lit, c'est une règle, un rituel. Il parcourt le couloir, ouvrant chaque porte au passage, la première à six heures précises. Il clame :
– Debout, mesdames, une belle journée commence !
La même chose pour les chambres des filles et pour celles des garçons. Ses mots sont mesurés, il n'élève jamais la voix, ça n'a jamais été nécessaire.
Ce lundi matin-là, le premier de mai de l'année du Lion, je me réveille comme toujours un peu avant six heures et je guette le son de ses rangers sur les dalles, le pas irrégulier que j'entends depuis plusieurs mois, mais là, je ne l'entends pas.
Je consulte ma montre, vois qu'il est six heures moins cinq, moins quatre, moins trois... et puis il est six heures et Domingo n'est pas là.
Je sors de mon lit d'un bond. Comme les sergents Taljaard et Masinga sont encore à New Jerusalem, je suis le seul officier présent et je dois réveiller les soldats.
Ce que je fais. Je reprends les mots de Domingo, avec le même ton. Ça sonne faux et bizarre, ça ne va pas.

Sofia Bergman

Ce lundi matin-là, il fallait que je trouve Domingo pour lui dire que je voulais retourner à l'école.

Je ne veux pas que cela puisse passer pour une grosse coïncidence. La vérité, c'est que je voulais déjà le faire le lundi d'avant, et encore le lundi d'avant, et même encore celui d'avant. J'ai voulu démissionner aussitôt après la bataille du Secteur 3, mais il se passait toujours quelque chose alors et je me disais, attends, tu peux rester un peu plus longtemps, ce n'est pas le bon moment pour donner ta démission. Vu qu'en quittant l'école pour rejoindre les COpS, j'avais agi contre l'avis de tout le monde, je me sentais l'obligation de les quitter au moins quand ça ne les gênerait pas.

Mais ce lundi matin-là, ma décision était prise. Nous avions passé presque un mois en patrouille avec ceux du Grand Trek à faire l'aller-retour jusqu'à NJ non-stop, et la mission était terminée. Alors je me suis dit, je ferais mieux d'aller parler à Domingo avant qu'on nous demande autre chose. S'il pense que je dois rester une ou deux semaines de plus, ou même plus longtemps, d'accord, mais au moins il saura que j'ai l'intention de partir.

Et voilà que Nico ouvre la porte et lance : « Debout, mesdames, une belle journée commence ! », et c'est tellement inattendu… et bizarre. Je sens que quelque chose cloche. J'ai comme un pressentiment… Quelque chose de mauvais. Bien sûr, sur le moment, ça n'a pas de sens, je dis ça parce qu'on a su après ce qui s'était passé, mais on était tellement habitués à entendre la voix de Domingo et soudain, c'est celle de Nico. Mais plus tard, j'ai senti que j'avais eu une prémonition.

*

Domingo arrive à neuf heures et demie.

On est en train de vérifier l'équipement après toutes ces semaines sur la route. J'entends la voix de Domingo dans le couloir :

– Storm !

– Mon capitaine !

Et je dévale l'escalier jusqu'à son bureau.

Birdie est assise au bureau de Domingo. Il est debout derrière elle. Adossé à un mur, un des Côtiers, un homme à lunettes que j'ai déjà vu mais dont j'ignore le nom.

– Ferme la porte, dit Domingo.

J'obéis.

Il ne m'invite pas à m'asseoir, me demande :

– Est-ce que Bravo est opérationnel ?

– Oui, mon capitaine.

– C'est une affaire secrète. Strictement confidentielle. On s'est compris ?

– Oui, mon capitaine.

– Birdie...

Elle acquiesce et commence :

– Nico, tu connais John ?

– Je sais que tu es un des Côtiers, dis-je en m'adressant à l'homme.

Il s'approche et me tend la main :

– John Hahn.

– OK, poursuit Birdie. Je ne vais pas entrer dans les détails techniques. Disons juste que pour qu'un système hydroélectrique fonctionne, il faut des régulateurs de voltage. C'est crucial, indispensable. C'est pourquoi on a toujours deux régulateurs sur le panneau de contrôle. L'un fait le travail, l'autre est la sauvegarde, une sécurité. Un régulateur de secours, en gros. Tu comprends ?

– Je comprends.

– Comme tu le sais, j'ai aidé le pasteur et sa bande à installer l'énergie hydraulique à NJ. À la base, ils ont le même système que nous, mais cela fait cinq ans que le leur n'avait pas été mis en service. On a branché toutes les connexions et toutes les dérivations nécessaires, on a tout remis en état de marche. J'ai fait très attention, mais quand j'ai appuyé sur la commande centrale, le régulateur de voltage a sauté. Complètement cramé, irréparable. J'ai su que je m'étais plantée quelque part...

– Ce n'était peut-être pas ta faute, Birdie. Peut-être que...

– Chut, Domingo.

Seule Birdie Canary peut se permettre de dire « chut » à Domingo. La dynamique de leur relation m'étonne toujours, c'est un mystère. On s'attendrait à ce qu'il sorte un couteau ou un pistolet et déclare : « Personne ne me dit "chut". » Mais pas si ça vient de Birdie.

Cependant, quand il accepte d'un air résigné qu'elle le fasse taire, on dirait qu'il a l'esprit ailleurs.

– J'ai fait une erreur, poursuit Birdie. C'est comme ça et pas autrement. J'ai tout repris depuis le début pour voir où c'était, et j'ai trouvé, j'en étais sûre. Alors j'ai rallumé et j'ai fait sauter aussi le régulateur de secours. Ainsi la Terre promise n'a pas l'électricité promise. Et il n'y a pas moyen de réparer ça. Il a fallu que je l'annonce au pasteur, et ça ne lui a pas plu, c'est le moins qu'on puisse dire. Alors il m'a demandé, et vos régulateurs à Amanzi ? Ils fonctionneraient ? J'ai répondu que c'étaient les nôtres. Il a redemandé : Ils marcheraient ? J'ai bien dû répondre que oui, ils marcheraient. Donc, puisque c'était moi qui avais grillé les leurs, c'était ma faute. Or on a un accord précis pour le partage, quarante-six pour cent-cinquante-quatre pour cent. Et maintenant les régulateurs d'Amanzi font partie de cet accord. Nous possédons deux régulateurs et ils en veulent un. Mais c'est notre unique régulateur de secours, Nico. Ces trucs-là finissent par casser, un jour. Si le nôtre grille aussi... Bon, ça ne sert à rien de pleurer. Quand j'ai dit au pasteur que j'étais désolée, que ce n'était pas de chance pour NJ, il a répondu que je ferais mieux d'aller expliquer ça à sa communauté. Je dois dire aux gens de NJ qu'ils doivent s'asseoir dans le froid et l'obscurité, cuisiner au feu de bois pendant que ceux d'Amanzi se prélassent dans le luxe parce que voilà, nous refusons de leur céder un régulateur de voltage dont nous ne nous servons pas. On va voir comment ma communauté va réagir à ça, a-t-il dit. On va voir comment on peut éviter une guerre civile.

Domingo pousse un grognement.

Birdie intervient :

— Non, Domingo, le problème n'est pas que nous la gagnerions, cette guerre. Ces gens étaient des nôtres. Ils nous ont aidés à construire ce que nous avons…

Elle me regarde.

— C'est un choix difficile, Nico. Mais je veux faire ce qui est juste. Et pour ça, j'ai besoin de plus d'informations. J'ai demandé à Nkosi de me laisser deux jours. Aujourd'hui, c'est le premier. Il y a peut-être un espoir, car John, poursuit-elle en désignant le Côtier adossé au mur, a travaillé chez Eskom. Il m'a assistée à NJ pendant ces deux dernières semaines. Et John détient des informations stratégiques. Raconte-lui, John.

Hahn s'avance et prend la parole.

— C'est vrai, j'ai bossé à Eskom il y a dix ans. J'étais le coordinateur de l'entretien et des opérations chez Eskom au Cap oriental. Je travaillais à Queenstown. C'est moi qui envoyais des équipes construire des sous-stations et les entretenir. L'une de ces sous-stations se trouvait à Teebus.

— Tu sais où c'est ? me demande Domingo.

— Non.

— Entre Middelburg et Steynsburg. Mais John te montrera. Il t'accompagne.

— Il y a des régulateurs de voltage là-bas, tu comprends, dit Birdie.

— Il y a un générateur hydroélectrique dont personne ne connaît l'existence, explique Hahn. Souterrain. Au milieu de nulle part.

— C'est curieux, dit Domingo.

— Mais vrai, ajoute Birdie.

— Le tunnel Orange-Fish, explique Hahn. En 1975, ils ont construit un tunnel à partir du barrage de Gariep afin d'apporter de l'eau à la rivière Fish, pour irriguer et pour que Grahamstown et Port Elizabeth aient suffisamment d'eau potable. Un tunnel, sur près de cent kilomètres, qui part du barrage et va jusqu'à deux étranges collines pointues qu'on a appelées « boîte à thé » et « boîte à café » parce qu'elles ont la même forme que les boîtes Teebus et Koffiebus. Le tunnel ressort après Teebus et l'eau coule dans un canal pendant quelques kilomètres avant de se jeter dans la rivière Teebus, qui est un des affluents de la Fish. Eh bien, ils ont construit une centrale électrique juste avant la sortie du tunnel. Sous la terre. Sous une colline de l'autre côté de Koffiebus. On avance dans un tunnel qui descend et rejoint un tunnel plus gros. Ils appellent ça la salle des turbines, là où sont toutes les turbines et les autres machines.

— Et c'est là qu'on veut t'envoyer, explique Birdie. Pour voir si les régulateurs de voltage y sont toujours.

— Ils devraient, dit Hahn. Le plus étonnant, c'est que cette centrale n'a jamais servi parce qu'elle a été endommagée avant qu'on ait pu la mettre en route. Un imbécile a oublié de tirer le frein à main de sa voiture, qui a dévalé la pente dans le tunnel et s'est écrasée contre un panneau de contrôle. À l'époque, il y avait largement assez d'électricité et la centrale de Teebus ne pouvait produire que 0,6 mégawatt, alors ils n'ont pas pris la peine de réparer le truc. Ils avaient la même technologie que notre centrale et que Gariep... je veux dire, la centrale de NJ. Il doit y avoir là-bas deux régulateurs qui devraient convenir.

– En fait, on voudrait que tu nous rapatries tout le panneau de contrôle, dit Birdie.

– Je t'aiderai, ajoute Hahn.

– S'il y est toujours, intervient Domingo.

– Tu sais voir les choses du bon côté, lui dit Birdie.

– Je suis réaliste.

– Il a raison, confirme Hahn. Ces tunnels étaient fermés chaque année pendant cinq semaines pour la vérification et l'entretien. Cela fait plus de cinq ans que rien n'a été contrôlé. Les tunnels se sont peut-être effondrés.

– Je dois donner une réponse au pasteur après-demain dans la soirée. Il faut que tu me dises au plus tard à l'heure du déjeuner s'ils sont toujours là, et s'ils sont utilisables.

– Prenez le Volvo, conseille Domingo. Vous ne pouvez pas aller sur la N1, ni sur la N10, et je ne peux pas vous assurer une protection aérienne. Parce que je ne veux pas qu'un espion de Nkosi vous voie rouler dans cette direction. Ces régulateurs de voltage ont désormais une grande valeur stratégique. Il faudra que vous empruntiez les petites routes de l'arrière-pays, qui sont en mauvais état. Alors conduisez prudemment, mais sans perdre de temps. Et on utilisera Roméo comme code radio. R comme Roméo, et comme « régulateur ».

– Bien, mon capitaine.

– Si vous constatez que les régulateurs sont opérationnels, dites-moi par radio : Roméo affirmatif.

– Roméo affirmatif.

– Bon, si ça ne marche pas pour une raison ou une autre, vous me direz : Roméo négatif.

101

BONJOUR À CINCINNATUS : III

Sofia Bergman

On a regardé le commando Bravo monter dans le Volvo avec un des Côtiers et franchir la grille. C'était la première fois, depuis que j'avais intégré les COpS, qu'un commando ignorait ce qu'un autre commando allait faire. Ça renforçait mon impression qu'il y avait un truc qui clochait. Et Domingo qui restait ici. Domingo ne partait pas avec eux ? Et ensuite, Birdie est sortie de notre bâtiment, et elle avait vraiment l'air inquiète.

C'était étrange.

En plus, nos deux sergents étaient encore à NJ, à assurer la formation, et nous avons beaucoup parlé, entre nous, de ce qui se passait.

Cairistine « Birdie » Canary

Ça a été une drôle de matinée. On a dû envoyer le commando des Opérations spéciales sur la route parce qu'on n'avait pas des masses de temps. Et après ça, il a fallu s'asseoir avec Willem Storm et Brigadier X pour lire le message de Trunkenpolz. Je sais qu'en réalité il s'appelle Clarkson, et qu'il y a des gens pour qui c'est Numéro Un, mais pour nous je pense que ce sera toujours Trunkenpolz.

Bref, Willem a dit qu'à son avis, c'était bien stratégiquement de continuer à parler à Trunkenpolz. On ne lui fait pas confiance, il sait qu'on ne lui fait pas confiance, mais essayons de voir où ça va nous mener.

Alors, Domingo a dit, oui, tôt ou tard il va faire une bourde. Donc, parlons-lui. Brigadier X et moi, on a dit, OK, parlons-lui.

Domingo insiste pour que Willem et lui soient les seuls à lui parler. Brigadier X maintient qu'on peut faire confiance à ses gens, mais Domingo n'en démord pas. Il dit, certainement, mais on ne va pas courir de risques.

C'est seulement Domingo et Willem qui lui ont parlé. Quand ils sont sortis de là, ils ont dit, c'est bon, on est d'accord pour se rencontrer, le lieu et la date restent à déterminer.

Il n'y a qu'eux deux qui savaient ce qui s'était dit par radio ce jour-là.

*

On roule de De Aar à Richmond, on prend une saleté de route cailouteuse en direction de Middelburg, il y a un endroit où elle est complètement ravinée. On gaspille trois heures à évacuer de la terre et des pierres avec les pelles qui sont dans la remorque afin de pouvoir avancer.

À Middelburg, on voit des gens. Pas beaucoup, peut-être une douzaine qui sortent en courant quand ils entendent le moteur du Volvo. J'ordonne au conducteur de continuer à rouler. Je vois les gens qui agitent les bras, ils sont affamés, négligés, hagards. Il n'y avait aucun signe de vie la dernière fois qu'on est passés là, il y a treize ou quatorze mois. Ça a changé depuis qu'il n'y a plus les bandes de tueurs de la KTM dans le coin.

La vieille R56 est goudronnée, mais elle devait être déjà pourrie avant la Fièvre. Là où il faut traverser la Rooispruit entre deux collines, le pont bas a été complètement balayé par les eaux en crue. On perd deux heures de plus à trouver le moyen de passer.

Et puis on aperçoit Koffiebus et Teebus, les deux collines si repérables, Koffiebus sur la gauche, qui ressemble à un gros bonhomme, et Teebus sur la droite, mince et féminine.

John Hahn, l'ancien employé d'Eskom venu de la côte Ouest, est assis à l'avant. Il me dit dans la radio :

– C'est après Koffiebus. On ne peut rien voir de la route.

Et un peu plus loin il ajoute :

– Ralentissez, ralentissez, ici, tournez à gauche, là.

À travers le judas devant lequel Domingo se tient d'habitude, je vois un panneau délavé qui indique Hopewell, la gare de Teebus, Bulhoek. On tourne à gauche et deux kilomètres plus loin il y a le vieux hameau : quelques maisons, une grande piscine, maintenant vide et sale. Je la regarde, éberlué, et me demande pourquoi la piscine est de toutes les constructions humaines celle qui est la plus déprimante quand elle est laissée à l'abandon. Peut-être parce que dans notre esprit elle est associée à des éclaboussures d'eau bleue et aux cris excités des enfants qui jouent.

L'entrée du tunnel est à quelques centaines de mètres un peu plus loin, derrière une haute clôture en fil de fer. Le panneau blanc au bord de la route ne mentionne pas la centrale hydroélectrique, il indique juste : Tunnel Orange-Fish : Administration et Centrale.

On franchit la première grille qui est grande ouverte. Ce n'est pas bon signe.

La deuxième, devant quelques constructions, est également ouverte. Sur la droite, un bâtiment en brique rouge, sur la gauche un hangar qui peut abriter huit voitures. Il est envahi par la végétation, blanchi par les intempéries et en ruine. Juste devant nous, le tunnel. Mais la bouche est barricadée avec des briques, des planches, des panneaux indicateurs et des plaques de tôle.

J'ordonne à mon commando de descendre et de prendre position pour couvrir l'entrée. Je fais reculer le Volvo au-delà de la grille et le gare à une distance raisonnable. Et je m'avance prudemment vers l'entrée du tunnel. On dirait que quelqu'un l'a bouchée pour que des gens puissent s'abriter en sécurité de l'autre côté. Est-ce qu'ils y sont encore ?

Je ne vois aucune trace récente de présence humaine.

Et puis soudain il y a un tourbillon d'activité derrière la barricade et des silhouettes jaillissent comme des flèches dans un bruit considérable.

*

Nero Dlamini
« Bonjour à Cincinnatus. » C'était l'appel de détresse de Willem Storm.

Ça remontait au tout premier hiver à Amanzi, ce terrible hiver. Quand on a eu notre première élection démocratique. Tout le monde voulait que Domingo s'y présente, parce que nous avions tous un peu peur de lui, surtout le pasteur, et nous préférions qu'il soit à l'intérieur de la tente à pisser vers l'extérieur, plutôt que l'avoir à l'extérieur qui pisse vers l'intérieur.

Bien entendu, Domingo a refusé. Et le pasteur l'a coincé à ce sujet, et Domingo a répondu qu'il ne croyait pas à la démocratie dans ce monde de fous de l'après-Fièvre, il croyait à un dictateur bienveillant. Le pasteur a commencé à en faire toute une histoire mais ce diable de poly-matheux de Willem Storm a dit, calmez-vous les gars, Domingo a les anciens Romains de son côté, ils étaient démocrates, mais ils reconnaissaient la valeur de la dictature quand ça allait vraiment mal.

Et un peu plus tard, quand Domingo nous a tirés du pétrin pour la seconde élection, je crois que c'était la seconde, il nous a sauvé la mise en déclarant qu'il quitterait Amanzi si c'était Nkosi qui gagnait. Bref, cette nuit-là, Willem Storm a dit à Domingo qu'en gros il était notre dictateur.

Eh bien, a répondu Domingo, ça n'a pas l'air de vous perturber plus que ça, et Willem nous a raconté l'histoire de Cincinnatus. C'est lui qui a donné son nom à la ville américaine de Cincinnati, d'ailleurs. Cincinnatus était ce type de la Rome antique, un aristocrate qu'ils ont élu dictateur quand Rome a été attaquée et qu'ils étaient vraiment dans le pétrin. Mais ils ont vaincu leur ennemi, et après ça Cincinnatus a dit, bon, ça va les gars, j'ai fini mon job ici, et il a laissé tomber sa position pour redevenir un citoyen aristocrate ordinaire, et il est devenu un grand héros de la démocratie parce qu'il ne s'était pas cramponné au pouvoir.

Ce que Willem disait, c'est que Domingo pouvait être notre Cincinnatus. Il fallait juste qu'il lâche un jour le pouvoir. Ça a commencé comme ça.

Quand Willem était président, il insistait pour aller partout à vélo. Pas d'escorte, pas de gardes du corps, pas de luxueuse voiture présidentielle. Non, je vous en prie, il a dit, c'est ridicule. Ce qui n'était pas un problème, en temps normal. Mais après, on s'est retrouvés en guerre, par moments. Brigadier X et Domingo trouvaient que ça n'allait pas, vous êtes notre atout le plus précieux, disaient-ils, mais Willem a tenu bon. Ils ont exigé qu'il ne se déplace jamais sans radio, et ils lui ont donné un signal de détresse spécial. C'est Willem qui a trouvé le message : « Bonjour à Cincinnatus. » C'était son idée. Une façon de rappeler à Domingo qu'un jour il devrait lâcher le pouvoir. Domingo a juste souri, et il a dit d'accord.

Donc, si Willem se trouvait un jour en danger pour de bon, genre un danger de mort, il devait dire ceci : « Bonjour à Cincinnatus. »

*

Ils jaillissent sous mon nez de ce chaos de rochers, de briques et de plaques de tôle en poussant de drôles de cris inhumains. Pris de panique, je lève mon fusil et tire. Derrière moi, mes soldats tirent aussi, les balles sifflant de chaque côté de ma tête, et au-dessus.

Deux énormes mâles sortent de là en courant plus vite que je ne le pensais possible pour des babouins, deux fusées gris crasseux de terreur pure, un à gauche, un à droite, et grimpent la colline derrière l'entrée.

Aucun des COpS ne les touche. Malgré toutes ces heures d'entraînement.

Et soudain, c'est le silence. Les babouins ont disparu.

Alors on éclate de rire. Mes gars ont au moins la décence d'attendre que je commence. Mais ils continuent longtemps après moi.

102

Bonjour à Cincinnatus : IV

Ceux qui ont bloqué le tunnel sont partis depuis plusieurs années.

Quand on commence à défaire la barricade, les seules traces de vie sont de la merde de babouin, des déjections de damans et la mue d'une très grosse vipère heurtante.

Le tunnel est dans un état épouvantable, une partie du plafond s'est effondrée. Ça va prendre une demi-journée sinon plus pour se frayer un chemin là-dedans.

On s'y met tout de suite, profitant des quelques heures de jour qui restent. On a apporté des bougies et des faisceaux de petites branches en guise de torches, mais il faut les économiser pour le moment de la mission délicate : enlever le panneau de contrôle dans la salle des turbines. Si on arrive jusque-là. Parce qu'il faudra travailler en profondeur sous la terre, dans l'obscurité totale, et on aura besoin de toute la lumière possible.

*

Cairistine « Birdie » Canary
À quatre heures, ils m'ont demandé de venir dans la salle d'écoute, le pasteur voulait me parler depuis New Jerusalem. Je n'avais pas envie, je savais qu'il allait m'emmerder au sujet des régulateurs de voltage et je

n'avais rien à lui dire. Mais quoi faire d'autre ? J'y suis allée. Il m'a dit, madame la Présidente, je ne peux pas attendre. J'ai parlé à ma communauté, et j'ai prié. Je ne peux pas attendre. Demain, je vais venir chercher ce régulateur. Nous voulons ce qui nous revient de droit.

Je ne suis pas psy mais j'ai toujours pensé que le pasteur faisait de la rétention anale, ou qu'il avait des troubles obsessionnels compulsifs, enfin, ce genre de choses.

Alors j'ai dit, monsieur le Président... Bon, je devrais peut-être préciser ici que depuis qu'ils étaient à NJ, le bon pasteur insistait pour qu'on l'appelle aussi monsieur le Président. Donc je lui ai dit, monsieur le Président, il faut que je consulte mon cabinet.

Il a répondu non, il n'y a pas matière à consultation. Il veut la part qui leur revient...

Attends, là c'est important que je me rappelle bien ses mots exacts. Que personne n'ait de doute sur ce qu'il a dit exactement. Je te jure, il a dit : « Il n'y a pas matière à consultation. Pas question qu'on continue à être dépossédés. Je veux que ce soit bien clair. Nous exigeons ce qui nous revient de droit et nous prendrons ce qui nous appartient. Nos régulateurs de voltage et nos armes. »

Voilà ce qu'il a dit.

Sofia Bergman

Domingo est venu nous trouver à six heures du soir et il a dit que nous dormirions jusqu'à nouvel ordre sur le mur du barrage, que nous devions monter la garde près de notre centrale hydroélectrique et de nos régulateurs de voltage. Nous tous, le commando Alpha au complet. Et que si n'importe qui s'approchait de l'entrée de la centrale, il nous autorisait à ouvrir le feu.

Cairistine « Birdie » Canary

On a envoyé le commando des Opérations spéciales monter la garde sur le mur du barrage et on a essayé de joindre Nico Storm par radio à Teebus, mais on n'a pas réussi à établir le contact.

Je dois ajouter que Willem Storm n'était plus membre du Cabinet, il n'a pas assisté à la réunion où on a décidé de ne rien donner au pasteur avant d'avoir le feu vert de Nico.

Et enfin, vers sept heures et demie ce soir-là, Nico nous a appelés avec sa radio, on captait vraiment mal, et les nouvelles étaient mauvaises, on a pensé qu'ils n'étaient même pas entrés dans le tunnel parce que Nico a dit : « Pas encore de nouvelles de Roméo. »

*

Juste à l'entrée du tunnel, on n'arrive pas du tout à joindre Amanzi par radio. On est obligés de retourner sur la R56 avec le Volvo, de l'autre côté de Teebus, pour essayer de nouveau. Je respecte le protocole en disant :
– Pas de nouvelles de Roméo.
– C'est vraiment une mauvaise nouvelle, répond Domingo. On en aura quand ?
– Peut-être demain vers midi.
– Vraiment une mauvaise nouvelle, répète Domingo. C'est clair, ils veulent qu'on se dépêche.

On retourne là-bas. Je répartis mes hommes en trois équipes – une qui creuse avec un éclairage minimum, une qui monte la garde, une qui dort. J'organise les tours de garde. Et j'arrive à peine à dormir.

*

Béryl Fortuin
Willem est allé à Witput dans l'après-midi. Witput est la zone d'irrigation à l'ouest de Lückhoff, l'exploitation le long du canal où il voulait planter des pommes de terre au printemps. Il était en train de planifier la disposition

des champs et y était allé pour chercher l'endroit idéal où installer la vieille pompe à eau à diesel, puisque bien entendu il n'y avait pas d'électricité là-bas.

Il y est allé seul. Je crois qu'il appréciait la solitude. Rappelez-vous que pendant de nombreuses années il n'a jamais pu être seul, il a toujours été entouré de gens, occupé à résoudre leurs problèmes, à leur faire plaisir, tout le temps. Alors je crois qu'il était vraiment très content de se retrouver seul.

À l'époque... Je ne crois pas que ça lui paraissait dangereux de partir sans escorte. Witput est... Il n'y a rien ni personne, pas même une route correcte. Et c'était après la bataille du Secteur 3, il n'y avait pas de raison d'avoir peur.

Il est rentré au coucher du soleil et nous avons dîné ensemble à l'Orphelinat. Et puis Birdie et Nero sont arrivés et ils nous ont annoncé le nouvel ultimatum du pasteur, ils nous ont dit que les COpS gardaient désormais le barrage. Willem a répondu qu'à son avis le pasteur essayait d'intimider Birdie, c'était tout à fait le genre de Nkosi. Et il a ajouté :

– Birdie, dis à Nkosi que tu es disposée à partager les régulateurs, mais que Willem Storm a les clés de la centrale et qu'il refuse de les lâcher. Si tu dois en arriver là, tu lui dis ça. Mets-moi tout sur le dos.

Birdie l'a beaucoup remercié et ils sont repartis.

Ça a été notre dernière nuit ensemble.

*

On a travaillé toute la nuit et toute la matinée. Le mardi à midi, le tunnel est dégagé et sécurisé, on peut entrer dans la salle des turbines. Il y a des signes d'occupation humaine qui remontent à peut-être deux ou trois ans. Des boîtes de conserve et des bouteilles vides, de la literie, des bijoux dans un coffret.

Le panneau de contrôle et les régulateurs de voltage sont intacts. Couverts de poussière et un peu moisis, mais John Hahn dit qu'ils fonctionneront quand on les aura fait sécher.

Je repars au volant du Volvo à l'endroit où l'on capte bien et j'appelle la salle d'écoute. Ils vont chercher Domingo.

– Roméo affirmatif, dis-je.

Le signal est faible.

– Répète, demande Domingo.

Je répète.

– Il est en bonne santé ?

– Roméo a l'air en bonne santé.

Je me demande qui peut être en train de nous écouter sur la fréquence que nous utilisons pour nos communications habituelles. Si les hommes du pasteur Nkosi entendent ça, ils sauront que l'on fait quelque chose de secret mais ils n'auront aucune idée de ce que c'est.

– Excellentes nouvelles, approuve Domingo. Quand pourra-t-il rejoindre Juliette ?

John nous a dit qu'on aurait terminé vers trois heures.

– Ce soir.

– Bon voyage.

*

Cairistine « Birdie » Canary

Le dimanche à l'heure du déjeuner, Domingo vient m'annoncer que les régulateurs de Teebus sont en bon état, ils devraient arriver dans la soirée. Je réunis le Cabinet et nous décidons que nous pouvons risquer le coup, je peux prévenir le pasteur que nous allons lui apporter son régulateur le lendemain.

Je me rends à la salle d'écoute et nous appelons New Jerusalem, mais ils répondent que le pasteur n'est pas disponible.

Et quand je leur demande à quel moment il le sera, ils répondent qu'ils n'en savent rien, peut-être demain.

Et quand je leur demande où se trouve le pasteur, ils me répondent que ça ne me regarde pas.

Sofia Bergman

Domingo était avec nous à trois heures de l'après-midi ce mardi-là. Il nous avait apporté de la nourriture et de l'eau pour la nuit, il avait son pistolet et sa radio à la ceinture et son R4 était dans la Jeep, le fusil maintenu à la verticale dans son support.

Il a distribué les provisions et bavardé avec nous, puis il est reparti. Il n'a pas dit où il allait.

Et puis à trois heures et demie, on a entendu Oom Willem à la radio, sa voix claire comme du cristal. Sur notre fréquence militaire. On sentait l'urgence dans sa voix. J'ai attrapé la radio et monté le son, et j'ai entendu la voix de Domingo qui disait :

– Répète, Willem, répète.

Et Willem a dit :

– Bonjour à Cincinnatus de Witput, bonjour à Cincinnatus, je suis à Witput.

Mais on sentait bien qu'il ne voulait dire bonjour à personne, on entendait qu'il était... énervé. Pour être honnête, si je laisse libre cours à mon imagination... Disons juste que sa voix était fébrile.

Puis il y a eu un silence sur la fréquence et Domingo a dit :

– Affirmatif, Willem, je dirai bonjour à Cincinnatus. C'est tout.

BONJOUR À CINCINNATUS : V

On arrive à Amanzi à huit heures du soir. Le soleil est couché.

Les gardes de Petrusville ont l'air sombre. Je ne comprends pas pourquoi.

Les gardes de la grille principale sont silencieux et crispés. D'habitude, ils nous accueillent avec gentillesse, mais pas aujourd'hui. C'est peut-être dû à leur fatigue, ils assurent des veilles plus longues depuis l'exode. Plus de quarante pour cent des forces de défense et des réservistes de Brigadier X sont partis à New Jerusalem dans le Grand Trek.

On s'arrête devant la base, je fais descendre mon commando, nous sommes épuisés, affamés et assoiffés. Nous savons que la cuisine des COpS aura préparé quelque chose de bon pour nous, comme ils le font toujours quand on est de retour de mission.

Nous déchargeons le panneau de contrôle et mes gars le portent au QG.

Ils se dirigent vers la caserne pendant que je reste à attendre le conducteur du Volvo. Je veux faire ce que ferait Domingo, je veux être le dernier à entrer.

Je me demande où Domingo peut bien être.

Birdie et Brigadier X, Nero Dlamini et Béryl Fortuin sortent du quartier général. Ils passent devant le panneau de contrôle avec les régulateurs de voltage sans leur jeter un regard. Je sais, rien qu'à les voir, que quelque chose de terrible est arrivé.

Birdie, la petite Birdie, la présidente Cairistine Canary, éclate en sanglots avant d'arriver à ma hauteur. D'une voix complètement brisée, elle dit :

– Nico, oh, Nico…

Mon cœur se fige.

– Qu'est-ce qui ne va pas ?

– Ton père.

Je sais. Inutile de demander parce que je le lis en elle et en Béryl, en Nero et en Brigadier X, elle n'a pas besoin de dire un mot de plus.

Je sens mon sang et ma vie refluer, si vite. Le vide. Mes jambes flageolent, mes genoux lâchent.

Birdie m'attrape, me serre dans ses bras. Je sens son corps palpiter et trembler. À côté de nous, Béryl pleure, inconsolable, elle nous enlace de ses bras comme si elle voulait faire partie de cette douleur.

Le visage contre ma poitrine, Birdie souffle :

– Domingo aussi, Nico. Domingo aussi est mort.

*

Je n'ai pas vraiment de souvenir des heures qui ont suivi.

Je me rappelle que Birdie et moi avons essayé de nous réconforter mutuellement. On est restés assis longtemps, serrés l'un contre l'autre.

Je n'ai pas pleuré, tout semblait irréel. Je ne pouvais pas. J'aurais voulu, je savais que les larmes étaient quelque part au fond de moi, mais je n'arrivais pas à le croire : Père *et* Domingo ? Impossible.

Nous sommes assis dans le bureau de Domingo. Quelqu'un nous apporte du thé glacé et du pain frais. Je ne peux rien avaler. Je demande de l'eau.

Tout le monde parle doucement. Toute la caserne est plongée dans le silence, la nouvelle s'est répandue, les COpS sont abasourdis.

Nero prend la parole. C'est le plus solide de nous tous, me dis-je. Il nous parle calmement, magnifiquement, il nous rassure.

Finalement, je n'y tiens plus, je leur demande ce qui s'est passé.

Nero dit que bien sûr, il comprend. Il comprend que j'aie besoin de savoir.

Oui, s'il te plaît, raconte-moi.

Il commence : Willem est allé à Witput.

Entre une et trois heures de l'après-midi, Père a parlé plusieurs fois aux fermiers des terres irriguées sur la fréquence réservée à l'agriculture. Il leur a demandé des conseils au sujet de la pompe à diesel et du système qu'il était en train d'installer. Père a plaisanté sur son manque de savoir-faire technologique, pas une fois il n'a donné l'impression que quelqu'un était avec lui ou qu'il y avait un danger.

Jusqu'à trois heures et demie.

Père a utilisé la phrase codée à la radio. C'est tout. Rien d'autre. Domingo a bondi dans la Jeep pour aller le rejoindre. La salle d'écoute a aussi alerté Brigadier X. Il a voulu envoyer sa patrouille qui couvre la rive Nord du barrage depuis Lückhoff jusqu'à Philippolis. Mais ils n'ont pas répondu. Brigadier X était à court de personnel et de véhicules après le Grand Trek, il a aussitôt ordonné à la seule autre équipe disponible de se rendre à Witput, mais ils étaient à Hopetown et il leur a fallu vingt-cinq minutes pour arriver là-bas.

À Witput, deux hommes de la force de défense de Brigadier X ont découvert Père et Domingo. Ils gisaient l'un près de l'autre, à la bordure du marais salant blanc comme la neige, le marais salant sec à côté des vieux cercles d'irrigation de Witput.

Ils avaient été abattus. Les soldats ont chargé les corps et ont foncé vers Amanzi, vers l'hôpital. Mission sans espoir car ils étaient certains que Père et Domingo étaient morts, mais que faire d'autre ?
Brigadier X dit :
— Le temps que j'arrive là-bas, sur la scène de crime, la nuit était presque tombée. Il n'y avait pas grand-chose à apprendre...
Et il hésite, et je vois Brigadier X échanger un regard avec Nero et Birdie, alors je demande :
— Qu'est-ce qu'il y a ?
— Je veux que tu saches, Nico, que j'ai envoyé Hennie As tourner dans le ciel. J'ai demandé à toutes les patrouilles disponibles de faire des recherches, mais il y a une telle étendue à parcourir...
Nero Dlamini ajoute :
— Nous n'avons pas d'indices, Nico. Nous ne pouvons pas dire avec certitude qui a fait ça. Nous ne savons vraiment pas.
Je comprends ce qui se passe.
— Mais vous soupçonnez quelqu'un.
— Nico, il faut être très prudent...
— Qui, Birdie ?
— Assieds-toi, Nico.
C'est alors que je me rends compte que je suis debout.
— Nous devons réfléchir la tête froide, dit Nero Dlamini. Tu devrais peut-être commencer par dormir un peu.
— La tête très froide, insiste Brigadier X.
— Non, dis-je.
— Assieds-toi, Nico.
Je ne peux pas.
— S'il te plaît, Nico, il faut que tu sois fort, dit Nero. On a besoin que tu sois très fort ce soir.

Nero a toujours su me calmer, depuis le jour où il a traité mon stress post-traumatique, après qu'Okkie a été poignardé. Du coup, je me sens soudain fatigué. Je m'assois. Un frisson parcourt mon corps. J'empoigne mes genoux parce que je sais qu'ils vont commencer à trembler. L'émotion m'envahit pour la première fois mais je la tiens à distance, je ne suis pas encore prêt à croire que tout ça est vrai.

Ils ne disent pas un mot. J'arrive à me maîtriser. Au bout d'un moment, je lève les yeux vers Birdie.

— S'il te plaît. Dis-moi tout maintenant.

C'est trop pour Birdie. Elle regarde Nero. Il acquiesce.

— Je vais lui dire.

*

Ça dure un quart d'heure. Il me raconte toute l'histoire. Il commence par Trunkenpolz qui a pris contact par radio. Il y a deux jours, sans crier gare, notre pire ennemi a voulu organiser une rencontre. Père et Domingo ont fini par lui répondre, personne n'a su ce qu'ils s'étaient dit.

La rage et la haine se sont brusquement enflammées et je me lève d'un bond.

— C'est lui !

Nero me touche doucement l'épaule.

— Assieds-toi, Nico. Nous ne savons pas si c'est lui. Vraiment, on ne sait pas. Il y a d'autres choses. Il faut que tu écoutes jusqu'au bout.

— Mais c'est lui qui...

— S'il te plaît, assieds-toi d'abord.

— Je t'en prie, Nico, dit Birdie.

Quelque chose dans sa voix me transperce, le ton et une emphase qui indiquent qu'elle ne peut plus vraiment se contenir. Et des profondeurs de ma propre perte je la vois, je comprends qu'elle a perdu Domingo. Elle a perdu son fiancé. Son cœur est aussi brisé que le mien.

Je m'assois.

Nero attend un moment avant de reprendre son récit. Il expose tous les événements où le pasteur Nkosi Sebego était impliqué ; du moment où il a annoncé le Grand Trek pendant la réunion du Cabinet jusqu'à hier, quand il a dit qu'il allait revenir chercher les armes et le régulateur de voltage. Il évoque les accusations d'espionnage de Domingo contre le pasteur et leur altercation, et la conclusion de mon père : la chose était possible mais hautement improbable.

– Ce que tu racontes n'a pas de sens, Nero.

Je suis abasourdi, le choc, l'émotion et la fatigue, l'adrénaline et la douleur se bousculent en moi. Je sais que je ne traite pas les informations comme je le devrais.

– Ça ne plaisait pas à ton père de s'opposer à Nkosi comme ça. Mais il avait peu... Tu connais la situation, tu sais comme c'était dur pour tout le monde de dire non à Domingo. Nous lui devons d'être en vie. Et ton père n'avait pas le choix, en fait. Et par la suite, il a dit qu'on devrait laisser tomber. Il n'y avait pas vraiment de preuves, juste des soupçons.

– Attendez, dis-je. Je ne comprends pas pourquoi vous me racontez tout ça.

– Un peu de patience, Nico, dit Brigadier X. C'est juste pour te brosser le décor. Parce qu'il est arrivé autre chose cet après-midi.

– Quoi ?

Nero intervient :

– J'ai besoin que tu commences par me promettre un truc...

– Quoi ?

– On va te le dire, et puis tu vas prendre un somnifère et aller dormir.

– Quoi ? je répète, et je regarde Brigadier X.

– Tu vas faire ce qu'on te demande, Nico ? Tu vas prendre le somnifère et aller te coucher ? supplie Birdie, comme si elle voulait juste que cette journée prenne fin.

– D'accord.

Brigadier X se tourne vers Nero. Nero le regarde avec intensité, longtemps, avant d'acquiescer en silence.

– Comme tu le sais, je fais circuler une patrouille entre Lückhoff et Philippolis pendant la journée. Deux hommes dans un pick-up Nissan. Ils couvrent les routes qui desservent les fermes en longeant la rive Nord. C'est une longue expédition. Ils partent le matin, ils déjeunent à Philippolis et après ils prennent la piste pour jeter un coup d'œil à Lückhoff avant de revenir ici, vers cinq heures. C'est l'équipe que j'ai appelée quand j'ai reçu le message de détresse de ton père. Mais ils n'ont pas répondu. Il se trouve que leur radio était éteinte. Et ils n'ont jamais vérifié. Manque de chance, comme la radio était silencieuse, ils se sont dit qu'il n'y avait rien. Justement aujourd'hui ! Ils sont rentrés une heure après la tombée de la nuit. Ils sont tout de suite venus me voir pour signaler un incident. À ce moment-là, ils ne savaient rien pour ton père et Domingo.

– Quel incident ?

– Ils ont repéré trois véhicules qui s'éloignaient rapidement…

– Des motos ? je demande, ma rage revenant d'un coup.

– Nico, s'il te plaît, écoute la suite, dit Nero.

– Ma patrouille est arrivée à Lückhoff par l'est, en suivant la piste pour les 4 × 4. Ils ont vu les trois véhicules qui traçaient sur la route goudronnée en direction de Koffiefontein. L'heure, voilà l'important. C'était juste après quatre heures, vers quatre heures et quart.

Pourquoi ne me dit-il pas qui c'était ?

– Ils ont vu qui c'était ?

Il lève les mains. Un geste empreint de désespoir, mais que je ne comprends pas.

– Qu'est-ce qu'ils ont vu ?

– Ils pensent que c'étaient des véhicules à nous. Nos pick-up.
– À nous ?
– Oui. En tout cas jusqu'à il y a trois semaines, quand nous les avons donnés à New Jerusalem.

104

L'enquête sur le meurtre de mon père : I

Birdie rompt le silence dans le bureau de Domingo :
— Nico, ils pensent que c'étaient les nôtres mais ils n'en sont pas sûrs.
— Ils les ont poursuivis, mais ils n'ont pas pu les rattraper, explique Brigadier X.
— Qu'est-ce qui leur fait penser que c'était des pick-up de NJ ?
— C'était des Toyota, les trois.
— Bien sûr, dit Nero Dlamini, ce n'est pas une preuve. Et ils n'étaient pas certains à cent pour cent.
Je secoue la tête. Je ne suis pas d'accord avec Nero. S'il y avait trois Toyota, il y a de fortes chances qu'ils appartiennent à New Jerusalem. On leur a donné tous les pick-up Toyota d'Amanzi, pour simplifier les choses avec les pièces détachées et l'entretien. C'était inscrit dans l'accord final. Nous avons gardé les Ford et les Nissan. Et qui d'autre, dans cette région, a assez de diesel pour faire rouler trois pick-up, de n'importe quelle marque d'ailleurs, aussi loin dans les terres ? Il n'y a qu'Amanzi et New Jerusalem.
— Nico, il faut que je sache. Je dois savoir qui a fait ça. Je ne serai pas en paix tant qu'on n'aura pas trouvé. Je te le promets. Mais il faut des preuves. Pas que des allégations. C'est ce que ton père aurait voulu. Domingo

aussi. On ne doit pas laisser ce drame détruire ce que nous avons accompli ici.

– Il faut garder la tête froide, dit Brigadier X.

Nero Dlamini remplit mon verre d'eau. Il sort une plaquette de pilules de la poche de sa chemise.

– Je veux que tu en avales deux.

– On reprendra ça demain, dit Birdie, comme si elle parlait toute seule.

Je tends la main. Nero fait tomber les comprimés dans ma paume. Je prends le verre et fais mine de mettre les comprimés dans ma bouche mais en fait, je n'avale que l'eau, pendant que ma main droite les glisse dans la poche de mon pantalon.

Sofia Bergman

Je crois que personne n'a réussi à dormir cette nuit-là.

Domingo était mort. C'était impensable. Domingo était invincible. Immortel. On était persuadés que rien ne pouvait lui arriver, comme un super-héros. Et s'ils avaient réussi à le tuer, quelles chances de survivre avions-nous ? Et Willem Storm. Lui et Domingo étaient... Ils *étaient* Amanzi. Ils étaient tout pour Amanzi. Les membres du Cabinet, nous autres, nous n'étions que des exécutants.

Nous étions désespérés, et aussi, nous avions peur. Qui allait être notre chef, maintenant ? Qu'allions-nous devenir ?

Tel était le sentiment dominant ce soir-là, une sorte d'anxiété suffocante. Et l'incrédulité. Cela ne pouvait pas être vrai. Willem Storm *et* Domingo ? Impossible.

Le chagrin, ce serait pour plus tard. N'oubliez pas que nous étions des enfants de la Fièvre. Nous avions tous connu la mort et la perte d'êtres chers. Nous y avions fait face, dans une certaine mesure. Mais nous étions nombreux, aux COpS, à n'être que des enfants. Dix-sept, dix-huit, dix-neuf ans. Willem Storm et Domingo étaient des pères pour nous. Ou en tout cas des parents adoptifs. La figure de l'autorité. Non, cela a l'air trop... Quand j'étais petite, couchée dans mon lit à la ferme, je me sentais en sécurité en entendant la voix de mon père, en sentant l'odeur du tabac de sa pipe. Je savais que le monde était OK.

C'est ce que Willem et Domingo nous avaient donné. Le sentiment que nous étions en sécurité et que le monde était OK.

Mais ce soir-là, on ne pouvait pas l'exprimer. On est juste restés assis sur le mur du barrage, dans un silence atterré. Le commando Alpha montait toujours la garde, selon les instructions de Domingo. Nos sergents, Taljaard et Masinga, étaient encore à NJ et nous nous trouvions sans chef. Complètement seuls.

Depuis la mort de Domingo, personne n'avait pensé à nous apporter de la nourriture et de l'eau. Juste après minuit cette nuit-là, on était arrivés au bout de nos provisions et j'ai proposé d'aller chercher du ravitaillement. Je suis retournée à pied à la base, en prenant le raccourci ça faisait à peu près un kilomètre et demi.

Le calme absolu, tout était complètement silencieux. Juste après minuit.

J'ai franchi la porte du QG et Nico Storm est sorti. Ça m'a fait sursauter, et j'ai failli fondre en larmes, pour lui, pour son deuil, pour tout. J'ai pensé qu'il n'arrivait pas à dormir et voulait juste prendre l'air, trouver un endroit où pleurer en paix. Mais il a posé un doigt sur ses lèvres et j'ai lu les mots « s'il te plaît » dans ses yeux, et je me suis demandé pourquoi. Je ne m'attendais pas à ça, dans mon esprit, ce n'était pas le comportement qu'on a lorsqu'on vient de perdre son père.

Je suis restée plantée là, sans dire un mot, je l'ai regardé passer devant moi et se diriger vers la Jeep de Domingo, qui était restée là où les hommes de Brigadier X l'avaient garée. Nico est monté à bord de la Jeep et a franchi la grille.

Il n'a pas l'air dévasté par le chagrin, je me suis dit, il a l'air... déterminé. Puis j'ai pris conscience qu'il portait son fusil à l'épaule.

J'ignorais qu'il se rendait à New Jerusalem. Nous ne savions rien de tout ça.

*

J'aurais dû protéger mon père.

C'était ma tâche, ma vocation, ma responsabilité. Et je ne l'ai pas fait. Je n'étais pas là, mais ce n'est pas la question, j'aurais dû protéger mon père.

Je suis allongé sur mon lit et je ne dors pas, je me sens vidé et la rage commence à remplir le vide qui est en moi. Une rage qui a mis du temps à venir, une rage contre moi-même qui s'est transformée en rage contre ce monde, ce monde brisé, injuste, mauvais, et qui s'est transformée en rage contre Nkosi Sebego, parce que je vois qu'il est responsable de tout ça. Au moins, en tout cas, s'il n'était pas parti à New Jerusalem, Père serait encore président, il n'aurait pas décidé d'aller faire le fermier à Witput. En tout cas. Mais il y a autre chose. Plus que ça. Et plus j'y pense, plus j'en suis sûr, je le sais. Alors je me lève, je m'habille, je ramasse mon pistolet et mon fusil et je quitte ma chambre, je descends l'escalier et je sors.

Je vois arriver Sofia Bergman. Tout devient clair dans mon esprit quand je la vois, et je prends conscience qu'il ne doit pas y avoir de témoins pour ce que je m'apprête à faire. Je lui fais signe de garder le silence. Elle ne doit rien dire à personne. Elle écarquille les yeux. Elle acquiesce de la tête.

Je rejoins la Jeep de Domingo. Je mets le contact. Le réservoir est presque plein. J'aurai assez de carburant. Je démarre.

À la grille principale, les gardes sont respectueux et discrets, ils expriment leur sympathie. Je les remercie et leur dis que je vais faire un tour pour m'éclaircir les idées.

Ils répondent qu'ils comprennent.

La même chose à la grille de Petrusville.

Et après, je suis seul, avec l'obscurité et les phares de la Jeep qui éclairent la route. La route jusqu'à Colesberg, puis Gariep. New Jerusalem.

Cela fait cent cinquante kilomètres. Je connais cette route, on l'a prise et reprise pendant toutes ces semaines passées, au moment du Grand Trek. Avec la Jeep, j'en ai pour un peu plus d'une heure et demie.

Ma rage contre Nkosi enfle à m'en donner le tournis. J'ai écouté Nero parler des accusations d'espionnage que Domingo avait portées contre le pasteur. J'assemble tous les indices et me rends compte que Domingo avait raison. Nkosi est un traître et un espion. Je me souviens de ce qu'il avait dit au Comité ce jour-là. Et je me rappelle comment il humiliait sans arrêt mon père. Il est obsédé par le pouvoir, depuis le début. Je me souviens de la façon dont il a regardé Domingo le premier jour, quand il est arrivé, comme s'il voulait dire : un jour tu vas te dresser sur mon chemin et je vais te tuer.

Domingo est mort.

Nkosi a tué mon père et il a détruit l'immortalité de Domingo.

Quand je quitte la N1, ma fureur est chauffée à blanc. Je sais où habite Nkosi. Il a choisi une maison modeste de Hamerkopstraat, dans la partie basse de la ville. Cela a étonné la plupart des COpS qui ont escorté le Grand Trek. Je pense que c'est une leçon qu'il a apprise de mon père.

NJ est dans le noir. Si différente d'Amanzi.

Ils ont installé une barricade temporaire à l'entrée de la ville, là où se dresse encore le pilier avec l'inscription Barrage de Gariep, près du petit bâtiment au toit à double pente. Les gardes de NJ sont rassemblés autour d'un feu, ils s'avancent vers la Jeep, fusil en main, avec un air effrayé et inexpérimenté. Ils me reconnaissent et se demandent ce qui se passe.

Je reste froid et calme. Je déclare que j'ai un message urgent pour le pasteur.

Ils répondent qu'ils doivent lui annoncer que je suis là.

Je me rends compte alors que je n'avais pas pensé à ce détail. Je leur dis d'y aller.

S'il a des gardes du corps qui essaient de m'arrêter, je leur tirerai dessus.

*

Sofia Bergman
J'ai rempli mon sac à dos de vivres et d'eau, et je suis retournée au barrage. Pendant tout le trajet, j'ai pensé à Nico. J'ai pensé à son expression, à ce que j'y avais lu. Il y avait quelque chose de... familier. Dans ses yeux, sa façon de poser un doigt sur ses lèvres, j'ai lu quelque chose que j'avais déjà vu avant.

Et où allait-il donc, dans la Jeep de Domingo ? Au cœur de la nuit ?

Est-ce que je devais en parler à quelqu'un ?

*

Ça prend une éternité pour réveiller le pasteur. Je ne peux pas entendre ce qu'il dit, juste le grondement sourd de sa voix qui sort de la radio du garde. Le type revient vers moi et me dit :

– Le pasteur veut savoir de quoi il s'agit.

– J'ai un message de mon père pour lui.

On va voir ce qu'il va répondre à ça. On va voir s'il se trahit.

Ils répètent mes paroles à la radio. Pas de réponse. Son silence en dit long. Son silence me confirme ce que je voulais savoir. Il reste si longtemps sans réagir que même les gardes en sont gênés.
– Envoyez-le-moi, dit Nkosi.

*

Sofia Bergman
À trois heures du matin, je me rappelle où j'ai déjà vu cette expression dans les yeux de Nico. C'était le jour où je lui ai tiré une flèche avec l'arc. Et le jour où il m'a plaquée au sol devant le QG, après que je l'ai frappé avec le fusil.
Les yeux de quelqu'un dans une rage terrible.
Mais où est-il allé ?

105

L'ENQUÊTE SUR LE MEURTRE DE MON PÈRE : II

Je m'arrête devant la maison, mon R4 à la main. Je coupe le contact de la Jeep, je descends et je m'avance vers la porte d'entrée.

Il a dû entendre mes pas sur les graviers, il ouvre la porte. Il est en robe de chambre, une lampe brûle derrière lui, je le vois en ombre chinoise. Je prends le R4 dans ma main gauche et lui balance mon poing en pleine face. Je le frappe avec toute la rage, la douleur et la haine que je porte en moi.

Je l'atteins à la bouche.

– Je vais te tuer, lui dis-je alors qu'il recule en titubant dans l'entrée, mais il ne tombe pas.

Il me décoche un coup de poing. C'est un homme costaud, plus grand que moi, aux larges épaules. Et il est plus rapide que je ne l'aurais cru. Il me touche à la pommette droite, ça me décolle du sol, je m'effondre, mon oreille droite à moitié sourde, des taches noires flottant devant mes yeux. J'essaie de me relever mais je perds l'équilibre et chancelle. Il s'apprête à cogner de nouveau, je vois le blanc de ses yeux, sa bouche en sang, je vois qu'il est capable de meurtre, qu'il est fou, dangereux. Je roule vers la gauche, m'appuie au mur. Il me manque, puis il me touche, quelque part dans les côtes. Je prends appui contre le mur pour rouler plus loin, comprenant soudain que ça ne se passe pas comme je l'avais prévu, que je vais être tabassé à mort.

L'adrénaline.

Je me relève aussitôt, il m'attend, je bouge vite, je cogne de toutes mes forces sur l'arête de son nez.

Il pousse un rugissement profond et se jette sur moi, un taureau blessé, mais maintenant je connais sa vitesse et quand il lance son poing, j'écarte la tête, juste à temps. Le coup m'atteint à l'épaule, sa violence me projette contre le mur. Plus de sensation dans le bras gauche. Je frappe de nouveau en espérant être plus rapide que lui, je martèle avec mon poing droit, tout ce que j'ai de force concentré dans ce geste. Il baisse la tête. Mon poing cogne son crâne rasé. J'entends craquer mes jointures, un bruit écœurant, retentissant, et la douleur remonte dans mon bras. Nkosi tombe sur un genou et attrape quelque chose sur la table. Je veux encore le frapper, je projette ma main gauche mais il me touche le premier, abattant une grosse poêle en fonte sur ma hanche et mon pistolet. Ça retentit comme une cloche en métal. Je titube et je tombe, et il est sur moi. Il lève la poêle, prêt à recommencer, alors je lui balance mon coude droit dans l'œil, aussi fort que je peux. Je sais qu'il y a quelque chose de cassé dans mes jointures, ça fait un mal de chien, je ne peux plus me servir de mon poing.

Il hurle de nouveau, secoue sa grosse tête, lâche la poêle et serre ses grandes mains autour de ma gorge. Je le frappe au front avec mon coude, je vois dans ses yeux que le coup l'a ébranlé mais il continue quand même à serrer. Je lance mon coude droit sur sa bouche. Il crache une dent et serre encore plus fort.

Je ne peux plus respirer.

Désespéré, le souffle coupé, je lui envoie encore mon coude sur la bouche. Il me crache du sang et de la salive dessus, m'étranglant de plus belle.

J'agrippe ses mains, il faut que je les écarte.

Je dois trouver de l'air.
Pas moyen.
Alors, ça devient clair : c'est fichu, ses mains sont trop grosses et trop puissantes, il serre trop fort, tout tourne autour de moi. Je me débats, je tire sur ses mains, je donne des coups de pied et je me tords dans tous les sens, la bouche ouverte en quête d'air, mais je n'arrive pas à en faire descendre dans mes poumons, je ne vois plus rien, je suis en train de mourir. Comme mon père, je vais être assassiné par cet homme.

*

Sofia Bergman
N'oubliez pas que personne ne nous a parlé du pasteur Nkosi, des espions, des armes cachées et des trois Toyota qui sont partis de Lückhoff à toute blinde. On apprendrait ça plus tard. Beaucoup plus tard. Alors, ce soir-là, je suis restée avec mes équipiers d'Alpha et je n'ai pas parlé de Nico. À personne.

*

Je reprends conscience quand le pasteur Nkosi me déverse un seau d'eau glacée dessus. Je tousse, je crache, je grogne, je m'étouffe et j'éternue. J'aspire l'air, le divin oxygène, tout au fond de mes poumons, et il me demande :
– Mais qu'est-ce qui t'a pris ?
Les mots sont déformés, à travers ses dents brisées.
Je tente de me relever.
– Je vais te tuer.
Ma voix est rauque, mon corps pèse une tonne.
Il appuie son gros pied sur ma poitrine. Me plaque au sol. J'ai affreusement mal à la main droite. Aux côtes, aussi.
– Mais pourquoi, Nico ?

– Tu le sais.

J'essaie de m'asseoir, j'agrippe son pied, mais mes bras ne bougent pas bien.

Il rapproche la poêle qui est sur la table.

– Je vais encore te frapper.
– Tue-moi. Autant me tuer.
– Je ne vais pas te tuer, mais je vais encore te frapper si tu ne me dis pas ce qui se passe.

Il lève la poêle, menaçant.

– Tu as tué mon père, salaud.
– J'ai quoi ?
– Tu as tué mon père.

La poêle heurte le sol en rendant un son creux. Je vois que Nkosi est sous le choc, la réaction de son corps le dit.

– Ton père ? Ton père est mort ?

Quel menteur.

– On a vu vos pick-up, hier.
– Nos pick-up ?

Il a l'air complètement abasourdi, horrifié.

– Trois pick-up Toyota qui sont partis de Lückhoff.
– Oui, dit-il. C'était moi.

La rage m'aveugle, j'empoigne son pied qui appuie sur ma poitrine. D'une secousse, il le dégage et fait un pas en arrière.

– Nico, je t'en prie ! Je n'ai rien à voir avec… Dis-moi quand… comment est mort ton père ?

Je me relève et m'avance vers lui, le poing gauche levé.

– Tu l'as abattu hier à quatre heures de l'après-midi.
– Oh, mon Dieu ! s'exclame-t-il. Oh, mon Dieu bien-aimé.

Il recule en chancelant, comme si je l'avais frappé, et se laisse tomber sur une chaise de cuisine.

*

Mon père m'a raconté qu'il y a deux cent millions d'années, un astéroïde de dix kilomètres de diamètre avait heurté la Terre.

L'impact a provoqué un cratère qui mesurait trois cents kilomètres de large, le plus grand jamais répertorié sur notre planète. Le cratère a disparu depuis longtemps, sous l'effet de l'érosion, mais une demi-lune de terrain accidenté est restée en son centre, le dôme de Vredefort, près de Parys dans l'État Libre.

Quelques mois avant la Fièvre, des scientifiques ont découvert un réseau de grottes dans les collines du dôme. C'est dans une de ces grottes que nous avons vécu, mon père et moi, quand la Fièvre a détruit notre monde.

C'est dans une de ces grottes que je suis tombé malade à cause du virus.

Ce que je revis cette nuit-là dans la cuisine du pasteur Nkosi, ce sont les rêves délirants. Alors qu'il est assis à la table, la tête entre les mains, à prier le Tout-Puissant, je me souviens que mon père lui aussi a été malade dans cette grotte, mais moins que moi. Il m'a soigné pendant que des rêves me traversaient comme des vagues de chaleur, ça venait et ça repartait, je ne savais plus si je dormais ou si j'étais éveillé. Chaque fois la sensation était la même : j'avais l'impression de regarder le monde à travers une fenêtre étroite dont la vitre était embuée. Mes membres, surtout mes mains, me semblaient gros et gonflés, lourds, bizarres, et pourtant ils ne l'étaient pas. Je me sentais ralenti des pieds à la tête, comme si je nageais dans un sirop épais et amer. C'était étrange, terrifiant et complètement irréel.

Dans la cuisine de Nkosi, j'ai le sentiment d'être de nouveau dans cet état.

Je me dresse au-dessus de lui, rempli de haine et d'une épouvantable douleur physique et émotionnelle, mais je me sens lent, piégé, ma tête, mes mains et mes doigts épais et inutiles, et je veux passer ma souffrance à quelqu'un d'autre. Nero dit que c'est ce qui arrive quand on éprouve une douleur insupportable.

— J'aimais ton père, dit Nkosi.

Les mots sont comme du plomb, épais et gluants, je les absorbe lentement, il me faut une éternité pour en assimiler le sens. Je dis qu'il ment, il ment, il détestait Père et Domingo.

Il répond :

— Non, j'ai juste très peur de Domingo.

Alors je crie :

— Tu l'as tué parce que tu avais peur de lui ?

Il me dévisage comme si j'étais devenu fou et demande d'un air égaré :

— Domingo ?

Et là je vois qu'il est dans le même état délirant que moi, nous sommes tous les deux largués.

— Tu as tué Domingo.
— Domingo est mort ?
— Tu l'as tué, et tu as tué mon père.
— Que le ciel nous vienne en aide.

Je sors le pistolet de mon étui de hanche. Je regarde Nkosi à travers l'étroite fenêtre embuée de ma fièvre et j'appuie le canon contre sa tempe. Il reste assis là, le sang de ses lèvres fendues dégouttant sur la table. Il secoue lentement la tête en disant :

— Je n'ai tué personne, Nico.

Je dégage la sûreté.

— Tu as laissé tes hommes s'en charger ?

Il ne répond pas, il secoue juste la tête pour nier.

Il ferme les yeux.

106

L'ENQUÊTE SUR LE MEURTRE DE MON PÈRE : III

Je ne peux pas presser la détente parce que au-delà de la fièvre, de la haine, de la rage et de l'émotion qui me submergent, je sais ; il dit la vérité. Je le vois à la manière dont sa tête retombe, à ses yeux fermés, je peux l'entendre dans sa voix, je peux le sentir dans la façon dont il se résigne à recevoir la balle du bourreau. Comme il cesse de lutter, comme il me laisse libre. Dans son pyjama et sa robe de chambre, c'est un homme brisé et innocent. Et il pleure mon père.

Je reste là, le pistolet pointé sur sa tête, attendant que la fièvre tombe et reflue. Elle emporte la tension et l'intensité avec elle.

Je remets la sécurité et je m'affaisse, me cramponnant à la table pour ne pas tomber. Je vais m'asseoir en face de lui.

Il rouvre lentement les yeux.

– Comment sont-ils morts ?
– On leur a tiré dessus.
– Je suis tellement désolé, Nico.
– Mais tu étais là.
– J'étais à Lückhoff.
– Ils étaient à Witput.
– Mon Dieu…
– Que faisais-tu là-bas ?

– Je suis allé chercher mes fusils, des munitions. Ce qui me revenait.
– À Lückhoff ?
– J'étais sûr qu'ils y étaient. J'en étais absolument certain. Vous utilisiez Lückhoff à des fins militaires. Toute la ville. C'était le terrain de jeu de Domingo. Exclusivement. Pendant les réunions du Cabinet, on a souvent parlé d'y installer des gens, c'était plus près que Hopetown, et il y a suffisamment de canaux d'irrigation. Mais Domingo a toujours refusé, il disait que c'était une base d'entraînement pour les Opérations spéciales, que vous en aviez besoin. Alors j'ai pensé que c'était là qu'il cachait les armes. Nous y sommes allés hier. Nous avons fouillé la ville. Nous avons regardé dans chaque maison. Nous avions même un détecteur de métaux, nous pensions qu'elles étaient cachées quelque part...

Sa voix faiblit.

Nous sommes assis tous les deux dans l'obscurité du crépuscule, avec la lampe à huile qui brûle doucement, et nous respirons à fond.

Je ne veux pas le croire. C'est un homme tellement fourbe.

– Tu as espionné pour Numéro Un.

Un bruit sec explose de ses lèvres, des éclaboussures de sang tombent sur la table. Il secoue la tête.

– Je t'ai vu, ce premier jour, dis-je. Je t'ai vu.
– Quel premier jour ?
– Celui de ton arrivée à Amanzi.
– Tu m'as vu ?
– Oui, j'ai vu comment tu regardais Domingo. Tu le haïssais.

Il me dévisage. Je n'arrive pas à lire son expression. Il éclate d'un rire bref et amer. Puis il se met debout avec lenteur.

– Tu veux un peu de brandy ?

Je n'en ai jamais bu.

— Oui.

Ça a un horrible goût de sirop pour la toux. Ça me brûle la bouche et la gorge, ça me fait tousser.

Le pasteur Nkosi Sebego en aurait probablement souri si sa bouche avait été intacte et les circonstances différentes.

Il se rassoit en face de moi.

— Sais-tu ce que signifie le tatouage sur la main de Domingo ?

— Non.

J'avais oublié depuis longtemps l'existence de ce tatouage, les deux sabres et le soleil levant. Cela faisait tellement partie de lui. J'y étais habitué, ça n'avait pas de sens particulier.

— Cela signifie qu'il était membre des Vingt-Sept.

— Les quoi ?

— Les Vingt-Sept. Les gangs des Nombres, tu n'en as jamais entendu parler ? Peu importe. C'étaient des gangs de détenus, autrefois. Avant la Fièvre, il y avait trois divisions. Les Vingt-Six, qui étaient les moins violents, regroupaient les voleurs et les cambrioleurs, les escrocs et les fraudeurs. Et puis il y avait les Vingt-Huit qui…

Je l'interromps parce que je refuse de croire quoi que ce soit de négatif concernant Domingo.

— Comment sais-tu tout ça ?

— En tant que pasteur, mon devoir était de visiter les paroissiens qui étaient en prison, Nico.

— Domingo n'était pas un criminel.

— Pourquoi avait-il ce tatouage, alors ? La marque des Vingt-Sept ? Les plus violents de tous les gangs de la prison, les tueurs. Les assassins.

— Ce n'était qu'un tatouage.

— J'en ai vu beaucoup, Nico. Domingo était un Vingt-Sept.

— Ce n'est pas vrai.

— Demande à Brigadier X.

– Pourquoi ?

– Il a été policier. Et... Tu te souviens, quand Matthew Mbalo a été tué ? Notre premier meurtre.

– Oui.

– Tu te rappelles qui a été la seule personne interrogée par Brigadier X, juste après la découverte du corps ?

Je m'en souviens très bien. C'était à Lückhoff, nous avons regardé comment le brigadier et Domingo discutaient, près de son pick-up. La colère de Domingo. Mais je ne dis rien.

– Brigadier X ne nous en a pas parlé, poursuit Nkosi. Jusqu'à ce que je le mette en cause, une semaine environ après le meurtre. Je l'ai traité de paresseux et d'incapable parce que l'enquête n'avait absolument pas progressé. Alors il m'a dit qu'il avait interrogé le seul vrai suspect. Le seul habitant d'Amanzi ayant un passé criminel répertorié qui avait circulé librement cette nuit-là à Amanzi, en vertu de ses responsabilités. Domingo. Alors j'ai demandé à Xaba, comment sais-tu que Domingo a un passé criminel ? Et il m'a répondu, le tatouage, pasteur. Et puis il m'a raconté ce que je savais déjà. Domingo avait été en prison, et il était membre du plus violent des gangs des Nombres.

Je refuse toujours de le croire. Le pasteur s'en rend compte.

– Je sais que tu aimais beaucoup Domingo.

– Oui. C'était mon héros.

– Je sais.

– C'était un homme très courageux, et un homme bon.

– Il était très courageux, oui. Et on peut être à la fois bon et mauvais, Nico. On peut faire des choses bien, et des choses mal. Dieu nous a créés ainsi.

Il se lève, s'approche du placard où se trouve la bouteille de brandy et s'en verse une rasade. Je ne savais pas qu'il buvait de l'alcool. Il lève la bouteille, me demande si j'en veux encore. Je secoue la tête. Ce truc est horrible. Il en reste encore dans mon verre.

— Tu as toute ma sympathie pour la perte de ton père, dit-il, et il boit une gorgée avant de me rejoindre à la table. J'avais un grand respect pour lui. C'était un homme exceptionnel. Ce n'est pas à cause de lui que j'ai quitté Amanzi.

Il s'assoit et poursuit :

— Je suis parti à cause de Domingo. Parce qu'il n'y avait pas de vraie démocratie. Pas de vraie liberté. Pas de vraie liberté de religion. Parce qu'il y avait une religion d'État à Amanzi, celle de Domingo. Il dirigeait l'endroit d'une poigne de fer.

— Ce n'est pas vrai, dis-je en secouant la tête.

— Réfléchis à tout ça, d'accord ? Considère juste les faits. Pose-toi la question : Pourquoi a-t-il caché l'arsenal ?

— Parce que tu es un espion.

De nouveau, il fait ce bruit dédaigneux. Et il se touche la bouche. Ça a dû lui faire mal.

— Vraiment, Nico ? Vraiment ? Un espion ? Admettons que j'en sois un. Mais réponds à ces questions : Sais-tu qui on appelle Numéro Un ? Va demander à Brigadier X. Chez les gangs des Nombres, on appelle Numéro Un ceux qui sont en haut de l'organisation. Si tu es le chef des Vingt-Six, tu es un Numéro Un. Et tu sais quelle était la spécialité des Vingt-Six en prison ? La contrebande. La contrebande et la revente. Souviens-toi quand Trunkenpolz est venu la première fois à Amanzi, tu te rappelles que Domingo n'était pas du tout content ? Comme il était nerveux ce soir-là ? Pourquoi donc ? Peut-être parce qu'il a vu le tatouage de Trunkenpolz. Et peut-être que Trunkenpolz a vu le sien. Demande-toi pourquoi, quand Trunkenpolz aurait pu tuer Domingo, quand il braquait son arme sur sa tête, il n'a pas simplement pressé la détente. Parce que, sans doute, il a reconnu quelqu'un qu'il pouvait faire chanter. Demande-toi qui est arrivé à Amanzi à moto. À moto, Nico. Réfléchis à ça. Demande-toi qui a tué le Maraudeur, celui que tu avais capturé, comment s'appelait-il déjà ?

— Léon Calitz.
— Oui, celui-là. Qui l'a tué, qui l'a abattu ainsi que l'opérateur radio des Maraudeurs avant que tu puisses les ramener pour les interroger sur leur trafic d'êtres humains ?
— C'était à cause de… Domingo a vu les femmes, les sept…
— D'accord. Tu te rappelles quand la KTM nous a attaqués et que tu en as tué dix ou onze ?
— Douze.
— Oui, douze. Tu te rappelles, deux des attaquants étaient coincés dans le pick-up. Ils criaient « On se rend, on se rend ! » mais Domingo s'est avancé et les a exécutés. Une balle entre les yeux. Tu te rappelles ?
— Oui.
— Pourquoi a-t-il fait ça ?
— Parce que c'étaient des animaux.
— Je me demande qui était réellement l'animal, ce jour-là. Pourquoi devait-il les tuer ? Pourquoi n'y avait-il jamais personne qu'on puisse interroger ? Pose-toi juste la question, c'est tout ce que j'ai à dire.
Je repousse mon verre et je me lève.
— Je ne te crois pas.
Son geste indique que ça lui est égal.
— Je finirai pas savoir si tu mens.
— J'ai emmené ma communauté loin d'Amanzi parce qu'ils méritaient mieux que la tyrannie de Domingo.
— La tyrannie de Domingo convenait à mon père.
— Tu en es sûr, Nico ?
Quand on a dix-sept ans, qu'on est épuisé et qu'on n'a pas les idées très claires, et que tout ce que l'on sait et croit est menacé, la solution la plus facile est la fuite.
Je ne lui réponds pas, je me contente de partir et l'obscurité de New Jerusalem m'avale avec la Jeep.

107

L'ENQUÊTE SUR LE MEURTRE DE MON PÈRE : IV

À ce jour, j'ignore encore comment j'ai atteint le pont qui franchit la rivière Seekoei.

C'est à quarante kilomètres au nord de Colesberg, juste avant l'endroit où la R369 devient une route de gravier.

C'est là que je reprends mes esprits, à environ quatre heures du matin, quand les phares de la Jeep éclairent le reflet argenté de la structure d'acier et le ciment gris. Je freine brusquement, sans bonne raison sinon que je suis soudain éveillé, de retour dans le monde réel.

Je m'arrête parce qu'il le faut, parce que je ne sais pas où aller.

Je coupe les lumières et le moteur de la Jeep, je descends et fais quelques pas. Je contemple cet incroyable firmament, les milliards d'étoiles qui clignotent. Père disait que le ciel, la nuit, était une machine à voyager dans le temps, chaque étoile dans sa propre époque, à tant d'années-lumière de nous. J'ai besoin d'une machine à voyager dans le temps, Père, afin de revenir en arrière.

Je ne vois pas la beauté à couper le souffle. Je me sens juste petit, incommensurablement petit, insignifiant et perdu, mais surtout, aujourd'hui, je me rappelle le poids complètement insupportable de la solitude qui pèse sur moi. Ma mère est morte, mon père est mort, et Domingo aussi. Je suis réellement orphelin désormais, bon pour l'Orphelinat.

Une partie de ce poids est liée à la perte de confiance, à la perte de certitude. Qui puis-je croire ? Que puis-je croire ? Y a-t-il une vérité ? S'ajoute à tout ça la perte d'un idéal, d'une idée, car Amanzi était l'idée de mon père. Sa vision, son rêve. Soudain, il n'y a plus rien. Pas de futur, juste l'obscurité sans fin.

Je ne m'apitoie pas sur moi-même. Je prends juste conscience de cette solitude absolue. Je ne sais pas combien de temps je suis resté là à contempler le ciel. Cela peut être dix minutes aussi bien que vingt.

Et puis j'entends crépiter la radio dans la Jeep de Domingo, et la voix d'un des gardes de Brigadier X s'élève :

– Base, ici Secteur 3. Quatre heures, et tout va bien.

J'étais assez près pour capter le message radio.

Je baisse les yeux et regarde l'horizon. Je vois la lueur que diffuse Amanzi. Notre lieu de lumière.

*

Sofia Bergman

Je dormais, allongée sur le goudron dur de la route en face du barrage, quand j'ai senti que quelqu'un me pressait doucement l'épaule et je me suis réveillée en sursaut. C'était Brigadier X. Il a dit :

– Sofia, j'ai besoin que tu cherches des empreintes pour moi.

J'étais gênée qu'il m'ait surprise à dormir. J'ai voulu me justifier :

– Je n'étais pas de garde.

Il a répondu :

– Je sais, mon petit, je sais. Mais le soleil va se lever dans une demi-heure et je veux qu'on commence à relever les empreintes sur la scène de crime dès les premières lueurs.

– Oui, chef.

Je me suis levée et j'aurais voulu lui demander si j'avais le temps de me laver, de me brosser les dents et les cheveux, mais il était déjà reparti vers les trois véhicules de la police d'Amanzi, les pick-up avec des étoiles peintes à la main sur les portières.

*

Je m'arrête devant l'Orphelinat, alors qu'à l'est l'horizon s'embrase de rouge au-dessus du barrage, et je sors de la Jeep. La douleur de mes jointures brisées est lancinante et je me demande s'ils ont parlé à Okkie. Est-ce qu'Okkie sait que notre père est mort ?

J'entre dans le bâtiment et entends qu'il y a déjà des gens qui s'activent à la cuisine, je ne veux pas les affronter, je veux juste m'asseoir et attendre Birdie, il faut que je lui parle. J'entre dans le salon et je la vois debout devant la fenêtre. Elle non plus, elle n'a pas pu dormir.

Elle m'entend et se retourne. Elle a l'air vieille et fatiguée. Elle me regarde avec compassion, puis avec inquiétude.

– Qu'est-ce qui s'est passé ? demande-t-elle en voyant le sang sur ma joue.

– Est-ce que Domingo a déjà fait de la prison, Birdie ?

Je lui demande, parce que je suis accablé, mais une fois la question posée je ne peux plus la retirer, c'est irrémédiable, et je me rends compte à quel point elle était méchante et égoïste.

Birdie chancelle. Je m'approche d'elle, je la soutiens, la conduis à une chaise et la fais s'asseoir. Elle lève les yeux vers moi.

– Oui, Nico.

*

Sofia Bergman
Brigadier X m'a montré où ils avaient trouvé les corps. Je me souviens de la douceur du soleil levant, et de la couleur pourpre du sang séché dans la terre.

– Domingo était ici, m'explique Brigadier X, et Willem là.

Le vieux Brigadier X était un homme de petite taille, il devait avoir atteint la cinquantaine, et à le voir là, me désignant les emplacements des corps, j'ai eu envie de le serrer dans mes bras parce qu'il avait l'air totalement hébété, comme s'il avait voulu être ailleurs. Comme s'il ne voulait pas examiner cette scène de crime, parce qu'il aurait tant voulu les faire revenir parmi nous. J'étais trop jeune à l'époque, trop bouleversée, et trop fatiguée moi aussi pour comprendre l'importance de la responsabilité qui pesait sur lui. C'était un des derniers officiers qui nous restaient.

Il m'a montré que les corps de Domingo et de Willem Storm étaient couchés à seulement trois mètres l'un de l'autre.

Il m'a montré les éclaboussures de sang près des traces de pneus, les endroits où chacun était tombé, et il m'a expliqué que curieusement, il y avait peu de sang.

Je n'ai jamais aimé cet endroit. C'était... je ne sais pas... ça donnait des frissons. Il y avait les marais salants, asséchés et plats, blancs comme des squelettes, impossible d'y planter quoi que ce soit avec leur sol stérile et saumâtre, et le canal qui coulait tout près, et les vieux cercles d'irrigation concentriques, on voyait encore leur tracé. Cet endroit m'a toujours donné la chair de poule. Enfin bref, Willem Storm et Domingo étaient couchés dans le marais salant, à quelques mètres du bord, là où commence le veld. Et la Jeep de Domingo était garée sur la route, près de la vieille ferme, à trois cents mètres de là environ.

Alors j'ai demandé à Brigadier X qui d'autre était venu la veille. Il a répondu juste lui et sa patrouille de Hopetown. Et il a appelé les deux hommes de la patrouille. J'ai examiné leurs rangers, puis celles du brigadier, et j'ai demandé si quelqu'un savait quelles chaussures portait Willem Storm. L'un des deux gars est allé les chercher et me les a apportées : les chaussures de Domingo et celles de Willem. Il les a posées devant moi. Des chaussures vides.

Ça a été un moment très dur pour moi. Je ne peux pas l'expliquer.

Cairistine « Birdie » Canary

Oui, la veille de Noël, le dernier avant sa mort, Domingo m'a emmenée à Otterskloof. Autrefois, c'était une magnifique maison d'hôtes de l'autre côté de la rivière, où on élevait du gibier. Il avait nettoyé l'endroit en cachette et l'avait fait tout beau, et quand on est arrivés il y avait une table dressée, avec une nappe, tu peux l'imaginer ?, et des fleurs sauvages. J'ai ri et dit, qui a fait ça, ce ne peut pas être toi. C'est tellement romantique. Il n'a pas souri, il était terriblement sérieux. Et il m'a dit, Birdie, j'ai envie de toi, mais avant, il faut que tu saches qui je suis.

Alors, il m'a tout raconté.

*

Je crois que ça a été un soulagement pour Birdie de me dire la vérité au sujet de Domingo, ce matin-là. Je crois que porter seule ce secret lui avait pesé.

On est assis côte à côte sur le canapé. Elle tient mes deux mains entre les siennes. Elle est tellement concentrée qu'elle ne remarque pas comme elles sont enflées, les égratignures et le sang sur mes jointures.

Elle me dit tout sur Domingo. Son vrai nom était Ryan John Domingo. Il a grandi à Riverview, dans la ville de

Worcester, et en été le vent du sud-est rabattait la puanteur des égouts dans leur petite maison. Sa mère faisait le ménage à l'école De la Bat pour les sourds, son père était un bon à rien, un homme qui ne travaillait pas et ne faisait que voler, mentir, tricher et boire. Un homme qui n'a jamais gardé un emploi plus de trois mois. Un homme au physique fort et au moral faible, un costaud qui avait été maltraité dans son enfance et perpétuait la tradition en battant sa femme et ses six enfants, à coups de poing et de ceinture, avec des cordes ou ce qui lui tombait sous la main, qu'il soit ivre ou sobre. Un homme avec un caractère épouvantable.

Son père s'appelait aussi Ryan John.

Domingo était l'aîné. Il était toujours le premier à encaisser la colère de son père. Plus tard, il a pris la défense de ses frères et sœurs, et de sa mère. Quand il voyait qu'ils allaient essuyer la tempête, il se mettait en travers et prenait la raclée à leur place.

Quand il était au lycée, il a essayé de riposter pour la première fois, et son père l'a tellement tabassé qu'il a passé une semaine à l'hôpital. Les infirmières et l'assistante sociale lui ont demandé qui l'avait battu comme ça. Il a dit qu'il était tombé. L'assistante sociale l'a informé qu'il pouvait mettre fin aux mauvais traitements. Il suffisait qu'il parle.

Il a réfléchi, et il s'est dit que oui, il pouvait y mettre fin. Et il a préparé le meurtre de son père.

Il avait seize ans, il était en première. Les pères de certains de ses camarades travaillaient à la prison de Brandvlei. Il avait entendu raconter comment les prisonniers s'entre-tuaient. L'une des méthodes utilisait un rayon de roue de bicyclette.

Cairistine « Birdie » Canary
Domingo avait l'air d'être avec moi à table, mais en fait, je voyais bien qu'il était là-bas à Worcester.

On n'avait pas souvent l'occasion de voir les yeux de Domingo, parce qu'il savait que c'étaient des fenêtres qui ouvraient sur son âme, je crois. Je les voyais, ils étaient distants, et douloureux. Il m'a dit, Birdie, j'ai aiguisé ce rayon de roue pendant des semaines, le bout était acéré. Je voulais le tuer mais je n'avais pas le courage. Je voulais vraiment le tuer, je m'imaginais la scène : il était couché, ivre mort, et je glissais la pointe entre ses côtes, exactement comme ils faisaient à la prison de Brandvlei, mais je n'avais pas le courage. C'est un grand pas à franchir, tuer un autre être humain. Même quand on a le courage et la motivation. Même quand c'est de l'autodéfense. Un très grand pas. Pendant des semaines je suis resté assis à écouter ses histoires d'ivrogne, tu les connais, ces histoires, Birdie ? Elles sont toujours pareilles, à chaque fois, et ça recommence, interminables, toujours les mêmes, jusqu'au moment où on a envie de vomir. Des histoires d'ivrogne racontant quel héros était mon père, toutes les choses qu'il avait faites, les types qu'il avait tabassés, les patrons à qui il avait dit vous pouvez vous le garder, votre job de merde, encore et encore, encore et encore. Et puis un soir il a commencé à taper ma mère, j'ai essayé de l'arrêter et il m'a cogné dessus, il m'a battu comme plâtre, Birdie, alors mon petit frère a essayé de l'empêcher, et il a cogné mon petit frère, il avait onze ans et il l'a roué de coups. Alors cette nuit-là, Birdie, j'ai enfoncé ce rayon de bicyclette entre les côtes de mon père et je l'ai refroidi, dans son lit.

Sofia Bergman

J'ai dit à Brigadier X et à ses hommes de ne pas bouger de là et j'ai commencé à examiner les empreintes comme Meklein me l'avait montré. Rappelle-toi, j'avais appris avec les COpS à relever des empreintes pendant plus d'un an, c'était tout frais dans mon esprit. Et je voulais savoir ce qui s'était passé ici, qui les avait tués. Je me suis concentrée.

La première chose que j'ai remarquée, c'est qu'il y avait les empreintes de quatre personnes venant du nord, près du canal. Et qu'aucune des quatre n'était celle de Oom Willem Storm ou de Domingo.

Il semblait qu'on avait transporté Oom Willem et Domingo jusqu'à cet endroit dans le marais salant.

Ça n'avait pas de sens.

108

L'ENQUÊTE SUR LE MEURTRE DE MON PÈRE : V

Birdie raconte que Domingo était parti pour l'école la peur au ventre. Et quand le directeur l'a envoyé chercher, et qu'il a vu les policiers qui attendaient devant la porte du bureau, il a su qu'ils étaient venus l'arrêter pour le meurtre de son père.

Mais ils lui ont juste dit, ton père est mort. Mort dans son lit. Une crise cardiaque. Ils étaient vraiment désolés. Nos sincères condoléances. Il pouvait rentrer chez lui tout de suite.

Il est rentré, pour consoler sa mère, ses frères et ses sœurs.

Il se demandait comment ils n'avaient pas remarqué la petite blessure. Peut-être parce qu'ils savaient que Ryan John Domingo se saoulait régulièrement. Ou parce que la marque était minuscule. Peut-être aussi parce qu'ils ne prenaient pas la peine d'autopsier des *coloured* de Riverview…

Et puis ils ont enterré son père. Et après ça, il s'est demandé : Combien de temps faut-il avant qu'un corps se décompose, et la preuve avec lui ?

Sofia Bergman
Les empreintes disaient qu'ils avaient déposé Willem et Domingo dans le marais salant, puis qu'ils avaient rejoint l'autre homme et étaient partis vers le nord. Le troisième

portait quelque chose de lourd. J'ai suivi les empreintes sur plus de cinq cents mètres, jusqu'à l'emplacement des vieux cercles d'irrigation, elles se détachaient nettement par endroits, et soudain on voyait une grande tache de sang dans le sable, c'était évident qu'un homme était tombé là.

Pister des empreintes, c'est juste une affaire d'observation attentive et de logique.

Tu regardes quelle distance il y a entre les pas d'un homme et tu sais à quelle vitesse il court ou il marche. Tu regardes si ses empreintes sont plus ou moins profondes que les autres et tu sais s'il porte quelque chose. Et les gouttes de sang... Meklein m'a appris, quand on remontait la piste d'une antilope blessée, que chaque gouttelette raconte sa propre histoire.

Alors je les ai suivies, de plus en plus près du canal. J'ai pu voir que les hommes couraient, mais pas très vite. Et que l'un d'eux saignait, et que ça empirait.

Il n'y avait pas de vent, juste une brise légère, matinale, et du coin de l'œil j'ai vu... Ce n'était pas à sa place à cet endroit, pas naturel. J'ai regardé mais presque à contrecœur parce que je voulais me concentrer seulement sur les empreintes, mais c'était à cinq pas... non, à dix pas des empreintes, quelque chose de blanc qui voletait. Je m'en suis approchée et c'était une photo de Oom Willem et de Nico avec une jolie femme, mais Nico était encore petit. Le père, la mère et l'enfant. Et je savais que la photo devait être tombée de la poche de Oom Willem. Je l'ai ramassée et je suis retournée à mes empreintes.

Une ravine traversait les cercles d'irrigation. Je ne sais pas s'il y avait des tuyaux dans la rigole, mais elle était profonde. Et puis j'ai vu qu'il y avait quelqu'un au fond. La ravine... Rappelle-toi, cela devait faire six ou sept ans que personne ne... Des buissons avaient poussé dans la ravine, des herbes folles et des épineux, et l'homme était couché sous les buissons, on aurait dit qu'il se cachait, et j'ai eu peur car je n'avais rien sur moi, mon fusil était resté dans le pick-up de Brigadier X. Et puis je me suis rendu compte que l'homme était mort.

*

Sur le canapé de l'Orphelinat, Birdie garde mes mains serrées dans les siennes et me raconte que le père de Domingo est resté dans sa tombe, personne n'a posé de questions, personne n'a regardé Domingo avec suspicion, et il s'est peu à peu accoutumé à l'idée qu'il avait commis un meurtre et s'en était tiré. Des semaines et des mois ont passé, et il était de plus en plus convaincu d'avoir fait ce qu'il fallait. Il a observé sa mère qui commençait à aller mieux. Il a vu comment ses frères et sœurs s'épanouissaient. Comment ils relevaient la tête.

Domingo a appris que de jeunes gars des Services correctionnels[1] sont allés en Grande-Bretagne pour rejoindre l'armée britannique. Les Anglais étaient en guerre avec l'Afghanistan et ils encourageaient les citoyens du Commonwealth à se joindre à eux. Il a appris que ces garçons gagnaient bien leur vie et envoyaient de fortes sommes chez eux, à leurs mères et leurs pères, leurs grands-mères et grands-pères, à leurs petits frères et sœurs. Il en a parlé à sa mère. Au début, elle n'a rien voulu entendre. Elle a dit qu'il devait d'abord finir l'école. Il a répondu que bien sûr il le ferait, mais qu'après il voulait y aller. Elle a dit non. Mais il a continué à essayer de la convaincre, pendant des mois et des mois, pendant plus d'une année. Jusqu'à ce qu'elle accepte.

En janvier, après avoir passé son *matric*[2], il a obtenu son passeport.

---

1. L'administration pénitentiaire.
2. *Matric* : diplôme équivalent du baccalauréat.

Il a économisé de l'argent, et emprunté, pour le billet d'avion. Douze mois plus tard, au mois de janvier d'après, il était en Afghanistan, membre du 3ᵉ bataillon du régiment de parachutistes britanniques.

Sofia Bergman
Les traces montraient que les trois autres avaient traîné cet homme jusqu'à la ravine, et qu'ensuite ils étaient partis en courant.

Il était aussi mort qu'une bûche, on lui avait tiré une balle entre les yeux. Et il portait un uniforme d'un gris morne, une sorte d'uniforme militaire, et ses rangers étaient noires.

Je suis allée trouver Brigadier X et prendre mon fusil, et je lui ai dit que j'allais suivre les empreintes de ces trois hommes et que si je voyais quelque chose, je tirerais un coup de feu en l'air. Mais il a dit non, il vaut mieux utiliser la radio.

J'ai oublié la photo qui était dans ma poche. J'ai suivi les empreintes à petites foulées, traversant un deuxième cercle d'irrigation, jusqu'au canal. Là, j'ai vu que les hommes avaient bifurqué à gauche, vers le petit pont.

Et j'ai vu d'autres éclaboussures de sang, en quantité.

Tous les deux cents mètres environ, il y avait une passerelle qui enjambait le canal, mais certaines étaient cassées ou avaient été emportées par l'eau, et tous les kilomètres, il y avait un pont pour les véhicules. J'ai vu que les hommes avaient traversé une des passerelles et couru jusqu'au cercle d'irrigation suivant. Celui qui saignait traînait de plus en plus les pieds, et les empreintes se rapprochaient là où les deux autres l'avaient aidé. J'ai continué à trotter, et soudain, les traces ont disparu.

Je me suis arrêtée et je suis revenue sur mes pas. J'ai vu qu'ils avaient couru, mais juste avant que leurs traces disparaissent, ils ne couraient plus. Ils marchaient.

Et tout de suite après, il n'y avait plus du tout de traces.

*

Ryan John Domingo du 3ᵉ bataillon de parachutistes a été promu caporal, puis caporal-chef, et après cinq ans de service, il a été promu sergent. Chaque mois, il envoyait de l'argent à sa mère, et il retournait chez lui une fois par an, pendant deux semaines – avec des cadeaux pour ses frères et sœurs –, et après il reprenait l'avion pour l'Angleterre puis l'Afghanistan.

C'était un bon soldat. On lui a donné des médailles. Il s'occupait de sa famille. Il ne buvait pas et ne fumait pas. À Riverview, Worcester, il est devenu une légende, et quand il rentrait au pays, les filles passaient en flânant devant la maison familiale de Domingo. Rien d'étonnant car c'était à présent un beau garçon costaud, un homme sérieux qui gagnait bien sa vie.

Pendant une permission, sa cinquième année de service, il est allé à une rencontre d'athlétisme au lycée, sa sœur y participait. Il a rencontré une jeune prof, Yolande Goedeman. C'était une jeune fille sensuelle, aux lèvres et au corps voluptueux, son entrain dégageait la même lumière que son teint sans défaut.

Ç'a été le coup de foudre, il a téléphoné à sa base pour demander une semaine de congé de plus afin de battre le fer de la passion pendant qu'il était encore chaud. Ils passaient tous les moments qu'ils pouvaient ensemble, c'était le couple dont tout le monde parlait, les gens disaient que ces deux-là avaient eu bien de la chance de se rencontrer.

Il ne voulait pas retourner à l'armée, il avait peur de la perdre. Elle ne voulait pas qu'il s'en aille parce que l'Afghanistan était le pays de la mort. Il lui a promis de demander un poste aux Services correctionnels, ils tiendraient compte de son expérience militaire, il devrait obtenir un bon échelon.

Il est reparti, d'abord en Angleterre puis dans la province de Helmand, au sud de l'Afghanistan, pour l'opération Herrick, comme membre de la 16ᵉ brigade d'assaut aérien. Quatorze de ses camarades furent tués, quarante-cinq blessés.

Domingo a survécu. Il a écrit aux Services correctionnels en Afrique du Sud pour demander du travail. Mais tout ce qu'il a reçu, c'est une lettre de la plus âgée de ses sœurs : « Tu dois rentrer à la maison, Yolande Goedeman fréquente des gens pas bien. »

Sofia Bergman

Suivre une piste, c'est de l'observation attentive et de la logique. Si quelque chose a l'air bizarre, si tu ne peux pas l'expliquer, il faut l'approcher sous un autre angle.

J'avais suivi les empreintes des trois hommes alors qu'ils fuyaient en courant, et maintenant je les suivais alors qu'ils arrivaient. J'avais la confirmation qu'ils avaient d'abord été quatre. Et j'ai à peu près compris ce qui s'était passé. Oom Willem se trouvait dans la vieille ferme. Je ne veux pas dire que la ferme était vraiment vieille, c'est juste que... Elle était restée longtemps inoccupée, et elle était mal tenue comme toutes les fermes à l'époque, mais on voyait qu'Oom Willem avait commencé à nettoyer. À l'intérieur, on a trouvé des papiers sur une table, et des crayons, la preuve qu'il dessinait une carte du secteur et planifiait son système d'irrigation.

Je crois qu'il était occupé à ça dans la maison quand les quatre hommes ont débarqué. Et Domingo. Il y avait des traînées et des marques dans la terre, des fenêtres et des portes brisées, il y avait eu de la bagarre.

Les quatre hommes... Leurs empreintes étaient vraiment bizarres, elles commençaient au milieu d'un des cercles d'irrigation de l'autre côté du canal, à environ trois kilomètres de la ferme de Willem. Je n'y comprenais rien, les empreintes commençaient là.

Pendant que j'essayais de trouver une explication à tout ça, le pick-up est arrivé, des gens d'Ou Brug qui cherchaient Brigadier X. Ou Brug est de l'autre côté de Hopetown, là où un vieux pont pittoresque enjambe le fleuve Orange. Certains des nôtres y avaient planté des tournesols, c'était le plus à l'ouest de nos avant-postes. Et Brigadier X m'a appelée à la radio :
– Tu ferais mieux de rappliquer et d'entendre ça, Sofia.

*

Domingo a demandé une permission exceptionnelle à son unité. Il a dit qu'il y avait une crise familiale chez lui. Ils lui étaient reconnaissants pour sa bravoure et ses services pendant les mois terribles de l'opération Herrick. Ils lui ont dit de rester tout le temps qu'il faudrait.

Il a pris un vol de Kaboul à Francfort, et de là un autre pour Le Cap. Il a voyagé pendant vingt et une heures, est arrivé en pleine nuit, a loué une voiture et conduit les cent dix kilomètres jusqu'à Worcester, mort de fatigue après toutes les heures de vol, encore imprégné des combats acharnés, de la violence et de la tension, de la perte de tant de ses camarades en Afghanistan. Sa sœur lui a raconté que Yolande Goedeman fréquentait Martin Apollis. Le grand boss de la drogue dans la vallée de la Breede, celui qui roulait en Mustang.

Domingo savait où habitait Martin Apollis. Il a quitté la maison de sa mère au cœur de la nuit. Sa sœur a essayé de l'arrêter, mais il n'y avait pas moyen. Il a roulé dans sa voiture de location jusqu'à la maison de Martin Apollis et il a vu la petite Toyota Tazz de Yolande Goedeman garée devant. Il n'a pas frappé, il a enfoncé la porte d'entrée d'un coup de pied et il a longé le couloir. En l'appelant.

Apollis est arrivé dans le couloir, nu, pistolet à la main, fou de rage : Qui ose entrer chez moi comme ça ? Je suis Martin Apollis, tu risques ta vie en forçant ma porte.

Ryan John Domingo a arraché le pistolet de la main d'Apollis et a tiré. Entre les yeux. Puis il est allé dans la chambre, où il a trouvé Yolande Goedeman, son corps plantureux et nu allongé sur le lit. Il l'a tuée également.

*

Cairistine « Birdie » Canary
Il m'a dit :
– Birdie, je veux que tu saches que j'ai le tempérament de mon père. Je ne le savais pas, Birdie, mais cette nuit-là, je l'ai découvert.
Ils ont mis Domingo en prison.
Quand la Fièvre est arrivée, il y était encore, à Buffeljagsrivier. Et puis tout le monde est tombé malade, les prisonniers, les gardiens, tout le monde. Mais pas Domingo.

Sofia Bergman
Les gens d'Ou Brug nous ont dit qu'ils avaient vu un hélico, la veille dans l'après-midi.
Ils l'ont d'abord entendu, assez loin du côté ouest, vers trois heures. Ils ont essayé de le repérer, mais il était trop loin. Et puis, un peu après quatre heures, il pouvait bien être déjà quatre heures et demie, ils l'ont de nouveau entendu, et quand ils ont levé les yeux, ils l'ont vu voler. Très haut, et loin à l'ouest, mais ils l'ont vu. Trois personnes de chez nous, toutes les trois fiables et honnêtes, ils étaient absolument certains d'avoir vu l'hélicoptère.

109

L'enquête sur le meurtre de mon père : VI

Sofia Bergman
Tu sais, il y a tant de choses à dire sur cette matinée, pas seulement sur ce qui s'est passé, aussi sur ce que je ressentais.

Mais la chose la plus importante qui est arrivée ce matin-là, c'est que je suis tombée amoureuse de Nico Storm.

Juste comme ça.

La minute d'avant, il n'y avait rien et la minute d'après, j'étais amoureuse.

Ça a été une matinée vraiment étrange. Nico répète souvent, rien ne se passe, et puis tout à coup tout arrive en même temps, juste quand on s'y attend le moins.

C'était comme ça ce matin-là.

*

Nous sommes assis sur le canapé de l'Orphelinat, côte à côte. La matinée est fraîche, le soleil de l'automne brille derrière la fenêtre. Je suis affreusement fatigué, ma main me fait mal, mes pensées sont cramées par l'histoire de Domingo et des meurtres qu'il a commis. Des meurtres que je comprends, des meurtres que je veux lui pardonner, si ça s'est bien passé comme ça. Je voudrais demander à

Birdie si Domingo a été membre d'un gang de détenus. Je voudrais lui demander s'il y a eu des contacts entre lui et Numéro Un. J'ai un tas de questions pour elle.

Et puis Béryl arrive, avec Okkie qui lui tient la main, et tous les deux ont l'air terrifiés. Okkie me voit et demande :

— Où est papa, Nico ?

— Je ne sais pas quoi faire, dit Béryl. Je suis désolée, Nico, mais il n'arrête pas de me demander où est son père.

— Où est papa ?

Je me lève et lui tends les bras. Il s'avance avec circonspection. Il sait que quelque chose ne va pas. Il le voit sur mon visage, sur ceux de Béryl et de Birdie. Et puis, Père n'est pas là. Père était toujours là.

Je le prends et je le serre fort contre moi, je lui réponds :

— Papa n'est plus avec nous, Okkie.

Je pleure pour la première fois.

*

Sofia Bergman

Nero Dlamini me taquine encore là-dessus, comment je suis tombée amoureuse de Nico à cet instant-là. Il dit qu'il aimerait bien savoir ce que Freud aurait à en dire.

Brigadier X et moi sommes entrés dans l'Orphelinat, et il y avait Nico sur le canapé, Okkie dans ses bras, et tous les deux pleuraient. Ils pleuraient comme des petits enfants, le genre de pleurs pour lesquels il n'existe aucune parole de consolation, rien qu'on puisse faire, il faut juste attendre que ce soit fini.

C'est à ce moment-là que je suis tombée amoureuse de Nico.

Étrange, hein ?

*

Je pleure, et d'une certaine manière, je sais que c'est une bonne chose.

Je pleure pour tout ce pour quoi j'aurais dû pleurer avant. Et il y a de quoi faire.

Je vois Sofia entrer avec Brigadier X, c'est clair qu'ils ont quelque chose d'important à dire. Je sais que je devrais écouter, mais il faut d'abord que je finisse de pleurer.

Ça dure longtemps. Si longtemps que Sicelo Kula entre. Nero Dlamini l'accompagne.

Sicelo Kula. Ils l'appellent Thula Kula. Le Tranquille. Je le connais à peine.

Tout arrive en même temps, quand on s'y attend le moins.

*

Sicelo Kula est un des Côtiers.

Il a seize ans. Il va à l'école. Il est logé à l'Asile, là où Sofia vivait avant. Il travaille aux écuries parce qu'il s'entend bien avec les chevaux. Il est timide et très calme. Introverti, selon certains. Un peu bizarre. Ils pensent qu'il est comme ça parce qu'il fait partie des polygames, les habitants de Boesmanskloof, les hippies, les gitans. Il est l'un d'eux.

Ces derniers mois, Nero Dlamini a traité Sicelo parce qu'il présentait des symptômes de stress post-traumatique. Sicelo a confiance en Nero.

Ce matin-là, Sicelo va à pied de l'Asile aux écuries. Il voit le pick-up de Brigadier X et dedans, allongé sur le dos, un homme vêtu d'un uniforme qui lui semble familier. Il s'approche pour regarder de plus près.

Sicelo reconnaît le mort en uniforme gris. Il ne sait pas quoi faire. Il hésite, et finit par aller trouver Nero Dlamini. Quand il lui a tout raconté, ils vont à l'Orphelinat et entrent dans le salon.

À ce moment-là, j'ai fini de pleurer.

Okkie est cramponné à moi. Ses sanglots sont silencieux, sa tête pressée contre ma poitrine.

Brigadier X s'éclaircit la gorge poliment.

– Il s'est passé des choses étranges, dit-il. Nous pensons qu'un hélicoptère a amené les hommes qui ont tué Willem et Domingo.

Sicelo Kula ne peut pas garder plus longtemps l'information pour lui.

– Je connais cet homme.
– Quel homme ? demande Brigadier X.
– Le mort dans votre pick-up.

*

Nero Dlamini lui demande de s'asseoir et l'aide à raconter toute l'histoire, car Sicelo ne parle pas anglais couramment.

Les parents de Sicelo Kula travaillaient dans une ferme de Citrusdal quand la Fièvre est arrivée. Il fréquentait l'école de l'exploitation.

Il est le seul qui ne soit pas tombé malade. Il avait douze ans. Pendant dix-huit mois, il a survécu grâce à la nourriture trouvée en ville, dans les fermes et les vergers. Dès qu'il apercevait quelqu'un, il se cachait.

Puis tout s'est calmé, le flux de réfugiés venus du Cap s'est arrêté.

Il pensait qu'il ne reverrait peut-être jamais d'êtres humains. Mais un jour il a vu la bétaillère à moutons de Jan Swartz. Jan Swartz, dont la Côtière Yvonne Pekeur avait dit : « Le vieux Jan Swartz et sa bande étaient cinq personnes qui voyageaient ensemble, ils avaient une bétaillère à moutons qu'ils avaient désossée, et huit jolis chevaux pour la tirer. C'était le plus grand négociant de rooibos, mais ils vendaient aussi des meubles, de la belle camelote, on voyait tout de suite que c'était de l'ancien. »

Pendant deux semaines, Jan Swartz a écumé Citrusdal à la recherche de marchandises à revendre. Sicelo Kula est resté caché, mais il a observé Swartz et ses quatre assistants avec attention. Il a fini par comprendre qu'ils étaient inoffensifs, qu'ils cherchaient juste de la nourriture et des biens à vendre. Le huitième jour, il a rassemblé assez de courage pour se montrer, il en avait assez d'être tellement seul. Ça n'a pas été facile, Jan et ses compagnons parlaient l'afrikaans, Sicelo était un Xhosa, et aucun ne connaissait vraiment bien l'anglais. Mais le onzième jour, Jan a reconnu que Sicelo avait vraiment la manière avec les chevaux, et il lui a fait savoir qu'il était désormais un membre de l'équipe. Soigner les chevaux est vite devenu sa responsabilité.

Ils dérivaient au fil des jours, et Sicelo aimait bien cette vie. De janvier à mars, ils récoltaient le thé rouge autour de Citrusdal et de Clanwilliam, sur la montagne et autour de Botterkloof, au-delà de Nieuwoudtville. Ils laissaient la plante s'oxyder et brunir, puis ils la foulaient aux pieds jusqu'à ce qu'elle soit prête à être consommée. Pendant les mois d'hiver, ils colportaient le thé rouge, le vendant aux communautés de Lambert's Bay et de Sutherland, et même une fois à Boesmanskloof.

Jan Swartz était sévère mais juste. Il aimait raconter des histoires et chanter autour du feu de camp. Sicelo ne comprenait pas toujours les histoires, mais il aimait bien les chansons. Il chantait avec les autres et leur enseignait des chants xhosa.

Tous les ans, en août, ils allaient à Wupperthal. Parce que c'est le mois de la disette et de la faim, la réserve de thé avait été depuis longtemps échangée contre de la nourriture, la côte Ouest était battue pas le vent et la pluie, la nourriture produite dans le veld ne serait consommable qu'en septembre.

Wupperthal était un endroit mystérieux.

Ils avançaient péniblement avec le camion tiré par les chevaux, le voyage n'était pas facile. D'autres colporteurs y allaient aussi, les modes de transport variaient. Les deux premières années, Jan Swartz a dit à Sicelo : « Tu restes là. Surveille nos affaires. Je ne fais pas confiance à ces fripouilles. » Puis Jan et les autres allaient avec le reste des colporteurs, ils suivaient la piste. Et ils revenaient deux, parfois trois jours plus tard, avec les bêtes chargées de caisses de denrées à échanger. De la nourriture, surtout de la nourriture. Du riz, des pâtes, des boîtes de délicieux fruits en conserve. Des cartons de crème anglaise longue conservation. Ils se partageaient le butin.

Après quoi, il y a trois ans de ça, les colporteurs ont cessé leurs expéditions de l'autre côté de la montagne. Ils ont attendu là, et d'autres gens sont venus avec des ânes chargés de choses. Des gens bizarres, mais on avait l'impression que Jan Swartz en connaissait certains.

Et puis, la dernière année, les colporteurs ont attendu à Wupperthal l'arrivée des ânes et des contrebandiers. Mais cet homme, le mort à l'arrière du pick-up de Brigadier X, c'était le chef des uniformes gris, toute une bande qu'ils étaient, avec ces uniformes et des rangers noires. Ils sont arrivés soudain, pendant la nuit, dans l'obscurité, descendant de la montagne et ils ont tiré sur les colporteurs avec des fusils automatiques, ils ont tué Jan Swartz et ses compagnons, et tous les autres colporteurs. Ils ont abattu tout le monde.

Sicelo était resté avec les chevaux. Il y avait toujours de l'alcool à Wupperthal, certains colporteurs distillaient leur propre brandy à base d'agrumes, le *witblits*, et beaucoup de monde se saoulait devant le feu de camp. Sicelo n'aimait pas ça, il préférait aller dormir avec les chevaux. Cette nuit-là, ça lui a sauvé la vie.

Les hommes en gris ont abattu toutes les personnes présentes et ils ont mis le feu aux bétaillères. À quelques bâtiments aussi, où les colporteurs dormaient. Tout a brûlé, l'incendie illuminait tout. C'est pour ça que Sicelo a pensé que l'homme pouvait le voir.

Les chevaux étaient dans un bâtiment sur le côté qui servait d'écurie.

Sicelo était terrifié, il s'est caché au milieu des chevaux, mais ils étaient affolés et surexcités, ils poussaient les barres posées en travers de la porte. Quatre hommes en gris se sont approchés. Ils ont levé leurs fusils. Sicelo était certain qu'ils allaient lui tirer dessus, et sur les chevaux. Mais celui qui est maintenant allongé, mort, à l'arrière du pick-up de Brigadier X, décidait pour les quatre parce qu'il a dit :

— Attendez.

Et le chef s'est rapproché, avec son fusil prêt à tirer, histoire de voir ce qu'il y avait dans l'écurie obscure. Et Sicelo l'a vu à la lueur des feux qui brûlaient partout autour d'eux. Il a vu que l'homme avait des feuilles sur le cou.

— Un tatouage, interprète Nero Dlamini. Le type mort, là-dehors, il a ce tatouage maori sur le cou.

Sicelo hoche la tête. Il dit que c'est bien ça, un tatouage en forme de feuilles. Il a regardé l'homme en gris un long moment, et il est sûr qu'il s'agit du même.

Et puis le chef en gris a dit : « Libérez les chevaux. » Et Sicelo s'est cramponné au flanc d'un des chevaux quand ils sont sortis au galop.

Et quand ils ont été assez loin pour que ça ne risque rien, il s'est assis correctement sur le dos du cheval et il s'est enfui.

C'est comme ça qu'il s'est retrouvé avec les gens de Boesmanskloof. Il n'a jamais été vraiment l'un d'eux.

Quand il achève son récit, Béryl dit :

— Wupperthal...

— Oui, répond Nero Dlamini. Je sais à quoi tu penses.

— Quoi ? je demande.

– Les enregistrements... Ton père a enregistré les Côtiers, eux aussi ont mentionné Wupperthal, plusieurs d'entre eux.
– Où sont les enregistrements ?
– Nico, intervient Brigadier X, je crois que tu dois d'abord écouter Sofia.

110

L'ENQUÊTE SUR LE MEURTRE DE MON PÈRE : VII

J'écoute Sofia Bergman. Sa voix est douce, chargée de compassion, de chagrin et d'épuisement, et pourtant musicale. Son teint est éclatant dans la lumière matinale qui baigne le salon, ses jolies mains fines illustrent son récit et ses gestes sont aussi beaux que le son de sa voix. Aidée par Brigadier X, elle reconstitue la scène du meurtre. Elle explique qu'elle a interprété les empreintes du mieux qu'elle a pu. Voici ce qu'elle pense ; ce qui est vraisemblablement arrivé.

Père était dans la ferme, il traçait son plan d'irrigation. Puis il a entendu l'hélico. Il a dû sortir en courant, le premier hélicoptère depuis plus de cinq ans, si tôt après les histoires racontées par les Côtiers, il fallait qu'il voie ça. Et peut-être qu'il a vu, le terrain est très plat tout autour. Mais on ne le saura jamais. L'hélico s'est posé à près de trois kilomètres de là.

Quatre personnes ont sauté à terre. Les quatre séries d'empreintes montrent qu'ils portaient les mêmes rangers, on peut en déduire qu'ils avaient les mêmes uniformes gris.

Les empreintes de Père disent qu'il s'est dirigé d'un pas rapide vers l'endroit où l'hélicoptère a atterri. C'est peut-être à ce moment-là qu'il a lancé son appel de détresse par radio. Il devait être inquiet, dit Béryl, parce que les histoires d'hélico des Côtiers étaient pleines de violence et de destruction.

Sofia pense que Père a dû voir les quatre hommes en gris approcher. Ses empreintes disent qu'il s'est arrêté brusquement et a fait demi-tour. Il est reparti vers la ferme en courant. Elle ajoute que les empreintes ne peuvent raconter qu'une partie de ce qui s'est passé ensuite ; elle pense que Père a dû s'enfermer dedans à double tour. Les quatre hommes en gris sont arrivés dans la cour et se sont cachés derrière les arbres autour de la maison. Il semblerait qu'ils soient restés un moment cachés là. Puis ils ont enfoncé une fenêtre et une porte, et il y a des signes qui montrent qu'ils se sont battus avec Père à l'intérieur.

Il n'y a pas eu d'effusion de sang.

Ils ont tiré Père dehors et l'ont traîné derrière eux, reprenant la même direction qu'à l'aller.

Puis Domingo est arrivé.

Sofia pense qu'ils devaient braquer une arme sur la tête de Père. À la lisière du terrain d'irrigation le plus proche, Domingo s'est arrêté, et les quatre hommes qui emmenaient Père aussi. Pendant un bon moment. Un drame de prise d'otage ?

Et quelqu'un a tiré un coup de feu.

Nous savons qu'alors Domingo en a touché un entre les yeux.

Père a commencé à se débattre. Les empreintes montrent des signes de lutte.

Père a été abattu à cet endroit.

Domingo aussi.

Voilà ce que racontent le sang et les douilles éjectées.

Deux des hommes ont transporté Père et Domingo jusqu'au marais salant. Le dernier les a attendus à côté de leur compagnon mort. Puis tous les trois sont repartis en courant vers le nord. Les empreintes plus profondes de l'un d'eux prouvent qu'il portait le corps de leur camarade.

Elle a déduit que Domingo n'était pas mort sur le coup. Elle pense qu'il a saisi son R4 et a visé, qu'il en a blessé un autre. À cinq cents mètres. Un tir spectaculaire, quand on pense qu'il était gravement blessé. Mais il a touché sa cible une dernière fois.

Après, les hommes en gris ont eu un problème. Ils étaient encombrés par le mort, et voilà qu'ils avaient un blessé en plus. Alors ils ont poussé le cadavre dans la ravine.

Elle se demande pourquoi l'hélicoptère ne s'est pas rapproché.

Pourquoi étaient-ils si pressés ?

Les trois hommes, l'un d'eux avec une blessure qui saignait, ont regagné l'hélico. Et l'appareil est reparti, d'abord vers l'ouest, puis vers le sud-ouest.

Je pense, en direction de Wupperthal.

– Voilà ce que nous savons, dit Brigadier X.

*

Je me douche à l'Orphelinat. Ils m'apportent de quoi manger. Ils disent que je devrais dormir un peu.

Je refuse, il faut d'abord que j'écoute les enregistrements de Père. Je veux savoir ce qui s'est passé à Wupperthal.

Birdy, Béryl et Nero me parlent. Ils affirment que le sommeil est le meilleur médicament pour l'instant. Je réponds que je ne pourrai pas dormir tant que je ne saurai pas.

Béryl va chercher l'ordinateur portable de Père et me montre comment repérer les fichiers où se trouvent les enregistrements des interviews des Côtiers.

Je m'allonge sur le canapé, écouteurs aux oreilles, et j'écoute. Ma main me lance, mon visage et mes côtes aussi. Mais je me laisse emporter par les histoires, j'entends les questions que pose Père et les réponses des gens, comme s'ils étaient assis avec moi et me parlaient.

J'ai de nouveau besoin de mon père, un désir douloureux. J'arrête l'enregistrement.

Je m'imagine Père dans la ferme, en train de dessiner ses plans. Je le vois à la table, crayon en main.

Je crois qu'il en avait assez de tout avoir sur le dos, assez d'être le chef, assez de la responsabilité. Je crois qu'il voulait juste s'enfouir dans la simplicité de la culture des pommes de terre. Les pommes de terre ne vous trahissent pas. Je crois aussi qu'il voulait être seul. Il avait arrangé la ferme de manière à ne pas être obligé de partager un orphelinat avec d'autres personnes, afin de pouvoir passer un peu de temps seul, pour la première fois depuis tant d'années.

Même ça lui avait été refusé.

J'allais retrouver ceux qui le lui avaient enlevé. J'allais les trouver et les tuer.

Je relance l'enregistrement.

À un moment, je me suis endormi. Béryl vient me réveiller dans la soirée et elle m'emmène dans une chambre, où je continue à dormir, tranquillement, profondément, pendant toute la nuit.

Le lendemain matin, je me réveille à cinq heures et je sais aussitôt que je dois aller à Wupperthal.

*

Ils disent, non.

Ils disent, « non, tu ne peux pas ». Et « non, pas maintenant », et « non, pas tout seul ».

Je leur réponds tout simplement qu'ils ne peuvent pas m'en empêcher. J'y vais en tant que fils de mon père décédé, pas comme membre des COpS.

Ravi Pillay, le doyen du Cabinet, vient me parler longuement. Il me dit, repose-toi, remets-toi, surmonte tout ça d'abord. Réfléchis.

Je réponds que ça n'y changera rien.

– Si, Nico. En ce moment, tu es sous le coup de l'émotion. Ce n'est pas bon pour prendre des décisions.

Je lui réponds que ma décision d'aller là-bas pour trouver des réponses ne changera pas.

Il me demande pourquoi je ne peux pas attendre une ou deux semaines.

Je bafouille, me creuse la cervelle pour trouver des raisons, je voudrais expliquer que tous ces braves gens le méritent, les soutiens et amis de mon père. Finalement, je lui dis ce que je ressens, car c'est ma seule vérité. Je lui dis :

– Ravi, c'est tout ce que je peux faire. Si je n'y vais pas maintenant, je vais exploser. Je vais me consumer de l'intérieur. Je ne dormirai plus, je ne respirerai plus. Je vais mourir à petit feu. Je dois y aller. Maintenant. S'il te plaît, laissez-moi partir.

Il leur a fallu deux jours. Et puis Béryl, Birdie, Nero et Brigadier X, mes collègues les sergents Taljaard et Masinga, Sofia Bergman et Hennie As, ils viennent tous me trouver. C'est Birdie qui prend la parole.

– Nico, voilà ce qu'on a décidé. Hennie As va t'avancer jusqu'à Calvinia avec le Cessna. Toi et Sofia Bergman. Non, tais-toi et écoute. Ce n'est pas négociable. Si Taljaard et Masinga sont ici, c'est parce que, si tu n'acceptes pas nos conditions, ils vont t'emmener au poste. Et là, ils vont t'enfermer jusqu'à ce que des oreilles te poussent pour t'aider à entendre. Tu as pigé ?

– Oui.

– Bon. Sofia t'accompagne parce que nous avons reparlé à Sicelo Kula, et il affirme que Jan Swartz l'a dit haut et clair : « À Wupperthal, il n'y a qu'à suivre les traces. » Donc elle part avec toi pour suivre les traces et pour te soutenir. On enverrait bien quelques hommes en plus, mais Hennie dit que ça sera trop lourd pour le Cessna, il ne peut embarquer que deux passagers. On a la trouille de t'emmener en avion au-delà de Calvinia, on sait trop peu de choses sur ces gens avec des hélicoptères. Et Calvinia est le seul aéroport correct pas trop loin de Wupperthal qui peut faire l'affaire. Les Côtiers disent que dans leur souvenir tout a l'air OK là-bas. Bon, alors, qu'est-ce que tu en penses ? D'accord ?

– D'accord.

– Il y a environ cent cinquante bornes de Calvinia à Wupperthal. Taljaard a dit que ça prend trois jours en marchant doucement. Donc trois jours pour l'aller. Et on vous donne trois jours pour les recherches. Plus trois pour le retour. Neuf jours plus tard, Hennie se posera à Calvinia. D'accord ?

– D'accord.

– Si la météo est bonne, vous décollerez demain matin, juste avant l'aube.

Ils ne me laissent même pas le temps de les remercier.

*

Ce soir, Sofia vient me voir. Elle apporte une trousse de secours.

– Il faut te bander la main.

– Comment es-tu au courant ?

J'étais persuadé d'avoir réussi à dissimuler le gonflement et la douleur de mes jointures cassées.

– Je m'en suis rendu compte l'autre matin, quand tu étais assis avec Birdie sur le canapé. Chaque fois qu'elle te touchait la main…

Elle a dû voir que ça m'embêtait, que je ne voulais pas donner au Cabinet une raison de retarder notre expédition.

– Je n'en parlerai à personne, dit-elle.

– Merci.

– Tu crois que tu es capable de tirer ?
– Oui, mais je ne peux pas me battre.
– Je promets de ne pas te taper dessus la première.
Je souris pour la première fois depuis plusieurs jours.
Elle s'assoit, ouvre la trousse et en sort une attelle et des bandages.
– Ils vont voir le bandage.
Elle hausse les épaules.
– Mais personne ne saura ce qu'il y a en dessous.
– Merci, Sofia.
Elle rougit. Puis elle se concentre sur la pose de l'attelle et du bandage et on n'échange plus un mot. Dès qu'elle a fini, elle se lève d'un bond et sort en vitesse de la pièce.
Je reste assis là, et je me dis que je ne comprendrai jamais rien aux femmes.

111

L'ENQUÊTE SUR LE MEURTRE DE MON PÈRE : VIII

Le Cabinet et les COpS viennent assister à notre départ. Ce sont les seules personnes au courant de notre expédition. L'ambiance est plutôt réservée. Quand Hennie As décolle, vire sur l'aile et revient au-dessus d'eux, je pense qu'ils ont l'air perdus là en dessous, le Cabinet sans Père et les Opérations spéciales sans Domingo. Comme s'ils attendaient qu'ils reviennent et reprennent la direction des affaires.

Le temps est idéal, matinée fraîche et ciel clair. Hennie As, comme d'habitude, nous annonce un bel orage. Sofia est assise à côté de lui. Il lui demande si elle a déjà volé. Elle répond que oui. Autrefois, quand elle était dans l'équipe de cross-country de l'État Libre, ils prenaient quelquefois l'avion pour aller faire une compétition au Cap.

Est-ce qu'elle a déjà volé dans un petit avion ?

Non, jamais.

Ça lui plaît ?

Non.

Il rit.

On survole l'immensité du Karoo. Juste avant Carnarvon, on repère des springboks, un troupeau compact d'un millier de bêtes courant dans la plaine. On voit la poussière s'élever sous leurs sabots comme de la fumée gris-rouge dans l'air matinal.

On vole en gardant la R63 juste à droite ou juste à gauche de nous. Il n'y a pas de circulation. Pas un véhicule. Pas même une voiture à cheval ou une charrette tirée par un âne. On passe au-dessus de Williston, puis le Karoo s'aplatit et on distingue le Cederberg pour la première fois à l'horizon.

Deux heures et demie plus tard, on vole au-dessus de l'unique piste d'atterrissage goudronnée de Calvinia. Elle a l'air d'être encore en assez bon état.

Sept minutes plus tard on est posés, et on récupère nos sacs à dos et nos armes. Hennie As reste à côté de l'avion, il nous serre dans ses bras, Sofia d'abord et moi ensuite.

– Je serai de retour dans neuf jours, vous entendez ? Vous avez intérêt à être là. Je vous en supplie. Et si vous n'y êtes pas, je reviendrai une semaine plus tard. D'accord ?

*

Ça fait un drôle d'effet de voir le petit Cessna s'éloigner, nous laissant là, Sofia et moi, au milieu de cette contrée aride, à cinq cents kilomètres de chez nous.

On reste debout à le regarder jusqu'à ce qu'on ne puisse plus le voir ni l'entendre.

– Allons-y, lui dis-je, espérant qu'elle n'entendra pas l'incertitude qui s'empare de moi.

Elle acquiesce d'un signe de tête, balance le sac sur son dos, ramasse son fusil et se met en route.

*

Notre conversation commence maladroitement, avec des sujets neutres et vagues, et de lourds silences, et puis soudain on se met à parler tous les deux à la fois, avant de retomber dans le silence. La timidité et le traumatisme de la semaine passée pèsent sur nous, et en plus je lutte pour lui cacher mes sentiments. Et malgré tout je sais toujours que c'est ma future femme, même si j'avais abandonné tout espoir que ça se réalise. Et là, maintenant, sur la R27 défoncée, tout mon désir remonte à la surface et je suis terrifié à l'idée qu'elle le remarque.

Mais nous nous détendons, nous trouvons notre cadence de marche, et au fur et à mesure que nous avançons, nous nous éloignons de notre réalité d'Amanzi. C'est à Sofia qu'en revient presque tout le mérite. Elle a une manière de poser des questions comme si elle était vraiment curieuse de savoir, et comme si mes réponses étaient intéressantes et dignes d'être écoutées.

Juste avant qu'on tourne sur la route de cailloux défoncée et envahie d'herbes folles qu'est la vieille R364, nous allons nous abriter du soleil sur le bas-côté dans un cabanon délabré. Pendant que nous mangeons, elle me demande comment c'était, avant Amanzi. Comment c'était, l'arrivée de la Fièvre, pour moi ?

Je lui explique que comparée à d'autres histoires, la mienne a été facile. Quelquefois, j'en étais gêné quand d'autres personnes en parlaient. Mais c'est mon père qui a rendu notre expérience moins traumatisante.

– Pourquoi ?

– Parce que mon père... On a eu de la chance, aussi, nous étions dans un endroit protégé, et je pense que ce qui nous a sauvés c'est que mon père a gardé son calme et pris les bonnes décisions. Et l'une d'elles a dû être très difficile pour lui.

– Pourquoi ?

– Tu es comme Okkie...

Elle sourit.

– Tu n'es pas obligé de me le dire.

Je lui réponds que ça ne m'ennuie pas du tout de le lui dire. Mais pour que tout ça ait un sens, il faut commencer par le début.

Elle dit qu'on a encore cent vingt kilomètres à parcourir.

Très bien, alors. Et je lui parle de mon père qui tenait à me lire quelque chose le soir, même quand j'étais tout petit. Pas des livres de contes. Des récits sur le monde merveilleux dans lequel nous vivons. Des livres sur l'alunissage, les voyages de découverte, sur les animaux et les pays, les philosophes et l'histoire. Parfois, il apportait un atlas ou un magazine dans ma chambre. Il me le lisait avec toute la passion et la fascination que lui inspiraient les choses qui l'intéressaient et qu'il voulait partager avec moi.

Depuis mes neuf ans, on avait ces conversations dans la cuisine, chaque soir après le dîner. Il y avait des livres et des cartes, un iPad et un ordinateur sur la table, et Père montrait, lisait, expliquait. Ma mère et moi écoutions et apprenions, on riait et on bavardait.

Je pouvais choisir ce que je voulais aller voir.

Pour la NASA et Trafalgar Square, la tour Eiffel et la Grande Muraille de Chine, je devrais attendre d'être plus grand, disait-il. Mais je pouvais choisir ce que je voulais découvrir en Afrique australe. Pour ainsi dire à toutes les vacances.

Alors nous avons visité la forêt de Tsitsikamma. La baie de Kosi. La Bourse de Johannesburg. Le Parlement. Le parc national Kruger. Le musée de l'Apartheid. Les chutes d'Augrabies. Le mémorial des Femmes à Bloemfontein. La montagne de la Table. Le désert du Namib. Le barrage de Katse…

Certaines fois, ma mère nous accompagnait, quand son travail le lui permettait. D'autres fois, c'était juste Père et moi.

Pendant les mois précédant la Fièvre, Père m'a raconté qu'on avait découvert des grottes dans le dôme de Vredefort. Il m'a montré le cratère sur Google Earth, on pouvait le voir de l'espace, il était énorme.

Là, je m'arrête parce qu'on a fini de manger et qu'on a encore une longue route devant nous.
– Viens, dis-je, il faut y aller.
On remballe et on sort du cabanon. Sofia me demande :
– Tu es fils unique ?
– Oui.
Pour la première fois depuis des années, je me demande pourquoi. J'ai souvent entendu mes parents dire qu'à ma naissance ils savaient qu'ils ne voulaient pas d'autre enfant, et j'adorais entendre ça. Mais c'était alors, et j'étais encore petit.
– Je crois que ma mère ne voulait pas avoir d'autre enfant.
– Pourquoi ?
– Je me souviens qu'elle était très occupée.
Je n'ai rien à ajouter. Elle remplit le silence :
– Tu allais me parler du dôme de Vredefort.
Je reprends mon récit. L'un des nombreux contacts de mon père dans le domaine de la géographie l'a discrètement informé de la découverte de grottes à Vredefort. Et qu'on allait commencer par les examiner scientifiquement, avant que des foules de visiteurs viennent les polluer. Ils avaient l'intention d'annoncer la nouvelle plus tard dans l'année, mais on lui proposait d'aller les voir et les explorer avant le public. Mais il fallait faire vite.
Oh oui, ai-je dit à mon père, oui, s'il te plaît, allons-y.
À ce moment-là, on parlait de la Fièvre chaque jour aux informations, mais les gouvernements continuaient à déclarer que tout était sous contrôle.
Un soir, Père m'a réveillé en disant : Viens, on y va maintenant, parce qu'à cause de la Fièvre il ne savait pas quand une autre occasion se présenterait. Et puis les vacances scolaires approchaient, cela n'allait pas affecter mes études.
Père et moi sommes partis de Stellenbosch en voiture, avec la vieille Subaru Forester – il ne jurait que par

elle. On a entendu à la radio que l'Europe avait fermé les ports et les aéroports. Des experts disaient que le gouvernement américain mentait sur le nombre de morts. Des scientifiques annonçaient qu'ils travaillaient dur pour mettre un vaccin au point.

J'ai demandé à Père s'il pensait que nous allions tomber malades. Il m'a répondu que les gens allaient trouver une solution, les médecins, les gouvernements et les instituts scientifiques, je ne devais pas m'inquiéter. L'humanité a toujours un plan de secours.

On a dormi à Bloemfontein et le lendemain matin, on a acheté des provisions. À la radio locale, ils demandaient aux habitants de ne pas se rendre dans les hôpitaux de la ville, ils étaient pleins.

On a roulé jusqu'au camping de la Vaal, à quelques kilomètres des grottes. Il n'y avait que nous, à part les propriétaires du camping. Ils n'ont pas voulu s'approcher de nous, ils nous ont demandé si nous étions malades. Nous avons dressé notre tente et sommes partis pour les grottes.

Elles étaient incroyables. Nous y sommes allés tous les jours pendant plus d'une semaine.

Chaque jour, on essayait de téléphoner à ma mère mais elle ne répondait pas. Père a dit qu'elle donnait sans doute un coup de main à l'hôpital de Stellenbosch.

Dans la soirée, Père regardait les informations sur son téléphone. Et un soir, il a dit que la Fièvre semblait empirer.

À la fin de la semaine, les propriétaires du camping ne sortaient plus de chez eux. Nous sommes allés voir ce qui se passait. Ils étaient couchés là, morts. Je pense que c'est à ce moment-là que Père est tombé malade, qu'il a attrapé le virus.

Père a dit qu'à son avis ce n'était pas prudent de retourner à la maison tout de suite.

Il a dit que nous serions peut-être plus à l'abri si nous nous cachions dans les grottes, parce que partout, c'était l'insécurité, la violence et le chaos.

Père et moi sommes tombés malades pendant qu'on vivait dans les grottes. Nous avions la Fièvre. Mais nous n'en sommes pas morts. Nous sommes ressortis trois semaines plus tard, et Père a essayé d'appeler maman. Et il m'a dit :

– Nico, je pense que maman est morte.

Nous avons pleuré ce matin-là, mon père et moi, près de la rivière Vaal.

112

L'ENQUÊTE SUR LE MEURTRE DE MON PÈRE : IX

Quand la chaleur de l'après-midi tombe un peu, je propose de courir pour voir jusqu'où on peut aller cette nuit. Elle est d'accord.
Nous trouvons une allure qui nous convient à tous les deux. Je repense au jour où elle s'est présentée pour être prise chez les COpS et où elle m'a frappé avec son fusil. J'éclate de rire. Elle me demande pourquoi je ris.
Je le lui dis.
— Tu crois que tu pourras me pardonner un jour ?
— J'y travaille, dis-je. Mais c'était probablement une bonne chose. J'étais un peu trop content de moi.
— Sofia Bergman, spécialiste en thérapie coup de crosse. Préviens-moi si tu as besoin de continuer le traitement.
Je souris et la regarde tout en courant. Et elle me regarde. J'ai le sentiment de pouvoir la voir un peu plus en profondeur, et avec plus de précision.

*

Le soleil touche juste l'horizon quand nous atteignons le sommet du col de Botterkloof. La route descend en zigzag devant nous.
— Tu tiens encore le coup ?

– Oui, ça va, me répond-elle.

Nous descendons à petites foulées alors que le soleil se couche. Sofia me pose des questions sur les mois qui ont précédé Amanzi, et je lui raconte les expéditions que nous avons faites dans le Nord avec Père, contournant largement les villes, évitant systématiquement les autres humains, jusqu'au nord du parc Kruger. Et comment nous sommes repartis lentement vers le Sud, vers Amanzi.

Quand elle a entendu tout ce qu'elle voulait savoir, je lui dis :

– Maintenant, à ton tour.

Et nous continuons à courir dans l'obscurité, puis au clair de lune.

*

Juste avant le pont de la rivière Doring, il y a une ferme abandonnée où nous faisons halte. Nous préparons un feu, mangeons et buvons.

Le spectacle de Sofia Bergman assise là restera en moi jusqu'à ma dernière heure. Tellement belle à la lumière du feu de camp. Sa voix fait de la musique quand elle parle, le mouvement de ses bras et de ses mains est d'une telle féminité. Je suis envahi par le besoin de me lever, d'aller à elle et de l'embrasser.

Mais je ne bouge pas.

*

Aux premières lueurs du jour, nous traversons la rivière Doring et Sofia pointe du doigt les traces dans la poussière de la route, de l'autre côté.

– Je crois que c'est un léopard. Il a dû passer par ici cette nuit.

Le soleil se lève derrière nous, et devant, les montagnes se déploient.

Nous avons eu une très longue journée la veille, nous avons beaucoup progressé, et vite, mais ce matin nous en payons le prix. Nous avançons plus lentement, et nous avons moins d'adrénaline. Mais notre conversation est détendue. Nous sommes devenus amis.

Nous marchons côte à côte sur la route qui serpente.

À neuf heures, nous entendons le cri d'un babouin en sentinelle, puis un autre, et encore un autre. Le flanc de la montagne s'anime sur notre gauche, des centaines de singes détalent vers le haut, les petits cramponnés au dos de leur mère nous dévisageant avec curiosité.

À dix heures nous sommes de nouveau sur la route goudronnée, et peu après au croisement de celle de Wupperthal. Quand on était à Amanzi, nous avons étudié les cartes avec soin. Nous savons qu'il nous reste trente kilomètres avant d'atteindre la vieille mission.

Nous restons là un moment, histoire de souffler un peu. Puis nous reprenons notre marche et Sofia dit :

– J'ai entendu un hélicoptère, un jour. Après la Fièvre, je veux dire.

– Où ça ?

Elle me parle de la nuit où elle a dormi sous la véranda de la ferme, avec le cadavre de la vieille femme sur le lit à l'intérieur, du vrombissement qu'elle a entendu, du tracé lumineux qu'elle a supposé être un météorite dans le ciel nocturne, et de l'hélicoptère à l'aube, qu'elle n'a pas vu, juste entendu.

Cela me fait réfléchir. Elle me confie alors que c'est ce matin-là qu'elle a décidé de vivre, et que c'était une décision avec beaucoup d'implications parce que oui, elle voulait vivre, mais elle ne savait pas ce qu'elle voulait faire de sa vie, elle avait pensé qu'elle serait militaire, mais après tout, peut-être que non. Et en marchant avec elle dans le Cederberg, sur la route de Wupperthal, je lui suis reconnaissant de se confier à moi, je me dis que j'ai de la chance qu'elle m'accorde sa confiance.

Et puis elle me demande :
— Que veux-tu faire de ta vie, Nico ?
— Je le savais la semaine dernière. Mais aujourd'hui, je ne sais plus.

*

Elle me demande ce que ces hélicoptères peuvent bien signifier.

Je lui parle de celui qui a atterri dans la nuit chez les Maraudeurs.

Et j'ajoute que je n'ai aucune idée de ce que les hélicos signifient. Hennie As a dit qu'il n'y a pas d'hélicoptères qui fonctionnent au gasoil. Juste avant la Fièvre, les Européens faisaient des recherches pour faire voler les hélicoptères au gasoil, mais si des hélicoptères volent aujourd'hui, il faut qu'ils trouvent du kérosène. Et c'est le gros problème.

— Tu crois qu'il y aura quelque chose à Wupperthal ?
— Peut-être pas, dis-je. Dans ce cas il faudra que je continue à chercher. Mais ce n'est pas grave. Il fallait juste que je quitte Amanzi. Je ne peux pas l'expliquer. Il fallait que je sorte de là.

— Pour voir les choses clairement ?

Là, je me rends compte qu'elle me comprend.

— Oui, Sofia, pour voir les choses clairement.

Nous échangeons un regard, quelque chose passe entre nous, tout petit mais plein de sens.

Il est plus de trois heures quand nous apercevons Wupperthal. Nous voyons les squelettes carbonisés des bâtiments se détacher dans l'étroite vallée verdoyante entre les montagnes. Des chevaux sauvages paissent près du torrent. C'est le seul signe de vie.

Nous quittons la route et gravissons la pente. Domingo nous a enseigné les avantages de la hauteur.

Wupperthal est situé dans un ravin du Cederberg, là où trois affluents de la rivière Doring se rejoignent. Assis sur le flanc de la montagne à l'est, nous regardons le centre du village abandonné, les ruines de la vieille église et de la mairie, en contrebas. On peut voir les toits des maisons sur la pente de l'autre côté.

Nous nous cachons derrière les rochers, étudions le terrain alentour, puis nous avançons et examinons de nouveau les lieux.

Vers quatre heures et demie, nous sommes sûrs que l'endroit est totalement désert. Nous observons l'autre flanc de la montagne, là où le sentier remonte en zigzag vers le sud. C'est là qu'il y a des « traces », a dit Sicelo Kula. C'est là que nous devons aller.

– Tu veux attendre demain matin ? demande Sofia.
– Non.
– Moi non plus.

Le vieux pont a été emporté par les crues, mais le cours d'eau est peu profond et nous traversons à pied. Nous progressons plus lentement, Sofia à la recherche d'empreintes, et moi, attentif, à l'affût de quelque danger.

Nous marchons avec nos fusils prêts à tirer.

À un kilomètre ou plus, une sacrée escalade, quelque chose scintille au-dessus de nous, au premier virage en épingle à cheveux.

Nous y sommes avant que je comprenne ce que c'est : des barbelés tranchants, d'épais rouleaux qui barrent la route. Les panneaux attachés dessus ont été lessivés par les intempéries. Tous indiquent, en lettres tracées à la main, plus ou moins le même message : *Danger. Gevaar. Ingozi. Radiations. Stop. Danger de mort. Maladies dues à la radioactivité !*

Sofia étudie le secteur.

– Ça remonte à plusieurs années.
– Des empreintes ?
– Rien.

– Si tu veux, tu peux attendre ici, tu sais.
– Je sais, merci. Passons par là pour contourner les barbelés.

*

Nero Dlamini nous a expliqué que les symptômes des maladies des radiations se manifestaient dans les deux heures suivant l'exposition en cas d'irradiation grave. Avec une exposition modérée, cela pouvait être dix heures. Nous devrons guetter les poussées de fièvre, les nausées et les vomissements.

Nous descendons le long de la paroi rocheuse, puis nous la gravissons de nouveau, pour contourner les rouleaux de barbelés. Et nous revoilà sur la piste pour 4 × 4 qui monte dur, avec ses virages très serrés. Cela fait des siècles que personne ne l'a utilisée. Elle est en mauvais état et la végétation a poussé dessus.

De temps en temps, nous nous demandons mutuellement :
– Tu te sens comment ?
La dernière fois, je réponds :
– Affamé.
Et puis, juste avant d'atteindre le sommet de la montagne, la route devient soudain très sableuse, et les rochers sont plus gros et plus hauts de chaque côté. Sofia s'arrête et m'appelle d'un ton pressant :
– Nico !
Elle arme son fusil et se met sur un genou.
Je lève mon fusil, regarde tout autour ; je ne vois rien.
– Des empreintes. Toutes fraîches.
Je vois ce qu'elle me désigne. Sur le sable blanc de la piste, juste au-delà des gros rochers, des empreintes de pas sortent du veld sur la gauche et partent dans la montagne sur la droite.

Nous regardons, nous écoutons.

Rien.

Sofia se redresse lentement, avance vers les empreintes. S'agenouille à côté. Je viens à sa hauteur, courbé, ne cessant de surveiller du regard l'étendue sauvage.

– Des rangers, dit-elle. Les mêmes rangers que celles des hommes qui ont tiré… Les hommes en gris.

113

L'ENQUÊTE SUR LE MEURTRE DE MON PÈRE : X

Sofia examine les empreintes avec attention.
– Ils sont passés ici il y a deux heures environ. Trois au max, murmure-t-elle.
– Comment le sais-tu ?
Elle me montre les minuscules traces d'animaux qui traversent les empreintes de rangers.
– Des oiseaux et des lézards. Mais les contours des empreintes de pas sont encore très nets. Tu te rappelles le vent qui soufflait ce matin ?
Je ne me souviens pas, je n'ai rien remarqué, mais j'acquiesce.
– Le vent érode les arêtes, dit-elle en se relevant. Qu'est-ce qu'on fait ? On suit la piste ou les empreintes ?
– Qu'en penses-tu ?
– Personne n'a emprunté cette route depuis des semaines. Alors que ces traces sont récentes.
Je pointe le doigt dans la direction indiquée par les empreintes de rangers.
– On doit les retrouver.

*

À moins de cent mètres, les empreintes de rangers s'engagent sur un ancien sentier qui tourne d'abord à l'est, puis au sud.

Sofia avance les yeux rivés au sol, et moi, j'essaie de voir le plus loin possible devant nous. Mais ce n'est pas facile. Dans ce coin-là, le Cederberg est formé de couches de rochers entrecroisées comme des dents de dragon, il y a des endroits où on voit à un kilomètre, d'autres à trente mètres seulement.

Je repère quelque chose sur notre gauche, qui n'est pas du tout à sa place dans ce paysage.

– Regarde !

C'est un poteau surmonté d'un panneau solaire. Avec une petite batterie, et plein de fils qui courent.

– Les empreintes suggèrent que... Je crois qu'ils ont essayé d'escalader le poteau.

– Ils sont combien ?

– Huit.

Elle n'a pas hésité.

– Toujours il y a deux heures ?

Elle examine de nouveau les empreintes.

– Oui, à peu près.

Nous reprenons le chemin jusqu'à ce qu'il descende près d'une falaise, et à soixante mètres en contrebas nous voyons une vallée. On a le soleil dans les yeux, il commence à descendre, la petite vallée paraît déserte. Au-delà, le Cederberg s'élève en une succession de plis accidentés, jusqu'aux pics infranchissables.

Il n'y a qu'une manière de sortir de là : descendre le sentier jusqu'en bas et suivre la petite vallée.

Nous reprenons notre marche.

Sofia et moi la sentons en même temps, une odeur rare : du café. Du café moulu ou instantané, peu importe, mais du café.

Nous nous accroupissons aussitôt. Je chuchote :

– Du café.

– Oui. Le vent souffle de là, dit-elle en montrant le sud. Et je ne vois rien.

– Ils sont peut-être de l'autre côté de ce pli.

– Du café... Où trouvent-ils du café ?

Le vent a dû tourner, ou il est tombé, je ne sais pas. L'odeur a disparu.

*

Nous descendons dans la vallée lentement et avec précaution, puis nous la suivons en direction du sud. Le soleil se cache derrière un sommet à l'ouest, et pourtant il n'est pas encore six heures. Soudain le vent est glacial.

Sofia garde les yeux baissés sur le chemin.

– Ces empreintes sont toujours vieilles de deux heures ?

– Oui, répond-elle, mais je sens chez elle la même inquiétude que chez moi.

L'odeur du café nous a troublés. Elle n'était pas forte, mais on ne pouvait pas se tromper. Cela signifie qu'ils ne sont pas bien loin.

Un oréotrague sauteur jaillit de derrière un rocher. Je lève vivement mon fusil, enlève la sûreté, suis sur le point de tirer. Je m'arrête juste à temps. L'antilope dévale la falaise d'un sabot léger, des pierres cascadent bruyamment.

Nous nous baissons sur un genou, regardons et écoutons.

Rien.

Pourtant, on a l'impression que quelqu'un nous observe.

Nous repartons, plus lentement. Des nuages sont poussés par le vent d'ouest, ils sont si bas qu'on croirait presque pouvoir les toucher.

La vallée tourne à gauche, vers le sud-est. Avec le crépuscule, la visibilité se réduit. Les flancs de la montagne se dressent maintenant de chaque côté, accidentés, dominateurs, menaçants.

Je baisse la voix et suggère :

– On devrait trouver un endroit pour la nuit.

Sofia ne répond pas. Elle scrute la paroi sur notre droite.

– Il y a quelque chose…

Un mouvement attire mon attention, au milieu de l'étroite vallée, à trois cents mètres environ. Des hommes qui courent. En rythme, comme des soldats. Six, peut-être plus. Non, plus, sans aucun doute. Et ils viennent dans notre direction.

*

Sofia et moi portons tous les deux la tenue de combat militaire au camouflage brun et vert. Je lui saisis le bras et la guide vers la gauche, près de la montagne la plus proche. Les roches et les failles sont grandes, et la lumière basse, on va se cacher là et ce sera très dur de nous trouver.

Elle me suit, ayant tout de suite compris mon intention. Nous courons jusqu'à ce que je trouve une faille entre deux gros rochers. Je l'entraîne à l'intérieur et nous rampons aussi loin que possible, elle au fond, moi devant. Je regarde du côté de l'entrée, mon fusil prêt à tirer, mais à moins qu'ils n'aient suivi nos empreintes sur les rochers, comment pourraient-ils nous trouver ?

Juste le bruit des insectes, des oiseaux et de nos souffles.

Nous attendons. J'essaie d'évaluer combien de temps il reste avant qu'ils passent devant nous.

Les minutes s'éternisent.

Un énorme oiseau noir vole bas au-dessus du trou.

J'entends des rangers au pas de course qui crissent sur les rochers, mais de l'autre côté, à une douzaine de mètres.

Puis une voix, en anglais.

– Ils sont ici.

À peine audible.

Je recule, Sofia aussi, nous voulons être le plus loin possible au fond de ce trou.

Ils auraient repéré nos traces ? J'en doute. Ils n'ont traversé que des roches et des pierres. Et c'est le crépuscule.

D'autres voix. Des paroles incompréhensibles. Mais plus proches.

J'entends cliqueter la sûreté du fusil de Sofia, tout doucement. Je fais comme elle.

Je comprends que nous sommes pris au piège. Il est trop tard pour s'enfuir, maintenant, ils sont tout près. Il n'y a qu'une entrée, juste devant moi. Elle est étroite, à peine deux mètres de hauteur et pas même un mètre de large. Il faudrait qu'ils se tiennent devant l'ouverture et qu'ils regardent attentivement pour nous voir. Et ils ne peuvent pas savoir où nous sommes. Ils sont trop loin. Au pire, ils nous auront vus disparaître derrière des rochers.

J'entends l'un d'eux dire :

– Non, non, plus à gauche.

Encore plus près.

– Neuf mètres au nord-est.

De quoi parle-t-il ?

– Là, fais le tour, là. Stop.

Silence.

Puis la voix qui appelle :

– Nous savons que vous êtes là et nous savons que vous êtes armés. Sortez les mains en l'air, et on ne vous fera pas de mal.

Sofia et moi nous serrons l'un contre l'autre, figés.

– Nous savons exactement où vous êtes, je vais lancer une pierre…

Une pierre aussi grosse que le poing d'un homme heurte le rocher à l'entrée de notre faille.

– Vous êtes là, nous le savons. S'il vous plaît, sortez.

Au moment même, je me rappelle l'enregistrement que j'ai écouté, celui du Côtier Sewes Snijders. Il avait dit : « Juste comme ça, en anglais. Pas l'anglais d'Afrique du Sud, l'anglais britannique. » Ce soldat a un accent britannique.

Je ne sais pas quoi faire. J'attends.

Silence.

— Très bien. Je vais compter jusqu'à dix. Si vous n'êtes pas sortis à dix, je vais lancer une grenade là où j'ai déjà lancé la pierre. Un...

Si nous sortons en tirant, nous n'avons pas une chance.

— Deux.

On pourrait en toucher un ou deux.

— Trois.

Peut-être trois ou quatre, avec un peu de pot. Voire cinq, parce que je suis un bon tireur.

— Quatre.

Si je pouvais reculer davantage...

— Cinq.

Je n'ai pas peur. Mon sentiment le plus fort, c'est la honte et la déception, pour les avoir laissés nous attraper si facilement. Qu'est-ce que Sofia va penser de moi ? Que je suis stupide ?

Sofia Bergman
Je me souviens clairement de m'être accroupie derrière Nico et de m'être dit que nous n'allions pas être malades à cause des radiations. Parce que ces hommes vivaient quelque part dans le coin, c'était leur café que nous avions senti. Et ils ne me donnaient pas du tout l'impression d'être atteints. Donc nous devions pouvoir nous en sortir. S'ils voulaient vraiment notre mort, le plus simple pour eux était de lancer cette grenade entre les roches. Or ils ne l'avaient toujours pas fait.

*

J'ai murmuré à Sofia :
— Je vais...

- Six.
- ... leur dire que nous sommes là.
- Sept.
- OK, chuchote-t-elle.
- Huit ! crie l'homme.
- On va sortir ! je lui réponds.

114

L'ENQUÊTE SUR LE MEURTRE DE MON PÈRE : XI

Ce sont des professionnels. Ils se tiennent de chaque côté de l'ouverture. Nous sortons, des fusils pointés au-dessus de nos têtes. Je regarde à droite d'où viennent les voix, et quatre hommes arrivent par la gauche et me plaquent au sol. Ensuite Sofia s'affale sur moi, ils l'ont attrapée elle aussi. Puis ils s'emparent de nos armes. Ils m'arrachent la mienne si brutalement qu'une vague de douleur envahit mon bras.

Les autres pressent le canon de leur arme contre nous, enfoncent leurs rangers dans mon dos, et je reste là sur le ventre, cloué au sol.

– Fouillez-les, dit celui qui a compté.

Apparemment, c'est lui le chef. Des mains dans mes poches, des mains qui me retournent sur le dos. Maintenant je vois mieux. Deux autres fouillent Sofia. Ils sont huit en tout, vêtus du même uniforme gris que le cadavre dans le pick-up de Xaba. Je ne reconnais pas leurs fusils, ce ne sont pas des R4 ni des R6.

L'un de ceux qui ont fouillé Sofia sort quelque chose de la poche de sa chemise. C'est blanc et carré, comme un morceau de carton. Il l'examine, fronce les sourcils, regarde le chef puis de nouveau l'objet dans sa main. Il prend quelque chose à sa ceinture, appuie sur un bouton. Une lampe torche.

Je me dis qu'ils doivent avoir l'électricité, car les seules piles qui fonctionnent encore sur une torche sont celles qu'on recharge.

Il pointe le faisceau sur le carton. C'est une photographie. Il l'examine attentivement. Il braque la torche sur moi, puis de nouveau sur la photo, et encore sur moi.

– Qu'est-ce que tu fais ? demande le chef.

– Tu devrais regarder ça, dit l'homme à la torche en s'avançant vers le chef pour lui donner la photo.

Sofia me dit :

– Je suis désolée, Nico.

– De quoi ?

– Bouclez-la ! crie un des hommes en gris, enfonçant brutalement le canon de son arme dans ma poitrine.

– C'est la photo de ton père, chuchote-t-elle.

Alors l'homme en gris enfonce le canon de l'arme dans sa poitrine.

– J'ai dit, bouclez-la.

Je dis :

– Si vous lui faites du mal, je vous tuerai.

Il rit.

Le chef s'approche de moi, il dirige sa torche sur mon visage, puis sur la photo. Il se penche et agite la photo en l'éclairant.

– C'est toi, ça ?

C'est la photo où je suis avec mon père et ma mère. Quand j'avais dix ans.

– Je vous le dirai si vous nous laissez partir.

Je repère un micro qui sort de son casque au niveau de son menton.

– C'est lui, chef, dit le premier homme en gris.

– C'est bien toi ? me demande le chef. Ce serait mieux si tu me disais la vérité.

– Laissez-la partir et je vous le dirai.

– Je ne peux pas faire ça, déclare-t-il, plus calmement que je ne m'y attendais.

Il se redresse et s'éloigne de quelques pas.

– Attachez-les et bandez-leur les yeux, ordonne-t-il aux autres.

Puis il s'éloigne un peu plus et parle à quelqu'un. J'entends juste le mot « hélicoptère ».

*

Nous sommes couchés sur les durs rochers froids, ligotés, les yeux bandés. Nous les entendons parler à voix basse, à un jet de pierre de nous. Ils ont l'air excités. Sans doute parce qu'ils nous ont capturés. Parce que je suis un idiot fini.

Mais la présence de la photo dans la poche de Sofia ne s'explique pas. Je lui murmure, plus pressant que je ne le souhaite :

– Où l'as-tu trouvée ?
– Elle appartenait à ton père.
– Je sais, mais où l'as-tu trouvée ?
– Dans le veld, à Witput.
– À Witput ?
– Oui. Elle doit être tombée de la poche de ton père quand ils l'ont... quand ils l'ont emmené.

Tombée de sa poche ? Père gardait cette photo dans sa chambre, au fond d'une boîte en métal. Une boîte de chocolats de luxe que nous avions trouvée dans un supermarché de Nelspruit, quelques semaines après le chaos de la Fièvre. Nous avions mangé les chocolats ensemble et puis papa avait rangé ses biens les plus précieux dans la boîte. Trois photos – celle-ci et deux autres de lui avec ma mère, ses papiers d'identité, son permis de conduire.

– Tu es sûre ?
– Oui, je suis sûre.

– Y avait-il autre chose qui était à mon père, dans la ferme ?
– À Witput ?
– Oui.
– Rien. Juste les crayons et quelques grandes feuilles de papier. Et sa gourde. Oh, et aussi son chapeau.
– Il y avait une boîte en métal gris ?
– Non.

Je me demande si Père s'est senti coupable quand je l'ai surpris avec Béryl. Il aurait gardé la photo de maman dans sa poche après ça ?

J'ai de nouveau des remords pour avoir si mal géré ça, et j'éprouve un profond désir de l'avoir de nouveau près de moi, d'implorer son pardon et que tout soit de nouveau comme avant.

Mais pourquoi les hommes en gris s'intéressent-ils à cette photo ?

Ils connaissaient Père ?

C'est alors que j'entends l'hélicoptère.

*

Le bandeau remplit son office, je ne peux rien voir. Il recouvre complètement mes yeux, mais pas mes narines. Dans l'hélico, je sens la sueur, le carburant et l'odeur aigre du vomi. J'entends le vrombissement du moteur et le faible bruit de voix dans la radio. Je sens le corps de Sofia tout contre moi – nous sommes assis dos à dos sur le plancher –, et sa main droite dans ma gauche. Je la serre fort.

Cet hélicoptère et ces hommes en gris n'ont aucun sens.

J'essaie de récapituler ce que je sais : l'hélicoptère que Sofia a entendu la nuit où elle se trouvait dans la ferme abandonnée, quelques semaines avant que les sept femmes voient un hélicoptère à Tarkastad. Et les hélicoptères de ceux qui ont chassé les Côtiers à Lambert's

Bay, et celui qui a amené les assassins de mon père. Rien de tout ça n'a le moindre sens.

*

Sofia Bergman
Dans l'hélicoptère, j'avais la bouche très sèche et mal au cœur. Parce que j'avais les yeux bandés, et à cause des mouvements de l'appareil. Et nous étions attachés, nous ne pouvions même pas boire.

*

Tout à coup je me dis que deux de ces hommes en gris qui nous ont capturés auraient pu se trouver à Witput. C'est pour cela qu'ils regardaient la photo. Ils ont reconnu Père, l'homme qu'ils ont tué à peine quelques jours plus tôt.

Et puis ils ont vu que je me trouvais aussi sur la photo, et ont fait le rapprochement.

C'est peut-être le même hélicoptère, celui qui les a emmenés à Witput.

Et je repense à l'homme qui a parlé avec papa à la radio, juste avant sa mort. Trunkenpolz/Numéro Un. Le tableau se dessine peu à peu. Je repasse dans ma tête tout ce que je sais, et la lumière commence à se faire.

Père a peut-être demandé à Trunkenpolz de venir le rencontrer à Witput.

Il savait à quoi Père ressemblait.

Trunkenpolz peut avoir envoyé l'hélico à Tarkastad, pour voir ce que les Maraudeurs tramaient.

Comment Trunkenpolz, au départ un type arrivé à Amanzi dans un minibus pour voler quelques armes, a-t-il pu devenir un homme capable d'envoyer des hélicos à plusieurs centaines de kilomètres à la ronde ?

Je vais le tuer.

Maintenant que je le soupçonne d'être derrière tout ça, la haine monte en moi, elle me remplit, tandis que l'hélico vole, on dirait que ça ne finira jamais.

Et puis le registre et le son des moteurs changent et j'ai l'impression que nous ralentissons, ensuite l'hélico commence à descendre, je le sens dans mon ventre.

Il atterrit, les moteurs sont brusquement coupés et la portière coulisse.

Je perçois la forte odeur de la mer, qui domine tout. J'entends des bruits. Le moteur diesel d'un camion. Non, de deux ou trois camions. Et je capte la lueur de puissantes lumières sous le bord du bandeau.

Des mains nous aident à nous lever et à sortir. Pas avec la brutalité des soldats dans la montagne. Des mains plus prévenantes. Il y a des voix, aussi. L'une d'elles, un homme, ordonne calmement :

– Non, laissez-leur les bandeaux. Mais faites attention. Amenez-les à la voiture.

La main de Sofia échappe à la mienne, on me pousse vers l'avant, en me guidant, et je me laisse faire. Je capte d'autres odeurs que je n'arrive pas à identifier. De l'huile, de la graisse. Du poisson ? Le sel de la mer.

Une main appuie sur ma tête.

– Vous allez monter dans la voiture, monsieur. Baissez-vous, s'il vous plaît. Attention, là, levez votre pied droit, c'est ça, très bien, entrez maintenant.

Ainsi guidé, je m'assois sur une banquette en cuir souple, et je sens quelqu'un se glisser à côté de moi.

– Sofia ?
– Oui, je suis là.
– Je suis content, dis-je bêtement.
– Moi aussi, répond-elle, et elle s'appuie sur moi.

C'est dans cette voiture, Sofia tout contre moi, que je me débats pour la première fois contre un dilemme. Je vais tuer Trunkenpolz à la première occasion. Ça m'est égal s'ils me tuent après ça.

Mais Sofia ?
Il faudrait d'abord que je la libère.
Mais comment ?
On verra comment les choses tournent.

115

L'ENQUÊTE SUR LE MEURTRE DE MON PÈRE : XII

L'odeur de la mer est encore plus forte quand nous descendons de voiture. Il y a le bruit des moteurs, des gens qui se hèlent, d'autres qui parlent, et le ding-ding d'un marteau frappant le métal. Un hélicoptère passe au-dessus de nos têtes.

Des mains me tirent et me guident, mes semelles – et celles d'au moins trois autres personnes – résonnent sur des grilles de métal. Nous tournons à droite, puis à gauche, et de nouveau à droite.

J'ai les jambes qui flageolent, et la tête qui tourne.

Nos pas rendent un son creux. Nous sommes dans un couloir, mais pas un couloir ordinaire, quelque chose me semble différent.

Des mains me poussent vers la gauche.

– Très bien, dit une voix. Enlevez-lui son bandeau.

Une main écarte le tissu. Trois hommes autour de moi, l'un qui tient le bandeau. Je me trouve dans une pièce. Cela doit être un appartement. Il y a une table et quatre chaises, des placards métalliques contre un mur, un lit étroit, impeccablement fait. Les trois autres cloisons sont en métal. Le plancher bouge.

L'homme en gris dit :

– Nous allons vous détacher les mains. Veuillez vous asseoir devant la table.

– Où est Sofia ?
– Elle va bien.
– Où est-elle ?
– S'il vous plaît, monsieur, vous devez me promettre de vous asseoir et de vous comporter correctement.
– Correctement. ?
– Oui, monsieur.

Je prends conscience d'un truc quand le plancher se remet à bouger.

– Nous sommes sur un bateau.
– Oui, monsieur. J'ai votre parole ?
– Oui.
– Détachez-le.

Son comparse utilise des tenailles pour couper les liens en fil de fer autour de mes poignets. Je lui décoche aussitôt un coup de poing, qui le touche à la nuque au moment où il se détourne. La douleur qui irradie mes jointures cassées est d'une telle intensité que je crois que je vais m'évanouir. Je lance mon poing dans la direction de l'autre, celui qui a parlé. Il crie quelque chose et me fonce dessus. Trois hommes franchissent le seuil, leurs rangers font un bruit d'enfer sur le sol métallique. Ils jurent en anglais et m'immobilisent au sol.

Je crie de rage impuissante :

– Où est Sofia ?
– Attachez-le de nouveau.

Celui que j'ai frappé me donne un coup derrière la tête.

– Ne le blesse pas, imbécile, dit le Parleur. Attache-le à la chaise.

Ils me relèvent et me traînent de force sur la chaise. Je me débats pour leur échapper mais ils sont trop nombreux, et trop forts.

Ils m'attachent à la chaise.

– On a essayé, dit le Parleur. On a essayé de se comporter correctement.
– Où est Sofia ?

– Monsieur, je vous ai dit qu'elle allait bien.

Puis ils sortent tous de la pièce, refermant la lourde porte en métal derrière eux.

Le plancher recommence à bouger.

Je suis sur un bateau.

Le son de leurs rangers s'éloigne dans le couloir et tout devient silencieux.

Nous sommes peut-être à Saldanha. Il y a un port. Le seul autre port se trouve au Cap, mais c'est trop près de la centrale nucléaire de Koeberg.

Saldanha. Trunkenpolz est à Saldanha. Ça ne nous est pas venu à l'esprit.

Un nouveau bruit dans le couloir. Le clic-clac de chaussures sur le sol de métal. Le clic-clac que font des chaussures de femme.

Mecky, la princesse zouloue ?

La porte s'ouvre. Un homme en gris apparaît sur le seuil. Il passe la tête à l'intérieur et fait un signe à quelqu'un que je ne peux pas voir. Il s'écarte.

Une femme entre.

Elle reste un instant sans avancer.

Nous lâchons un son, elle et moi. Le sien, haut perché et déchirant. Le mien est différent. Je ne sais pas comment le décrire. Je ne saurai jamais.

Car la femme qui vient de franchir le seuil est ma mère.

*

Elle se met à pleurer.

Elle avance dans la pièce et me prend dans ses bras. Le parfum que portait ma mère me revient, et sa manière de m'embrasser, et je sais que rien de tout ça ne peut être réel.

– Libérez-le ! ordonne-t-elle.

Et l'homme en gris s'approche, il coupe les liens en fil de fer. Je me lève et elle me serre contre elle.

— Tu es tellement grand, tellement grand.

Et elle fond en larmes.

Elle me serre si fort contre elle. Je reste les bras ballants, parce que c'est un rêve, ce n'est pas la réalité. Le plancher bouge, et j'ai une hallucination, ils ont dû m'injecter quelque chose, ce n'est pas réel. Je veux m'éloigner d'elle, il faut que je reprenne conscience, je dois partir, retrouver Sofia. Je repousse ma mère.

— Nico, s'il te plaît. Je suis si désolée. J'ai fait tout ce que j'ai pu pour te retrouver. Je suis tellement désolée pour papa. C'était un accident, tout a tourné horriblement mal. Ils étaient censés vous ramener tous les deux... et puis ce type est arrivé et il a tiré sur mes hommes.

— Tes hommes, maman ?

Je m'éloigne un peu plus d'elle. Elle paraît rétrécir. J'ai vu sa douleur quand elle a entendu la rage et le rejet contenus dans ma voix. Elle saisit une chaise et l'écarte de la table. Elle regarde l'homme en gris et dit :

— Veuillez nous laisser.

Il acquiesce et s'en va. La porte reste ouverte. Je la fixe des yeux.

— Nico, s'il te plaît, assieds-toi.

Je ne sais combien de temps je reste comme ça.

Et puis je m'assois.

Sofia Bergman

Ils m'ont gardée dans un restaurant. Il était complètement vide, à part quelques personnes dans la cuisine qui m'apportaient de la nourriture. Il y en a même un qui m'a demandé si je voulais du vin. Je n'étais pas attachée, je n'avais pas les yeux bandés, et je pouvais voir les deux hommes en gris dehors, devant la porte. La salle avait des fenêtres, mais il faisait nuit, pas moyen de voir où nous étions.

J'avais l'impression d'entendre la mer. Les vagues. Mais n'oubliez pas que je n'avais pas entendu la mer depuis plusieurs années, et encore, c'était juste à Hartenbos, où nous étions allés trois fois en vacances. Alors je n'étais pas sûre.

Et ils m'ont apporté du poisson pané et des frites, avec de la sauce tomate pour les frites. Un Coca, aussi. Tu imagines ? Un Coca ! Quand aurai-je l'occasion d'en reboire ?

*

Je ne peux pas me rappeler précisément le contenu de la conversation de cette nuit-là. Je n'arrive pas à la mettre dans ces pages avec sa voix à elle. C'est complètement confus dans ma tête, c'était chargé de trop d'émotion alors que j'avais besoin d'écouter.

Et je ne me suis pas contenté d'écouter. Quelquefois je bondissais de mon siège et allais à la porte, je frappais du plat de la main jusqu'à ce que le bruit métallique résonne dans tout le bateau. Je posais des questions. Je pleurais. Je lui criais dessus, de douleur, de rage, d'incapacité à comprendre.

Et elle continuait à parler, à expliquer. Elle m'a dit : Oui, Nico, tu peux me haïr, mais d'abord, écoute mon histoire.

Plus tard, ils nous ont apporté de quoi boire et manger. On n'a touché à rien.

Son histoire n'est pas du tout un récit linéaire et chronologique. Tout se mélange, essentiellement à cause de mes interruptions, de mes accès de violence et du flot de questions que je pose. Je savais certaines choses, remontant au temps où j'étais un jeune enfant, et elle me les remet en tête. D'autres je ne garde qu'un souvenir vague, et seulement d'un point de vue d'enfant. Mais la plus grande partie est une nouveauté pour moi.

Elle a une manière de parler que j'avais complètement oubliée. Avec une sorte de totale honnêteté, douloureuse mais résolue, comme quelqu'un qui serait absolument incapable de mentir, quelles que soient les circonstances, et sans la moindre conscience de ce que doit être son comportement en société. On dirait qu'elle ne comprend pas vraiment l'effet que son honnêteté produit, et cela agit comme une circonstance atténuante, une bonne raison de pouvoir et vouloir lui pardonner. Elle me promet, dans la cabine du bateau où nous sommes, de me raconter tout ce qui est pertinent. Or, en fait, presque tout est pertinent, me dit-elle. Parce que nous construisons notre avenir avec qui nous sommes et ce que nous faisons. « Je veux que tu comprennes, et je veux que tu continues à m'aimer. Voilà mon programme. »

Et c'est pour cela, m'explique-t-elle, qu'elle doit commencer au début.

Voici globalement ce qu'elle m'a dit, sous une forme qui fait sens, c'est de ça que je me souviens.

116

L'ENQUÊTE SUR LA MORT DE MON PÈRE : XIII

Ma mère était mathématicienne. Son prénom était Amélia, et son nom de jeune fille, Foord.

Elle faisait partie de ces élèves qui prennent huit matières principales pour le *matric* et obtiennent une mention dans chacune. Elle jouait bien au hockey. Sur le terrain, son surnom était Terminator. Et ce n'était pas dans le sens positif.

Elle a reçu une bourse importante pour étudier à l'université ; sa matière préférée était les mathématiques appliquées, sa seule passion académique. En troisième année, elle a rencontré mon père. Il était tout son contraire. Il n'était pas sportif et il était drôle, il était doté d'une intelligence et de centres d'intérêt très variés – une lampe face à un projecteur. Il avait une personnalité plus chaleureuse qu'elle et passait pour extraverti et habile, par opposition à la misanthropie maladroite de ma mère.

Elle penchait pour l'extrémisme, il était modéré en politique et en économie.

Et elle l'aimait. Elle me l'a dit et répété plusieurs fois. « Je vous aimais tant, papa et toi. »

Au cours de sa deuxième année d'université, elle avait rejoint Greenpeace Africa et participé à des manifestations contre l'énergie nucléaire, l'extraction de gaz de schiste et le réchauffement planétaire, et défilé pour soutenir toutes les causes écologiques imaginables. Dans le cadre de ses études, elle rayonnait, c'était spectaculaire. C'est pour cela que le Centre d'études sur la complexité de l'université de Stellenbosch l'a recrutée alors qu'elle n'avait même pas encore son diplôme.

« Venez chez nous et faites votre maîtrise sur la théorie de la complexité », lui proposèrent-ils. C'était une discipline qui s'attaquait aux grands problèmes de l'Afrique et du monde, comme le développement durable et la lutte contre la pauvreté endémique. Il y avait des biochimistes, des philosophes et des économistes et, si elle se joignait à eux, une mathématicienne. Et ce n'était qu'un début.

Elle y réfléchit et accepta. Et aussi, elle épousa Père. Ensuite, je suis né. Ils étaient heureux dans leur petite maison de Die Boord.

Au cours des premières années, ils se rendirent compte qu'elle était une star, un génie à la réputation internationale grandissante, celle qui allait leur ouvrir les portes des études et des résidences dans d'autres pays, ce qu'ils convoitaient. Elle était un cheval de course comparée à mon bourrin de père.

Dès lors, elle se concentra sur sa carrière et mon père, sur nous. Sur moi.

– Cela aurait très bien pu marcher, Nico.

Sa voix change quand elle en arrive à ce point du récit. Je ne pense pas qu'elle s'en rende compte. C'est vraiment subtil, mais je crois que le fait de ne pas l'avoir vue depuis quelques années et la distance entre nous m'ont permis de déceler plus facilement ce changement. Cela me rappelle un peu le pasteur Nkosi Sebego quand il était sur la défensive, persuadé de fouler le sol des valeurs morales sous la Divine Lumière.

Je venais d'entrer à l'école primaire quand elle fut invitée à présenter une communication devant un congrès international à New York. Avec l'approbation du Centre d'études sur la complexité, elle choisit de parler de son sujet favori, « Pauvreté endémique et réchauffement planétaire : pas d'avenir pour la planète sans développement durable ». Elle démontra que dépenser des milliards de dollars – pour la plupart en vain – afin de sortir l'Afrique de son cycle de pauvreté revenait juste à changer les chaises longues de place sur le pont du *Titanic* qu'était la planète Terre. Cela ne servait à rien si l'on ne mettait pas fin au réchauffement global, et si l'on n'inversait pas la tendance.

Quatre personnes présentes dans l'assistance l'invitèrent à dîner ce soir-là. Des scientifiques connus dans le monde entier pour leur discours contre le réchauffement global, mais décriés par les conservateurs qui les jugeaient alarmistes et extrémistes. Ces quatre personnes – trois hommes et une femme – purent la jauger. Son engagement écologiste, ses convictions religieuses, sa vision de la vie et du monde. Ma mère n'a jamais craint d'exposer ses opinions sans détour, et elle se livra avec franchise ce soir-là. Elle pensait se trouver avec des personnes qui partageaient ses vues, étaient complètement en accord avec ses idées.

Pourtant, le silence régnait lorsqu'elle les quitta, et ils l'ignorèrent pendant la suite du congrès.

Jusqu'à quelques heures avant le vol qui devait la ramener en Afrique du Sud.

La femme du groupe vint la trouver dans sa chambre. Elle lui demanda :

– Vous croyez vraiment que nous pourrons arrêter le réchauffement climatique ?

– Non, répondit ma mère, il y a trop de conflits d'intérêts.

– Et vous pouvez envisager une autre manière ?

– Oh, je peux certainement, mais rien que le monde trouverait acceptable.

– Et que trouvez-vous acceptable ?

– N'importe quoi.

– Vraiment ? N'importe quoi ?
– Oui.
– Vous savez ce que David Attenborough a dit concernant l'espèce humaine ? demanda la femme, faisant allusion au célèbre présentateur d'émissions sur la nature à la télévision britannique.
– Oui. Il a dit que l'espèce humaine était un fléau sur la Terre. Et je pense comme lui.
– Sincèrement ?
– Absolument.
– Et vous croyez qu'on peut contrôler ce fléau ?

C'est à ce moment-là que ma mère a compris qu'on parlait d'autre chose. C'était un genre de test. Une prolongation du dîner, mais en plus prudent, en plus réservé, et avec beaucoup plus de sous-entendus.

– Écoutez, dit ma mère, si je pouvais développer demain un virus capable de neutraliser quatre-vingt-dix pour cent de ce fléau, je le ferais.

*

Il m'arrive de penser à cette nuit-là, et à ce moment précis de la conversation. J'y repense et je la revis, puis je me demande si le destin n'a pas voulu que j'aie dix-sept ans pour que la douche de la compréhension me tombe dessus.

Dix-sept ans est l'âge idéal pour ça, évidemment. Dix-sept ans et Domingo pour mentor – Ryan John Domingo Junior, celui qui détestait ses deux premiers prénoms parce que c'étaient ceux de son père. Domingo qui m'a transmis sa conviction que l'espèce humaine était animale, et le rejet de cette espèce. Croyance qui a trouvé sa preuve tangible et irréfutable quand ces hommes dans le hangar à avions près de Klerksdorp ont poignardé le petit Okkie sans la moindre raison, quand les Maraudeurs ont enfermé des femmes, quand l'Ennemi a achevé les bonnes âmes de notre armée de réservistes en leur tirant de sang-froid des balles dans la tête.

Cairistine « Birdie » Canary
Domingo m'a dit qu'à Worcester il croyait que seul son père était un animal. En Afghanistan, il a pensé que beaucoup d'hommes étaient des animaux. Au tribunal, pendant son procès pour le double meurtre, il a cru qu'il était lui aussi un animal. En prison, il a vu les choses que faisaient les hommes, prisonniers et gardiens, et alors il a su que nous étions tous des animaux.

*

À dix-sept ans, je comprends vaguement le point de vue de ma mère.

Si j'avais été plus jeune – ou plus vieux, mais sans l'influence de Domingo – peut-être que j'aurais pleuré, crié de douleur et déchiré mes vêtements en soupçonnant que la Fièvre n'était pas un accident ni un phénomène naturel dû au hasard, que l'histoire de l'homme sous le manguier avait pu être une invention.

Mais le soir en question, je reste juste assis sans bouger et le poids de ce que je viens d'apprendre me cloue sur ma chaise. D'une certaine manière, je comprends.

Les mots de mon père me reviennent à l'esprit : *Tu es le fils de ta mère*. Il m'a dit ça l'hiver de la tempête parfaite, puis l'année du Chacal, quand j'ai tiré sur les membres de la KTM et les ai éjectés de leurs motos.

Tu es le fils de ta mère.

Et je suis la création de Domingo.

Pendant un court moment, je fuis cette révélation concernant la Fièvre, comme devant un événement insupportable. Je regarde ma mère, et me la rappelle telle qu'elle était : la femme athlétique, énergique et intelligente, d'une beauté sans âge, de mon enfance, de mes années d'école primaire. Celle qui était juste hors de portée, dont je rêvais qu'elle me prenne dans ses bras, et auprès de qui je trouvais parfois du réconfort, quand elle était disponible. Celle que j'ai appelée à l'aide après l'attaque des chiens à Koffiefontein. Et soudain, je me rends compte qu'elle a vieilli. Plus rapidement que mon père. Les rides plus profondes sur son visage, le gris de ses cheveux plus prononcé. Garder le Grand Secret lui a coûté cher.

Elle parle vite maintenant, comme pour me convaincre tout de suite, avant que je ne la rejette, elle et ses choix. Elle me décrit l'état de la Terre avant la Fièvre. La pollution des océans, les huit millions de tonnes de plastique jetés chaque année dans la mer par les humains, un plastique qui pèse déjà plus lourd que tous les poissons. La déforestation, la pollution de l'air, le bioxyde de carbone qui surchauffe la planète. Les espèces qui ont disparu, petites et grandes. Et les centaines d'espèces au bord de l'extinction – les rhinocéros, les éléphants, les vautours, les orangs-outans et les gorilles, les lycaons et les baleines, les pandas, les tortues et les tigres, sans parler d'espèces moins spectaculaires comme les chenilles, les grenouilles, les coraux et les poissons.

D'un ton plus passionné, elle me demande quel droit nous avons, nous, l'espèce fléau, la peste, de faire subir cela aux autres espèces ? De quel droit l'être humain, comme n'importe quel animal, se permet-il de tels massacres ? Et avec une conviction évangélique, elle ajoute : « L'espèce humaine ne peut pas changer, l'homme ne peut tout simplement pas changer. L'évolution nous a programmés pour continuer à consommer jusqu'à ce que tout ait disparu. »

Plus tard, j'ai pensé que cela me rappelait l'histoire de Ravi Pillay et de son restaurant, où les clients prenaient toujours plus de nourriture qu'ils ne pouvaient en avaler.

Mais pendant que ma mère parle, je ne dis rien. Je reste assis en face d'elle et essaie de me souvenir de l'époque où, dans la maison de Die Boord à Stellenbosch, nous riions tous les trois ensemble. Mais je n'y arrive pas.

*

À peine un mois plus tard, ils sont venus lui parler. Ils étaient trois. L'un était un zoologiste sud-africain propriétaire d'un centre de soins pour vautours à Limpopo. Ils lui ont parlé de Gaia One, l'organisation réunissant des scientifiques, des hommes d'affaires, des politiciens, des technologues, des médecins et même quelques militaires, qui partageaient tous ses sentiments quant à la préservation de la vie sur Terre. Ils l'ont invitée à se joindre à Gaia One, à travailler avec eux sur ce qu'ils appelaient le projet Balance.

Elle a accepté. Elle leur a promis loyauté, discrétion et silence. D'abord, ils ne l'ont pas crue et ils l'ont mise à l'épreuve jusqu'à ce qu'ils soient sûrs d'elle. Plus elle s'approchait du premier cercle, plus elle constatait que ces gens étaient sérieux et inflexibles. Puis, dans les années qui ont suivi, deux membres de Gaia One ont pris peur et se sont défilés. Ils voulaient confier à la presse ce qu'ils savaient du projet Balance. Tous deux sont morts dans de curieuses circonstances.

Ces gens étaient sérieux et inflexibles. Mais le réchauffement planétaire était tout aussi sérieux. Ainsi que la menace pour la Terre, et l'étendue des dégâts que pouvait causer l'espèce fléau.

Finalement, elle a décidé de leur apporter son soutien. À condition de pouvoir emmener son mari et son fils dans le Nouveau Monde d'après la Fièvre.

117

L'ENQUÊTE SUR LE MEURTRE DE MON PÈRE : XIV

Le virus fut produit en laboratoire. C'était un mélange de différents coronavirus, comme les médias l'ont décrit. Mais fabriqué par l'homme. Le vaccin venait du même laboratoire, mais destiné uniquement aux élus : les membres de Gaia One et leurs proches.

Les préparatifs commencèrent. Le vaccin fut distribué et le virus fatal fut emporté aux quatre coins du monde de manière à être diffusé selon un plan précis qui imitait la propagation naturelle. L'organisation des centres de survie commença. Il y avait sept bases où les membres de Gaia One seraient protégés, et la civilisation préservée. Des endroits géographiquement isolés, comme la péninsule du Cap et les montagnes qui l'encerclent, avec un accès à l'énergie nucléaire, solaire ou éolienne, pour que l'électricité et la technologie continuent à fonctionner.

Et le compte à rebours démarra.

Maman nous administra elle-même le vaccin, trois semaines avant le jour J. Elle rentra un soir à la maison et dit à Père qu'elle avait acheté des vaccins contre la grippe chez le pharmacien parce qu'un de ses correspondants de fac en Allemagne l'avait mise en garde contre l'épidémie virulente qui se répandait en Europe, une sale grippe qui rendait les gens vraiment malades. « Laissez-moi vous vacciner maintenant, comme ça ce sera fait. » D'abord moi, puis Père, puis elle-même, tout en bavardant. « Vous vous sentirez peut-être un peu patraques pendant un jour ou deux, mais rien de grave. »

Ce soir-là, quand je fus couché, elle raconta tout à Père.

Mon père, si bon, si doux, si sensible, qui aimait tant les autres. Il se mit en colère qu'elle lui ait caché ce secret pendant si longtemps. Elle s'attendait à sa réaction, et elle la comprit. Il était en colère parce que toute sa philosophie reposait sur l'idée que l'humanité avait toujours fini par résoudre chaque problème, et que les problèmes d'épidémies, d'extinction des espèces et de réchauffement global finiraient aussi par être surmontés, avec l'aide de l'intelligence, de la pensée renouvelée et d'une technologie performante. Maman s'y attendait, et elle le comprit.

Père était en colère mais il ne cria pas. Ce n'était pas dans sa nature. Quand elle lui eut tout exposé, il lui dit, à sa manière calme et raisonnable, ce qu'il en pensait. Et il lui dit aussi que son honnêteté exigeait qu'il ne garde pas le silence. Sa conscience lui dictait de communiquer l'information aux médias dès le lendemain.

Cela aussi, maman s'y attendait, et elle le comprit. Elle lui expliqua que personne ne le croirait. Et qu'il se ferait tuer. Il y avait des membres de Gaia One spécialement formés pour cette éventualité, et ils se tenaient prêts. Ils le tueraient. Elle aussi. Et moi. Elle avait dû donner son accord pour cela avant qu'on lui délivre le vaccin.

Les parents étaient sous surveillance. On mourrait tous les trois avant même que la guerre contre le virus ait commencé.

Père accepta de ne rien faire parce que ma mère et moi étions sa priorité. Maman s'y attendait, et elle le comprit.

Mais il lui donna un somnifère et il m'emmena dans la Subaru Forester en pleine nuit, et nous disparûmes. Pendant une longue période après la propagation du virus.

Elle essaya de le joindre au téléphone, mais le portable de Père était éteint.

Elle ne s'attendait pas à ça, et elle ne comprit pas.

Maintenant, elle me demande où nous étions allés.

Dans les grottes du dôme de Vredefort, lui dis-je. Père a essayé de l'appeler à cette époque, pourquoi n'a-t-elle jamais répondu ?

Elle dit qu'elle n'a plus jamais eu de nouvelles de mon père. Il a sans doute fait semblant de lui téléphoner. Elle pense savoir pourquoi il a agi ainsi. C'était sa manière de prendre ses distances avec la destruction, et avec sa trahison. Sa manière de donner une chance à ses théories, et d'y prendre part, de démontrer que l'ingéniosité des hommes était capable de vaincre même la Fièvre.

C'est là que me revient le discours de mon père, la nuit après que le pasteur Nkosi Sebego a fondé son Parti des Cœurs vaillants et réclamé des élections.

N'êtes-vous pas vous aussi émerveillés parfois devant tout ce dont nous sommes capables ? Notre voyage, celui d'Homo sapiens, l'énorme distance que nous avons parcourue, de notre état de proie des savanes jusqu'aux robots sur Mars, la fission nucléaire et la cartographie du génome humain. Et aussi la démocratie, la raison et la rationalité. Les sciences triomphant des superstitions, les faits des fantasmes... La Fièvre, c'est horrible, je sais, les milliards de personnes mortes à cause de la Fièvre. C'est affreux, mais je me demande si le plus grand désastre n'est pas l'interruption de ce que l'homme était en train de construire.

Je comprends maintenant qu'il ne s'adressait pas seulement aux membres restants du Comité ce soir-là, mais aussi à ma mère. C'était son plaidoyer, adressé à elle, l'argument qu'il opposait à la solution de Gaia One.

L'absence de mon père est comme une brûlure dans ma poitrine. Je comprends tout. Je comprends pourquoi il n'a pas pu me féliciter d'avoir tiré sur les bikers de la KTM. Il était épouvanté de voir à quel point je ressemblais à ma mère.

Ma mère dit qu'elle n'a pas le droit de lui en vouloir d'être parti cette nuit-là. Après toutes ses dissimulations et ses complots. Mais elle était folle de rage qu'il ait emmené leur fils avec lui. Il n'en avait pas le droit, de même qu'elle n'avait certainement pas le droit de conspirer à l'élimination quasi totale de l'espèce humaine.

Elle n'a plus jamais eu de nouvelles de mon père. Jusqu'à ce que Trunkenpolz dise aux Maraudeurs sur la radio amateur :

– Willem Storm d'Amanzi. Si vous tuez ce type, je vous donne du carburant pour dix ans.

*

Ma mère savait que Père et moi n'allions pas être tués par le virus. Elle savait que nous serions très malades, comme toutes les personnes vaccinées, mais que nous ne mourrions pas. Rien ne lui garantissait cependant que nous pourrions survivre au chaos de l'épidémie. Elle garda l'espoir. Elle était membre du comité exécutif de la base Gaia One au Cap. Elle leur demanda de surveiller les ondes, d'être à l'écoute des deux noms qui comptaient tant pour elle : Willem et Nico Storm.

Elle leur donna une photo afin qu'ils puissent l'entrer dans la banque de données de leurs ordinateurs militaires. Ils utilisaient le même système que les États-Unis pour traquer les terroristes, avec des drones MQ-9 Reaper qui volaient au-delà de ce que les yeux peuvent capter, mais dotés de caméras si puissantes que les ordinateurs pouvaient scanner la bande-vidéo et sélectionner les visages qu'ils voulaient comparer avec ceux figurant sur la banque de données. Or nous étions dans la banque de données, grâce à cette photo.

Elle espérait que la caméra du drone nous repérerait quelque part dans ce vaste pays, et que le programme lancerait une alerte quand le système nous aurait identifiés.

Et ainsi nous pourrions la rejoindre. Et nous aurions une vie meilleure. Dans un monde meilleur.

Parce qu'elle avait fait tout ça, elle s'était impliquée à fond, avait travaillé, planifié, gardé le secret afin de préparer un monde meilleur pour nous, et surtout pour moi. Parce qu'elle nous aimait tellement, si intensément ; elle comprendrait si je n'étais pas d'accord, mais elle me supplierait d'y réfléchir : un futur viable pour toutes les espèces. Pour l'humanité aussi. Pour son fils Nico Storm, et ses enfants et petits-enfants. Ce n'est pas ça, le véritable amour ?

Elle a donc continué à espérer que les opérateurs radio auraient des nouvelles de nous, ou que les caméras des drones nous enregistreraient, même si dans ce dernier cas les chances étaient statistiquement faibles.

Il n'y avait que deux drones à la base du Cap. Quand le chaos d'après la Fièvre fut calmé, les membres de Gaia One qui avaient fait partie de l'armée américaine les expédièrent par bateau avec leurs opérateurs. Ils devaient guetter d'éventuelles menaces, comme la formation de communautés à la lisière des frontières montagneuses, les populations de la côte Ouest, de Lambert's Bay, de la réserve de Boesmanskloof, et la communauté plus petite de Villiersdorp, où ils durent envoyer la troupe et des hélicoptères pour effrayer les habitants et les chasser de là.

Car le gros mensonge du réacteur nucléaire de Koeberg – et la menace inventée d'un danger de contamination radioactive – a marché pendant plus de trois ans. Il n'y a jamais eu de dysfonctionnement du réacteur. Il était sous le contrôle de Gaia One et produisait l'électricité nécessaire à la base du Cap. Pendant le chaos, ils ont transporté des chargements de vieux pneus à Melkbosstrand et les ont brûlés pour produire des nuages d'une épaisse fumée noire qui dégageait une horrible odeur. Tout le monde a pu les voir et les sentir. Les survivants qui ne faisaient pas partie du complot Gaia One ont eu le bon sens de fuir le danger. Personne n'a regardé en arrière pour vérifier si quelqu'un était resté sur place.

Puis ils ont verrouillé les frontières, bloqué tous les cols et tunnels permettant d'accéder au Cap. Ils ont empilé des épaves de voitures et des cadavres sur les principales routes d'accès – Du Toitskloof, Sir Lowry's Pass, Piekeniers Kloof, Bains Kloof – pour faire croire que les radiations et le virus avaient tout détruit. Comme ça, pendant trois ans, ils n'ont pas été importunés par des envahisseurs ou des curieux.

Jusqu'au moment où trafiquants et contrebandiers, poussés par la faim et la curiosité, ont commencé à rappliquer par Wupperthal. Et il y a eu des soldats de Gaia One qui se sont mis à traiter avec eux. Les gens sont ainsi, certains veulent toujours davantage.

*

Elle parle d'abord du message radio qui mentionnait le nom de Père, et je lui demande pour Sofia qui avait repéré l'hélicoptère. Par la suite, j'ai dû reconstituer la chronologie pour mettre tout ça en ordre.

Le bourdonnement que Sofia a entendu, la nuit où elle a dormi sous la véranda de la vieille, et cette flèche de feu ressemblant à un météorite qu'elle a vue dans le ciel, c'était un des deux drones du Cap. Il avait eu des ennuis mécaniques, avait pris feu et dut atterrir en catastrophe dans les montagnes derrière Richmond.

L'hélicoptère que Sofia a entendu le lendemain matin était en mission pour récupérer le drone. Il a réussi.

Et puis, trois semaines plus tard, le message radio : « Willem Storm d'Amanzi. Si vous tuez ce type, je vous donne du carburant pour dix ans. » Je savais que c'était de Trunkenpolz à l'intention des Maraudeurs, mais ma mère et la base du Cap ne savaient pas ce que ça voulait dire. Seulement que le nom de mon père était cité.

Ils étaient équipés technologiquement pour déterminer l'emplacement des deux tours hertziennes. L'une se trouvait dans les monts de Lesotho, l'autre dans une ferme de la montagne, derrière Cradock. Ma mère a dû solliciter du Conseil du Cap l'autorisation d'envoyer une mission, car ils étaient réticents à l'idée d'envoyer un hélicoptère équipé de technologie au-delà des frontières de montagne. Ils voulaient à tout prix cacher leur existence – et aussi, bien entendu, celle du Grand Secret – au reste du monde non initié.

Elle l'a emporté quand elle a dit que le radar avait repéré un avion piloté par quelqu'un au-delà des montagnes, un survivant ordinaire, pas un membre de Gaia One.

Du coup, le Conseil Gaia One au Cap a approuvé la mission. Ils ont envoyé un hélico avec des soldats récupérer des renseignements auprès des sources radio. La mission a duré plusieurs jours car les distances étaient trop importantes pour être couvertes en un seul vol. Il a fallu établir des points de ravitaillement et y apporter du carburant.

Il n'y avait plus de radio à Lesotho. On pouvait voir des traces de pneus et des signes d'occupation humaine, mais les gens étaient partis.

Sur l'autre site, près de Cradock, ils ont trouvé du monde : un homme barbu et délirant, complètement ivre et une remise remplie de femmes sales et débraillées. Les soldats ont demandé à l'homme où était Willem Storm. Et où se trouvait Amanzi. Il n'en savait rien, c'était clair. Ils ont posé la même question aux femmes, mais elles leur parurent droguées et se sont contentées de les fixer de leurs yeux hagards.

L'hélicoptère rentra à la base et les soldats de Gaia One rapportèrent qu'à l'évidence l'homme barbu de Tarkastad faisait partie d'un groupe humain plus important. L'hélicoptère était peut-être arrivé au mauvais moment.

Peu après, ils lancèrent la surveillance du secteur par le drone, pendant plusieurs semaines. Mais la tour hertzienne avait disparu et il n'y avait pas de signes de vie humaine. Ma mère perdit tout espoir de nous retrouver un jour.

Et puis, il y a un peu plus d'une semaine, ils ont de nouveau entendu la voix à la radio, la voix qui avait parlé depuis Lesotho tant de mois plus tôt. Cette fois, la voix disait : « Ici Numéro Un, j'appelle Willem Storm, ici Trunkenpolz, j'appelle Willem Storm. » Les opérateurs radio de la base du Cap ont fait venir ma mère, parce que la voix revenait sans arrêt. Elle s'est assise devant la radio avec les écouteurs, et elle a entendu le message. Son cœur s'est gonflé d'espoir.

Puis une autre voix a parlé :

– Trunkenpolz, ici Domingo d'Amanzi. J'ai autorité pour répondre. Précisez la nature de vos affaires avec Willem Storm.

Trunkenpolz a ri et répondu :

– Je ne parle pas aux domestiques, je parle aux maîtres. Dites à Storm que j'ai une proposition pour lui. J'écouterai sur cette fréquence.

Ma mère attendait près de la radio. L'éther sur la bande des quarante mètres resta silencieux pendant plusieurs heures, mais les techniciens purent lui dire un peu plus tard que la radio émettrice de Trunkenpolz se trouvait dans les montagnes près de Ficksburg, et que la voix de Domingo était localisée au barrage de Vanderkloof.

Ma mère établit presque aussitôt le rapport entre Vanderkloof et Amanzi. Elle savait où se trouvait mon père. Et moi aussi, peut-être.

Elle resta près de la radio. À six heures et demie, elle entendit la voix de son mari, Willem Storm, sur les ondes et, dans la salle d'écoute de la base Gaia One du Cap, elle fondit en larmes de soulagement et de gratitude, et aussi d'un puissant sentiment de culpabilité. Elle pleura tant qu'elle n'entendit rien de ce qui se disait à la radio. Ils ont dû lui repasser l'enregistrement plus tard.

La voix de Trunkenpolz proposait du carburant à Père. De l'éthanol. Et la paix. Pas d'attaques pendant cinq ans. En échange, il voulait des armes. Non, merci, répondit Père.

Aucune mention de Nico Storm.

C'est alors que ma mère supplia le Conseil de lui accorder une dernière mission. La mission de la dernière chance, car le temps pressait. L'évacuation de la base du Cap était prévue dix jours plus tard.

118

L'ENQUÊTE SUR LE MEURTRE DE MON PÈRE : XV

Ma mère m'explique qu'elle était chargée d'établir les formules et algorithmes mathématiques qui prédisaient combien d'individus survivraient naturellement à la Fièvre – autrement dit les sujets qui n'avaient pas été vaccinés par Gaia One. Et la quantité de morts consécutive au chaos après la chute de la civilisation. Elle était aussi censée prédire combien de temps il faudrait aux survivants pour s'organiser en communautés et commencer à produire de la nourriture et de l'énergie, puis à se lancer dans le commerce et l'exploration des terres.

Elle a étudié les statistiques des guerres mondiales et des guerres civiles, des soulèvements et des révolutions, elle a analysé les effets du virus Ebola en Afrique, ainsi que ceux de la grippe porcine et de la grippe aviaire en Asie. Ses modèles informatiques prédisaient que toutes les bases sélectionnées avec soin par Gaia One seraient en sécurité, à l'abri des intrusions, pendant au moins dix ans, et plus précisément qu'après la Fièvre la base du Cap offrirait une retraite sûre à Gaia One en Afrique, la seule d'ailleurs qu'ils auraient sur ce continent.

Mais l'ingéniosité humaine et la capacité de l'homme à accomplir l'impossible, à résoudre les problèmes et à surmonter les obstacles ont fait mentir ses calculs. Partout, sur tous les continents, les drones de Gaia One ont montré que des groupes d'humains avaient survécu, s'étaient organisés et avaient produit bien plus vite que prévu. Des véhicules comme les camions, même de petits avions, avaient réussi à rouler et à voler plus longtemps qu'on ne s'y attendait, compte tenu des réserves de carburant utilisables. Cela signifiait que quelqu'un produisait de l'essence et du gasoil.

D'intrépides explorateurs à la recherche de marchandises négociables ont franchi les montagnes du Cap plus tôt que prévu, malgré les mises en garde contre la radioactivité.

Les communautés qui se reconstituent rapidement, la curiosité croissante et la volonté d'explorer ne sont pas apparues qu'en Afrique et au Cap. Les bases de Gaia One en Amérique du Nord, en Europe et en Asie ont également été soumises à la pression. Et elles n'étaient pas du tout disposées à avouer aux survivants ordinaires qu'elles avaient bricolé une épidémie afin de sauver la Terre, pas plus qu'elles ne voulaient partager leur technologie et leurs réserves avec ces gens-là.

À l'origine, ils ont essayé des stratégies non violentes pour effrayer ces communautés et les repousser : un bateau rempli d'individus prétendument atteints par la fièvre et couverts de faux abcès, par exemple. Parfois, la stratégie marchait, mais la plupart du temps, comme dans le cas de « la fièvre des pustules » pour impressionner les Côtiers, ce fut un échec.

Finalement, ils ont été obligés d'envoyer la troupe et des hélicoptères, avec pour résultat des pertes humaines des deux côtés.

En conséquence, l'organisation décida de conduire ses membres, sa technologie et son matériel dans des lieux sûrs et isolés de par le monde, afin de se ménager quelques années supplémentaires dans le secret : l'île Maurice, le Sri Lanka, la Nouvelle-Zélande, Hawaï, Cuba, l'Irlande et la Sicile. Le processus de transfert était engagé depuis plusieurs mois.

Le dernier bateau à quitter la base du Cap devait partir le lendemain matin.

Voilà pourquoi il était si urgent de mettre la main sur Père, et avec un peu de chance sur moi.

Ma mère a donc envoyé le drone MQ-9 Reaper et l'hélicoptère rempli de soldats à notre recherche, munis d'une photo de nous trois.

Grâce aux conversations que Père avait par radio avec d'autres fermiers, le drone l'a localisé à Witput et l'a surveillé.

Ma mère a pu le voir sur l'écran du centre de contrôle de la base du Cap. Elle a regardé mon père marcher dans les rues d'Amanzi, monter dans son pick-up et rouler. Elle dit que c'était une expérience bouleversante de le voir si près, et en même temps si loin. Elle espérait qu'il irait retrouver son fils, à pied ou en voiture, alors que la caméra à haute résolution le suivait, et qu'ainsi elle pourrait me voir, constater que j'étais en vie, à quel point j'avais grandi.

Mais il n'y avait aucun signe de ma présence, et pendant ces quelques jours, elle a craint que je n'aie pas survécu.

Elle a envoyé l'hélicoptère et les soldats à Witput parce que sur l'écran l'endroit semblait isolé. Ils allaient pouvoir approcher mon père sans qu'il y ait de témoins.

Cet après-midi-là, le drone a repéré mon père quand il est entré dans la ferme, à Witput. L'hélico et les soldats y sont allés et ils ont atterri au nord du bâtiment.

Le drone a filmé mon père pendant qu'il courait et a relayé par radio à la base du Cap son appel d'urgence : « Bonjour à Cincinnatus de Witput, bonjour à Cincinnatus, je suis à Witput. » Ma mère ne savait pas ce que cela signifiait.

Maman était rivée à l'écran vidéo qui montrait les images prises par la caméra du drone : Père sortant de la maison et marchant en direction de l'hélicoptère, puis faisant demi-tour pour repartir en courant. Sur l'écran, elle a vu ses quatre soldats de Gaia One exécuter ses ordres, faire sortir Père de la ferme.

Le plan consistait à conduire Père à l'hélicoptère, où il parlerait par radio avec ma mère. Elle tenterait de le convaincre de la rejoindre. Et d'amener leur fils, s'il était encore en vie. C'était la seule chance avant le départ du dernier bateau pour l'île Maurice.

Mais l'homme dans la Jeep noire est arrivé.

Détectée de cinq mille pieds de haut par la caméra pointée sur Père et les soldats, la Jeep a surpris tout le monde. Ma mère a vu alors Domingo en descendre et courir vers les soldats. La fusillade a éclaté. Elle a vu que mon père a été touché lors des échanges de coups de feu, qu'il est tombé.

Ma mère a hurlé en présence des opérateurs de la salle de contrôle, elle a crié comme un animal blessé.

Et elle a entendu le soldat annoncer la nouvelle : Willem Storm est mort.

*

À ce stade de son récit, cela fait cinq heures que nous sommes dans la cabine du bateau. Au début, quand elle est entrée, elle m'a serré dans ses bras mais je l'ai repoussée. Ensuite, il y a eu une distance entre nous, qui a persisté pendant toute notre conversation. Elle et moi avons bougé, fait les cent pas pour contrôler nos émotions, ou pour les exprimer, mais nous ne nous sommes plus touchés.

Elle me dit qu'elle a vu Père, son mari, mourir. Et enfin la façade lâche, elle s'effondre, physiquement et émotionnellement. À travers ses sanglots, complètement brisée, elle me dit : « C'était un accident, c'était ma faute, Nico. » Alors je me lève et je prends ma mère dans mes bras, je la serre contre moi, je la réconforte. Et je partage sa perte, notre perte, je joins ma douleur à la sienne. Pendant un moment. Jusqu'à ce que la colère, l'incrédulité et l'incapacité d'un garçon de dix-sept ans à gérer toutes ces révélations en même temps m'incitent à la repousser de nouveau.

Par la suite, elle me raconterait que le drone avait repéré trois pick-up blancs à Lückhoff. À cause d'eux, l'hélicoptère n'avait pu décoller tout de suite pour récupérer les hommes en gris.

Plus tard elle a ajouté que les drones avaient des caméras thermiques capables d'isoler et d'identifier la chaleur d'un corps humain dans le paysage. C'est comme ça qu'ils ont su que Sofia et moi avions franchi les barbelés à Wupperthal plus tôt dans la journée, et ont conduit les troupes à notre cachette dans la crevasse de la paroi rocheuse.

Mais l'épuisement m'a terrassé et ce fut la dernière information que mon cerveau put enregistrer.

Je me souviens qu'elle m'a conduit vers l'étroite couchette en disant :

– Mon enfant, mon enfant. Je suis tellement heureuse de t'avoir retrouvé. Je suis si heureuse que tu viennes avec moi.

119

Dans l'année du Lion, l'Ennemi nous a attaqués. Nous les avons battus.

Dans l'année du Lion, j'ai perdu mon père et retrouvé ma mère.

Et Domingo est mort, mais son histoire demeure.

Et je suis devenu sergent dans une unité sans commandement.

Dans l'année du Lion, les Côtiers sont arrivés et le pasteur Nkosi Sebego a émigré avec ses partisans des Cœurs vaillants.

Au mois de mai de l'année du Lion, une vibration se répand dans la coque en acier du bateau et me réveille. J'ouvre les yeux et vois ma mère assise à la table. Je sens le café, le divin arôme du café.

Je demande à ma mère ce qui fait ce bruit. Ce sont les machines du bateau, répond-elle.

– Où est Sofia ?
– Viens.

Elle me fait quitter la cabine. Je sens le bateau tanguer sous mes pieds.

Nous longeons le couloir et sortons sur le pont. Le jour se lève sur la montagne de la Table. Nous sommes dans le dock Duncan du port du Cap.

Ma mère désigne le dock en ciment, derrière les grues. Un hélicoptère est posé là, l'hélice tourne et le moteur ronronne.

— Elle est là. Dans l'hélicoptère. Ils la ramènent à Wupperthal.

Je contemple l'hélicoptère. Un millier de pensées se télescopent dans ma tête.

Je prends ma mère dans mes bras et l'étreins.

Sofia Bergman

Ils m'ont bandé les yeux. Puis ils m'ont conduite à l'hélicoptère et m'ont dit de monter dedans. Je leur ai demandé :

— Mais où est Nico ?

— Il ne vient pas avec vous, a répondu l'un d'eux.

Alors j'ai commencé à m'affoler, qu'allaient-ils faire à Nico ? Je me suis mise en colère, aussi, et je me suis jetée exprès contre l'homme en gris, en frottant violemment ma tête contre sa poitrine pour essayer de me débarrasser du bandeau. J'y suis arrivée. Soudain, j'ai tout vu, et ça m'a coupé le souffle. On était au Cap, dans le port. La montagne de la Table était juste devant moi, si belle ! Et il y avait un bateau, un bateau qui était juste en train de partir, et des grues, quelques camions, l'hélicoptère et six hommes en gris. L'un d'eux m'a empoignée pour rajuster le bandeau sur mes yeux, mais leur chef a dit :

— C'est trop tard, laisse tomber.

— Je veux parler à Nico, ai-je dit, et il a juste haussé les épaules.

— S'il vous plaît, montez dans l'hélicoptère. Je vais essayer de le joindre par radio. Il est à bord de ce bateau.

Il faut me comprendre, je ne savais rien. Tout ce que je savais, c'est que c'était l'aube, que nous étions au Cap, que Nico était sur ce bateau et qu'il voulait partir... Que pouvais-je faire ? Alors je suis montée à bord de l'hélicoptère. Ils ont lancé les moteurs, et l'un des hommes en gris m'a poussée du coude en pointant le doigt. Là, sur le pont, Nico était debout à côté d'une femme. On était à soixante mètres au moins, mais cette femme m'était familière. Puis les moteurs de l'hélicoptère ont fait un bruit terrifiant et l'appareil a commencé à bouger. Je continuais à regarder cette femme en me demandant pourquoi elle me semblait si familière et tout à coup ça m'est venu, c'était la femme sur la photo. Je n'en croyais pas mes yeux. Alors j'ai pensé, bon, je comprends, je comprends, je ne sais pas pourquoi elle est là, ni pourquoi ils sont sur un bateau, mais je comprends. Il a perdu son père et retrouvé sa mère. Je comprends. Je voudrais faire ma vie avec lui, je l'aime et mon cœur est déchiré. Mais je comprends.

Le bateau s'est mis à bouger. Je l'ai regardé s'éloigner du quai.

Alors j'ai fait de grands signes du bras à l'intention de Nico et l'homme en gris est intervenu :

— Il ne peut pas vous voir, mademoiselle.

Mais j'ai continué à agiter le bras et l'hélicoptère s'est élevé, à côté de la grue. J'ai regardé Nico et sa mère, j'ai vu Nico la prendre dans ses bras et la serrer fort. Puis je me suis mise à pleurer. À travers mes larmes, je voyais le bateau s'éloigner du quai, de plus en plus, et nous, nous montions de plus en plus haut et c'est là que j'ai vu Nico sauter dans l'eau, il a plongé du bateau et a nagé vers le quai. J'ai appelé l'homme en gris, je lui ai dit :

— Regardez, regardez là-bas !

L'hélicoptère a continué à voler.

Et puis soudain, il a fait demi-tour. Nous sommes retournés chercher Nico.

120

Le commencement

Nous nous souvenons le mieux des moments de peur, de perte et d'humiliation.

Je me rappelle ce que j'éprouvais en serrant ma mère contre moi. Je me rappelle la fraîcheur matinale, la brise de mer, le pont du bateau qui vibrait, l'humidité des larmes de ma mère.

Je lui ai dit :

– Maman, tu sais où me trouver. Mais je dois retourner à ma famille. Mon frère « de sang », Okkie, ma belle-mère Béryl, ma sœur Birdie et mes oncles, Nero Dlamini et Brigadier X, Ravi Pillay et Hennie As. Mes camarades des COpS. Et ma future épouse, Sofia.

Ma mère sanglotait sur ma poitrine, mais elle a hoché la tête.

– Oui, je sais où te trouver.

Je l'ai serrée encore plus fort, et comme le bateau s'écartait de plus en plus du quai, elle m'a dit :

– Tu devrais te dépêcher.

Je voulais encore lui raconter qu'il restait des secrets à élucider au sujet des espions, et du Club des ventes, et d'un certain pasteur à New Jerusalem, mais je n'avais pas le temps. Il fallait que je saute à l'eau.

Je voulais aussi lui dire que j'étais bien son fils. Mais j'étais aussi le fils de mon père, et j'en étais très fier.

Je voulais lui répéter ce que Père m'avait dit : « Les origines du mot "fièvre" remontent très loin jusqu'au mot indien *jvarati* qui signifie aussi "il rayonne". »

Et à cet instant je rayonnais.

Remerciements

Ce roman m'a pris quatre ans – en recherches et en rédaction – et ce fut du début jusqu'à la fin une expérience enrichissante – surtout grâce à la générosité d'un grand nombre de personnes qui ont partagé avec tant de patience leurs connaissances, leur perspicacité, leur imagination et leur temps. Je leur en suis extrêmement reconnaissant. Je suis seul responsable des erreurs et des lacunes dans ce roman.

Un très grand merci à :

Mon agent, Isobel Dixon et mon éditeur, Étienne Bloemhof qui m'ont offert, encore plus que d'habitude, leur soutien et leurs conseils, justement parce que ce roman s'écarte un peu de mes thèmes habituels. Hester Carstens de NB-Uitgewers qui a proposé d'excellents conseils de rédaction. J'ai vraiment beaucoup de chance de pouvoir travailler avec eux.

Le professeur Wolfgang Preiser, directeur de la section de virologie du Département de pathologie à l'université de Stellenbosch. Je lui ai demandé d'inventer un virus et il m'a aidé avec enthousiasme en faisant même appel au professeur Richard Tedder de l'University College de Londres. Quel honneur !

Cliff Lotter, un bon ami depuis plus de quarante-cinq ans, le meilleur aviateur que je connaisse et un atout sans pareil pour un écrivain qui fait des recherches sur tout ce qui touche à l'aviation.

Dave Pepler, brillant et formidable, anciennement rattaché au Département de l'environnement et de l'écologie à l'université de Stellenbosch. Je n'oublierai jamais nos conversations sur les chiens, les corbeaux, les moutons et la réserve naturelle du Cederberg dans un monde postapocalyptique.

Anton-Louis Olivier pour l'information précieuse sur les turbines et les régulateurs de voltage d'Afrique du Sud. Je me joins à Cairistine « Birdie » Canary et à la communauté d'Amanzi pour lui exprimer notre gratitude.

La vraie Cairistine Canary pour m'avoir autorisé à utiliser ses merveilleux prénom et nom.

Nathan Trantaal, pour son autorisation à m'inspirer de ses textes.

Laura Seegers et tous mes autres traducteurs qui contribuent chacun à sa façon à mes romans, et aussi les correctrices Liesl Roodt, Annie Klopper et Marette Vorster pour leurs yeux de lynx.

Marianne Vorster, Diony Kempen, Lida Meyer, Johan Meyer, Marette Vorster, Hannes Vorster et Bekker Vorster pour leur patience et leur soutien sans limites.

À tous ceux dont les noms se sont perdus entre les notes et les appels téléphoniques interrompus : un grand merci.

Bibliographie

The Knowledge : How to Rebuild Our World From Scratch. Lewis Dartnell, The Penguin Press, New York, 2014.
The World Without Us. Alan Weisman, Virgin Books, London, 2007.
Sapiens – A Brief History of Humankind. Yuval Noah Harari, Vintage Books, London, 2014.
Amsterdam – A History of the World's Most Liberal City. Russel Shorto, Doubleday, New York, 2013.
Smithers' Mammals of Southern Africa – A Field Guide. Peter Apps (ed.), Struik, Cape Town, 2000.
The Disaster Diaries. Sam Sheridan, Penguin Books, New York, 2013.
The Wilderness Survival Guide. Joe O'Leary, Watkins Publishing, London, 2010.
African Survival. Hein Vosloo, Survival X-pert Events, Johannesburg, 2010.
The Survivors Club – The Secrets and Science that Could Save Your Life. Ben Sherwood, Penguin Books, London, 2010.
The Book of Origins. Trevor Homer, Plum, London, 2007.
http://www.flyingmag.com/pilot-reports/pistons/cessna-172td-skyhawk-bang
https://www.psychologytoday.com/blog/the-camouflage-couch/201008/criminal-behavior-is-not-symptom-ptsd
http://discovermagazine.com/2005/feb/earth-without-people
http://www.netwerk24.com/Nuus/Eerste-aanleg-vir-hidro-krag-byna-klaar-20141224
http://io9.com/everything-you-need-to-know-to-rebuild-civilization-fro-1566170266
http://www.qsl.net/w5www/qcode.html

- http://www.news24.com/Columnists/AndreasSpath/how-global-warming-is-pummelling-the-oceans-20160208
- http://www.survival-manual.com/gas-to-alcohol-conversion.php
- http://www.popularmechanics.com/outdoors/survival/tips/how-to-survive-absolutely-anything-15341044
- http://www.buzzfeed.com/tomchivers/how-come-no-one-mentioned-evolution-by-natural-selection
- http://kitchenette.jezebel.com/if-we-dont-cut-back-on-eating-meat-were-screwed-1710769158
- http://en.wikipedia.org/wiki/Immortality_Drive
- http://www.theguardian.com/books/2015/sep/25/industrial-farming-one-worst-crimes-history-ethical-question
- https://en.wikipedia.org/wiki/John_Bowlby
- http://www.theguardian.com/commentisfree/2014/sep/02/limits-to-growth-was-right-new-research-shows-were-nearing-collapse
- http://www.swaviator.com/html/issueAM00/basicsAM00.html
- https://en.wikipedia.org/wiki/List_of_South_African_provinces_by_population_density
- http://www.theguardian.com/environment/earth-insight/2014/mar/14/nasa-civilisation-irreversible-collapse-study-scientists
- http://www.netwerk24.com/Stemme/Nathan-Trantaal/nathan-trantraal-uber-atheist-is-soos-om-n-liverpool-fan-te-haat-20151119
- http://www.netwerk24.com/nuus/2014-10-14-groeiende-bevolkings-beskadig-ons-planeet
- http://www.gestampwind.com/en/business/innovating-projects/noblesfontein
- http://www.osric.com/chris/phonetic.html
- http://www.defenceweb.co.za/index.php?option=com_content&view=article&id=9747:denel-showcases-a-21st-century-r4-assault-rifle-at-aad&catid=50:Land&Itemid=105
- http://www.theguardian.com/environment/2015/sep/15/tuna-and-mackerel-populations-suffer-catastrophic-74-decline-research-shows

DU MÊME AUTEUR

Jusqu'au dernier
Grand Prix de littérature policière
Seuil, « Policiers », 2002
et « Points Policier », n° P1072

Les Soldats de l'aube
Seuil, « Policiers », 2003
et « Points Policier », n° P1159

L'Âme du chasseur
Seuil, « Policiers », 2005
et « Points Policier », n° P1414

Le Pic du Diable
Seuil, « Policiers », 2007
et « Points Policier », n° P2015

Lemmer, l'invisible
Seuil, « Policiers », 2008
et « Points Policier », n° P2290

13 heures
Seuil, « Policiers », 2010
et « Points Policier », n° P2579

À la trace
Seuil, « Policiers », 2012
et « Points Policier », n° P3035

7 jours
Seuil, « Policiers », 2013
et « Points Policier », n° P3349

Kobra
Seuil, « Policiers », 2014
et « Points Policier », n° P4211

En vrille
Seuil, « Policiers », 2016
et « Points Policier », n° P4467

RÉALISATION : NORD COMPO À VILLENEUVE-D'ASCQ
IMPRESSION : CPI FRANCE
DÉPÔT LÉGAL : OCTOBRE 2018. N° 138742-7 (3043909)
IMPRIMÉ EN FRANCE

Éditions Points

Le catalogue complet de nos collections est sur Le Cercle Points, ainsi que des interviews de vos auteurs préférés, des jeux-concours, des conseils de lecture, des extraits en avant-première…

www.lecerclepoints.com

Collection Points Policier

DERNIERS TITRES PARUS

P3235. Fin de course, *C.J. Box*
P3251. Étranges Rivages, *Arnaldur Indridason*
P3267. Les Tricheurs, *Jonathan Kellerman*
P3268. Dernier refrain à Ispahan, *Naïri Nahapétian*
P3279. Kind of blue, *Miles Corwin*
P3280. La fille qui avait de la neige dans les cheveux
       Ninni Schulman
P3295. Sept pépins de grenade, *Jane Bradley*
P3296. À qui se fier ?, *Peter Spiegelman*
P3315. Techno Bobo, *Dominique Sylvain*
P3316. Première station avant l'abattoir, *Romain Slocombe*
P3317. Bien mal acquis, *Yrsa Sigurdardottir*
P3330. Le Justicier d'Athènes, *Petros Markaris*
P3331. La Solitude du manager, *Manuel Vázquez Montalbán*
P3349. 7 jours, *Deon Meyer*
P3350. Homme sans chien, *Håkan Nesser*
P3351. Dernier verre à Manhattan, *Don Winslow*
P3374. Mon parrain de Brooklyn, *Hesh Kestin*
P3389. Piégés dans le Yellowstone, *C.J. Box*
P3390. On the Brinks, *Sam Millar*
P3399. Deux veuves pour un testament, *Donna Leon*
P4004. Terminus Belz, *Emmanuel Grand*
P4005. Les Anges aquatiques, *Mons Kallentoft*
P4006. Strad, *Dominique Sylvain*
P4007. Les Chiens de Belfast, *Sam Millar*
P4008. Marée d'équinoxe, *Cilla et Rolf Börjlind*
P4050. L'Inconnue du bar, *Jonathan Kellerman*
P4051. Une disparition inquiétante, *Dror Mishani*
P4065. Thé vert et arsenic, *Frédéric Lenormand*

P4068.	Pain, éducation, liberté, *Petros Markaris*
P4088.	Meurtre à Tombouctou, *Moussa Konaté*
P4089.	L'Empreinte massaï, *Richard Crompton*
P4093.	Le Duel, *Arnaldur Indridason*
P4101.	Dark Horse, *Craig Johnson*
P4102.	Dragon bleu, tigre blanc, *Qiu Xiaolong*
P4114.	Le garçon qui ne pleurait plus, *Ninni Schulman*
P4115.	Trottoirs du crépuscule, *Karen Campbell*
P4117.	Dawa, *Julien Suaudeau*
P4127.	Vent froid, *C.J. Box*
P4159.	Une main encombrante, *Henning Mankell*
P4160.	Un été avec Kim Novak, *Håkan Nesser*
P4171.	Le Détroit du Loup, *Olivier Truc*
P4188.	L'Ombre des chats, *Arni Thorarinsson*
P4189.	Le Gâteau mexicain, *Antonin Varenne*
P4210.	La Lionne blanche & L'homme qui souriait *Henning Mankell*
P4211.	Kobra, *Deon Meyer*
P4212.	Point Dume, *Dan Fante*
P4224.	Les Nuits de Reykjavik, *Arnaldur Indridason*
P4225.	L'Inconnu du Grand Canal, *Donna Leon*
P4226.	Little Bird, *Craig Johnson*
P4227.	Une si jolie petite fille. Les crimes de Mary Bell *Gitta Sereny*
P4228.	La Madone de Notre-Dame, *Alexis Ragougneau*
P4229.	Midnight Alley, *Miles Corwin*
P4230.	La Ville des morts, *Sara Gran*
P4231.	Un Chinois ne ment jamais & Diplomatie en kimono *Frédéric Lenormand*
P4232.	Le Passager d'Istanbul, *Joseph Kanon*
P4233.	Retour à Watersbridge, *James Scott*
P4234.	Petits meurtres à l'étouffée, *Noël Balen et Vanessa Barrot*
P4285.	La Revanche du petit juge, *Mimmo Gangemi*
P4286.	Les Écailles d'or, *Parker Bilal*
P4287.	Les Loups blessés, *Christophe Molmy*
P4295.	La Cabane des pendus, *Gordon Ferris*
P4305.	Un type bien. Correspondance 1921-1960 *Dashiell Hammett*
P4313.	Le Cannibale de Crumlin Road, *Sam Millar*
P4326.	Molosses, *Craig Johnson*
P4334.	Tango Parano, *Hervé Le Corre*
P4341.	Un maniaque dans la ville, *Jonathan Kellerman*
P4342.	Du sang sur l'arc-en-ciel, *Mike Nicol*
P4351.	Au bout de la route, l'enfer, *C.J. Box*
P4352.	Le garçon qui ne parlait pas, *Donna Leon*
P4353.	Les Couleurs de la ville, *Liam McIlvanney*

P4363.	Ombres et Soleil, *Dominique Sylvain*
P4367.	La Rose d'Alexandrie, *Manuel Vázquez Montalbán*
P4393.	Battues, *Antonin Varenne*
P4417.	À chaque jour suffit son crime, *Stéphane Bourgoin*
P4425.	Des garçons bien élevés, *Tony Parsons*
P4430.	Opération Napoléon, *Arnaldur Indridason*
P4461.	Épilogue meurtrier, *Petros Markaris*
P4467.	En vrille, *Deon Meyer*
P4468.	Le Camp des morts, *Craig Johnson*
P4476.	Les Justiciers de Glasgow, *Gordon Ferris*
P4477.	L'Équation du chat, *Christine Adamo*
P4482.	Une contrée paisible et froide, *Clayton Lindemuth*
P4486.	Brunetti entre les lignes, *Donna Leon*
P4487.	Suburra, *Carlo Bonini et Giancarlo De Cataldo*
P4488.	Le Pacte du petit juge, *Mimmo Gangemi*
P4516.	Meurtres rituels à Imbaba, *Parker Bilal*
P4526.	Snjór, *Ragnar Jónasson*
P4527.	La Violence en embuscade, *Dror Mishani*
P4528.	L'Archange du chaos, *Dominique Sylvain*
P4529.	Évangile pour un gueux, *Alexis Ragougneau*
P4530.	Baad, *Cédric Bannel*
P4531.	Le Fleuve des brumes, *Valerio Varesi*
P4532.	Dodgers, *Bill Beverly*
P4547.	L'Innocence pervertie, *Thomas H. Cook*
P4549.	Sex Beast. Sur la trace du pire tueur en série de tous les temps, *Stéphane Bourgoin*
P4560.	Des petits os si propres, *Jonathan Kellerman*
P4561.	Un sale hiver, *Sam Millar*
P4562.	La Peine capitale, *Santiago Roncagliolo*
P4568.	La crème était presque parfaite, *Noël Balen et Vanessa Barrot*
P4577.	L.A. nocturne, *Miles Corwin*
P4578.	Le Lagon noir, *Arnaldur Indridason*
P4585.	Le Crime, *Arni Thorarinsson*
P4593.	Là où vont les morts, *Liam McIlvanney*
P4602.	L'Empoisonneuse d'Istanbul, *Petros Markaris*
P4611.	Tous les démons sont ici, *Craig Johnson*
P4616.	Lagos Lady, *Leye Adenle*
P4617.	L'Affaire des coupeurs de têtes, *Moussa Konaté*
P4618.	La Fiancée massaï, *Richard Crompton*
P4629.	Sur les hauteurs du mont Crève-Cœur, *Thomas H. Cook*
P4640.	L'Affaire Léon Sadorski, *Romain Slocombe*
P4644.	Les Doutes d'Avraham, *Dror Mishani*
P4649.	Brunetti en trois actes, *Donna Leon*
P4650.	La Mésange et l'Ogresse, *Harold Cobert*
P4655.	La Montagne rouge, *Olivier Truc*

P4656. Les Adeptes, *Ingar Johnsrud*
P4660. Tokyo Vice, *Jake Adelstein*
P4661. Mauvais Coûts, *Jacky Schwartzmann*
P4664. Divorce à la chinoise & Meurtres sur le fleuve Jaune
       Frédéric Lenormand
P4665. Il était une fois l'inspecteur Chen, *Qiu Xiaolong*
P4701. Cartel, *Don Winslow*
P4719. Les Anges sans visage, *Tony Parsons*
P4724. Rome brûle, *Carlo Bonini et Giancarlo De Cataldo*
P4730. Dans l'ombre, *Arnaldur Indridason*
P4738. La Longue Marche du juge Ti & Médecine chinoise
       à l'usage des assassins, *Frédéric Lenormand*
P4757. Mörk, *Ragnar Jónasson*
P4758. Kabukicho, *Dominique Sylvain*
P4759. L'Affaire Isobel Vine, *Tony Cavanaugh*
P4760. La Daronne, *Hannelore Cayre*
P4761. À vol d'oiseau, *Craig Johnson*
P4762. Abattez les grands arbres, *Christophe Guillaumot*
P4763. Kaboul Express, *Cédric Bannel*
P4771. La Maison des brouillards, *Eric Berg*
P4772. La Pension de la via Saffi, *Valerio Varesi*
P4781. Les Sœurs ennemies, *Jonathan Kellerman*
P4782. Des enfants tuent un enfant. L'affaire James Bulger
       Gitta Sereny
P4783. La Fin de l'histoire, *Luis Sepúlveda*
P4801. Les Pièges de l'exil, *Philip Kerr*
P4807. Karst, *David Humbert*
P4808. Mise à jour, *Julien Capron*
P4817. La Femme à droite sur la photo, *Valentin Musso*
P4827. Le Polar de l'été, *Luc Chomarat*
P4830. Banditsky ! Chroniques du crime organisé
       à Saint-Pétersbourg, *Andreï Constantinov*
P4848. L'Étoile jaune de l'inspecteur Sadorski
       Romain Slocombe
P4851. Si belle, mais si morte, *Rosa Mogliasso*
P4853. Danser dans la poussière, *Thomas H. Cook*
P4859. Missing : New York, *Don Winslow*
P4861. Minuit sur le canal San Boldo, *Donna Leon*
P4868. Justice soit-elle, *Marie Vindy*
P4881. Vulnérables, *Richard Krawiec*
P4882. La Femme de l'ombre, *Arnaldur Indridason*
P4883. L'Année du lion, *Deon Meyer*
P4884. La Chance du perdant, *Christophe Guillaumot*
P4885. Demain c'est loin, *Jacky Schwartzmann*
P4886. Les Géants, *Benoît Minville*
P4907. Le Dernier des yakuzas, *Jake Adelstein*